西堡子

小说将以朴实的文字、清新的文风，
带领您了解一座城堡、两个家族、三代人之间的恩怨情仇，
走进他们丰富的内心世界，感受陕西关中文化的博大精深，
分享西堡子人半个多世纪纷纷扰扰的人生际遇……

陕西新华出版传媒集团
太白文艺出版社

图书在版编目（CIP）数据

西堡子/范亚利著.—2版.—西安：太白文艺出版社, 2017.9（2022.4重印）
ISBN 978-7-5513-1260-8

Ⅰ.①西… Ⅱ.①范… Ⅲ.①长篇小说 - 中国 - 当代 Ⅳ.①I247.5

中国版本图书馆CIP数据核字(2017)第186105号

西堡子
XIBUZI

作　　者	范亚利
责任编辑	刘　涛
整体设计	新纪元文化传播
出版发行	陕西新华出版传媒集团 太白文艺出版社
经　　销	新华书店
印　　刷	三河市腾飞印务有限公司
开　　本	787mm×1092mm　1/16
字　　数	480千字
印　　张	30.5
版　　次	2016年5月第1版 2017年9月第2版
印　　次	2022年4月第2次印刷
书　　号	ISBN 978-7-5513-1260-8
定　　价	89.00元

版权所有　翻印必究
如有印装质量问题，可寄出版社印制部调换
联系电话：029-81206800
出版社地址：西安市曲江新区登高路1388号（邮编：710061）
营销中心电话：029-87277748

目录 / CONTENTS

001 第一章 娶亲

012 第二章 儿女成群

030 第三章 小试牛刀

050 第四章 对簿公堂

072 第五章 虞美人笑了

093 第六章 烟毒和洪水泛滥了

109 第七章 保长上任

135 第八章 禁烟受挫

160 第九章 屡败屡战

168 第十章 背井离乡

177 第十一章 吉人自有天相

179 第十二章 如雅的心思

192	第十三章	借种
203	第十四章	血染中条山
210	第十五章	守望
212	第十六章	英雄归来
222	第十七章	回乡下求援
228	第十八章	孩子们的天下
232	第十九章	祖孙逛会
237	第二十章	毛遂再次出现
243	第二十一章	收拾毛遂
258	第二十二章	火烧连营
267	第二十三章	无处藏身
277	第二十四章	义救慕云容
284	第二十五章	平淡的日子
289	第二十六章	兔子也吃窝边草
294	第二十七章	水的秘密

300	第二十八章	风尘有意
307	第二十九章	渭水依然缄默
309	第三十章	再会慕云容
317	第三十一章	桃园也是家
328	第三十二章	瘟疫来了
335	第三十三章	机会总是留给聪明人的
341	第三十四章	凝春出嫁了
347	第三十五章	情窦初开
356	第三十六章	风云变幻
359	第三十七章	奉义坐牢
365	第三十八章	疯子回来了
376	第三十九章	奇药救人
383	第四十章	解放军来了
393	第四十一章	桥断了
414	第四十二章	千金散去

420	第四十三章	回乡下去
431	第四十四章	惩治恶霸
439	第四十五章	枪下留人
446	第四十六章	拆毁城墙
464	第四十七章	平陵
477	第四十八章	分家

第一章　娶　亲

忠瑞起个大早，套好了马车，悄悄地将一把香火塞到棉袄里，趁二老还没有出房门，静静地出了西堡子。作为男人，这是他长这么大第一次要为家族做一件事情。

西堡子东边的斗门镇上有一对石爷、石婆，每年"七巧"，周边村庄的善男信女都会去石爷、石婆那儿求子赐福。如果有娶亲的人家，新郎也会在当天日出之前去石爷那儿上炷香，做这号事儿得趁个早儿。

大年初三的日子，西堡子有娶亲的人家，新郎正是忠瑞。新娘是李家村有名的大脚姑娘李云儿。

天亮了，李家村那边同样忙碌着，嫂子这阵子正在催促云儿顶上盖头。娶亲的轿子已经进村，悠扬的唢呐声已经远远地传来。

母亲迈着一双小脚，颤巍巍地走到女儿面前，未开口，眼圈已经红红的了。她望着女儿红色的丝绒盖头，再看看女儿留在裙裾下的一双大脚，一丝担忧掠上心头。云儿双手扶在母亲肩上，轻声抽泣起来。

早在十天前，家族内就开始给云儿送路。还是老规矩，每家都是三碗臊子面或者十个鸡蛋，轮流送到姑娘的绣房里。云儿与亲人分别近在眼前，分分秒秒都充满幸福与喜悦。

云儿家的八仙桌上，系着红丝线的筷子码放在一对红瓷碗上。堂前的长凳子上整齐地堆放着各色的被褥，被褥上面堆放着床单、门帘、信插、床帏、甩子等嫁妆。村庄的穷人家一般嫁姑娘时都是租用凤冠霞帔，而父亲李善堂专门给女儿在西京城定做了一整套崭新的凤冠霞帔。云儿是他的独生女儿，孩子一辈子的事情，要的就是这点儿风光，绝对不能造次。李家好歹也算有点儿门户，不能让乡党看笑话。

礼炮终于在村口"噼里啪啦"炸响了，引来村民们的围观。在迎

▶ 西堡子

亲队伍的前面，西堡子的小伙子们用抬筜承载着挂面、猪肉、莲菜和点心。十个大大的上车馒头摆在木盘子上，雪白雪白的，点着红点儿，格外喜庆。后面的花车被打扮得像一座移动的房子，拱形的撑子上面覆盖着花被，上面缀扎着五颜六色的花朵。颈脖上绑着红绸子的辕马威武雄健，脚踏尘埃掷地有声。

代替新郎来迎亲的是新郎忠瑞的堂哥英瑞。他骑在大马上，身穿黑色礼袍，头插花翎，一副英俊的模样。按照西堡子的讲究，新郎只在自家门口迎亲，并不会离开家门半步，更不会去岳丈家娶亲。

迎亲长龙被迎进门，在院子的桌子前围坐，等待用餐。四个凉菜碟子摆放在饭桌的四角，这些菜是不能吃的。有胡萝卜丝、青菜、土豆丝、黄花菜，厨师将这些菜焯一下，不放任何作料，捏成尖尖的塔形装碟。人们都知道，厨师刀工的好坏就体现在装饰碟上。

臊子面端上来了，迎亲的人很快吃上几口，只是礼节性地动动筷子，不敢贪吃，他们要装嫁妆，后面的活儿还很多。热情的新亲为他们出凉菜碟子、炒热菜，激动得合不拢嘴。趁着婆家人帮忙装嫁妆的空隙，云儿的嫂子迅速将新亲带来的礼馍切成薄片，马不停蹄挨家挨户分送给全村人家，与人分享她家的幸福与喜悦……分享是他们村的传统美德。

两个描龙画凤的箱子是夫家提前定做的，已经被嫁妆塞得满满当当的。终于，唢呐声起，迎亲送亲的队伍汇聚在一起，就要离开李家村了。

很快，绝尘而去的花车后边，传来母亲李荆氏无比悲痛的哭声。从此姑娘离开娘怀，天底下哪个母亲都会伤心。这同样是规矩，哪怕是后娘，也要在此刻象征性地号上几声，免得别人闲言碎语，落下话柄。

姑不送，姨不娶，这还是规矩。送亲的是云儿的哥哥李纯龙和媳妇。按照风俗，新娘的父母是不能陪着来的，未出阁的大姑娘也是不能送新人的。小侄子珞珞给姑姑云儿抱着梳妆匣子，里面是些头花、簪子还有泥人等，匣子落了锁，等到了新郎家要用它讨取彩头，分享喜庆。匣子里还放着一个宝贝，它是李家传女不传男的传家宝拐杖，由两节楠木制成，中间由黄铜螺丝连接，可以连接也可以分开。珞珞

◎ 第一章 娶 亲

从未见过，不过从匣子散发出来的香气判断，一定是稀世宝物。他坐在花车里，不停地看着姑姑。他觉得姑姑是这个世界上最漂亮的新娘。瓜子脸，大眼睛，薄嘴唇，柳叶眉，耳朵上戴着金耳坠，这些都被盖头挡着，他只能看见姑姑那双穿着红色白底布鞋、白色棉线袜子的大脚。在家里，珞珞和云儿最亲，他真舍不得姑姑出嫁。

车队远远地看到了西堡子宏伟的南门。

西堡子是一座完整的城堡。早在明王朝建立前，当朱元璋攻克徽州后，一个名叫朱升的隐士便告诉他应该"深挖洞，广积粮，缓称王，高筑墙"。他采纳了这些建议。当全国统一后，他认为天下山川，唯秦中最为险固，遂命令各府县有条件的最好筑城，以防匪患。距离西京城一步之遥的西堡子也在这次轰轰烈烈的筑墙浪潮中，请秦岭观音山的住持静虚法师到村中看了风水，再请高人设计，画了草图，斥巨资用了三年时间，建筑了这座牢不可破的方形城堡。城墙是用黄土分层夯打起来的，最底层是用石灰、黄土与糯米汁混合夯打，十分坚硬。开南门与东门两座城门，分别建造了箭楼。城门洞上安着铸铁的两扇大门，外面被厚厚的黄铜皮包裹着，上面的铁钉在阳光下灿灿发光，里面的门闩足足有五尺多长，内设玄关。大门周围用青石板铺地，与村中道路上的青石板连成一片。这些石材是村子请人从秦岭拉回来的。城门楼子用青砖包裹得严严实实，延伸了大约五六丈远，逐渐过渡成土墙。城墙顶上用青砖铺就，敲钟守夜人走在上面如走在宽阔的大街上。城墙外面是深深的护城河——就地取土留下的又一道防护。两个大门外面是两块巨大的木板吊桥，也被黄铜包裹着，与大门浑然天成。吊桥覆盖在护城河上，每当夜晚来临，被看门人吊起，形成孤立的一座城堡，与外界隔绝。最引人注目的是箭楼，里面有阁楼，有瞭望口，宽敞明亮，是专门为守门人盖的，也是战争的需要。

后来，静虚法师看到自己的创意在勤劳善良的西堡子村民手中变为现实，欣喜之余随口编了一段顺口溜："西堡子不一般，长安城内天外天。城墙的高度九米三，上窄下宽包青砖。边长米数二百三，九百二的城圈圈。城内面积七十九亩三，街道整齐青石板，工字形状很美观，关中大地美名传。"这首语言平实、朗朗上口的顺口溜被村庄的孩子们传唱至今，讲述了它的真实存在。

▶ 西堡子

能嫁进这样的城堡是无数妙龄少女怀揣的梦想。

一街两行的村民走出城堡，站在官道的两旁，想一睹新娘的风采，看看丰盛的嫁妆。狭窄的巷子被围得水泄不通，人群里不时发出赞叹的声音。

拜堂的场面宏大而隆重。站在门口的忠瑞在人们的簇拥下，与新娘一起来到堂前。忠瑞的父母亲端坐在高背椅子上，墙上挂着祖宗的画像。主礼先生开口道："拜堂时候甭胡看，先看媳妇的红脸蛋。"话音未落，引来人群一阵骚乱。有人喊："揭盖头。"主礼先生说："你们着啥急呢，到时候有人揭。媳妇到堂前，还得个老牛钱，快给娃蕞蕞个钱。"

忠瑞的老父亲掏出一袋铜钱递过去，李纯龙帮妹子收了。主礼先生这才宣布："拜天地啦……"

这时候，堡子的人早把喜堂围得插不进一根银针。他们早听说这位新娘长得如花似玉，今天一对新人站在一起，新娘果真比忠瑞高出半个头，只可惜，他们看不到姑娘那方盖头下的脸蛋，只看到那双无论如何也遮挡不住的大脚，踏实地踩在忠瑞家的青石板上。

流水席从日头西斜吃到天黑，满满一条街，摆满了酒席，几乎是全村出动。坐席的老人怀里抱着孙子不停地推杯换樽，"十三花"吃完又吃知名的"十八碗"。孩子们吃一会儿，玩一会儿，欢快地来来往往。

最会坐席的要数那些缠脚的老婆婆们。她们拖儿带女，身上必备一样东西——干净手帕。等她们喂饱了孙子，自己喝过汤汤水水之后，用干净手帕给孙子们夹起了"蛋蛋馍"，里边夹进条子肉、葫芦鸡、粉蒸肉等肉品。通常这种时候谁不笑话谁，都觉得浪费可耻，久而久之，蔚然成风，主家端下去的盘子都是空的，客人捎回去的都是好东西。当然，过完喜事，执事们回送借来的家具、食具也不会空着，必须给他们分些未曾享用的美食，这是主人特意准备的。有时看过事主家的经济状况不在于席面宽窄，更在于回送的是否是硬菜，甚至整块的腊牛肉。

客人们酒足饭饱，客散撤席。

新娘云儿终于盼到了散席，换掉了凤冠霞帔，穿上了"红滚身"，

◎ 第一章　娶　亲

来到了婆婆屋子，这是她第一次走进公婆的房间。坐北朝南的房子临街，屋子里盘着一个大大的土炕，炕上摆放着一个炕桌，与炕同宽，桌子上叠放着三床被子。炕前立着一个银柜，银柜上直接摆放着水烟袋和大烟盘子。银柜对面放着两把木圈椅。公公婆婆两个人正襟危坐在椅子上，看到云儿进来，也不言语，等着新媳妇开口。云儿低着头小声说道："爸、妈，你们晚上想吃点儿啥？"一脸严肃的二老让云儿感到前所未有的畏惧，见二老不吭声，她继续说道："爸、妈，我去下点儿面条吧？今儿你们也没好好吃饭。"聪明的媳妇在给自己找台阶下。

婆婆"呼噜呼噜"地抽着水烟，眼皮都不抬，开口说道："坐席剩那么多的谁吃啊？"云儿悄悄退了出来，怯生生地对忠瑞说："你去问问大人晚上想吃点儿啥，我去做。"云儿站在门口廊下听候盼咐。一会儿，忠瑞出来说："云儿，熬点大米米汤吧，咱妈喜欢喝稀饭。"

"好，我这就去。"云儿心想："请老人个示下还这么费周折的，大宅门的规矩真多。"

执事们派人收拾完桌椅板凳，没等一家四口吃晚饭，闹洞房的人已经你推我搡地来了。

结婚头三天无大小。那帮平时与忠瑞要好的毛头小伙子，早早地将八仙桌抬到院子中间，在上面放置两把椅子，在椅子上倒扣两个斗，起一个平面。叫人将织布机上面的配件圣子取下来，留下绳头，绾许多的绳结，在圣子周围放置新娘的头帕、梳子、篦子等零碎用品。一切道具准备就绪，即将上演闹洞房的第一个节目"拜圣子"。这个婚俗源远流长。相传很久以前，人们对于皇权的崇拜，抑或西堡子什么人接到过圣旨，已随着岁月的流逝被淡忘了，但是，这种潜移默化的东西却演变成婚俗保留了下来，向人们昭示着什么。因为在当地方言中，旨与子谐音。

云儿换完衣服，被人请到了院子。他们将忠瑞扶到最高点，让他骑在圣子上，摇摇欲坠的样子。有调皮的汉子恶作剧，摇动八仙桌，看他的西洋景。桌子下面妩媚的新娘云儿担心新郎掉下来，又不知所措。闹洞房的定下规矩，也是西堡子村民普遍遵守的规矩：新郎解一个绳头，新娘磕一个头。忠瑞心疼云儿，恨不得一下子解开所有的绳

5

头，让她只磕一个头就收场，那样的话，耍房的人就乏味了，没有看头。相反，云儿也担心新郎在上面不安全，恨不得多磕几个头，让心上人早点儿下来，结束游戏。还好，这帮没大小的，看见俩人落落大方，没有扭捏之态，一个拼命解绳子疙瘩，一个鸡啄食一般磕头，一派夫妻和睦、相知相爱的景象，没耍头，便早早地收场了。

然而，闹房的过场还远远没有结束。这时，过事使用的筷子尚未归拢，他们准备再上演一出"捡筷子"的戏法，继续耍闹。其实，从古至今，闹洞房的手段花样频出，目的却只有两个，让新人出洋相和性引导。

他们将筷子向空中扔去，满院子地上、桌上、凳子上都是凌乱的竹筷，要求新娘快速捡起，洗干净整理好交给新郎。云儿眼见天要黑了，她依仗那一双大脚，干脆麻利，一会儿工夫就把筷子归置好了。没等她交给忠瑞，那帮小伙子趁其不备，一把从她手上抢过筷子，再使劲一扔，筷子如天女散花一样掉落下来，有些"无意"落在房顶上。忠瑞不愠不火，云儿站在原地望着刚刚就职的新郎。那帮人不住地起哄，让大脚新娘亲自上房去捡。木讷的忠瑞哭笑不得，悄悄端来梯子，爬上房顶，准备帮云儿捡。忠瑞上了房，云儿在下面接，闹房的感觉不过瘾，非要云儿也爬上梯子。这下，梯子上面一下子立了两位新人，捣蛋的小伙子们前后摇动梯子，看他俩如何应对。云儿大声喊救命，忠瑞连忙下几个台阶拉住她，护住她，引得大家呼哨声起。这是他俩第一次授受，第一次肌肤之亲。云儿感觉到了忠瑞粗重的呼吸、温热的体温以及他身上散发的特别味道。这种味道不同于父亲李善堂，更不同于侄子珞珞。她喜欢眼前这个文弱寡言的小伙子，享受属于自己独特的人生际遇。他的声音富有磁性，根本不像一般男人那样粗壮拙笨，云儿不管多么烦躁、多么委屈，只要听到忠瑞的声音，顿时就能安静下来，像依靠在亲人怀里一样温暖和顺。

忠瑞最吸引云儿的是他的皮肤像玉兰花一般雪白，这主要源于一种叫作遗传基因的东西。当年西周王朝建都于沣水西岸，也就是西堡子所在地。文王的儿子们大都聪明能干，他的九子康叔在封地卫国一番大作为后，调回沣京担任西周司寇，由他儿子继续管理卫国。传说

◎ 第一章　娶　亲

康叔死后，不甘心离去，化作一条白龙盘踞于此，护佑当地百姓，西堡子北面那座"冢疙瘩"就是文王九子的长生之地。也许当地人的皮肤洁白与白龙有着某种牵强的关系，不单忠瑞家族，西堡子其他家族白人也特别多。然而，忠瑞的祖先却奇怪地长着黄胡子，人称黄髯公，与肤色不一致，家中男子不论长幼，只要是长在口唇周围皮肉里的毛发，统一都是黄色，并且随着年龄的增长从绒毛变成硬胡茬，颜色也不改变。云儿喜欢新郎的黄胡子，更喜欢他洁白的皮肤。

与拜圣子、捡筷子相比，闹洞房大戏的大幕到了晚上才正式拉开，当然，他俩也绝对不会像白天那么轻松自在了。

吃罢晚饭，不知道是哪个猴精的坏蛋小子趁人不备，脱掉忠瑞的棉裤，只留一件单衬裤，用绳子将一对新人面对面捆了。偷取了不知谁家女人的一根银针来，后边还带着长长的一根红线。细细的银针猛地扎进忠瑞的屁股，他本能地躲闪，腰一挺，引来人们"哈哈"大笑。再一扎，他坚持着不挺腰，疼得龇牙咧嘴，倒吸着一口口凉气。忠瑞骂道："你们这帮瞎厌，没见过你大跟你妈成亲？"

"看来这小子还懂得，莫不是提前偷吃禁果了？这是练习，一会儿还要来真的呢，哈哈！"说这话的是忠瑞的堂兄、粉坊的景瑞。他五年前成了亲，经营着自家的粉坊，已经是三个儿子的父亲了。景瑞说："噫，兄弟，你裤子上是啥东西？"大家停止了捆绑，仔细一看好像是血迹，坏笑道："忠瑞，我的他婶娘啊，大喜啊，你见红了哇，快去拿白布来！"云儿羞得脸色绯红，低头不语。其实，他们闹了半天，要欣赏的就是女人这点儿风景。

传统的闹房要持续三天，男人们轮番上阵，又是挠痒，又是蒙眼，忠瑞都实在招架不住。他在云儿耳边小声嘀咕道：再坚持一会儿，半截堡子都是自家人，绝对不能翻脸。聪明的新媳妇深谙此道，毕竟她也是大家闺秀。

夜很深了，俩老人从堂前给他们端来点心，说："闹一闹就行了，吃些点心回去吧！"见老掌柜发了话，那伙人也闹乏了，便每人拿了一包点心散开了，临走时说："俺明儿黑还来呢，你俩提前准备好啊！"云儿躲在男人身后，不敢接话。热闹的闹房游戏，在众人的欢呼声和老人们的劝解与求饶中草草收场。

西堡子

老掌柜为一对新人解开绑在身上的绳子，无限怜惜地说："你们早点儿睡吧！"说完出去了。

院子的炉子上还有热水，忠瑞打来热水，要给云儿洗脚。她羞怯地问道："你给妈洗过脚没有？给我洗脚不怕人笑话？"

"那有啥呢，等妈老了，我给她洗。"

"咱们一起洗吧！"于是，一个木盆子里一双大脚压住了另一双大脚。

洗完脚，忠瑞给他们铺好了被褥。"媒人可没介绍说你会伺候媳妇。不过我还是害怕，害怕咱妈，她那么威严冷峻不苟言笑，让人难以捉摸。"云儿说道。

"不用怕，他们俩都是好人。不过，你个新媳妇刚赴任就开始挑剔公婆，看我怎么收拾你！"未等云儿脱完衣服，忠瑞急不可待扑上去要挠她腋下，媳妇不住地求饶，慌乱中打落了身后老人前一天放上去的笸篮，核桃、大枣、柿饼撒落一炕。

忠瑞侧身去吹灯，刚刚俯身下去，后院子传来关中耕牛"哞哞"沉闷而稳重的叫声。少顷，屋子传出一对新人略显矜持而急促的呼吸声。看来，梳妆匣子里面的那些羞于示人的泥人只能闲在那里睡大觉了。

第二天回门。云儿十分想念家中的父母，恨不能三更天就看见朝阳。雄鸡叫了头遍，她就起床梳了头，抹了母亲自制的桂花头油，净了手准备蒸馍，这是几千年的规矩。这一天，新郎正式拜见岳父母。按照婚俗，回门不能走回头路，必须从西堡子的东门出去，绕道进入李家村。忠瑞套上自家的轿车，那匹养得膘肥体壮的黑马早被他喂得饱饱的，站在后院等候主人的召唤。黑马是忠瑞从小喂大的，他有心里话对马讲，有委屈向马诉说，亲如兄弟。少有玩伴的忠瑞成长的过程中，在割草、耕种、喂马中重复了一年又一年，一天又一天。马是他最忠实的小伙伴，是他的一位"亲人"。在一次次与马的对视中，忠瑞感到了温暖与仁爱，体恤与富足。今天回门，他不再借用别人的辕马，自家的黑马责无旁贷去驾辕，为主人出力流汗。父母花费巨资打造的豪华轿车从今往后将成为云儿走亲访友的主要交通工具，这让年轻的少妇觉得特别新鲜和荣耀。

◎ 第一章　娶　亲

李家村也是比较富裕的村庄，但是绝对没有人打造这样的车，光是油漆的价格就会吓退众多的乡邻，更不用说车上的配饰与铆钉、稀世木料与棚顶。西堡子人打造豪华轿车，除了取决于各家雄厚的家底，还源于他们掌握着秘而不宣的培育良种马的技巧，良马是专门在场面上行走的动物，也是身份的象征。

提起养马，忠瑞还算不上村里的养马能手，他的黑马最多算中等偏上。而楷瑞家的骡马在西堡子堪称一流，个个膘肥体壮，让人艳羡。早在一千多年前的宋朝，西堡子就是皇家御用军马的饲养场、后勤部，养马爱马是村民的看家本领，一直传承至今。在交通基本上靠行走的年代，马对人们的贡献绝对不亚于今天的飞机、火车和高铁。

下了马车，应云儿的要求，忠瑞第一次带领大脚新娘从东门马道上了城墙。城门下面明显阴冷，像条穿堂的风道，城墙上面则是另一番天地。跑上城墙，放眼望去，啊！城外绿油油的麦田像油画一样，翠绿得惹人喜爱，远处村庄袅袅炊烟悠然升腾，宛如一幅上乘的山水国画。城墙下面的护城河冰凌解冻，波光粼粼。阡陌小道纵横交错，春节走亲戚的行人，行色匆匆，扶老携幼，挎篮前行。城墙内是他们生活的家园，大瓦房鳞次栉比，还有零星相间的二层楼房，"井"字形街道赫然在目。行人、牲口守着自己的家，各家门前后院的树木一目了然，大都是杨树、柳树和国槐。云儿由衷地赞叹西堡子的先民英明，请人设计并建造这座威武坚固的小城，从今往后，她再也不用担心盗贼偷窃、窥探，可以安枕无忧地生活在这里了。

云儿陶醉在一派美景当中。轿车刚出东门，突然，不知何故，黑马尖叫了一声，直往前冲，将云儿几乎颠到车下，导致她呕吐不已。忠瑞从小生长在西堡子，双脚把城门石条都能磨下去三寸，眼睛闭着都能摸见护城河边那几棵树、几块石头，河里那几条鱼、几只虾。自家的黑马要不是瞧见啥不干净的东西，怎会惊悚到如此地步？这时，一阵旋风刮过，马车继续呼啸狂奔，像疯了一样，忠瑞跟在轿车后面，使出浑身解数拼命追赶，却无论如何也拢不住马笼头。照这个速度跑下去，黑马跟新娘李云儿非跌进沣河不可。在这千钧一发之际，马儿神奇般地停下了奔腾的脚步，站立在原地，委屈地摇了摇头，转转脖

9

▶ 西堡子

子，不耐烦地使劲打了三个响亮的喷嚏，两股清亮的口水顺着嘴角流了出来，随之，两胯之间一股黄色山泉喷流而下，倾洒到地上，立刻泛起一堆白色的泡沫，弄湿地面一大片。

忠瑞顾不得许多，急忙上车察看云儿。新人紧紧地抓住车帮，不敢松手，几乎从车里颠下来，头上的花儿落了，发髻散了，衣服乱了，惊魂不定。木讷的新郎笨嘴拙舌地不知道该怎样安慰她，怯怯并深情地望着她，手在胸前比画着说："没事了，没事了。"他牵起云儿葱白一样的手指，放在自己胸前，帮她整理衣衫。回门事大，时辰是掐算好的，不可造次，他俩纵有万语千言，也要留到晚上再说。等他把云儿再次扶上轿车，整理好轿车，却发现恍惚中，好像有一个男人的影子跟随着他。他定睛稳神四顾寻找，却什么也没有看见，只有凛冽的西北风卷着黄沙从他们的身边轻轻刮过。忠瑞蹲下身子，查看那人是否躲在车下，却依然空空如也。大路旁两排高大笔直的白杨树像咸阳城的国军一样笔直地站立在街道两旁，一抱粗的树后也空无一人。云儿问："刚才拢马的人呢？"

"你也看见了？"忠瑞觉得蹊跷，摸了摸他的黄胡子，端正衣帽，疑惑地摇了摇头，抬腿上了轿车，扬鞭策马，继续前行。猛然回头，发现一位身材魁梧身着灰布棉衣的和尚，身背褡裢，怡然自得地走在去往西堡子的大路上。忠瑞心里顿时豁然开朗："怪不得呢，观音山的住持五常法师给西堡子送银子来了！想必年前大雪封山绊住了他，下不了山，最终在正月初五以前赶来了。刚才，一定是文武双全的他拦住了马，神也！"

忠瑞小两口最终赶在太阳爬上房顶之前到达了李家村。

与贴心小棉袄分别仅一天，母亲李荆氏的脸上已经挂满了泪珠，像过了一个世纪似的。"妈，我看见公婆二老心里就发毛，你跟我爸也不打听好，哪有那么厉害的老人？"

"傻女子，公婆厉害能镇住你呀，要不然你一个大脚片还不知道要跑到京上去咧！"忠瑞在一旁抿着嘴笑。

"妈，你狠心。"云儿嗔怒。

"好娃呢，西堡子可不是谁想嫁就能嫁得进去。不害怕，天下哪有不疼儿女的父母？你家有的是钱，他又是独生子，老人百年之后，有

10

◎ 第一章　娶　亲

你做主的那一天。"李荆氏悄悄在女儿耳朵旁嘀咕道。

"哦，妈，你不知道，吓死我了，刚才我们一出城门……"忠瑞一个眼色递过去，云儿便心领神会，住了嘴，欲言又止。

吃完午饭，忠瑞两口子回到了西堡子，回门结束。

第二章　儿女成群

　　看官知道，西堡子位于西周国都，几千年来的繁文缛节积累叠加，每时每刻约束着人们的言行。就拿眼前的婚俗来说，礼数非常复杂，一般大户人家绝对不会省略或者简化任何的步骤，尤其对于忠瑞这样的大户人家。

　　结婚第三天云儿被接回到娘家，必须住三天，再回到西堡子住三天，再回娘家住三天，然后被接回到西堡子长期住，过正常日子。无人知晓这种婚俗确切的开启时间，他们一辈辈恪守这些规矩，纵然小两口难分难舍，丈夫甜言蜜语，也找不出摆上台面阻拦人家遨娘家的托词。别小瞧父兄接、丈夫请，这看似平常的接送，在来来往往的接送中绝对没有空手的道理，礼品也有严格的规定。婚前，一般媒人说合，亲属打听、背见、问名、过礼、握客等程序不可造次，再穷的人家礼数也不能乱。婚后，等接送完毕，新娘以后再去娘家除非逢年过节，这就是所谓的住食遨对月。接送过程主要体现出两家人对新娘的关心。同时，一对新人新婚宴尔难免云雨颠倒，贪图新鲜，伤及身体，用一种婚俗的形式人为制造分离，一来可以聊解娘家对女儿的思念之情，也避免女儿在婆家一时难以适应环境，疲于应付而度日如年。一般情况下，等一个月来来往往结束，智商再低下的新娘通过不停地被婆家的长辈请去做客，也会认全婆家所有的亲属。新郎也会在护送新娘的过程中，一一拜访岳丈家的亲属，家族的概念在脑子里清晰起来。一举两得，人们不得不佩服设计此等婚俗的人的英明、高明加聪明，只是要耗费不少的银子。

　　话说过门第三天，李善堂亲自来接女儿回娘家。马车停在窄小的巷子口，亲家见面互拉家常。忠瑞的父亲面冷，不苟言笑。村民从未见过他说笑,即使对待亲家也只"哼哈"应答,目光总不自觉望着远处,眉头紧锁,像思虑着什么,似乎总在为什么事情担忧。亲家把宝贝女儿嫁给他儿,反倒像做了什么亏心事,欠他三斗麦子似的。

忠瑞喂了马,亲自护送妻子出门。新婚宴尔果真难分难舍,可是规矩山大。云儿从小就知道离家不远有这么一座神秘的西堡子,里面住着几百口生活优越、均贫富、等贵贱,民风淳朴而讲究秩序的人。闺蜜们经常一起议论、打赌,将来谁可以嫁进去,谁肯定嫁不进去,她总是输。要不是忠瑞看上她那双大脚,她是断然嫁不进来的。现在终于要长久生活在这里,一切对她而言都是新的。新的人生,新的生活,新的人际关系。她感觉冬天的风吹在脸上也是温暖的,冬日的阳光似乎格外照顾她,躺在炕上阳光透过窗帘照进屋子,随后一直跟着她,照耀着她,暖洋洋、亮堂堂的。

云儿想让父亲也登上城墙。尽管李家村距离西堡子不远,可是非本村人是不允许上城墙的,未等守城人的同意,她拉着父亲的手飞奔似的上了南门,狠狠地、纵情地在城墙上跑了一圈。城墙上面青砖缝隙里长出的小草、小花对着她微笑,新奇地打量着貌美如花的新娘。

"赶紧走吧,云儿!"李善堂催促女儿。小两口对视一下,即将别过。

当年西堡子建好后,本村无人愿意看守城墙,因为村民一贯本分老实,怕得罪人。所以,让外乡人看门是西堡子几百年的老传统。大约十几年前,到了该换人的时候,村上的保正老爷找来面目可怖的外乡小伙儿曲生生,派他看守题有"紫气东来"四个大字的南门。别小看这"紫气东来"四个大字,在书法界称不上什么上乘之作,但是,它可是村子明代有名的文秀才希廉题写的。据说,忠瑞一门便是这文秀才的后人。

据说,曲生生的老家原来在四川万源县,那里地少人多,但气候温润。15岁那年,他第一次只身翻越秦岭,来到了八百里秦川的白菜心——十三朝古都西京城,走进了附近的西堡子,经见了这里农民的纯朴善良,发誓以后再也不回去了,在西京娶妻生子,扎根开花结果。村民对他的口语"娃儿、要嚼"之类的语言听不太明白,为方便起见,送给他一个雅号叫生生。众所周知,关中人习惯将不讲理、蛮横、莽

西堡子

撞的人称为"生生",实际上是个贬义词。不过曲生生非常乐意领受乡亲送给他的这个雅号,觉得人家是在夸他颇具生机与活力,自己确实也是个生人,很受用这个名字,窃喜从此有了大号,更有了吃饭的营生。

题有"终南佳气"四个大字的东门则由另一位小伙子石奋看守,他跟曲生生一前一后来到西堡子。"终南佳气"四个大字是由西堡子的武状元钟馗题写的,他家的祖业老油坊在当时非常兴盛,名扬四海,直到清代。他从小练就了一身好武艺,力大无穷。说来奇怪,当时西堡子走出去的这一文一武两个状元性格迥异,一个好动,一个好静,尽管在外面做事多年,却没有官架,对乡党亲切,每次省亲老远就下轿,给一方百姓造了福。他俩的共同爱好是书法,所以城门上高悬的就是他俩的墨宝,八个大字凝聚着他们对家乡的故土情结和良好希冀。村上在南门外面专门给他们做了拴马石,流传至今。

石奋好歹算半个当地人。他叔父在京里做官犯了事,全家四散逃命,他怕受到牵连,一个人拼命逃进了秦岭,后来从太白山下来,到户县城墙拐角吃舍饭。人常说"吃舍饭打碗",估计说的就是他。他打了人家的舍碗,出城来往东走,昏昏沉沉不知不觉又进了一个微缩小城西堡子。小石吃了秤砣铁了心,跟城较上了劲,不管里面住着达官显宦、皇亲国戚,还是商贾戏子、平头百姓,他坚信城里的光景总比乡下强,易于隐藏。他来的时候衣不遮体,瘦得失了人形,手无缚鸡之力,搭眼一看不像个叫花子也像个流浪汉,更不用说有什么谈吐见识。因为各家摆放的农具他都没见过,所以,看见大型水车犹如看见外星之物。也难怪,他的西府老家历来靠天吃饭,从来不使用水车等生产工具。他身单力薄,看来给人打短工、干农活算是无望了,有好心人提议人尽其才,物尽其用,他的长相非常适合看门。听说有人推荐他看城门,一个大小伙子,高兴得猴子似的爬上马道,双手搭在双眉上,里外张望,龇牙咧嘴,天真地傻笑,心想:"哇噫,看门好啊,不用风吹日晒,不用糖耙碾打,真乃老天垂爱,天上掉下个好活。上天垂爱笨小孩儿,西堡子东门的差事非我莫属了。"

两位看门人相比,曲生生长得比石奋英俊多了。他天生一副好身板,眉弓高,眼窝深,眼球微微外凸,上颌骨将嘴唇高高顶起,典型的"天包地"嘴型,笑起来永远不出声,怕暴露他那即使睡觉也裸露在嘴唇外面纵横显摆的几颗大黄门牙。他的眼窝尽管深,眼睛却几乎呈等角等边的三角形,嘴唇与鼻子之间的距离是常人平均值的一半。搭眼一看,五官整体通红,粘在一起,跟战士紧急集合似的。脸蛋像娃们把玩的装满谷子的沙包,随着他的跑动,包子脸也颤动起来。最可爱的是他的头,长得实在个性。幽默的英瑞专门为他作了一首打油诗来形容他的头:说是个葫芦没搭架,说是个锤子没安把,说是个西瓜不太圆,说是个皮球没有经纬线,光能给鸡做引蛋——太大了。

要么说保正老爷眼光犀利,有这样的人物看城,不说人进城,即使鬼进城,也会三魂不在六魄遁影。保正后来派人在西京城买来炸药,将炸药一分为二,分别交给曲生生和石奋,嘱咐他们小心保管。看门人在西堡子里没有耕地,也没有宅基地,吃住在箭楼上,由村民给他俩供应粮食蔬菜。后来俩人娶妻生子,仍然住在城门楼上。村规、乡约上非常清楚地要求他俩心无旁骛,吃百家饭,穿百家衣,为西堡子效力。一般人未经许可不能上城墙。城门假如失火殃及的不是池鱼,首当其冲的是他俩项上的人头。同时,两个守门人还有一项职责,就是打更。每晚关门后,他俩得按时打更,如遇风吹草动,鸣锣为号,村民立即起床往两个城门口集结,或者进入地道。当然,乡规、民约还规定,天一黑必须将大门关闭,任何人不许进城。走亲访友的、外出做事的、去衙门当差的必须守时,天黑以前必须回来。如果有人发现守门人不按规矩行事,任何人都可以提议责罚、惩处或者换人。让他们不用风吹雨淋,不用汗流浃背,不用把太阳从东山背到西山,手不扶犁,脚不踏车,只干一件守门的差事,这是多少外乡人梦寐以求的事情。他俩尽管人长得狰狞,却也能卑微地见谁都笑,把"爷、婆、婶子、伯"挂在嘴上,视西堡子城为家园,视西堡子人为亲人,人在城在,人不在城也得在!吃谁的饭跟谁转,自古一理。否则,将连累妻儿,更对不起爹娘赐给他俩的与众不同的尊容了。

一般情况下,村民的七大姑八大姨看门人都认识,谁家什么地方有什么生意,谁爱坐马车,谁喜欢游逛、斗鸡、遛狗,大事小情全装在他的脑子里,这是他职业素质的体现。看见云儿出城,曲生生打趣忠瑞:"仁兄呀,新媳妇漂亮得很么,小心腰杆儿!"在人屋檐下,辈

▶ 西堡子

分低三辈，按属相算起来，生生比忠瑞还大几岁呢！

"放心看你的门，当心谁家的鸡跑出城了。"

"你放心，苍蝇蚊子都进不来，一个鸡蛋也丢不了。"生生狡黠地说道。

"给你个擀面杖，你就吹吧！"忠瑞闪身出了城门。

"忠瑞，你到时候来接我，爸年纪大了，就不让他送了。"云儿边说边走着，下了城墙。

"你放心，我跟黑马一块儿去。你晚上一个人当心哦。"忠瑞实在不放心新婚妻子。男人真是一种奇怪的动物，人家的姑娘在娘家不管发生什么事情，似乎都与你无关，可是，一旦她成为你的妻子，她的喜怒哀乐全成了你的牵挂，男人天生疼人的本性自娶妻之日起便自由地攀长开来，责任感油然而生，无师自通。

"知道了。"云儿坐上马车跟着父亲回娘家。

路上的行人有打招呼的，也有小伙子忘情地直瞅看新娘的。李善堂手中的马鞭子刚刚举起来，就瞥见马车左侧小路上挎着提馍笼子的楷瑞，喊着让停下车，等等他。

楷瑞是忠瑞的同门本家，小忠瑞两岁，尽管同为长门，未出五服，但平时与忠瑞家联系不多，在西堡子里算得上有钱人家。楷瑞与李善堂早先就认识，在农村亲戚套亲戚，大都沾亲带故，不敢往深处挖，稍微拐个弯儿不是叫姨就是叫姑的亲戚。楷瑞的一个表姐嫁给李善堂的侄子，俩男人坐过一回席，自然就熟识了。

今天他准备独自去采买家中需要杂物，顺便去看看表姐。他正愁家里那头老马豌豆吃得太多，在地上卧着不起，驾不了辕，出不了差，本想走着去，顺便消消食，没想到刚出门就碰见了李善堂接女儿回家的马车，便急忙跑过来想顺道搭上他的马车，让他捎个脚。于是，两个男人在马车前一边一个，坐着边走边攀谈起来。

"你也不打听打听，我二叔两口子是啥人，就把女儿嫁过来了？那老两口子一天到晚就知道抽大烟，啥时候好好种过庄稼，你女儿到他家，真是一朵鲜花掉到泥粪坑里了。"楷瑞斜着眼睛看李善堂的反应。

"你这话就不对了，鲜花不管在什么地方都是鲜花。我管他呢，我女儿嫁的是忠瑞，又不是他爸。他抽他的烟，我娃种我娃的庄稼，他能把俩娃咋样？"李善堂嘴上不说，心里想：你管得也太宽了，何况你与忠瑞是本家兄弟，男人家挑拨离间肯定不是啥好鸟。我女婿忠瑞为人忠厚老实，天生善良，我们早打听好了，将女儿嫁过来从未后悔。

"你还操我女儿的心，我们村的女子嫁给你咋三年都没见个动静？"李善堂岔开了话题。

"谁知道，可能是我家炕边的炕沿太高，要不就是风水不对。"楷瑞自知自己无后，在人面前抬不起头，假装心不在焉，胡乱对答。无后是他的软肋，家里万事俱备，只有延续香火这一桩烦心事。

"要不然给你抱个娃嘛，全当做个引蛋。"李善堂说道。

"这年头，继子都不好相处，更何况抱养的？娃是前世的冤家，该来的自己找上门来，不该来的，猛敲破鼓三千也无济于事。"云儿结婚那天看见门宗楷瑞来坐席，并未见他的女人过来，尽管说起来与他媳妇同为李家村的姑娘，俩人却并不熟悉。过去，大脚李云儿整天跟母亲李荆氏进进出出，诊病换药样样难不倒她，已阅人无数，根本不像楷瑞媳妇大门不出二门不迈。

刚才楷瑞说的过继之事，分明是在影射忠瑞。原来，忠瑞的父母是他的亲叔、亲婶子。他俩不生育，过继了大哥的二儿子忠瑞，接续香火。老弟兄俩一条街道居住，亲生母亲实在看不下去婶子恶待忠瑞，后悔不已，闹着要反悔。一贯严守诺言的大哥说一不二，一言既出驷马难追，送人的儿子说破天也不能往回要。他认为不孝有三，无后为大，况且自己还有两个儿子，尽管三儿子从小害病没有生育能力，延续香火的重担历史地落在大儿子的肩上，等于只有一根苗苗。可是，男人说话要算数，送给自家兄弟的儿子无论如何不能要回来。再说了，弟弟的香火也是大事。被过继给人的忠瑞宛如一株生命力顽强的小草，三岁时，改了口，跟随养父一起生活，在西堡子里坚强地生活着，直到成人。其间，他不知道流了多少眼泪，忍受了多少白眼，尤其养母从来不会生养，对忠瑞非打即骂，他实在忍受不了，就跑到西堡子外面的祖坟，哭一阵子，回来依旧给圈里的牲畜添料，埋头起厕所的粪，再把院子整理一遍。勤谨的继子最终让养父不由得感叹："过继侄子比养别人的孩子强，血浓于水啊！说继子不好相处，那是乡党的偏见。"

很快，云儿住食对月圆满结束，天气渐渐暖和起来……

17

▶ 西堡子

两个月过去了，云儿发现自己身子困乏，不思饮食，天擦黑就想睡觉，听医生说是有喜了。两个老人不苟言笑，仍然抽他的大烟，爱吃啥买啥，吃完饭出城转悠，或者套上马车到咸阳城购物、到剧院看秦腔戏，快乐逍遥，回到家里，也不向小两口要钱、要吃喝，倒头就睡。

天遂人愿。年底，勤勉的云儿顺利生下一个粉嫩的女儿，取名奉娴。

女儿的降生让云儿喜悦加激动，第一胎生女儿的人有福。姑娘是娘的贴心小棉袄，将来还可以帮助父母看管弟弟妹妹，为父母分担忧愁。两个老人听说媳妇生了一个女孩，看也不看一眼孙女。忠瑞忙完地里忙家里，给云儿把炕烧得温热，三顿饭不差半点儿时间，抽空再洗尿褯子。不管男孩女孩，满月席总该办的，大宅门更不得马虎。亲戚邻里都来祝贺，让忠瑞小两口高兴得合不拢嘴。

第二年重阳节过完，麦子种到地里，云儿去地里捡拾饱胀的豌豆时发现身下见红，连忙回家。一个时辰过后，给安静的美男子忠瑞生了一个大胖小子，取名奉仁。

开春后，云儿抱着奉仁在巷子转悠，邻居看见小孩模样可人，赞不绝口，忠瑞总算给人家老掌柜的留后了。楷瑞也凑上来，揭开襁褓说："奉仁、奉仁心肝肝，花他爷的钱串串。"这时，屋子传来婆婆的厉声："云儿，回来！"

云儿赶快回到屋里："妈，啥事？"

"大脚片子整天在门外转啥呢，咱家得是院子小？不要跟那人谝，德行！"不知何故，婆婆见不得楷瑞。

云儿急忙将奉仁放在炕上，去厨房做饭。婆婆的恶言恶语她已经习以为常，孙子、孙女出生也未见给老人带来任何喜悦。一贯大大咧咧的云儿实在不晓得自己该怎样讨得老人欢心，本分的心只能期待地里多打粮食，好好伺候牲口，养育好儿子，孝敬老人，不让旁人笑话。安静的美男子忠瑞见人不笑不说话，对待任何人都是一副热心肠，对父母言听计从。他坚信天下父母无不是，错都在晚辈身上。每当云儿说话不得体，无意间顶撞了老人，他总在母亲跟前遮掩袒护。要是母亲责备媳妇，他总是说："妈，你打我吧，云儿身子留着给你生孙子呢，你打她，我心疼。"一副嘻嘻哈哈的样子。

"瞧你那点儿出息！"父母拿他没有任何办法，时间长了，不再说教约束小夫妻俩，任由他们做主。

生孩子的事情从来都是越不想要来得越快，孩子像忠瑞挂在裤腰烟袋上的玛瑙穗子一样，丢一个再来一个。当然，按照忠瑞的愿景，云儿给他生十个儿子才好，仁、义、礼、智、信、福、禄、寿、喜、财，说好就按这个顺序取名。他认为世上的事全是浮云，只有儿子是根本，是家庭的希望，是未来的倚靠。

话虽如此，男人一句话，女人十月苦。生奉义却让云儿差点儿丢了性命。腊月初六的早晨，滴水成冰，房檐上的冰溜子像雨后的竹笋一样疯长。云儿的肚子已经整整疼了三天，就是干打雷不下雨。羊水浸湿了炕上的褥子，她躺在炕上，筋疲力尽。忠瑞将炕烧得热热的，暖水瓶灌得满满的，草纸铺得厚厚的，等待孩子出生。接生婆吃完忠瑞给云儿准备的八个荷包蛋，折腾了不知多久之后，满脸汗水走出房门，无奈地一摊双手，说道："这个娃简直成了精了，我接不下来。怪咧，我接了一辈子娃，没见过产妇这么难怅的，娃好像在肚子里边打了桩，钉住了一样，怕是嫌咱家穷还是咋的。真不知她前边那俩娃是咋生的。老掌柜的你快把人送到咸阳或者西京，看洋医生有啥绝招。"说着解下围腰，洗罢手，揣上两把挂面出了院门。

云儿挣扎着说："我不去医院，丢不起那人。你到李家村叫我妈来，她肯定有办法。快去！"忠瑞得令连忙骑上那匹黑马，飞驰而去，边走边说："云儿，我马上回来，等着我！"

大凡人世间的亲娘有哪个愿意亲眼看见自家的女儿生孩子？人生人吓死人，但凡有一点儿办法，母亲是不愿意亲自莅临的。李荆氏也一样，女儿云儿是她身上掉下来的肉呀，不到万不得已，她不想看到女儿蒙难。

救人如救火。李荆氏骑上女婿忠瑞的黑马来到女儿身旁，看着奄奄一息的大脚宝贝，泪水顿时顺着脸颊倾泻而下。事不宜迟，她从容地从黑包里取出家伙什儿，在女儿隆起的肚子上放了几片生姜，将细如烟丝的草末捏弄成圆锥体，堆积上去，用火柴点燃，袅袅烟雾慢慢升腾起来。她给女儿嘴里送进一粒小丸药，让干咽下去。不久，云儿

西堡子

肚子开始出现规律性的疼痛,头上的汗珠子滚落下来,嘴角开始蠕动并呻吟着。门口的火盆旁放着锋利的剪刀,以备铰脐带之用。李荆氏的接生绝招是祖传的手艺,谁也不清楚那些香末子是艾草还是藏红花,抑或其他神奇的草药,那丸药里面使的什么秘方。周围村庄的老乡都知道她轻易不出手,出手定能整出大动静,技压群雄,手到病除,救人于水火。

"忠瑞,快去弄点肉汤让她喝!"李荆氏晓得肯卖力的女儿体力不支,难以完成眼下当女人的苦差事,难过鬼门关。骨头汤是婆婆早预备好的。喝完汤,云儿热血奔腾,似有向下的推动力,宫门大开,羊水喷薄而出。很快,一只胳膊伸出娘体,拳头紧紧地握着,紧接着,身子也出来了,一个白生生的男孩被李荆氏稳稳地接住了。奉义出生了。娘儿俩长长出了一口气,母子平安。李荆氏把奉义抱在怀里,使劲拍打他的脚丫说:"你个小冤家,快要我女子的命了!早知如此,看我不掰毁了你,要你干啥?"

"是呀,又不是头生子,这么难怅的!"云儿已经筋疲力尽了。

忠瑞的母亲早起熬好骨头汤,一直在药王庙焚香祷告,祈求药王保佑媳妇产子顺利。她一辈子未曾生育过,害怕血迹,对生孩子心存畏惧,如临大敌。云儿生前两胎,她不敢近前,听见媳妇的喊声直捂耳朵,恨不能钻进墙缝里,用稀泥把自己再糊上。忠瑞的父亲则躲在自己的屋子踱步,心里忌讳,不敢出来。他们害怕惊扰了云儿,怕他们身上的烟味呛了孙子,怕亲家笑话或者数落他们。听亲家李荆氏说孙子奉义顺利降生了,俩老人赶紧从柜子取出一卷上好的红绸子,两把五彩丝线,两双白色男式线袜,还有牛皮纸包着的一包烟丝送给亲家。这是他们的一点儿心意。

新生的儿子像冬日早晨初升的太阳。奉义长得与哥哥相似,瓜子脸、高鼻梁、大眼睛、小嘴巴,四肢比一般孩子长出许多,长长的手指头在空中摸索着、挥舞着。他最显眼的特征是与父亲一样,通体肤白如雪,不同凡人。更加令云儿两口子称奇的是娃生下来不哭,眼睛睁得大大的,拳头紧紧攥着,腿不停地踢蹬。身心俱疲的云儿静静地躺在炕上,怀里抱着粉嫩娇小的儿子,幸福荡漾在心头眉梢。

母亲走后,云儿让孩子吸吮乳汁,无意中打开了奉义的手掌。噫!

◎ 第二章　儿女成群

他左手掌两道横纹交会处呈现出一块枣核一样的褐色印迹。她用指头一压，颜色褪去，一松手，颜色再次晕染开来。她早听人讲过，暗记明黡。意思是黡子长在明处好，胎记长在暗处吉利。看来，这娃将来一定好运相伴，是个福星。

按照当地的风俗，孩子满月要去舅舅家住一段时间，美其名曰"挪窝"。按理要等到出了月子才能做这件看似简单、实则意义非凡的过场，因为云儿在家实在无法安心将息，所以奉义出生仅仅十天，忠瑞吃完午饭便套上轿车，将云儿娘儿俩依依不舍送到李家村"挪窝"去了。

母子俩一口气在李家村奢侈地住了五天。云儿结婚四年，肚子没闲过，马不停蹄地怀孩子生孩子，没完没了地养孩子，拖垮了身体，难得休整。这次回家，李善堂两口子心疼女儿，给她偏吃另喝，疼爱有加。云儿真舍不得娘家温馨的气氛，平和的日子。然而，结婚对于云儿来说意味着付出、艰辛和忍耐。娘家虽好非久留之地，家里公婆要伺候，奉娴、奉仁俩孩子需要照顾，还有那些牲口让她牵肠挂肚。女人是家里的魂，真正离开了家，当家庭重担落在忠瑞一个人身上时，云儿才格外心疼起她的那个帅帅的、敦厚善良的丈夫来。

早起，她正想与父母商议回家之事，忠瑞的轿车仿佛从天而降，稳稳地停在她家门口。真是心有灵犀，云儿窃喜：懂得体贴人的丈夫接她来了。

出了李家村，展现在云儿面前的是一幅冬日的关中风景图。数九寒天，沣河上结满厚厚的一层寒冰，平日里架子车、独轮车载重从冰面上通过，根本不用担心掉进河里。沣河岸上空无一人，麻雀饥饿地来回觅食，跳跃着、扑腾着。树木凋零，寒霜挂满枝头。老鸦昏昏欲睡，保存仅有的体力。麦苗被霜打后蜷缩在泥地里盘根，等待春的召唤。硬轱辘马车走在宽广的乡间道路上，咯吱咯吱作响，拉着安静地躺在襁褓中的新生儿与漂亮的少妇……这是关中农村最平常的一日。

突然，忠瑞听见了远处婴儿洪亮的哭声。循声而去，河岸边有一个蓝底格子布襁褓，非常显眼。云儿让忠瑞赶紧停下马车，走近一看果真是个孩子，一个男孩子，脐带还未脱落。忠瑞将孩子抱起来，打开襁褓，发现孩子脖子上系着一根"百家线"做成的项圈，项圈上拴着五枚铜钱。周围一个人也没有，他有心将孩子放在原地，怕天寒地冻孩子受不了；如果将他抱回去，怕母亲训斥。忠瑞是过继给人的，他的亲生母亲早先给他留下家训：家里男娃再多，即使垫圈，也不能送人，更不能过继给别人。他们在这方面挨过大挫，悔青了肠子。忠瑞不忍心再次放下这个可怜的婴儿，便征求云儿的意见。云儿刚刚体味了生育之苦，看到可怜的小生命，慈善柔弱的母爱泛滥了，将孩子紧紧地抱在怀里，亲了又亲，并解开了衣服。忠瑞将轿车上的脚凳取了下来，径自坐在地下抽旱烟。云儿在车里解开自己的衣襟，露出那一对饱鼓鼓的乳房，将奶头塞进孩子嘴里。啊！这苦命的孩子拼命吸吮，三口并作两口就将一个奶吃成了空皮囊，还继续在她胸前蹚摸。云儿欣喜地看到：孩子长着高高的鼻梁，黑葡萄一样的眼睛，樱桃一般的小口，在用过膳以后异常灵动，小脸儿红润鲜活了起来。婴儿吃完奶冲云儿撇撇嘴，嘴唇上的奶泡尚在，非常可爱。因为云儿惦记给自己的儿子奉义留一个奶，舍不得全给他吃，便自言自语道："这年头，人心咋这么狠的，男娃不吃十年白饭，很快就是一条汉子，一个劳力，谁舍得把男娃扔掉呢！莫非是姑娘生的，抑或逃难的人自己性命难保，顾不得孩子死活？不管那些了，先抱回去再说。"

小家伙像小皇帝一样，从容地睡在云儿的怀里，小嘴不停地磨齿磨齿，一路上眼睛不睁，安稳地享受着属于自己的幸福，有奶便是娘啊！"挪窝"的云儿母子包袱行李很多，根本无人留意是否多出一件两件。于是，孩子神不知鬼不觉地被忠瑞抱回了屋子。他在路上已经想好了：对外人就说云儿生了一对双胞胎，反正岳母接的生，并无他人知晓内情。

一夜无事。第二天，老爷子发现忠瑞屋子有两个孩子在啼哭，便劈头盖脸地问："不是生了一个娃么，咋俩娃哭呢？"老实本分的忠瑞不敢隐瞒，只好实言相告。老人震怒了："你俩咋这么爱管闲事的？哪儿捡的闻早放哪儿去。这年头谁愿意养个多余的吃货？"

"爸，我俩商量好了，把这娃和奉义一起养，对外就说生了双生，娃很快就长大了，咱家还多个劳力。救人一命胜造七级浮屠，留下他也不枉你老人家吃斋念佛一场，功德无量啊！"

"说得好听，你以为娃是猪娃，半年就出栏？"母亲的态度不容

第二章　儿女成群

商量。

"妈，娃不要你们操心，云儿的奶够……"忠瑞几乎在求父亲了，心慈手软的父亲瞅着悠然自得的老婆大人，示意儿子听母亲的话，赶紧将那娃送人了事。

"别废话了，送回去！瞎耽误工夫。"母亲呵斥道。

云儿真舍不得这个可怜的没妈没爸的男孩。他的眉毛鼻子是那样像她，感觉与奉仁小时候一模一样，此时如果告诉别人她生了双胞胎，绝对不会有人怀疑的。忠瑞一贯对父母言听计从，遇见这种大事，他左右为难。一个母亲奶两个娃，云儿肯定供应不上，原本鼓胀的乳房总感觉少了内容，少了奔涌而出的乳汁，她总口渴。诚然，现在还不是云儿当家，她说了不算。自作主张收养孩子，别说西堡子，就是在咸阳、西京城，一个小媳妇能做这么大的主吗？公公婆婆的话媳妇敢顶半句嘴吗？

说不定是谁家媳妇与公婆闹矛盾，使性子丢了孩子，也许过了一天，缓过劲来，想再抱回孩子。想到这里，云儿索性让忠瑞把孩子放回原地，看有没有人来寻娃。木讷的忠瑞一步也不想动弹，他喜欢娃，而且还是个男娃，已经抱回来了，怎么舍得再送回原地，又不是挖红苕，看着个小，再埋进去让它长，这是一条命啊！可是，老掌柜的发话："才过门几年，生了女子奉娴，再生了奉仁。奉仁刚会走，又生了奉义，两儿一女，还要那么多娃干啥，趁早抱回去。"老爸数落云儿，忠瑞只好洗耳恭听。

三九三，冻破砖，西北风呼啦啦地刮着。云儿见忠瑞舍不得娃，顾不得月子人虚，包上头巾，穿着回门那身大红棉袄，黑棉窝窝，脸蛋冻得像胡萝卜一样，抱着孩子站在沣河堰的野风地里，见人就问："你丢娃了么？你听说谁把娃丢了么？"可是，人来人往，有做生意的，送灯笼的，要饭的，赶车的，就是没有寻娃的。找了一天，小两口的脸被风吹红了，头发也被吹乱了，就是不见半个找娃的人影。云儿心里嘀咕：这娃真是人家有意扔的，没人性的生娃不管娃。这个命运多舛的孩子啊，你爹娘老子咋这么狠心呀！他们只好把娃又抱了回来，现在，剩下的也许只有一条路可走——按照老人的意思将孩子送人。

世事周全，都有个预备，有个卖啥的就有个买啥的。

23

西堡子

楷瑞听到消息，立刻找上门来。他老婆娶进门不开怀，本不想抱养孩子，无奈媳妇一天到晚闹腾。忠瑞与云儿商量：与楷瑞同门同宗，两家距离不到十丈远，将孩子送给楷瑞完事，两相相安。一贯迷信的村民说：最近的喜鹊成群地落在梧桐树梢，命该这娃落脚在西堡子，也许是灵童转世，他的机缘造化到了。

生的没有养的亲。云儿奶了几天孩子，还真与他有了感情，舍不得送人。可是，老人态度坚决：绝对不留。仁爱的心折磨得云儿夜不能寐，就在这时，一个奇怪的想法盘旋在她的脑海：将捡拾的这个男孩留给自己，把奉义送人，上演调包计，天知地知，无人能知。她不敢与忠瑞商量，不敢与公婆商量，怕他们反对，怕他们阻拦。云儿甚至大胆地想：楷瑞是谁？西堡子有名的大财东家，老油坊的金山银山在那儿放着等着人享用，他们家啥都不缺，缺的就是这一脉单传的男孩。假如把奉义调换给楷瑞，那么将来楷瑞家的所有财产都是我儿的，捡来的孩子长在自己家，他仍然可以得到全家的疼爱，已经有老大奉仁守住家，为他们留住根，她对得起忠瑞了。不行，万一楷瑞将来对她的亲生儿子奉义不好怎么办，孩子受罪怎么办？覆水难收啊！她反复寻思一个万全之策。女人的豌豆心又转了回来：不行，万一老大奉仁有个三长两短，掉进护城河淹死，得瘟疫病死，遭年馑饿死了怎么办？到时候，奉娴长大嫁人，我守着一个不成器的捡来的孩子，岂不自断香火，自掘坟墓？到时候假如让忠瑞和公婆知道了端倪，我还有脸活在世上吗？左思右想，云儿心烦意乱睡意全无。后半夜，她披衣起床，点亮油灯，突然，她下意识地摸到了枕头边的一枚硬币。嘻嘻，有了，抓阄，万事再难总有个了断！

云儿暗示自己：正面朝上送奉义，反面朝上送捡来的，五打三胜。于是，这位天底下最聪明的母亲取下头上的银簪，拨亮油灯，披上棉袄。她坐在炕头，开始向空中抛掷铜钱，第一次袁世凯大总统头像朝上，第二次，仍然不见背面的麦穗图案。云儿心脏突突地直跳，万一下一次还是袁世凯大总统头像朝上，那么她的宝贝儿子将离开自己。她将硬币攥在手心，双手合十，反复摇动，祈求最直接最本真地展示出结果来。她的心脏简直要跳将出腔子了，硬币"咕噜咕噜"在炕上转了很久，她闭上眼睛，用手压倒硬币，扣在手心底下。她不敢睁眼

◎ 第二章　儿女成群

看结果，忐忑的心怦怦直跳。不知过了多久，她终于鼓起了勇气，结果已经非常明白：老袁冲着她笑。现在还有什么借口？宝贝儿子得离开她了。她不死心，再一次高高地抛起硬币，祈求哪怕一次的反转。结果，硬币落到席上转了一会儿，自动停止了转动，老袁的人头依然朝上！云儿仍然不信邪，她不相信儿子就这样命苦，非得离娘。于是，她再次将硬币掷向空中，这一次，硬币跟捉迷藏似的快速落在炕脚底下的木凉椅上，停止了转动。云儿惊奇地发现，钢镚上的大总统头像仍然颜面朝上，直挺挺地躺着望着她家的天花板。天啊！齐刷刷五次全部正面朝上！说什么五局三胜，人家是大获全胜。云儿一下子热血冲顶，难不成母亲李荆氏一语成谶，亲骨肉果真要亲娘的命啊？倔强的关中人一贯说话算数，哪怕是心理暗示也要兑现。

　　心爱的儿子明天即将离开娘怀，到门宗的楷瑞家当儿子了，以后的命运生计山高水低要靠娃自己了，李云儿抱着孩子，眼泪哗哗地流了下来。她想叫醒忠瑞与他商量，刚刚伸出的手又收了回来。不行，忠瑞肯定反对她调换儿子，血亲至真，奉义可是忠瑞亲亲的没掺杂一丝丝假的儿子啊！心中毛焦的她辗转反侧，索性转身到厨房美美地喝了三碗浆水，大口大口地喘着粗气，期待着酸汤能够浇灭陡然间燃烧起来的心火。

　　苍天作证，天底下最心硬的母亲彻夜未眠！

　　第二天一大早，云儿给两个孩子调换了襁褓、衣服，将那串铜钱用帕子包好，从银柜底下取出结婚时穿的凤冠霞帔，将帕子和钱藏在口袋里边。等楷瑞来到自家门口，云儿强装欢笑，亲手将奉义递与他。临走前对楷瑞说："你们一定要善待他，娃可怜没爸没妈，要是找不到奶妈就把娃抱来，吃我的奶。"就这样，从那一刻开始，捡来的这个孩子就叫奉义，而真正的奉义送给了楷瑞家。天机不可泄露，云儿未敢露出半点儿马脚。

　　"嫂子，你放心。"楷瑞爽快地答应了，从怀里掏出几个袁大头来，硬要塞给云儿。她执意推辞，转身就走。假如她收楷瑞一毛钱，性质就昭然若揭——无异于卖儿。不费吹灰之力得到白白胖胖的儿子，楷瑞觉得自己刹那摇身变成世界上最幸福的人了。他欠欠身子望着云儿的背影，给她深深地鞠了一躬。也是，民国初立，婴儿死亡率那么高，

西堡子

要不是山穷水尽或者大姑娘生养,谁家愿意把男娃丢到荒郊野外,让他捡了个便宜。

人常说私生子漂亮聪明。楷瑞抑制不住内心的激动,不住地看娃。娃确实长得与一般娃不同,白净的皮肤,尤其睫毛长得很长很长,听老辈人说,人的睫毛长,寿数长。娃的脐带已落,不红不肿,证明健康无恙。孩子个子这么高,脚丫子几乎蹬出襁褓外边,不像个婴儿,倒像个满月的大娃。楷瑞相信这个娃能给他撑起半边天,他家的香火这下终于有救了。

那张蓝底格子布包裹着云儿的心尖儿去了富有的楷瑞家。全家人像丢掉包袱似的欢天喜地,而云儿心里的忐忑却正好如西堡子春节燃放炮仗所释放出来的烟雾一般,久久不能弥散。

只因牵挂那个小生命,云儿隔三岔五找借口去楷瑞家。她端起饭碗想儿郎,五谷饭食不再香。睡觉望着天花板,想起儿子泪涟涟。她平时抱孩子出门,唯恐别人揭娃的襁褓,跟做贼似的,诚惶诚恐。她反复告诫自己:忘记一切,怀里抱着的就是自己的亲儿,千万不敢露出破绽,否则对两个孩子都不好。听老辈人说,人心里如果有秘密,可以找一个树洞,对洞说出所有的心事,然后用泥巴堵上树洞,从此便无人知晓,顿觉浑身轻松。于是,云儿径自来到自己家桃园的桃树跟前,百十棵老树疙疙瘩瘩,不乏树洞,她站在树下,泪流满面,抱着桃树泣不成声。她相信所有的树洞都听懂了她的心语,她的委屈,她的无奈。回想前几天,她路过楷瑞家的门口,看见儿子哭得死去活来,楷瑞媳妇根本不到娃身边去。云儿已经抬脚,准备进去把娃再换回来。她刚迈过门槛,理智占据了上风:木已成舟,不能反悔。她走过去把儿子抱起来,给娃喂奶。娃在她怀里吃饱了,安静地冲着她笑。那一刻,她的心都碎成了瓦渣滩。这么乖的娃,她咋舍得送人呢?她想:我一定是着了魔,财迷了心窍,才想出这阴招、损招来。罢了,横下一条心,泪水坠埃尘。福祸天注定,强求亦无根。她建议楷瑞给娃买一只羊,五块钱一只的好奶羊,让娃能喝上有营养的饮品,总比饥一顿饱一顿强。楷瑞照办了。

半月后,婆婆来到云儿房间说道:"楷瑞给儿子做满月,你引奉仁坐席去,这是两块钱,给他们买三尺红布,礼馍在礼笼子里,正好十

◎ 第二章 儿女成群

个,其他礼我也给你备齐了。"婆婆一边抽烟,一边不屑地出去了。

云儿将头发梳通,抹了桂花头油,引着奉仁,用礼笼子提着十个礼馍,上面覆盖三尺红布坐席去了。乡党们早已聚集在楷瑞家搭的凉棚里说着闲话。农村的红白喜事最能体现一个人的人缘,这不,半截巷子的女人拖儿带女都来了。

吃完臊子面,在等待后响"十三花"的空当,楷瑞把儿子抱出来给亲友观瞻。初为人父的他眉开眼笑,有后了嘛。孩子眉宇饱满,肤白清秀,眼睛眨巴眨巴很是可爱,收拾得矮傒。在乡亲们的祝福中,主人家热情待客。他们的三间厅房宽敞明亮,家里摆设一应俱全,床上铺的全是丝绸被褥,八仙桌上供奉着与忠瑞家相同的祖先牌位。楷瑞的卧室陈放着金丝楠木家具,大柜上雕刻着五子登科八仙过海的人物,一对箱子上雕刻着开口石榴仙桃王母的形象,泛着枣红色的幽光。八仙桌上悬挂着一张卧盘猛虎,旁边一副对联:"德沐春风名高金鼎,神凝秋雨节映冰壶。"乡党们一看,真是有钱人的排场。比起忠瑞家,楷瑞果真更有钱,今日一见真是名不虚传,看来长门的实力非凡——云儿捡来的男孩掉进福窝了。

被剜掉心头肉的云儿为了掩饰内心的慌乱顾左右而言他,故意问抱着"金蛋蛋"的英瑞:"哥,你说方圆几十里,独有咱西堡子风景独特,敢不是周文王保佑我们村子,让他的九王子姬康叔长眠于我们村,优化了咱们的风水?"

"那肯定了,文王是何等英明果敢之人,如今的礼义廉孝规矩方圆都是他老人家定的,孔子说的克己复礼复的就是周礼。你才嫁到咱门里几天,想必忠瑞没有告诉过你,咱们祖上借着好风水也出过几个文秀才。文人好静,庇荫后代,才导致人丁兴旺呢!"

"秀才,该不是杜撰的吧?我怎么没听说过?"云儿一边说话,一边看着襁褓里的婴儿出神。英瑞不明就里,也体察不出云儿的表情,径直打开了话匣子。

"其实咱们西堡子的历史像黄河一样源远流长,几次险些遭遇灭顶之灾。远的不说,1876年,赵义的回民从同州一路杀过来,咱村城门紧闭严防死守,任庄稼荒芜决不出城。因为文秀才在慈禧太后身边行走,所以,清剿的队伍绕过西堡子,一路朝西而去。咱村的大人小孩

27

▶ 西堡子

毫发无损，侥幸逃过一劫。"

"是呀，当初多亏我们祖上修建了城堡，有个遮掩，否则早被人杀光了。"

"你们再别杀呀杀的，不嫌忌讳，人家给娃过满月呢！"旁边席上英瑞的女人提醒道。

"哎呀，失口失口，忘了，忘了，不说了，不谝了，筵席开了。"

众人正襟危坐，远近闻名的"十三花"已经端了上来。坐席的乡党亲戚们开始优雅地享用。

甜食一般安排在坐席的后半段，是需要等待的。有钱人家一贯要连上八道甜食，这也是孩子们的最爱。

闲着也是闲着，席间楷瑞媳妇将孩子的陪房拿出来与大家欣赏。堂间竹床上摆满大小各异一年四季孩子穿的衣服、被褥、玩具，包括到十几岁都能穿的大衣服、大鞋，引得众人一阵咂舌，羡慕之情溢于言表。自小吃斋念佛从不看人下菜的英瑞媳妇则轻蔑地说："娃才满月，谁家给娃预备这么多的大鞋，不嫌晦气。"话一出口，马上有人提醒道："不敢胡说，亏你还是本家，有钱人都是这样，提早预备呢，懂不懂？"英瑞媳妇当着花店的家，一般情况下她不说话，说出的话能把脚下的地面砸个坑。

这时，有一个女人大声问楷瑞："楷瑞哥，把你家饭快吃完了，还不知道咱的宝贝疙瘩叫个啥名字？""呵呵，名字？好名。你没听说古代有个尧舜，是圣贤和福寿之人，人中枭雄。为了沾点儿他的福气，我给娃取名泓顺。"楷瑞其实并不知道尧舜两个字咋写，只知儿子这一辈人该从"泓"字取名了，所以新上任的老爸十分得意给儿子取了自以为是的好名。

"乖乖，这么伟大的名字，娃将来可不敢成了西北王了！尧舜不过是要顺，你心重得要那么大个顺。"英瑞打趣道。"借大家吉言，我一定按照大家的意愿把他培养成王，人王。"楷瑞高兴得忙前忙后，合不拢嘴。三十好几的汉子得个儿子自然喜不自胜，为了这一天，他实在等得太久了。

席间，云儿抱起奉义，哦，不，现在叫泓顺，亲了又亲。没人处，她悄悄打开泓顺的手掌，那个酷似枣核的梭形胎记清晰可见，那是她永远无法忘掉的骨肉印迹。

　　满月后,楷瑞给孩子先后找过几个奶妈,都是因为既要奶自己的孩子,泓顺饭量又大,无法兼顾而放弃。于是,楷瑞隔三岔五把泓顺抱给云儿,匀奉义的奶水。云儿同时奶两个孩子,几个月下来,原本圆圆的脸颊变得颧骨凸显,眼圈乌黑了,为此没少挨婆婆的骂。不周到的时候,云儿给奉义喂点面糊糊,留下奶水给泓顺,手心总比手背暖,那可是自己的亲儿啊!还好,娃半岁会坐时,楷瑞给儿子另外买了一只更肥的奶羊,满足了儿子不断增加的饭量。这只神奇灵醒的奶羊每每跳上炕,跟人似的静静地卧在娃身边,叫娃吃它的奶,不劳人侍弄。

　　自从泓顺吃上羊妈妈的奶,脸红扑扑的,只是拉出来的屎像羊屎蛋儿一样,一颗一颗,活脱脱云儿亲手做出来晾晒的药丸。云儿打趣楷瑞:"啥时候你偷了我家的跌打损伤丸藏在娃的裤裆里?"

　　"是我偷的,我连你家的秘方都偷回来了,你没发现吗?"楷瑞哈哈大笑。

　　"我的秘方是留给最有善心的儿子的。"

　　"你最好睡觉的时候也睁着眼睛,小心梦话出卖了你,嫂子!"

　　"呵呵,你放心,你把娃看好,他是你的希望!"

　　正笑着,懂事的奶羊蹿上了楷瑞的炕边,自动卧在炕上,有意挺起了它的肚皮,给泓顺温顺地开起了早膳……

第三章 小试牛刀

云儿后来五年间陆续给忠瑞生了三个儿子：奉礼、奉智、奉信。

一女五男齐整的六个孩子像楼梯一般，一个比一个高半头。如新婚预想的那样，云儿果然儿女绕膝，天遂人愿！照这个速度生下去，福、禄、寿、喜、财不出十年也该陆续来忠瑞家报到注册了。

只是家里的老掌柜仍然抽他的大烟，不管闲事，油瓶子倒了不扶，当初殷实的家当估计银柜空虚，钱少绳长了，这让云儿有些头疼。收成是有限的，而张口的越来越多，专门驾辕的那头黑马也升辈当了娘，后面热闹地跟着三只小马。生不逢时的小马来的不是时候，捉襟见肘的日子逼得忠瑞平时喂马必须全部用青草了，一粒豌豆都显得那么珍贵，老黑马瘦得皮包骨头，身上的鬃毛也日渐失去了往日的光华。孩子们晚上再也不敢去光顾街道上那依次排开的红灯笼下的小吃摊，更不用说去街道中心的百货店里采买上海出产的新鲜玩意儿。忠瑞身为继子不敢有半句怨言，这下可委屈了云儿。李云儿对男人说道："家中人口越来越多，娃是坚决不能再生了，从今天起，你睡在后院马厩旁边的小房子里，让奉仁给你做伴。咱家二十亩地不是沟沟坎坎，就是坑坑洼洼，根本解决不了生计问题，照这样下去，娃们只能吃御麦糁就咸菜了，晚上不给咱尿一炕，也得水漫金山，咱得想个办法。"

忠瑞说："睡在哪儿都是小事，我把裤腰带勒紧不就行了？"忠瑞清了清嗓子继续说道："手头紧，要不把你的凤冠霞帔卖了？"

"卖房也不能卖那宝贝。嫁给你搭进去我的劳力、智力，再把陪房卖了，我以后咋进李家村的牌楼？"

"要不去楷瑞家借点钱？都是门宗。"

"不行，那么高的利谁能承担得起，况且我们做生意借钱还说得过

◎ 第三章　小试牛刀

去，买吃喝去借钱不嫌人笑话？"

"那好，我们就做生意。不过，咱做啥生意呀，六国贩马？"忠瑞怯怯弱弱地问。

"我的饭做得好，尤其馍和包子拿手，高桥会上人多，去卖包子咋样？"

"好啊，这个主意好，只是要辛苦你起早贪黑了。咱娃多，老人上了年纪，没人帮忙。"忠瑞心里仍然没底，有些惶恐。

"没事，奉义、奉礼、奉智都大了，咱奉仁已经十岁了，尽管他木讷，让他看娃总该行吧？别烧着烫着弟弟们就行了，要不然让奉娴辍学回家管着弟弟，那么大的姑娘看娃没麻达。"夫妻俩这一夜越说越兴奋，你一言我一语，连细节都想到了。

第二天一大早，忠瑞喂完牲口，到母亲房间不住地抽着旱烟，最终鼓起勇气，陈述了夫妻俩的打算。

"你们可以干，但别梦想从我口袋拿一两银子。十个人吃饭，又不单我一人长着嘴！"老妈似乎很绝情。

"妈，我俩不多要，给十个袁大头就成，总得买点儿粮食嘛。谁家做买卖不摊本？你到观音山烧香，哪一次不花上百块钱，十块钱权当你路上喝了几碗酸梅汤，路过西京看了一场戏，吃了两个天鹅蛋嘛。看在几个孙子的面上，儿求你了，你看，云儿也在场。"忠瑞已经在用近乎乞讨的语气祈求母亲。

"看你个窝囊样子一点儿也不像你爸，越长越没出息，总像个女人，婆婆妈妈的，为十块钱向人张嘴，自己想办法去！"

"妈，算儿借你的钱行不？到年底，我再加倍还给你。"忠瑞想极力在父母跟前挽回颜面，不想丢人现眼。

"世上哪有儿子借老子钱的，这不是刘备借荆州嘛！你自己想办法，我夜黑抹牌累了，要睡觉呀。"

"你不给我钱，我就到楷瑞老油坊去借，反正长门不会笑话长门。"忠瑞话音刚落，就被母亲打断了："谁的钱都可以借，就是楷瑞家的钱扎手，不许往他家跑！"

母子俩争执了半天，老父亲却徐庶进曹营一言不发。母亲主要害怕楷瑞居高临下的气势让儿子备受欺辱，害怕儿媳跳进连环套。有钱

31

西堡子

人笑里藏刀,这也是不争的事实,况且利滚利的借贷政策猛于虎,远近谁人不知?

云儿根本没想到小两口为做生意在公公婆婆面前把面子丢进太平洋里,碎成了渣渣。此路不通,另辟蹊径。她侥幸地想:我给楷瑞捡了一个男娃,不看僧面看佛面,看在娃的面子上,精明的本家男人楷瑞是不会让她空手而归的。趁老人不备,云儿偷偷从楷瑞家借来了十块大洋,人家只说你拿去用去,并未附加任何条件。这次轻而易举借到钱让进门十年尚未当家的少妇喜出望外。

借到钱,兴奋的小两口雷厉风行,说干就干。他们买来蒸汤大锅、笼屉、面盘等,买了一些粮食,甩开膀子发面,刷锅备菜,准备跟会卖包子。

云儿早就考察好了卖包子的地点——高桥镇。镇子距离西堡子不过五里路程,每天晚上都有赌局,一街两行的人摇宝掷骰子、卖吃喝,好不热闹。该桥建于明嘉靖年间,清咸丰时重新修建,为二十八孔桥,碌碡桥墩,原木梁,木面桥,长120米,宽4米,是沣河上一座远近闻名的拱桥。听老人讲,明朝以前此处就建有桥梁,那时的高桥比现在高出许多。据说曾经有一位空空道人,衣衫褴褛,黑眼仁里长着两朵萝卜花,肩上褡裢里仅有几枚铜钱。那天路过高桥底下,一眼望不见桥面,他想探探高桥的高度。于是,他一手将麻钱掷向空中,哈哈大笑,随风而东去。等他从古长安城吃完羊肉泡馍,溜达回来,走到桥下面,那枚铜钱刚刚落下来,被他稳稳地接住,可见高桥有多高!不说来回长安城20公里的路程,单说掰白饼、煮泡馍得耗时多少?

生意人挣钱凭的是手艺。云儿蒸的包子个大、皮薄、馅多,每次蒸的不多,两大筐装满。忠瑞套上马车,到了场子,将马拴好,只管低头给人递包子,从不收钱。等包子递完,筐子里一个铜板都没有。他便站起来开口笑嘻嘻地说道:"各位老总哥哥们,给多少都行,明天要量麦子呢。"输钱的人爱答不理,赢钱的人随手抓一把钱,数也不数,扔进筐子。尽管只有两三个人扔钱,但忠瑞一看,喜出望外,急忙摆手说道:"够了够了,不要了,不要了!"那些低头抓牌的赌徒们便不再管填进肚子多少个包子,继续酣战。其实,忠瑞掐指一算,一点儿盈利也没有,只要够本钱,他就不让赌家继续往笼子里扔钱。第

◎ 第三章 小试牛刀

二天，他们继续买了粮食，俩大人与几个未成年的儿子一起，把粮食推到碾子跟前，一点点倒上去，再一圈圈用力推磨子，细细的白面磨出来，黑面和麸子留给自家人吃，白面拿去发面蒸包子再卖。俩老人对他们的经营之道颇有微词，嫌他们利太薄，人太辛苦，还害得孙子们跟着受累，一帮大的、小的没人照管。

当地每三天一个会，周围的村庄或者镇点设物资交流会。忠瑞的包子渐渐出了名，有人还真好上了这一口，逛会好像是专门冲着云儿一流的手艺、流油的肉包子去的。

日子一天天好起来，孩子们两顿饭变成了三顿，最起码能吃饱。城堡的新学里多了几个学子，那是忠瑞家的。云儿把儿子们送到学校上学，每天在门口给他们撕两张白纸，叮咛他们好好上进，不许打架骂仗，晚上回来交作业，她会认真阅过。奉娴半天上学，半天在家带小弟弟奉信，倒也认真勤谨，给大人帮了大忙。这是云儿专门给学校打了招呼，破了例的。

此时，忠瑞家族三门的英瑞经营自己的花店已经多年了，声名远播，除了咸阳的纱厂，天南地北的商人们从他的花店源源不断地采购棉花成品、半成品，他家的米缸、面缸堆得跟山一样高。对知识的渴望促使英瑞不敢怠慢了孩子们的学业，他来到忠瑞家与他商量，决定选送孩子们去西京上学，了解外面的世界，结交更多的朋友，将来把他们的生意做大做强。刚刚填饱肚子仍旧捉襟见肘的忠瑞根本考虑不到给孩子的择校问题。英瑞更想不到忠瑞会囊中羞涩到如此地步，弟兄俩话不投机不欢而散。

说到孩子上学，看官耐烦听听这小小的西堡子由来已久的学风。

万事万物都有个缘由。自古西堡子的子弟喜欢读书，这主要源于老辈人的教导和三会寺与造书台的警示。《关中胜景图志》造书台记录：黄帝史臣仓颉以结绳而记录史事，后创造了文字。仓颉造字台是隋代时人们发现的一个古人类遗址，陶片上画有许多符号，筑台封存，尊为仓颉造字台。唐朝几代皇帝游幸造字台。韦后来观看造字台时，上官婕妤兴之所至，当场挽起袖子写了一首《幸驾三会寺》诗。造字台与三会寺同为唐代著名风景地昆明池中的一个景点，也就是西堡子东边几里地的一个著名地标。晚唐三会寺荒废，曾参的《题三会寺仓

▶ 西堡子

颉造书台》写道：野寺荒台晚，寒天古木悲，空阶有鸟迹，犹似造书时。

仓颉造字台如今依然屹立于此，永远定格在当地人口传心授的历史里，定格在灿若星河的静谧中。岁月悠悠，仓颉所造的文字已然演变为现今中国人甚至包括一些亚洲人使用的文字，推进了人类文明的进步，若是这座古都办不好教育，实在无颜面对祖先。如果说仓颉造字奠定了国人文明的基础，那么后世的大学教育则必须进一步将精神文明的精髓，包括仁、义、礼、智、信具体细化为人们的行为规范才无愧于祖先。

古人是英明的。三千年前，西周设立的太学辟雍则从另外一个侧面为孩子们规矩做人树立了典范。辟雍不在别处，正好设在西堡子所在的沣河沿岸。朝廷规定男性贵族子弟在辟雍学习作为一个贵族所需要的各种技艺，如礼仪、音乐、舞蹈、诵诗、写作、射箭、骑马、驾车等，在课程设置里还有性教育。贵族子弟们从十岁开始就要寄宿于城内的"小学"，至15岁时进入郊外的"辟雍"，换言之，他们从十岁"出就外傅"至20岁行冠礼表示成年，中间要有十年离家在外，过集体生活。《五经通义》记载：天子立辟雍者何？所以行礼乐，宣教化，教导天下之人，使为士君子，养三老，事五更，与诸侯行礼之处也。先人们在办学方面做了有益的探索，一种叫作"熏陶"的东西也流传久远。

故此，尊师重教在西堡子蔚然成风，送子弟入学，掌握做人的基本规则的思想根深蒂固，谁也不敢将孩子上学视为儿戏。西堡子的适龄儿童在一个年龄段上只有七八个人，除非心智不全外，其他的悉数进学校上学，视智商高低，有上完小的，有念高小的。不让孩子上学一定会被人耻笑。即使上不起西京的高级学校，西堡子的新学最起码可以满足他们的求学愿望。好在云儿已经将家庭重担挑了起来，孩子们全部上了新学，有了更大的自由空间，但是英瑞提出让孩子们到西京上学，云儿确实没有那个能力和财力。

孩子们在城堡新学去上学，大人安心做生意，侍弄庄稼。很快，云儿两口子苦心经营的"面店子老三"声名大震。到年底，他俩给楷瑞家还清了借款，连本带利十二块大洋，无债一身轻了。

◎ 第三章 小试牛刀

楷瑞眼看忠瑞家的儿子们一个个长成大人，自己家还是泓顺一个，香火旺不起来，全然忘记就这一根独苗还是云儿给他们抱来的事实，心底一棵小小的妒苗悄悄地生长起来：哼！将来有一天，云儿的这群孩子都长成参天大树，很可能对我构成巨大的威胁；尽管同族未出五服，即使是亲兄弟也得互相提防呢。要是他们再借钱，不能仍然是这么低的利，得提高，不能让他们自在得像野草一样疯长。

开春后，果然，忠瑞背着云儿向楷瑞再借20块银圆，结果乘兴而去败兴而归。楷瑞言说借钱的人多，钱还有别的周转，鉴于弟兄们情深，想办法先借给他们一点儿，但是必须三个月还清。忠瑞像霜打的茄子，对于三个月还清本息根本没有把握，不敢伸手去接钱，说回家跟云儿商量商量再说，出了他们的宅门。

楷瑞的算盘珠子只认利，他全然忘记了泓顺吃过云儿的奶，是她给了他延续香火的机会。或许不是忘记，男人内心最害怕别人的能力超过他，实力超过他。谁都能看到云儿给忠瑞添了齐刷刷五个生龙活虎的小伙子，他们将来长大成人就是村子自成体系的五个宅院，势力一定不同凡响。嫉妒心极强的楷瑞想到这里，不禁打了个寒战。即使饿狼都会占据自己的领地，不会退而求其次，更何况精明的楷瑞。今天我借给他银子，日后也许他们会占领我所有的地盘，对我的宝贝儿子泓顺构成威胁，因为蛋糕就那么大，别人切得多，自然自己就吃得少了。所以，对待忠瑞要恩威并用，先借贷，再逼债，实在不行，折抵他们那几亩水浇地！

在楷瑞家挨了软刀子，忠瑞怕云儿笑话他连在本家都借不到钱，回家后一言不发。这次该楷瑞着急了。他在家左等右等，三天没见忠瑞闪面。他决定亲自到忠瑞家一看究竟，云儿的面食生意到底还做不做。这位西堡子耳朵不太好使的财东家，落座在云儿的高背椅子上后，怡然自得地说："嫂子，你看咱的泓顺有啥出息，清早，他妈杀鸡，一刀下去把鸡头剁了，把人家吓得钻进门帘里不敢出来。我硬把他拉出来，那货哭得像把他二爸死了一样，呼哧呼哧的哄不乖。你说他将来长大咋办？一个娃子，没彩得很。"

"人大自知，树大自直，你操那么多心干啥。娃还小着呢，胆子小的娃不惹事，真正过日子不需要多大的胆量。你就一根独苗，不操那

▶ 西堡子

么长远的心。"云儿一边拐着棉线一边说道。楷瑞见云儿说到过日子，却不提说借钱的事，自己又不好意思开口，没趣地说："借你吉言，但愿他将来能长本事。我回去看看家里把鸡炖好了没有，娃上学费脑子，可得好好补补。"说着抬腿走了。云儿见楷瑞没话找话，净说些鸡毛蒜皮的小事，闭口不提借钱的事，冲着楷瑞的身影淡淡说了一句："没事叫娃过来耍，这边娃娃多。"

这一趟考察的结果是忠瑞两口子拉着硬屎，真是厕所的石头又臭又硬。没有钱，生意还得继续。忠瑞悄悄给自家老掌柜说了去楷瑞家借钱的事。老汉一听，胸口疼了半天。等回过神来，愤愤地说道："不借他的，我有。"小两口毕恭毕敬站在老人面前，感动得不知所云。原来老掌柜是想通过经营实战考验儿子的生活能力，他自己手中有的是钱！

在老人的支持下，开春的生意异常顺利。地里的庄稼在大人的打理下，也不差成色。忠瑞的两个老人脸上露出了少有的笑容，这是全家人所期待的。只是人高马大风风火火的云儿，累得几乎直不起腰来，人也明显瘦弱了许多，只剩下两只水灵灵的大眼睛向人们昭示着她的智慧与勤奋。由于地里与锅台上的活太多了，年轻的母亲自然放松了对孩子们的管束。就在这时，意外的事情发生了。

那天上午放学之后，村里的小孩子在城墙或者在瓮城里边玩耍。他们声东击西玩三十六计的老把戏，纵使曲生生有三头六臂，也挡不住两个长长的马道。他只好千叮咛万嘱咐，要他们格外小心，孩子们后背没长眼睛，一不小心失足掉进护城河可不是闹着玩的。

泓顺和奉义从小形影不离，他们一起玩耍，一起嬉闹。到城墙上放风筝，到护城河捞鱼虾。护城河的芦苇荡里，藏满孩子们的欢歌笑语。大人们各忙各的，孩子们的生活简单而快乐。其实，搭眼一看就晓得泓顺的衣着打扮明显比奉义好，一副富家子弟的模样。但是泓顺不敢玩危险的游戏，因为父亲交代过："咱家就你一个，不能玩野了，将来要继承家业，读书识字重要，买卖更重要，要像个读书人的样子，对人要谦卑，要微笑待客。"泓顺是个乖孩子，他谨记在心，他的乐趣因家庭氛围受到了限制。人家下河，他在岸边观看；人家挖野菜，他怕把皮鞋弄脏，在大路上等待。村子的同龄伙伴总共就那么几个，和

◎ 第三章 小试牛刀

泓顺能玩在一起的无外乎本家几个兄弟，比如泓福、泓利、泓平、泓善等，当然还有聪明伶俐的奉义。

城墙是孩子们心中向往的圣洁之地，也是最危险的地方。当年建造西堡子，村上掏钱在西京订购了两门大炮。大炮做好后，村民给大炮缠上红绸子，百十人一路欢歌，簇拥着、怒吼着撼动心弦的打夯号子，浩浩荡荡进城，将土炮拉了上去，安放在城门上。土炮射程在一公里左右，它的震慑功能显然比几个毛贼手持几杆步枪或手榴弹不知要强大多少倍。外村人没见过这光景，成群结队地来看稀奇。城墙上面锯齿状的女儿墙是预备战时使用的，平时怕孩子们稀罕这玩意儿，上去玩耍，所以，两个看门人与其说站在上面看外来的人，还不如说是防备自己村子的人。上不了城墙的猴娃子们，只好把希望寄托在瓮城，还有东西两侧那神秘的弹药库上。炸药当时管理得非常严格，两个看门人将炸药存放在瓮城里，看起来像存放的粮食一样，实际上是加了锁的。一般人看不出来，这是天机。

这不，奉义与泓顺两个不拆伴的，他俩在马道上你追我赶，嬉笑打闹，不知不觉已到了早饭时间。云儿知道俩娃一天到晚黏糊在一起，不论谁有好吃好喝的，见面分一半，有时俩人晚上还想睡在一个炕头上，要不是楷瑞反对，怕时间久了与父母生分，云儿是不会反对俩娃同餐共枕的。

这俩孩子正是吃屎喝尿跳城壕不知天高地厚的年龄，俩猴蓑娃子如入无人之境，用铁丝将瓮城西边放置火药的门打开，每人给口袋装满火药，屁股后面长眼，一溜烟进了城，来到泓顺他叔父复瑞的院子。两个贼眉鼠眼的蓑娃在房子里掏出倒腾来的火药。俩人打赌谁胆大，敢点火药。要么说还是泓顺矫情，他准备去他叔的厨房寻火柴，引燃棉花秆，再用棉花秆去点燃那些火药，听一听响声，给耳朵过个生日。没想到奉义在泓顺出去寻找火柴的那一刻，把火药薄薄地铺在炕边，骚情地下意识地用指甲一划，霎时"轰"的一声巨响，烟尘冲天。顿时，复瑞的房顶不见了！泓顺见状一时间傻了眼，吓得赶紧往回跑。

话说云儿把饭做好，左等右等不见奉义的影子，于是，她让老五奉信去寻他二哥。奉信天生调皮顽劣，是二哥的跟屁虫，俩人形影不离，像粘在他哥身上的狗皮膏药一样。这次猛不防奉义却给他妈制造

> 西堡子

出了惊天的壮举。奉信听人说二哥和泓顺去了他叔家,循踪也去了。他在院子连喊了三声"二哥,二哥,二哥,咱妈叫你吃饭咧",就是没人应声。门口的大狼狗伸出长长的舌头看他。他隐约听见前边那间空房子有窸窸窣窣的声音,奉信刚走到门口,就被一股热浪冲倒在地。凑巧门口有一堆烂麦秸秆、棉花壳子,一下子被里边的火舌引燃,火舌"腾"地一下扑向他,霎时,年仅五岁的小孩子变成了火人!狼狗见状,后退了好几步,不住地狂吠起来。

要不说奉义这小子命大。房顶都被炸掉了,他却神奇般地从地上爬了起来,抖掉身上的尘土,尽管头发、眉毛全被烧光了,但小命犹在。他刚踉跄到门口,发现一个人倒在地上不停地打滚,仔细一看,不是与他一起玩火药的泓顺,竟然是他家老五奉信!奉义顾不得身上疼痛,急中生智,连忙在后院取来平时收拾茅厕的铁锨,迅速把院子那一堆积攒了半年的鸡粪往奉信身上高扬,用最原始的办法来灭火,差点把弟弟活埋了。等到火势控制住,他把娃从鸡粪里拉出来,发现弟弟胸前、颈脖、五官血肉模糊,身上理所当然全是鸡屎。

云儿听说几个吃了熊心豹子胆的孩子把人家的房子炸了,根本没想到会是自家听话的奉义干的勾当,还连带了年仅五岁的弟弟奉信。见到俩孩子,云儿又急又气,又惊又怕,赶紧脱掉外套将儿子包住,抱在怀里飞奔回家,一路狂喊着:"快,快,娃他爸套车!"忠瑞赶紧把黑马塞进轿车辕内,送娃去咸阳医院。

在去咸阳的路上,云儿从奉义嘴里得知参与偷火药并出点子拿主意的是泓顺——那位平时脚不沾泥、身不见雨的富家子弟。云儿听罢三魂不在了,心想,我的婶娘呀,这还了得!泓顺跟我啥关系,还敢有半点闪失?于是,半道让忠瑞把黑马笼住,把轿车停稳,执意叫忠瑞回去看看泓顺是不是被压在渣土里,是否吓坏了躲在哪个角落。忠瑞见自己的两个儿子受了伤,抢救孩子分秒必争,说什么也不回转。云儿大怒:"没见过你这么没人性的,奉义、奉信是你儿,泓顺难道不是……娃?你咋这么麻木不仁的!万一泓顺有什么闪失,你不怕乡党背后嚼舌头、戳脊背?"

"没见过你这么麻迷不分儿的女人!要回你回去,人家泓顺是没爸还是没妈?如果他受伤了,说不定已经早搭车去了咸阳,要你惦记?

◎ 第三章 小试牛刀

人家的骡子能顶咱家两个。"

"是这,你先头里走,我回去看看,如果泓顺没事,我骑马来撵你;若有事,我帮着楷瑞把娃立刻送到咸阳,你给医生说个活话,先打个前站。"忠瑞自始缠不过女人,谨记云儿的话,扬鞭催马而去。他是西堡子头号妻管严,怕婆娘。有好事者还专门说了一段顺口溜,在田间地头传唱,有道是:

天下男人一个样,忠瑞是头号怕婆娘。
怕婆娘是好现象,爱她娶她才把她让。
怕婆娘就怕婆娘,婆娘给咱挠痒痒。
我的爹,我的娘,陪咱的日子不久长。
油包子,肉臊汤,婆娘挥汗在锅台上。
扶老携幼迎八方,疼她爱她有何妨?
贤妻良母千千万,孟母三迁为儿郎。
谁说金莲三寸短,佘太君御敌在前方。
玉食珍馐人前端,残羹剩饭归了娘。
锦衣闪烁摆排场,谁知人后娘恓惶?
从五帝到三皇,哪个不是怕婆娘?
铮铮男儿定乾坤,谁人不是娘抚养?
浴血奋战在疆场,为的是国泰民安娘坦荡。
堂堂中华四方贺,为的是太平日子娘福享。
怕婆娘很值当,劝你也去怕婆娘。

怕云儿这样的婆娘,忠瑞觉得心安理得,无上光荣。云儿的大脚遇见这千载难逢的应急场面,终于派上了用场,她三步并作两步直奔楷瑞家。刚进院子大门,发现泓顺躺在母亲怀里,端着陶瓷缸子美滋滋地喝着羊奶,旁边放着吃了半截的蒸红苕。云儿不问三七二十一,把泓顺拉起来,全身上下仔仔细细打量并摸索了一遍,让孩子在院子走几步,莫名其妙地让娃叫"娘"。泓顺乖巧地叫了一声"娘哎"。见娃一切正常,云儿二话不说,风风火火地折身又出了东门,撵她家的轿车去了。楷瑞老婆丈二和尚摸不着头脑,这两口子浑浑噩噩地对刚才发生的惊险一幕还浑然不知!

云儿骑着快马追上了忠瑞父子三人。

▶ 西堡子

　　咸阳富仁医院的医生看见俩小孩的伤情顿时木然了。此时，震惊西北的"六一七"惨案刚刚发生，被西京国民党当局活埋的九位共产党员尸骨未寒，咸阳城如惊弓之鸟，医生也噤若寒蝉惊恐万状，对刀枪伤、红伤格外小心。好在奉义只有11岁，奉信只有五岁，绝对不是成事的年龄。但是，医院要求先登记造册，才能诊治施救。于是，一对遭难的哥俩大名上了富仁医院的花名册。医生小心翼翼地给奉义清创后敷上了獾油，撒下红药粉，再无良策。因为止疼药严重短缺，老五奉信遭了大罪。清创时，他疼得"哇哇"大哭，惨不忍睹，哭声惊动了同病房所有的病人。最终，他被医生包成了"粽子"，只露两只大眼睛挂满泪珠，恓惶地注视着陌生的环境。重度烧伤的奉信皮肤不断渗出来黄色的液体，那可是人体的精华呀！按照医生的建议，奉信必须保持皮肤干燥，由专人陪护。忠瑞真害怕小儿子扛不住这么重的伤，掏钱从西街饭店买来一罐鸡汤，一遍遍给娃喂汤擦眼泪，疼儿的心碎成了肉末子。

　　奉义的伤相对较轻。他眉毛、头发全部被燎得一根不剩，头皮被房梁上的东西砸伤，缝了五针，身上其他地方都是红伤，还好很快能正常走动。也许是大脑受到震荡，他全然忘记受伤前的事，也不知何故到了这白墙、白房、白被、白衣服的白色世界。

　　云儿与忠瑞在医院经管儿子们，十天后，她精疲力竭。轻伤的奉义提前独自一人骑马回了家。奉信胸部等处的红色嫩肉刚刚长出来，不能跟衣服摩擦，动则痛得钻心。

　　后来，奉信的脖子落下一大片瘢痕，疙疙瘩瘩畸形愈合，虽说难看，可他乐观开朗，并未以此为耻，人送外号"烂脖项"，一辈子无病无灾，一直活到75岁。只是经历了这次磨难，胆大心粗的奉信长了记性，再也不敢莽撞。

　　在医院憋了一肚子怨气的云儿，回到家里立刻脱去慈母的外衣，摸起笤帚结结实实打了奉义一顿，让他在院子跪着。云儿说老五如果有个三长两短，奉义就一直跪着，永远不要起来，谁让他不听话，玩那要命的东西。每天早晨起床就开始跪，中午吃饭才能起来。对待顽皮男孩，云儿自有一套办法。她用树枝画一个大圈，将儿子死死圈在那里，不许出圈。小小年纪的烂脖项奉信将二哥搀起来时，只见顶天

第三章 小试牛刀

立地的英雄二哥两腿抽筋，站立不稳，重重跌倒在地。在云儿的王法章节里，总则是连坐，小的犯事，大的、小的一起挨打，谁不服，可以到药王庙面壁思过，当然也可以顺便流点无人同情不值钱的眼泪，没人阻拦，回来继续对她俯首称臣，不许矫情。

楷瑞后来得知火药爆炸的那一刻，泓顺正在他叔父的卧室土炕边寻找火柴，只听见院子一声巨响，火球火箭一样蹿出老远，他被气流震得趴在地上，身上落下一层厚厚的尘土，有惊无险。这一阵仗让楷瑞老汉惊出了一身冷汗，乖乖！火药，土炮。两个小孩子真是提着碾子打月亮，不知深浅，不知远近，更不知轻重。然而，惊悚过后是窃喜，自己的孩子毫发无损，看来老天还是眷顾我楷瑞的。人常说，大难不死必有后福，相信我家泓顺后边的诸事一定顺利、吉利加胜利。他还纳闷，一同经历灾难，莫非有神灵保佑泓顺，使他化险为夷？

就在奉义弟兄俩住院的那段时间，泓顺被楷瑞领着去了一趟甘肃河州的二姨家，让他开开眼界，看看他姨家的权势，看看人家的万贯家财，尤其得看看在那么贫瘠的土地上的泥腿子们是怎样生活的。父子俩在河州一待就是十天，他姨家的伙计如贵宾一样待他。听说泓顺在西堡子受了惊吓，一家大小走路说话都悄声细语，给家里的大小骡子和马蹄子缠上布条，唯恐惹怒了女主人，惊扰了座上宾。他姨父常年不在家，家里妻妾孩子大小三十几口，连带长工二十几人住在一起，俨然一个大工厂。他姨在家里说了算，富甲一方，无人敢惹。他姨夫白云腾与刚刚赴任的宁夏省主席马鸿逵是兰州陆军学校时期的同窗，俩人交情深厚。地方绅士、政府首脑见了女主人毕恭毕敬，逢年过节门口车水马龙，白家高朋满座、贺声连连。

小小年纪的泓顺去了一趟甘肃果真开了眼界。

得知楷瑞父子从甘肃河州回到了西堡子，云儿好像自己做错了事一样，再次拿上几个鸡蛋去了楷瑞家，装作没看见楷瑞那张难看的老脸，专门在院子喊泓顺的名字。忠瑞觉得蹊跷，她的两个儿子住院疗伤欠了一堆药费，正愁寻钱的门路，她却无端地惦记起逛了一圈的泓顺来，看来这精明的女人一定是吃了迷魂药，给人家拾了一个娃，还得在墙上钉个木板，一辈子把他供上。

奉信的脖子刚长出嫩嫩的肉芽，修房一事即被提上了议事日程，

41

▶ 西堡子

幸好复瑞的空房子几乎没什么值钱的东西。云儿亲自登门给复瑞道了歉，承认自己教子无方，回去要好好收拾那俩小东西，承诺叫人送过去三百张青瓦、二百块胡基，负责招待了匠人，并看着把房拾掇好。楷瑞与复瑞是同父异母的兄弟，泓顺也算亲侄子，娃无大碍，心中窃喜。于是，楷瑞找人用一天时间把掀翻的房顶瓦了一遍，在现场递上了他在西京城买的香烟，犒劳工人。此事就算完结。

当又一场春风刮过西堡子的树梢，立刻催生了孩子们的花样年华。泓顺像杨树一样个子高蹿，14岁便长成大小伙儿，班里七八个学生数他学业最优异。回家来，他开口闭口给楷瑞讲课堂上老师讲授的内容，有时把伙计拉过来让坐下，听他讲解。他讲的内容无外乎关中历史、人物命运，周秦汉唐如何兴盛，如何衰败，南方的才子北方的将，关中的黄土埋皇上。楷瑞年轻时候一场耳病之后，听力明显不如一般人，经常打岔，问他："顺子，你说关中的皇上坐两炕？"一副认真且兴趣盎然的样子。"我说南方的才子北方的将，关中的皇上坐两行。坐两炕？还坐三炕呢！"泓顺不去理会老爸是否能听懂他讲的内容，不过他喜欢老父亲打岔，一打岔他会强化记忆，反倒长了记性。他告诉父亲，继炎帝、黄帝、周文王、周武王之后，秦始皇、汉武帝、隋文帝、唐高祖、唐太宗、武则天、唐玄宗等帝王，没有一个帝王是吃素的，都是流芳百世的明君。姜子牙、周公旦、商鞅、吕不韦、李斯、张良、萧何、魏征没有一个是省油的，哪一个是吃干饭的？王翦、白起、蒙恬、卫青、霍去病哪一个不是骁勇善战彪炳千古的名将？还有老子、韩非子、玄奘法师、仓颉、司马迁个个都是满腹经纶受人尊敬的圣杰。这些人大多都是在西京城实现了他们的梦想。

关中地界成就了多少帝王辉煌的建都梦，成就了多少名相、名将的栋梁梦，也终结了无数乱臣贼子的黄粱梦。这些故事楷瑞老汉有的知道，有的并不清楚。他小时候在西堡子念私塾，因为耳背，书读得少。即使这样，楷瑞靠着精明的大脑把老油坊经营得远近闻名，而且做起了银行的部分生意。他认为男孩子只要知道礼义廉耻，认得钱，熟悉《训蒙文》就算有文化了。他感叹自己的儿子赶上了政府开办的新学，学到的都是有用的知识，学到了如何强大经济的捷径。如此聪明好学的儿子，将来肯定如他所愿，成为仅次于那些历史人物的"能人"步入仕途。他相信自己的判断。

失之东隅，收之桑榆。就在家庭与老师都把希望寄托在泓顺身上，希望他成长为一个秀才，将来步入仕途光宗耀祖的时候，他却将天文、地理、之乎者也丢在脑后，所有的心思用在琢磨如何能让自己钱包鼓起来的大事上。

数学绝对是考验一个人智力的标尺。泓顺对珠算特别感兴趣，算盘在他手上犹如一个指头一样，粘得紧紧的，打得利利的。人常说学会九归九，走遍天下无敌手。打九归普通的算盘珠子根本不够用，要用心记在算盘架上。一般同学学到这类超大纲的知识，不是打瞌睡就是望星空，生恐老师责问。泓顺则不然，他反应快，动作麻利，十个指头如弹钢琴般瞬间能计算出结果。他盘算着要是家里的银钱像划拉算盘珠子一样容易该多好。

这时，班上的女同学关欣走进了泓顺的视线。同村的关欣，小姑娘长得非常漂亮，在家里排行老三，乖巧伶俐，14岁就出落得像个大姑娘。三年前为了让母亲支持自己上学，她一回家便帮母亲做家务，勤快劲儿不同于同龄的懵懂少女。偏巧小小年纪的她眼睛近视。心疼女儿的父母省吃俭用，在西京眼镜行给她配了一副眼镜，这可是父母两年辛勤劳作的结晶啊！知道报恩的关欣从此学习更加努力刻苦，希望能像西堡子过去无数的先贤一样，光宗耀祖，当个女秀才。老师也非常看好她，对她特别关照，经常给她单独辅导，希望女学生静心学习。语文课上对对联，她总能在第一时间对出精彩的下联，语惊四座。每个孩子都有特质，她尤其喜欢天文知识，什么银河系，什么外太空，对她而言乃小菜一碟。她认为人在宇宙中只是一粒尘埃，来无影去无踪，是天地日月的幻化，是浮沉起落的神瑛。

泓顺家里应有尽有，却偏偏看上了关欣的眼镜。课间休息，他叫上本家弟兄泓福、泓枭，让他俩在教室外面呼唤关欣，声东击西，趁机到教室偷走了她的眼镜。晚上他约上那俩二货，将眼镜以20块钱的价格卖给了邻村人，给他俩在堡子的百货店买了几块琼锅糖算是犒赏，然后，喜气洋洋地回家吃饭。他拿上钱回到家里，第一次学着放贷，将钱分别放给姬成、哥彦等人。哥彦六年之后无力归还本息，泓顺折算了他三间庄基了事。这是后话。

▶ 西堡子

  关欣丢失眼镜后不敢回家，更不敢告诉老师，小姑娘一时不知所措。第二天早晨上课，关欣心不在焉，老师一再追问，她不得已说眼镜丢了。老师开始发动同学在班上帮她寻找，可是一点儿音信没有。她痴呆呆地端坐桌前，魂不守舍。父亲知道她丢了眼镜，情急之下扇了她一记耳光。关欣天生胆小，那么贵重的东西遗失非同儿戏，想必父母不会再给她买眼镜，那么她上学跟睁眼瞎一样，看不见老师的板书，咋办呢？小姑娘无处倾诉心中的委屈与绝望，解不开心里的疙瘩，思来想去别无他法，于是，戴着长长的一条洋线围巾，趁人不注意走进了奉义家的桃园。冥冥中似乎有人给她示范，一会儿告诉她将围巾往高处挂，一会儿告诉她要往脖子根儿挪，直到围巾将自己稳妥地挂在树杈上，没有留恋直奔奈何桥而去。看官有所不知，大凡凶死的善男信女、痴男怨女，如果没有"人"引导，单凭自己摸索，是断然不能达到自杀的目的。

  可怜关欣香消玉殒，饮恨离世。她的死顿时在西堡子掀起了轩然大波。一大清早，云儿去祖坟地里挖芫荽，准备蒸包子用，蓦然抬头发现了身着红滚身、直直挂在树上的关欣。她连退了几步，惊慌失措地叫喊起来："老郭，快来！不得了了。"照看祖坟的老郭披着棉袄，趿拉一双棉窝窝连颠带跑出了房门，看见树上挂着个姑娘，不由得倒吸一口凉气，连忙取梯子搭手将关欣从树上解了下来。可怜年仅14岁的花季少女，穿戴得整整齐齐像个新娘，舌头伸出口腔之外，全身发紫，身上还热乎着，却气息断尽。驼背的老郭连忙去西堡子喊人。云儿猛然看到地上有半张字条，她赶紧从地上捡起来，不看则已，一看吓得脸色煞白，浑身抖动。她迅速将纸条揉碎，塞进嘴里干咽了，手足无措地站立在大风地里。她不相信小小年纪的泓顺能干出此等龌龊之事，因为他家并不缺钱，又是独苗，将来长大一定也不缺女人。

  失去亲闺女的关欣父母，悔恨自己责备了女儿，对她动了粗。两口子互相搀扶着来到桃园，看见躺在地上的女儿，湿痰上涌，急火攻心，一滴眼泪也没有，瘫倒在地。男的问："咱娃在哪儿上了吊？"女的答："在桃园。"两个人反反复复木头人似的就这样一问一答，循环播放。众乡邻里三层外三层把桃园围得水泄不通，族里胆大的男人们用床单将关欣裹上，放在地上，不知道下一步该怎么办。因忌讳小姑

◎ 第三章 小试牛刀

娘死得不干净，西堡子的乡约坚持不许关欣回村，不许设灵堂。而她家乃小门小户，没有乡姓，关欣的舅舅只好定制了一副干木匣子，在她家地头就地草葬了善良、聪慧的姑娘。

草葬了花季少女，面对关欣一家的悲惨局面，大脚李云儿立刻陷入了沉思之中：这可是她的宝贝疙瘩干的第一件伤天害理的大事。

关欣头七未满，人们照常像一万年以前的祖先那样，端着老碗喝御麦糁，围在地桌就着酸黄菜吃早饭，唯一不同的是又增添了一个谈资——为花季少女而惋惜。未等他们把碗里的饭全部倒进肚子，春风刮来了一则更加离奇的传言——关欣的灵魂附身在泓顺身上，久久不愿离去。这下，村子陡然间又热闹起来了。

原本白白净净的泓顺，鬼魂附身后，竖起老妈的镜子，把锅底的墨不住地往脸上涂抹，粗壮的声音变得尖尖的、细细的，叽叽喳喳咿咿呀呀哼着小曲犹如女生。他一遍遍说眼镜如何如何，且在自己脸上比画着，扶正眼镜，卸下眼镜。邻居之间没有隐私可言，西隔壁的强胤第一个知道了泓顺突然变性成了"姑娘"。身为同伴的他跑过去看望他。这时的泓顺已经无法自控，胡言乱语，昼夜折腾。

强胤问泓顺眼镜是谁的，他说是我妈买的。问他眼镜哪儿去了，他说被同学骗走了，对不起父母，只好躲在奉义家桃园乘凉。强胤突然想到了前两天传得沸沸扬扬的关欣蹊跷之死，不由得倒退了几步。这时，泓顺突然尖叫了起来："快，快去把我女婿叫来，我有悄悄话要给他说呢。"强胤问他："你女婿是谁嘛？""顺子么！"他的回答让强胤丈二和尚摸不着头脑，他怔了一下，立在原地简直不敢动弹。泓顺跑进厨房，再一次从锅底胡乱挖一把锅墨抹在自己脸上："看，我脸白不，好看不？"未等强胤回答，他继续说道："让你叫我妈去，你咋瓷马二愣的，还立到这儿不动弹？"楷瑞两口子看见儿子疯疯癫癫，劝也不是，不管也不是。农村人常见的灵异现象他们经历过、处理过，可自己的宝贝儿子突然变态，却让他们始料不及，必须抓紧时间想个万全之策控制局面才好，弄得全村人尽皆知就麻烦了。强胤全然瞧见了泓顺的怪异举动，初步判断泓顺身上附着的鬼怪是关欣。人常说坐下伐树，才能有根有锯（据），心里踏实。看情形泓顺显然言语没有逻辑，思维比较混乱。强胤想着只要问出泓顺母亲的名字，就完全可以

▶ 西堡子

判断出所以然来。于是，强胤随手关了泓顺家的大门，神情紧张又小心翼翼地问道："我问你，泓顺他妈是谁？你可不敢胡说！"

泓顺说："亏你还给顺子当邻居，眼睛点了鸡屎了，还是耳朵窟窿让辣面子吹了，笨的粘的，连这都不知道？泓顺他妈就是南巷子李云儿么！"话一出口，吓得楷瑞两口子倒吸了一口凉气，毛骨悚然。天机不可泄露啊！这娃咋把天捅个窟窿？云儿给咱拾的娃不假，咋可能是他亲妈呢？当着外人的面，老人不便再追问。强胤越听越糊涂，索性单刀直入地问泓顺："你是谁嘛？"

"瞧你笨的粘的，你认不得七星北斗，还不知道石婆了？我是王母娘娘的亲女子，斗门石婆的亲妹子，北巷的关欣么！"家人一听此言，吓得瞪大了眼睛，如临大敌，身上鸡皮疙瘩立即皱起。要说还是楷瑞老汉有主见，一客不烦二主，吩咐强胤去买黄表纸、香火，请法官送鬼了事。这位聪明绝顶老油坊的东家再也顾不得去请泓顺他"亲妈"来院絮叨，还嫌裤裆的黄泥巴别人不把它当屎（事），搞得满城风雨？

没有人在意泓顺说出来的人物关系，没有人在意陈述的来来往往，谜面、谜底，将附身的魂灵安顿好似乎已成为当下的第一要务。纸、香、蜡备齐，法官一通发送。袅袅香火直冲云霄，在空中形成一缕缕的灰絮。"泓顺"果然飘然而出院门，愤然地说道："一群脏人！眼镜我也不要了，拿它换钱给你买枪子儿，给你妈买药吃。我回去了，给你提前占个地儿，在桥那头等你。要是你们有心，把凤冠霞帔给我送来！我走了！"泓顺刚跨出大门，软瘫在地上，眼角流出一行清泪来。楷瑞和老婆扑上去安顿好儿子。楷瑞老婆连忙把强胤拉到墙角对他说："好娃呢，你听见的看见的可不敢出去胡说，姨相信你是乖娃。这两天你忙前忙后的，过两天我抽空去咸阳给你扯个绸衫子。"强胤六尺高的汉子顿时明白楷瑞两口子的良苦用心：这哪里是扯绸子，分明是封口子。

就这样，在香火的供奉下，关欣安安静静地过了三七。可是有一个人却昼夜不宁，食不甘味，她就是大脚李云儿。

自李云儿看到关欣吊死在桃园的那一刻起，一到晚上不敢闭眼，似乎关欣就站在自己跟前，向她哭诉着什么。别人只是猜想，而她知道真相，吃进肚子的字条似乎变成了妖怪，在抓扯她的五脏六腑，迷

◎ 第三章 小试牛刀

乱她的中枢神经，昏昏然口不能辩，痴呆呆四肢不听使唤。善良的云儿处在两难之中，寝食难安。关欣已然离世，再连累泓顺于事无补，毕竟他是自己身上掉下来的一块肉啊，实情传出去，她怕遭西堡子人咒骂。

让云儿更料想不到的是，后来，泓顺从这点儿不义之财着手，学着放贷，他的精明算计日进层楼，胃口越来越大。云儿把肠子都悔青了。她想：我好歹也算半个郎中，跟母亲一辈子救人于水火，治疗了多少人的顽疾，拯救了多少家庭。望、闻、问、切悬壶济世，能洞察人体内的恶疾，怎么就瞧不见泓顺心里的病症？咱一辈子配药制药，怎么就配不齐一服中药治疗泓顺的贪欲？那么治不好他的病，只好配一服后悔药，一日三餐时时刻刻自己享用。云儿至此才明白：同喝洋河水，同吃岸边粮，泓顺这个狼娃子跟她另外几个儿子比起来，简直是捏着额头擤鼻——差得太远。

一月后，恰逢腊月二十九，村外坟茔边燃烧着数不清的蜡烛、油灯，远远望去，天体明亮，如同白昼。被风吹拂的油灯忽明忽暗，照亮故去亲人们回家的路程。西堡子的风俗与外地有很大的不同，春节前"点灯罩"的风俗亘古不变，佛争一炷香，人争一口气，而西堡子的祖先心轻，争的就是年前这一盏小小的灯罩。

关欣之死，云儿是第一目击证人。她亲眼看见了关欣留下的字条，知晓了其中的隐情，所以更加重了她内心的痛苦。春节是孩子们的节日，她想到无辜的女学生关欣，如果她活着，该多么欢心喜悦，吃包子、吃饺子、吃臊子面，听她妈唠叨……这一切如今已彻底烟消云散。云儿一直难以释怀，于是，她一个人去地里点完灯罩，径自跑到西堡子外面的药王庙进香。

村上的药王庙是两百年前村子请人修建的，听说也是在原址上重新加盖、修缮，由于原来的庙宇地方狭小，不足五丈，香火逐渐稀少。药王孙思邈是土生土长的古代名医，出生于太白县，距离西堡子并不遥远。他妙手回春，福荫后代，令万民敬仰。清初，各地修建药王庙蔚然成风，祈求上天保佑民众身体康健，风调雨顺。西堡子在建城时将建设药王庙列在第一位，足见人们对自身健康的关注。相传药王曾经在西堡子摇铃走街，为民诊病，分文不取，并且无偿传授医道。云

▶ 西堡子

儿娘家的祖上深得药王真传，为无数人挽回了生命。至今李家村民众对于云儿父母的治病手段佩服得五体投地，因为他们得到了真传。遗憾的是手艺传到云儿一辈，她的弟兄们没有慧根，不愿意师承。只有云儿心灵手巧，父亲诊病她一刻不离左右，不怕脏，不怕羞，尤其对于骨伤病非常关注，逐渐成为父亲的好帮手。她认为人只要骨头关节没什么毛病，其他病都可自愈。庄稼人生来皮实，一棵全草、一粒植物种子在她眼里都是可以救人性命的宝贝，所以她爱大地上的生灵，爱地上所有的植物。她带着手艺嫁人，让忠瑞从心眼里喜欢她、敬重她。嫁入西堡子这些年来，不单本村的人找她瞧病，邻村的男女老少时常请她疗伤。可是医不自治，今天她自己的心病无人能治，她只好到药王庙里，将当娘的心事对孙老先生和盘托出。她双腿刚触碰到五彩坐垫，不由得悲从心底起，泪自双颊流。

有道是：大雪纷飞肝肠断，抛儿闪子欺良善。藤蔓不把瓜儿拽，反误卿卿俊华年。到如今，落得个心有千千结，开口对谁言？到今日，落得个十六年日日夜夜黑白翻，枉吃了斋饭，救人无数苦胆寒。早知有今日，不如吃糠咽菜跪堂前，不如沿街乞讨倚门扇，不如清苦坎坷守娇儿，强似以桃换李陷深渊。看谁个生吞活剥了妇人面，到头来徒留忐忑万难在胸间。

强胤去坟上给父母送灯罩，回来碰巧路过药王庙，想进去烧一炷香，安顿一下单身男儿焦躁的心，却偶遇云儿，看见她红红的眼睛，顿生疑惑。一个女人年跟前不在家里蒸包子，扫屋子，给娃收拾新衣服，迎接新年，却独自上坟，莫不是心里有啥事？哦，对了，难不成云儿真是泓顺的亲妈？我可是真切地听见"关欣"说过泓顺的亲妈就是李云儿呀，世上真有如此莫名其妙的事情，我可从来未听西堡子人说过呀！

云儿望着慈眉善目的药王孙思邈泥像，双膝跪倒在蒲团上，双手合十，几乎是匍匐着近前上香，不知道是多年辛苦劳累如火山一样爆发，还是隐忍着苦度生计委曲求全，抑或看见祖师爷温情难抑，不由得眼泪"唰唰"地流了下来，愁肠百转。她整天给人看病，却看不出泓顺会对同学关欣痛下杀手。不，不是杀手，他是贪财，而不是害命。矛盾中的云儿不愿相信泓顺会做出那等龌龊之事来。平时，心中有一丝丝的惭愧都会使人寝食难安，何况人命，难道泓顺长了铁石心肠？

◎ 第三章 小试牛刀

她对药王默默地诉说道:"你能救人于水火,我也算个郎中,我们咋样才能既治人的病,同时救人的命?真诚希望药王能给可怜的云儿托个梦,纵使我披荆斩棘,也要找出一条救人之道,拯救迷失的灵魂。如果可能,我愿意用贱身的阳寿抵算泓顺的罪错,让他从此以后善念驻心,一心向佛,多造福老乡,不辜负这一方水土。"她再次续上香,求药王宽宥泓顺,赦免他的一切罪恶,希望浪子回头。她再上一炷香,祈求关欣早日超生,去往富贵之乡,托生到富裕人家,为人女,为人妻,为人母,在六道里安享太平。

敬完香,云儿将两只终日操劳的双手搁在膝盖上,掌心朝上,藏起心里那一汪波澜壮阔的心水,长跪不起……

第四章　对簿公堂

当几阵春风刮过，西堡子城墙上的大炮纹丝不动，孩子们却像地里的庄稼一样迅速地长高了。最令云儿欣慰的是泓顺家有钱，老掌柜的用成亲这种百试灵验的方法拴住了儿子的心。其实，从泓顺过了12岁的生日那天起，就有人开始给他提亲，只是俩老人害怕儿子学习分心，才硬是压着不办。猛然间，出了关欣这一档子蹊跷之事，他的亲事才正式摆上了议事日程。这不，楷瑞给16岁的花季少年、正在上学的泓顺，娶了一位大他三岁的甘肃河州姑娘翠莲为妻。翠莲的舅舅是泓顺他姨夫白云腾的顶头上司，媒人一头是翠莲的妗子，一头是泓顺他姨，两个女人把俩娃的照片交换过后，就算定了亲，省得家人央求别人保媒拉纤，也省了两双锦缎绣花鞋跑腿的成本。翠莲长得肤白富态，一张樱桃小口像抹了蜂蜜一样，见人抿嘴笑，话不多但恰到好处。浅浅的酒窝向后向上提拉，瓜子脸立刻变成圆脸。白皙的脖颈，高耸的美胸，圆圆的屁股，绝色的美人坯子。她要是穿越到唐朝，早被选进宫当了娘娘。深谙夫妻之道的泓顺经过历练，也是人中蛟龙，马中赤兔。长长的黑色皮袍穿在他身上，与他洁白的皮肤形成了强烈反差，与媳妇翠莲红色的棉袄更是形成鲜明的对比。娶了娇妻，泓顺一门心思放在了女人身上，鱼水之欢代替了挑灯夜读，把玩女人的金簪银饰代替了摇轮上学暖手的风火炉子，把当年光宗耀祖改换门庭的誓言丢到了太平洋里、爪哇岛上，一心只盼天黑，赶紧钻进锦被缎褥里，抱着翠莲的大白胳膊、肉肉大腿，闻她身上奇异的香味。

抱孙心切的楷瑞夫妇发现儿子人在学堂，心在温柔乡，无心读书，索性给老师请了长假。从此，泓顺不用再去上学。父母希望他们能早生贵子，延续香火。遗憾的是翠莲进门三年，肚子如飞机场一般，平

◎ 第四章 对簿公堂

平整整，没有动静。楷瑞两口子百思不得其解：难道咱不生，抱养的儿子也不育？老两口整天拜神求子，烧香磕头，弄得好像孙子高坐在庙堂上，侯候着他们求拜一样。楷瑞家道殷实，家里没有婴儿的哭声，显得缺少生机，老两口便开始郁郁寡欢。好在泓顺除了应付翠莲外，很快将全部精力用在经济钱财上，夫妻还算和睦。

但是，大宅门里走出来的泓顺，虽说锦衣玉食，没有子嗣的他，走过西堡子的巷陌小道，渐渐地低下了他高昂的头颅，眼睛片刻离不开脚下的青石板。

知子莫若父。楷瑞无奈，又托人在北边给他找了一位名叫如雅的年仅16岁的漂亮姑娘。姑娘长得清纯伶俐，白白净净，念完初小回家待嫁。父母听说西堡子的泓顺已经有一位妻子，犹豫、思忖着要不要嫁女儿，但经不住媒人三寸巧簧之舌花天酒地的吹嘘，于是，收了楷瑞家300块钱聘礼，几身衣裳料子，三捆棉花，定下了这门亲事，不再理会女儿将来端金碗还是泥碗，穿绫罗还是粗布。聘礼确实是好东西，是一般人家的好几倍，用马车送过来的。看见如此厚重的聘礼，如雅的两个老人瞳仁里显现出红色的血丝，白眼珠子如饿狼一般泛着绿光。于是过完年，一顶花轿吹吹打打，顾不得什么纳采、问名、纳吉、纳征、请期，直接进入迎亲环节，用花轿抬着如雅进了西堡子。

村人都坚信再娶的如雅一定会为家财万贯的楷瑞家接续香火，她是那样年轻漂亮，蛇腰圆髋，极像一个能生育的女人。没想到，两年后，如雅的肚子和西堡子的场地一样平坦。泓顺空有少爷的架子，矮人三分的他愤懑之情无处发泄，开始对如花似玉的如雅大打出手。每当夜晚来临，泓顺家中总能传出妇人悲戚抽泣的声音，从门前经过的人无不感到毛骨悚然。大宅门的伙计晚上住在老油坊，家中只有楷瑞老两口与泓顺小三口。如雅娘家离西堡子足有十几里路，自然听不到姑娘遭难的消息。几年下来，花儿一般的如雅被折磨得面容枯槁，眼窝深陷，细细的脖子顶着个大脑袋，像活死人一般。

娶妻，对于关中道的男人而言，是几年甚至十几年全家财富积蓄的突击消费，是贫富的一对反射镜，但对楷瑞家而言，则如九牛一毛。人是家里最有生机的要素，钱算什么。楷瑞对泓顺说道："顺子，听老爸的，再娶一房。尽管民国政府反对纳妾，可我们已经纳了一回，就

51

西堡子

不在乎再纳一回。西堡子又不是独咱一家三妻四妾，北巷子你英瑞伯就纳妾了，尽管那是民国初年的事，但是，妻妾成群儿孙满堂是我们大宅门永久的梦想和祈愿。长辈能这么干，咱为啥不敢仿效？你又不是官员。"然而，赧颜的泓顺坚决不同意。他认为事不过三，万一第三个老婆再不生育，岂不更加让人耻笑，难道咱脸厚得跟城墙拐角一样，就算老两口一棍子把他打死，坚持不再停妻另娶。

不再纳妾并不代表泓顺不近女色。在他的心灵深处，认为女人是男人身上的衣服，脱一件还有一件，脱完再穿一件，但身上只能穿两件。俗话说妻不如妾，妾不如偷，偷不如偷不来。从此，他不再明媒正娶，开始与西堡子中已经生育过的妇人交往并行苟且之事。不到三年时间，传说已经有十几个女人与他有染。人常说：好事不出门，坏事传千里。泓顺与西堡子中女人勾搭的消息闹得几乎人尽皆知，连他家的看门狗也羞得耷拉着脑袋，不敢光明正大地看主人一眼，好像狗自己干下什么见不得人的勾当。在那些传说的女人名册中，广顺媳妇李想便是一尊像模像样的真佛。

说起李想还有一段绵长的故事。

李想当姑娘的时候上过几天学，认得几个字，跟着母亲学得一手好茶饭。她人长得水灵，脸如银盆，眉心有一颗美人痣，嘴角永远带着微笑，一种捉摸不定的笑。

这姑娘生得邪乎，长得俊样。她13岁时，有一天晚上，如平常一样，挨着弟弟睡在母亲的大炕上。那天，她睡觉前喉咙疼，母亲让她喝了几勺浆水。姑娘平时就比较喜欢喝这汤汤水水的东西，知道浆水能驱火。她猛灌了好多，肚子鼓胀睡不着，望着芦苇编制的天花板数格子，数着数着进入了梦乡。恍惚间，她犹如走进一片甘蔗林，一望无际的甘蔗叶子碧绿碧绿的，紫皮裹着茁壮的身躯，蔗梢结满御麦一样的红缨，煞是好看，阵阵香气沁人心脾。她觉得此处简直就是人间仙境，索性坐在地上，闭上眼睛，尽情体味这温馨静谧的气氛。突然，远处传来窸窸窣窣的声音，她心想在这么纯净的地方，怎么会有如此不合时宜的响动？于是，她循声而去，只见平坦的地面上铺满绿油油的麦苗，顺着一个坡道上去，有一堆白色的东西在蠕动，她不敢上前观看。如果是白熊或者几只狼在一起嬉闹，她一个弱女子将如何是好，如何躲藏避险。然而，好奇心驱使她静静地绕过甘蔗林，试图从侧面接近那堆白色。终于到了，不看则已，一看则让姑娘大跌眼镜，不是猛兽，居然是两个人！是一男一女两个人赤身裸体纠缠在一起。

李想见那男的身强体壮，女的纤细苗条，一时间忘记了羞耻，忘记了周围的一切，想看看这俩人究竟在干什么。只见男人"呼呼"地喘着粗气，将女人抱起来放在自己腿上，那女人像身体哪个器官难受一样，"我的妈呀，我的大呀"呻吟个不停，似在哭泣，似在呢喃，任凭男人摆布。李想看到这里，不禁为那女人鸣不平：朗朗乾坤太平盛世，竟有这么折腾人的？要剐要杀麻利赶紧些，把人衣服脱掉往死里糟践！她想上前去制止，双腿却迈不开步子，只好如僵尸一样跳行，不小心让斜长的甘蔗绊倒了，不偏不倚正好掉进身后不知啥时候啥人挖的深不见底的大坑，她不由得双手乱抓乱挖，大喊"妈，救命"。李想坐起来，想忘掉刚才的噩梦，却悲催地看到了更加噩梦般的一幕：她敬爱的平时衣冠楚楚的父母正胶着在一起，与梦里的俩人干着一模一样的勾当！听见女儿喊救命，父亲像触电一样从母亲身上滚落下来，失急慌忙地抓住被角踹了老婆一脚，口不择言地说道："你问娃尿不？"

李想简直分不清自己在梦中还是现实中，倒头接着又睡了。

后来，她的饭量大增，出落得像个少妇。每当媒人踏进她家门槛提说婚姻之事，她就大喊："说什么男大当婚女大当嫁，谁爱嫁谁嫁！我一辈子在自己家，把人逼急了，我剃了头去太白山当尼姑。我有吃有喝，不挡谁的路。一伙没廉耻的烂猪狗，日子过不到人前去，就惦记糟蹋人家姑娘女子！"

"看这娃愣的，娘屋虽好非久留之地，你见过咱这地界谁当尼姑了？"母亲开导她。

"人长得漂亮说话就是理直气壮！给你说媒，又不是讨你家黑馍吃，你说这么难听的话，叫我咋出你家头门呢？"遇见这傻女子，媒人确实感觉没趣。

母亲连忙给媒人道歉："娃小不懂事，女娃家羞涩，过了门就知道啥了。"媒人撮合的不是别人，正是西堡子的木讷人广顺。媒人承诺：等李想过了门，跟哥嫂、老人分开另过，两间厦子房早已盖好，万事俱备，只等过礼。

> 西堡子

婚事就这么定了。

结婚头三天，每到夜幕来临，当鸡上了架眯了眼，猪卧到窝里，肚子挨了地，羊拴到羊桶上伸开了四蹄，广顺就抹下脸净手钻进李想的被窝。面对女人洁白光滑的皮肤，高耸的乳房，广顺心里那只小兔子就扑腾扑腾地乱跳。只要他一伸手，李想就躲得远远的，用被子把自己裹上，不许广顺近身。几年前梦中甘蔗地里那一对男女交媾的丑陋形象从她的脑海里挥之不去，夫妻之礼对她而言简直就是下流无耻，畜生不如。村庄的猪、狗、鸡、猫、牛、羊、马、兔等动物交媾时再热都穿上皮大衣遮羞，而人却一丝不挂，哭哭啼啼却乐此不疲，恬不知耻，比动物都恶心。李想看广顺倒像个好人，为啥到晚上变得跟秃驴一样，缠着要干苟且之事？广顺见媳妇不开窍，万般无奈，求助嫂子给媳妇说道说道。大凡天下女人，刚结婚在床头都遮遮掩掩、羞羞答答，时间久了，尝到交欢的甜头，便像男人身上的狗皮膏药一样，撕不掉，取不利。像自家媳妇这样一直不让男人亲近，实属罕见。

分房另住的广顺他嫂子是个直人，开门见山来教育弟媳，说："妹子，男人从古到今都是这样，女人不叫男人挨，能生娃吗？况且，俩人在一起也能互相取暖，后半夜炕凉了，男人身体暖和，你靠着他睡岂不更踏实？咱女人一辈子图啥呢，不就是男人的臂膀、孩子的欢笑吗？男人疼你的标志就是跟你睡觉，要不谁汗流浃背把太阳从东山背到西山，攒下钱弄啥呢，娶媳妇图的就是这点儿乐趣，你该知道的。再说了，你没见过你大跟你妈睡觉吗？你大跟你妈不睡觉能生下你吗？"没想到，这一句话反倒唤醒了她的记忆，她 13 岁上朦朦胧胧还真见过父母嘿咻，干那见不得人的无耻行径。

嫂子费了半天口舌，李想终于同意让广顺晚上挨着她睡。这男人不开窍，一根直肠子，也不说前面演个序曲，讲个狼吃娃的故事什么的，却直奔主题，把自己脱得一丝不剩，挨着女人，犹如干柴上面浇上了菜油，一簇簇火苗让柴火瞬间熊熊燃烧，放肆地动起情来。傻姑娘李想更是一根筋，看见广顺那根硕壮的命根，吓得又抱着被子跳到地下，直勾勾看着眼前这个如狼似虎的男人，说道："不要脸的畜生！你再骚情，我就回娘家去！"要不说广顺是个榆木疙瘩，他脸上挂不住了，也穿戴整齐，下了炕，光脚站在地下说："我不弄你谁弄你？你把

◎ 第四章 对簿公堂

你的屄夹紧，有本事一辈子甭碰男人，小心长住了。早知现在这个怂样子，还不如过门前让你妈拿针缝了算了！"从此，广顺住到鸡舍旁边的小房子里，任凭父母劝解、嫂子开导，再不去拨动什么洞房花烛了，省得伤脸。

李想过门一年仍然保持处女身子，这话说给后院的肥猪都不信。起先传播这个秘密的是广顺他嫂子，受众者当然是村上的长舌妇们。好事不出门，丑事传万里。泓顺早在广顺结婚要房时见过这位美人一面，自然对她垂涎三尺。泓顺纵然有一万个胆子，他也不敢对村里的大姑娘上手，但是，对于娶进西堡子的少妇则另当别论。他晚上躺在炕上胡思乱想：广顺两口子闹得不可开交，李想仍然是个处女身子，真是天下奇闻！这号事假如发生在偏僻落后的南蛮之地还情有可原，咋会发生在西京城边的西堡子？一年的光阴对于一般小夫妻而言，也许怀里早已抱上儿女了，漫漫长夜他们是咋度过的？李想平时面无表情，打扮得利利索索，小蛮腰两拃半都不到，高高的胸脯挺拔着，宣示着她的花样年华。这小模样长给谁看呢，难道是专门给我留的？小娘子不跟广顺同房，枉当了一回女人。想到李想的水蛇腰，泓顺心旌荡漾，五脊六兽火烧火燎，难以入眠。

犯了花痴病的泓顺，总得有个"花神"穿针引线才好治愈他的心病，不过得从长计议。

油坊是楷瑞祖上侍弄的，运转几十年来，给家里增加了不少的钱财。滴答滴答的食用油源源不断地从紧紧缠绕的麦秆里流落下来，络绎不绝的客人将他们收获的菜籽、棉籽送到油坊，成品油早已供不应求。如果不扩大油坊规模，增添伙计，坊上的生意只能任白花花的银子从指缝里流走。新当家的泓顺是个聪明人，他想将广顺吸纳进去，帮他管理油坊，现在这帮外乡的伙计除了一身力气，不谙当地风土人情，很难交流。请广顺帮忙，泓顺是经过苦思冥想的，最好要求他必须住在油坊。这样一来，家中就剩下李想与住在隔壁院子的父母、哥嫂。女人心里那层薄薄的窗户纸一捅就破，略施手段，也不枉披一张有钱人的皮了。想到这儿，泓顺心里一下敞亮多了。当务之急是找个人搭桥，雷厉风行说干就干。

选择穿针引线的不是别人，正是西堡子粉坊的景瑞。景瑞、楷瑞、

55

▶ 西堡子

复瑞、忠瑞、英瑞是未出五服的一辈人。景瑞的粉坊在北巷，生意与花店的英瑞也是席篾上下的区分。按照族谱记载，楷瑞、忠瑞是长门子孙；复瑞是楷瑞母亲带来的，自成一门；景瑞是二门；英瑞是三门。村子老人都知道，四门应该就是西堡子外边染坊聚会的父亲宽瑞，他三岁给舅家聚氏顶了门，改姓聚，时间久了，与西堡子愈来愈生分。小一辈的孩子根本不清楚其中的套扯，西堡子的土著自始认为天下就是人家瑞字辈的天下。

其实，泓顺完全可以在同辈人中找一个弟兄把话带给广顺，他之所以不这么做，主要是怕广顺逆反，做贼心虚的人总感觉那个小九九似乎早已被广顺洞察到了，只好请长辈去说，他相信景瑞办事妥当，一定马到成功，旗开得胜。景瑞不知其中奥妙，刚想出门去找广顺，被他老婆拉住了。大凡男女房中事一般都是女的传出去的，不是说给姐妹，就是说给妯娌。广顺他嫂子已记不清第一回告诉了谁关于弟妹床头的那点秘密，弄得村子人尽皆知，有鼻子有眼。景瑞媳妇早已听说了端详，她之所以没有告诉自家男人，是怕在粉坊男人之间传播，再生事端。粉坊这些身强力壮的男人哪个是省油的灯，晚上爱抚自家女人能舍不得力气，关键处不提说东家长西家短？还有那些单身短工，保不齐晚上在广顺门口学个猫思春狗犯贱，如此一来，大宅门的人家岂不被人耻笑？流言止于智者，可不能干下这传疯话、损阴德的坏事。所以，景瑞媳妇执意阻止男人去给广顺传话。

景瑞被女人教育了一番，自然停了脚步。但是，自家侄子已经恳切求拜托付，不好推辞，只好另寻良策。等到天黑，他到花店找到英瑞，把这档子事学说了一遍，求英瑞帮忙。英瑞花店的生意比粉坊红火，不知道积攒了多少家产，碍于家训不敢休妻。于是，他悄悄在咸阳买了房子，置办家具，给自己另娶了一房夫人，比照城内有钱人的样子，光明正大纳妾，俨然纨绔子弟。同时，他在咸阳城开了分号，让他那位小娘子打理，名为店铺，实为行宫。英瑞平时在西堡子与大老婆、父母兄弟、儿子们一起生活，只有大老婆每月不方便的那几天住在咸阳二老婆的店里。即使这样，新娘子四年间已经给他生了三个儿子，连同大老婆的五儿一女加起来一共九个儿女！村子的年轻人不由得惊呼并竖起了大拇指：如果英瑞再往咸阳跑，他的儿女可能比最牛的康熙皇帝的皇子还要多，必定打破历史纪录。往往能人各方面都强于他人，包括床笫功底。

英瑞听说让他当中间人介绍广顺到油坊帮衬泓顺，更不解其中之意，哈哈大笑说："好事么。"英瑞不让景瑞走，让他在花店吃烟喝茶等消息，他即刻就去找广顺。

呆头呆脑的广顺结婚一年，除了吃喝拉撒，不跟媳妇同床外，把所有的力气全部用到了庄稼上，收成倒也无可挑剔。这一天，广顺正在门口收拾架子车，准备给地里拉粪，看见英瑞端着拳头大的紫砂壶来到他家，连忙让座，说："伯，你找我啥事？看把你高兴的，得是二娘又给咱生下兄弟了？"

"啥事，好事么，我看你是个乖娃，这几年日子不宽展，有心叫你到咱花店搭把手，这二年生意不好，怕耽误了你一身的披挂。油坊这几年倒是越来越红火，那天去咸阳的路上，我碰见泓顺，举荐了你，没想到他居然满口答应了。我今儿个来问问你乐意还是不乐意，不乐意也不要紧，咱家的生意到年根儿也需要帮手，不过得等一等。我怕落个爱说大话不办实事的口实，所以晚上来跟你坐一下，讨个口风，或许你看不上我门里泓顺的生意呢。"

"伯，该不是油坊看上我的披挂美，让我跟'河南担'一样拉风箱，压棍子，给人家下苦呢？"

"看你说的，能让你干这粗活？我给泓顺说你心灵着呢，让你帮着管束那伙河南人，将来弄得好了，算账、记账、收钱也是可能的，只要你肯干，跟他一心。"听说油坊同意让他管理那些伙计并住在油坊，广顺心里跟吃了蜂蜜似的。想到将来再也不用住在鸡舍边的烂房子了，他心里一阵窃喜：将来等我在油坊挣了钱，还愁女人？李想心里没咱，天天在家也是枉然。于是，涉世不深的广顺满碟子满碗答应了。

当晚，英瑞回了景瑞，景瑞回了泓顺。广顺第二天换了一身干净衣服，像当年相亲一般，去了泓顺家，直接空降成为油坊的中层管理干部，一直干到油坊解散的那一天。

女人，功高盖世啊！日子总是在女人们不断搅动的米汤锅里甜蜜着，黏糊着。

自古娶妻、盖房是男人天生的两件大事。父欠子的妻，谁能逃过

▶ **西堡子**

此项光荣而负累的责任。为娶妻，君不见俗世之人一边举债大操大办，给别人夸不尽的人间富贵；一边节衣缩食，度不完的人生苦难。儿子们奢华婚礼的背后是父亲们多少年的鸡鸣起、熬半夜，含辛茹苦劳作的结果。懂事的男孩明白父亲的辛劳，婚后合力还债，在奋斗中体味慈爱父母的辛苦。不懂事的一旦新人进门，便将逐年老去的父母晾在一边，任其追悔莫及，苦度风烛残年。有人戏言："娶媳妇放的卖儿的炮，强装欢颜谁人晓？"大多如此！

对于西堡子的忠瑞而言，给儿子们娶妻则承载着另外一重含义，聚全家之力，营造热闹红火的气氛，为冷寂的人生平添光彩，为老人争光。于是，等孩子们大了，忠瑞做主，给老大奉仁娶了东边邻村的杨赧姑娘为妻，她不爱说话，个子小，比较老实。第二年，给奉义娶了一位漂亮的清茶姑娘为妻。她个子不高，金色头发，长得像俄罗斯女人。两个媳妇先后进门，倒撅沟厦子兄弟俩各住一间，家里明显显得拥挤。

故此，忠瑞两口子商量着想将村子中间的北苑盖起来，便对奉义两口子说："如今家中人口众多，再盖两间房，你们搬过去住，将来我们老了跟你一起过。"

奉义丈二和尚摸不着头脑，西堡子所有的庄子都在他的脑子里储存着，几乎未见空余的宅基地，都盖得满满当当的，似乎只有"井"字中间偏西那块宅基地后边的厦子倒塌了无人居住，杂草丛生。此前所有的日子，他以为这块庄子与己无关，从未真正关心过。没想到不动声色的这块地居然是他家的，可以盖房子。父母说将来跟自己过，明摆着老人喜欢他，愿意帮助他，他心里非常舒坦。奉义的媳妇清茶听说父母给自己盖房子，不顾身怀有孕，挣扎着给婆婆把被褥拿到外面，晾晒了两天，唯恐节外生枝，千万不敢让煮熟的鸭子再飞了。

毫不起眼两丈宽的北苑在西堡子的村庄当中，由于闲置太久了，一群狼狗经常在那里聚集，与母狗谈情说爱，你拉我扯，勾勾搭搭，成了它们男欢女爱的天堂，只要不拉扯到人面前，村民谁会理会那些鸡鸣狗盗的淡事。忠瑞和云儿带领儿子们用了两天时间拆除了破房，拔草挖树，把地收拾平整，准备夯土打基础。跟人学了几年泥瓦匠的老三奉礼负责准备盖房用的木料。以前已经掌握了木匠手艺的他，这

◎ 第四章 对簿公堂

次终于可以亮亮相，综合展示他的能耐了。一家人热热闹闹，其乐融融，等待着新房盖起来的那一天。

三天过去了，全家人正干得起劲，眼看就要立木，南城门口人群一阵骚动，发现一顶蓝色的素轿子在村口落定，这是西堡子建城以来从未出现的西洋景。村民们只见过两种轿子，一种是娶媳妇时的花轿，一种为送葬用的白轿，一喜一悲，一头是人生的起点，一头是人生的终点。坐蓝轿的公人拿着麦黄的公文纸，向人打听忠瑞家的门牌号，一副煞有介事的模样。楷瑞在村口听说找本家弟兄，不知端详，直接把人领上门来。人常说："善者不来，来者不善。"他们不是祝贺盖房上梁的，不是送吉祥红布的，更不是送鲁班神像的，而是镇上的初级审判庭派人送诉状副本和传票的。云儿停下手中的活计，双手在围腰上擦了擦，将信将疑地接过传票。儿子们围拢上来傻头愣脑：我们平生未跟人打过官司，都不知道衙门门朝哪儿开，纳闷自己一介平民咋会遭人暗讼，平地起浪呢？

云儿当着儿子们的面，大声念着传票及诉状副本。诉讼理由写着"侵占"，要求李云儿停止侵占别人的宅基地，恢复原状。原告不是别人，正是油坊的新掌门人泓顺。云儿念完状子愣住了，接着哈哈大笑起来。平白无故的泓顺咋会跟这两间庄基扯上关系？他家现在只有六七个人，庄基地多得一人一院都住不过来，这破院子啥时候成了他的？我们不盖房，他不告；我们刚准备立木，他的状子就到了。况且，楷瑞老汉从小不瞒泓顺，娃知道自己是云儿捡来的，吃过云儿的奶，相当于奶娘。他怎么会把奶娘告了呢？他难道不念旧情，不念亲情？儿子们见母亲李云儿反常地大笑，以为接讼吓坏了她，赶紧上去安抚母亲。人家遇事发愁，母亲遇事却嗤笑成那样！

法庭公人一走，忠瑞蹲在墙角抽闷烟，自责地对云儿说道："唉，都怪我当初心软办下这个麻缠事，养虎为患，二十年前还不如把狗日的掐死算了，他舅家的，也不下雪！"

"这能怪咱？谁能预测他会变成豺狼？要怪，就怪咱老人，要是将泓顺留下，咋能变成那怂样子？"云儿心里也窝火。

"老人也是为咱好，亲儿子们终究都是一碗水端不平，厚此薄彼，何况捡来的？你也知道，在养娃问题上老人受过怔么，不中留的！"忠

59

▶ 西堡子

瑞早已看出泓顺长得眉目清秀，人高马大，走路总是先迈右脚，腰板特别直，无论长相身材还是说话步态，与家里几个弟兄一模一样，尤其腰骶部的弧线格外似像，由此断定他就是自己的亲生儿子。只是他不愿意在媳妇跟前捅破这层窗户纸，相信她自有主张，自有判断。如今这事摆上了法院的台面，看你云儿有什么能耐化解矛盾？

"你甭管，这事交给我办，你在家听消息吧。"云儿扔下了一句硬话就转身回了屋。云儿生性好强，她胸有成竹，坦坦荡荡，决心收拾这个忘恩负义的小东西。

接到诉状，全家人立刻陷入沉闷的气氛之中。儿子们一个个愤愤不平，短时间又无良策。奉义是个直肠子，摩拳擦掌，想领头上门去教训泓顺。云儿非常淡定沉着地说："你们都安生着，这事与你们无关，该干啥干啥去！"五更时分，她梳妆打扮了一番，头上顶着帕子，提起馍笼子，给自己拾了几个白蒸馍，坚持不让孩子们护送，独自一人步行去了法庭。这一次，笼子里还藏着她当年陪嫁的宝物——楠木拐杖，云儿准备让这件宝贝见见阳光，威风一回。

她步行两个时辰就到了斗门法庭——距离牛郎织女的化身石爷、石婆不远的地方。法庭门口的两尊石狮子张开了大嘴，显示着它的威严，见着云儿，反倒有几分妩媚与可爱之态，热切期盼有场官司能打破以往的宁静与萧条，给寂寞的看门营生增添一丝情趣。外乡人说秦人好斗，多年来，这两尊石狮子却很少看见民讼。

与云儿家紧张局促的局面形成强烈反差的是该案的原告泓顺，他出奇地平静，无事人一般。开庭前一天，泓顺压根没把官司放在心上。他身穿一件貂皮大氅，着黑皮鞋，手提文明棍，走东家串西家，两三步走到广顺家。没进门就看见李想在浆线，准备织布。他开口便说："妹子，给哥端个板凳。"李想略施粉黛，小模样光彩照人。看见泓顺齐整的打扮，小背头上抹着光光的香香的头油，便从容地从木盆子里抽出手来，在小蛮腰上抹了抹，搬了一把尚未油漆的杨木靠背椅，迈着碎步妖娆到他跟前。

"广顺不在家，去油坊了。"

"我知道。你认得我不？"

"认得么，看我哥说的，妹子再眼拙，还能不认恩人？"

◎ 第四章 对簿公堂

"认得就好。给，这是我给你特意买的三身衣料，咸阳城新进的时兴料子，你到北巷找英瑞伯，他给你寻人裁剪，做了穿上。"说着从大氅里取出一大卷丝绸来。

"哥，不敢，广顺到你油坊，已经给你增添了许多麻烦，咋能要你的衣料呢？"

"给你就拿着，拿着哥高兴。"李想打小喜欢花花草草、鲜亮的东西，看见那些漂亮的衣料，不由得一阵欣喜，恨不得扑上去，只是碍于情面，保持着少妇的矜持。自己跟广顺结婚时，婆婆比照大媳妇的标准给了她十斤棉花、三丈白布、十块钱。进门一年，身上未添一寸新布，床上也是娘家陪的粗布床单。传说西堡子有钱人多，广顺比起泓顺，那简直就是穷光蛋一个。可不，广顺才去了两天，啥也不会，就得到主家这么大的照顾，李想心里又是喜，又是忧。没等她定神，泓顺抿了一口她用黑瓷碗端来的白开水，定睛看了看碗上的两个豁口，把碗往地桌重重的一蹾，说道："你个没志气的，没听见隔壁打夯？"没等李想反应过来，他一阵风出了大门，往北去了。

众所周知，广顺的庄子与云儿正在盖房的北苑是两邻居，一个在西，一个在东。李想先一天还看见奉义弟兄们在盖房，清早起来发现太阳一丈多高了，工地上一个人影也没有。回想泓顺的那句话，木讷的女人还是没明白人家打夯跟她有啥套扯关系。只知道吃饭睡觉的李想丝毫未觉察到泓顺即将与李云儿展开一场百年不遇并载入史册的无厘头官司。

法庭按期审理了西堡子这桩罕见的宅基地官司。

开庭那天，让泓顺意想不到的是忠瑞不敢来应诉，几个儿子也不敢来接招，让一个女人亲自到庭应战。在泓顺的印象里，农村女人遇事除了撒泼、打滚、一哭、二骂、三打娃指桑骂槐这些本领，再无什么能耐，而云儿敢来应诉，绝对不可小觑，他得重视这场战役才行。

几年前，女同学关欣死在云儿的地里，云儿谨言，一句话没说，也未透露任何对他不利的消息。关欣把我拿蔓住了，几天也没见她看看我，反倒是老妈、老爸负责发送，尽管不是亲娘老子，两个老人待咱不薄。近年来，云儿似乎对他越来越淡漠，越来越不关心。如今，咱站在人面前人五人六的，却连自己的身世都搞不清楚。最折磨自己

西堡子

的是每天早晨起床照镜子，发现自己与云儿的几个儿子是那样相似，尤其跟老三奉礼简直是一个模子倒出来的。从人们看他的眼神中，从闲谈的只言片语中，他深深地体会到自己的血脉根苗和遗传密码里潜伏着某种秘密与蹊跷。他多想亲耳听云儿叫自己一声"顺，我的儿呀"，那该是多么幸福与荣耀的事情。再傻的人都能看出来，奉义的长相那样怪异，尽管肤白如雪，眉宇间却与父母迥异，与其他弟兄也截然不同，个头也低了许多。如果他是云儿的亲生儿子，那么那间北苑理所应当就是他的，要想求证这件事，必须通过非同寻常的手段得到答案。几年来，他一直寻找机会想让云儿认他，苦于没有由头。这次，他终于可以当面锣对面鼓与云儿对质，逼她承认亲子关系。他相信血浓于水，哪儿有不认儿的亲娘？他决不能百年以后身世不明，让后世子孙拜错祖坟，敬错了祖先！

经过反复思考，他觉得北苑无论如何也不能给奉义。况且通过打官司取得宅基地是最直接而有效的手段，时不我待，必须立即下手，否则等房子盖好，木已成舟，将追悔莫及。如果云儿不承认亲子关系，证明她恩断义绝，从今往后我也没必要对他们心慈手软。

其实，云儿何尝不愿认儿子，只是怕泓顺窥探到她内心的自私与贪婪，鄙视她的人格，难道不是吗？换子那一刻，她敢对天发誓说对楷瑞家的财产没有动心吗？

然而，胜败乃兵家常事。这场官司对于泓顺而言，最后落得竹篮打水一场空。

法庭质证时，主推事看到云儿出示的宅基地执照，上面赫然写着忠瑞亲生父亲的名字，还有老人家的亲笔赠予书，准备直接判泓顺败诉。泓顺却理直气壮，当庭质问主推事："你身为政府官员不调查清楚就枉法裁判，偏袒被告，你配当推事吗？"

推事理直气壮："调查什么，人家手续合法，所有证明在手，白纸黑字写得清楚。忠瑞亲生父亲的宅基地凭什么忠瑞不能盖房子？反倒是你戏弄公堂，图谋他人的宅产，居心叵测。"

"那块宅基地十几年都闲着，凭什么说是忠瑞的？"

"闲着就是你的？北京的紫禁城现在也闲着，颐和园也闲着，都是你的？西京城慈禧老佛爷西行住过的黄楼现在也闲着，也是你的？钟鼓楼和大雁塔都闲了多少年了，都是你的？想了个奇怪，脸白得要了个大！"推事轻描淡写却掷地有声，语气中饱含着蔑视与不屑。人家说关中农民老实本分，从没见过如此恬不知耻的男人。

"推事我问你，忠瑞他爸的庄子奉义为啥能盖房？"

"因为是忠瑞盖他爸的庄子，而奉义是忠瑞的儿子，咋了？父亲把宅基地给儿子天经地义。"

"是吗？假如我是忠瑞的儿子，是不是我也可以盖房？"

"当然，可惜你不是忠瑞的儿子！"

"假如我是呢？"

"请你拿出证据。你叫李云儿一声妈，看她答应不？"

"她要答应呢？"

"胡搅蛮缠！我们解决宅基地问题，不解决身份问题，难道你让我滴血认亲不成？再说了，你也没提出该项诉讼请求。谁持使用证谁有权盖房，你手上啥也没有，少在这儿无理取闹！"

"我看你们都是瞎子、聋子、傻子！你吃着皇粮，拿着俸禄，不给我们做主，反倒向着被告，你是何居心？"泓顺吞下自己快要流出的眼泪，仰望天花板掩饰住了内心的悲愤。

见泓顺与推事你一言我一语剑拔弩张，云儿忍无可忍，可最终还是忍住了："推事，你俩别吵了，他不是我儿子，这个宅子盖好给我家奉义住，跟原告一点儿关系没有。"没想到云儿截住了话。其实，泓顺与推事唇枪舌剑你来我往，就是想逼云儿开口叫停。他用眼睛的余光观察这个大脚女人的一举一动，看她敏感的神经是否会刺痛，她脆弱的谎言是否会被击破。然而，他失望了，可以称得上是绝望，整个人跌进深渊。她矢口否认了母子关系，从此在心里抛弃了他，拒人于千里之外，那个隐藏了二十年的秘密不知道何时能揭开。唉，算了，亲娘的心比磐石都刚硬，当务之急，还是给自己找个台阶下，保全名声要紧。

"你等着，有你难堪的一天！"泓顺显然被推事的话激怒了，更被云儿绝情的话语顶到了墙角，逼上了悬崖，他直敲桌子。说话间，他脑子迅速飞转着：假如我姨夫白云腾给陕西政府写一封信，赢得这场官司易如反掌，不吓得这帮法官屁滚尿流才怪！正在他思量间，只听见推事说:"我是吃饭长大的,不是你吓大的,我堂堂国家公职人员怕你个刁民不成?你的案子我终身负责,你尽管放马过来,我单挑!怕你,我是孙子!"

推事将这句话狠狠地扔给了泓顺。

云儿走出法院,她想利用眼下这千载难逢的机会教育一下泓顺,让他回归人性的本真,老老实实做人。于是,她有意放慢了脚步,坐在石婆、石爷像旁边的石礅上等他:"顺,你看咱乡里乡党的,你咋能告我?"

"娘,我今日与你打这场官司,你聪明人难道看不出来我是项庄舞剑意在沛公?"

"沛公是谁?"

"不管沛公是谁,事已至此,我只最后一遍问你,我是不是你的亲生儿子?如果我们是亲娘儿俩,北苑就是我爷留给我的,你就应该让我盖房才对,而不是给那个没里没面的野种奉义。"

"顺呀,不敢胡说,奉义不是野种,他也是娘生的。你永远记住自己是楷瑞老汉的娃,要报答他们的养育之恩。我只是拾了你,将来也许有一天你亲娘会找上门来。"面对泓顺即将喷涌而出的泪水,云儿依然在讲啊讲啊的。

完了,完了,彻底完了,千不该万不该,云儿不该矢口否认母子关系。泓顺的心瞬间好像掉进了冰窟窿,如万箭穿心,白净的笑脸顿时扭曲了,转过身去。他没想到用事逼事都未能让云儿说出实情。当年的接生婆负责给村子几乎所有的女人接生,听老爸讲,给云儿接生的是李家村有名的医生李荆氏——云儿的亲娘,外人根本无法知晓实情。看来自己跟秦始皇嬴政一样可怜,身世将永远成为一个谜团。想到这里,他的心里由内而外溢出莫名的伤感,直达身体的每一个毛孔,寒彻心扉。云儿这个慈眉善眼的女人,他一直敬仰的女人,原来如此绝情,如此心硬!

"娘,您再仔细看看我身上有没有记号啥的,我是不是你儿,该不是当年您不经意间抱错了?"泓顺说话的声音低得似乎只有自己能听见,一副祈求的小模样,与平时叱咤风云一呼百应的做派形成了强烈的对比。

◎ 第四章 对簿公堂

"娃啊，钱财乃身外之物，没有个够数，命里归你的，谁也拿不走。不是你的，打破头也是枉然。"云儿不接话茬，王顾左右而言他，下意识抚摸手中的楠木拐杖。她恨自己一时失策酿成苦酒，自食其果，变成了说谎的专家。她恨自己内心坚硬，对亲生儿子三缄其口，并且终生摆脱不掉愧疚与悔恨，生生世世悔青了肠子。

其实，她的心里明镜高悬：你长大了，心大了，打破砂锅问到底，非要认亲，但是，非要弄到法庭不可吗？非要明目张胆跟弟兄们决裂吗？非要明火执仗跟娘撕破脸皮吗？难道你的孔孟之道诗书文章全念到狗肚子里了？

泓顺骑着自家的白马走在乡间大路上，当走到高桥上时，他有意停下来，依依不舍，让马喝水吃草，等着李云儿。然而，左等右等，就是不见云儿的身影。直到天黑，他腹中饥饿难忍，才准备打马回府。在马背上，泓顺望着皓月当空，声嘶力竭地哭喊道："妈，妈，你在哪儿呀？"挎着竹篮的李云儿远远地听见泓顺的喊声，不敢走近他，掩面哭泣，把篮子剩余的馒头全部倒进路旁的野地里……

白面书生泓顺与云儿打一仗败下阵来。当晚，他辗转反侧：不能损了夫人又折兵。既然云儿不认我，从今往后我与忠瑞家所有的人恩断义绝。上天眷顾我，给我万贯家财，妻妾成群，我不相信活不出个人样。眼下这场官司，我不能这么草草收场，总得在西堡子民众面前挽回颜面才行。于是，他连夜给姨夫白云腾写了一封密信，请他干预法庭判决，为他报仇。他只恨不能长上翅膀，去西京桃园机场坐飞机到北平卫戍区司令部面见姨夫，姨夫能左右蒋委员长的决策，相信解决这点儿破事不费吹灰之力。

第二天，泓顺亲自到县上递交了上诉状，回家等着胜诉的好消息。

半个月过去了，如泥牛入海，杳无音信。县上二审审判庭经过认真合议，维持原判，驳回他的诉讼请求，判决五块钱诉讼费由他支付。文书送达后，泓顺颜面丧失殆尽。西堡子的村民从此知道了泓顺无端诬告别人，笑话他自取其辱，夜郎自大，笑话他私欲膨胀，想霸占别人财产，竟然提着猪尿泡抢月亮，不知轻重远近，不嫌臊腥难闻。民风淳朴的村民心里有杆秤，谁是谁非一目了然。老人们都知道那块宅基地是忠瑞的父亲留给他的，以备不时之需。因为，他从小过继给叔

西堡子

父，不曾改姓，父亲的爱心就体现在那块地上。这块地虽然闲置已久，可是，相关的土地宅基证明文书都在云儿手里，受法律保护。用推事的话说，民国的国法岂是谁长得白即可侵犯的？

其实，泓顺之所以主张那块地是他的，除了想弄清楚云儿是否是自己的亲娘外，还有一个重要理由就是与李想为邻，假如云儿心软把北苑给了他，或者她家缺钱，用银圆可以置换宅基地也未可知。这样一来，无形中李想的宅基地增加了两间，明年开春请人将四间房一起都翻盖了，自己想象中的"行宫"总得有个行宫的样子，"别院"总得与众不同才好，这是他将来横行西堡子的第一步。眼下，西堡子家里只有房屋七间，耕地三十几亩，人均两亩地，趋炎附势怕吃苦的叔父复瑞整天混吃混睡无所作为。再不扩大规模置房买地，将来怎么立足？除了油坊的家伙、物什，偌大的一个家院，除了铁锨等小型农具外，大型农具只剩下破大车一挂、磨子一盘、烂水车一个。祖先是留下一些家具摆设，腰里也不缺银钱，可是，要想在他这一辈发展壮大，必须下狠心，使出非同一般的手段才行。西堡子是我的根，我必须豁出性命站住脚，将根须深深扎进这片土壤里，光耀门庭，才会满足老父亲的一片心意，不辜负他老人家让儿子雄霸长安的雄心壮志。

泓顺做梦也没想到，这一仗两个目的均未达到，败回营来，心里别提有多憋屈，复仇的种子在心里如疯长的扒地草一般，沿着地垄膨胀，几何数繁殖。

这一场传奇而明朗的宅基地纠纷，云儿赢了官司，失了亲情。从古至今，诉讼一直是富人的游戏，实现双赢的官司几乎凤毛麟角，千载难觅。也是的，诉讼能解决问题，还要那些村规民约道德礼仪做什么？

其实，诉讼期间，让云儿恼火的不只泓顺，还有她的老公公。他不许儿子与亲爸有任何来往，既然将忠瑞过继给他，就应该与亲父脱离关系，决不能若即若离。我又不是没钱，宅基地可以买，要人家的干什么？给两间烂庄子，算什么疼爱？难不成将来还要让我儿为他养老送终不成？如此一来，打官司期间云儿腹背受敌，饱受诟病，老鼠钻风箱两头受气。

那边泓顺把她恨得牙根痒痒，这边俩老人反对她盖房，嫌她多事。

◎ 第四章　对簿公堂

可是，碌碡掀到半坡上，不进则退。做人怎么能出尔反尔，怎么能没有原则？即使再打一仗，也得咬牙把房盖好。身为五个儿子的母亲不为孩子着想，也得为自己的处境考量。在一个有限封闭的西堡子里，农村人祖祖辈辈为宅基地奋斗，娶妻何如？生子。生子何如？娶妻，延续香火，连个宅基地都没有如何娶妻，如何延续香火？总不能在地里挖个地洞，跟老鼠一样弄个地窖藏身。

　　一场官司过后，工程继续进行。儿子们比先前更加卖力，更加用心，五天盖起一进崭新的大瓦房，前后种植了各种果木。眼看二媳妇清茶即将生产，云儿顾不得房屋没有干透，做主让老二奉义两口搬进去居住。清茶不敢，怕得了风湿，想过了满月再去。景瑞和英瑞撕扯着来到云儿家，问为啥偏心让奉义住新房。云儿答得痛快：奉义精明能干，媳妇清茶爽快贤惠，他俩能守住江山。老大奉仁跟媳妇杨赧虽私下颇有微词，但鉴于老人拿定了主意，木已成舟，自知多言无益，只好作罢。

　　又是打官司，又是盖房子，让全家人着实忙乎了一阵子。眼下，一家之主的李云儿当务之急是得张罗另外一件大事了。

　　云儿家大麦未黄小麦先黄，老大奉娴未出阁，两个弟弟先娶了亲。奉娴的婚事让当家人云儿伤透了脑筋，再也耽搁不起了。事实上，不是媒人淡忘了奉娴，是因为她太挑剔。也难怪，西堡子所处的位置非常尴尬，西京在东边，咸阳在北边，它就像树杈上的鸟窝，主干是西京，树枝是咸阳。优越的地理位置和经济条件让这些所谓的大家闺秀高不成低不就。她像母亲一样，高高的个子，大眼睛高鼻梁，四肢修长匀称，走起路来带风，说起话来像百灵鸟一样动听。她是弟弟们的主心骨，父母的掌上明珠，嫁给什么人决不可造次。国民政府号召办女学，可是，受家庭条件影响，西堡子的许多姑娘到了十岁仍然上不了学。奉娴是幸运的，老爸忠瑞强烈要求将唯一的女儿送进学堂，识字算数。聪明的奉娴十岁开始上学，五年中间，她读完四书五经，写得一手好毛笔字，在西堡子里好歹也算半个文化人，至少门宗春节的对联书写非她莫属，由她包圆儿了。

　　云儿是睿智的。奉娴15岁时，云儿坚决不让她再读下去了，将婚姻大事摆上桌面。她一直认为读书不能看错行，嫁人不能找错郎，非

▶ 西堡子

　　要找一个大门大户人家不可。就这么精挑细选，十里八乡给奉娴提亲的人踏破了门槛，没找到合适的婆家，直到有一天堡子来了一个四十岁上下穿绫罗的标致女人，才结束了给她寻找乘龙快婿的漫长旅程。

　　说起这个媒人，她不是别人，正是北巷子花店英瑞的表姐，人称"快嘴"的莺儿。她丈夫在咸阳衙门端着公家的饭碗，专门负责信息情报工作。莺儿早听说奉娴长得漂亮，有文化，有家教，是个才女。刚巧他男人手下有位年轻帅气的小伙子，名叫韦可鑫。尽管小伙子不是当地人，却对关中情有独钟，尤其对关中男人大气内敛的性格倍加赞赏，对关中女人家庭观念重，有情有义、敢于担当倍加崇敬，发誓非要找一个当地姑娘喜结连理。于是，莺儿决定趁走亲戚之机，做一回月下老，牵一根红线，成不成倒在其次，走出咸阳城放放风、透透气，暂时忘却政府机关压抑的气氛，也不失为最佳的选择。

　　细节决定成败，背见是预先设计好的。莺儿吃过英瑞媳妇亲手做的臊子面，立刻背见了传说中的美女奉娴。英瑞跟他表姐莺儿一样，也是天生一副说媒拉纤的老手，他平素练就了能说会道的本领，这也是当年让他代替忠瑞去娶云儿的主要原因。他声称要给儿子辅导一段《商务国语教科书》，把奉娴叫到自己家。这边奉娴姑娘浑然不知背后的手段，她体谅婶娘们斗大的字不识一个，故而专心致志给娃讲解。莺儿与英俊小生韦可鑫从英瑞家的纱窗缝隙望进去，只见端坐在椅子上的奉娴唇红齿白，眉清目秀，浅浅的酒窝随着樱桃小嘴的开合而变换，粉嫩的脖颈上戴着一挂银项圈，莲菜一般的右手腕上戴着一只通透的翡翠玉镯……真真的美人坯子！怪不得她待字闺中，精挑细选乘龙快婿，难道她是专门等待青年才俊韦可鑫的？莺儿一看，果然喜上眉梢，尽管与奉娴一句话未讲，却着实喜欢上了西堡子这位绝色美人。当然，韦可鑫早已按捺不住激动的心情，三魂出窍了。

　　莺儿回到咸阳，凭着三寸不烂之舌立即给男人汇报了考察的结果。有本家兄长英瑞从中保媒，云儿很快决定了奉娴的婚事。韦可鑫也不是书呆子，他不单看上奉娴貌美如花，更看中的是云儿严格的家教，忠瑞忠厚的为人，抑或他们家还算殷实的家境，更重要的是大户人家的规矩，"宁娶大家奴，不娶小家女"的道理他懂得。只可惜聘礼没那么丰厚，与他在衙门做事的身份不符，显得特别寒酸。云儿已经顾不

◎ 第四章　对簿公堂

得许多，极力促成。因为，自从那日背见之后，聪明的奉娴暗地请人帮她打听韦家情况，心里已有主意。后来，"才郎"跟"貌女"在渭河的渡船上大大方方见了面，并在岸边的羊肉泡馍馆喝了羊肉汤。从吕不韦到秦始皇，从炎帝到武则天，那些平日里米面夫妻们从不触碰的话题，俩人借着蓝天白云的映衬，敞开聊了好久。渭河滩一别，两个年轻人一日不见如隔三秋。不久，韦可鑫在父亲的陪同下来到西堡子，商讨婚姻大事。这一次，母亲李云儿的脸上露出了笑容，把担心女儿婚后受苦的忐忑之心才踏实地放进肚子里了。

鉴于奉娴的两个弟弟都已结婚成家，她的年纪也超出一般姑娘的结婚年龄，云儿与忠瑞商定，按照婆家的意见将订婚礼与结婚礼一起办，两事合一事，节省时间。于是，大年初六那天，当和煦的太阳跳出东山的一刻，云儿将唯一的女儿用自己家的轿车嫁进了咸阳城。

云儿总算了却一桩心事。蜜月未满，韦可鑫给奉娴找的学校同意她当代课老师，新娘子从此拿起了教鞭。

如千千万万个关中老人一样，云儿找不到娶媳嫁女的平衡点，也就是说她得做赔本的买卖。本想奉娴的彩礼或许可以缓解后面几个儿子娶妻的压力，没想到咸阳城所谓的有钱人不过如此，彩礼不到西堡子姑娘平均彩礼的一半。别人猜测的所谓"重礼"不是真金白银，而是衣料棉花，看着体积大，不值钱的。看来，苦命的忠瑞两口子为了兑现"父欠子的妻"的神圣誓言，还得继续把日头从东山背到西山，在锅头再烘烤几年。

云儿将整天给爷爷、奶奶烧炕的唯一的姑娘奉娴嫁出去，也没有使两位老人脸上绽放出一丝一毫的笑容。他们反对云儿收养弃婴，反对云儿打官司，却对一件事情有独钟，那就是抽大烟。云儿每次看到公婆的烟具都恨之入骨，好端端的家业迟早被他俩吸食殆尽。不过，老人抽大烟从来都是花自己的银子，不向任何人开口。包括已经长大成人的几个孙子的婚事，好像从来与他们无关。

关中人厚道，不管娶进门的媳妇是美若天仙还是奇丑无比，不管是温良贤淑还是无才无德，在婚娶的环节上，绝对装得像有钱有势人的模样，哪怕拆房卖地、砸锅卖铁东拼西凑，在人面前也要夸自己的财富无人比，夸自己的儿子长得俊，夸自己的骡马膘肥体壮能出力，

> 西堡子

夸自己的地肥苗壮囤子满。最后，费去九牛二虎之力，将儿媳妇好歹拉扯进门，拜了天地入了洞房，这才算对得起祖先，对得起名声。所有的人不自觉地进入到一个怪圈里，即所谓的娶妻、生子、盖房，再娶妻、再生子、再盖房，周而复始，循环往复，从古至今，绵延不绝，亘古不变。这个怪圈里有你，有我，有他。这个圈子里，更换的是劳碌的脊梁，不变的是莫名的责任，无形无影的使命驱赶着你往前，求神拜佛，心里默念着：千万不敢从自己的那个衔接处断弦了，绝了香火。

云儿和忠瑞自然是这千千万万个圈子里的一分子，不可能超凡脱俗。他们的儿子年龄差距不大，婚事自然一个接一个。在所有古老职业里最不缺吃的数保媒了，他们络绎不绝，踏破门槛给西堡子的小伙提亲。很快，多才多艺、天不怕地不怕、心地善良的奉礼定下堡子西边村子的相沫姑娘。胆小怕事、爱穿爱吃、跟哥哥一样帅气的奉智与咸阳城没有心计的一位疏影姑娘订了婚。爱抽旱烟、爱玩小牌、零食不断的烂脖项奉信与三嫂相沫舅家的表妹韩枝订了婚。

眼看又是一个丰收年，云儿家娶亲待客的麦子绰绰有余。云儿突发奇想，能否让弟兄三个同一天办婚礼，既节省时间，避免人过度劳累，也给亲戚省事。理论上来讲问题不大，只是老五年纪尚小，只有16岁，让他跟哥哥们一天办事，怕娘家不同意。还好，三媳妇相沫与五媳妇韩枝两家是亲戚，话捎到后，两家人非常高兴，正好两个姨表姊妹嫁给亲弟兄俩，同一天结婚太美妙了，亲戚们多一事不如少一事，皆大欢喜。

正月初九，弟兄三个同一天娶进自己的新媳妇，整个村子成了婚礼现场，实乃西堡子千古少有的景观。云儿高兴得合不拢嘴，忙得脚底抹油，席不暇暖。忠瑞笑得眼睛眯成一条缝缝，称心如意，完成夙愿。忙完婚礼，一贯嘻嘻哈哈的英瑞老汉领着一帮半大小子，把云儿两口子绑在树上，往脸上涂抹锅墨，出他俩的洋相。接着，从村公所弄来一张铜锣，让他俩拿着，人问一句，他应一声，再敲一下锣。

"云儿，你高兴不？"

"高兴！""哐"，锣声远播……

"你为啥高兴？"

◎ 第四章 对簿公堂

"我娃娶媳妇了。""哐哐",锣声激动人心……

"为啥绑你?"

"我一天娶了三个媳妇,你眼红屁股绿,盖房没木头!""哐哐哐",锣声扣人心弦……

英瑞见云儿儴他,吩咐身边的人说:"抹,继续抹!"一群拿不住尺寸的小伙子把云儿两口抹成了非洲黑人,浑身上下一般黑。人们不过瘾,继续嬉闹他俩,不肯善罢,目的是分享他们的幸福。

至此,忠瑞家弟兄五个全部成了家,十几口人住在一起,明显拥挤却热闹异常。西堡子不大,百十户人家,忠瑞家族人多势众,五员大将,个个人高马大,英俊潇洒,谁不羡慕?从此,云儿将喜悦写在自己的脸上、眉毛上、嘴角上。

自古关中出名人,西周、秦、西汉、新朝、东汉、西晋、前赵、前秦、后秦、西魏、北周、隋、唐十三朝古都设在西京,风水宝地孕育聪明贤良的人才。国家如此,地方如此,一个村子的名声也总是由几个能干的年轻人折腾出来的。云儿的几个儿子属奉义最机灵、最听话、最懂事。当然,楷瑞家的泓顺也不逊色,聪颖、大气、文雅。泓顺与奉义两个小伙论能力、论长相堪称当地一流的精英,英俊潇洒,精明能干,令人佩服。在乡亲们眼中,如果这俩人能够精诚合作,对于西堡子来说绝对会锦上添花,造福一方。但是,一山不容二虎,宅基地一事两家起了矛盾,还上了法庭,过了堂,暗斗已然演变成明争,尤其在云儿的五个儿子全部成人后,泓顺的心事越来越重。

西堡子的能人悉数登场,对于西京城边的老百姓来说是福是祸,还是个未知数。

第五章　虞美人笑了

　　鸦片带给中国的灾难是空前绝后的，政府鼓励与禁绝交替的鸦片政策就像四季更替一般，周而复始。当西北各省接到政府鼓励种植鸦片的指令的时候，西堡子也迎来了咸鱼翻身的机遇。人们给这种妖艳而迷离的植物取名"虞美人"，既害怕美人秽乱宫廷，又想如花美眷在怀。

　　这里纯朴的老乡对政府的指令一贯唯命是从，不敢违抗。乡上号召村民种植罂粟，一天到晚喇叭宣传种植罂粟的好处，比如增加收入，扩大税收，为国家分担、解决财政困难，支援军队等等，说得天花乱坠。事实上，从晚清到民国初年，罂粟种植反反复复。西堡子地处沣河下游，属于渭河二级阶地平原，地势平坦，土壤肥沃，土地松软，含沙量大，加上气候温和，四季分明，非常适合种植罂粟。全镇三万多亩耕地，他们不敢全部种上，只划出一部分土地试种，谷子、大豆、高粱、御麦、棉花等农作物不敢耽误。

　　自古以来，西堡子的地理条件对罂粟而言简直就是天造地设的瑶池。回想西汉武帝元狩三年，为解决长安供水不足和水涝灾害问题，国家将南山通过长安流入渭河的七条河流一齐截断，由修建的人工洨河汇入沣河，以防洪涝。在此地修建的大型水库昆明池，有效解决了长安的用水问题，确保长安旱涝两安，是集城市供排水、水上运输、风景游览和练习水军为一体的综合性大型工程。得天独厚的气候条件也为当地粮食丰收打下了坚实基础。光阴荏苒，沧海桑田。唐朝末期，水面干涸，昆明池辟为农田，种植至今。那些良好的水利设施和地利条件，让长安城受益无穷。昆明池水退去形成的大片农田土地肥沃，种啥长啥。面对如此得天独厚的地理条件，种不出好庄稼实在算不上

◎ 第五章　虞美人笑了

好农民。

　　云儿一辈子没有愧对过这一方土地。她带领媳妇们做面食生意的同时，让男人忠瑞去买一些罂粟种子，回家在碗里先泡着，针对出芽情况，挑选个大饱满的罂粟种子，带领几个儿子到地里去种。老大奉仁永远是种田的能手。早些时候，他按照母亲的要求将地里的土晒干，用棍子砸细，用罗网粉了再粉，把旧布摊开，将细小的罂粟种子与细土混合在一起，留着待用。他们漫灌了平整的好地，等地略微带墒，顺着地垄用手仔细播撒掺杂着细土的罂粟种子，然后用干土覆盖其上，等待发芽。云儿原来估计只有个别人会种植罂粟，没想到西堡子的村民一夜之间，好像有人用枪逼着，齐刷刷都买了这些类似谷子一样的种子。到地里一看，几乎连片的土地都种上了这种传说中美丽与神奇的东西。

　　听说媳妇给地里种植罂粟，忠瑞的父母高兴得合不拢嘴，饭量大增，亲自到地里查看、指导。他们再也不用间歇性去集上买烟土了，自己家种烟随时吸、随时取。倒不是怕费钱，他们身后的炕柜里不知藏有多少银子，关键是方便。

　　同为本族的楷瑞，因为上次庄基地的事情，与云儿产生了芥蒂。儿子泓顺自作主张想借机扩大自己家的宅基，两家过了一回堂，与他这个老父亲关系不大，他怕时间一长，两家积怨难消。看在云儿给他抱了一个儿子的情面上，看在两家同根同源共敬一个祖先牌位的分上，也看在忠瑞木讷不惹人的分上，更自私一点儿，看在云儿医术高明的分上，楷瑞老汉想到忠瑞家走一趟。不过，他空口白牙的说什么呀，掂量来掂量去，他找到一个冠冕堂皇的理由避免唐突。找什么理由合适呢？对，借錾子。他知道忠瑞家肯定没有这号东西，才找借口与他们搭讪。

　　楷瑞晚上来借錾子，言说清明寒食节用阴票子，怕到跟前着急，得提前錾些放着。他的烟瘾比忠瑞父母的烟瘾还大，年纪轻轻身体羸弱，烟锅子不离手，不是大烟土，就是旱烟袋，白脸熏得活像南山里边的烧炭翁，一天到晚腰弯着，一步一摇。

　　听说要借东西，忠瑞说："錾子？咱没有那东西，又不是簸箕、筛子，谁置办那东西？你既然来了，不妨去劝劝我大、我妈少抽点儿烟，

▶ 西堡子

我这一大家人还靠他俩呢,要是身体出了啥麻缠可咋办呀!"忠瑞一边手搓着麻绳,一边冲着楷瑞说。

楷瑞说:"还劝你妈呢,你不是已经种上罂粟了吗?你这是惯你大、你妈,以后他俩无论咋折腾,你都不好管了。咱庄稼人有啥享受?麦子磨了咥粘面,御麦收了咥搅团,外加一碗浆水菜,没事抽抽烂大烟。不过,依我看,你俩老人自从抽上大烟,身体确实大不如前咧。"

"我种烟是没有办法的办法,政府三令五申让种,咱要是不种,人家要罚款,我拿啥给人家交呢?谁愿意种这伤天害理的东西。"

"听我说,你尽管种你的粮食,将来大家都种罂粟,粮食一定短缺,到时候粮食就是金不换的宝贝,难不成老百姓都吃大烟不成,喝大烟不成,大烟能抵肚子饥?"楷瑞主意很正,坚持不种罂粟。他继续说道:"你们种罂粟,我负责榨油,罂粟籽油我卖它十两银子半斤,香不死人才怪呢!"楷瑞的调侃并未引起忠瑞的重视,他一脸的无奈,摊手耸肩,永远在为生计发愁。一贯胆小怕事的他既拿不了政府的事,又拿不了云儿的事,任凭楷瑞摆事实、讲道理皆于事无补,地里的罂粟苗已经长到三寸高了。堂弟兄两个永远尿不到一个壶里。楷瑞来到高堂,对老人说:"二娘,以后少抽点儿,留着精神给咱看重孙子,好不好?你没听老人说炕上没屎,坟上没纸?"

"娃是他俩的,跟我有啥关系?我照看娃,要云儿做啥,我才不管死了咋办,死了哪怕喂狗!"老婆一辈子不爱孩子,提起看孙子满脸的不高兴。

"看你说的,娃不姓咱的姓?"

"姓叫他姓去,是人总得姓个啥。我不当家,老了只管吃饭睡觉,不管闲事。"

"哎,这么大个家,还靠你当老元帅呢,媳妇当家还能少了你的吃穿?"

"我啥时候要过她一毛钱?不知道生那么多娃干啥,本来地就没人家广,现在张口的更多了,再不买地,看她咋喂那些个嘴呀!"

两位老人穿戴得整整齐齐腿盘着斜靠在炕上,烟土一袋接着一袋续上,咳嗽着,气都喘不出来。儿子、媳妇走城门似的一会儿进来一会儿出去,他俩毫不理会,神仙似的抽着烟土。烟圈慢慢升腾,弥漫

◎ 第五章　虞美人笑了

在整个屋子，呛得后院的牲畜不住地打着喷嚏，墙角癞蛤蟆的叫声显得那么有气无力，呱呱声变成了咕咕声，好像熏得喉咙生锈一样，聒噪难忍。

"今年你家开始种大烟了，你二老啥意见？"楷瑞问老人。

"好事么，政府让咋办咱咋办，听政府的没错。现在不是清朝政府了，是开明政府，民国就是为民做主的国家，主权在民，政府还能把老百姓往沟里带吗？你看政府鼓励办实业，办工厂，办学校，修铁路，建机场，女娃不再缠脚，提倡婚姻自由，惩治贪官污吏，哪一项政策不好？依我看跟着政府走没错。"楷瑞以为村上的老人都不赞成孩子们种植大烟，忠瑞的长辈也一样，没想到碰了一鼻子灰。

"那你说我家种不种？大烟到底挣钱不？"楷瑞把话题迅速转到庄稼上来，尽管他对种庄稼一窍不通，跟着别人照猫画虎，应付庄稼，一心扑在油坊的生意买卖上。当看到满地的绿苗全然没有小麦的风采的时候，他着急了。

"你总算问到点子上了，我给你算一笔账，你就清楚了。咱这儿一亩地大约可以收获鸦片50到60两，而御麦能收220斤，套种的黄豆60斤，红豆20斤，荷兰豆10斤。以收鸦片60两计，过冬后可出银七到八两，就算当年收价不高，也能卖出六两银子。而一亩御麦只能卖一两八钱，黄豆能卖648文钱，红豆、荷兰豆都是二钱，这么一算下来，种植啥划算不是一目了然？所以，人人都争着去种鸦片了，况且历朝历代禁绝不止，为啥，有利可图嘛！你家才六个人，就那点儿地，划不着种，不够麻烦，罚款让他罚去，油坊好歹划拉一点儿或者把油渣价格提一分利就够他们罚款了。你祖上灵性，你也是个聪明人，咋来问我要主意了？"忠瑞他爸打开了话匣子，念起了生意经，尽管他抽烟抽得牙发黄，脸发青，脑子却超乎寻常的清醒。

一辈子精打细算的楷瑞仔细一想言之有理哇。他仔细盘算：家里就泓顺一个劳力，罂粟这玩意儿收呀、割呀、卖呀，确实挺麻烦，比种棉花还麻烦些，长工们也没有种过大烟，明年再说吧。他聊了一会儿，等云儿来到前房，他装上旱烟，弓腰扯谎对云儿说："弟妹，我这两天眼睛跳得厉害，你说这是咋了？"

"眼热了么！给你贴些杏胡凉眼药。"云儿心里对楷瑞老汉是有成

75

▶ 西堡子

见的，至少在她看来，一个家庭的家教直接影响到后生晚辈，种瓜得瓜，种豆得豆，泓顺变质楷瑞负有不可推卸的责任。但是，泓顺已经是大人，儿大不由爹呀！又回头冲楷瑞老汉挤出一丝笑意说："没事来坐啊！"楷瑞顺手抓起炕头自己的礼帽扣在头上，双手背后，踱出屋门。一边走一边嘀咕："咱啥时候把日子能过得跟人家一样呀！"

冬天来了，屋檐上一尺多长的冰凌一根根疯长开了，滴水成冰，娇小的麻雀不到万不得已，绝对只会忍着饥饿躲在窝里不敢出来。人天生是一种吃苦受罪的动物。地里没有什么活计，奉智媳妇疏影给婆婆把炕烧热就自便了。云儿叫来几个儿媳妇，给她们每人发一丈黑布、三尺白布，要她们赶在春节前每人做五双鞋，给父亲忠瑞和她各做一双。织布机要不停地织，一个人累了，另一个上去。纺线车轮流使用，纺好的线交到她手上要称重，谁要是偷懒，楠木拐杖伺候。疏影脑子比较笨，在娘家不擅长女红，云儿让她专门负责烧炕，家里大小六个炕全归她管。最前边厅房是云儿的，她的大炕必须随时保持温热状态，要是发现半温不太热，疏影的屁股就该发胀了。

那天午后，村子一个女人来家和云儿坐在院子说闲话，主题无外乎辣子咋泼油吃起来香，苏绣如何让正面不出现线头等女人话题。她俩一直谝到夕阳西下，疏影在后院与大嫂一起做晚饭，正烧火间，云儿怒气冲冲来到厨房，用楠木拐杖照着她的头打下去，亏得大嫂眼疾手快，挡在头顶，疏影惊叫一声，藏在大嫂身后："妈，你咋啦，我没犯啥错呀！"

"你还嘴硬，妯娌几个数你一天到晚偷奸耍滑，前边的炕还是冰的，你得是等到半夜鸡叫才预备给我烧炕呀！我把你个有父养没娘教的女人打死算了，省得人家骂我没家法！"

"妈，我见你跟婶子说话，不敢过去，怕你说我偷听，准备等她走了才烧呀么，锅底下的火子儿是现成的，热得快。"

"你还还嘴？傻女子，你一烧炕烟熏火燎的，她不就走了？"

"妈，我知错了。"

"唉噜，老天爷咋给我拾下这些没眼色的瓜女子！"不是云儿矫情，她怕媳妇们三天不打上房揭瓦，大宅门里乱了规矩不说，将来少家失教的，带坏了儿孙事大，家风好坏与家里的女人有直接关系。当年几

◎ 第五章　虞美人笑了

个媳妇嫁到西堡子，亲家并未看重她家的财势，而是冲着她家教严、家风正。尤其老四媳妇疏影嫁进来时刚刚过了15岁生日，这么小的年纪，不教导如何得了？不管家里荣华富贵还是温饱且安，她得对得起亲家的信任才行。

听说媳妇挨了打，壮如牛的老四奉智乖乖地站在墙后，不敢上前劝阻，更不敢问情况。母亲是秋后的凤仙花籽，一碰就崩了，家里的汉子们只有听话干活的份儿。

地里的庄稼永远是农民的牵挂。春夏之交，天气非常暖和，一望无际的罂粟绿莹莹的，像绿毯子一样铺满田野。新生代的农民初次种植罂粟，不了解这种神秘植物的习性，天天往地里跑，瞧瞧叶子旺不旺，秆儿壮不壮，有没有被虫子蛀了。有人提议竖起篱笆墙把这些宝贝圈起来，有人甚至想夯土打墙，像对待孩子一般精心呵护这妖娆的植物。孩子们则不停地问什么时候能看见罂粟开花，开什么样的花。田埂上，地头边，总聚集着农民议论："在云南人家早已经开种罂粟，那里的人富裕得流油，谁像我们这里守着三千年古都长安，一马平川，风调雨顺，却只种植笨庄稼，除去口粮所剩无几，徘徊在温饱线上。端的金饭碗要饭，白白糟蹋了土地，辜负了老天爷恩赐的这一方风水宝地，或许种罂粟才是农民发家致富的光明之路。"

奉义生性机灵，他将身上的夹袄脱下来，把提取下来的小苗、弱苗包回来，让母亲给他凉调着吃。他坚信凡是地里长的植物应该都能吃，只是吃法不同罢了。云儿出于好奇，把罂粟青苗洗干净后，用开水烫一烫，放少许青盐，拌一点儿清油进去，盆子里立刻弥漫着浓浓的幽香，飘进人的口鼻。大人小孩馋得张大了嘴巴，不等饭好，急着想尝尝鲜儿。忠瑞天生胆小，怕孩子们吃了中毒，准备自己先尝尝。没等云儿许可，奉义自告奋勇用筷子给自己嘴里塞进一大口，边吃边说："香死了谁偿命啊？"闻着香喷喷的罂粟苗，这帮饿狼未等奉义出现什么"三步昏、六步倒"等骇人反应，早将筷子朝碗里伸去，三下五除二将凉拌罂粟苗夹到馒头里或者空口填进了"狼"肚子，那种美滋滋的感觉是他们从来不曾体验过的，幸福直接荡漾在每个人的脸上。

听说罂粟苗还可以吃，种罂粟的邻居争相效仿。

奉娴从咸阳回到娘家，一路上空气里尽是醉人的罂粟味道，她深

▶ **西堡子**

深为父母担忧,为家乡父老担心,大家都去种罂粟,没有粮食将来吃什么。如果打仗,靠罂粟能支撑战争吗?即使用烟土换来金钱,没有填饱肚子的粮食能行吗?自己家那么多的弟兄,个个都是青年壮汉,不怕一万单怕万一,她劝母亲少种点儿。咸阳城民众的日子并不好过,低矮的平房,坑坑洼洼的街道拥进大量的外地流民。丈夫韦可鑫在政府做事,薪水越来越低。懂事的奉娴不像一般人那样摆阔太太的架势,过着安稳而平静的生活,她时刻牵挂西堡子里的父母,牵挂弟兄们,初离娘家的她如随风飘散的蒲公英种子,悄悄植根于一方水土,静静长起片片叶子,结出果实。奉娴从小晓得爷爷、奶奶喜欢抽大烟,家里大烟土从未断过,母亲对老人的这种做法颇有微词,生怕给她染上烟瘾。奉娴也知道,父母对爷爷、奶奶敢怒不敢言,委屈自不必言。如今大家都种烟土,父母阴差阳错圆了老人的梦,大面积种植罂粟,对于庞大的家族来说,也许可以缓解一时之难,但终究是祸患。她这次回家,是想劝解父母只种一年,来年改种别的,哪怕扩大果树种植,也不能种这害人的玩意儿。一个出嫁的姑娘人微言轻,有四个长辈做主,她的劝解无异于一阵清风。奉娴空跑了一趟,无功而返。

　　泓顺在整个漫长的冬季里,在西堡子周围村庄竞相种植大烟的档期,让油坊所有的伙计拼命出油,绝对不能错过这千载难逢的榨油机会,以此弥补没种罂粟的损失。

　　红色的罂粟花在人们期待的眼神中靓丽着,壮美着。爱美的姑娘们齐聚地头嬉笑玩耍,仔细观瞻那渐变成白色的花朵和支撑花朵的绿色花秆上长出的白毛,谁也不敢采一朵戴在头上,那是希望的花朵,是银根子、命根子。花朵的生命如此短暂,在人们尚未足够欣赏与夸赞之际便凋谢了,露出像莲蓬一样的东西,圆圆的,满满的,自在地妖娆着,蕴含着无尽的财富。傍晚时分,村民们端着海碗,拿着小刀,络绎不绝来到地里收获。罂粟的香气早已让人心神游荡,乐不思蜀。老人叮咛孩子们小心划伤了手,孩子们轻轻地用小刀绕着花颈划一圈,乳白色的东西慢慢滴落下来被碗接住,像接生的女人小心翼翼接住刚刚落草的生命一般神圣。千百年来只知道麦子收了种御麦、御麦收了种麦子循环往复的村民何时见过如此轻松的收获,神秘而妖艳的植物果真能给人带来富足吗?期待,期待中村民不再墨守成规,而是互相

◎ 第五章　虞美人笑了

模仿取经，期待意想不到的收获。

西堡子距西京不过十几公里的路程，大烟很好出售。为了卖个好价钱，他们坐车到省城，一天即可打个来回。西堡子和各乡镇随处可见光明正大卖售大烟的铺子，全国各地来贩卖烟土的商贩络绎不绝。随商贩而来的除了商人，还有涂脂抹粉、花枝招展的风尘女子。农家子弟有了钱不再满足吃饱喝足，锦衣玉食，在自家门口见了世面，取而代之的是风流一回回，倜傥一夜夜。哪家的老子、媳妇能管得住那些血气方刚而腰包鼓起来的汉子？

云儿自有治理一家大小的独门秘籍，那就是不让他们闲着，银子统一管理，而支持她这样做的理论依据就是"贫穷出盗贼，酒饱思淫欲"。

家里不再种笨庄稼，汉子们体力上解放了，种植大烟让家里的姑娘、媳妇、娃娃都能帮上忙，收获罂粟他们反倒比老爷们轻巧自如。云儿家被解放了的弟兄们有了充分的时间和精力帮忙蒸包子，卖包子，成就了家里的生意，从此在家里形成了明显的分工与合作关系：云儿只负责给包子拌馅外兼给人看病，掌管家里一切财政大权。儿子们主要负责包包子，听由父母分派活路。卖包子是忠瑞的分内职责。男人们只管干活不管钱，好像回到了母系氏族社会。云儿家类似于治军的治家理念与男权至上的西堡子风俗显得那样的格格不入。家法是谁也无法逾越的雷池，谁敢叫板，肯定没有好果子吃。还好，家和万事兴，一家人和和睦睦，村里人无不称颂。

罂粟种植给村庄带来的变化是悄然发生的，而县上对种植罂粟绝对起到了推波助澜的作用。任务是早已根据各村镇统计上来的地亩数字核定的，一级下到一级，对农民种植大烟下硬茬，如果完不成任务绝对会像完不成公粮一样，遭到训斥，不挨挫才怪。这样上下呼应，官民一心的局面是云儿始料未及的。儿子们欣喜地发现烟土体积虽小，价格却非常昂贵。晚上，西堡子几条大街的红灯下，那些卖吃食的担子客无形中丰富了品种，提高了档次，西京城著名的小吃点心随处摆放着，通宵达旦喧嚣叫卖。云儿兜里的钱多了，给他们采买回来的小吃自然也多了起来。

一段时间，南来北往的贩烟者你来我往好不热闹。但是，烟贩子

西堡子

们是断然进不了西堡子城的，买卖只能在城外活跃，这是村规民约的规定。

旋即，对种植大烟持观望态度的农民如雨后春笋般开始了轻松的田间耕作，纵横阡陌，少有空闲，收获到了前所未有的喜悦。

然而，刚过45岁生日的云儿明显感觉到身体不像从前，过度劳累让她倍感心力交瘁。每到晚上，脚下的地像往上长一样，直顶她的腰眼。她带领儿子们起早贪黑地干活，唯恐哪个儿子闲着无聊拜倒在外来那些描眉画眼、搔首弄姿女人的石榴裙下。忠瑞心疼女人，要云儿少发点面，少蒸点包子，儿子们大了，该给他们一些自由的空间。云儿却固执地认为罂粟种植是暂时的，政府不可能让百姓们持续种这些乱人心性的东西，必须抓紧这稍纵即逝的赚钱机会，为家庭积累财富。他们能干一天算一天，小车不倒尽管拉，等到真有一天拉不动再卸套。要强的她认为儿子们没本事不要紧，关键是不能走斜道，不能作恶。在众多农家子弟偷偷摸摸在外面与风尘女子攀扯的时候，云儿把儿子们聚集在一起训话："老老实实挣钱，规规矩矩做人，如果发现哪个吃了熊心豹子胆的吃烟、耍牌、玩女人，别怪楠木拐棍不认人，一律赶出西堡子，永不许回来！"从古至今，关中道大家庭数不胜数，几十人上百人的大家并不鲜见，关键是家中有一位"统领"，能镇住，能管事，云儿就是这千千万万个统领中的一分子，过日子的行家里手。

其实，论起过日子，聪明人与笨人的区别就是眼光。当云儿将烟土换来的银子买成木头、橡、担子等盖房物料，准备再次扩建房屋的时候，泓顺已经坐车到他甘肃河州的姨家去了。他姨夫从兰州陆军学校毕业后，家里就开始大面积种植罂粟，那里贫瘠的土地上家家户户种大烟，竟然产出白花花的银子，成为白云腾的金库银箱，取之不尽用之不竭。

泓顺痛感自己没有抓住机会，比别人少种了一年罂粟，不知道少赚了多少钱。他告诉他姨，别人家的银子车载斗量，而他家的银子像秃子头上的虱一样少，此行的主要目的不是游山玩水，而是从古至今一般人难以启齿的借钱。当得知他姨家还有六斤烟土准备留给他姨夫孝敬上司时，便小孩似的倒在他姨怀里撒娇，要借黑瓷罐子里所有的宝贝烟土。承诺等他把这些烟土拿到省城西京换成白花花的银子，到

◎ 第五章　虞美人笑了

时候加倍还她。为了讨他姨的欢心，泓顺去甘肃前，在西京买了三捆白洋布，能做五身旗袍的金丝绸缎，还装了甘肃稀缺籽大色红让人垂涎三尺的临潼石榴五筐。他要让他姨在甘肃这个地方一鸣惊人，穿得像个上海滩的摩登女郎，人人羡慕，个个垂涎，像个真正的土豪。甘肃毕竟距离西京路途遥远，钱广，人实诚。他姨被巧舌如簧、乖巧内秀的外甥说得动了心，只是叮咛泓顺千万听大人的话，不要吸大烟，走正路，便把自家男人准备讨好上司的事情放在了耳朵背后，把黑瓷罐子交给了亲亲的亲外甥泓顺。

泓顺依靠三寸不烂之舌骗来的六斤烟土变现后，不动一刀一枪开始放贷，放高利贷。因为上学时他已经熟悉此道了。此时，国家银行的钱是不会轻易贷给农民的，民间借贷趁机活跃了起来。其实，即使银行贷款手续方便简单，农民也不会为购买粮食、农具等鸡毛蒜皮的小事而登堂入室，迈入银行的大门半步，丢不起那人呀！况且国家的钱有更大的用处，南边的红军似乎越来越成了气候，剿匪是需要大笔银子的。泓顺憋着一口气："凭我的长相才干，不相信在西京城边边农村挣不来个钱！"

这时，包括楷瑞、忠瑞、景瑞、英瑞、复瑞在内的西堡子村民陆续加入到种植大烟的行列了。三年大烟种植的结果，使村民不同程度地富裕了起来。好光景如云烟一般，转眼间飘进家里的旮旯拐角。云儿不敢有丝毫懈怠，精打细算，仍然用种植罂粟赚来的钱量麦子，推磨子，蒸包子，外加新品臊子面。熙熙攘攘热闹非凡的高桥会上，场场离不开忠瑞那浑厚而富有磁性的叫卖声，离不开热气腾腾麦秸垫底白布遮盖的包子担笼和绿莹莹的臊子汤，离不开那位只知递货不知收钱的中年汉子。凭借种植大烟积累的钱财，云儿在院子后边的空地上盖起了三进楼房，弟兄们依次从前而后居住。院子铺上了青砖，老墙根也进行了加固，置办了一些家具，房子前低后高，雨水顺着青砖往街道流去，汇入青石板两侧的小渠，顺着暗道流入护城河。前厅房仍然住着老两口和老大奉仁，加上原来的大房，一共有六进大瓦房，一眼望不到头。

月盈则亏，否极泰来。忠瑞的两个老人终于在收获大烟的第一个夏天吸上了自己家种的烟土，此后的三年里没有任何节制，不分白天

西堡子

黑夜烟不离嘴。遗憾的是，在最后一进楼房立木前后，俩人驾鹤西去，没有留下半句遗言。

两位老人至死也未告诉云儿祖宗的钱在哪里存放，哪怕给他们夫妻一个眼色也行。至此，云儿相信，一切关于忠瑞父母有钱花不完的传言不过是天方夜谭，况且他俩苦心拔力给老人的孙子们都娶了亲，没有功劳也有辛劳，考验一个人绝对不会用这么长的时间。或许，金钱埋在什么地方，老人也不得而知。聪明的奉礼在爷爷去世后告诉母亲，爷爷肯定把钱埋在老房子下面，或者哪根大梁里边，因为村子不乏从老宅子底下挖出金银、从房屋密室起出宝藏的实例。办完丧事，云儿对孩子们说："不是妈不想，我想过一万遍了，该是我们的钱就是我们的，不该是我们的，就是命里没有，争也不顶用。你爷、你婆一辈子吃穿用度没有一丁点儿为难，没花咱一毛钱，几乎没怎么干过重活，享了一辈子福。多少人在地里刨食吃，还吃不饱，他们终其一生，安静而富足，人要活到这个份，也值了。"母亲句句在理，在现实面前，儿子们心里还是觉得疑惑：西堡子的富足天下驰名，长门绝不可能穷困潦倒。

是的，机会从来都是留给有头脑的人的。民国十八年，陕西的旱灾对农民的打击无异于当头一棒，电闪雷劈。旱灾使得全省多数县镇庄稼绝收，路有饿殍，缺食少穿，背井离乡，妻离子散。咸阳以北许多地区村民不敢往北走，因为那里完全靠天吃饭。他们往咸阳、西京一带逃难，为求活命卖儿卖女，乞讨为生。流落到西堡子的灾民有口饭吃就算幸运，更何况找到一份长久的活计。河南省的流民也一样的光景，乞讨着一路西行来到古城西京。狭小的西京城容不下如此多的灾民，政府号召举全国之力，捐钱捐物救陕西于水火，仍然难解燃眉之急。灾民们只好拖儿带女一路西行，往宝鸡方向逃去。路过奉义他们的西堡子，灾民们突然眼前一亮：完整的西堡子气度不凡，饭时的袅袅炊烟直冲云霄，人们的穿着打扮也体面得当。于是，聪明的灾民们停下脚步，卸下包袱行李，积聚在一起，寻找活下来的营生。两股人流在西堡子外面汇合，背靠城墙，乞讨为生，细心的人们发现他们包袱褡裢里的白面蒸馍、芝麻饦饦、油面锅盔总比外乡的乞丐多。

精明的楷瑞、泓顺父子俩抓住了这次难得的发财机会，凭借难民

◎ 第五章　虞美人笑了

发家致富是古今无数人的成功经验，支撑这本生意经的理论依据只有一条：人穷志短。泓顺的主张是本地人难管理，河南人肯吃苦，走投无路没有根基。陕西籍的难民总能找见吃饭的地方，投亲靠友也不至于饿死，所以，陕西籍的难民一个不留。靠城墙站立等待挑选的河南人只要有饭吃能活命，毫不挑选做什么活计。从此，泓顺吸纳的200多难民在他的油坊开始做工。这些意外得到吃饭机会的壮汉子们，无不感恩戴德。泓顺家的粮仓终于有了用武之地。高粱、豆子这些过去西堡子人懒得理睬的粮食，而今变成赤脚跑着干活、筋疲力尽倒头就睡的汉子们的美餐。翠莲、如雅两个女人何曾见过如此浩浩荡荡的吃饭队伍，面对如饥似渴的一群大男人，她俩只好将每天梳洗打扮的镜前时光换作监督长工做饭、吃饭，监督长工干活的应做课程，这是泓顺叮嘱过的。从此，油坊的油一股一股从麦秸秆里流了出来，不眠不休。

人常说：年馑头，先长油。泓顺家兑换棉籽油，每一秤都是发财的机会。买主在自己家过完秤，拉到他家完秤，奇迹般地损折14%，方圆几十里的人无人不知他家"神秤"的厉害。一头是雇用长工只管饭不付薪水，一头是秤上做足文章，没有不赚钱的道理。同时，泓顺店大欺客，别的油坊加工费是每斤一分二厘，他家是每斤三分钱。流水账不敢细算，到年底，他家竟然添置了一辆水车，四头牲口，五处庄基，六间房屋，积累财富的速度让西堡子人瞠目结舌，人们不得不佩服老油坊这个新主子刨钱的耙耙子厉害。

年馑，在关中人的苦苦挣扎中，在农民渴望的眼神里度过。年馑却丝毫没有影响泓顺油坊的生意，反倒因为廉价的劳动力为产业增加了活力，这是泓顺一辈子引以为豪、津津乐道的壮举。但是，有限的生产规模严重限制了食油的产出量，窝工也在所难免，熟练工不愿意离开油坊，所以，只有一条出路——扩大规模。已经可以独当一面的泓顺准备在西堡子外面拓展一所院子。此项动议遭到来自他们家族的一致反对，首先就是复瑞。他认为老油坊最早是他的父辈创建的，不能由泓顺独霸，必须按照股份制大家共同参与。道理上讲，泓顺完全有能力撑起一个规模更大的油坊，可是，在他的潜意识里，应该有一个貌似强大的集团遮掩，他才好悄然做大做强。还是楷瑞老汉精明，

▶ 西堡子

他给儿子泓顺出主意：盖房子买设备不让本家出钱，不让他们参与任何决策；他们只需做些敲边鼓、跑龙套、打酱油的事情，年底时给每个房头一点儿份钱；名义上是一个家族在经营油坊，让外人感觉庞大的家族势力强大，没人敢欺负，实质上是泓顺一人独资。不投资一毛钱，不参与任何经营活动凭空拿钱，对于泓顺族人来说就是天上掉馅饼，求之不得。达成一致后，他决定在西堡子东边挖开一个豁口，也就是城门洞子，方便出入，外边连接十几间大瓦房，里边生活设施与生产设施一应俱全，作坊必须有模有样，像个工厂的样子。

然而，在城门上开洞对于西堡子的村民来说无异于给天捅个窟窿，戳人的心窝，非同儿戏，大家纷纷起来反对。

他们认为开洞子破坏了西堡子的完整性，风水势必会遭到破坏。更加不能容忍的是两个大城门洞子有人看守，设置有大炮防止坏人破坏。开个小门如果不安设土炮，难以抵挡外来的侵略骚扰；如果安设土炮，似乎只在保护油坊，成为村子的一块特殊区域，或明或暗在炫耀着什么，富裕？此地无银三百两，招贼是肯定的。今天你开油坊在城墙上破个洞，明天我开染坊、粉坊、花店都在城墙破洞，城墙岂不是成了马蜂窝？几千年的西堡子文化如同关中文化一样在人们心中植根、开花、结果，概括起来就是低调、内敛而大气奢华，遵纪、守法而不知变通，绝对不允许任何人不守规矩胡作非为。村上其他大家族，包括外姓家族也提出明确的反对意见，坚决抵制油坊在西堡子城墙凿洞开门，更不许安置大炮。于是，西堡子大门小户几十人相约来到乡公所门口，静坐示威了整整三天三夜，不眠不休！幸好，到吃饭的时辰，里面当值的送出来几个硬馒头打发了事，才不至于节外生枝。

也难怪人心齐，西堡子里共有百十户人家，南北两条巷子各姓一个姓，号称四大家，八小家，宗族鲜明，亲疏远近大家都知道。传统的关中人宗法观念很强，几个堂弟兄看见泓顺日渐富裕，放着大树乘阴凉，当然冲锋在前靠近他。事实上开个门洞方便的不是泓顺一个人，其中也包括他的家人族人。其他家族的老人们反对他在城门开洞的另外一个重要理由就是风水问题。当年建造西堡子时，从山上请来的高人环顾村子四周，按照风水的讲究，以周文王九子陵墓为北城坐标，垒成正方形的城堡，就地取土，城外建护城河。为了与西京城遥相呼

◎ 第五章 虞美人笑了

应,有所区别,只开两个门洞,南门是必须要开的,天下衙门朝南开,南边是智慧与权力的象征。自古以来,西京城南门承载了多少皇上迎来送往的梦想,迎来多少英雄豪杰,几千年的建都史证明江山社稷与选择好一个首都有极大的关系,齐家治国平天下与方位风水也有直接关系,小小的西堡子也是同理。东为上,西为下,所以开东门是为了面朝太阳,聚集财源。而今,泓顺扩大老油坊是好事,他可以在城外某块地拔地而起,小楼也好,安间房也好,厦房也成,他挣他的钱,其他人自己过自己的小日子,安守固若金汤的西堡子,不管外面天翻地覆,两相各安,互不相扰,这是百姓最大的愿望。然而,愿望总归只能是愿望。

很快,县上来人代表政府与村民见面。态度很明朗,尊重村民的意见,村规、民约是村民自治的真实意志表示,政府只管修路架桥,护边保境,教化村民,征兵守夜,当然不管村里这些鸡毛蒜皮的小事,放手让村民自己管理自己。西堡子是村民自己建的,又不是政府掏钱建的,业得由主,假如大部分村民反对在城门上加开门洞,那么泓顺就不能动城墙一指头,因为那是公共财产。显然,油坊只占西堡子极少数人,泓顺的美梦眼看要落空了。

泓顺听说县上要村民自治,气得把身上的白绸褂子一脱,亮出光脊背,坐在后楼房底下一口接一口把茶壶里边上好的竹叶青喝了个底儿掉,叫人拿扇子来使劲给他扇凉。伙计狗娃正扇得小心翼翼,专心致志,只听得东家扬眉喊道:"拿纸笔来!"当即在八仙桌前铺开白纸,用小楷给姨夫白云腾洋洋洒洒写了一封信:西堡子这些井底之蛙,难道不知道政府要开发大西北的大志,难道不知道工业的重要性,守着几亩薄地跟城墙能干啥?如果姨夫这次不帮忙,你家的六斤烟土也甭想要了,外甥我从今往后再不踏进甘肃河州半步,你权当没有我这个外甥!写完封了信,叫伙计立即套车到咸阳邮局去寄,回来静候佳音。

泓顺心里嘀咕:蒋介石信心满满,要将西京作为陪都建设,我就不相信在城墙上开个洞,天能塌下来!一群乌合之众真是吃油渣的命,天生就知道眼睛盯着脚尖,鼠目寸光,还学会了告状请愿,不看看马王爷长了几只眼,哼!去年国民政府就成立了建设委员会,确定了开发西北、建设西北为其要务之一。那时,政府还派出西北科学考察团、

▶ 西堡子

西北实业考察团等到大西北进行了实地考察。国民政府又制定了《开发西北计划》，对西北的开发进行了整体规划，西京城是建设的重点。为显示开发西北的决心，紧接着又成立了全国经济委员会筹备处，为开发西北做铺垫。国民会议第七次大会通过了《开发西北办理工赈，以谋建设而救灾案》等，正式确立了以工代赈的开发计划。足见政府对西京寄予厚望，对工业的重视。

泓顺纳闷：国家号召人干大事情，我在西堡子干一点儿事情咋就这么难呢？回想几年来自己在村子的所作所为，好不叫人痛心。偌大的村庄，经济上如果单凭观音山的收益那是绝对支撑不下来，还得靠他和村上几家财东。账怕算，钱怕赚，条件是成就事业的基础。自己从16岁执掌油坊大印以来，迅速蹿红，慕名来倒腾买卖的跟我家接触也都发达起来。政府每次摊派任务，比如征兵、修路、修桥、修缮学校、给老师发薪水、给村上的几个庙宇添清油等事务，我总冲锋在前。尤其对待上边来人，我总是一马当先，将人领到自己家里，好吃好喝招待，能了结打发的事情从来不推脱。现如今这样实在难以承受，与花店英瑞、粉坊景瑞连同委座等几家财东商量，权衡利弊，审时度势，凑齐钱数。这些反对咱开凿城门洞的穷汉家也许不知道，在来来往往与政府打交道中，得讲究艺术，游刃有余才行。活人得讲究面子，行走西堡子，信誉是干出来的，不是大嘴谝出来的，光说不练假把式，光做不说真把式。有谁知道，西堡子的头把交椅是我多年处心积虑用大把银钱砸出来的，不是静坐乡公所喊几句口号就能成事，这一次，我必须紧紧抓住了西部大开发的机遇，在经营油坊与放贷的两条线上赚得盆满钵溢，坐稳江山。

就在村民们以为抵抗取得胜利而准备喝庆功酒的时候，乡公所派另一帮人来到村子，与几个老人见面，传达县上的指示：接县政府通知，省上要发展西京地方经济，油料是农业社会最主要的生产物资，棉花是北方地区最主要的纺织原料，当然要鼓励民间资本经营加工运输油料。泓顺依托当地强大的农村油菜种植，原料丰富，加工便当，利国利民，政府务必要排除干扰，为他办好油坊提供一切有利条件。再不明事理的老乡一听，那言外之意是泓顺上面有人，或许政府在他的油坊还有股份也未可知。识时务者为俊杰，以卵击石最终肯定会以

◎ 第五章 虞美人笑了

失败告终。不过,乡公所也做了让步,许可泓顺在紧邻东门的地方开洞,原则上不许影响村民进出,不许影响城门管理,油坊的小门洞只能允许一个独轮车进出,宽度不能超过两肩,否则任何村民都可以到乡公所去举报。

折腾了半个月,泓顺抱着姨夫的粗腿打了一场不算完美但达到目的的胜仗,识时务的乡政府最终还是执行上级的决定,送给油坊一个大大的人情。

当晚,不到一个时辰就布置完施工方案的泓顺,神清气爽地让两个老婆煮了一大锅猪肉,犒劳家人,同时让伙计去堡子的百货商店买回来碾盘子大的"万字头"鞭炮三挂,按喜事规矩给自己庆贺,"噼里啪啦"一阵乱放,鞭炮皮足足撮了两簸箕。放完炮,吃完肉,他们怕政府变卦,连夜组织劳力,购买镢头、铁锨,填平护城河,阻断护城河清凌凌的河水,紧贴城墙外边立即盖起房子,像模像样的油坊一个礼拜便拔地而起了。东门上的守门人惊呆了:四四方方的西堡子城墙外边好像粘了一块补丁,木桶外面加固了一块木板一样难看,城堡的原始美感荡然无存。后来,依然有十几个老人在乡公所门口静坐示威。这一次,再也无人理会什么民意,谁爱坐多久坐多久。

在东门旁边再开一个小门对于目不识丁看守东门的石奋来说却如大敌当前。平时进出东门的人很多、很杂,天不黑,他就准备关门。而今泓顺的油坊与大门连在一起,他除了要看守大东门,还要看油坊。不经意间,他俨然成为油坊不领薪水的义务看门狗。石奋与看守南门的曲生生不同,他头脑灵活,见风使舵,对人比较和气,但处处使的硬手。他一直觉得拿人钱财与人消灾,村民供养他不容易,尤其种植大烟这几年,大家都买粮食吃,自己种粮的时候没有价格的概念,一旦买着吃就觉得钱不值钱,吃大家的公粮很难为情。

房子尽管盖好了,但是,要想在东门畅通无阻,进出自由,必须搞定石奋,让他听命才行。石奋也与天下男人一样,害了一种通病——怕婆娘,要想让他睁只眼闭只眼,得想方设法给他一点儿甜头。西京城知名的布店各色绫罗绸缎应有尽有,可是,泓顺舍不得给一个外来的客户花大钱,也料定石奋的女人没见过世面,不敢在村民跟前穿得花里胡哨装什么花瓶,与他的李想争奇斗艳。他只在咸阳城扯了

87

▶ 西堡子

一丈红平绒算是感谢收拢那两口子，叫人送到城门上。东门的事情就这么轻而易举地被他摆平了。

看官有所不知，只要谁有心丈量一下，就会发现西堡子建设时的缺陷。泓顺有时想，亏得北边的周陵挡住整个西堡子北去的路径，否则，他会首选在北边开门，与村民井水不犯河水，谁敢阻拦？想那该死的祖先不给我们留下点儿宝贝古董，冷冰冰地杵着一个荒冢有啥意思。那些老人一到清明节不嫌路远，用衣襟撩土而来，毕恭毕敬地祭拜，虔诚地像敬拜土地爷一样，向冢陵顶礼膜拜。他们回去能得到什么好处，心灵慰藉罢了，烧香磕头起不了什么作用。前些年，政府曾经派人来勘探丈量，取土化验，貌似研究保护，后来不声不响，未选派一个兵丁为荒冢站岗放哨，任冢陵荒芜着、孤寂着。里边躺着的周太子对西堡子不管不顾，只顾睡他的懒觉，想起来也无意趣。

就这样，在村民与泓顺的拔河赛中，在静坐与暗信支持的较量中，最终导致西堡子的城墙自建成以来，第一次被破了身，灭了志气，恶化了风水！有了扩张后的硬件条件，泓顺的生意突飞猛进，在西京一带鹤立鸡群，名声大震。

在这一轮的较量中，同为长门的奉义家犯了投资方向错误的毛病，早年囤聚的烟土未能变现，加上盖新房花去了大把的银钱，即使坐上飞机也撵不上泓顺了，贫富的差距陡然间拉大了。

西堡子表面上平静如水，但是，泓顺与奉义两个年轻气盛的后生的较量才刚刚开始。年富力强的泓顺扩大地盘后心里同时想着的还有一件事，那就是更加重要的传宗接代，男人的原始欲望和本能。

话说这一天，泓顺吃完早饭，穿一件白绵绸圆领长衫，黑绵绸裤子，摇着蒲扇，往广顺家走去。他一边走一边仔细盘算：我梳拢广顺老婆李想已经不是一天两天了，这小蹄子柜子里层层叠叠的铺盖、衣服都是我买的，木梳匣子里金簪玉环数不胜数，她一个不懂人事的女人何德何能，在众香国里有此等艳福，让我周济不断，不是她前世的造化？不拥她入怀，我要银子做什么？想到这里，泓顺不由得加快了脚步。

身着细布红色长衣长裤和衣躺在炕上乘凉的李想，见泓顺进门，连忙起身下炕。夏天的人津液耗损大，泓顺示意她躺下，别起得太猛。

◎ 第五章　虞美人笑了

他也拉起枕头和衣斜靠在被子上，与她说话。

"妹子，你知道自己长得多稀样吗？"泓顺用饱含温情的眼睛斜看着她，双手轻放在自己的肚皮上。

"哥说笑了，妹子心拙手笨，多亏你照顾疼爱，要不然在西堡子都活不起个人。"

"为啥活不起，好好的么。你现在缺啥？"

"娃嘛！女人就是为娃活呢。我来西堡子几年，没个一男半女，让人笑话呢。"

"照你这样说，我没娃，我也活不起人，不配在西堡子游走了？"

李想没想到失口影射了恩人泓顺，连忙扇自己的嘴巴道歉："瞧我这臭嘴！"

"别扇了，我给你送个娃咋样？"

"看你说的，娃又不是你腰上的玉佩能随便取舍？"知道自己刚才说话无意中刺痛了泓顺无后的短处，李想便扯一件单衣掩盖脸面，从指缝里偷看泓顺这个传说中风流成性的男人。

"妖精还羞了，我现在就给你送，你等着。"说着，泓顺伸手到腋下挠她。李想一滚刚好滚到泓顺怀里，被他宽阔的胸膛，微微散发出来的男人气息包围起来。她非常期待享受这种气息，愿意沉醉其中永不再醒。等她睁开眼睛，泓顺深情地望着她，紧紧搂着她，轻轻说道："你闭着眼睛，不要睁开，好了我叫你。"她感觉自己浑身轻飘，登上了太虚幻境，似有万条温热的火舌吞噬她的每一寸肌肤。不知道过了多久，一个世纪还是一万年，一条火舌悄悄进入她的身体。热血在她身上尽情奔流，连同那一头乌黑的头发也被包围在温暖与惬意之中。恍惚中，她与人携手登上了王母娘娘的蟠桃园，尽情地品尝那饱含甜汁的仙品。就在她酣畅淋漓乐不思蜀之时，只听泓顺说："妹子，把眼睛睁开！"这时，只见泓顺一丝不挂躺在她的肚皮上，而她更是胴体赤裸。她毫不羞惭地伸手抚摸泓顺的肩膀、脸庞，示意与她枕在一个枕头上。没等泓顺动弹，李想便挪动枕头，与他再次纠缠在一起……

两个月后，泓顺听从内心的安排，掏钱给广顺和李想翻盖了后边的厦子，即使这样，这与他此前计划的吞掉邻居奉义的北苑，两院合并起来一起盖成四合院的想法相去甚远。谁让姨夫不帮忙，输了与李

西堡子

云儿的那场官司,才导致如今只能盖一座炮楼似的烂房。房子刚刚改好,西堡子的童谣就传开了:"我的油,我的牛,虞美人醉倒绣花楼。你别愁,我不愁,沣河流水不回头。"别看这个"牛"字写起来简单,里边的学问大得没边没沿,大家心知肚明那是男欢女爱的基础,传宗接代的命根,大人夜晚的玩具,小孩和尿泥的水源。泓顺一介书生,难道拆不开其中的奥妙,品不出其中的味道?

泓顺驾轻就熟腾云驾雾地与李想玩耍了一回,千真万确地达到了"送娃"的目的。一个月后,女人天真地以为自己乘凉时贪嘴多吃了几口西瓜,凉了肚子才呕吐不止,经过咸阳富仁医院的医生诊断她确实有喜了。从咸阳回来的路上,她和泓顺俩人默不作声,各自思忖。泓顺多年积压在心里的疙瘩终于解开了:谁说我命中无子?一定是祖上烧了高香,老妈积德行善终成正果,我果真可以有后代,是有种的汉子,只是过去两个老婆肚子不争气。然而,李想的兴奋却被更多的恐惧所替代,她想:如果让广顺知道我怀了野种,岂能与咱善罢?那样的话,我在西堡子的日子将立即终结,以后难以立足,被人唾弃,被人抛弃。

俩人各自踌躇着过了渭河桥,男人在关键时刻往往表现出异乎寻常的理智。他让李想去一趟油坊,想方设法把广顺叫回家,过一段有名有实的夫妻生活,那样,把自己就"洗白"了。李想心知肚明广顺从未与自己有过夫妻之礼,再不让他近身,将来露包了如何自处,她只好听从泓顺的安排。

怪事偏就在此刻发生,化解了一对野鸳鸯的危机。也许是初次尝到男人滋味的李想反复过度用力动了胎气,也许是后院的野狗狂吠使女人受到了惊吓,也许是因为医生检查时动作鲁莽粗糙,加上舟车劳顿,未等亲夫广顺回家,从咸阳回来的当天夜里,这一对露水夫妻刚刚从热被窝出来,女人尚未提起裤子,突然发现身下一股热乎乎的东西奔涌而出:一个三寸长的男婴像鱼儿一样滑落到新棉花褥子上……泓顺空欢喜了一回。李想顾不得收拾残局,挣扎着对泓顺说:"哥,我还年轻,还有下一回。"泓顺不顾污秽,扑上去将女人紧紧地抱在怀里说:"我的好妹子,不打紧、不打紧,来日方长,你好好将息,身子要紧,身子要紧。"说完,把头埋在她的胸前,无声地抽泣,两行热泪顺

第五章　虞美人笑了

着李想冰凉的身体流了下去。

从此泓顺知道自己不是孬种，腰里不但有"枪"，还有"子弹"。一场空欢喜之后，泓顺与李想这一对露水夫妻陷入巨大的伤感之中……

这就是年馑中泓顺的追求。

从来不为传宗接代发愁的云儿家，则全无类似的烦恼。经历了年馑，才知道柴米的金贵；经历了风雨，才知道彩虹的光鲜。云儿亲眼看见泓顺理家有方，日进斗金的发家之道让人刮目相看。然而，在平常人看来，那些所谓的"罂粟效应"对于云儿来讲，无异于洪水猛兽。为此，她经常召集儿子们在一起商议，要求各自管好各自的媳妇、孩子，各自处理好各家的亲戚关系，不许私自借贷、私自外出，大家必须有大家的规矩。城堡外面乞讨为生的鲜活例子就是孩子们的反面教材：不节约粮食遇见灾荒肯定得沦为乞丐，只要长心的孩子一定要明白这浅显的道理。儿子们是听话的，家中全凭母亲一个人安排周旋。一贯不安分的奉义提出家里人多，可以考虑兴办个什么实业，比如像咸阳城里一样买个电磨子，卖卖面粉、卖挂面挣钱比较快。

父亲忠瑞则认为本身近年地里种植罂粟，各家没有囤积多少麦子，陕西又遭受了前所未有的大饥荒，人们恨不得连麸皮也磨细，蒸成发糕填饱肚子，平时碾盘缝子里面遗留的白花花的面粉，家庭主妇们恨不得扫上二十遍，有谁愿意把麦子倒进磨面机？天知道机器会吞掉人家多少粮食，到时候乡里乡亲的，谁家即使少斤短两了，有哪个肯站在大街不顾脸面与你瞪眼拌嘴？再说了，种植罂粟活路轻松，腾出了不少劳力，谁愿意坐在家里聊天、抹牌、掷骰子掏钱请机器磨面，那不是懒汉的做派跟架势嘛，西堡子人做不出这样的败家之事。故此，电磨子的事情不宜再议。

村民的日子则与泓顺截然不同，他们大多是因为有了靠山才度过了饥荒，村里公粮库的钥匙保正看得比命还要紧。当年购买观音山大片的山脉作为大后方、大库房、大靠山，先民们把各种情况都考虑到了。三年来，多亏观音山给村子供应了基本的口粮。按照这个现状，即使再遭遇两年大旱，靠着多年积累的山货、粮食，也绝对不会饿死村民。实在扛不过去，选派年轻人去山里狩猎，采集野

▶ **西堡子**

果、野菜，百十户人家完全可以度过春荒，绝对不会出现逃荒要饭的现象，瘦死的骆驼比马大。事实胜于雄辩，三年年馑期间观音山对西堡子的贡献功不可没，村民有目共睹，卯吃寅粮没有靠山绝对不行，必须未雨绸缪。

泓顺新油坊里那些河南籍的伙计们惊奇地发现，西堡子瑞字辈的几个弟兄在荒年的生意不但没有受到影响，反倒悉数进益了，实为关中一景。

第六章　烟毒和洪水泛滥了

连续三年种植大烟给农村带来的危害远比村民们想象的深远。

初次尝到种植罂粟甜头的农民，在政府的鞭策下，鼓足勇气继续扩大种植面积，几乎家家都在种"银子"，热情高涨。西京长安种植大烟达30万亩，全县五者有其一为吸食者。西堡子几乎所有的良田全部覆盖着这种奇异的东西，真正富裕了起来，纯朴的村民脑子也活泛起来。泓顺在领教了别人因烟土发财致富后，不甘心眼巴巴地看着别人吃肉，自己流口水，也迅速将家里所有的土地种上了罂粟，由长工们照猫画虎，照别人家的样子打理烟土，并且丝毫不影响油坊的营生。西京、咸阳精明人更多，他们竞相效仿种植大烟，这种奇异的植物既美化环境，又丰富了民众的钱袋子、菜篮子。万事万物都有两面性，罂粟也一样。富裕起来的村民开始吸食烟土，谁家没有烟枪，谁家没留烟土？伴随金钱而来的是人的体质每况愈下，尤其青壮年劳力，甚至有的小学生书包里都带着烟枪，在没人的地方学着抽起了大烟，疾病也慢慢缠身。在地里种植、收获罂粟的少数妇女也身不由己加入到烟民的行列。

西堡子里吸食大烟的越来越多，多半的青年人开始加入其中，就像吃自己家种的粮食一样方便，不花钱。保正奉劝年轻人以身体为重，少抽点大烟，劝诫收效甚微。村上及时修改了村规，乡上及时修改了乡约，明令禁止吸食大烟，规定一人吸食全家连坐，定力小的许多人背过家人在外面偷偷吸食。奉义心烦的时候也想抽几口，还有那个管不住自己的烂脖项奉信，他嘴巴像抹了蜜一样，将母亲哄得团团转，即使这样，母亲仍然紧盯着儿子们，不敢有打盹的时候。她管理儿子们没有绝招，自始至终就是一根楠木拐杖，邻居们时常听见她尖尖的

西堡子

嗓音喊"看我不把你的皮揭了",吓得人心惊肉跳。她自始至终痛恨烟毒,亲眼看见公公、婆婆嗜烟如命,与邻里关系淡漠。村里那些老的、半老的汉子们管不住儿子,国家的大法远在天边使不得,他们恨不能花钱把云儿聘请到家,用她那独特的家法管住家里馋嘴的子侄,不再抽那伸手即来的"土"。人"歪"的时候,小鬼都绕道而行,更何况走在云儿家门口的鸡、狗、猫,它们个个都长着眼色,不敢擅动。

民以食为天,吃饭是头等重要的大事,而"土"多粮少是眼下不争的事实。商人们永远是跟着钱在走。这不,西堡子外面一度聚集了许多外地客商,麦子、御麦、小米、高粱米整齐摆放在马车上,有的人家不给家里囤积粮食,而是吃多少换多少,以"土"换粮以物易物俨然市井。粮食是农民的命根子。云儿的烟土主要换给富庶的山西客人,交换他们富裕的粮食。后院的粮食囤子盛满了,云儿让几个媳妇把银柜、板柜、箱子腾空,用来装粮食,全家口粮和生意上都需要大量的粮食供应,不攒粮不行啊!

在历届父母官的鼓励下,西北各省一直是全国主要的鸦片生产地和消费地。禁烟局向每家烟店每日抽捐二至五元,烟价每两只需三角钱,如此低廉的价格,使得男女老少迅速争相吸烟,烟民达总人口的一半以上,鸦片成为最普遍的应酬品。

西堡子花店英瑞邻家有五根烟枪,夫妻儿女各一杆,留一杆摆在厅堂时刻准备着待客,这着实让云儿大吃一惊。老子英雄儿好汉,老子冒泡儿抽烟,这还了得?供过于求的鸦片供应,吸引商人的步履,将大量鸦片运往山西等地。全省吸烟者不下数百万人,长工、短工、黄包车夫几乎人人嗜好。西堡子护城河边一堆堆男女公然围拢在一起吸食烟土,几千年形成的乡规、民约对他们来说犹如城门上的大炮一样成了摆设。

有人调侃说陕西男人身强力壮,爱吃辣子,性子刚烈,阳刚之躯足以抵挡烟毒的危害,可以肆无忌惮地抽大烟,正如戏言西京自古无地震源于秦岭的沉重雄壮一般。另有人站出来说宁夏人性子更烈,而妇女嗜好鸦片者,更随地有之。常有嗜好而受孕的妇女,其胎儿在腹中即中烟毒,脱离母体的婴儿,往往必须用烟气喷面之后,始知啼哭,可见烟毒之害能渗入衣胞,更何况身体的其他器官,烟害绝非一般人

◎ 第六章　烟毒和洪水泛滥了

所能承受,不禁烟将有亡族灭种的危险。在乡下,放眼望去,各乡商业凋敝,不少地方门市上无一家卖食货的商店,公开零卖熟鸦片烟土的倒有好几家,一角钱可以买好几口烟土,物美价廉。一时间,西堡子晚上卖小吃的灯火少了,高桥会上消遣的人却越来越多。下苦抬轿子的人少了,坐轿子的人却多了。

按功过论,政府在罂粟种植中起到了推波助澜的作用。陕西的军阀规定每个县须栽烟800到2000亩,植烟区面积只增不减,鸦片的产值占农业总产值的百分之九十。30年代初达到种植顶峰,1933年达一点六万担,1934年为一点七万担。1935年,据禁烟专员统计,全省烟田面积多达55万亩。而当时出版的《中国农村问题》一书记载:"陕西各县种烟亩数,最高者占地百分之九十,最低者百分之三十……陕西约有一百七十五万亩。"而实际情况远远超过了禁烟专员的统计上报数字,因为滩涂荒地没有计算在内,而八水绕长安的西京城滩涂面积巨大,非常适合种植罂粟,谁愿意放弃栽种"金子"的机会,漏报的不是田产而是"黄鱼"啊!民以食为天,罂粟的大面积种植导致粮食产量和收成直线下降,粮价飙升。偌大的一个西京城粮食供给完全依靠本地,决不能本末倒置,吃饭永远是头等重要的大事。

争夺粮食,哄抬物价,让政府真正领略到了烟毒带来的危害,面对此情此景,民众渴望禁烟令早日到来。一个靠烟土支撑的政府,犹如沙滩上的海市蜃楼,让人为之担忧。《大公报》记者范长江对西北地区罂粟种植及烟土危害进行考察后,这样描写:"一出(宁夏)省垣南门,即可看到非常广阔的湖潭……两旁的土地中,一片片的鸦片烟苗,已盖在土上发出青青的颜色,有许多妇女和小孩,正在耘除鸦片地上的杂草。"甘肃的罂粟种植在西北首屈一指,做了领头羊,农田的百分之七十五长满了妖娆的罂粟花,成为政府财政收入的大半江山。肥美的田野中,每到收获期,烟果林立,阡陌相连,农家妇女与儿童多在烟林中辛辛苦苦,采收毒汁。陕西西部地区经年积攒的鸦片可供全省用15到20年,军队开支依靠烟土,举办教育依靠烟土。

任何好的政策都不会一蹴而就,根据国民政府的禁烟计划,陕西为缓禁省份,因此,地方军阀和政府均抓住这最后的良机,命令大肆栽种罂粟。为使民众能安心种烟,各级政府纷纷张贴告示,声称奉令

▶ 西堡子

禁烟，但姑念民艰，本当铲烟还田，改为采取寓禁于征的变通办法。

杨虎城主陕后重申禁令，提出全省分三期戒烟的具体办法，也没有一刀切。民国二十四年十月颁布了《陕西省各县烟户登记细则》，针对吸食者规定"按烟民年龄，均分五年禁绝"。前两年春，胡宗南率部进驻甘肃天水，结合新生活运动，严令城乡禁烟，但事实是明禁暗弛，官员从中牟利。胡部没收的鸦片装箱放在司令部里，但不久便换成石头。更早的时候，金树仁主持新疆军政，改种烟为禁烟，宣称截止到民国十九年三月一日禁绝烟毒，但不久就不了了之。随着陕西省省主席邵力子的接任，时局发生了变化。他在陕四年里，与陕西绥靖公署主任杨虎城实行军政分治，开展禁毒是其新政的一个重要方面。邵主席指出：一个人吸了鸦片，便不能听从自己意志的指挥而行动，身上如同套上了枷锁一样。因此，他制订了分期禁烟计划，确定57个县为第一期禁烟区，民国二十三年八月又将咸阳等16个县列入第二期禁烟区。这样缓禁地区也就是种植罂粟的地区只剩下了19个县。

好消息一个接着一个。邵主席要求深入开展戒烟活动，成立陕西戒毒院，在南郑、陕北设立禁毒分院。他强调对于吸食红丸、白面者，若劝诫不听者，应予以严厉处分。目的只有一个，戒除烟毒。要使陕西的百姓恢复吃苦耐劳的美德，非先在禁种鸦片、禁吸鸦片上入手不可，并从政府官员入手，明文规定国家公务人员不准吸食毒品，一经发现，严惩不贷。次年，中央将禁烟事项委托军委负责处理，成立禁烟总会，西北各省开始实施"六年禁烟、二年禁毒计划"，分期分区禁种、禁运、禁售，全程禁绝。

西堡子人一贯吃苦耐劳，民风淳朴，极富远见，种植罂粟却改变了民众的善良本性，民风开始趋恶。听到政府禁烟的号令，在村庄明显形成支持派与反对派两派。支持派是那些深受烟毒危害的妇女，反对派是那些中了烟毒的烟民，还有种烟而不吸食烟土的农民。

禁，禁，禁，文件在禁，命令也在禁，装在老百姓口袋里的是实实在在的钱啊！站在西堡子城墙上放眼望去，开着艳丽色彩的小花遍野狂怒，张扬着，自在着。几年来，西京周围的罂粟种植一如既往你追我赶，抓住最后的机会积攒大烟。农户收获了大烟，装在海碗里，埋在土里保存。需要的时候，他们去镇上兑换成棉花、御麦、小麦等

◎ 第六章 烟毒和洪水泛滥了

粮食。外地贩卖粮食的商贩络绎不绝来到西堡子附近，做着倒卖烟土的生意，从中牟利、发家致富的也非一家两家，而是种植各家。

种植鸦片确实比种植其他农作物划算，这是谁都懂得的道理，等政府口气强硬的禁烟令到达西堡子，大部分农户已经积累了不少的大烟。奉义家攒了十八海碗大烟，泓顺家种植晚一年，但也攒了十五碗烟土。按道理三碗的差距不算什么大不了的事，而泓顺对此耿耿于怀了整整十年，每每遇见家中变故，他总对家人说，"还不知道俭省，人家比咱多三碗土呢！"以此激励家中老少、媳妇、伙计勤勉。

这也是西堡子长门里两家人穷富转换的分水岭。千百年来风调雨顺的西堡子，经历了旱灾之后，老天爷像得了疟疾一样忽冷忽热，忽旱忽涝，转眼间，涝灾却悄然向人们袭来。沣河就是西堡子人一把悬在头顶的利剑。

沣河沿岸农业发展受限的根本原因是雨量丰沛，但河道管理严重滞后，国家在水利上投入不足。国力有限，国家只能照顾较大规模的水利工程，无暇顾及支流沿岸的农田灌溉。早年间，农民自己打井，用水车取水，解决了抗旱问题。可是，水患难除，尤其秦岭每年春季雨量大，夹杂泥沙冲刷下来，造成沣河逐渐变成了悬河，河堤压力大，着实不安全。千里江堤毁于蚁穴。维护河道安全需要投入大量的人力、物力，不是农民一家两家能力所及。听说政府投资大荔县洛惠渠建设，让西堡子人很是眼馋。不说洛惠渠工程技术难度大，从设计到论证，再到修建，难以想象中间有多少困难。洛惠渠涵洞共长3777米，为国内最长的水利隧道工程，也为农田水利工程之最，工程费用共计3015093元，全部由中央拨款。洛惠渠建成后，灌区的棉花、小麦、燕麦等主要粮食产量显著提高，农民获益，政府高兴，那些钱砸响了，真是马车碾罗锅——直了（值），他们再也不用害怕旱灾了。

秋季的某一天，天阴得沉重。天上的云朵像赶庙会似的，你追我赶，飘过一阵，再来一群。沣河咆哮的河水哗啦啦越过河堤，漫过高桥，淹没了农田。转眼间，汹涌的洪水要强行流经西堡子，向北而去，此刻，村民并不知情。秋季是毒蛇害人的季节，冬季是冻疮的多发季节，这些药用量比较大，趁着农闲，得提早预备。那天，云儿让奉义到李家村取一些草药，她准备再配一些出来。

西堡子

奉义套上马车前脚刚到李家村的舅家，屁股还未粘上板凳，只听见街上人声鼎沸，大人小孩跑动着、呼喊着。乡公所的官员骑马在村子大声喊话，让人们紧急躲避。奉义知道沣河即将垮堤，情况万分紧急，人畜性命堪忧。在这紧急关头，他顾不得逃跑，三下两下把舅家的门板卸下来，扛着就跑。到河堰口一看，我的婶娘呀！河水像猛虎下山一样倾泻而下，薄弱的河堰难以抵挡汹涌的河水，正在慢慢溃堤。面对眼前的紧急情况，从小喜欢游泳、水性极好的他并不怯场，反倒兴奋起来，面无惧色。他叮嘱紧随其后的小伙子们像他一样，将绳子一头绑在树上，一头捆在自己腰上，一字排开准备下水。瞬间，这些勇士们像下饺子一样，跳进了滔滔的洪水，用坚强的身躯组成人墙，用沙袋、麻包堵住了正在溃陷的堤坝。

秦人自古英勇，不畏强暴，尤其是血气方刚的后生。勇敢的年轻人敢于担当不怕死的精神感动了村民，他们谁也不敢怠慢，回到村庄纷纷卸下门板及棺材板，有的背着麻袋，有的扛着铁锨往河堤上赶。"快，把门扇扛过来，跳下来！"奉义在水里不住地喊着命令着，终于用麻袋和木板堵住加固了沣河围堰。由于他指挥及时得当，封堵了豁口，避免了村民财产遭受更大损失。

刚刚堵上了溃堤，奉义他们瘫坐在河堰外边歇息。这时，他猛然听见有人说紧邻沣河的染坊的伙计全跑了，仓库进水了，危急万分。他又亲自带领十几个小伙子往聚会的染坊赶去。老板聚会正蹲在地上发愁，见奉义领人救他，激动得说不出话来。他们搭伙将聚会染坊的棉布捆扎后背到了西堡子，躲避洪水。

一切安顿停当，奉义对聚会说："你从哪儿雇的长工，没见过大水，鞋都没湿人先跑完咧？"

聚会羞愧地说："咱心轻利薄，留不住人。河北旱塬上的人，他们没见过这么大的水。"

奉义说："你安心在西堡子待着，等大水完全退去再说。"说完又朝河堰走去。他叮嘱看门的曲生生，做饭多添一瓢水，吃饭加两双筷子，照顾聚会两口子和怀里那个惊悚哆嗦的儿子。

奉义让母亲云儿给他烙了一些锅盔，背在身上，几天几夜不回家，也不允许别人回家，在河堤上昼夜巡逻，唯恐头顶的悬河再闹出灾难。

◎ 第六章　烟毒和洪水泛滥了

许多的年轻人，奉义并不认识，都是岸边村庄临时聚集在一起的热血青年。奉义不知疲倦、不眠不休在河堤上护堤的行为在当地一时间传为佳话，人们不知道他叫什么名字，只听说他属马，便给他取名"马疯子"。他对这个光荣称号非常满意，疯子就疯子，只要能为大家做事就好。云儿支持老二在河堤上无偿为沿岸人们服务，以儿子为荣，全然忘记了儿子脚下汹涌的洪水如猛兽一般，在脆弱的河堤上，随时会吞噬了看护人的生命。

西堡子尽管在沣河沿岸，地势最低，因为有城墙护佑，所以在历次水患中安然无恙。只是这次由于泓顺在城墙上开了门，阻断了护城河的水循环，水位上升了不少，御麦地里的积水达齐腰深，非常罕见。

乡公所知道了奉义的为人和事迹，感觉"马疯子"的确与众不同。自古以来，大家各扫门前雪，不顾别人瓦上霜。身为西堡子的村民，奉义本可高枕无忧，即使大水涌到村口，城门轻轻一关，便万事大吉，不理解他为何整天吃住在河岸，不要命似的保护河道，排除险情，所以，从心底佩服这个年轻人的胸怀博大。汛期过后，政府决定表彰奉义大公无私的高尚品德，对他进行嘉奖。然而，血气方刚的他认为在大灾大难面前，大伙自救互帮义不容辞，无所谓高尚不高尚，便再三推辞，不去领受。乡上主动把奖状敲锣打鼓地送到了西堡子的南门。

然而，上游的民众则没有那么幸运，大量的难民从上边逃了过来。灾难面前，这边儿子抗洪，那边云儿也未闲着，派人将烟土再次卖给山西来的商人，四处购买粮食，开始蒸馍，开始在南门口做起了救助的义举。蜂拥而上的灾民不到五天便将他家的粮食几乎吃得一干二净，只剩奉义板柜里的一点儿粮食未开仓，那是底线不能触碰。平时省吃俭用的云儿，为救灾几乎卖完了家里的烟土，但是，她心里充满了幸福与满足，坚信救人一命胜造七级浮屠，人命天大。实在支持不下去了，云儿将大锅交给花店的英瑞，排在后面的是委座家，财东家依次往后排。英瑞接过勺把，继续往锅里添加御麦糁子，做舍饭救人。只要还有拥进城的难民，南门口的大锅就得不停地添薪加水，这是西堡子老祖宗留下来的规矩。

放下救民的勺把，李云儿又投入到给人治病的善举中了。沣河大水不但淹没了农田，更要命的是地里的老鼠洞也被灌进洪水，破坏了

▶ 西堡子

它们的安逸日子，街道随处可见老鼠乱窜。云儿带着老三奉礼收老鼠，只要活蹦乱跳的，不要死翘翘的。他们用老鼠尾巴做原料，配置刀箭药，专治各种刀伤、剑伤、外伤及疑难杂症。人在水中浸泡时间一长，皮肤溃烂，云儿的秘方手到病除，门前求救的病患络绎不绝。医者仁心，云儿实在忙不过来，呼唤老三奉礼上前搭手帮忙。借住在西堡子的聚会也来帮忙配药、上药，不亦乐乎。要不是奉义关键时刻带人抢出客人的棉布，他可能要遭遇灭顶之灾，那么多的货他实在赔不起呀！

救灾、救人告一段落，奉义又开始新的劳碌。要想彻底解决沣河水患，必须争取政府的支持。省上没钱，县上该有钱吧？"马疯子"奉义经历了猛于虎的洪水，建议乡政府给县上写信，反映沣河的悬河问题。倒不是奉义考虑自己本村的切身利益，平时所见周围的村庄见大水来临，全村人赶紧往地势高的地方逃，洪水猛于虎，回到村子查看房屋、牲畜、家具，被冲进渭河的东西不计其数，农民辛辛苦苦打的粮食有的被冲走，完全依靠农业的人立刻变成了贫困户，好像遭了年馑。

按理说，西堡子地势很低，又紧邻沣河，第一个遭灾的应该是他们。可是，大水来临，固若金汤的西堡子城门紧闭，外加护城河连接外面的排水渠，使得大水很快排除出去，村民毫发无损。当然，也有附近村民愿意模仿西堡子的制式，修建自己的城堡，防止水灾，防止匪患，可是，钱在哪儿呢？修建城堡绝非易事，没有雄厚的资金支持只能是空中楼阁，水中望月。

其实，奉义有所不知，乡公所无数次向上边要过钱，并承诺不用政府全部出资，只要政府能出一半，乡上可以动员乡绅捐款，动员贫困人家出力，将堆积如山的沙子清理出河道。遗憾的是，这样的报告总是石沉大海，杳无音信。巧媳妇难为无米之炊，乡公所只好锁了大印，不再费口舌之力，尽些基本的政府职能罢了。久而久之，人们看不到希望，对政府的指令执行起来没那么痛快，没那么热情了。奉义既不属于乡绅，又不是土豪，最多只是一个热爱家乡、有号召力的年轻人而已，所以抗洪救灾这样的事情他完全出于热情与良心，没有强大的经济支撑，相信"马疯子"治理水患只能是杯水车薪，他也疯不了多久，空有一腔热情罢了。

◎ 第六章 烟毒和洪水泛滥了

　　好了伤疤忘了疼的村民们早也无心关注治理水患的小事，他们捂紧自家的钱袋子，不管风调雨顺还是旱涝灾荒，一心过自己的小日子，做着亘古不变的财富梦想。在禁烟的关键时期，地里的收成没有让他们失望，勤劳的汗珠子变成了银钱。

　　刚刚过了两年，也就是民国二十五年，中国工农业总产值约为法币306亿元，其中工矿业为106亿元。农业总产值为199亿元，约占工农业总产值的百分之六十五，证明农业在国家经济发展中占据了举足轻重的位置。从结构上来说，农作物亩产除少数蚕豆、御麦、甘蔗等微有减少或保持原状外，均有显著增长。小麦、小米、大麦、燕麦、豌豆、高粱增产了百分之七，芝麻、花生、棉花增产了百分之十七，更令人高兴的是大米特大丰收，增产了百分之二十九，这是少有的丰收年，喜悦之情笼罩在每一个农民的眉头心上。

　　西堡子人在这种大背景下，不富裕都不由人。他们自古种植的农作物无外乎御麦、小麦、燕麦、棉花等大宗农产品，四季分明加上风调雨顺，只要勤劳肯干，农民的日子根本不用发愁。其实，稍加观察就会发现，八水绕长安使得西堡子这座千年古堡，尽管不像南方一些农村商品经济发达，但是，发达的农业，便利的商业，改良的小工业已经相当令人满意，水车几乎普及了，大型农具家家不缺，牲畜越养越多，印染业、榨油业、物流业、纺织业非常著名，可与大城市媲美，"小北京"渐渐地声名远播，在西京城提起这方城堡无人不知无人不晓。西京城踏春的学生经常三五成群来西堡子观光，加上民国政府决定开发大西北，给西北各省带来希望，带来机遇，官员们高兴，农民们更高兴。西堡子作为千万个村庄的一分子，只盼着国家政策再倾斜一些，给农民更多的优惠。弄潮的汉子们多么希望当一回西北的领头羊，成就他们的富裕理想，不枉此生。

　　在这千千万万的汉子当中，奉义当算好汉一条。他经常往来于乡公所，心里不单装着西堡子人的利益，隐约中还思考或实践着富甲一方的大事业、大壮志。这一天，在外奔波多日的他刚刚走到西堡子南门，就突然听到了王全头的死讯。他心里暗暗思忖："我看泓顺这小子心狠手辣，迟早要倒霉的。"事情的起根发苗不是什么惊天大事，而是鸡毛蒜皮的拾荒杂事。

▶ 西堡子

　　经历了旱灾和涝灾，他们终于迎来了期盼中的丰收年，西堡子城外麦浪滚滚。五黄六月，麦子搭镰收割很快结束了，尽管人们不富裕，但是，善良的西堡子人已经将家里耧麦的耙子高高地悬挂起来，再不去触碰。老话说得好，树梢的果子是留给鸟儿吃的，地边撒下的麦穗是给拾荒者预备的，渔网的空隙是专门让小鱼溜走的，这是上帝的意思与安排，也是西堡子几千年的传统。颗粒归仓对于西堡子人来说，等同于吝啬小气，是受人鄙视的行为。然而，近年的灾荒加上种植大烟，导致粮食种植面积减少，千亩良田，稀稀拉拉就几片麦地，麦穗成了稀缺物。物以稀为贵，本地很多人不得不放下传统，也加入到拾荒的队列。泓顺家有钱，他的母亲却是一位节俭的老妇人，她自小娘家并不宽裕，养成了爱惜粮食的好习惯，不管丈夫楷瑞和儿子泓顺挣多少钱，老婆从来不管钱，也不太花钱，家里大小事由男人做主，她不参与，也不过问，只一味地安守妇道。于是，老婆趁着早晨凉快，也不怕人笑话，头上顶块帕帕，提着担笼，换上粗衣布鞋，加入到拾荒者的队伍，拾麦穗去了。

　　有钱人家拾麦穗也不是泓顺他妈的专利，北巷子的英瑞一家老小也都到地里拾麦穗了。一时间，放眼望去，西堡子城外那些裹脚的老太太、羞脸的大姑娘都出动了，地里人头攒动。大家彼此不言语，只管低头捡拾麦子，况且不仅仅局限于在自家麦地里游走，谁也不介意那些跨界的小行为。

　　事情也巧，泓顺的母亲动作慢，又是小脚，只顾低头拾麦，不知不觉到了英瑞家的地里。她刚直起腰，竟让给东家拉粪的王全头不经意间撞倒了。众所周知，刚收过麦子的麦茬锋利无比，麦茬把老婆的右手和脚腕都扎破了。人老了血不好凝固，于是，鲜血顺着小腿顿时流了下来。全头连忙把老人搀起来，赶紧用手巾给老婆包腿。老婆看全头惊慌失措的样子说："没事，没事，擦破点儿皮。"云儿刚好路过看见了这一幕。她平时给人看病见惯了血迹，特别心疼伤者，便训斥王全头："小伙子做事毛手毛脚，瞻前不顾后的，以后务必当心才是。"王全头心知自己的过失，云儿责备他并不还嘴。他顾不得把粪卸到地里，赶紧把老太太背回家，狠狠心在东门口称了一块钱的鸡蛋，用衣襟撩着顺路送去以表歉意。

◎ 第六章　烟毒和洪水泛滥了

　　这王全头不是本村人，也不是亲戚，而是英瑞家的长工。西堡子并不大，北巷有钱人比南巷多。全村人家算起来同是一个祖先，客户子永远是绿叶，起衬托作用，给有钱人做伴。北巷子英瑞在有钱人队伍里绝对应该坐第一把交椅，实力不凡，三间花店专门做棉花生意，几台棉花机子不停地压榨，是村里有名的大财东。附近农民的棉花送到他家脱粒、绷弹，将棉籽粒脱出来，雇主或带回去压油，或直接变卖到油坊，有的直接折算成加工费。弹好的棉花被花店压成捆，四四方方，大小不等，或运回，或卖给花店，或卖给咸阳纺纱厂，得由自便。英瑞待人和气，和长工一个锅里吃饭，一起干活捆绳，没有半点儿架子。他的花店平时与泓顺的油坊有不少的经济往来，两家的买卖互通有无，经常在一起切磋。英瑞图方便，棉籽大多卖给泓顺，使外地来西堡子的人进一个村子便完成棉花的两次深加工，简单方便。一般人送进来棉花，转眼间他们便计算出出棉多少，得油多少。人来人往的西堡子因为泓顺的油坊名气大，使得英瑞的花店因此衍生出名目繁多的生意道道来。西堡子的生意人一荣俱荣，一损俱损，互相连带。更让外乡人惊叹的是出城五里地，过了高桥便是聚会的染坊，稍有头脑的人来一趟西堡子一举三得，直接将染好的棉线带回去，只等织布缝衣了。

　　不知道看官有没有发现，人世间有一个怪现象：老板主人有钱，雇工自然腰板就硬，显得比别人尊贵，甚至家里的宠物也比较值钱金贵，这似乎是一项颠扑不破的规律。英瑞的花店雇用十来个长工，从秦岭山里鸡窝洼来的王全头便是其中一个宁折不弯的硬骨头，是个耿直的汉子。山里人没见过世面，来到英瑞的花店，有使不完的力气，除了店里杂活外，他还兼做主人地里的庄稼，送肥运土，播种，收获，样样精通，深受英瑞器重。

　　时间久了，王全头在英瑞家俨然一个亲儿子，说话办事渐渐滋长了痞子气。这货走路手背后，趾高气扬，迈的居然是八字步！西堡子土著男人即使到了冬天，冰天雪地的人嫌手冷，左右手互相插进对面的袖筒里，谦卑地低头行走，随时准备见人作揖，却从来没有人敢将手背在后面，把前髋送出去丢人糟眼，老祖先就是这样的姿势，谁敢胡来？所以，王全头行走在西堡子显得与大家是那样的格格不入，实

103

在难登大雅之堂。有人打趣他，问他晚上睡觉是不是趴着睡，他说不是，村民就笑了，连树上的麻雀和圈里的猪都笑了：你难道不怕压手吗？人家问英瑞给他吃的啥好饭，让他一天到晚趾高气扬，没有一丝烦恼。未等东家发言，王全头抢着说：东家自己吃御麦面，给长工吃粘面，外加肉臊子。人家笑话他给东家歌功颂德，他说他吐出的唾沫是颗钉，句句实话，无半句虚言。足见英瑞与王全头的关系非同寻常。

母亲平时不到地里去，偶尔拾麦子却意外受了伤，这让泓顺格外恼火。他心疼地说："妈呀，谁让你拾麦呢？咱家又不是没啥吃，遭了年馑？"

"我闲着没事么，想着这几年种大烟，种麦人少，拾一点儿总比掉一点儿强。再说了，庄稼人看见麦穗亲么。"

"那驴湿的，不长眼，把你撞成这了。"

"没事，过两天就好了。"

"那咋行呢？我要让他也尝尝疼的滋味。"

"算了，娃又不是故意的。"

"我看是故意的！三门把那货惯得没样子咧。"

"都是门宗，算了！"

说话间，泓顺发动家族众人，要给王全头一点儿颜色看看。晚饭后叫狗娃把王全头哄骗到家，让站在院子里。胖伙计狗娃对东家的话从来都是言听计从，赶马车的鞭子随时在炕头放着，主人要出门，他好及时套车。王全头尽管犯了错，骨子里仍然是一副傲慢的模样，双手插在裤兜里，来到财东家东张西望。这时候，只听见泓顺一声令下："胖子，你得是皮松咧，鞭子是用来吆蝇子的吗？"人常说，穷汉家惯娃娃，富人家惯骡马。泓顺把大牲畜看得比人金贵，经常给骡子喂肉喂饺子，地里打下的豌豆一粒不卖，全部给牲畜留着。伙计看东家的眼色办事，平时种地，不管是路上，还是地里，胖子宁肯自己多费事，多出力，也不敢抽打东家的牲畜，怕让人看见，到时候吃不了兜着走。狗娃把鞭子拿在手上，不敢动作。他种庄稼的手尽管粗糙，力大无穷，平时用鞭子抽骡子、马却非常小心，更何况抽人。见狗娃木桩子似的站在原地发呆，泓顺恶狠狠地对翠莲说："我看咱屋的粮食明年要剩下了。"狗娃一听，连忙高高举起了鞭子，轻轻落下，像给王全头挠痒

◎ 第六章　烟毒和洪水泛滥了

痒,掸灰尘。同是天涯沦落人,哪个心里似钢针?泓顺把茶碗重重蹾在八仙桌上,厉声喝道:"胖子!你得是耀州的瓷货?"胖子一看半碗茶漾出来洒在八仙桌上,东家怒目圆睁,动了怒,这才再次高高扬起了牛皮鞭子,对准王全头的屁股抽打下去,抽得王全头鬼哭狼嚎,哭爹叫娘。泓顺还不解气,端着茶碗,坐到母亲炕上,用拐杖把门帘挑到门扇上,叫人给他续水。他要亲眼看屁股开花是啥样子。这时,只听泓顺的母亲说:"算了算了,出出气就行了,可不敢闹出人命。"

泓顺说:"妈,你甭管,这事有我呢。翠莲,把咱妈搀到厅房去!"王全头死不求饶,想着胖子打累了东家气消了就没事了,没想到越打泓顺越生气,死活不让住手。直到后半夜,才放了他。其实,这次点燃泓顺导火索的不单纯是他妈受伤,还有前年的一件小积怨耿耿于怀。

前年冬天,王全头给英瑞地里拉炕粪上谷子地,不知道为什么谷子专门喜好炕粪这一口。泓顺家里的长工狗娃套着一成不变的大车,准备给地里上油渣,正好碰见王全头。狭窄的乡间小路与官道比起来犹如羊肠,两个伙计慌忙中互相让路,不经意间却把狗娃的车碰倒在路边的小沟里,差点翻了车。多亏狗娃劲大,死死顶住了车帮,车辕直插进了泥里,车轱辘却被王全头死死地拽住了。这本来是一件稀松平常的事情,就像舌头与牙打架一样,然而,狗娃回来给泓顺学说,说自己如何如何勇敢,全头如何如何逞凶,添盐加醋描述了一番,把东家的火药捻子点燃了。泓顺认为王全头能把他家的马车逼到沟里,足见用了多大的劲,想必他是故意的。当时,泓顺浑身哆嗦,立即去英瑞家责问王全头。王全头仗着主人喜欢,吃的跟主人一样,矫情地直着脖子说:"狭窄的乡间小路,哪有不碰撞的道理,车停在院子就不跟车碰。"一贯看重面子的泓顺问王全头:"那你长眼睛是出气的?不为出气为占脸是咋的?"

全头心里想:泓顺是财东,英瑞也是财东,俩人说话的水平差距咋这么大呢?于是,张口便骂道:"你个吃人不吐骨头的人渣,车子碰了又不是把你野女人碰了,不责怪你家狗娃没长眼,还骂我呢!他那一身跟铁塔一样的披挂,我能撞过他?"

"你刚说啥,给我再说一遍!你个烂长工还厉害得不行,谁给你这么大的胆子?你再把我的车碰一下试试!"见俩人剑拔弩张,泓顺被人劝开。

"好好好，你厉害，有种，我服你还不行？你不过有几个枣刺刺子钱么，咱走着瞧！"王全头转身嘟嘟囔囔地回屋了。泓顺气得浑身哆嗦，这回在北巷把人丢进护城河了。泓顺心想：我跟英瑞平时的生意关系还不错；一个蕞蕞的长得歪瓜裂枣的外乡人，给人拉长工，算个臭屁，跟他计较，显得咱不绅士；为了一个小小的长工失了和气，传出去说咱整治欺负外乡人，划不来，一口气好忍。后来，全头的东家英瑞到泓顺家说了一火车皮的好话，劝内侄不要跟下人计较，这事就算过去了。

泓顺固执地认为：那次我看在长辈的脸上，一口气好忍，而今他还欺负到我妈头上来了，这还得了？他前年说的"咱走着瞧"莫不是要等今天收拾我妈？不行，我不整治他，他还知道狼是麻麻的？泓顺牙根子痒痒，咽不下这口气。趁夜色微阑，让狗娃叫来家族几十人在家里吃饭喝酒，通宵达旦。吃人嘴短的泓字辈几个弟兄未等天亮，再次把王全头叫出来，说有事商量，未等他开口，一群人上去就是一顿暴打，见他不动弹了，才扬长而去。王全头为此卧床不起，水米不进，不能干活了。

第二天，泓顺睡起来问王全头怎样境况，狗娃报称"偶感风寒一病不起了"。中午饭后，他让狗娃把泓字辈的男人再次叫来，又管待一顿。泓顺心里想：全头口出狂言的样子，还有他眼神里隐含的轻蔑与不屑，那势子等于宣誓将来翅膀硬了找人修理我，我咋能眼看着一只病猫变成老虎，干脆一不做二不休做了他干净。人说杀一儆百，谁给长工撑腰，敢威胁恐吓我，咱比试比试。要征服人必须制造恐慌，制造轰动效应。不收拾全头这些刺头，咋让他们知道眼里必须有主人，让他们知道西堡子不是穷乡僻壤，不是没有规矩的地方。这个不知天高地厚的东西一天到晚手背后，拽得跟王十万一样，不懂礼仪，张狂到天上去啦！我必须给西堡子的长工立个规程，因为我也是财东！想到这里，泓顺狠狠地将酒盅一摔，转身就走了。

这下，泓字辈的男人害怕了。他们一年到头不在油坊流一滴汗，出了事不为泓顺分忧，年底的份子钱咋好意思大言不惭地去领受？他们悄悄溜出来，当街将全头推到墙角，三拳两脚将他活活打死，再将

◎ 第六章 烟毒和洪水泛滥了

他的衣服脱下来，盖在脸上，然后，各自回家。

王全头命丧黄泉，村子里立刻风言风语：不准为他收尸，谁不听话，明年的今天就是头周年。全头的东家英瑞系保媒拉纤、经营花店的一把好手，出了人命也吓破了他的胆，不敢出来承头。泓顺为长门，英瑞是三门。英瑞碍于亲情相隐不敢报案，况且一个外乡的伙计也无处报丧，任凭王全头在街上暴尸。

西堡子就针尖大一个地方，消息传得快。晚饭时候，云儿听说王全头被打死了，暴尸街头，如喝了一碗十年的老陈醋一样烧心难受。她万箭穿心，心中悲切，做梦也没想到泓顺会变成杀人魔王，不知不觉泪珠滚落。她悔不当初，要是当年公公、婆婆稍微网开一面，忠瑞稍微叛逆一点儿，何至于有今天？假如当年不调换孩子，把泓顺和奉义两个都放在大家庭养着，她严格的家法会让泓顺变成这样吗？他小时候不敢杀鸡，现在怎么敢杀人呢？他现在变本加厉，祸害外乡流落到此的可怜人、下苦人，这如何了得？她愧对西堡子的乡党，更愧对周围不明真相的老乡。暴尸街头太过残忍了，村民怎么生活？奉义不在家，遇事也没有个商量的人，于是，天底下最善良的女人李云儿领着儿子们，把自己正用的芦苇席揭了下来，放到架子车上，捋一把草绳，在河滩草草葬埋了王全头了事。

忠瑞责怪云儿：你多管闲事，全村都没人管，就你能行，难道人家三门缺芦苇席，北城壕是干的？老汉烟一袋接一袋地抽，屋子里烟雾弥漫。奉仁也心存疑虑，却怕引起不必要的麻烦，母亲云儿在家里那是绝对的权威，指到哪儿，他打向哪儿，不敢有半句怨言。

泓顺听说云儿给王全头收了尸，平白无故把如雅压到炕上打了一顿，吃饭时把碗也砸了。他来到母亲的屋子，亲自给她换药，擦洗伤口，闭口不谈族人杀害王全头一事。望着窗户外面闪电打雷，泓顺给母亲换完药，径自进屋拉起锦被，抱着翠莲的白胖胳膊睡着了。

恍惚中，泓顺听见厅房有人说话，出来一看是云儿，便问："娘，你咋来了？"

"二娘来看你妈了，前天王全头不小心把你妈碰倒了，我亲眼见他不是故意的，你咋把人家日塌了？"

"我没动他一指头呀！"

西堡子

"你现在有钱了，还用自己动手？我看再过几年，你真不得了了！"

"娘，你不知道，那狗日的太张狂了，再不收拾他，他都敢上房揭瓦、杀人越货，嚣张到极点，我是为西堡子除了一害，你应当褒奖我才对呀。"

"我把他埋了，小心他家里人告官，还是出去避一避吧。"

"我避啥呢？"

"你？……"

"娘，你别操我的心了，把你家马疯子管好就行了，不知道他又到乡上干啥去了。"

泓顺的母亲坐在炕上，远远地对云儿说："嫂子，娃还小着呢，下次他不敢了，你放心吧。天不早了，你回吧！"

听锣听声，听话听音。见娘儿俩逐客，云儿倍觉没趣，羞臊地退了出来。刚起步，被泓顺大媳妇翠莲叫住，硬塞给她十块钱，未等她推辞，翠莲已转身回屋。云儿把钱放在翠莲的窗台上，悻悻地出了大宅门。

从此，王全头的冤魂永远在沣河岸边游荡，他哭诉的声音被"哗哗"的河水声淹没了。

回到西堡子的奉义听说泓顺叫人弄死了王全头，直接奔到泓顺家，揪住他的领口，咬牙切齿地说："顺子，你给我听好了，不管人是不是你弄死的，你最好给我乖乖的，否则我要你的命，你信不信？"

泓顺也不退缩："你算个弄啥的，狗逮老鼠！"

"弄啥的？我是你哥！"

"……"

说着，俩人扭作一团，泓顺的母亲赶紧出来了，左劝右劝好说歹说，奉义才松开了他，直奔委座家而去。

第七章　保长上任

　　奉义与委座相谋的不是关于王全头死亡之事，而是政府即将开始的新政——保长遴选。这可是农家子弟千载难逢的好机会，年轻人大展宏图的好机缘，村民们已经酝酿了好一阵子了。

　　不出所料，奉义荣幸地被西堡子与邻村的乡党们一致推举为保长。这对于忠瑞家族来说是一件非常光荣的事情，而他噩梦一般的人生也因此才刚刚开启。家里人老几辈子无人当官，大伙能推举他，他年纪轻轻的有如此厚实的人缘，完全出乎忠瑞和云儿的意料。

　　回到家里，奉义兴冲冲地告诉家人自己当选了保长。本以为母亲云儿会喜出望外，没想到她扬起楠木拐杖结结实实将他打了几下，并且怒喝道："我叫你当！一天不务正业，不知道把日子过好，让我省心，管人家的闲事干啥，这个家你不要了？"

　　"妈，当保长为大伙儿效劳，为政府分忧，是好事，你打我干啥？"

　　"好事，好事人家泓顺咋不当呢？"

　　"他倒是想当，政府有条件呢。有前科的不行，没人缘的不行。家里没钱的不行，太有钱的也不行。人品差的不行，人品太好的也不行。更重要的是说话没人听不行，光自己家人听也不行。凭他雇凶杀人能当保长？笑话！"

　　"傻子，你看见人家杀人了？这话可不敢乱讲！反正咱家没钱，我也不容许你不拿薪水白给政府当差。"

　　"乡公所说了，咱堡子就我符合要求，都怪当年抗洪救灾你不挡我，叫我在乡上挂了名，成了名人，六、七保数我票最多。咱家是没钱，但也不是穷光蛋。当保长好呀，听说还发枪呢！枪杆子在手，何愁收拾不了恶人？"

▶ 西堡子

"啊？发枪，那更不行了。你去给人家说说，找别人干，咱不干那傻事。持枪多危险的，你不想活了？那年你们几个没让火药炸死，已是万幸，现在又舞枪弄棒，你存心不让我俩老的活了？"

"这咋能行呢，名单都报到县上，甚至报到省上了，人腿没有马腿长，撵不上了。"

"好我的娃呢，不是妈不支持你，关键是咱家要靠你干活挣钱，你说一个大男人一天到晚催粮呀、征兵呀，忙得不亦乐乎，你咋能有时间种地挣钱？我今天同意你去当保长，赶明儿你大哥和其他几个兄弟都去干些不打粮食的事情，难不成让我和你爸给你们弟兄拉一辈子长工，养活你的老婆、娃吗？"

"好我的亲娘呀，你孤陋寡闻了吧？保甲是个组织，又不是当土匪占山为王、落草为寇。弄得好咧，说不定混个一官半职，将来给咱家光耀门庭呢！"

"我不指望你光耀门庭，平安即是福。咱不缺吃不缺穿，不弄那事。"说着，云儿鼻子一酸，强忍着不让泪水掉下来。她的委屈只有孩子们可以见证。多年来，丈夫的木讷，婆婆的威严，公公的冷漠，大事她一人扛在肩上。白天在人面前风风火火，晚上倍觉心酸。她惊奇地发现儿子们的性格没有一个是刚强的，一个个长得人高马大，却一副副如雅之相。她幻想着有朝一日，某个儿子能为她分担忧愁，守住半片江山，墙缝的柱子多少出一点儿力气，让她能稍加歇息。可惜，事与愿违，儿子们总显得那么懦弱，那么软势。

奉义拉着母亲的胳膊，说道："妈，不要担心，我当这个保长不为别的，就是为了咱堡子的安全。现在时局不好，外地的贼人乱党积聚在西京，一有风吹草动，使劲往咱这儿跑。咱堡子尽管有人看守，但是强盗有枪，万一哪天来了，我们咋办？上边没人，咱的一座孤城根本经不住打。我当保长最起码可以保护咱家人的安全，你说得是？"奉义向母亲乞求。

"用枪保卫西堡子，笑话！枪能解决问题还要国家法度、乡规民约、礼仪道德做啥？你们玩火药都整出那么大的动静，难道擦枪走火子弹出膛是好玩的？"云儿话一出口，就后悔了。万一政府真给他配枪，他再惹出事端，将追悔莫及。想到这里，女人的心似簸箕里的豌

第七章　保长上任

豆,"咕噜咕噜"滚过来,"咕噜咕噜"滚过去。最后,云儿止住了抽泣,用她的楠木拐杖在地上使劲戳了三下,摔出一句狠话:"你要真当保长,甭怪我翻脸不认你这个儿!"

母亲如此决绝,让说了一堆好话的奉义赧颜以对,他没趣地红着脸走出母亲的房间,娘儿俩不欢而散。他一个人蹲在后院猪圈旁边抽闷烟,默不做声。女儿凝春已经四岁,二女儿凝夏也会满地乱跑,天仙似的俩宝贝不住地叫着爸爸,他也不答应。早饭做好,全家老少围坐在两张桌子前等着开饭,他在屋子里待着,千呼万唤不出来。趁着大家吃饭不注意,奉义翻过自家低矮的后院墙,顺着城墙内侧马道走到南门,出了西堡子,绕过护城河,直往北去。不知走了多久,来到咸阳城南边的渭河岸边。

冬天的渭河表面冰冻三尺,渡船被船主扣过来随意安放,派不上用场。河面上的行人或夹着包裹,或推着独轮车,三五成群,行色匆匆,在冰面上慢行。岸边的芦苇随风飘荡,斑秃的各种树木倔强地站立风中。回头瞭望九子滩,一毛不拔的盐碱地里连兔子拉的粪蛋儿都找不着。心情沮丧的奉义想负气再走一段,却饥肠辘辘迈不开步子。于是,他随意走进一个饭馆。"老板,来碗羊肉泡馍!"奉义双手插在口袋里,随便找了条凳子坐下。"来咧,客官,过来先烤火!"老板顺手端给他一碗羊肚汤,让他先暖和着。

奉义抿了抿嘴唇,舔舔碗沿,吹开上面漂着的芫荽末子,喝了一口热汤。旁边两个伙计旁若无人地不搭理食客,津津有味挤眉弄眼地谝闲传。

"你见过漂亮女人吗?"

"谁没见过,三月三日天气新,长安水边多丽人,西京城的美女多如牛毛。"

"你就知道个西京。今年早春的一天,我准备过河,呼啦啦走过来一群与众不同的大人物,把我们挡在一边不让过。其中有一个女人,你没见人家穿的那旗袍,叉子开到大腿根儿,手里拿着个小包包,描眉画眼,嘴巴那个红呀,身材那个妖娆,老弟一辈子都没见过这么漂亮的美人儿。"

"她一个人?"

111

▶ 西堡子

"咋可能呢？身边跟着一个军人，派头不小，随从几十个呢，好家伙，个个佩枪。"

"那你光说女人干啥？"

"女人稀样么。"

"那群人是干啥的？"

"你连这都不知道？从古至今，咸阳祭周，曲阜祭孔，由来已久，只要是王上、皇上，都要祭拜周陵。周陵埋着周文王、周武王，就在咸阳的武陵塬上。今年蒋委员长跟夫人准备去祭祖，咱省主席邵力子和杨虎城、张学良陪着，必须渡过渭河到河北去。我说的女人就是蒋夫人，你不知道？"

"啊，蒋委员长还得亲自去上坟？"

"再甭瓜怂了，人家是代表国家去祭祖，上坟、上坟。你有所不知，这次蒋委员长来祭祖，这么大的排场全凭一个人周旋，他就是大内总管白云腾。委员长还亲口问他要不要借道去西堡子看看他的连襟。白云腾说天气寒冷，乡下御寒设施不全，不去了，感谢委员长惦记。"

"啊，闹了半天，小北京西堡子人还有通天的本事？"

"你以为呢！"

"哦，那连襟是谁家呀？"

"你连这个都不知道，西堡子的长门油坊泓顺家，泓顺他爸楷瑞与白云腾是亲亲的连襟！"

说着无心听者有意。奉义猛然警醒：原来泓顺一贯财大气粗，是仗着后台他姨夫的粗腰壮腿，我幼稚地只当他单会在秤上做文章。

那俩人继续说道："我想一个大内总管，不知道倒腾了国家多少的财富，怪不得西堡子人富得流油，原来钱走了这个暗道，这样看来，委员长是瞎了眼了！"

"兄弟，你有所不知，世上的事情表面看是男人的活路，背后却全是女人的功德，英雄难过美人关呐！"那俩伙计挤眉弄眼，有一句没一句地胡诌。

这俩伙计煞有介事地闲聊，周围人若无其事地听讲。这时，猛不防进来了几个警察："闲话少说，小心脑袋！"那俩货脖子左右拧了两拧，瞪眼伸舌，噤若寒蝉。真是一鸟入林，百鸟哑声。

第七章 保长上任

奉义吃完羊肉泡馍,身上倍加暖和了。他想去咸阳城里转转,看看热闹。于是,他走出饭馆,发现街边有杂耍的,有卖小吃的,有电影院,街上行人稀少,生意寡淡。

往日都是父亲忠瑞在咸阳采购调料、家用品。今日因为和老妈为当保长一事各持己见,自己岔心慌出来的,无论如何不能空手回去,得给家里买点什么,让老妈开心。想到这里,他到牛肉摊子跟前跟店主要了三斤腊牛肉,付了账,再到布摊边给母亲扯了六尺花布,塞进大氅里,继续往前走。城里人越来越多,操着南北腔调的人积聚在一起。奉义在调料摊子前买了许多煮肉用的花椒、大料,还有陈皮、八角、细辛、茴香等,这些东西对于家里的生意必不可少。平时跟父亲出去卖包子,他也攒下不少的零钱,善良的忠瑞老汉轮流让儿子们跟他出摊,所以他们弟兄手上多少都有零钱,但数目不多。所以,趁此机会给家里买点东西理所应当。

自从奉义负气出走后,弟兄几个都来劝慰母亲:"让老二干吧,过几天政府还要培训保甲,让他学到本事到时候就无人敢欺负我们。再说了,联保组织里保长权力也不小,有的人拿钱寻门路都当不上。听说蒋委员长是铁了心推行保甲制度,现在的保长又不像王安石变法时的保长,更不是商鞅变法时的底层官员,不会有生命危险。妈,你老人家就放心。再说了,咱这里又不是红军闹事的地方,咱村一无共产党,二无国民党,村民高度自治,谁的觉悟都不低,万一有征兵等任务,还有六七个甲长他们帮衬着,众人拾柴火焰高,没事。"

"我才不管什么商鞅、王安石呢,我只关心我儿。要是肉瓢子老四奉智当保长我倒放心,关键是老二性子急,风风火火,我担心给大家做不了多少事情。再说了,西堡子从建成那一天起,就是老人当政,年轻人嘴上没毛办事不牢。咱村自古不缺能人,更不缺有钱的老人,不行你们弟兄几个给乡约说说,推举楷瑞当保长,他是咱长门的人。"聪明的云儿算盘珠子拨拉得利索:楷瑞提起一串子,放下一摊子,哪有那个本事,最后摇帽翅着玉带主政的责任自然就落到儿子泓顺的身上。

"他都多大了,能跑还是能打?妈,政府下决心让保甲组织发挥作用,别的地方必须是国民党员才能当保长,咱这儿要求得不严,乡上

> 西堡子

主要看中咱家老二身先士卒,一呼百应,能管住年轻人,说话有分量,身上多少有些虎劲才遴选了他。"

"既然你们都说好,那让奉义先试一个月,不行再换人。"云儿经不住大家你一言我一语的劝导,终于同意让奉义暂时走马上任。

奉义在咸阳逛了一天,半后晌进了南门,回到家里,也没人理他。女儿凝春跑过来让他抱,在他身上蹭来蹭去。他冲孩子一笑,将女儿搂在怀里,抱着她来到前厅房,把孩子放下,把牛肉塞到母亲手上,说:"妈,我想好了,还是得干。你看咱家这么多人,将来万一有个啥事,咋办呢,没人照应呀!现在世事变了,外边这么乱,听说工农红军在南边起事,政府几次围剿,共产党反围剿,闹腾着呢。我是担心万一咱们这边也出现了共产党,咱还能安宁不?"云儿见他死缠硬磨,加之白天弟兄们的劝慰,心里也有几分默许,指着儿子的额头嗔怒地说:"你个冤家!"

见母亲松口并显现出少有的温情和笑容,奉义把专门给她买的六尺花布拿了出来。保长之事总算家庭成员通过了。

很快,县上对甲长、保长进行为期两个月的培训。培训的内容无外乎《中华民国训政时期约法》有关条款,乡规民约,擒拿格斗,刀枪棍棒。在后期的训练中,奉义如蛟龙入海,兴奋异常,因为他摸到了梦寐以求的手枪、步枪,如获至宝的他以各种姿势练习瞄准、射击,面对靶子,弹无虚发。保长培训班的课程对于奉义而言,像人抽了大烟一般上瘾。其实,他最怯怕的不是技能而是惩戒,保甲完不成任务政府会让你吃不了兜着走的。奉义抱着一沓子文件仔细阅读,果真里面的惩戒条例让人望而生畏。但是,这些初出茅庐的男儿很少有人在培训中因为畏惧条条框框,怕受到惩罚而退出的。即使有个别软蛋退出,新鲜分子很快挤破门框,寻情钻眼地被补充吸收进来,接着受训,关中男人身上就这点儿血性。

一月后,奉义光荣归来,走马上任。家中老少无不欢欣鼓舞,庆幸国家想方设法给老二这匹烈马套上了马嚼子。时下,假如你没有当娘娘的妹子,当员外的外甥,当国舅的哥哥,没有黄埔的历练,状元的文笔,要想当上二品以上的官员是定然没有希望的。保长,别看指甲盖大的官,好歹也是一级官员,一个农民看家护院封妻荫子的简单

◎ 第七章 保长上任

愿望或许可以通过它得以实现，所以，让人垂涎三尺。况且，六、七保不单纯管理西堡子，外边的几个小村子也在管辖之列。好多汉子的欲望或者说雄心壮志骤然间被点燃。云儿现在唯一担心的是儿子从小跟着村人习武，武艺高强，恐他自恃强大横生事端。知母莫若子，奉义向母亲保证："习武之人讲究武德，我不会无端生事，只会保护百姓免遭祸害涂炭，请母亲大人放心。"他深深给云儿作了一个揖，掏出深藏怀里许久的西京远近闻名的点心"天鹅蛋"，像哄小孩一样逗老妈开心。尽管走马上任尘埃落定，毕竟环境改变了，江山易改本性难移，"马疯子"脾性总是有点儿烈，让人不放心。

指甲盖大的衙门也得有个官邸，六、七保的办公场所最终选定在委座家。

甲长委座是西堡子的一位富家子弟。早年间，祖上盖起前后两进两层木结构楼房。两栋楼房两侧以耳房连接，内设厨房、柴房，系典型的关中四合院，在村子算上等房子。房子盖好的第二年，老人病逝。幸好那时给委座娶了亲，生了子，爷孙算是见了一面。一辈子走南闯北，老年得子，舍不得多花一毛钱的老人，临了将银柜的钥匙交给委座媳妇王玉婷，让她掌管家里大小事务，唯恐农活闪了儿子的细腰，唯恐委座娇生惯养，胡吃乱花，败落家道。委座细皮嫩肉，俨然一位奶油小生。媳妇到地里割麦子、种御麦，他只负责做伴，不出大力气。他也好像没什么力气，倒是识文断字、博古通今，像个先生，一双儿子乖巧听话，一家人其乐融融。勤劳泼辣的女人撑起了家里的半边天，西堡子无人不羡慕委座好福气。

按理说委座绝对当不上甲长，身体条件在那儿摆着。选他当甲长主要是看中他家的院子大，房子多，保甲组织可以在他家聚会，后院宽阔的地方甚至可以做保甲的体能训练场所。委座内敛害羞，属于秀才落榜型。他特别敬佩奉义仗义疏财，早先就提出要自降一辈，与他义结金兰，志向同则相与为谋，想共同干点大事，苦于没有机会，没想到在全国轰轰烈烈的保甲潮流中满足了他的愿望。这不，奉义最器重的骨干分子委座在保上坐了第二把交椅。

保甲组织成立的第一件事不是什么捉"赤匪"，却碰上催粮这号微不足道却有些粘牙的小事。事实上，四平八稳的西堡子谁放着舒服日

西堡子

子不过,非要当什么"赤匪",没事寻事。

这一年的秋天,地里的庄稼长势不好,低洼地带甚至已经绝收,家中稍有变故的自然连锅也揭不开,这是西堡子历史上少有的凄惨景象。上面将秋季公粮任务下到保上,奉义立即召开会议,商量催粮一事。他要求各位甲长放下身价,亲自到尚未缴粮的农户家催粮。一不能蛮横霸道,二不能动手动脚,必须动之以情,晓之以理,实在缴不上来的,如实记录登记,统一上报。时间期限是六天,大家分头行动,确保上面交给的任务落到实处,不敢出现工作上的瑕疵。

说来也巧,委座所在的甲上,好几户家里实在困难。他催促了几次,那几户只答应说马上缴,就是不见动静。眼看着期限到了,不能再耽搁,善良的他想从自己家中暂借一些粮食给他们,替他们先把公粮缴上。没想到,媳妇王玉婷坚决反对,与他撕破脸面大吵大闹,赌气不进厨房给一家四口做饭,儿子饥饿难忍,不得不到邻居家混吃混喝,这让委座恼火不已。其实,王玉婷的说辞也有道理:公粮是农民无偿缴给国家的,给政府的,假如那几户真正贫困,理应由政府减免贫困家庭的公粮数。假如政府突发怜念,体恤百姓疾苦,大度一点儿,给他们发点儿救济粮食才对,毕竟国库的粮食除了供给部队,应该在灾年给老百姓填饱肚子才好,自古政府就是这么做的。

甲长替贫困户缴粮到底是"借"还是"给",替谁借,来年谁负责还?将来委座应该向政府讨要,还是向那些贫困户讨要,万一人家不给怎么办?再说了,家里的粮食也不是委座一个人的,委座你慷慨,上嘴唇跟下嘴唇一碰,上千斤粮食不见了。你自己用糨糊把嘴糊上,用封条封上,总不能让老婆、娃娃跟着受罪,也不吃不喝?你平日在庄稼上用了多少力气,用了多少心思,有啥资格做主把粮食借给那些不沾亲带故的乡党?但凡长人心的都能理解,玉婷的担心不是没有道理,委座的想法本来就很麻迷儿。一来二去,委座与媳妇商量不到一起,掰扯不清,错过了缴公粮的最后期限。奉义那几天刚好有事绊住了,尚未来得及去汇报保上的情况。没想到乡公所核对名单时,发现西堡子就差委座一个人的名字还未打对钩,立即派人传唤他到乡上答话。

几个壮汉乡丁在乡公所大门口等候,手痒痒地幻想着等一会儿哪

第七章 保长上任

个保的哪个倒霉蛋凑过来过棍子节。上峰交代，棍子轻重和数量要掌握好，出了人命自己负责。

老实人委座与附近其他保上未按时完成催粮任务的人先后到达了乡公所。他们以为给政府说说情，给个变通办法，或许看在甲长的面子上，真会让穷汉们缓一缓。没想到，委座只通报了姓名，乡丁不由分说，把他们推进一所空屋，第一个挨挫的不是别人正是他这个手无缚鸡之力的有钱甲长。乡丁们平时攒的力气似乎只有在拿起棍子的那一刻，才焕发了勃勃精神。棍子高高举起，恰到好处地落在委座的屁股上。高大英俊的委座，打小没出过重力，没走过远路，娇养惯了，父母从未弹过一指头，媳妇宁肯自己拉土垫圈，春耕秋收，也不舍得对丈夫怒喝一声。细腰柳腿的他，怎经得起壮汉的折腾。他开始以为轻轻打几下是个小意思，只要他大声号叫吓唬他们，程序就算走完了。当打到二十几下的时候，这才真切地体味到秦腔戏文里唱的"过堂"是如此的真实与残酷。他疼得一声喊不出来，任他们手起棍落，任自己皮开肉绽。其他几个保甲，站在旁边等候挨打，听着他的惨叫，惶恐地用袖子抹眼泪，悔恨当初上了保甲的贼船。听人说当保长、甲长光宗耀祖，吃香的喝辣的，没想到还要挨板子！湿他妈去，大不了老子不干了还不行，几个胆大的想转身出门。乡丁像大门口的石狮子一样张开大嘴守在门口，一夫当关万夫莫开。羊入虎口，哪个吃了熊心豹子胆能有孙悟空七十二变的本领，变只苍蝇飞出去？逐个板凳伺候，插翅难飞。

挨了打的委座不敢回家，在乡公所旁边的地垄上坐到太阳即将下山，趁着路上行人稀少，才一瘸一拐进了西堡子的南门。曲生生远远地看见他回来，问他咋了，他胡乱对答道："不小心跌进树坑里了。"这真是哑巴吃黄连有苦难言，老鼠钻风箱两头受气。

委座心里的委屈与伤感无处倾诉。回来后，面对王玉婷不敢称病，面情软又不好意思给人诉说，拖着疲惫伤痛的身子，饿着肚子，准备继续催粮。保长奉义得知委座挨了打，心里很不是滋味，带领十个甲长，亲自提着长枪催粮了。甲长们把保上保管的每年春节唱大戏的锣鼓家伙取出来，11个人绕城墙内侧及四条街道，一边走一边敲，锣鼓震天响，惊得人心慌。奉义则拿着喇叭高声喊道："缴公粮了，没有的

西堡子

自己想办法，迟了军法处置！"当天，所幸缴齐了所有粮食，奉义替委座将粮食运到了指定场所，亲眼看着乡丁在"委座"的名字上打了对钩，才放心而归。

委座为催缴公粮挨打之事，云儿是听王玉婷哭着说的。她煮了十个鸡蛋，剜了一块治疗红伤的药，到甲长委座家看望他。天底下当娘的心是相通的，棍子打在委座身上，如同打在奉义身上，更像打在云儿自己身上。她把药交给玉婷，嘱咐她按时换药，叮嘱委座好好休息，劝他吃一堑长一智，以后凡事多个心眼。委座看到云儿，像见到亲娘一般，鼻子一酸流下泪来。平心而论，当不当什么甲长对于他家来说没有任何实际意义，还不是一贯重情义，喜欢与奉义在一起干事，才硬着头皮当这个破甲长的。没想到，不发薪水还要挨打，恰如钻进风箱的老鼠两头受气，只好打掉门牙往肚子里咽。他回来时，屁股、大腿青一块紫一块不敢给媳妇看，心里痛，身体痛，苦楚无处倾诉。最后，瞒不住家人，委座才扯谎说自己与别人积怨，被人打了。玉婷反复责问，该不是看上谁家大姑娘、小媳妇，得了啥花痴病遭人暗算？兔子急了也会咬人，委座咬牙悄声喝道："让狗咬了还不成吗，让猪咬了！"两口子又气又急。云儿开导玉婷，不要为男人挨打之事怄气，伤了夫妻情分。

玉婷至死也不明白：同样是"委座"，人的命运为什么有着天壤之别，在堂堂的大中国，人家蒋介石指挥千军万马，管理着泱泱大国煌煌中华，自个儿家的委座却恓惶得让人心疼，受尽屈辱。

平时保长、甲长在委座家里办公，保上唯一的一条长枪由委座保管。委座是个有心的好小伙儿，他闲暇时将枪膛擦得锃亮，小心翼翼地保管好子弹，弹夹锁在那个心爱的红木抽屉里，唯恐调皮捣蛋的小子哪天取出来擦枪走火。晚上奉义组织十几个甲长巡逻，在西堡子的几条大街、城墙根儿、犄角旮旯巡查有没有偷鸡摸狗的、寻花问柳的、打牌抽烟的、坑蒙拐骗的，尤其要查看街上是否有欺行霸市、不讲卫生乱倒垃圾的。西堡子本来固若金汤民风淳朴，可是，种植大烟破坏了人心带坏了风气，甲长的神圣使命感驱使他丝毫不得马虎。他们严格按照奉义给他们制定的工作内容行事，不敢懈怠，唯恐上边问责。这次催缴公粮，只是晚缴了几天，乡公所不问三七二十一，将委

◎ 第七章 保长上任

座教训一顿。原以为村民会为他讨个公道，最起码去乡上申诉一下，间接声援委座，可是，堡子里的人心硬得跟脚下的青石板一样，没有几个人同情他，反倒看他的好戏。也难怪，村民认为过去种植罂粟收入多，现在种植粮食作物本来收入减少，卖不了几个钱，最好不缴公粮才好，村民没有抵触情绪的绝对是脑残者。更深的道理在于长期打仗耗费了无数的钱财，加重了他们的负担。如果大家抗粮不交，粮草供给不上，兵马自然会停下脚步，不打仗了自然国家就太平了。天下太平了，国家的钱财可以用在修公路建桥梁清理河道上，可以用在盖学校、修庙宇、救济穷人等正项上，总比一天到晚打打杀杀、你争我斗强。蒋委员长来咸阳亲眼看见碾盘子大的咸阳城渭水汹汹，千年帝都再也不见当年秦始皇的风采，偌大的城市却建不起一座人行桥梁，万般无奈一行人乘船过河。咱们迟交几天公粮又不是平地起浪犯上作乱，动摇不了他的统治根基，还不是他独裁做主？他怎么就不能体谅百姓的难处呢？

无论如何，怠慢缴粮让本村的汉子吃了亏，连累了无辜的甲长挨了打，逼得保长提着枪才完成了任务，村民们从此知道了政府的威严是胡萝卜调辣子吃出看不出，跟政府对抗百害而无一利，领教了乡公所门口的两尊石狮子绝对不是聋子的耳朵，石狮子也会张开嘴巴，散发出吃人的血腥味道。吃一堑长一智，从那以后，西堡子的乡党再未因为缴公粮吃过亏。

说话间汛期又到了，奉义紧绷的神经陡然又上了一圈发条。与往年抗灾不同的是，这一次他披上了保长的袈裟。沣河汛情历来是盘踞在西堡子及附近百姓心头上驱之不去的怪兽，温顺的时候如婴儿遇见奶头般恬静可爱，翻脸时如泼妇遇见莽汉般汹涌澎湃。沣河是渭河平原一颗璀璨的明星。这里是炎帝神农氏的家乡，是黄帝轩辕氏的飞升地，炎黄二帝被尊为中华民族的人文始祖，是海内外中华儿女的根。远古时期，人类刚刚告别蛮荒进入文明，对大自然的肆虐还无能为力。那时江河湖海常常泛滥成灾，成为人们生存的最大隐患。地处关中腹地的秦岭脚下的沣渭、涝甘诸条河流也不例外。经过历朝历代的整治，变水患为水利，造福一方百姓，灌溉一望无垠的关中平原。有了八水的滋养，使三千多年来的西京、咸阳两城名震四方，成为历代皇上建

西堡子

都的首选地。这些水利设施随着时代的变迁，国都东移，逐渐丧失了原先的重要地位，被人丢弃的水域水情猛于虎了。

　　沣河作为渭河支流，发源于秦岭，在咸阳南边并入渭河。每遇连阴雨，沣河必定夹杂泥沙倾泻而下，对沿岸百姓造成危害。西堡子距离沣河发源地仅有几十里路程，一般情况下，水流到此会变细，变小，河道一旦淤积堵塞，河水会从堤口处涌出来，淹没农田庄舍。同为一个县，上游所在的最高地喂子坪海拔2886米，流经几个乡后，到了海拔384米的西堡子边上，夹杂着多少泥沙可想而知，泥沙沉积不言而喻。难怪老人说再不治理，沣河流域又将变回唐朝的胖"西湖"了。解决问题还得靠自己，当地乡绅有钱的出钱，有力的出力。自家门口的事情不能依靠国家，依靠政府，国家没有钱难道眼睁睁看着自家房屋被大水冲走？明朝末期政府号召有条件的村镇筑城防、止匪患，村民积极响应，克服一切困难，构筑了这座固若金汤的西堡子。当时只是想防止匪患，没想到如今的水灾频发，西堡子的城墙反倒歪打正着，防洪功能居然位居其首。

　　一个不到万人的乡，政府能给予多大的权力，有多大的能力治理水患？还得依靠保甲组织。奉义在乡上是挂了名的能人，能者多劳。汛期，奉义带领附近村庄的精壮劳力持械查堤寻找鼠洞，昼夜吃住在大堤上。这么多的人住在堤上，开销自然少不了。奉义向乡上要经费，乡上只是口头答应，声称由上级负责财政补贴，乡上并无分文资金准备。自不待言，奉义心里清楚，国家成立了黄河水利委员会，黄河上游的水患已经让专家和官员们焦头烂额了，谁有心思关心这些支流的水利问题。但是自己既然当了保长，就有义务向上面要钱，不论多寡，总得维修清理河道。为此，他不知道跑过多少回，跟纬布似的来来回回，一去就是一整天。这是他的本分。

　　这不，奉义刚回到西堡子，在委座家与几个甲长例行商量保上的公务，突然，东门的石奋慌慌张张来报告说南边村子的赵喜贵被日塌了。奉义连忙带人去看，借着火把的光亮，看见一条硬汉眼睁着中弹倒在血泊里，面目狰狞。一街两行的乡党围拢上来看热闹，并无一人敢站出来主持公道。在他的管辖范围内出了人命，奉义的头"嗡"的一响，热血膨胀。这还了得？叫人赶紧去报案，同时安排甲长们抱了

◎ 第七章　保长上任

几捆御麦秆围在周围，等待来人调查处理。经询问，事情的起因依然是千百年来农村最普遍的土地问题。死者赵喜贵是西堡子二娃的表哥。

同样是黄土地，同样是水浇田，人勤地生宝，人懒地长草。二娃自幼父母双亡，无依无靠的勤谨孩子心无旁骛，专门务劳伺候庄稼。父母留下的八亩上好水浇地，出产比一般田多出三四成，种啥长啥。谷穗长得一尺多长，秆儿壮，穗粒大，有人说他舍得给地施肥，有人说有神助，莫衷一是。

泓顺早就对二娃的良田垂涎三尺，想以低价购买，二娃坚决不同意。他三番五次派人去二娃家里闹腾，一会儿给鸡扔个死老鼠，一会儿给狗喂点儿毒药。二娃家的老母鸡好端端地正吃食即刻倒地而亡，原来是有人用皮筋竹篾做成小弹弓，专门射杀鸡的眼睛。无缘无故拴在门口的大狼狗也被毒死了。二娃极度恐惧，晚上不敢一个人睡觉，又舍不得家里的盆盆罐罐，还有那些鸡鸭猪狗张口货的小命。他年纪小，孤单一人，尚没有成亲，平时家里的大事都是由他妗子和表哥赵喜贵做主。

知道了二娃的好地受到来自财东家的威胁，血气方刚天不怕地不怕人称"愣娃"的表哥赵喜贵态度明朗，并且愿意以实际行动表明、宣示表弟家的土地神圣不可侵犯，警告非法用心者识相点儿，千金难买不卖之货。他每天后晌干完自己家的农活就来西堡子陪着表弟，唯恐节外生枝。赵喜贵白天一走，泓福等人晚上又来了。这样反反复复，二娃吓得饭也不敢做了，门也不敢出。二娃他妗子按捺不住性子，拿出关中女人对待自己家男人的那一套撒手锏，一哭二闹三上吊。她穿戴整齐，扯下门帘，找一根绳子，形似一路奔丧的架势，掩面扶住下巴啼哭着到了泓顺家，二话不说，把绳子扔到房梁上要吊死。被翠莲、如雅死死抱住后腰，平复她的情绪。她趁人不注意，用门帘将自己裹上，直挺挺躺在地上说："你把我活埋了去，给娃把地留下。"泓顺见一个外村的女人胆大包天，竟敢在自家廊上撒泼打滚，大喊道："狗娃，你的粘面得是白吃了？"大力士狗娃听见主人发话，立刻冲上去，用他那双铁钳子一般的臂膀将二娃他妗子夹起来，目不斜视出了城，把她撂到南门外护城河的芦苇荡里。

二娃他妗子大闹油坊，村民们只听见她在芦苇荡里的哭声，并未

121

西堡子

见在屋里闹腾。却被村民越传越神乎说："人差点吊死在织布机的圣子上，脖子被勒得如同戴着黑围脖，气憋便溺。"而泓顺家人熟视无睹，幸灾乐祸。听到这样的风言风语，一贯不管家事的翠莲生平第一次冲着泓顺吼道："你个挨尻的货，没吃上羊肉反落了一身骚，我看你也就是门背后的霸王烂枪头，只会欺负我跟如雅罢了。见了漂亮女人，腿都软了，屁也不敢放。我只当你见识广会处事，原来是个虚胖囊壮的臭皮匠，浪得虚名。"一般情况下，翠莲在家里不发表什么言论，任泓顺像野马一样在外边胡整，这次破天荒的指责使得泓顺更加觉得自己必须拿出凶狠的手段把眼前这件棘手粘牙的事情办好，才能在老婆跟前树立一个大丈夫的光辉形象。于是，一个计谋涌上心头。

泓顺派狗娃把二娃叫到自己家，笑着对他说："二娃，你蕞蕞个娃，心眼还不少，害怕没地活不成了，得是？我油坊正缺人，你来专门看秤，管菜籽，顺便把那伙'河南担'管上，以后地里的事不用你操心，啥事都顺溜。你今年15咧，明年给你娶个媳妇，安宁过日子多好的，听你妗子的有啥益处？她又不是你亲娘，你舅早都仙逝了，她能舍得给你娶媳妇？你表哥比你大两岁，你妗子都舍不得给他娶个媳妇，何况你个外甥？"二娃听说油坊要给自己娶媳妇，动了心，觉得这像句人话，晚上给他表哥学说了一遍。

二娃的表哥喜贵只有17岁，正是一点就燃的年纪。他立即过去找泓顺："我姑跟姑父死得早，留下二娃一根苗，我得给我姑家守住这根独苗。娃没本事，地是娃唯一的命根子，你给娃下套干啥？他与你井水不犯河水，他过他的苦日子，你挣你的钱。你不过开个油坊，豁出去他不在你家换油就是了，你能把娃的屎咬了？"

"咦，这娃咋说话呢！你歪，哎呀，谁敢咬他尿尿的家伙，你且安心，走路把腿夹紧，你爸在地下盼着给他生孙子呢。我没彩，怕你总行了吧？"说这句话时，他的声音似乎是从牙缝里挤出来的，顺路把牙也磨出了豁口。同时，他心里暗想：唉，又是一个二尻，跟王全头一个模子倒出来的！

在此后的几十天时间里，喜贵窃喜自己的强硬态度逼得泓顺不敢动二娃一指头，他确信纵使泓顺有天大的本事也不能像狗吃糇子一样，一口吞了表弟的八亩好田。喜贵轻松平常、大大方方地进出西堡子，

◎ 第七章　保长上任

两个看城门的丑八怪也不敢拦他。至于二娃那些长势喜人的御麦，配合着这弟兄俩的抗议举动，绿莹莹的惹人喜爱，再有30天将开始收获。到时候收了秋帮娃种上小麦，看泓顺能长出几只老虎吃天的爪子！

秋天的某个晚上，泓顺家的伙计狗娃悄悄溜出城，亲自到咸阳走了一趟。吃谁的饭跟谁转，这是真理！

第二天天刚擦黑，匪头带领五六个人在油坊里待命。喜贵用架子车拉着一麻袋麦种，边走边大声唱着秦腔《三娘教子》的戏词"见三娘上了气机房闷坐，倒叫我老薛保暗把泪落……"准备进村。刚走上吊桥，石奋猛不防地将一盆凉水泼到护城河里，几个土匪旋即如饿狼扑食一般扑出去围住赵喜贵，其中一个端着一把长枪，不用瞄准，扣动扳机一枪打在他的左胸，结束了他年仅17岁的生命。随后，几个人将他拖到护城河边的芦苇荡里，拉起他的架子车，掉了头扬长而去，完成了瓮中捉鳖、关门打狗的硬茬任务。

二娃听说表哥被打死了，抱着表哥的尸体痛不欲生。由于等不见上边来人调查处理，怕尸体腐烂，便埋葬了为他打抱不平的表哥。从此，他地也不浇了，庄稼也不收了，把妗子安顿在亲戚家后，踏上了告状申冤的征程。15岁的二娃告了一年的状，无人受理，官家只要听说是西堡子的人命牵连，全部噤若寒蝉。二娃他妗子因恨生病，靠山山倒，靠水水流，穷困潦倒，疯疯癫癫的无钱医治，靠二娃沿街乞讨凄惨度日。她一天到晚手里拿着块旧帕子，一会儿顶在头上，一会儿盖在脸上，逢人便问："你家有卖的地么？有好地卖么？"

赵喜贵一死，云儿魂飞天外。她不愿意面对现实，坚信二娃是为琐事跟石奋有啥过节，才使表哥招致杀身之祸，否则为啥土匪看见石奋泼水就扑出去了？泓顺没有杀人那个胆量，他从小连杀鸡的胆量都没有，怎么会杀人呢？可是，村子的人都说是泓顺雇土匪杀了赵喜贵，还公然在大街上扬言："这是我的地盘，谁跟我争，是不会有好果子吃的。"难道泓顺心黑手毒，非要在文明之地、淳朴之乡制造出惊天的血腥场面，不但杀人，而且诛心？

一个小小的保长平时处理的事务无外乎偷鸡摸狗、婆媳纠纷、教化村民、催粮纳税。赵喜贵之死人命关天，那是王法要管的大事，保长鞭长莫及。奉义反复到乡公所反映村上的动静，杀人案前后的蛛丝马迹，要求上级派人调查处理，安定人心，还二娃一个公道，告慰喜贵的在天之灵。甲长们也经常去询问案子的进展情况，得到的答复总是：正在调查，正在侦破，回去等消息吧。

不能让冤案石沉大海。奉义把石奋请到委座家里问事。诚惶诚恐的看门人看见奉义正襟危坐在保甲的会议室，不由得头上冒汗，双腿打战。奉义"啪"的一声，把保上的手枪掏出来，拍案而起，厉声呵斥道："石奋，你看着我，两只眼睛瞪着我看，不许眨眼！"

"二哥，我啥都没看见。"

"赵喜贵进城时身上带枪了吗？"

"没有。"

"他前后左右有无可疑的人跟随？"

"没有。"

"他架子车上拉的是啥东西，是炸弹吗？"

"不是。"

"你好好的泼水干啥？"

"我洗了一盆衣裳。"

"你守着城门还需要用盆子端水洗衣裳吗？"

"……"

"杀人偿命你知道吗？"

"知道。"

"你知道藏匿人犯与杀人者同罪吗？"

"……"

"你最好老实一点儿，否则，吃不了兜着走！"

"二哥，你饶了我吧，我一个外乡人，谁也得罪不起呀！"

"你也知道我的厉害，把你看见的一五一十告诉我，我保证你没事。"

"我胆小，恩人，你甭吓唬我，让我想想。"

委座在保长耳旁嘀咕了好一阵，奉义这才答应让石奋回到城墙上去面壁思过，回忆那天杀人事件的前后经过。

其实不用回忆，乡亲们的眼睛是雪亮的，只是他们碍于油坊的生意越做越大，金钱越来越多，泓顺的手段越来越狠毒，所以，村民敢

第七章 保长上任

怒不敢言。两条人命呀，血淋淋的教训摆在西堡子村民面前，迫切需要政府为民做主，可是，天下衙门深似海，不见差役叩城来。谁为民做主，谁来保卫大家的利益，无序的状态该怎样结束，民众拭目以待。村民纳闷，政府的职责不就是保一方平安、为民做主，为什么分管治安的人初三不来，初六没来，半年还没来？这时的奉义只恨自己的紫蟒太窄，帽翅太短，西堡子这样的文明之地，难道天高皇帝远没人管吗？坏人怎么会一直逍遥法外？

就在西堡子的人们提心吊胆谨小慎微地呵护自己的一亩三分地，渴望政府惩治恶人，还一个朗朗乾坤于民时，却平地起海浪，呼啦啦风卷残云，在空中制造出了石破天惊的大动静——飞机频繁轰炸民宅。几千年来从未经历过空中战争的村民不得不捂住了耳朵，不知该往哪儿去躲避。

事情的真正起因还在陕西的根子上。遥想当年，始皇帝嬴政培养了五百童男童女，他们壮着胆子，坐着豪华游轮从秦都渭河古渡出发，为皇上集体出了一趟远差。不知走了多久，他们来到一个偏僻小岛。这伙没良心的痴男怨女想必在咸阳城憋疯了，竟然留在孤岛，弄个烧饼的图案当国旗，将丢三落四少胳膊缺腿的汉字当作自己创造的文字，偏安一隅，不好好修行。这不，心痒痒了，手也痒痒了，不往南北去，偏往西走，想回老家去当掌柜的，再给地球当村主任，全然忘记了当年始皇帝交给他们的寻找长生不老仙草的历史使命。不过，他们回来拿的礼物不是孝敬给他爹娘老子的灵丹妙药，而是坚船、利炮、飞机、炸弹。最让咸阳和长安人憎恨的是这帮有娘生没爹教的东西，早已忘记了祖先的仁、义、礼、智、信，把公母交媾当作人生最大的乐事，并不以为耻反以为荣地给自己取了一个名副其实的国名叫作"日本"，就是老家人羞于出口的"以日为本"。既然能取这么"文雅"上档次的国名，就应当安分守己，固守那片弹丸之地，自我繁衍生息，却大言不惭地不远万里带着"厚礼"来寻亲，说什么"共荣"，况且一来就祸害了八年！

见惯了桃园机场蒋委员长专机起起落落的西堡子村民，第一次睁大眼睛见识了什么叫作随时可以起飞的战机。

日本的战机并不是从本土起飞的，他们从山西运城、临汾机场出

▶ 西堡子

发,起飞不足半小时就飞抵西京城乡上空。来者不善,善者不来,他们准备"屁蛋"。于是,西京城内民众逃避敌机轰炸成了家常便饭。陕西省防空司令部最先得知日机空袭的消息,一旦防空警报拉响,钟楼上的大红灯笼便立即悬挂起来。一只、两只、三只,这三只红灯笼,预示着敌机距西京城由远至近,分别表示所发出警报的等级。西京城内比不得北平、上海等大城市,几乎没有什么高大建筑物,视野开阔无遮挡。红灯笼不但悬挂在钟楼上,城墙上的闸楼、箭楼、正楼、角楼、敌楼也同样一溜排开红灯,为的是给城外四关与纵横交错街头巷尾的民众第一时间发布防空警示信号。

西堡子的消息灵通人士得知,政府会为民众提前通报战情,可是距离西京城十几公里的人即使长着千里眼,也无法看清红灯笼里那微弱的火苗。人们甚至埋怨政府为啥不学学周幽王在临潼的烽火台燃放狼烟,使诸侯们能够及时了解战事的变换,抱怨人真是越活越笨了。假如政府选派八百里加急快骑,信息也能瞬间送到西堡子。西京市民平时过着比乡下人优越的日子,至少不用面朝黄土背朝天,挥汗劳作,战争却让他们饱受日本鬼子的轰炸。几次飞机轰鸣之后,不少的西京人一遇风吹草动,便拖儿带女,夹着包袱铺盖细软,跑到酒肆等地方躲避起来。有的人胆小,跑得更远,跑到西堡子来躲避轰炸。他们听说"野鸡"回窝,不敢在乡下逗留,又连忙折回城照看家人、房屋、财产。

奉义与甲长们商量,尽管日本的战机尚未伤损西堡子的一根毫毛,万一哪天日本人的飞机多往西跑几秒钟,他们这个小西堡子就会遭殃。因为从飞机上俯瞰西堡子不像机关大院也像个富有玄机的地方,当家的得为村民寻找一块安全地方藏身才好。一马平川的地界,人往哪里跑?靠近沣河道的村民想在河堰上挖洞,奉义连忙找到乡公所,力劝政府不敢纵容默许。当年为修建河堤劳民伤财,牺牲了多少青壮年的性命。千里河堤毁于蚁穴,大水引路定会淹没一望无际的好庄稼,更何况在河堤大肆挖掘防空洞。于是,乡公所集结各保人丁,加大巡查力度,派人黑灯瞎火昼夜巡堤。鉴于城内的汉奸用手电筒或者马灯给日本鬼子引路,引导轰炸目标,乡公所的聪明人才想出这样的策略,巡堤时不允许使用灯火。

第七章　保长上任

胆小的村民把家里的牲畜拉到河道躲避战事，农民的牲畜比孩子们还重要。看到飞机轰炸，忠瑞让云儿带领孩子们到河道躲避，自己在家里照看，防止土匪趁火打劫。甲长中有人开始打周陵的主意，建议在冢陵挖洞。按照初步计算，假如能在周陵旁边挖地道，全村老少可以全部藏身其中，那可是个万全之策，既方便又安全。此项动议首先遭到了奉义的坚决反对，在周陵挖洞无异于在祖坟挖洞，等于变相掘墓，把老先人请出来。我们是人，不是老鼠毒蛇，再大的困难也能克服，绝不容许在祖宗头上动土。甲长吐舌耸肩，不敢再言。

也就在此时，村里的老人想到了老祖先造城时独具匠心的设计——庞大的地下管道网络。地下管网，也许除了排水系统，抑或还有秘密的军事防御设施。几百年未经历战争，风平浪静的西堡子，地下是否有户户相连与城外某个地方相通的地道，早已无人知晓，更不用说地道的分布图了。有人说城外的药王洞是地下管网的出口，于是，奉义带人在院子找了半天，连一个蚂蚁洞也未发现。又有人说地道的出口在周陵的背后，因为只有北边没有护城河，城墙直接连接着周陵，地下施工必须避开河道，否则，地道早被护城河河水倒灌，毁坏殆尽。于是，奉义带领甲长们在周陵周围寻找传说中的地道出口，希望能打开一个洞口，让村民们藏身。

曲生生听人说管网出口在菩萨庙后面，连忙报告给奉义保长。于是一帮男人蜂拥而至，寻找城墙根的老鼠洞里是不是藏着什么惊天秘密。寻找了半天，他们的希望最终还是破灭了，老鼠洞倒是有好几个，就是没有地道。看来，下次日机轰炸时，村民只能躲到沣河道了。难道"深挖洞、广积粮、缓称王、高筑墙"时期的先民们只是下了最后一步棋，在地面筑了墙，没有建设地下工程？这不符合一般的建城规律呀！

当村上的一切归零之后，奉义召集甲长们开会，号召村民在自己家后院挖掘防空洞，不在乎深浅，能容身即可。一时间镐头奇缺，洛阳纸贵。一马平川的沣河村民，无奈地静静地等待中日战争的结束。村民左等右等、心神不宁，日军飞机再未来犯。村民惊叹："飞机似乎长眼睛了，他们轰炸了西京和咸阳，却偏偏绕过了我们的西堡子，这不是菩萨保佑，难道是周文王在保佑？看来，冢疙瘩还是有神气儿

西堡子

的。"于是,内敛大气的周围村民加入到祈求神灵、祭拜祖先、聚会冢陵的各项活动之中。

日本的战机飞回去了,日子还得继续。由于日本人的闹腾,人心惶惶的乡党们大年初五糊完"窟窿",顾不得打理地里的庄稼,却开始壮着胆子张罗正月十八的"接爷"活动了,要驱驱晦气。不管男人女人,大人娃娃,对安定生活的期盼是空前一致的。各村的老少爷们儿走出房子积聚在一起,商量如何能让"爷"跟平民百姓一样,长长地出一口气,享受这难得的太平日子。一双双长满老茧在地里刨食的大手,操起锣鼓家伙,照着挂在树上的鼓谱认真地操练起来。

正月十八那天,八社的锣鼓敲得震天响,唯恐九天外的祖先听不见。女人们做好臊子面,一字排开的长龙从南门摆起,绕西堡子一圈,望不到头,好不壮观。

说起接爷,这是当地一项流传久远的习俗。早在西堡子建城之后不久,政府由于钱紧,便打起山的主意。他们瞄准了南边的秦岭山卖售。消息传来,西堡子附近的八个社来了精神,聪明的村民抓住机会,集资把整个观音山脉买了下来,在山上盖了关帝庙,养活了众多的僧人,修了山门。那时山上的地由僧人耕种,村子里的人去山上游玩由僧人经管招待,一切花销由庙里开支。更难能可贵的是八个社斥巨资打造了包括送子观音在内的四尊金佛,也就是上面所说的"爷",供民众瞻仰香火供奉。久而久之,秦岭与西堡子的关系越来越紧密。每年立春开始,小伙子、老婆婆、大姑娘、小媳妇,相约去爬山踏春,好不热闹。当然,也可以到山上祈福、还愿,关帝庙成了西堡子人的心灵家园和精神圣地。每月初一、十五的法事活动吸引了山内外络绎不绝的信众争相朝拜,功德箱直显得太过狭小袖珍。因为,山上的道场不能满足朝山的村民一睹众佛尊荣与拜谒的心愿,所以,八社决定让"爷"移步下山,轮流到每个社走一圈,近距离为人们送来吉祥,送来安康。"爷"的到来对于村民们而言,比当朝天子视察更亲切,更有魅力。人们在接"爷"送"爷"的过程中联络感情,回归真我。这样的民间活动不仅滋养了八社,而且观音、关帝、药王、送子娘娘联合起来,一起将八社先民们的远见卓识畅然镌刻在长安历史的长卷上。

这件事不知让多少外庄人眼馋了几百年。八社已经把接"爷"活

◎ 第七章　保长上任

动演绎成现在的文化盛事，远近闻名，直到现在，引得政府投入巨资申请世界文化遗产呢。

据说，在大多数佛像被砸坏的那个年代，聪明的西堡子人为了保护"爷"像，他们翻山越岭，在僧人的掩护下，到山上把金"爷"像藏起来，给假爷刷满黄色的油漆，第二天仍然由僧人守护，以假乱真，最终使金像躲过一劫。后来，四尊金"爷"像被咸阳市博物馆永久收藏，这是后话。

聪明的村民已经约定，八个社轮流主办接"爷"活动。轮到谁家时，大家齐聚该村。正月十八这一天，锣鼓家伙敲起来，秧歌社火耍起来，芯子走马跑起来，吃货东西摆出来，人山人海，热闹非凡。当然，最主要的环节还是交接"爷"。佛教的信徒们早早起来，做好贡品，换上节日的盛装，虔诚地来到举办活动的"社"，在"爷"跟前跪拜，护送"爷"到新社去安身。尽管日机轰炸，村民们对于土地的崇拜，对于"爷"的敬仰热度不减，丝毫不怠慢。接"爷"过程也是各社实力展示的过程，武装锣鼓队、社火队、竹马及高跷队花出去的可都是白花花的银子呀！

这一次，八年的风水正好轮流到西堡子，"爷"将光荣地回到他的发源地，泓顺可不想错过这八年一次的露脸机会。他出钱派泓福等人到西京易俗社、三意社，请秦腔名角，搭台子，痛痛快快地唱了七天大戏，给有钱人脸上贴满了金。露脸的事情他从来不输给别人，不为别的，只为戏子站在台前把他家油坊编进戏词，戏唱得好，台下观众自然会叫好，大不了花点儿钱，等于变相做了广告。

这一天，普通的村民们使出浑身解数，家家户户忙碌着磨白面，包包子，摆蒸碗，迎接亲朋好友，祈求"爷"给他们来年带来好运，带来幸福吉祥安康。要说村庄过去有钱，那是历史，而今的西堡子各人管各人，自扫门前雪，大伙的事情无人承头，无人领事，更无人担责。泓顺拣的正是这个花钱的漏，他认为会花钱才会挣钱。

戏台上的三皇五帝才子佳人家长里短无一不在教化村民，即使再愚钝的村民也在不知不觉的看戏过程中受到了熏陶，这就是文化的力量。这不，早将那些戏文烂熟于心的几个老婆婆在采买完戏台下的吃食后，搬起板凳摇摇晃晃地迈着小脚，来到东门里的顺城巷玩起了花

129

▶ 西堡子

花牌，输赢都是分分钱。说到钱，有人生来为义，有人生来为钱。

泓顺在西堡子的势力越来越大，已经不满足田产宅基连片、银钱万贯。戏台上的事情交给泓福去办，他手里端着茶碗，叫新雇的伙计李梦秦端来一把红木椅子坐上去，凑到四个老婆婆的地桌子面前，看人家打牌。

"你们玩多大？"泓顺瞅着其中的一个老婆婆问道。

"板凳儿，我跟了！一毛钱。"老婆子答道。

"我游了！"另外三人每人掏一毛钱给她，那老婆婆高兴地说道："三个蒸馍了。"按照当时的市价行情，一毛钱能买一个大白蒸馍。闲暇时老汉们在一起谝闲传，抽旱烟，小伙子下棋纳方，老婆子们则喜欢玩这种流传几千年的花花牌。它的玩法简单，类似于麻将，四个人一起玩，可以碰，可以跟，可以和，细细的五颜六色的小牌被老婆婆们把玩在手里，格外好看。时至今日，村民们仍然在把玩这种花花牌，甚至有老妇人下葬，家人不给陪葬一层一层的被子，不学皇室给女人陪葬生前穿过的衣服，更不给陪葬生前用过的瓶瓶罐罐、盆盆坛坛，却单给她们陪葬这种把玩的花花牌，也算是当地人厚养薄葬的风俗体现。

"要不顺子你也耍两把？"

"我不会这个，我妈整天耍，我笨得学不会，光会纳方。"

"你一天忙的，我们是闲人，没事了打发光阴。"

梦秦告诉泓顺村口的十个秋千柱子松动了，外村人排着队想玩，已经叫人专门加固并站在跟前看管，保证不出什么乱子。泓顺说："从几丈高的地方摔下来，可不是闹着玩的。这事你安排人去办，给人晌午管一顿饭，跟戏班子一起吃。"梦秦走后，泓顺抬头看见笑眯眯的宽展，问他："你该不是吃了喜娃他妈的奶了，笑成这了？"

新拜的军师宽展壮着胆子说："我有句好话。"

"啥，草花？草花在驴肚子里。"泓顺故意打岔，站起来又抿一口清茶，让宽展把椅子搬回去，顺便告诉厨房一会儿在翠莲屋里吃午饭。

宽展给他报告，河东有个大染坊，东家姓聚，叫聚会。他们的伙计放出话来，如果有人能入股或者卖棉花给他，合伙经营，组织人纺线、织布、漂染，棉花进去，彩布出来，可以赚到更多的钱。染坊只

第七章 保长上任

赚他那份钱，入股的可以赚纺线织布的钱，建议东家与他合作，琢摸生钱的门道，用现在时髦的话讲就是寻找新的经济增长点。

按理说，泓顺的父母应该告诉他，从血缘上来说，聚会也算同根同宗的兄弟。据后来泓顺讲，他根本不知情，世上哪有那么多的揪扯？

听完报告，泓顺眼睛眯成一条缝。宽展不住地点头，从怀里掏出烟袋锅子给他装烟。他们一路谋划着，谁知道聚会是个啥脾性，愿不愿意与他合作。话如果说出去，人家不答应，岂不丢人现眼，咱好歹也算乡绅一个，还不如想方设法探探他的虚实，扫扫他的威风，逼他上门求咱。

与油坊沆瀣一气的土匪很快被伙计狗娃叫了来，为首的正是上次收拾二娃他表哥赵喜贵的毛遂。说好让他带着长枪，趁夜色埋伏在谷子地里，等待泓顺的暗号。

宽展早早套好了马车，把泓顺扶上车，跟毛遂在后边步行。马车路过高桥，一街两行的红灯下净是打麻将、掷骰子的玩家，他们只顾赢钱，无人会关注人来车往。奉义的父亲忠瑞照旧提着担笼，几百个热包子散发出阵阵香气，不由得让人垂涎三尺，玩家吃着、喝着，消遣着。泓顺从窗户看见忠瑞弓着腰在卖包子，由衷地感叹道："要是我有这样勤谨的爸，我绝对不让他晚上出来。"过了高桥，再绕过一个村子，目的地到了。

聚家庄零落散布着十几户人家，不远处就是汉代的昆明池。道路两旁伫立着石婆、石爷像，历朝历代的文人雅士光顾这里并留下了不少的墨宝，东汉时就有"迢迢牵牛星，皎皎河汉女。纤纤擢素手，札札弄机杼；终日不成章，泣涕零如雨。河汉清且浅，相去复几许？盈盈一水间，脉脉不得语"的古诗，描述记录他们的爱情。随着时间的推移，历代咏颂他俩爱情的诗歌越来越多，七夕节也就逐渐变成了中国的"情人节"。为了纪念这一对被拆散的恋人，聚家庄人持续多年在村子种植经济价值并不算太高的槐树，尤其村口的旱槐树长得非常旺盛。聚会的大染坊就坐落在村庄外面。里边的雇工染布、浆线、晾晒，全是体力活，一般人干不了这要命的活计，腰受不了。雇工们白天干乏了，晚上睡得跟死猪一般。门口的大狼狗平时用铁索拴着，聚会让伙计给它专门盖一座小房，生人根本不敢近身。主顾送料时一般远远

▶ 西堡子

地喊:"聚老板、聚老板",狗就会安静下来,任你进出。谁要是瞎眉失眼地直往里闯,狗绝对会奋不顾身狂吠不已。江湖上人传那条狗是顺风耳、千里眼,凭语气能判断生熟人。

聚会的大染坊只有十几个雇工,每天收主顾的白布,写好单子,交来人保管。聚会专门去渭南或者宝鸡购烧碱、漂白粉、海昌蓝、硫化氰、阴丹士林等染料。他心轻,保本经营,方圆几十里的乡党们愿意舍近求远把布料送到他家印染,图得是实惠,图得是放心。当然,也有大姑娘、小媳妇喜欢扎染,聚会的手艺一流,扎出来的花儿蓝白清晰、经脉活泼,招人喜爱。染坊染线的水平也非同寻常,伙计们配料均匀,火候恰到好处,染出来的棉线都非常皮实,断头少,即使再破旧的织布机,再烂的棕、绳,都能织出漂亮的花布来。

然而,毛遂干这号损阴德的事情总是一马当先当仁不让,丝毫不会考虑主家的感受。毛遂将一个蘸着大烟膏子的馒头扔过去,霎时看门狗一声不响地倒在树根下,失去了往日的威风,想必这狗平时缺吃少穿没见过世面,如此不谙世事,不辨忠奸,生冷不忌。毛遂挎着长枪,翻墙进去打开了大门。泓顺身上带着一把手枪,准备随时收拾反抗的雇工或者东家。据说毛遂是咸阳人,长期在咸阳一带作恶,非偷即抢,恶贯满盈。帮人弄掉别人一条腿多少钱,一条命多少钱,明码标价,从不让价。

宽展与毛遂用竹筒给雇工睡觉的工棚吹进迷魂药,见没有动静,然后大摇大摆地走进库房,将一捆捆崭新的布匹扛在肩上,整齐码放在停靠门外的大马车上。宽展驾辕准备逃离,被住在后院的聚会发现了,追了出来。泓顺一看情势不妙,让毛遂下车,见机行事,他俩先走,在村口的槐树底下等他。毛遂长枪顶着聚会的胯部小声喝道:"回去,再往前一步打死你!借你几尺布用用,看啥呢?再看把你眼窝剜了!睡觉去!"

"好我哥呢,都是人家的布,可不敢全拿,要用拿两捆就行了么!"

"刚说的借呢,咋成了拿了,又不是白拿。我们东家想跟你合伙做生意,你回头来谈。"

"你们东家是谁嘛?"

"西边的大王,东边的阎王。你想好了明天来谈合作的条件。"说

◎ 第七章 保长上任

着,退出了院子。我的神呀,泓顺的油坊早闻名于世,棉籽、菜籽从进门到出门,不单纯在秤上捣鬼,价格等方面也不怎么厚道,这样的生意人谁愿意与他合作?并且三更半夜持枪来抢劫,分明不是想合作,是想拆台日塌咱嘛!还口口声声说借布,牛头不对马嘴,天底下谁见过这号借布的?此刻,枪口对准他,聚会除了任人宰割,还能怎样?

聚会眼睁睁看见自己三百余丈新布被土匪洗劫一空,欲哭无泪,小小的"落花生"要结束他的性命,他只能后退。等他回到工棚,雇工们一个个跟死猪一般,摇不动叫不醒。墙边的染料一桶未留,全部被他们装上了车。他哭天天不应,叫地地不灵,一个大男人家一屁股坐在地上哭了起来。三百丈布呀,是雇主多少好地产的棉花,多少棉花纺的线,多少织布机织出来的,又是多少个妇女顾不得腰酸腿疼、儿女纠缠,熬夜点灯辛勤劳作的结果啊!聚会盘算着,心脏突突地乱跳,他死的心都有了。可是,妻儿一家,还有这么多雇工要吃饭,他该如何处置,一时间竟六神无主。媳妇早吓得缩成一团,在炕脚下哆哆嗦嗦。见土匪离开,媳妇连忙爬到聚会跟前,拉着他的胳膊说:"咋办呀,咋办呀?"

三更过后,风越刮越大,雨也零星地飘了下来。聚会手足无措。人常说三十六计走为上,他去案几边,点亮煤油灯,取来笔墨,将所见所闻写在纸上,包括毛遂的长相、声音等,希望雇工们能理解。此地不能久留,他匆忙取了一件长衫套在身上。媳妇本来就是个病秧子,突然遭变,浑身无力,几近软瘫,在男人的搀扶下,抱着熟睡的儿子,戴着斗笠迅速离开了染坊,深一脚浅一脚往秦岭方向逃去。

伙计们五更时刻起来,准备做早饭,开始一天的活计,才发现当晚发生了这么大的变故。他们一个个顾不得身手,看着东家留下的字条,知道大事不妙,也陆续逃走了,不知去向。

夜幕掩盖下的罪恶,活生生摧毁了聚会的生路,打翻了雇工们的饭碗。来取布的主顾更不知道该骂娘还是该怨天,只能忍了,自认倒霉。丢布、丢人事件一时间在方圆几十里的沣河两岸传得有鼻子有眼,只是无人敢报案,更无公人过问。偌大的染坊从此空空荡荡,老板、雇工悉数从人间蒸发了。

泓顺靠"借"来的棉布满足了全家人几十年的衣衫被褥需求,一

133

▶ 西堡子

直用到 20 世纪 60 年代中期，这是伙计狗娃他二舅的表哥的四侄子豁豁嘴说出来的。要么说枪是好东西，没有毛遂的枪，他们几个人绝对不是染坊主仆的对手，真正赤手空拳地干，鹿死谁手还不一定呢。泓顺靠枪不费吹灰之力得到了想要的东西，所谓的"合作"不过是一片欺骗别人的遮羞布而已。

这件事未留丝毫的蛛丝马迹，善良的村民们只看到了泓顺一如既往地跟老婆婆们在顺城巷玩花花牌的场景，只有个别人听说了一件鸡毛蒜皮的小事，那就是偷谷草，况且无人相信大把给接"爷"活动砸钱的财东家会干出此等龌龊之事。是嘛，如果说染坊的布值钱，请土匪插手还情有可原，那么，泓顺叫人偷盗谷草，简直可以称得上可笑至极。

甲长委座家地里的谷草堆放在场院，因为家里劳力少，玉婷准备用架子车慢慢往堡子里运。泓顺家里牲畜多，柴草少。吃完饭，他叫来十几个土匪，趁着保上巡夜的人后半夜睡着了，连夜把委座家的谷草全部背到油坊。从此，他们一年四季做饭烧炕不用花一毛钱，柴米油盐酱醋茶中的第一要素就这样轻松地解决了。悲催懦弱的委座也知道是泓顺叫人偷的，可苦于没有证据，只好认命。从此，玉婷东家一担笼，西家一筛子借邻居的麦秸秆、棉花秆、御麦秆做饭烧炕，整日埋怨委座扛不起旗杆，守不住江山。

多年来，委座的媳妇王玉婷一直纳闷：聚会染坊那么多的布被盗，自家的柴草被偷，造了这么大的动静，为啥堡子的狗集体闭嘴不叫唤呢？

第八章　禁烟受挫

正当奉义调查委座家的柴草被偷一案的时候，却意外地接到了政府的催促禁烟命令。这位新任的保长由此判断，政府禁烟政策的攻坚阶段已经到来了。

奉义从小看见爷爷奶奶嗜烟如命不喜务农，对烟鬼深恶痛绝。尤其近年周围村庄种植大烟，对民众的危害越来越大，有的家庭人人抽烟，丧失了劳动力，一马平川旱涝保收的大片土地荒芜，农民不愿意种庄稼了，麦子、御麦严重减产减收。经过政府批评教育引导，大部分村民已经戒了烟，但是，西堡子里几个定力差的仍然没有毅力戒掉烟，一边戒烟，一边复吸，烟瘾越来越大。

乡公所三番五次叫保长、甲长开会，要求各保配合政府禁烟。奉义似乎听到了政府一阵紧似一阵禁烟的号角，觉得自己责无旁贷，回到西堡子立刻与各位甲长商量禁烟大事。大家一致认为，戒烟要从自己的家人做起，再扩大到家族、亲戚、朋友，然后在全村推广，扩大禁烟面。保长就得有保长的样子，得率先垂范。然而，让奉义烦心的是爷爷、奶奶在西堡子种植大烟之前已经吸食多年，祖辈吸烟父母都管不了，他更管不了。好在两个老人已经去世，母亲家教严苛，在家族形成了劳动光荣、抽烟可耻的良好家风。要不是家法严，不知有几个弟兄、媳妇跟着老人抽烟，日子肯定过不好，哪里有钱盖房子。自从母亲嫁进西堡子，老人烟不离嘴，浪费了多少银钱不说，导致身体羸弱、多病多灾，连家务也不做。他庆幸母亲云儿做了多年的"恶人"，与父亲相比，唱了多年"白脸"，形成严母慈父的家庭格局。打铁还需自身硬，奉义以家里有这样一位严厉的母亲为荣，以全家无一人抽大烟为傲。

▶ 西堡子

　　农民突然不种罂粟了,西堡子街道的摊点多起来了,人们又开始怀念当年流油的大肉包子,怀念酸辣适中的臊子面,云儿两口子的吃食生意又迎来了机遇。忠瑞坚持逢三六九集会的日子跟会卖包子,经营自己的生意,抽空伺候庄稼。家里一切事务被云儿安排得妥妥当当,各执其事,各安其分。

　　泓顺家则不然,"油"将家族聚在一起,"利"将门宗粘在一起。泓顺尽管年纪不大,但烟瘾很大,在家说一不二,父母和媳妇根本管不住。他见人不笑不开腔,但对云儿娘长娘短地叫,像小猫一样柔声细语,一百个温柔,一万个亲切,不管当着多少人的面,都能表现出非常亲热的举动。村民给他取了个响当当的名字"笑面虎"。村民知道世上的人除了云儿,他冲谁笑,谁必定遭殃。他暗中与黑市经纪串联在一起,拿着白云腾手书的纸条贩卖大烟,倒卖违禁品,牟取暴利,暗中交易非常活跃。官员们明修栈道,暗度陈仓,给上面虚报假数字,遮遮掩掩愚弄上级。这都是公开的秘密。

　　据甲长反映,泓顺不但自己吸食大烟、白面,而且让相与一起吸食,放高利贷给他们,让他们心甘情愿听命于他,步入吸食、借贷、还债、贫困、再借贷、更贫困的恶性循环。外地吸烟的三教九流经常聚集在他家,给西堡子的安全带来了威胁。村民意见很大,纷纷给保长奉义提意见,要求约束一下泓顺。云儿则劝阻奉义不要干涉泓顺吸烟,人家那么大的宅门,有爹娘老子、两房媳妇,自然会管束他,轮不到保长去管。奉义答应云儿,只劝解,不会来硬手,让老妈放心。

　　其实,泓顺一直对政府的禁烟令置若罔闻是有缘由的。他最关心的不是财源滚滚日进斗金,而是他盼望了大半辈子而不得的好消息:李想再次怀孕了。男人这种奇怪的动物高兴起来抽烟,难过起来抽烟,心爱的女人怀了他的种自然更要抽烟,泓顺也不例外。

　　怀孕后的李想开始择饭,吃一口,吐一口,见不得半点儿油星,几天时间不见,居然抬不起头来,人黄干蜡瘦。心尖宝贝受罪,疼烂了泓顺的五脏六腑,他搂着李想的细腰,脸贴在她的胸前,无限怜惜地说道:"我受苦的妹子,要是男人能代替女人养娃,叫医生把娃挪到我的长袍子里来,我替你养。"他半个多月不去油坊,专一照料女人,给她送来各色水果、点心,变着法让她补身子。渐渐地,女人的脸色

◎ 第八章　禁烟受挫

红润起来。不孝有三无后为大，还有什么事比传宗接代重要呢？苦心经营的生意挣下的钱不给儿子，挣它何用？

十天前，稍微能吃几口饭的李想按照泓顺的吩咐，去油坊把广顺叫了回来。那一晚，李想见广顺披着单衣回来，木讷地蹲在地上抽旱烟，一口接着一口，一个小伙子窘迫得像个小老头。李想走上去，给他端了一碗开水，让他喝完，早早上炕休息。广顺轻轻地抖落掉身上的尘土，把衣服挂在墙上的钉子上。这时，李想已经把一盆热水端来，伺候男人洗脚。广顺一辈子尚未享受过如此的礼遇，黑乎乎的屋子，只见女人蹲下身子，用抹布给他脚面撩水，将那双不停劳累的大脚握在手心揉搓了起来。广顺连忙说："我自己来。"李想不顾劝阻，再次把那双大脚托在柔软的小手上轻轻按摩，弄得他心里痒痒，似有千万条虫子在胸口爬行，一股无名的燥火不断地上升燃烧。眼前的李想也算是女人中的人梢子，不但长相俊美，她的皮肤跟剥完皮的煮鸡蛋一样光洁细腻。要不是她一直抵抗，柴门紧闭，广顺恨不能把她日日搂在怀里，含在嘴里。

洗完脚，李想把脏水随手往院子一泼，斜靠在门上。见男人的热血被点燃了，李想破天荒主动凑上前去为他宽衣解带。男人顿时明白了女人的心思。他心想：自己的女人肯定在这一段时间与村上的婆娘们闲聊，得到了什么真传，积累了对付男人的经验，抑或一个人时间久了，想通了为人妻子的职责，想与他亲热。现在该轮到广顺拿腔拿调了："你咋能看上我了？你不是要给我守身如玉一辈子呢么，咋开始猫思春了？"

"是我那几年不懂事，昨天过了 20 岁生日，突然觉得该跟你要个娃，不管男娃女娃，总能给我做个伴嘛！"广顺如干涸的沙漠旱了 27 年，一捆干柴让人焙了两个时辰，五脊六兽火烧火燎。见李想苗条的身子水蛇一般妖娆，他如饿狼一般，狠狠地放肆地威武了一回。等完成了那一系列慌乱无序的活塞运动，经历了一场狂风大作的云雨之后，他猛然发现自己同天地间所有的汉子一样，是一个真正的男人，同时发现自己的女人竟然如此完美，世界上还有此等销魂之事。现在就是把他拉出去枪毙、上油坊的蒸笼也值了。

一个时辰后，两个人又把刚才的动作从容地重复了一遍，仍觉意

137

西堡子

犹未尽。李想下炕给广顺把衣服穿上,说:"你现在去油坊的大炕上睡,别让人家觉得咱偷奸耍滑,让东家看到你忠心耿耿才好。"广顺似嘴里被堵上了棉花套子,不敢吭气,依依不舍地走出了院门。这时的男人突然发现:跟自己上床的女人的话就是圣旨呀!

等广顺回到油坊,李想光明正大美美地在院子的花坛里呕吐了好一阵子,折身无力地躺在炕上,吆麻雀的劲都没有了。迷糊中,她感觉那颗悬着的心,应该放进肚子里了。这一次,沣河里的石头真洗白了哇!那石头就是泓顺。

世上男女偷情之事最后一个知道的大多是自己的配偶。纸终究包不住火,村庄的风言风语说李想红杏出墙,怀了泓顺的娃,一时间,风生水起,连油坊的伙计都在议论。广顺知道后,用陕西最难听的脏话把伙计骂了一顿。他立即回到家,暴跳如雷,当着李想的面,扬起那只粗壮的大手,不住地扇自己的耳光:"羞我先人咧,我羞先人咧,我不活咧!"说着,鼻涕眼泪一起倾洒。这时,一贯羞怯胆小的李想反倒理直气壮起来,正色地说:"瞧你那点儿本事,你又不是去湖广贩粮、川府贩人、新疆贩马、偷人抢人了,羞啥先人?"

"好你个不要脸的,做下见不得人的事,还好意思抢白人!我只说你敢怀,看你敢不敢生?"

"我咋不敢生?我心里没冷病,害怕啥?"

"唉,你把丢人当喝凉水呢,也不怕人背后戳脊梁骨。"

"没娃才遭人戳脊梁骨,没本事才背后嚼舌根呢。咱现在啥没有?日子过不到前头去,才羞先人呢!"

广顺气急败坏地说:"过你大的灯,你还知道世上有羞耻二字不?你跟泓顺干的事谁不知道?我整天在油坊,没近你身子,你掐指头算算,娃肯定不是我的。人言可畏,你赶紧想办法。"

李想一边扫床一边说:"闹了半天,我以为你吃了油渣拉不下了回来吱哇,原来是清里清白把我往别人怀里推呢!谁人不知道泓顺不能生养,娶了两房媳妇都没生下半个娃,跟我就偏生一个,难不成我是妖精?"

"我不管,你赶紧去咸阳找个医生把娃抠下来!"

"抠下来?亏你想得出来!国家法律明确规定堕胎是犯罪行为,你

◎ 第八章 禁烟受挫

想让我坐牢？"

听到"坐牢"二字，广顺立刻止了泪，蹲在墙角抽着卷烟，内心的纠结无人能懂。他思量着：我好不容易娶个媳妇，怎么舍得让她坐牢呢？退一万步，李想肚子里怀的果真是泓顺的种，我广顺能把娃捏死去，或者让淹死在尿盆子里？也许天塌下来泓顺真能顶住，我不行。别人不知情，我每天可是亲眼看见几百号河南壮汉一天到晚不停地劳作在油坊，那些机器里流出来的不是油，那简直就是银子呀！我跟泓顺斗，无异于以卵击石，与虎谋皮，不行，不敢，划不来。我还是再斟酌一下，这狐媚女人能说会道，两口子要真翻了脸，我未必能说过她。真离了婚，将来能娶个啥样的人呢？我把怀孕的婆娘撵走，传出去将来谁愿意给咱说媒呢，还是打掉牙往肚子里咽算了。但是再退两万步，万一泓顺奉子成婚，娶了李想，那么我以后如何在西堡子站立？不行，绝对不行。

广顺闹了一阵，还是把李想调好的粘面老碗端了起来。他的心稍微释然一些，气呼呼地在灶房喝了三碗甘甜的凉水，呼哧呼哧喘着粗气，像烂风箱使劲吹炭火一样，安抚自己受伤的灵魂。

自欺欺人，这也许是男人的另外一种活法。

看官或许有所不知，在西堡子同一时刻和广顺一样猛喝凉水的还有一个人，他就是憨憨。广顺是急火攻心，用凉水灭火，而憨憨则不同。

掐指算来，广顺到油坊掌事已经有些时日了。过去油坊里几百人群龙无首，泓顺不放心本家弟兄，自己花天酒地不可能每时每刻待在油坊，广顺着实是一个既放心又贴心的不二人选。他把广顺弄到油坊，可以说做到了一箭三雕。其一，广顺离开家庭住到油坊，他可以独霸他的女人。其二，广顺熟悉本地的风土人情，在买卖的周旋中能为东家分忧，做到利益最大化。其三，那帮河南人不谙当地风俗世事，广顺善于管理，不惜力气带头干活，身先士卒，对油坊有利。这样一来，让事务缠住他，让钱财迷住他，广顺像瞎驴走上了磨道一样，不跑都不由他。

油坊是什么地方？榨油的地方，不仅榨油料里的油，也榨人油。油坊里几百人都是精壮汉子，一天到晚像牲口一样马不停蹄地干活，

▶ 西堡子

难免口干舌燥，渴了就去喝一碗凉水，这是稀松平常的事。偏巧有一个河南的中年人，耳朵有些背，动作也不麻利，他讲的河南话相当饶舌，尤其发那个"er"的卷舌音，人根本听不懂，人送外号"憨憨"。他不觉得不雅，一笑，认为憨憨这个名字好听，是在表扬他有一颗勇敢的心。东家泓顺每次到油坊，别的伙计总是显得特别精神，屁股都长着眼色，讨东家喜欢，怕东家嫌弃。憨憨总是冲东家笑一笑，仍然慢腾腾地干活，该干啥干啥。泓顺早看出他是个吃货，吃得多且老跑茅房，懒驴懒马屎尿多，叫广顺把他撵走。广顺觉得憨憨来了好几个年头，尽管人老实，没眼色，但是家不在本地，无根无底，一身的蛮力好使唤。

恰逢这一日前晌，活路少，油坊伙计闲暇，东家不让他们出去，怕惹是生非，于是，闲得心慌的汉子们开始玩一种低级游戏打赌喝凉水。打赌看谁能喝完三马勺水，以午饭为赌注，输了不准吃晚饭，把饭给赢家吃。憨憨身体好，在老家喜欢喝凉水，那是苦井水，到西堡子后，品尝到了甘甜的沣河水，更加喜欢这个地方。他自恃身体强健有喝凉水的老本，勇敢地站出来跟人打赌。可怜之人总有愚蠢之处。他怕赌输，于是，悄悄到厨房里伸手摸了一个大葫芦马勺，一口气咕嘟咕嘟喝了一马勺，肚子一点儿感觉都没有，心想打赌一定能赢。于是，他壮着胆子来到了院子，众目睽睽之下，信誓旦旦地拍着胸口说自己一定能赢。喝凉水比赛正式开始了，憨憨刚喝了一马勺水，就觉得肚子饱胀，水似乎要从嘴角流出来，勉强才喝完了。等到第三勺凉水送到嘴边，他几乎灌不进一滴水了。憨憨觉得奇怪：人说三碗不过冈，平时我能轻松地喝三马勺水，为啥今天比赛就不行了？这憨人把自己先偷着喝的那勺水根本没有计算在内！结果，人家毫无悬念地赢了，他输掉了香喷喷的一碗油泼辣子粘面，在一旁眼看着人家把他的饭碗端走了。

北方的夏季特别炎热，特别漫长，夏蝉在树上玩命地叫唤，斑鸠也来凑热闹，回应着，多情着。这时，东家泓顺来了。李想的柔情加上对钱财的渴望化解了广顺心里的疑云，使他如释重负，心情豁然开朗。泓顺穿了一件白布长衫、长裤，戴着黑纱做的礼帽，摇着蒲扇出了东门。他跷着二郎腿，坐在油坊一个靠近窗户的木桌前面，细细品

◎ 第八章 禁烟受挫

着他的陕南毛尖,甜甜淡淡的茶香萦绕在东家少有的笑脸上。打赌输掉午饭的憨憨一改从前磨磨蹭蹭的憨态,在大太阳底下推了一个时辰的磨子,像牲畜一样,一刻也不歇,连围在脖子上的头巾也顾不得抽下来擦擦汗。广顺历来看东家的眼色行事。他装出关心长工的样子,喊憨憨歇一会儿。听到二东家招呼,憨憨冲着泓顺傻笑,脏乎乎的手想去给东家添水,被广顺呵斥道:"去去,一边歇了!"憨憨不敢计较,回到灶房,人家把锅刷净了,一点残羹剩饭也没有,想着夜里腹中饥饿难耐难以入睡,憨憨又喝了半碗凉水充饥,在牲口圈旁铺了一张烂席片,躺下了。仅仅一袋烟的工夫,他感觉胸膛发热,大口喘气,呼吸短促。伙计们据此判断是憨憨热人的肺脏被凉水击炸了,纷纷取来热毛巾给他擦汗降温。折腾了好一阵子,他仍然浑身疼痛,大汗淋漓,牙关紧闭,到太阳落山时竟奄奄一息了。

这就是教训:天干气燥的三伏天猛喝凉水对于下苦力干重活的男人而言是绝对的一等禁忌!

泓顺半后晌离开油坊的时候,伙计们正在为憨憨缭乱。广顺一看情势不对,连忙去请东家,他知道东家在哪儿。如今,泓顺已经是他家的座上客,宾至如归,从不避人,广顺也认怂了。果不其然,他进门便看见泓顺在自家院子的柏木躺椅上摇着蒲扇,李想在灶房摊煎饼。泓顺最欣赏李想的厨艺,尤其她做的米皮和薄如筋纸的煎饼。

憨憨命悬一线,广顺顾不得其他,救人要紧。他请示要不要把他拉到咸阳城随便找个小医院看看,西堡子里的医生没见过这阵仗,云儿也只会正骨外伤,病人不敢耽搁。泓顺漫不经心地掏出裤子里的手绢擦擦汗,说道:"我看你是吃饱撑的,这年头缺的是四条腿不会说话的大骡子、耕牛,最不缺的是两条腿会说话的人。他打赌逞能难道不需要交点学费?"

"哥,谁都知道憨憨是个二百五,再不给看,他可能就'求'了。"广顺觉得一个外地人无家眷实在可怜,特意将"求"字咬得很重,提示东家事态严重,十有八九会死人的。

"你咋这么婆婆妈妈的,话咋多得很!活不成了,渭河的鱼鳖还饿肚子着呢。"泓顺说着眼睛往灶房瞟,李想日渐变粗的腰身、高高的胸脯、圆圆的屁股在他眼前晃动。

▶ 西堡子

广顺顾不得吃一口煎饼，又连忙跑回油坊，看来憨憨命悬一线了。果不其然，憨憨张大嘴呼吸，双手无助地在空中抓摸，半日前还活蹦乱跳，后晌还在太阳底下推磨子的汉子，转眼间竟三魂不在、六魄不全了。

此刻，李想在院子摆上了地桌，辣子半碗油半碗，蒜泥捣黏加入生姜末，煎饼一沓沓盛在馍筛子里，给泓顺端了上来，再配上小米粥，凉拌绿豆芽、枸杞芽，外加西凤老酒。泓顺吃得解馋，喝得舒服。不等李想收拾桌子，他伸手将女人的小蛮腰搂在怀里，从后边伸到上衣里边，游动到胸前揉搓。他腰下的命根子也坚强起来，两个人在躺椅上吮舌递嘴玩耍。李想猛然间看见泓顺肩上粘着小孩漾染的奶渍，心里顿时翻上来一股烧心的醋意：眼前的花男人指不定与哪家女人有染，他可是一辈子没抱过孩子的人啊！想到这里，她一把推开泓顺说："你真是吃桑葚等不到黑咧，小心我娃踢你。"拧身把煎饼筛子端出去了。

碰了软钉子的泓顺一头雾水，正思忖间，又听见李想说："冤家，你到屋里照照镜子，看看肩膀上是啥东西，脏了我的眼。"他心知肚明身上的污秽，用手绢擦了擦，起身离开了。

泓顺到油坊的时候，发现一群人围着憨憨，"广顺，去把马车套上，咱上咸阳看病去！"

广顺一听东家要给长工看病，高兴得直搓手。谁说泓顺心狠手辣，分明他体恤下人，菩萨心肠。众伙计帮忙把马车套好，将憨憨抬上了车，给他盖上渔网一样的破夹被子，然后将东家搀扶到辕上。正要打马离开的时候，泓顺让广顺顺便拿一把铁锨，放到车上。广顺心里突然一惊，莫不是真要将憨憨……不可能的，他不可能干这号事！肯定是走夜路防身的，给伙计看个病，总不能让他带一把手枪防身，那也太兴师动众、草木皆兵了。广顺咋能不听话，爹娘老子漂亮媳妇的话可以不听，东家的话一定得听。油坊是啥，是他挣钱的机器，是将来赡养老人、抚育儿子的基础，没有这个基础，凭他家的几亩低坡地，根本无法生活。

马车出了油坊的小东门，出城不久便拐向北边。广顺惭愧地想：咸阳就在西堡子的北边，没一点问题，是自己门缝里看人，心里阴暗不堪，把东家看扁了。不知不觉，马车走出去五里来地，泓顺让广顺

◎ 第八章 禁烟受挫

掉头往西走。正在广顺恍惚之中，泓顺已经打马调转了车头，径直往西堡子北边的周陵疾走。广顺的心立刻像掉进冬天渭河的冰窟窿一样冷彻心扉，真是怕处有鬼痒处有虱啊！车子停在冢陵脚下，泓顺轻轻地说道："挖，就在这儿挖！"他若无其事地取出了拴在腰上的旱烟锅，从绣花烟袋里掏出烟丝装烟。

"哥，我不敢！"广顺声小得只有自己能听见，心都跳到嗓子眼了。

"看你那怂势子！"泓顺一脚从后边踢过去，广顺猛不防跪倒在地上，双腿像连枷一样立不住。他魂飞魄散，如二月二龙抬头那天女人做的箕子豆掉进筛子底一样，哆嗦滚动都由不得自己。他的手简直拿不住铁锨，勉强颤颤巍巍挖了一个浅浅的小坑。

"你能干啥嘛，我来。"泓顺自己把烟锅子在鞋底上敲打了几下，将烟杆别在腰上，一把抢过广顺的铁锨。很快，坑变大变深了。

"麻利点！你是耀州过来的，这么瓷的？抬人！"泓顺催促道。

广顺埋也得埋，不埋也得埋，还不如听话，一不做二不休，让憨憨早日托生。等到将憨憨放进坑，发现憨憨的鼻子还有气，摸他身上还热乎乎的。等他去给憨憨盖被子时，借着月光，猛然看见他的眼睛瞪得跟牛铃似的，表现出吃人似的惊悚，吓得他一屁股坐到地上，浑身像筛糠一样，抖动成一团。

"你看你，胆小如鼠，妇人之仁，能干成啥事？"泓顺将旱烟锅取下来准备再装一锅烟，示意他加快动作。广顺见状，做贼似的重新拿锨铲土，一锨一锨像埋狗一样，埋一下，眨一下眼睛，将憨憨热身埋进土里。

月亮不知何时躲进厚厚的云层，四周变得越发漆黑一片。广顺摸索着将一些杂草覆盖在新土上，三下五除二，油坊的伙计憨憨从地球上消失了。泓顺、广顺两个黑黢黢的大男人将脚上身上的土清理得干干净净，回到油坊。伙计们见马车空空如也，不见憨憨的影子，问广顺。广顺说走到医院人就死了，医院说是憨憨得了虎烈拉，要火化尸体，不让往回拉。他在西堡子没有亲属，总不能埋到泓顺的祖坟吧，随医院处理了。伙计们未免兔死狐悲，面面相觑。有人疑惑未见憨憨拉一丁点儿稀屎，咋会是烈性传染病呢？同是天涯沦落人，心软的伙计流出泪来，拽起衣角掩饰内心无法表述的悲痛。

143

▶ 西堡子

泓顺说:"广顺,你今晚回家住去,我今晚在这儿盯着。"广顺一听这话,以为东家要遣散他,犹豫着是否移步,只见泓顺给他使个眼色,意思是怕他在油坊露出马脚,有意让他躲避一下。他便会意而去。

十年后,广顺终究还是未搞清楚自己那晚是走回去的还是爬回去的。

他一头把门撞开,媳妇非常意外,惊问道:"你个冒失鬼,不打招呼咋就回来了?你吃饭了没有,灶房还有剩煎饼,不吃明儿个就酸了。"广顺一副目光呆滞失魂落魄的样子,瘫坐在炕前的靠背椅上。见媳妇给他端来饭菜,并不理会,心无旁骛。他起身如饿狼扑食一样,将她压倒在炕上,解开她身上的衣裳,急切地摸索着,将自己的脸贴在女人高高耸起的乳房上,仔细听她"咚哒咚哒"的心跳声。他分不清这声音是自己的心跳,还是女人的心跳,是来自天堂,还是来自地狱。李想怀孕五个月了,逐渐隆起的肚皮让广顺感到愉悦,不管咋样,他要当爹了。

他在油坊帮工也积累了不少银子,养活三五个儿子不成问题。他幻想着过几年再置买几亩地,买些牲畜,日子会比西堡子其他人好上多少倍。他见证了油坊的发展,银子流进泓顺的口袋,那个无底的口袋,财富就像渭河水一样滔滔不尽。他寻思着,在泓顺口袋的角上抓一把就够吃一辈子的,这千载难逢的机会是泓顺主动送上门的。今儿个泓顺杀人不眨眼,让他见识了并体味了有钱人的手段是何等的毒辣,感觉魔鬼就在身边,今日可以吞噬憨憨的命,同样可以吞噬他的小命。想到这里,他不寒而栗。媳妇与泓顺相好,她的那一片野猪林谁拱不是拱。既然他俩没脸,就让他俩好,咱落得个苟且卖眼,面子值几个钱?人说死要面子活受罪,受罪都是自找的,是要足了面子的恶果。

话虽如此,恐惧却一直笼罩在广顺的心头,像村口的碾盘顶在头顶,压得他抬不起头来,俨然与他合二为一了。漆黑的夜晚,嗜血瘆人的化学元素渗进他的血液,随着恐惧的心跳,带到全身的每一寸血管,每一条经络。他每睁开一次眼睛,似乎脑后有一个人如影相随,怒目怨视。对了,那是憨憨的眼睛,一个河南人在陕西的最后一眼看到的不是别的,是他广顺这条汉子,比他强悍、比他熟悉环境、比他幸福的男人给他掘了墓。回来的路上,他自己吓唬自己,不敢朝后看,

◎ 第八章 禁烟受挫

低头直往前走，唯恐魑魅魍魉将他带进坟墓，那个自己挖掘的土坑。此刻，回到自己的家里，他得安抚一下自己躁动的身体，犒劳平复惊恐的灵魂。说杀人也罢，说害命也可，他都是为了自己的家，为了自己的女人孩子。

广顺不知道在女人咚哒咚哒的温柔乡停留了多久，才本能地将李想拉进怀里，露出他野兽般的"小鸟"，想与她爱一爱，乐一乐。一双白净的小手将他带进女人幽谧的丛林，"小鸟"的家。极度恐惧的广顺无论如何昂扬不起来，任李想把玩爱抚，却肉瓢得不成体统。李想也懒得私语，一味将胸前那一对日渐胀大的白鸽子挨着他起伏不定的胸脯，颠三倒四地折腾了一阵。见自己男人没有一点儿激情，她倍感索然无味，刚起身，却被他又拉回到炕上。他伸手抚摸老婆日渐隆起的肚子，凑上去侧耳听听动静，想看她肚子里这个小东西是否如他一样，胆小怕事，良心叫狗吃一半留一半，要是这样，将来的日子咋过呀？

不知情的李想脑子里闪现的始终是她少女时梦中那一堆不分彼此的白肉，那堆肮脏呻吟的胴体。她叫广顺去楼上睡，说上面安静凉快，并不耐烦地催促他。见他不能雄起，反复在人身上黏糊，烦躁中她一脚将他蹬到炕角底下。广顺的神志一直恍惚着，也不与媳妇理论，夹起铺盖踏上了木楼梯，嘴里嘟囔着："日他×去，这是啥世道嘛！"

经过广顺回家的一番折腾，身怀六甲的李想反倒睡不着了。说来奇怪，她感觉自家男人越来越陌生，越来越冷漠。她甚至怀疑长期以来，是否与广顺同过房，做过男女之事，行过炕头之礼。夜深了，李想将枕头放展，脱掉上衣，露出她那豪迈的胸部，上身用白布裹上，只留下一个大裤衩，吹了灯，两只手向后撑着倒向枕头。

夜如此风凉，门外的梧桐树在微风的吹动下摇来摆去，发出"沙沙"的声响。李想怎么也不能入睡，肚子里那个小东西轻轻地踢了她几下，在肚皮上立刻形成一个疙瘩。她使劲一压，不见了，平整了，过一会儿换个地方，再鼓个包。她与肚子里的小东西就这样斗心眼，幸福地捉着迷藏。再过几个月，她将生产。即将到来的考验，使她既兴奋又害怕。说来谁也不会相信，这位标致而多情的少妇怀孕后仍然搞不清孩子将来从自己身体的哪个洞洞生出来，前两天还在问广顺他嫂子这个幼稚的问题。嫂子是过来人，又不好直说，明白而又含糊地告诉她:"你没吃过猪肉,还没见过猪跑?娃从哪个洞洞进去就从哪个洞洞出来。"

在那个没有显微镜,不知受精卵为何物的时代,给一个稀里糊涂怀孕的女人讲解这个问题着实是一件难事。可怜的女人最终也没弄明白孩子从哪个洞洞进了为娘的肚子,只知道是泓顺变戏法给的。儒雅而俊秀的男人最终用实力践行了自己的诺言。

一炷香的工夫,李想的门再次被叩响了。"当当"两下,敲门声轻得只有她自己知道是谁来了,她一个鹞子翻身,敏捷地下了炕。深谙此声的女人不假思索去开门,那个薄如纸片的被她称作"冤家"的男人闪进门来,高高的,瘦瘦的,戴着礼帽,手里拿着烟袋锅子,徐庶进曹营一言不发。她给这个人开了不知道多少次门,他的一举一动、一颦一笑如秦琼与尉迟敬德一样印在她的脑子里,刻在心上。泓顺自己伸手将头门关紧,从后面一把将李想抱起来,三步并作两步,踢开房门,把美人放在刚才广顺睡过的那盘留有余温的大炕上。不等泓顺脱完衣服,李想早把自己剥得精光,钻进他的怀抱。"冤家,你今晚咋把他放回来了?既然把他放回来,偏自己又来?"李想躺在泓顺怀里天真地问道,全然忘记了他身上沾染了谁家孩子的奶渍。

"你说呢?我的好妹子。"泓顺指着女人的鼻子。

"你们男人的心思,一会儿像沣河秋天的洪水波涛汹涌,一会儿像深秋的落叶悄无声息,我不猜。"女人随手将灯台上碗里洗好的一颗话梅干塞进泓顺的嘴里。

"我为了让你对比,让你高兴,让你一夜享用两个男人,让你看看谁厉害。从古至今只有皇上一晚享用几个女人,你啥时听见过一个女人同时消遣过两个男人?"泓顺那只始终攥着枣核的神手停留在女人的前胸,轻轻地画着什么。也许是为了掩饰自己的慌乱与不安,也许这时实在需要女人的安抚,他才能让自己安静下来。

"小心咱娃!"李想掀开翠莲和如雅共同拥有的男人放在自己胸脯上的大手,将他引到女人的丛林地带。

……

"妹子,你安心给咱生娃,将来咸阳的所有门面房都是咱娃的,谁也不许跟他抢,记着我这句话有效期是五百年。"

◎ 第八章 禁烟受挫

"此话当真?"

"你去拿笔来,哥给你写。"李想一个小媳妇,做饭的家当齐全,织布纺线的家当齐全,家里唯独没有文房四宝。

"改天你给我写吧。"听见泓顺这么轻易把咸阳城那么大的世事留给尚未出生的孩子,她激动得顾不得身孕,再次钻进他的怀抱运作起来。

20 世纪 90 年代末,李想的儿子耀财果真为咸阳的九间门面房与人上了一回法庭,而他败诉的原因正是缺少一张纸,也就是泓顺此刻要给她写而未写成的赠予合同。这是后话。

此刻,一个胆小的亲夫在楼上睡觉,一个胆大的赝夫在楼下搂着女主人睡觉。李想根本不用担心亲夫半夜摸进来,即使他进来,她也敢与泓顺一丝不挂,无所顾忌。论长相、论才能,自家男人与人家泓顺有着天壤之别,根本不在一个起跑线上。天平有时真就倒向泓顺一边,什么夫妻情分,什么三从四德,全是骗人的鬼话,有钱能使鬼推磨,有钱能让人高兴愉悦。西堡子那么多的女人,泓顺看上眼的能有几个,我李想就这么幸运,这么香甜,这么值得乡绅爱慕。她偷偷乐着,忽然想到了泓顺的两房妻子。

泓顺的媳妇翠莲衣食无忧,不见肚子长,身上的赘肉却越长越多,几年时间简直跟水桶差不多了,不见丝毫的婀娜之态。无后在农村会遭人耻笑的,她不愿意遭人嘲笑,坚持要给自己抱养一个儿子,哪怕买也得买一个,她怕生前无笑声,死后无哭声,老来凄凉。泓顺家里的一等公民翠莲,最终决定并让人在西京买一个孩子。尽管政府三令五申不许人口买卖,而翠莲什么时候会把政府法令放在眼里?她的舅舅能当白云腾的顶头上司,而白云腾当着蒋委员长的大内总管,她不在西堡子逞凶作威作福已经算是贤孝之人了。

世上的事情说来奇怪,财富全聚在富人面前,无人将穷人来怜念,有钱能使磨推鬼。西京省城表面看来管理严格,不许买卖人口,但是,地下人市依然兴旺,按质论价。翠莲托人用十块银圆买来了一个长相乖巧、眉清目秀、没病没灾的两岁男孩,取名俊杰。翠莲自从得了俊杰,脸上有了笑容,就连如雅也开始高兴起来,姐儿俩精心照顾儿子,过着富足的生活,无暇顾及泓顺,任男人如野马一般胡作非为。翠莲

147

西堡子

无论长相、品行在村子都不入流,如雅则不同,她标致知性,恪守妇道,在村子可以算得上一品夫人。尽管娘家家贫,小门小户,却懂大礼,识大体。即便如此,泓顺仍然不喜欢她,主要源于她一如既往地不会生育,徒劳泓顺一天到晚做无用的功课,嘿咻嘿咻,咿咿呀呀,连累炕坯跟着受累,煤油灯跟着熬夜,就是不给子嗣问题一个确切的答案。

怪不得老祖先说母以子贵,妻以夫荣。李想一句矫情讨巧的话没说,泓顺自动承诺把咸阳的房子、生意全部给孩子留下,这让女人非常意外。她渴望肚子里的这位小祖宗给她带来荣华富贵,带来永远花不尽的银子。想到这里,她裹住被子,转身安心地睡去了。泓顺几时几刻离开她的被窝,她浑然不知,直到一声凄厉的尖叫才将她从美梦中惊醒。

"快去看呀,冢疙瘩后面狗把人咬死咧!"一伙小娃在门口喊道。

村民们男男女女一起聚到周陵北面,发现几条恶狗正在蚕食一个人的尸体,恶狗你一口,我一口,人用砖头打它也舍不得放弃到嘴的美食,叼着人肉跑了。油坊距离出事地点不过几十丈远,听说死人被狗蚕食了,伙计们全跑出去看热闹。他们一眼便认出憨憨的衣服,心里明镜似的不敢言传,一个个像蔫萝卜一样,耷拉着脑袋,收拾起患难兄弟的尸骨,用烂床单包裹上,埋到去往咸阳桥头九子滩的乱坟岗里,好让憨憨的灵魂搭上陇海铁路的列车,回河南老家去。

回到油坊的伙计们不再嬉戏说笑,只有兔死狐悲,有的只是对哪一天能逃出人间牢笼的深切渴望,渴望有一片属于自己的自留地,自己的老婆娃娃热炕头,一顿饱饭,一个囫囵觉。

从此,西堡子流传下来一句箴言,那就是教导小孩不要喝凉水时,总爱说:"再喝凉水,把你活埋了去!"喝凉水打赌也成为男人们心中永生永世不敢触碰的话题。憨憨的死极大地触动了油坊伙计们敏感的中枢神经,在西堡子的历史上写下最黑暗的一页。

也就在油坊的伙计们大气都不敢出的一个早晨,两只喜鹊却奇迹般地落在广顺家的屋脊上叫个不停,这是冬天难得一见的光景。

李想顺利地生下一个白白胖胖的儿子,粉嫩粉嫩的,四肢修长。广顺当即给他取名耀财,意思是希望他光宗耀祖,财源广进。

第八章 禁烟受挫

第二天早晨，泓顺安顿了李想母子，在狗娃的陪同下，去咸阳又买了三间门面房，作为儿子的生日纪念，准备将来留给耀财。当然，从那天开始，咸阳所有房屋的租金专供李想母子吃穿用度，专款专用，全家老少无一人敢站出来说半个不字。因为在泓顺看来，一种叫作遗传的东西给他吃了定心丸，耀财的左手掌心两道横纹交会处也有一块枣核一样的褐色印迹。得了耀财，泓顺浑身都是力量。只是从那以后，泓顺多了一套不自然的肢体动作，紧紧地攥住左拳头，轻易不会松开。

西堡子的日子总像落日的余晖一样，远远望去红得耀眼，人却丝毫感觉不到它的温暖。

鉴于西京周边种植罂粟成风，屡禁不止，政府三番五次发布命令，决定彻底铲除烟毒。规定凡是抽大烟者轻者罚款、关禁闭，重者坐牢。尝到种植大烟甜头的村民并不支持禁烟，而政府下定决心铲除烟毒，宁肯经济退步，也不能牺牲国民身体，这项相当棘手的工作规定由保甲组织负责，警察配合。看来，这次政府下硬手了。

奉义深知泓顺的为人，深知他这几年腰杆硬了，翅膀硬了，胆子更大了。身为保长的他认为自己肩负着大家的希望，把泓顺归置好了，攻下这个堡垒，其他人自然就顺溜了。到时候，他将稳稳地立足于西堡子，树立保甲组织的威信。雷厉风行是奉义一贯的风格，他的当务之急是身上的禁烟大任。

这一天，他带领甲长干事等一行人去泓顺家禁烟。正巧碰见他躺在炕头吸大烟，如雅站在旁边给他端茶倒水。奉义他们准备将泓顺的烟盘子端掉，没有了烟具，久而久之，也许长门就绝了烟毒。泓顺看到奉义来家，开始以为只是走个形式，劝解他几句，没想到来真的，要掐掉他的命根子。刚刚还堆笑的脸顿时扭曲得像一根麻花："我看你奉义是活颇烦了，人家给你个麦秸棒棒，你当楠木拐杖拄呢，多管闲事！"他本来还想说出更难听的话，转念一想：同为长门子弟，我不能跟奉义闹翻，让人说三道四，传出去让人笑话。

没等奉义开口，甲长委座说道："我们是例行公事，请你配合，又不是专门收你一人的烟枪，一会儿还去别人家收烟具呢。"

楷瑞老汉听见保上是为禁烟一事，便弯着腰主动走进房门把烟盘子递给委座，谦卑地说："你们前脚走，他后脚就戒烟，我保证他绝对

西堡子

不吸了,你们放心。"泓顺还想说些什么,被老父亲轻轻拉住衣角制止了,示意他不要多言。父子及家人目送奉义一行没收了他的烟具走出屋门,关上了大门。

晚上,楷瑞来到泓顺的屋子,见儿子一个人躺在炕上生闷气,便趁机劝他不如从此戒烟算了,罂粟不是啥好东西,迟早会害了身体。泓顺天生是个顺毛驴,经过老父亲楷瑞的劝解,他也想通了,想就此戒烟。心上人李想也三番五次劝他戒烟,说烟土对月娃子耀财不好。他想人家秉公办事,不吸就不吸了,把烟具拿回来算完事,给自己找个台阶下。于是,他答应父亲第二天派人去取烟具,从此戒掉大烟。

第二天,来奉义家取烟具的不是别人,却是与泓顺整天混在一起、与土匪毛遂称兄道弟的二杆子大林。他压根儿不了解奉义与泓顺的关系,更不知道奉义是保长。他二郎单衫地一走一撅屁股,头发像鸡窝一样,嘴里唾沫星子乱飞,一进门便大声喊道:"奉义,你个驴日的把你爸的烟盘子端走,你是咋的?赶紧给我拿出来!"奉义一看来了个二屎混蛋,不理论吧,人家叫板了;理论吧,跟人渣一般见识;咱好歹也是个保长,禁烟的第一责任人,与粗人一般见识不是咱的性格。一般思维正常的人遇见狗把人咬了,当务之急是疗伤,而不是反扑上去咬狗一口。

"我端咋的,保长专门管这号事呢!你叫泓顺自己来取,少在这儿骂,你算个干啥的?"

"你算个啥东西?保长算个屁!给你戴个鞍眼就知道驴转道道。啥嘛,瞎驴,野种!"大林蹬鼻子上脸,越发来劲了。奉义一看,对待二屎只能用更厉害的手段。他毫不惧怕,回头在院子寻铁锹要铲那混屎。心想,这生生货也太嚣张了,这么放肆的,不收拾你,我颜面何在?一家老少看我软得跟煮熟的面条一样,还能支持我当保长吗?便对大林说道:"你小子少嚣张,烟盘子上缴了,等候乡上处理。"

大林一听,烟盘子拿不到手,泓顺肯定不高兴,便气急败坏地说:"你等着,你咋端的盘子,咋给你爷送回去!"一口脏唾沫连同恶气吐在院子的地上,骂骂咧咧地走了。母亲李云儿端了一筛子麸子皮进门正好与大林打个照面,得知来人是为了禁烟之事,她埋怨手里握着铁锹把的奉义:"不让你当,你偏要当个烂保长,咱大大个人,顶天立地

◎ 第八章 禁烟受挫

的,惹火烧身了吧?"等云儿再出门,大林已经走远了。

奉义生性耿直,啥时候受过这窝囊气。他立即给甲长开会并形成决议,收缴的大烟和烟具一律焚烧,谁徇私情,保上发的那根长枪伺候。汲取了上次催粮挨挫教训的甲长委座,后晌及时将禁烟遇到的阻力汇报到乡公所,请求为他们撑腰做主。

泓顺那边见大林空手而归,不问三七二十一,先下手为强,连夜给他姨夫白云腾写信,要乡公所给他主持公道。信中称吸食大烟蚊子大个事,花自己的钱,糟蹋自己的身子与他人何干,何至于如此兴师动众?更何况我泓顺一不是政府官员,二不是联保军队,一介平民吸几口大烟妨碍谁了?挡谁跳井的路了?保甲以戒烟为名,官报私仇,霸占烟民财产,士可杀不可辱,请求政府清理纯洁保甲队伍,为民做主。

要说还是乡公所动作快。没等给白云腾的信函寄出去,第二天,太阳刚升上天,乡公所便派人传唤泓顺。泓顺如烫发的女人,满脑子的问号:我寄出去的又不是飞信,这么快姨夫的指示就到了?乡上不给我道歉才怪!然而,等他走进乡公所,一条长长的半新不旧的板凳在院子已经等候他多时了。他一看坏了,想转身出来,却被人死死卡住。他万万没想到,像他这样的乡绅还会挨打!说时迟那时快,几个大汉将他用粗粗的麻绳绑起来,压到板凳上,一阵棍杖重起重落,打得他嗷嗷乱叫,鲜血顿时渗到袍子里,浸染到凳子上。这人平时人前人后表现出来的之乎者也、儒雅腼腆,霎时荡然无存,也松开了紧紧握着的左拳头。乡公所让委座传话给楷瑞老汉,交一百元保证金再放人。楷瑞老汉见儿子挨了打,自知自己耳朵背,不敢多问多说,搀扶起儿子,脱下自己的夹袄围在腰上,有车不敢坐,一路蹒跚着进了自家的小东门。

老虎的屁股谁敢摸?已经养成霸道恶习的泓顺肺都气炸了:"我堂堂一个绅士,在人面前人五人六的,叫个烂乡公所白打了一顿,不说流血腿跛,脸面难道不要了吗?我泓顺绝对不能就此罢休,不报此仇枉为男人!狗东西奉义,你以为你是谁呀,整我,走着瞧!上次为英瑞家的伙计打我,还没跟你算账呢,又放马过来,谁怕谁啊?"

翠莲心疼男人,同时也憎恨男人不听话。她为他擦拭伤口,眼泪

西堡子

不自觉地掉了下来："狗日的看家护院的下三烂，下手这么重的。不过，但愿你从今往后断了烟土，你这单薄身板咋经得起人家下死手？"泓顺不言语，只一味"嘻嘻、嗷嗷"倒吸凉气，不断呻吟着缓解疼痛。如雅知道云儿手里有治愈外伤的止疼药，可是，事情发生在奉义与泓顺之间，即使把脸皮揭上三层，她仍然脚涩，不好意思去找她。于是，她唤来儿子俊杰："小杰，你去找凝夏她婆，给你爸要点儿红伤药，就说我让你去的，听明白了吗？"

"行，二妈，我去了。"听话的俊杰连颠带跑到了忠瑞家。

看见如雅支使俊杰来取药，云儿将专门治疗外伤的粉剂用纸包着递给娃，叮咛他用完再来拿。她早已了然泓顺挨打的细枝末叶，皮开肉绽是肯定的。听说楷瑞父子俩回到西堡子，她有心亲自去给泓顺疗伤，怕奉义心里不痛快；不去吧，又惦记他的伤势。云儿一整天人在曹营心在汉，无心女红，无心饭食，更无心与人谝闲传。她转念一想，假如从今往后泓顺记住这顿暴打，能改邪归正也是他的造化，让别人教训一顿总比亲娘教训好，天下哪个母亲能高举棍棒痛打自己的亲儿而不难受？

泓顺得知外伤药是如雅偷偷地向云儿要的，便破口大骂道："你个没长心的，还知道羞耻二字不？咱让人家儿子害的，你还有脸向人家要药？我宁肯疼死，也不用那药。"

如雅被骂急了，反问道："谁跟药有仇呢？"她不理睬他，径自净了手进屋，拿药给他撒在伤口上，用棉花包扎，随后净了手，拿起针线和花撑子，坐在他跟前绣起花来。见如雅死不认错，嘴上从来不会讨饶，泓顺恨得牙根疼，不许狗娃晌午给如雅端饭。不过，他嘴上虽硬，转念仔细一想：一日夫妻百日恩，如雅能不顾脸皮向云儿要药，证明她这个小蹄子心里有他。更让他感动的是尽管奉义在难为他，云儿心里却惦记着他，抑或爱他，这是一个大男人一辈子梦寐以求的温情。不管云儿嘴上是否承认与他的母子关系，做出事来却那么像亲娘的做派。想到这里，一股暖流从头顶灌注到他的全身，顿时温热起来。

红伤一周见好，泓顺在西堡子南北巷子转了一圈，算是宣示禁烟风波烟消云散。说来也怪，在乡上挨了一顿暴打，他的烟瘾从此齐茬断了，闻见别人吸大烟都非常难受。楷瑞老汉为此窃喜了好一阵子，

152

◎ 第八章　禁烟受挫

翠莲、如雅两个女人脸上也泛起了粉色的红光，感觉夫妻在炕头的那点儿事，做起来比以前更加和谐，更加猛烈，更加如鱼得水。

众所周知，浅水是喧哗的，深水总是沉静的。同样，泓顺挨打的风波表面上看似风平浪静，其实底下暗流涌动，预示着一场更大的风暴即将来临。

人常说："东西巷子南北堡，贼娃就有二百五，不得够了围墙补。"这几句顺口溜不是小孩子游戏时的原创儿歌，也不是女人在炕头与情郎诉说衷肠的软语浪言，而是男人们喝酒划拳的楔子令。在这个特殊的年份里，西堡子富裕起来的有钱人增长了一种特殊的癖好——藏贼养奸，况且各村寨司空见惯，就像宋朝时大宅门里豢养歌舞伎一样普遍。白天一只蚊子都甭想进城，更何况土匪。夜幕下的西堡子却像少妇换下了白天的粗布衣衫，涂脂抹粉打扮齐整地变换成另外一副面孔，散发出迷人的风采，去赴玫瑰之约。四条大街灯火辉煌，卖油炒粉的、卖酱驴肉的、卖热红荅的卖劲地吆喝着，买卖两旺，一种祥和的气氛笼罩着淳朴的古堡。在这灯红酒绿的巷陌中，隐藏了多少的男欢女爱，承载了多少孩子们富甲一方的梦想，饱含了买卖人多少交易的艰辛与希冀。当你融入其中，才能够深切地体会它的味道，那种世外桃源的逍遥自在，那种叫作满足感的东西裹挟着你，让人沉醉。经过多年的积累，这时的西堡子已经是名副其实的小北京了。

8月的连阴雨将石板路刷洗得干干净净，搅乱了西堡子热闹纷繁的夜生活。御麦逐渐黄了叶子，干了缨子，丰收在望。有人将套种的黄豆蔓拔掉，提早收获了豆子，晒在自家院子。在这样安静祥和的西堡子中，人们祈盼掰御麦，收高粱，收谷子，然后种麦子，周而复始。然而，在这静谧的秋日午后，十个身穿相同款式黑布衣衫的男人被泓顺集结在油坊，等待太阳下山。据探子来报，"目标"在甲长委座家里，消息绝对准确。他们准备等天擦黑的时候，摸到委座家里。

半后晌，"目标"奉义千真万确一直就在委座家。两个男人没事坐在炕上聊天。委座媳妇王玉婷哼着秦腔，锅上蒸着馍，锅底下熬着麦仁，儿子稳柱帮忙烧火。女人银铃般的声音不时从厨房里传出，估计不出一刻钟，饭将停当。她招呼自家男人洗手吃饭。委座就势下了炕，准备到前厅房西边的旱厕解手。其时，奉义已经给委座交待完下一阶

153

▶ 西堡子

段的戒烟策略，等他解手回来就打道回府了。奉义与委座的交情绝非一般，每次在一起，谈天说地，天文历史，逸闻趣事，无所顾忌畅所欲言。俩人性格互补，委座文质彬彬，手无缚鸡之力，俨然纨绔子弟；奉义风风火火，率真耿直，力拔千斤，俨然北巷子的长工。自从上次催粮委座挨打之后，奉义总感觉亏欠他点儿什么。不过，奉义相信，无端地把一个文弱书生拉进保甲组织，不是上苍的眷顾就是大地的恩赐，要不然委座那工笔委婉的小楷与雕梁画栋的宽敞房屋又有何用？被需要往往也是一种幸福。

一个黑衣男人大摇大摆地踏上西堡子的青石板，来到委座门口，刚闪身走进院子，跨过照壁，就与委座碰个直怀。来人端起长枪，不用瞄准，扣动扳机，几乎是点射，一枪打在委座左胸，无辜人当场毙命。玉婷和稳柱听见枪声，连忙躲在厨房案板底下不敢出来。女人捂住儿子的嘴，不许发出任何声音。听到枪声，训练有素的奉义正准备下炕，刚站起来，那人风一样飘进了卧室，不问青红皂白，不管对错，朝他就是一枪，子弹嗖地打穿了他的腹部。奉义就势躺下装死，看来这厮来者不善，能擅闯民宅开枪打人一定是抢劫偷盗的惯犯。黑衣人不甘心这么干脆地完成任务，左胳膊夹着枪，右手在奉义身上一阵乱摸，企图搜出些银钱或者值钱的东西。猛然，在奉义上衣口袋里摸到了一个红本子，在油灯下认真地翻看，希望红本子是个支票或者本票。说时迟那时快，奉义噌地站起来，嚯地一下抽出贼人腋下的枪，用枪托照着他的头砸去，当场将那货砸倒在地，贼人额头上一股血唰地流了出来，当场昏死过去。奉义趁机夹着他的枪跑到院子，慌不择路，茫然不知所向。在这千钧一发的危急时刻，远远地听见门外杂沓的脚步声由远而近，贼人的大部队到了！情急之中，平时一贯遇事不慌的保长奉义，心都提到了嗓子眼上。

委座家高墙深院，没有后门，平时粪土都是从前门运出去的。偏巧院子有一堆麦糠，奉义本想藏进去，他怕贼人将麦糠点燃烧死自己，于是，他灵机一动，抱着土匪的长枪，捂着肚子，上了委座后边的二楼，想等土匪走后再去救无辜人委座。

提起委座家的楼房，不得不介绍一下老辈子人盖房的讲究。西堡子有钱人家讲究前厅房后楼房，两边厦子房将前后房连接起来，形成

第八章　禁烟受挫

一个长吊形的四合院，雨水顺着瓦当流到自家院子，然后从头门流出去，在街道青石板两侧与邻居家的水汇合，最后依靠地势的落差，流到护城河，滋养鱼虾和芦苇。这就是人常说的肥水不流外人田。穷汉能盖起厦子房已不容易，像委座家砖雕、木雕、石雕一应俱全，实属罕见。尤其他家前房、后房全部建成两层木质结构，在西堡子只有寥寥几家。二楼没有专门的砖混楼梯，而是请匠人用杂木做成一个S形与楼高度一致的木楼梯，镶嵌进楼里，既节省了地方，又美观大方，还便于打扫卫生。不过，这楼梯无比沉重，一般人没有鲁智深倒拔垂杨柳的臂力，绝对搬不动它。

言归正传。奉义负伤从S形的楼梯跑上二楼，打开窗户，不知从哪儿借来了力气，从上面将死沉活沉的楼梯如探囊取物一般提了上去，然后，将楼门紧闭，不留一丝痕迹。玉婷与儿子怕得要命，母子俩哆哆嗦嗦乱了方寸，正想跑出去找人救人，听见外边纷乱而急促的脚步声逼近，只好折回来再次藏在案板下面。九个贼人听见枪声，像疯狗一样扑进了委座家，一进院子就喊："毛遂，毛遂，你在哪儿？没事吧？"奉义这才知道打他的土匪叫毛遂。他跟毛遂仅仅这一瞬间的遭遇，便永远记住了这张罪恶的脸，至死不忘。

土匪们发现毛遂躺在卧室地下，满面血迹，人尚未死，还有气息。啊，情况不妙，毛遂的枪不翼而飞，土匪们赶紧在院子里寻找。其中一个瘦猴将毛遂背到门口，扔在委座遗体旁边，不去管他。九个土匪像警犬一样仔细搜寻奉义可能藏身的地方。一个高个子土匪将玉婷和儿子从厨房拉了出来，让站在院子不许动。稳柱躲在妈妈背后，怯生生地看着土匪在家里翻腾。另外几个贼人不经意间发现了地上的血迹，滴滴答答一路从卧室延伸到后楼檐口消失了。毛遂躺在室内，这分明不是毛遂的血。他们判断只有一种可能，"目标"奉义拿着毛遂的枪逃跑了，并且上了二楼。其中一个人走过去狠狠地给了玉婷一个耳光："你家梯子呢？"

"没有。"玉婷斩钉截铁地答道。

"没梯子，咋可能呢，有楼没梯子？"土匪环顾女人和孩子。

"你平时咋上楼呢，飞上去？"另一个怪声怪气地说。

一个土匪看委座媳妇有几分姿色，一边看楼上，一边用手在她屁

155

▶ 西堡子

股上乱摸："说，梯子在哪儿？再不说，把你弄死！"别看稳柱只有六岁，看见他妈受辱，孩子不知道从哪儿来的勇气，拉着土匪的手重重地咬了一口。几个土匪对他连打带踢。儿子倒在地下，母亲上前护着孩子。

"你个蕞怂，跟狗一样，还敢咬人，打死你跟打死个苍蝇一样容易。"土匪说着准备向他开枪。

"少跟这俩驴粪蛋计较，忙正事！"老一点儿的土匪劝阻道。

玉婷害怕在外边玩耍的大儿子唐突地回来，更害怕怀里这个儿子遭贼人黑手，她料定刚才那一枪自己的男人已经被打死，她得保护两个儿子，孩子是家里的根啊！两利相遇取其重，两害相遇取其轻。于是，她主动提出给他们借梯子，想趁机带儿子出去。土匪根本不听她的，一把推开他们："你个婊子还聪明得很，想逃跑，啊呸，在这儿乖乖站着。一把钥匙开一把锁，一个高楼一把梯子，你以为我是瓜子？"那个老一点儿的土匪朝楼上喊道："楼上的禁烟大英雄奉义，你听着，我们跟你前世无冤，今世无仇。弟兄们受人之托，为人消灾，知道你受伤没死，把枪扔下来吧，我们两清！"楼上没有一点儿动静。

奉义猜测如果他们上不来，可能会就此罢手。没想到土匪一起朝楼上射击，子弹飞过他的头顶，飞过他的身旁。奉义将毛瑟枪里的子弹很快就全部打完了。他后悔平时让委座把枪支和子弹宝贝似的锁在柜子里，没来得及取出来。让枪和子弹躺在柜子里睡大觉不怪奉义糊涂，而是源于他始终认为乡里乡党之间都是些鸡毛蒜皮的小事，根本用不着枪来解决问题。早知道要对付土匪，况且是一群土匪，他应该随时将枪放在身边才对，事急了才知把佛念，显然来不及了。多亏委座家的楼上堆放着木头、砖头、盆盆罐罐、木料等，否则，那点子弹抵挡不了多久的。奉义发现自己的腹部不住地流血，便把上衣撕成条条，将肚子缠紧，一边骂一边喊，将能扔下来的东西全扔下来，砸他们，与土匪就这么僵持着，胶着着，不见胜负。

西堡子里胆小怕事的人躲在家里不敢出来，胆子大的则透过门缝观战。那个老土匪再次在楼下喊道："好汉，把枪扔下来吧，我们知道你受伤了，留你一条性命，知错就改善莫大焉。以后老实点儿，今天到此为止，不打了。"奉义用尽力气爬到楼梯口，借助窗户微弱的光

◎ 第八章 禁烟受挫

线,看到土匪他们多数人也挂了花,打开窗户顺势把枪扔到院子地上。土匪在地上捡了枪,其中三个贼人如入无人之境,对委座家再次搜腾了一遍,翻箱倒柜,能拿走的全部用枪把挑着,继续给裤兜、衣兜里塞,同时,从抽屉里搜出平时保上开会的记录,撕碎后扔进院子的麦糠堆里。他们准备要出院门,玉婷上前阻止,想抢回自己的东西,被土匪一脚踢开。这九个贼人见女人人财两空,冲着她哈哈大笑,去厨房抱来玉婷借来的麦秸,放在那堆麦糠上,准备用火点燃,烧死奉义。小土匪划起一根火柴,扔进麦秸里,不见动静。再燃起一根火柴扔进去,依然没有动静。土匪着急了,蹲下来,用三根火柴同时划向火柴盒黑色的那一面,引燃保上开会的记录本,顿时火苗飘忽起来,被扔进了柴火堆。他们架着毛遂扬长而去,光明正大地进了小东门的油坊。

看官以为奉义必死无疑?你且放心,天无绝人之路!奉义尽管流了好多血,但是意识依然清醒。他一看院子的烟雾上来,料定整个木楼将很快会化为灰烬,肯定会熏死、烧死自己,不由得大喊一声"妈,妈呀,救我!"就这么一句简简单单的哭喊,震动了天庭,叫醒了菩萨,蹊跷的事情发生了,已经熊熊燃起的大火突然自动熄灭,连烟雾也消失殆尽!此时的天空,初升的月亮悬挂在东边的天庭上,从树梢上看去,像一弯银色的镰刀。西边的落日红得耀眼,透过薄薄的云层斜洒下来余晖,分外好看,整个天空未见一丁点儿雨滴!连风儿也悄然躲藏在西山后面,窥视眼前惊人的一幕。

上天与可怜人同在呀!枪声声声打在云儿的心上,自己心爱的有血性的儿子在孤军奋战,在用生命护卫家族的尊严,维护保长的颜面。敌众我寡,这么久没有人跑出来,说不定儿子已经被打死了。她想出去救儿子,给他送个家伙,哪怕一把切面刀也好,忠瑞老汉却死死地拉住她,不让她出门。奉仁、奉礼、奉智三兄弟外出尚未回家。只有老五烂脖项奉信在家,他疯了似的想出门救二哥,也被忠瑞抱住大腿。他哭着对云儿和奉信说:"不敢去,老二让打死算了,还有四个儿呢,你也想送死吗?咱没有枪,打不过人家,不是人家的对手!"

"胡说,儿子生死你不管,你还配当老人吗?"云儿要亲自去救老二,被几个媳妇抱住了后腰:"妈,听枪声人家一群人呢,个个有枪!"

"咱这一大家人就只能看热闹吗?"云儿被几个媳妇拉住,掰不开

▶ 西堡子

手指脱不开身。烂脖项奉信从小与二哥形影不离，是老二的跟屁虫。他人很机智，听到枪声稀疏，用力挣脱父亲，跑出大门一看，街上空无一人。他不敢从大街通过，怕碰见土匪白白送死，灵机一动，回到自家院子。他像袋鼠一样，跳跃着翻越了好几家的后院墙，进到了委座家。他满院子找人，见门口的委座已经断气，玉婷跟儿子呼天抢地，也不去理会，继续满院子找奉义。当得知二哥上了二楼，他飞奔到粉坊景瑞家门口，敲开了大门，借了一把简易梯子，扛着就跑。三步并作两步，腾腾腾地上到楼上，将早已昏睡谵妄的奉义背下楼。这时，甲长们也赶到了。鲜血浸染了委座家的木楼，滴答滴答地掉进尘埃。只见奄奄一息的奉义嘴里不住地叫着："打，打，给我装子弹！"说完，又昏迷过去。

奉义遭难，门缝里瞧见土匪当街大摇大摆路过的乡亲们，大门仍然紧闭。平时，他们遇到红白喜事、邻里纠纷、鸡鸣狗盗等，都愿意找奉义帮忙拿主意调停。今日碰见土匪真刀实枪地干仗，他们吓得不敢出来，大气也不敢出。枪是一件多么伤人身、伤人心的武器啊！

甲长们七手八脚将奉义抬到北巷子花店英瑞的楼上，请医生诊治。身为半个郎中的云儿见状，非常镇静，吩咐人去找曲生生，要了一些火药。她要用她的绝招拯救儿子奉义的性命。她神情自若地捏了少许火药撒在儿子的伤口上，轻轻地用火柴点燃，轰的一声，伤口被烧成了白色，鲜血被止住了。眼见为实的甲长们充分领教了沉稳母亲的临危不乱，见证了当娘的医术超群。止住血的伤口再进行包扎就简单多了。聪明的甲长们把架子车上面的框子卸掉，做成简易担架，抬起奉义，往咸阳方向疾驰而去。匆匆赶回来的老大奉仁连忙套车，追上担架，连人带担架一起放到马车上，继续赶路。亲娘李云儿从柜子取出积攒的大把银钱带在身上，寸步不离儿子，随队而去，唯恐节外生枝。

人的命，天注定。奉义咬紧牙关，眼睛不睁。医生从他的腹部顺利地取出了子弹。据医生讲，罪恶的子弹从奉义腹部登堂入室，竟然未伤及要命的主动脉和五脏六腑。然而，由于失血太多，他一直昏迷不醒。听说保长受伤，门宗弟兄、叔侄、亲戚们纷纷去医院探望。楷瑞与忠瑞同为长门，当然得礼节性地去看望慰问奉义，这是规矩。但是，年迈的楷瑞两口自知泓顺雇凶杀人，以为是借刀杀委座，没想到

第八章 禁烟受挫

目标是奉义，让他俩震惊不已：这宝贝疙瘩，再害谁咋能害奉义呢？他俩害怕云儿得知内情迁怒于他们，不敢前往，派翠莲煮了十几个鸡蛋，去咸阳探望奉义。翠莲的巧嘴会说话："二哥，谁这么可恶，把人往死里打呢？我回去给顺子说，找人收拾他。"没等她说完，被进门的清茶打断了。

奉义媳妇清茶是个将喜怒哀乐写在脸上的女人。翠莲的到来让她感到羞辱，她怀疑奉义受伤与泓顺有关，却苦于没有证据。一种叫作修养的东西提醒她要对每位来院探望的人心存感激。人在难中非常感性，况且翠莲是个小脚女人，能到咸阳看病人也属不易。到医院问询探望的门宗、亲戚，看到奉义虚弱的样子无不动容，愤恨土匪手段残忍，杀人如薅草，太没人性了。

坚强的奉义昏迷四天后醒来了，发现自己躺在医院，便硬撑着爬起来嚷着要回家，并大声喊道："妈，妈！我咋在这儿呢？"

外伤比较好治，奉义很快就痊愈大安了，被大哥奉仁用家里的轿车接回西堡子。

回堡子的路上，正好碰见准备去咸阳看望奉义的粉坊东家景瑞。他家没有雇用长工，家里男女老少一起动手给人加工红苕粉、洋芋粉，一年四季院子挂满了粉条，客人随时来取，开门生意着实离不开人。看见奉义回来了，景瑞又随轿车进了村，嘘寒问暖，留下两包短粉条，让云儿给奉义包一顿包子吃，流着眼泪出了大宅门。

第九章　屡败屡战

　　奉义住进咸阳医院的那几天，七八个甲长与云儿片刻不离病房，守着他喂汤、喂水、端屎、倒尿。眼瞅着奉义脱离危险，云儿提前离开医院，坐着奉仁的轿车回到了西堡子。
　　云儿的娘家李家村离乡公所不远。鸡叫头遍，她起床梳洗，端坐在厅房的椅子上，泪水不住地流着，她决意要替儿子申冤，要弄清楚是谁指使贼人打人。她猜测肯定是泓顺干的，但又不敢往下想，如果是怎么办，如果不是怎么办，她六神无主。她回想出事那天，忠瑞死死拉住她不让去救奉义，是否他已经洞察到什么，换子之事难道忠瑞早已知晓，聪明的男人不愿意捅破窗户纸，给她留着脸？是的，世上哪有亲眼见儿子挨枪子儿不让家人施救的？想到这里，云儿不由得倒吸了一口凉气。
　　委座不治身亡，玉婷已经发丧。云儿錾了一沓烧纸，准备给委座吊孝。她刚走近灵堂，立刻传来玉婷及家人伤心欲绝的哭声。云儿在纸盆子里化纸，她看到他们孤儿寡母，好端端一个家失去了顶梁柱，便跪在灵前装着麦秸的口袋上，忍不住大放悲声。想到受苦受难的宝贝儿子奉义躺在炕上，想到儿子当保长，委座当甲长，两个人亲如兄弟，而今，死的死，伤的伤，即使是世界上最刚强的女人，也被残酷的现实所击倒。委座为人善良，仗义厚道，从未与人结仇。家里说不上最富裕，但也四合院住着，日子平常、安顺、殷实。不知道得罪了哪路神仙，非要取他性命。原来只听说土匪杀人不见血，拿人钱财与人消灾，没想到老实巴交的委座会成为土匪的活靶子。
　　玉婷想不通，这是什么世道呀？莫不是委座当个烂甲长，与人结了怨？与云儿一样，她也不知道仇家是何方神圣，只是从土匪的片言

◎ 第九章　屡败屡战

碎语中判断委座之死与禁烟有关。

云儿哭了一会儿，被人劝住了。她给委座媳妇留下几块钱，三尺白布，算是随礼，另在灵前放了一沓烧纸，出了他家院门，径直往乡公所走去。

乡公所的一位老者接待了她。她问："发生在我们堡子的枪击案乡公所听说没有？"

"听说是土匪干的。"

"是你们乡公所派的土匪吗？"

"咋说话呢！奉义当保长是乡公所遴选的，咋可能派人枪杀他？"

"不是你们派人干的，是谁干的？"

"你们家是不是得罪谁了？"

"在保长工作所发生枪案，就像在你们乡公所发生枪案一样，甲长被杀，保长重伤，肯定跟保甲干的事情有关。他们能与谁结仇？催粮能引起杀人欲望吗？征兵能把人惹急到这个地步吗？晚上保上巡逻能让人恨到这个程度吗？修河护堤能遭人暗算吗？现在有的村子人连饭也吃不饱，谁有钱雇凶杀人，肯定是哪个有钱人干的。不管怎么样，他们是在工作时遭了黑手，你们必须给死者家属和受害人一个交代！"

"好好好，我们给上司汇报以后，调查调查，然后给你答复！"

"好，我在这儿等着。"

"好我妹子呢，杀人案是一顿饭工夫就能破的吗？狄仁杰在世也做不到呀，你先回去。"

"凭啥？"

"人命关天，我们不敢懈怠，马上派人去调查。奉义在咱乡好歹算是个名人，为乡亲办了不少好事，你家的事也是乡上的事。"

"那好。"

云儿从乡公所出来，内心无比愤慨。她要为儿子讨个公道，要个说法。儿子是在执行公务中得罪了人，不是给自己家争利益，她咽不下这口气。想到早年间自己与小小年纪的泓顺对簿公堂，云儿心头一紧：听乡党说赵喜贵、王全头都是她那个亲亲的儿子泓顺背后下的黑手，听油坊的伙计说憨憨也是他弄死的，难不成真是泓顺掏钱买枪非要结束奉义的一条命？想到这里，云儿不寒而栗。为啥他不与我的其

161

▶ 西堡子

他几个儿子争高下，非要置奉义于死地？难道是嫌奉义两口子住了有争议的老庄子北苑？如果是这样，我云儿就是儿子的罪人，是我害了奉义。要是那样的话，我和老二奉义把房子一换，我住到娃的屋子，看他泓顺能把我老婆子怎么样。人说血浓于水，泓顺总不至于跟亲娘叫板。不行，我得去泓顺家问问清楚，否则我对不起奉义，良心不安，后患无穷。

走到村口，云儿瞬间就改变了主意。且慢，我空口白牙地去找泓顺，弄不好让那俩老家伙笑话我栽赃陷害，我不能干这没里没面的事情。奉义已然受伤，再不能让泓顺跟着受牵连，他可是自己身上掉下来的一块肉呀！乡公所已然知道发生在西堡子的枪战，还是让上头调查事实真相比较合适，我应该相信政府会公正处理此事。等几天奉义身体恢复了，让他们调查，一定会水落石出。想到这里，云儿转身回到了家。

奉义出院的第二天，肚子上的缝合线尚未拆除，就接到了乡公所的通知，要堡子派人给保上收棉花。奉义顶着不办，非要乡公所对枪击案给个说法。于是，乡公所派了三个人带了一包麻花算是看望奉义，到西堡子走访了解事实真相。他们磨蹭到南门、东门两个大门口，分别询问曲生生、石奋。他俩一口咬定没有生人进城，更没有带枪的人进城，只有村民正常进出。在村民中调查走访，也未发现村民家中隐藏土匪。来人劝奉义想开点儿，先养伤，以后工作时多长个心眼，有事及时汇报，不要惹人，对乡党和蔼一些。然后，去了委座家，详细了解那天发生的枪击案。玉婷经过这一遭，无比痛恨土匪，她人财两空，已经陷入极度的悲痛之中，哽咽着如实给来人讲述了枪战的经过，人家一一记录之后，溜之大吉。

委座之死，犹如剁掉了奉义的一只臂膀。他尽管惊魂未定，但责任在肩，保上的事不能耽搁。他不顾身体有病，大清早起床，喝了一碗老妈熬的御麦糁，让媳妇清茶用围腰把他的肚子缠紧，以减轻疼痛。他让北巷子的甲长传话找五个人，连同自家弟兄五个，一共十个人一起出城，到城西边去给保上收棉花了。

这次出师格外顺利，一上午棉花就收齐了，奉义格外高兴。然而，倒霉人喝凉水都塞牙缝，噩梦再次降临。

第九章 屡败屡战

傍晚时刻,他们每人担着100斤左右的棉花往回走。西堡子西边没门,必须绕到南门方能进城。他们刚走到西堡子西面,路过连片的棉花地时,突然发现空气中弥漫着紧张奇异的味道。恍惚间,黑压压许多人已经埋伏在棉花地里,况且箭在弦上。是的,千真万确是土匪!土匪不问青红皂白,开枪就打,目标不是天上的麻雀,地里的野兔,正是收棉花的汉子们。情急中,汉子们扔下担子,不敢继续在路上行走,赶紧躲进棉花地里,四散逃开。老四奉智人高马大,爬在棉花地里一寸一寸往前挪,几乎快要爬到周陵跟前,眼看只差两行棉垄就与几个土匪遭遇上了。他听见脸上缠着白布的一个人说:"上次奉义狗日的命大,没打死。今天非把他弄死不可,要不然泓顺给咱们的三条黄鱼就泡汤了。活干得不漂亮,下次人家肯定不请我们,咱不得饿死?"

另一个土匪则叫道:"毛遂哥,我看捂肚子的那个像奉义,咱往路边走,再寻去。"

"好,保上有枪,小心他手上的家伙。"一群人又往地头的路边摸索过去了。奉智一听,吓得不敢动弹,唯恐棉花叶子发出声响,暴露他的身子。等到几个土匪朝相反的方向走去,他迅速爬到周陵后边,直往北边咸阳方向爬去。夜色掩盖了弟兄五个及另外几个人的身影。枪声不断,他们不敢互相喊话,甚至大气不敢出。老三奉礼一直往西爬,直爬到邻村村口才起身,一口气跑到王倒村他岳丈家。他惊魂未定一声不吭,坐在院子发愣。他的岳父早听见了枪声,还以为是谁在打鸟。眼下是深秋,过去捕鸟的人们用竹筛扣鸟是常事,种大烟后人们的心野了,再也不满足于事倍功半的筛子扣鸟,直接换成了鸟枪,反正火药不值钱。岳丈没想到竟然是土匪在打枪,是女婿在受难。奉礼夜宿岳丈家,逃过一劫,但他整宿未眠,牵挂弟兄们。

天黑了,城门关闭。云儿在家清点人数,竟差了三个儿子,奉义、奉礼、奉智都未回家,只有老大奉仁与烂脖项奉信跑回来了。听到密集的枪声,她判断三个儿子一定遭难了,自个儿号啕大哭起来,要扑出去救人,家人乱作一团。云儿和奉义的媳妇清茶有一个共同点,都长着一双大脚,另外几个儿媳妇都是小脚。这些小脚女人别说出去找人,平时抱一捆湿御麦秆行走都困难,于是,一群手无寸铁的女人们吓得不敢出门。此刻,她们除了啼哭,再无良策,只好等待天亮后再

▶ 西堡子

派人去找寻男人们的踪迹。烈性子的烂脖项奉信被老爸忠瑞死死地捆在院子的树上，怕他出去救弟兄们再遭毒手。

第二天，当公鸡叫了三遍，奉礼便在岳父的护送下安然地回到了家中，大家喜不自胜。他的媳妇相沫让他赶紧加入到找寻其他弟兄的行列。

家人开始在棉花地里找寻奉义、奉智。上天垂爱笨人，佛祖保佑穷汉，耶和华保护弱主。众人在棉花地里一字排开，展开地毯式搜索，直到临近渭河南岸，也未找见他们俩。于是，大太阳底下，他们又往回找，不相信两个七尺男子汉能人间蒸发了。功夫不负有心人，大家最终在西堡子北边周陵旁发现了大难不死缩成一团的奉智。他目光呆滞，惊恐万状，手脚冰凉，全身沾满了泥浆，像野人一般，几乎分不清身上是否穿着衣服。几个小伙子把他抬进了南门。

原来，枪响的时候，听见土匪的谈话，吓傻了这个无辜的汉子。恍惚间，他爬到井边、地头，在棉花地里打转，不知怎的又爬了回来。老四被寻见的消息传来，愁肠百转的李云儿，一口闷气郁结在胸口，大叫一声"我的智儿呀"，昏死过去。奉义媳妇清茶怀有身孕，加上一周之内两次受到惊吓，虚弱不堪，水米不进，也躺倒了。子侄们只好分三班轮流看护家里受惊的这些大人。

疏影为奉智脱掉脏衣服，打来热水，帮他洗净身子，整夜守在他的身边，用被子拥着他，劝他不要害怕，说二哥没事，三哥也没事，一切都过去了。即使媳妇说破天，奉智眼眸中闪现出来的仍然是恐惧不安，窗外的麻雀鸣叫，吓得他赶紧躲藏起来。直觉告诉他，弟兄几个一定会死在泓顺手上，二哥没死，迟早还会有一仗。不怕贼偷就怕贼惦记。他一天到晚钻进被窝不出来，饭也不吃，觉也不睡，可怜堂堂男子汉，魂不守舍，不出两天，竟然疯癫了。

让云儿两口子万箭穿心的是老二奉义活不见人死不见尸。西堡子数十个小伙子在大脚云儿的带领下，集体出征，寻遍玉米地的沟沟坎坎，阡陌小道，就是没有他的影子。南来的北往的商贩经过西堡子这个较大的地界，无一不被盘问。云儿派人日夜守住路口，逐个询问，仍然音信全无。奉义，这条造福一方的硬汉子，好像从人间蒸发似的不见了踪影。人们纳闷：奉义是人，又不是鸟，难道长翅膀飞了？

第九章 屡败屡战

各路外出找寻奉义的人马找遍了咸阳的条条大街小巷,甚至河边车站枯井,都没有一丝利好的消息。当所有人按时回到李云儿的屋里时,绝望的神情笼罩在每一个人的心上脸上,汇聚成一条噩耗:"奉义失踪了!"当娘的听到这个消息,万箭穿心,一口气上不来,晕了过去。

家里突然之间病倒了几个人,让忠瑞老汉乱了方寸,无所适从。尤其家里的主心骨云儿病倒后让全家大乱。一贯不进灶房的凝春、凝夏等姑娘们开始进厨房做饭,学校的老师三番五次来叫,孩子们也不上学,怕遭人暗算。偌大个家像要倾覆的大厦一样,山雨欲来风满楼!

母亲终归是刚强的。云儿刚刚清醒过来,便立即走到奉智的屋子,仔细询问当晚的情景。奉智只一个劲儿地哭。她不耐烦了:"哭啥呢,你到底看见啥了?看见冢疙瘩后面的鬼了,还是打你的人了?你身上的泥浆是谁给你抹的?"

她接过四媳妇疏影做好的面条,要喂奉智吃。奉智心里清楚,只是口不能言。见儿子光哭,连饭也不吃,云儿取出那根楠木拐棍,敲着桌子,对他吼道:"你一个大男人家,有话说出来,哭的能咋?"

"妈,顺……歪……人……杀光。"奉智说着,再次钻进被窝,滚到炕角去了。云儿真真切切听到"顺"字,不由得打了一个寒战。尽管奉智神志不清,但吐字依然清楚。云儿二话不说,拄着拐杖来到了楷瑞家。

"楷瑞,泓顺,你们出来,我有话问你们!"

楷瑞老汉连忙走出来:"嫂子,咋啦?"

"你叫泓顺出来!"

泓顺慢悠悠地将上好的鼻烟塞进鼻孔,使劲打了两个喷嚏,正在受活着,听见云儿来家,问道:"娘,你找我?"

"我问你,你为啥一而再、再而三害你二哥?"

"娘,可不敢胡说,你是我的救命恩人,我二哥跟我是发小,一块儿耍大的,小时候吃红苕,你一口我一口的,情同手足。退一万步,我俩都吃你的奶长大,都是你的儿,我咋能害他呢?"

"土匪说雇他们的人就是你!"

"娘,土匪嘴里胡说,能信吗?土匪的话能信,母猪都会上树了!"

165

西堡子

"不是你，是谁？"

"娘，我咋知道？奉义是你儿，你好好问问他得罪谁了，与谁结怨结仇了。"

"奉义失踪了，你又不是不知道！"

"是啊，我跟我爸也去寻了，没见人影。等将来他回来了，你问问他，到底是谁在害他！"

"我也不会等到那时候。是这，要不是你加害你二哥，你给我发个毒誓！"

"娘，你咋连我都不信？"

"我想你恨你二哥的理由无外乎他不让你抽烟，那伤人性命、磨人志气的玩意儿不离手，对你有啥好处？他收你烟具不是为你好吗？不说感谢也就罢了，你还找人杀他！"

"娘，真不是为戒烟，你也知道我不在乎那个破烟枪，况且我妈、我爸也反对我抽烟，我巴不得二哥把烟枪收走呢。你别胡思乱想了，这事跟我没关系，真的。"

"咱不说戒烟，当年关欣死在咱家桃园，她留下一张字条，写的啥你知道不？我打开窗子说亮话，跟你有关！我害怕别人知道，一手捂了，把字条吞了，你知道不？想着你年纪小，不懂事，长大就乖了，没想到你变成啥了！好了，我说啥你也不信，不扯那么远，我再相信你一次，赶紧给我发个毒誓！"

"娘，关欣的死跟我一分钱关系都没有。好好好，我发。要是我害我二哥，让我不得好死，死了让狗吃了去！"

"不行，谁害奉义，让他断子绝孙！"话刚出口，做母亲的心就塌陷了，谁愿意自己儿子发这样的毒誓呢？可是，她不能告诉泓顺真相，期待将来有朝一日学《赵氏孤儿》里边的程婴，以挂画的形式给他讲"换子"的经过，让他明白身世，母子再相认，现在还不到时候。在她犹豫迟疑甚至后悔之际，却真真地听道："娘，你听着，要是我害我二哥，让我泓顺从今往后断子绝孙。"

云儿连忙上前捂住泓顺的嘴，一行热泪顺着脸颊流了下来："其实，打死我也不相信你会杀人，因为奉义没惹你嘛！"泓顺给云儿端来椅子，请她坐下喝茶。看到一脸仁慈贤孝的泓顺，看到添置齐备的家

第九章　屡败屡战

具礼器，一口一个"娘"叫着，云儿的心再次软了。

她手中没有任何证据可以证明杀害奉义弟兄的就是泓顺，她甚至怀疑奉智听错了，杀害他们弟兄的肯定不是他。为了家庭成员的安全，为了香火延续，云儿得重新考虑一个万全之策，保全孩子们的性命了。

她不知道自己是怎样从泓顺家出来的，啥时候回到家里的。

云儿回到家里不到两个时辰，突然听到门口人声鼎沸。原来是糊纸扎的手艺人在门口准备给奉义布置灵堂。云儿气不打一处来，责问道："是谁让你们来的？"手艺人说："你们长门的伙计去交的钱，定的活呀！他让我们尽量布置得富丽堂皇，说奉义乡行好，你看，我把葡萄架跟金斗银女都拿来了……"云儿没有耐心继续听他们胡说些什么，气得肝颤，一脚踢过去，将搭好的棚子踹飞了："我奉义没死，没死，日你×去，诅咒我儿，你们给我滚，滚远！"

见李云儿气急败坏，手艺人哪里顾得上捡拾自己的工具，连颠带跑仓皇逃走了，空得了银子。手艺人走后，李云儿满腔悲愤，坐在地上号啕大哭："义儿呀，妈不让你当保长，你偏要当，你个不听话的冤家，你在哪儿呀？我苦命的儿呀，你在哪儿呀？"

正在母亲李云儿当众哭奉义的时候，老五奉信在后院摸了一把剪刀，闹腾地要剃头出家，嚷嚷着要到观音山去当和尚，或者到楼观台当道士，被奉仁死死地抱住。院子里人声嘈杂，一片混乱。

面对一个疯癫、一个失踪的窘迫局面，李云儿彻夜难眠，她得去找乡政府，不行就去县上、省上，她不相信开明政府不为民做主。

第十章　背井离乡

云儿胸口憋闷难忍，让奉仁叫来烂脖项奉信，当面对他说："你二哥不见了，你四哥疯了，你诚心出家我不拦你，但是，你必须把你二哥给我找回来！你们有手有脚，在哪儿不是吃饭穿衣？一个禁烟险些要了你们弟兄们的命，将来保不齐催粮补兵的，哪项不和保上发生关系？再出点儿什么岔子，你叫妈咋活呀？"

奉信说："妈，咱家里人多，弟兄们软势；我爸人老实，不受人欺负才怪呢！这两仗打得莫名其妙，打得稀里糊涂。我算是看清楚了，唯一想要取我们弟兄性命的是泓顺，要不然他为啥着急请人在门口给我哥布置灵堂？"奉信察言观色，看母亲有什么反应。

"不尽然，他也算咱长门的人，这几天也积极地找寻你哥，看咱事乱替我们分忧也是理所应当的，你不要误解了人家。"

"妈，如有谁能雇人雇枪，一而再、再而三地加害于我们？"

"你哥干的就是惹人的行当，咋能不引火烧身？谁让你们当初鼓动他当那烂保长？"

"烂保长？多少人想当还当不上呢！我哥不见影了，是万不得已跑咧！"

"从今往后，谁也不许提保长的事情。信儿，你明天就躲出去，把你二嫂带上，伺机寻找你二哥。有信息及时回家来告诉我们两个老的。"

"我糊涂的老妈呀，我咋能把二嫂带上，这算哪家的规矩？"

"咱家的规矩。你二哥失踪了，你二嫂现在怀孕着呢，保不齐哪天想不开，万一再有个三长两短，我们咋给她娘家交代？你们在外面躲一阵子，三五个月后，等她生了娃，也许就有转机了。"

168

◎ 第十章　背井离乡

"我不，要带让我大哥去。我也不出家了，我上观音山，不出一年，我绝对给你一个交代！"

"好，我的信儿，五个儿子数你最聪明，最能干，如今家里这样子，你能为妈分忧，你爸高兴。"

当说到老父亲忠瑞，奉信低下了头。父亲忠瑞无辜而绝望地蹲在院子墙角，一袋接一袋地抽旱烟，忧愁和煎熬写满他沧桑的脸。是的，这才几天时间，土匪害得全家大乱，物是人非，保不齐将来再有什么闪失，当真就要了父母的老命了。想到这里，奉信心软了，做人不能那么自私，得为大家考虑，于是，他彻底打消了出家的念头，答应了母亲的请求，同意带着二嫂出去。

"你到外边不管干啥，千万不要惹事，能睁两眼时闭一只，多用脑子少动手，凡事慢半拍。记着得饶人处且饶人，吃亏是福。"

"妈，我记下了。"奉信害怕保上的事情再给家里增加麻烦，他计划着替二哥安排好后面的事务。

奉信叫来了委座媳妇王玉婷。她男人坟上的新土尚未干，还戴着孝。要得俏一身孝。名门出身的少妇风韵超然，忽闪闪一对大眼睛会说话，格外迷人。她领着俩儿子，来到奉信的屋子不说话，只是一个劲地用袖子抹眼泪。接过人递过来的茶不喝，暖在手心："该死的活土匪，咱弟兄跟他们前世无怨今世无仇，他就这样狠心，杀人不眨眼，狗日的没长人心。奉信，你跟二嫂要出去躲一躲，你走了，二哥也失踪了，我们以后靠谁呀？"

"你听我一句，耐烦在家把娃养大，不要改嫁，你见过天底下哪个男人愿意收留一个女人外加两个吃货？再说了，还有你娘家老人呢。一定要提防门户，晚上不要出门，想办法再养条狗。有事尽管给我家弟兄开口，他们不会袖手旁观坐视不管的。"玉婷停止了抽泣，一边拉扯、聚拢着俩儿子。

"我替二哥留了一张条子，你仔细收着，乡上来人你拿给他们看。星期四甲长们要在你家开会，到时候你给他们念一遍。"玉婷娘儿们三个忐忑着回去了，一夜无话。

安排完保上的手续，趁着夜色，奉信准备离开西堡子。云儿包了两个包袱。奉礼悄悄给他包袱里塞了一包钱。弟兄几个怕泓顺发现，

▶ 西堡子

　　特意不走东门，出南门送他们。南门的曲生生见奉信一副逃难的落魄样子，想起自己当年来西堡子受到忠瑞的怜念照顾，不是送菜就是送面、送衣，不由得鼻子一酸，连忙开门放吊桥。没想到乱世硬是把祖祖辈辈在西堡子居住的人逼走了。他目送他们远去，一根大门闩咣的一声又把城门闩上了。曲生生走上城门，远远地目送奉信走出他的视线，城墙内奉义几个弟兄家人依依不舍地挪动步子返回了家。

　　人世间的聚散离合每天都在上演，为什么？爱恨。世上没有无缘无故的爱，也没有无缘无故的恨。保长奉义遭难在小小的西堡子一石激起了千层浪，保长自身安全都得不到保障，更何况一般的老百姓。一时间，悲凉与恐怖笼罩着整个村庄。

　　阴历十月十四的月亮是那样明亮，透过薄薄的云层照耀着离家的游子，冰冷的秋风刮进清茶的衣领，直袭她的前胸后背。小叔子奉信拉着二嫂清茶的手，顺着沣河堰直往南走。这条河是二哥跟村上小伙子们几十年来热爱并为此操心劳累抗洪救灾的生命之河，是他小时候夏天玩耍摸鱼、冬天滑冰的乐园。如今，那些充满着幸福与欢乐的日子一去不复返了，家人与西堡子在他们的身后渐渐远去，渐渐地模糊起来。

　　当天边露出鱼肚白的时候，他们已经走到秦岭脚下。平时天气晴朗的时候，远远看见终南山，隐约可见山峰重峦叠嶂，树木郁郁葱葱。如今眼前的景色与往日截然不同，清新的空气里弥漫着潮湿的气味，夹杂有淡淡的草香。低矮的民房，干净整洁的街道，牛马鸡猪圈养着，村口高大的白杨树笔直挺拔，山脚的村庄早晨竟是这样的安静祥和。奉信第一次打量这个陌生的地方，不管穷富，安定是最好、最难得的。他俩脚上腿上全是泥，脸上却洋溢着轻松的笑容，一副脱离凶险逃出魔掌的笑容。

　　他们放下包袱，抓紧时间在河边洗了一把脸。奉信冲着清茶的大肚子说："这一次，你给我哥生个儿子，就叫秦岭。"清茶白了他一眼："兄弟，再往西走，咱就上了太白山，我看叫李白还差不多，一穷二白。咱都快跟叫花子没有两样了，你还有心开玩笑？快给我找点儿吃的，肚子里这位吹哨儿的叫唤着要用膳，寻思着晚上在何处下榻呢。"

　　"侄娃子，大给咱出马要饭去呀，你跟你母乖乖的哦。"乐天派奉

170

第十章 背井离乡

信被责任感驱使，自言自语地说着，走进村庄准备讨要。见一个老人开门出来，他走上前问道："伯，咱这个镇子叫啥名字？"

"大召。前边的村子你肯定知道，名叫司马村。娃呀，你是从哪儿逃难过来的？"

"我是咱本地人，渭河南边西堡子面店子老三家的。"忠瑞老汉本来排行老二，因为父亲将他过继给别人，他嫌老二名字不雅，所以对外称老三，真正的亲兄弟终生未育，没有后代。方圆儿十里都知道忠瑞的面好，包子馅味道香，时间久了，面店子老三声名远播，无人不晓。奉信如此这般的介绍，老人高兴极了，赶紧回家叫醒老婆娃娃，邻居们也陆续起床开门。他们听说西堡子面店子老三家的人来了，异常兴奋。以前，每逢三六九高桥镇上人山人海，包括秦岭脚下逛会的人，南来的北往的会聚一起，自然去吃好的，买好的，数面店子老三最诚实，生意最可靠。酒香不怕巷子深，没有固定门面的面店子老三美名还真被人惦记，上了美食名录。

看官有所不知，老汉说的少陵塬上大召旁的司马村，它与西堡子齐名，都是古长安著名的村镇。"司马"本是官职名称，西周时始设，负责掌管军政和军赋。汉武帝时，罢太尉，设大司马，为将军之号。隋代以后，便不再设大司马。南宋郑樵在《通志》中记载：少陵原，乃樊川北原，自司马村起，至何将军山林，其高三百尺。从历史记载可见当时的人们已经用司马村的位置来描述少陵原的走势了。奉信远远地看见司马村村口那棵巨大的皂角树，这棵古树至少有上千年的历史。村口的三座唐塔在默默地向后世的人们诉说着昔日大唐盛世的辉煌。据老汉介绍，如今司马村并无一人姓司马，就像西堡子无人姓姬一样。岁月悠悠，历史的长河里究竟淹没了多少秘密，隐藏了多少无据可考的真实故事，无人知晓。

就这样，糊里糊涂的奉信跟二嫂又闯入了另一座名村——司马村。从此，奉信在街道撑起了面馆，量麦子，磨白面，包包子，炒臊子，像父亲忠瑞一样起早贪黑，守着锅台，没完没了地擀面、下面、捞面。他将南来北往的客人当作收集信息的来源，将传播寻人启事当作主要的营生，同时，饭馆也成为清茶躲避麻烦的避风港。

三个月后，我们的禁烟英雄奉义的媳妇清茶生了一个漂亮的女儿，

▶ 西堡子

取名凝改，意思是改一改风水。凝改是观音山住持五常法师亲自取的名字。以往，奉义春节前一定会去拜会五常法师，与他商量下一年山里的事务。因为他不但是西堡子的长门，还是保长，这是他的分内职责。文武双全的五常法师为什么非要从"改"字上给尚未出世的孩子取名，主要是因为唐时西京南郊的曲江寒窑留下了一段千古佳话：绣球儿单打讨膳人，三击掌父女反目断亲情，宁死不回相府院，饥寒交迫苦等薛平贵十八年的高干子弟王宝钏在相府排行老三。千百年来，封建的当地人认为三姑娘命运多舛，凝改正好是三姑娘。为了避免出现类似于王宝钏那样的悲惨结局和人生境遇，从人们给三姑娘取名起就显示出对孩子超乎寻常的关注与关切。

添孩子丝毫没有给家里带来幸福与喜悦。只是时间可以冲淡人们的思念之情，奉义失踪一事留给家人的痛苦有所减轻，毕竟日子还得继续，但对于奉信而言，却是度日如年。他抛家舍业，带领嫂子逃难，因为母命难违，重担在身呀！

这一天，面店里来了一位食客，看着面熟，奉信给他端了一碗面汤，经过询问，那人正是邻村一个卖羊肉的伙计，过去经常在面店子老三的摊子上吃饭，今天贩卖羊娃来到大召。小伙见到烂脖项奉信，惊奇地说道："五哥，你咋跑到这儿来咧？我前几天到你家门口，想着大娘平时爱吃羊肉，吆喝了好几声，没人应声。后来，大哥闻声出来警告我，让我以后甭在你家门口吆喝，说从此以后你家不买羊肉了，免得惹老人难过。"

"咋了？你还知道啥？"

"我问大哥为啥不见你跟会了，你大哥说你出远门了。自你走后，你四哥接着也没影了，活不见人死不见尸。大娘哭得眼睛……"

奉信睁大眼睛问："我四哥到哪里去了？"清茶给小伙儿调了一碗辣子蒜羊血，那人咽一口唾沫，把嘴一抹，津津有味地往嘴里刨着，说："听你堡子油坊的伙计说往东跑了，没影儿了。"

奉信说："该不是跑到西京去了？"

"说不定翻过西京，过了潼关，去了河南也未可知。"

"再甭胡说了，谁跑到那儿干啥，日本人在那儿作威作福呢。你听说过长安，长安，长治久安吗？谁往外跑呢？"

第十章 背井离乡

"那我就不清楚了。回去我给你打听打听,下次来告诉你。"

奉信听说四哥也失踪了,心底深处一股黑血往上翻。二哥奉义活不见人死不见尸,现在四哥也失踪了,加上我离家出走,家里只剩下木讷的大哥和和善的三哥,叫我慈爱的父母怎么活呀?眼下,坐月子的二嫂清茶思念二哥,不顾体虚柔弱,每天坐在进出秦岭的要塞上,一坐一天,俨然一块望夫石,逢人便打听我哥的消息。这还是人过的日子吗?

晚上,叔嫂两人盘点几个月来的流水账,除去买家具、粮食、调料、柴火外,钱已所剩无几。然而,思乡之情笼罩在奉信的心头,想起莫名其妙地遭人暗算流落他乡,不由得万箭穿心。他吧嗒吧嗒地抽着闷烟:一定要回去看看,我不相信土匪一天到晚就坐在西堡子箭楼上等咱,回去就一定命丧黄泉。是的,这个想法在脑际灵动地一闪,竟像十二级台风刮过一般,拦不住头。说走就走,他们决定关门一天,借了司马村财东家的一套硬轱辘马车,叔嫂两人带着凝改上了车。

多半天时间,他们就回到朝思暮想的西堡子护城河边。曲生生老远地跟他打招呼:"老五,你回来了?二嫂给咱大宅门生个啥娃?"

"一门亲戚。"奉信始终认为女儿迟早是人家的媳妇,与自己是亲戚关系。既然定位为亲戚,在娘家待的日子就是有限的,暂时的,心里得有倒计时的感觉才对。同时家里需要拿出十二分的热情善待女儿,好吃好喝的留给女儿,为女儿的幸福考虑。女儿在娘身边一天,就要和睦相处,好好珍惜,多少还必须带一点儿生分的味道,不允许家里歧视女儿,谁打骂女儿谁就是畜生不如。

"你看,你媳妇总生男娃,二嫂却总生女子,还不如你弟兄俩把娃一换,多好!"别看曲生生人长得不咋样,却偏爱男娃,无端地挑起是非,勾起了奉信对二哥无穷无尽的思念之情。

"男娃女娃都一样,龙生一个定乾坤,猪生一窝拱墙根。看好你的大门!"

"对,对,都一样,都一样,瞧我这嘴!"

奉信下了车,顾不得拴马,三步并作两步跑回家:"妈,我们回来了。"

"你回来干啥,不怕土匪再盯上?"母亲李云儿放下手中正在调配

▶ 西堡子

的外伤药。

"妈,我想咱屋人,我不怕。只是抽不开身,我四哥呢?有二哥的消息吗?我们一直找不见他。"

"你四哥,他……"

"好我的亲妈,还瞒我呢,我听说老四跑得没影了。"

"你咋知道?"

"邻村贩羊娃说的。"

"唉,我苦命的儿子们呀!听人说你四哥跑到兴平、礼泉一带给人家拉长工、打短工呢!"说着,云儿提了围腰擦眼睛。

"我四哥走的时候灵醒了吗?"奉信感觉他现在不但要找二哥,还得找四哥了。

"人一会儿灵醒一会儿迷糊,谁知道……"云儿再次提起了衣角。

奉信这次回家惊奇地发现,自从他们弟兄遭难之后,妯娌们空前团结,并且谦卑起来。母亲李云儿俨然部队的一个总司令,她指向哪里,大家打向哪里。

回到西堡子的几天,奉信每天在两个城门转一圈,在南北巷子溜达,想看看土匪长得红脸还是白脸,遗憾的是未见到土匪一根毫毛。他据此判断土匪是跟二哥较上劲了,并不会伤及无辜,所以,奉信决定把二嫂跟凝改留在家里,自己生意也不做了,执意要去部队当兵吃粮。

听说丈夫要浪迹天涯为国出力,奉信的媳妇韩枝哭闹不止,谁也劝不住。她跑到婆婆屋子门口,跪在地上,逼奉信给她一纸休书,否则长跪不起,死了拉倒。本来不受人待见又长得丑陋的韩枝呼天抢地地没完没了,云儿见状,并不理睬她。她手提上楠木拐杖,坐在院子,敲打着桌子,训斥奉信道:"你乖乖给我回到饭馆去,老老实实做生意。艺不压身,也许将来那里是你们安身立命的好地方。人身上总要系一根保险绳才好,观音山的营生难道不是我们西堡子的保险绳吗?"

"妈,你让我去嘛,也许我那俩哥哥就在部队,我找到他们就给你回信。"

"不行!棉花地一战,你二哥没了,你四哥也跑了,他俩已经让人操碎了心,更何况你个不省油的灯。你知道不,日本人在中条山以三倍于国军的兵力打仗，万一你个冒失鬼鬼迷心窍去了山西，炮弹不长眼呀！"

"妈，我这烂脖项狰狞面目，打仗人家未必要我。我不会枪法，到部队专门给战士做饭，让战士们吃饱了好打鬼子。你放心吧，妈，我不会正面跟鬼子打的。"

"不行，我放心不下，这乱世当娘的只有提心吊胆的份儿。"望着端端地站在院子的老二媳妇清茶和老四媳妇疏影，云儿一阵心酸，坐在凳子上，嘴里一遍遍叫着"义儿、智儿"，号啕大哭起来。忠瑞蹲在地上闷头不响，不住地挠头。他心疼儿子，更心疼老婆，每当云儿发威打骂儿孙，他从不挡驾，任她发泄。这次，哭归哭，训归训，云儿一门心思支持老五去做生意，只是要求他等收完麦子再走。忠瑞心疼儿子，最后，还是他出面，承诺自己一人想方设法伺候那些日益减少的庄稼，放儿子回到饭馆去。云儿起身一边和面，一边数落道："我可怜的儿啊，你们是上天专门派来折磨我的吗？我前世造了啥孽，聚拢不了这帮没良心的。"媳妇们大气不敢出，择菜的择菜，砸炭的砸炭，烧锅的给锅底下只管填柴。奉信嘴里嘟囔道："不让我打仗，我把挣下的钱全捐给山西去，让部队帮我找哥哥。"

后晌，吃完老妈给他们做的鸡蛋素臊子面，烂脖项奉信坐马车回到了司马村。临走时，奉信带上了二哥奉义的一沓子画像，那是清茶请人专门为奉义画的。

部队去不成，烂脖项奉信只好老老实实地回到饭馆。没想到，他们叔嫂俩回到西堡子，饭馆成了空城，从山里逃难的一群人将他们馆子里的面粉、馒头、面盆等一扫而光，那一个漏气的风箱也未能幸免存生。

奉信一贯贤孝仁慈，他继承了老爸忠瑞的生意经，一贯赊账所以没存下一毛重新开张的本钱。无奈，这个粗糙的汉子顾不得祖上不许骂人的家训，撕下脸皮在门口跳骂起街来，痛痛快快地发泄了一顿对流民抢劫的不满，直骂得日头躲在云底下，狗娃舌头舔脸颊，北瓜羞得不开花，麦叶儿拧成了绳疙瘩。贼走了关后门——迟了，他不得不重打鼓另开张。

顽劣的老五奉信发誓凭一腔热血打开局面，做出一点儿成绩给母

▶ 西堡子

亲看，活出个样儿来给自己看。

一年后，当地的地痞、流氓出得山来经常来饭馆寻衅滋事。奉信像一只无人敢管的雄狮不惹事，不怕事，兵来将挡水来土掩，暂且能安身。可是，钱财眼前过，加之不停有吃大户、借债的可怜人，他的能力有限，即使国家开仓放粮也解决不了流民的吃饭问题，何况一介草民。他做出了一个大胆的决定，去西京开饭馆，确信西京地盘大，国民政府一定能保护他，朗朗乾坤，坏人一定无法施展法术。是的，一定要先斩后奏，暂时不告诉家里，最起码可以逃脱土匪的纠缠、流氓地痞的侵扰，也免得老娘李云儿跟着提心吊胆。

现实毁灭了抗洪、禁烟英雄奉义治理好家乡的美梦，一个硬汉生死不明。巍峨的秦岭难以抵挡亡命之徒的骚扰，奉信举步维艰，在这国难家仇的节骨眼上，好汉们在苦苦找寻安身立命之道。

第十一章　吉人自有天相

秦岭观音山门前溪水潺潺，经管寺庙的僧人在紧张有序地忙碌着，一则喜讯在众僧中传递，昨天被送上山的那个汉子醒来了。

崇山峻岭北坡。在鸡窝洼一间简陋的房子里，一位中年汉子正端坐在炕边，怜惜地望着躺在炕上的这位中等身材身着白褂子的汉子。对，炕上躺着的不是别人，正是西堡子与土匪在棉花地激战的保长奉义。而坐在炕边的男人正是原先染坊的老板聚会！

那天，收棉花回来的路上，奉义一行十个壮汉突然遭遇不明来路的土匪伏击，手无寸铁的汉子们听到枪声后四散逃跑。弟兄们只听到奉义大喊道："通天的大路千万条，孙子，来抓我呀！"大家理解了奉义的意思，彼此不敢吱声，各自保命。黑压压一群土匪包围了奉义，混乱中土匪击中了他的左胸，他顿时重重地跌倒在地，鲜血染红了白褂子。土匪们围拢上来，发现中弹的正是奉义，因为他肚子上有枪伤。毛遂确认奉义闭眼蹬腿已经死亡，便收拾起家伙走人。

等土匪们全部跑光了，聪明的奉义不再闭气，站起身来，穿过玉米地，顺着河道往上游走，身后滴落下点点滴滴的鲜血。眼看就到秦岭跟前，因为失血太多，他重重地跌倒在沣河滩边，昏迷过去。

等他清醒过来，发现自己躺在陌生人家的炕上。是甘甜的沣河水滋润了他的喉咙，是命运安排他走向坦途，原来，是一位戴着礼帽，着一袭白衣裤，圆口皮鞋，戴着金丝眼镜，留着长发和络腮胡子，看上去斯斯文文的男人救了他。这个男人是从五王镇讨要生意钱款回来的路上发现奉义的。他现在经营着一家茶叶店，尽管店面不大，但买卖兴盛红红火火。当时，夜色朦胧，他并没有认出浑身是伤的奉义，只听得被救之人嘴里不停地念叨着"泓顺、泓顺"，引起了他的注意。

> 西堡子

世上有几个泓顺，这难道又是一个被他算计的人？事不宜迟，先背回去再说。

山村的夜晚异常寂静，昏黄的灯光下，这位白衣男人父子俩给这位可怜的落难之人擦洗身子。猛然，他发现自己背回来的这个人跟西堡子的保长、他的恩人奉义是那样相像。是的，就是他。他连忙呼喊："二哥，二哥，我是聚会呀！你醒醒，醒醒。"清醒过来的硬汉奉义，不由得长长地叹息了一声："瞧你那胡子！小小人寰，尽在家里打转。"这位西堡子的后人不是傻子，为了避免泓顺再找到他，也避免过去的主顾找到他要布，所以，更名换姓，偏安一隅，苟且活着。

奉义的枪伤得找一个僻静的地方，找个好医生给他治疗才行。当晚，聚会折回五王镇，找了一个著名的外科医生，从奉义的胸膛里取出那颗罪恶的子弹。子弹是取出来了，可是人一直昏迷着。聚会将茶叶梗炒热焐在伤口上，恨不得一夜之间让二哥伤口痊愈，早日康复。

聚会的屋子人多眼杂，是非之地须尽快离开。聚会决定将他转移到安全的地方。当晚，奉义被顺利送到了观音山。他临走时只叮咛了一句话："师傅，请用最好的药，我来付账！"

睿智的五常法师利用奉义治伤的机会，巧妙地给他上了一堂生动的佛学课程。与五常法师相处了十天之后，奉义好像变了一个人。是的，他深深地陷入沉思之中：多年来，我受到来自家族和乡党的爱戴，在家乡好歹也算半个名人，保河堤，禁大烟，捉坏蛋，造福一方，并无半点儿私心杂念。而今，土匪一再陷害咱，肯定问题是出在自己身上，不妨听住持一次，还一个正念给自己。于是，一个念头掠过他的大脑：我不如将计就计，改名不换姓，以后就叫"泓顺"，在外面混几年，看看以后的光景能不能顺过来。

山上的日子是清苦的，多亏聚会隔三岔五上山送些补品衣物，使得奉义很快康复了。恢复健康的奉义为了不再给山上增加麻烦，也为了更好地保存实力，某一天早晨，偷偷地不辞而别，下了山。

他孤身一人来到了西京城。展现在他面前的是一幅更加富有戏剧性的人生画卷。

第十二章　如雅的心思

奉义这个眼中钉肉中刺消失了，西堡子再也无人敢跟泓顺较量，他的日子像西堡子城门上的泡钉一样金灿灿、亮晃晃的。

如雅昨晚又是一宿未眠，清早，她感觉头晕脑涨，起床后硬撑着把自己一尘不染的屋子齐齐地扫了一遍，这是她每天必做的功课之一。扫完房子，她到后院灶房看做饭的柴火是否足够，硬柴码放是否整齐，锅灶是否干净卫生，这还是她每天的功课。见伙计们把一切收拾停当，准备做饭，她回到前院，轻手轻脚上炕，安静地躺在熟睡中的儿子俊杰身边，拿起前天正在阅读的《西厢记》，胡乱地翻看起来。书是伙计李梦秦带来的。他知道女主人认得几个字，炕头摆放着几本发黄的线装书，便将自己的书借给她看，让她打发无聊空虚的时光。通常这个时候，姐姐翠莲肯定会在美梦当中，她知道伙计早已经把她的尿盆子倒掉了，起床了也无事可做。

翠莲和如雅姐妹两个，精心照顾抱养的儿子俊杰，伺候公公婆婆。尽管同吃一锅饭，同住一廊檐，西堡子人对两个媳妇的评价却截然不同。翠莲骄奢刁蛮，不吃一毛钱的亏；如雅则势单力薄，尽管公婆疼爱，然而，未能完成传宗接代的天职，特别让她的男人失望。村民对她则更多的是关心、理解、同情。她跟自家男人一样，见人不笑不说话，先叫人才开腔。

男人不用眼皮睐她，使年纪轻轻独守空房的如雅食不甘味。母以子贵，妻以夫荣，想到将来泓顺万贯家财的去向，她不免惶恐起来，开始四处求访名医，治疗不育不孕。倒掉的药渣能装几架子车，药罐子熬炸了七八个，黄汤喝得人皮肤发暗，无精打采，就是不见肚子有什么动静。听人说两口子选择一个月中女人身子最"重"的那两天同

179

西堡子

房可以怀孕,她不解其意,盲目吃了许多盐,感觉肚子发胀,身子往下沉,果真是"重"了。她梳妆打扮得漂漂亮亮,专等泓顺到她屋子,给荒芜的土地一颗种子。泓顺如一头外表温顺内心狂野的马精,每天吃饭睡觉前,必到翠莲房子坐一坐,就是不到她的房子来。她端起一碗做好的红烧肉到自己房里,叫伙计请男人晚上回来吃上两口。男人吃完红烧肉,刚放下筷子,如雅打来洗脚水,试试水温正合适,准备为他洗脚按摩。她轻声地问道:"你今晚在姐房子睡还是——"

"我在咱妈房子睡。"男人一脸的愠怒。

"今儿黑你在我房里睡,得成?"

泓顺后晌在李想家刚刚吃了一顿大肉饺子,外带红油腊牛肉,凉拌豆腐丝,一点儿不饿,觉得如雅做的红烧肉不香,反而很腻。他坐在炕边,一双脚放在铜盆里任如雅摆弄,心还在李想身上。他想不通,同样是女人,为什么李想白皙的皮肤让人心动,如雅牛奶一样光滑的皮肤让他一点儿也兴趣没有?人常说偷着吃的馍香,难不成李想就是那偷来的馍?每天只要一闭上眼睛,李想胸前的那一对白鸽子总在眼前晃动,花瓶一样的腰身总浮现在脑海。可是,李想是别人家的女人,有自己的男人,不会把心思全部放在他身上,她贪图的是钱财。说起钱财倒不是啥缺物,咱空有花不完的银子,关键是纵使给家里这俩花瓶吃山珍海味也无济于事呀,多少年过去了,一个娃毛也没见。世上女人多的是,你俩不生养,人家李想为什么能生,还是你俩没本事。想到这里,他一脚将水盆踢翻了,嘴上叼起了旱烟锅子。如雅满腔的热情被这一盆洗脚水浇灭了,她强忍着泪水,收拾完,呈给男人一碗清茶,笔直地站在一旁,俨然一个做错事的丫鬟。

"我们一定是哪儿出了问题,你看我们的俊杰都多大了,咱俩再生不出来娃,我咋对得起你呢?"

"对不起还能咋?你那九子滩破盐碱地能长出庄稼?"

"你一个月到我屋子才来几趟?"如雅不再跟他掰扯盐碱地的论调,抓住机会播种是正理。

"我到你屋干啥?你一天吊个脸,好像谁把你的黑馍偷吃了。你以为你认得几个字,读过几天书,尾巴就可以翘到天上去了?你也不打听打听,我西堡子谁不读书,谁不认字?念书能让银子长腿跑到家里

◎ 第十二章　如雅的心思

来?"泓顺轻描淡写却也掷地有声,把一肚子的火气吹到如雅的脸上。

"我吊脸咋了?你一天到晚不回家,我笑给谁看呢?"如雅反问道。

"我回来干啥,看你的驴脸?你以为你长得好看,好看女人多如牛毛。好看有啥意思,地好必须能长庄稼才行,女人好能生娃才行。"

"你不种,我拿啥长呢?"

"就你那烂地,种啥都白种。"

"你一天逛窑子,睡野女人,啥时记着给自己种过地?"

"你说啥,你看见我逛了?"泓顺站起来狠狠给了如雅一个耳光,"滚,你今天就可以走了,休书你自己写,我给你签字,回头叫梦秦给你妈送去。"说着,径自走了。人常说揭人不揭短,打人莫打脸。泓顺见如雅揭他的短,暴跳如雷,怒不可遏,恨不得给一碗凉水把她生吞活咽了。

泓顺走了,如雅目光呆滞,坐在炕边发呆。她不敢离开房门半步,从这样的富裕人家走出去,没人会要她。西堡子里有钱人不少,但是像泓顺这样帅气阔绰的男人还真没有。自己不生育,婆婆公公从来没有半句怨言,总开导她说你还年轻,以后有的是时间。俊杰尽管不是亲生的,但是聪明、乖巧、上进,在学校老师爱,同学喜欢,回到家里听话勤谨。当年公婆年轻不生育抱养了泓顺,而今泓顺抱养了俊杰,这日子咋像河水一样,浪接着浪,浪推着浪,留下的尽是沙子。当真日子过不成了,我咋从这屋子出去?哪里能容得下我一个弱女子?

泓顺平时在大老婆翠莲屋子住,尽管她也不生养,但她天生是一头顺毛驴,睁一只眼闭一只眼地惯着他。让泓顺窃怕的是人家娘家有钱有势,弟兄们多,人多势众,尤其翠莲的舅舅是白云腾的顶头上司,在北平当大官。泓顺能在西堡子呼风唤雨还不是依靠他姨夫那座大山?不看僧面看佛面,他不敢动翠莲一根汗毛。即使翠莲许可泓顺纳妾,并不代表可以任他胡来。风流成性的泓顺也不傻,表面应付翠莲,内心一直向往外面的野花,两口子且能凑合过,从不拌嘴打架。随着年龄增大,翠莲开始发福,胖得端坐都喘气,喝一口凉水歇三阵子,一天到晚烧香拜佛,闲了给老人逗乐开心,能说会道、如鱼得水的样子。她非常喜欢收拾头发,今天烫发,明天盘发,一会儿飞机式,一会儿波浪式。她格外喜欢香水,西堡子百货商店的香水专门为她一个人进

西堡子

货。她将香水喷在被子上、家具上，当然还有衣服上、身上、头发上。一般人走进她的房子根本受不了，熏得人头晕脑涨，五迷三倒。

几年来，泓顺奇异的癖好在西堡子传得越来越离奇，越来越神乎。夫妻床头那点儿喜乐事，自古行得说不得，说得看不得。泓顺的癖好偏偏就是与翠莲行乐让如雅站在一旁观看，为他俩端茶送水，还得为他们加油助威。如雅好歹上过几天学，知廉耻荣辱，誓死不从，被泓顺拉扯强迫，绑在家具腿上，不许闭眼。如雅声嘶力竭地哭喊道："不要脸的货啊，猪狗不如，不知羞耻的东西，过去的帝王有三宫六院都干不出你们这等龌龊之事！"见如雅破口大骂，那俩人越发兴趣高涨。泓顺大冬天脱光如雅的衣服，拽着她的头发，将她用绳子吊起来，不许她闭眼。如雅呼天不灵叫地不应，任眼泪哗哗地流着。他们旁若无人在炕上"咿咿呀呀嘿咻嘿咻"，大尺度哼哼唧唧，千般自在，万般销魂。

等他们尽兴了，再去解开如雅身上的绳索，发现她已经奄奄一息。就这么天天晚上折腾一次，一个月后，如雅肝气郁结，形容枯槁，魂不守舍，情丝神游。老公公或许早已知情，只是碍于情面，不敢前去管教儿子。家里的伙计们都是单身汉，夜晚听着东家干柴烈火貌似咥实活，正好配合指头，自己消受一回，哪个敢离开自己的屋子半步，前去干涉？

纸终究包不住火。村妇们闲来没事嚼舌根，把那行得说不得的房事描绘得有声有色、有情有节，被编进了顺口溜传开了：古有西门庆，今有新油庭。单枪骑快马，熬油打双灯。说什么脂正香来粉正浓，分明是醉卧红绡泪盈盈。说什么环肥燕瘦富贵梦，分明是宅院深深桐花穷。到头来劳燕分飞各自忙，枉吃了斋饭熬瘦了青灯。

话是一股风，如雅娘家离西堡子只有七八里路程，她兄弟来找泓顺算账，为姐姐讨公道。无奈有钱人家家丁多人手广，亲亲的没隔层层的姐夫泓顺觍着"我是天王我怕谁"的嘴脸，热情招待小舅子并巧言遮掩。她的兄弟无功而返，还惹了一肚子气。泓顺有一句口头禅："活人给个盆，死了给个坟，嫁到我家是我家人。"自古以来，不管是皇上的娘娘还是要饭的棒棒，没有娘家父兄撑腰的女人可怜，谁都知道娘家父兄拳头的软硬和银钱的多寡就是姑娘在婆家地盘的尺寸和说

第十二章 如雅的心思

话的分量。如雅也不例外,兄弟软势,她只好打折了胳膊往袖里揣,委曲求全度日。

如雅做小得不到疼爱,遭人蹂躏,凄惨度日,貌似无人同情可怜,然而,有一双敏锐而细腻的眼睛却在关注她的境遇,他就是汉中来的伙计李梦秦。他背过泓顺和翠莲,偷偷给她端一碗开水,拿一个蒸馍,送点儿吃的。这本来不是他的分内之事,一个院子住着,他实在不敢昧了良心装聋作哑。主仆们在一个屋檐下经历着天下所有家庭共同的酸甜苦辣,黑白转换。

春天到了,天气逐渐暖和了。这一天,听说宽展给泓顺在咸阳找到九间门面房,价格公道,要东家亲自看房定事。如雅以为这次可以顺便带着她顺路回一趟娘家,看看老娘、老爸散散心,没想到泓顺却要光明正大地带野花出门。

吃完饭,伙计狗娃早已套好了马车。东家准备带漂亮的李想出城,她已经在小东门外等候多时了。一对野鸳鸯郎才女貌,在人面前显得那么般配、那么和睦。翠莲这个聪明的女人才不会理示男人跟谁去干啥,趁着男人不在,她扭着她那胖屁股,晃着胸前两个大奶,一路摇摇摆摆去北巷子赌场打牌去了。楷瑞跟老婆在午睡,黑绒布绣花门帘上的风铃被风吹得丁零当啷。大狼狗卧在门前,四肢直直地贴在地上,舌头伸出口外,呼吸急促。家里死气沉沉一片。

三月十五逢集,梦秦起个大早,东家让他到集市上去买树苗,村北边新买的庄子需要提前栽种上树木。在汉中老家,人们喜欢栽种毛竹,梦秦家也栽种了成片的毛竹,既可以卖竹笋、笋衣,又可以卖成竹。他发现秦岭北麓气候寒冷,毛竹无法成活,栽种毛竹的想法只好打消。他看见柳树、杨树、桑树、槐树、柿子树等树苗,随意各买了一些,拉了回来,心想只要有人卖,肯定能种。他一个人甩开膀子,抡圆镢头,在大门口挖了几个树坑,准备将桑树种下去。挖好坑,他担了两担水倒进去,等待水渗下去,然后再栽种覆土。泓顺出来发现梦秦在给门前栽桑树,如山西的扁担——大翘(臊),责问梦秦:"前不栽桑,后不插柳,你懂不懂?我看你是纯心搞怪。"梦秦丈二和尚摸不着头脑,问:"哥,有啥子讲究么?"

"当然了。桑与丧谐音,主凶,预示命运多舛,大不吉。后院栽柳

▶ 西堡子

暗示女人不守妇道，等于向世人宣示自家女人风流成性，想野男人。亏你还是教书匠，我以为你懂得多呢，没想到碟子盛水能看见底儿嘛！"

梦秦到底是聪明人，连忙对泓顺说："我们那里没有这讲究，那我将前后打个颠倒，好吧？"

"你天黑前弄完，树还要缓性呢。你好生在家看管，跟狗娃多学着点儿，哪儿都甭去。"

东家泓顺走后，家里冷清多了。李梦秦栽完树来到如雅的房间外边，站在门口，轻声问道："二嫂，现在吃饭不，我给你端饭去？"里边静悄悄的，死一般沉寂。他不由得提高了嗓音："二嫂，人家都吃完饭了，你要不要吃一点儿？"里边仍然没有声音。梦秦顾不得礼数，掀开门帘，见如雅躺在炕上一动不动，觉得奇怪，便放大胆子走近炕边。如雅有气无力地说："让我死吧，日子没法过，给我找点儿老鼠药，我不想活了。"梦秦劝她："别这么想，再熬几年，你还年轻，新庄子门口的树过两年都能长成参天大树，给人遮挡阳光，让人乘凉；路边的小草被牛踩人踏的，每年春天按时都绿了，更何况人呢？"

"树能结果，草能结籽，我能干啥？天要灭我，它不让我活人，活着不如死了干净。"如雅用被角抹泪。

"人活着有三大乐趣：有希望，有事做，能爱人。你还有希望，人不光为自己活着，想想牵挂的人，你爸、你妈、弟弟，还有……"

"还有谁？"

"还有我！"梦秦使出打夯的力气，却发出了低低的声音，低得好像只有自己能听见，不过还是被如雅真切地听到耳内。

如雅听到这三个字，一股暖流从心头涌起，流遍全身。是的，从小到大，还没有人对她说过这么知心的话。她嫁给有钱人家，实指望能男欢女爱，儿孙满堂，享尽人间富贵，至少平平安安，衣食无忧。没想到泓顺待她如此的薄情寡义，整天只知道拈花惹草，三个五个脏的净的都往怀里拉。有那些女人占着他的怀，即使她死了，他也不会掉一滴眼泪。眼前这个年轻人，尽管比自己小两岁，但他一介书生有胆有识，很同情自己。如果能与这样的男人结合该是天设之合，地造之美。可是，人家一个大小伙子前途无量，能看上一个整日遭受男人

第十二章　如雅的心思

蹂躏的脏身子吗？她不是不喜欢他，而是觉得自己没有那个资格。自从梦秦前年来家开口说话，她那颗不再年轻的心就怦怦地直跳，一种从未有过的感觉在心头荡漾。从他的眼神中她感受到了从未有过的温暖，从未有过的激动与兴奋。从那天开始，她莫名其妙地感觉每一次跟泓顺同房，简直就是对梦秦的犯罪，是猪狗不如、肮脏不堪的可耻行为。要不是为了能在西堡子久留，为了面子，她才不会做什么红烧肉讨好那个男人，吃什么让身子重的清盐，把一个水灵灵的小娇娘变成了腊肉干儿。

她十分向往一种叫作恋爱的东西，当年在咸阳上学的许多同学都是自由恋爱结婚的。这是民国政府所倡导的婚姻观。她家贫如洗，从来不敢奢望得到什么荣华富贵。来到西堡子，她得到了别的姑娘梦寐以求的衣食无忧的日子，然而，生活就像咀嚼洋蜡一样，甚至可以说掉进了万丈深渊。在一天天的对比与幻想中，她反复问自己：难道我与梦秦之间产生了传说中的朦胧的爱情，这个叫作'爱情'的东西能让人如此羞怯，却又感觉如此美好？她整日在卑微与故作高傲之间慌张迟疑，放不下尊严，却极力想为梦秦做点儿什么。而此时的梦秦只是一个伙计，浑然不知如雅的心思。今天，他单独走进主人的卧室和如雅说话，声音里饱含的温情是她所期盼的，受用的，尤其是梦秦那富有磁性的声音，是那样让人心动，那样让人灵魂不安。

梦秦见如雅羞涩地偏过头去，自知言语唐突，连忙道歉："你的处境让我担心，我一个外来之人，不敢奢望什么，你好了，我就放心了。"听到这样的知心话，如雅想起身为梦秦回个礼，但浑身乏力，四肢也不听使唤。他示意她继续躺下，就这样一个躺在炕上，一个坐在炕沿上说话。

"你也不小了，该给自己张罗媳妇了。"

"我心里已经有人，谁也取代不了。"听到这一句话，如雅心里扑扑直跳，开口说道："别傻了，她不适合你，她不配。"

"是不到时候，等将来有一天。嫂子，你安心休养，身体是做事的基础，有雨过天晴的那一天。"

"叫我姐，以后不要叫我嫂子，生分。"

"好的，当别人的面叫嫂子，没人时叫姐。"

西堡子

"好,嫂子。哦,错了。姐,也许你不知道,前些天,我在后院看见黑房子里有一堆好东西,你猜是啥?"

"草料么,还有啥?他还能把钱藏在后院叫猪拱了?"

"我发现有五只短枪,11杆长枪,四箱子弹,还有手榴弹。我想等你好利索了,咱俩把这些东西运出去。"

"啊,我咋不知道?枪不是都发给油坊的伙计了,咋还有呢?你说把枪运到哪儿去?"

"延安。"

"延安在哪儿?"

"在陕北,许多人都去了。那里没有纳妾,没有剥削,没有压迫,没有人敢无故杀人。我先去,将来你也去。"

"我?我不敢,除非咱俩一起去。门口一天到晚有人把守,笼中鸟咋飞得出去呢?"

"找机会。"

"他杀人不眨眼,笑着吃人,你千万不要激惹他。天总会亮的,你相信我。"梦秦喜欢如雅的气质美貌,同情她的处境。如雅喜欢梦秦英俊善良,有正义感,两颗年轻的心贴得越来越近。梦秦不能给如雅承诺什么,他有更大的理想抱负,处在矛盾纠结中。人往往在心爱的人面前显得谨小慎微,甚至有些卑微。他连自己喜欢的如雅都救不了,何谈革命理想,拯救大众?

几年前弟兄两个从家乡跑出来,弟弟李梦唐只念过几年书,身体柔弱,在西京跑堂打杂,前一阵听说在一个卖调料的铺子当伙计,混口饭吃。他流落到此,暂时安身。按理他们去重庆更方便,更能施展才华,可是,延安那片热土令人向往,人人平等的民主气氛,军民一家的鱼水情谊更吸引他们。无奈,弟兄俩囊中羞涩,只好先挣路费,再伺机北上。有人告诉他俩八路军在沿途设有接待站,可以周济他们。为了安全起见,他俩还是决定不给人家添麻烦,自己解决盘缠。弟弟先去了西京城,梦秦留在西堡子蓄势待发,相机而行。

梦秦起初并未在意泓顺的家事,夜深人静的时候,是前屋传出来的奇怪声音引起了他的注意。按理有钱人家三妻四妾习以为常,在他们老家也司空见惯,而西堡子只有泓顺一个人纳妾,应该夫妻和顺才

第十二章　如雅的心思

对，奇怪的是经常在家里听见哭声，而且是年轻漂亮的小妾在受辱。通过观察发现，如雅有文化，懂大理，不是一般的女子。年轻人的好奇心驱使他要了解其中的原委。泓顺并不给他提供与西堡子其他人接触的机会，他只能从言谈举止中体味、了解如雅的身世。原来在这样的大家庭里，人是分三六九等的。翠莲是高高在上的女皇，连两个老人也怕她三分。而如雅的地位甚至不如伙计，有时连门口的大狼狗都不如。他有心帮助如雅，无奈人多眼杂，家规难违。今天碰巧家里人少，他避开耳目，才有了与如雅近距离接触的机会。

没想到，如雅的一颗痴心里早已是良田万顷，波涛汹涌，专门为他守望。爱情的力量是无穷的，有了梦秦的爱意，如雅的日子从此变得有希望、有盼头了。幸福往往就是这么的一丝丝情意。

时间过得很快，转眼间到了阴历六月二十九，适逢如雅娘家过会。月底，泓顺忙着在油坊盘点，伙计狗娃回来捎话说，东家让老掌柜安排家里伙计陪如雅走亲戚，特别叮咛把礼物拿重点儿，今年油坊的生意好。

梦秦早起吃罢饭，喂了骡子，开始套车。翠莲把伙计蒸好的十个礼馍点上红点装在食盒子里，已经买好五色点心放在笼子里，在西堡子夜市买的甜瓜单另放在车上，一切准备就绪，打发如雅出门。这种事情翠莲总做得滴水不漏。

阅人无数久经沙场的老掌柜楷瑞老汉早看出了伙计梦秦喜欢如雅，村子也有人说闲话。他与老婆商量，既然人都说他俩有私情，不如将计就计，让他俩把生米做成熟饭，将来生个一男半女也算留个后，给俊杰做个伴，百年之后，坟上也有送寒衣的。手段高明的楷瑞心里明白，让他俩走一回亲戚，等于向世人宣告：我们心里没冷病不怕吃西瓜，不怕他俩干下啥有伤风化的事情。传宗接代永远是女人活人立命之本，借陌生人的种总有烂包的那一天。名正言顺给他俩制造一次近距离接触的机会，一个单身汉没底、没面、没家、没脊，给他塞个女人留个种，两全其美，各取所需，料他一个外乡人，一个伙计，纵有一百个胆也不敢得了好处还四处炫耀卖乖。老两口商量妥当，此事瞒泓顺一辈子，他稀里糊涂当了爸，说不定高兴得不知道东南西北呢。再退一步，李梦秦的五官与泓顺长得非常相像，不知情的搭眼一看，

> 西堡子

还以为是亲兄弟俩，这不是机缘巧合，难道是上天的安排？

话说主仆二人出了东门，田里挤满了一望无际即将成熟的御麦，珍惜土地的农民密植广种，看来又是一个丰收年。自从如雅嫁到西堡子，泓顺除了回门，几乎没去过丈人家，街坊邻居大多不认识他。今天她与梦秦一起回娘家，长袍穿在梦秦身上，猛乍一看，连身段都与东家那么似像。道路坑坑洼洼，轿车一路摇晃，终于到家了。梦秦伺候女主人下了车，站在如雅娘家门口不敢进去。善良的父母兄弟将他迎进门，菊花茶招待。野菊花是他们九子滩地里最平常不过的出产。傻兄弟打趣姐姐："你家的伙计咋越来越像姐夫了，你跟他倒像两口子。"

"傻子，甭胡说，家里的伙计都是你姐夫？叫人听见笑话。汉中一个教书匠，你上次去到我家借油不是见过了？"如雅说。

"我忘了。我姐夫不待见你，我看你俩不如就此跑了算了。"

"他还有事没办完。"

如雅的娘家小门小户，没有几家亲戚。趁饭前的空闲时间，如雅将梦秦领到那间小小窄窄的厦子闺房里。里边是父母给她盘的土炕，炕脚下是一条长板凳，上面架着一个大木箱子，里边装她换洗的衣服、被褥、油灯、墨盒和毛笔。自她出嫁后，这个房子一直空着，里面落了一层厚厚的灰尘。在如雅的潜意识中，她应该找一个疼她、爱她的男人才对，要不是当年父亲用了泓顺家的巨资，到期无力偿还走投无路，她何尝愿意给人做小。即使她锦衣玉食、穿金戴银，也改变不了人们对当偏房的偏见。在闺蜜中，只有她嫁到财东家，只有她给人当了小妾。每次回娘家，她总感觉低人一等，矮人三分，从村口就开始将轿帷子拉紧，唯恐乡党看见了笑话。

梦秦第一次跟随如雅回娘家，且身不由己地到了她的闺房。恍惚中，如雅穿越到多年以前的少女时光，羞涩的梦秦也神差鬼使般地跟进。就在他尚未回过劲儿来的时候，如雅猛然转身，右手捂着眼睛，说道："灰尘，灰尘迷了眼睛。"她右手朝前摸，刚好摸到梦秦的胸膛。小伙子一时慌乱，说道："你站好，我吹吹！"如雅双手搭在他的肩上，等待着。梦秦伸手固定着她的脸，轻轻朝她的眼睛吹气。他唯恐操作不当反让灰尘沾在眼睛上。温热的气息迎面吹来，萦绕在她的脖子上、

第十二章 如雅的心思

嘴巴上、鼻子上。忐忑与惶恐笼罩在小伙子的心上。他轻声问道："好了吗？"一个更轻的声音答道："没有。"他转身准备去找手巾为她擦拭，猛不防被她从身后紧紧抱住了腰。"手巾多脏，你用唾沫舔舔试试。"梦秦浑身每一块肌肉与每一条神经似乎被点燃，他再次转身，倚靠在墙角，将如雅紧紧地抱在怀里，伸出温舌，在她明亮晶莹的眸子上吻着。踌躇片刻，挪移到其他五官，最后在她红红的嘴唇上停留下来。她示意他继续，不要停下爱的脚步。于是，小伙子压低声音，把女人樱桃般的小嘴完全吞噬进自己的嘴巴，任火舌飞舞。她贪婪地将一双工于女红的小手伸进小伙子的单褂子里，小伙汗津津的背肌在她的手心里紧绷着，雄壮着。她示意小伙解开她的上衣盘扣，索性将爱情进行到底，释放积压在胸中多年的苦恋。这时，梦秦放开如雅，停止了其他动作，轻声说道："姐，不敢这样，会害了你的。"

"我不怕，过了今天，哪怕死了都值。"

"姐，咱们还年轻，来日方长。今天过会，一会儿亲戚都来了，咱赶紧收拾。你放心，在咱家，只要我在一天，别人甭想打你的主意。"如雅靠在梦秦身上长久不愿意离开。

如雅娘家的茶饭比不得西堡子，中午的臊子面用过，下午的筵席上只有简单的六盘素菜，不见半片肉食。等毒太阳下了山，如雅开始收拾东西，坐上梦秦早已套好的轿车，准备打道回府。别过亲娘兄弟，主仆俩开启了回家的旅程。人在旅途，心旌荡漾。梦秦陪伴如雅走了一趟亲戚，一对青年男女的心更加贴近了。一路上，梦秦脑子重复播放着他俩亲热的场面，回味如雅身上的馨香。世上的女人千千万，老家汉中的姑娘个个吃米长大，多姿而水灵，他却对眼前别人的小妾动了春心。他发誓只要能活出个人样，一定帮如雅逃出泓顺的黑魔窟，给她一个安稳的日子，富裕的生活，再不让她忍辱负重。

时下，他惦记着泓顺的一堆值钱东西，那一箱箱手榴弹、长枪、手枪是他梦寐以求的东西。他要是有那些东西，弟兄俩在老家汉中早把事干成了，不至于被土豪逼得无处藏身，流落他乡。他筹划着寻找机会，弄出这些宝贝，交给交通员，再去寻找弟弟，然后与弟弟一起去延安。如雅见梦秦心事重重，问他道："你后悔了？"

"没有，我在寻思看咋样能把那堆宝贝偷出来，否则，那迟早是祸

189

▶ 西堡子

害人的利器，不知道得伤多少人命呢！"

"你说的是手榴弹？"如雅用手挑起帘子。

"嗯。"他麻利地跳到轿车辕上，挥动着手里的鞭子。

"回去找机会，等他哪天不在，咱俩联手。"如雅长长出了一口气，梦秦伸手到轿车里，轻轻捏了一下如雅那双半大的穿着绣花鞋的香脚。

当地人讲究过会要给亲戚回十个核桃一般大小点着红点的小馍，一碗炒菜，这是讲究。梦秦把菜端给两个老人，顺便在箸笼拿了两双筷子，请二老品尝亲家的厨艺。他端着碗，半天不见老人接碗，结果发现老人在他脸上仔细端详，像看陌生人一样，弄得他不好意思起来。他来到西堡子，老人盯着他看还是头一回，竟然羞红了白皙的双颊，抬不起头来。他把碗放在八仙桌上，转身去厨房给他们倒开水，伺候老人吃菜。梦秦心里一直盘算着黑房子里那一堆家伙。

英瑞无事不登三宝殿。吃罢早饭，他来到楷瑞家，见一家人正在吃饭，自己搬一把椅子坐了。楷瑞家五六个主人围坐在桌子前喝米汤，就着洋芋丝，翠莲专门给家里的顶梁柱泓顺跟前摆了一盘黄灿灿的清油炒鸡蛋，这是近年来形成的规矩，不照顾小的，不照顾老的，专门把最好的吃食留给泓顺。泓顺已经喝完米汤准备起身离开桌子，看见英瑞进门，连忙问："伯，你来了，喝一碗米汤？梦秦，快舀饭去。"

"不了，我吃过了。"

"我听说你咸阳那一溜子门面房西边隔了几家，有人想卖房子，不知你意下如何？价格公道得很，要不是跟我的房离得远，难以成片，我都动了心思想买。"

"是吗？那我去看看。咱这几年生意不行，那伙河南担很能吃，过去吃高粱面，这几年惯得非吃白面、白馍不可，挣的钱全填了那伙吃货的瞎坑了。不过，只要价格公道，现在还是买房的好时机。黄的、白的越搁越不值钱了。"

"你一天光知道收租子，平时不去咸阳看看。谁知道你那房里住的啥人，万一哪天弄出杀人越货的事情看你咋收拾场面。"

"我就准备这几天盘点完印子钱，腾出空来去看看。你这一说，咱马上走，叫梦秦去套车。如雅整天想逛，叫她赶紧换衣服，跟咱一块儿走。"

第十二章　如雅的心思

梦秦套好马车，伺候英瑞、泓顺、如雅三人上了车，撤了凳子，架在后辕上，扬鞭催马启程。两个时辰后，轿车来到渭河岸边。渭河上没有一座供行人走的大桥，即使蒋委员长过河去武陵塬祭祖都要坐船，他们也只好摆渡。梦秦将车停在南岸，与马厩的老板一起，牵马喂草，目送他们进城。

泓顺这一趟算是来对了。他一次将原来门面房西边的六间庄子三十多间房屋悉数吃进，款项一次付清。高兴之余，他带着如雅美美吃了一顿大餐，咸阳城最好吃的八大碗，另外给翠莲买了两身衣料，给两位老人各扯了五丈细布衣料，问如雅还想要啥。见如雅不言语，泓顺转身到西街给她买了一双黑色的翻毛牛皮鞋，两对翡翠手镯。见如雅还不高兴，泓顺又带她去扯了两身金丝绒衣料，这才收拾起所有的行李，准备打道回府。

等候在岸边马厩旁的梦秦早已经望穿秋水了。

第十三章　借　种

　　不管泓顺给家里置办了多少田产房屋，给老人孝敬了多少衣料首饰，老掌柜楷瑞心里的一颗大石头始终压得他喘不过气来，那就是亘古不变的传宗接代。尤其当他看见门宗其他支脉的孩子们像赶集似的来到人间，惹得他眼红不已。不孝有三，无后为大，再不能让人笑话了。他开始偷偷观察如雅和梦秦的反应：他们走了一趟亲戚，孤男寡女回来啥事没有。去咸阳逛了一趟，回来仍然没动静。老两口子晚上叽叽咕咕了半夜，计划着，合谋着。

　　早晨，楷瑞把兴致正高的儿子叫到屋子说："你姨夫这些年给咱家帮了不知道多少忙，那年你借了人家六斤土，咱家才慢慢发了。人常说吃水不忘挖井人，亲戚也没有白帮忙的，不回报人家，让人说咱不懂人情世故，以后失了亲戚的交情。最近我看油坊事情不多，广顺也硬棒了，能独当一面。你明天从咸阳起身，买些礼物，到河州走一趟，替我们看看你姨和你那些表姊妹们，问候他们，给他们带些礼物。亲戚越走越亲。翠莲回娘家十几天了，你顺便去把她接回来，你看得成？"

　　"爸，你不早说，我昨天才从咸阳回来，明儿又去，不年不节的。"

　　"又不是让你逛荡，是走亲戚，是报答人家。到了年节咱家事情更多，抽不出身。"

　　"行行行，我去。"

　　第二天早晨，泓顺起个大早，鉴于前一天梦秦往咸阳跑了一趟，这次让胖伙计狗娃送他出城。刚到渭河边上，即将与东家分别，狗娃却神神秘秘地把泓顺叫住说："东家，我想了一路，有个事不知道该不该给你说。"

第十三章　借　种

"你老哥还吞吞吐吐的，有话就说，我还赶路呢。"

"夜黑我吃了一碗中午剩的粘面，吃的时候觉得酸酸的，以为是醋调多了，刚睡下就肚子疼，往后面跑了几次。好汉也怕三泡屎，把我拉得浑身没力气，头昏脑涨，没出息的我回来时顺墙摸着走，不经意间摸到老掌柜的窗前，听见俩老人叽叽咕咕，怕不是有啥事情瞒着你？"别看狗娃人憨，到财东家多年，别的本事没有，察言观色他倒学会了。平时不管错对，看东家的脸色行事，也许这一句话会给自己惹下麻烦，但是，做下人的本分提示他，必须如实给东家汇报，再也顾不得人家西堡子人所痛恨和鄙视的偷听墙根的不齿行为会不会引起泓顺的反感。

"哦，家里会有啥事瞒我？我爸紧三关逼我去河州是有点儿蹊跷。"泓顺从口袋抽出手来，来回搓着，哈着气，望望天空，望望脚下。见身边人来人往，狗娃在泓顺耳边嘀咕了一阵，他俩拴了马，下馆子去了。

夜色笼罩着西堡子的上空，树上的月亮格外明亮，南北巷子的狗好像受到惊吓似的一起狂吠不已。

梦秦早早关了大门，把尿盆子给楷瑞老两口放在屋子门口，然后去后院到牛槽边给三头大马、两头耕牛添了大料，关了鸡笼的小门，回房睡觉。他刚躺下，猛地坐了起来：噫嘻，今天真是千载难逢的好机会呀，泓顺去甘肃来回要好几天，家里的伙计大部分在油坊，晚上并不回家住，连狗娃今天也驾辕送东家出远门去了，这个时候还未回来，估计陪东家过了渭河。如果趁全家人熟睡之际，将那些手榴弹、长枪、手枪偷出去，交给西京城的八路军办事处，将是一件利国利民的好事情。运气好的话，随其他进步青年一起去延安，那将是多开心的事，该多荣光。不动一兵一卒、一枪一炮取得这么多的兵器，去延安也是一件光彩的事，土匪入伙还要交三斗麦子呢，我总不能空有一腔热血，提着俩拳头去。想到这里，他起身准备穿衣，开始动手。

梦秦不敢点灯，怕人发现。他刚想出房门，突然，一个黑影猛乍闪进他的屋子。那人披着衣服，两个袖子忽闪着，空空甩动。他分不清是残疾人还是鬼魂，大声问道："谁？"

"别吭声，是我。"梦秦这才发现是东家楷瑞老汉。

西堡子

"是叔啊,你不言传,半夜把人吓的。"

"半夜咋了?你个没良心的,二嫂对你多好,你跟咱家厕所的石头似的又臭又硬。今儿黑他不在,你过去陪你二嫂去。你是个聪明娃,我的话你能明白。事成了,我不会亏待你的。"说完,不等梦秦吭声,双手背后,踉跄着一个人径自走了。

夜静得像沉睡的婴儿,梦秦的心却飞快地跳动着。看来,两个老人是想让他去陪睡,陪多年不生育的儿媳妇睡觉。他是一个正常男人,知道睡觉是啥意思。心里暗喜:正中下怀,我何不利用这天赐良机与如雅合作,偷了枪支,带着她远走高飞。过了这个村,也许就没有这个店了。就这么定了!

梦秦飞快地走到如雅房门口,轻轻推门。门原来是虚掩的,他几乎是扑进去的。楷瑞老两口子从窗户借着月光,关注着梦秦的举动。他果然在一刻钟内做出了选择,看来没有不吃腥的猫,见了女人,男人都是猴急抓脸的。见梦秦进了如雅的房子,两位老人长长出了一口气,脱了衣服睡了。

如雅其实根本就没有睡意,她何曾单这一夜寝食难安,从娘家过会到现在,她一直辗转反侧。看见梦秦进来,她连忙拽住被角,问道:"咋啦,你咋进来了?"

"老掌柜让咱俩把生米做成熟饭,给他们留后。"

"老人威胁你了?"

"没有,你听我说,咱俩今天晚上不干这事,谁稀罕这偷偷摸摸的勾当!咱干另外一件大事,你帮我把那堆枪械、子弹弄出城去,咱俩以后光明正大地过活。"梦秦说着,帮如雅寻找衣服,让她尽快穿齐整,一会儿离开这个家,永远。

面对这突如其来的指令,如雅慌乱中找不着北了。梦秦带着她蹑手蹑脚顺着墙根跑到后院那间空房子前,拿出早已准备好的钥匙,捅开门上的锁头,让她站在门口放哨。梦秦进去熟练地掀开覆盖在上面的草帘子,那些冷兵器赫然在目。他一个人拿不完一堆枪械,轻声叫她进来,把几只长枪给她背上,上面覆盖一些衣服。他自己扛上沉重的一箱手榴弹,将六把手枪别在裤腰上,俩人准备出门。

哎呀,他舅家的!等他俩推开后门,刚刚露出肩膀,一束明亮的

第十三章 借 种

火光照亮了俩人的脸庞。亮光背后,站着一个男人,不是楷瑞,不是油坊的伙计,更不是保上巡逻的男人,而是那个与如雅朝夕相处的熟悉汉子泓顺!泓顺后边是老伙计狗娃和李想的男人广顺。梦秦做梦也想不到泓顺早已洞察了他俩的一切,如天兵天将一般伺候他俩钻入早已布置好的陷阱,将他们置于死地。他不由得倒吸一口凉气,心里默念道:这下完了。

原来,一贯把伙计的话当耳旁风的泓顺这回听信了狗娃的猜疑,在咸阳逛了一天,天黑两个时辰后,赶回西堡子。他们杀了个回马枪,进了小东门自己家的油坊。广顺见东家半夜回来,连忙穿衣询问,取了一根松树棍,点燃后举着,跟在他俩后边,返回距离油坊不足二百步的泓顺家中,看家中晚上会有啥神奇的事情发生。

伙计狗娃将耳朵贴在后门上,听里边的动静。不听则已,听完简直吓得他半死。果然后院有人声,并且不是喂牲口、解手或者扯柴的声音,是贼!我的神呀,贼关紧后门在里边作案!

泓顺半生经历过无数次的心惊肉跳。这一次,他在明处,贼在暗处,他在屋外,贼在屋内,反倒感觉极度的恐惧。他叫伙计跟广顺不要言传,静静地在外边等候,准备打贼一个探头。没想到,贼自动把门打开了。梦秦跟如雅蹑手蹑脚地探出头来,正好遇见门外的三个男人。一刹那,四男一女十只眼睛瞪得跟鸡蛋一样大。没见过世面的少妇如雅乖乖地把长枪丢在地上,像丢盔卸甲的女逃兵,失魂落魄地躲在梦秦身后。而梦秦也像霜打的茄子一样,把扛在肩上的手榴弹木箱放了下来,面对突如其来出现的窘局手足无措,木木地站在原地不敢动弹。泓顺目光如炬,瞪着一贯温和的双眼,似乎要射穿他的五脏六腑。但是,面对众人,他话锋一转:"嗨,吓我一跳,是你俩呀,我还以为遇见贼盗了。"他不由得提高了大脑的转数,飞快地思考着解决问题的途径,收拾这瞬息万变的残局。

泓顺纳闷:我私藏枪支弹药除了大老婆翠莲外,无人知晓。藏的地方非常隐蔽,相信平时不会被人发现。况且,年迈的父母也不允许我藏枪。今天我打了梦秦,将来邻居知道我们大宅门治家无方,深更半夜无端地虐待殴打伙计,岂不贻笑大方。再说了,让西堡子人知道我私藏枪支弹药可不是小事,将招致无穷无尽的麻烦:政府不许持有

▶ 西堡子

　　这些违禁品，作为乡绅是应该明白了然的。最近风声紧，油坊伙计手上的枪也不敢明目张胆拿出来示人。然而，令人遗憾的是，三人在火光和月光下已然亲眼看见了明晃晃的兵器。尤其让广顺和狗娃这俩敞口子货瞧见了，等于西堡子所有人都知道了，万一哪天不测，这些枪械或许可以把自己送上西天，所以，做事谨慎的泓顺当务之急必须打个圆场才行。

　　让泓顺意外的是：如雅跟梦秦不但知道他的秘密，两个孤男寡女胆大包天，趁其不备把这些东西偷出来还准备拿出去，不管是拿出去卖掉变钱，还是自己用，他们在这件事情上事先肯定至少达成了一致。这让泓顺始料未及，如临大敌，霎时头就大了。一个保障所才配有一把枪，而我就有这么多枪和子弹。看来他采纳狗娃的建议回来察看家里的动静是英明的，果真买瓮买下盆了，买席买下囤了，半路走了岔路。

　　平时给人圆场平事是泓顺的强项，他的三寸不烂之舌外加温顺谦卑的姿态是长久制胜的法宝。眼下，自己遇见这唐突的事情，一时竟然语塞汗颜。然而，泓顺毕竟是场面上的能人，他从容地点燃一支香烟，熄灭火柴，说道："呵呵，我以为是遇见贼盗了，闹了半天，是你俩呀！"他吸了一口烟，冲着广顺和狗娃，继续说道："保障所托我姨夫买些武器训练民兵，准备最近来取。你二嫂嫌白天人多眼杂，想趁晚上没人拿到油坊，过几天等我空了，准备亲自给人家送去。没事了，大家虚惊一场，你俩回去吧。不要出去给人说，传出去对保障所不好。咱这儿人多，一个保障所一支枪怎么够用呢？"

　　狗娃见东家吞吞吐吐，不能自圆其说，自知多嘴多舌，无端猜测夫人行为不端，好像自己做了亏心事一样。于是，从褡裢里取出一个黑馍，给门口的大狼狗喂了，跟着广顺赶紧去了油坊，有个坡坡得赶紧溜。

　　支走了伙计和跟屁虫，泓顺像平常一样，斯斯文文地进了自家后院的大门，慢条斯理却咬牙切齿地说道："你俩跟我进来，把门关上，把这些宝贝拿到我的西厢房里去。"这哪里是请他们回家，分明是再次摆开了杀人的战场。

　　这时，轮到他俩傻眼了，不知道泓顺布袋里边卖的啥猫。按照泓

◎第十三章　借　种

顺的吩咐,梦秦把枪械运到如雅住的西厢房门口。等他走到西厢房,发现里边灯火辉煌。这时,前厅房两个老人屋子的灯也亮了起来,老人吭吭咔咔咳嗽了几声,穿衣下炕,来到西厢房,见泓顺一个人坐在那里喝凉茶。"你不是去甘肃了,咋半夜可回来了?"楷瑞披着单衫子,着大裤衩,趿拉着布鞋,没进门就问。

"没啥事,我早晨走时太急了,没拿钱,明儿再去不迟。"泓顺说着,看见梦秦退到院子当中,如雅穿戴得整整齐齐靠在西厢房门口站着。他哈哈一笑,说道:"爸,妈,没事,你俩睡去,我跟梦秦商量个事。"听见儿子答话,楷瑞老汉心里十五个桶打水,七上八下。他根本不清楚梦秦刚才是否与如雅把事办妥了,是否播了种。这号事情当老人的不顾及儿子的感受,私自做主让长工给儿媳妇播种,无论如何说不过去。瞒着儿子说到天尽头是有些失礼,将来生下娃毕竟得人家当爸的管教、养活,当爷的担不起。无论如何,儿子没有当众戳穿,说出啥难听话来,还是给老人留了面子,这也是儿子一贯孝顺的做派。

"你不许为难梦秦,都是我的主意。"楷瑞丢下一句莫名其妙的话又走了,老两口折回自己屋子睡觉去了。

梦秦跟随泓顺到了西厢房,刚进门,泓顺猛然转身,狠狠地在梦秦脸上左右抽了两巴掌:"你当我是瞎子?那些东西你准备拿出去干啥?我一直当你是个老实人,没想到你花花肠子还多得很!你想要钱了言传,偷东西算啥好鸟?"如雅看见自己男人伸手打梦秦,不顾一切扑了上去,护住他,说道:"不怪他,都怪我,是我的主意。我害怕你拿枪杀人损阴德,准备趁着晚上没人看见,让他帮忙从咱油坊偷运出去,神不知鬼不觉,把枪和子弹拿出去扔到祖坟旁边的机井里。既然你发现了,任凭你处置这些枪械,我以后也不管了。"如雅从来不会骗人,瞎话编得并不高明,尤其她那双会说话的黑葡萄似的大眼睛忽闪忽闪,直接出卖了她。泓顺从未见过如雅睁大眼睛胡说八道掩饰内心的慌张,任她编瞎话,露出破绽,好从中捕捉蛛丝马迹,再进行反击。

他绝不允许后院起火,更不愿意伙计同自己的女人有什么纠葛。枪械别说在西堡子,就是整个咸阳城也没有人敢私藏。那年,他用密信给姨夫提出想买枪,同时寄去一笔巨款,后来有人用马车给他送到城堡,还外带一箱手榴弹。他在油坊等了半晌,才等到盼望已久的好

197

> 西堡子

宝贝。他掀开包裹在外面厚厚的草帘子，露出铮亮的家伙，喜上眉梢，从此心里更加有了底气。那帮河南人都是乡下的泥腿子，犁地播种个个是好把式，做梦也想不到来到油坊还能领到快速结束人性命的长枪，心里不是窃喜、欣喜、欢喜，而是恐惧。他们晚上睡觉把枪放在身旁，与其说是保卫油坊，不如说是给自己壮胆。别说让他们拿枪打人，给一只狗让他们瞄准，也未必能命中靶心，弄不好反被狗咬一顿。

泓顺有些后怕地想：油坊的伙计武装起来了，自家珍藏的枪械是为了预防最后的不测，没想到被自家女人和伙计察觉到并启动实施了搬移计划。他自言自语道："我的他婶呀，多亏回来及时，真要晚一步，后果不堪设想。"

刚进门准备脱衣睡觉的老两口，听见西厢房传来啪啪的两声脆响，他俩以为借种之事败露了，怕媳妇吃亏，连忙跑过来说："不怪他俩，你不要打他，是我跟你妈的主意。咱俩媳妇好歹得生一个娃么，梦秦也不是外人，肉烂了在咱锅里，胳膊折了往袖筒里塞，你不说外人咋能知道？"

泓顺一头雾水，人家说东老汉说西，人家说枪械，他说生娃，老人家真是越老越糊涂。泓顺越想越气愤，自己教训伙计，老掌柜的横竖不让，他百口难辩，便问老父亲："爸，你说的啥话，是啥意思嘛？"

"你打他干啥？是我让梦秦给如雅留个娃。你得是在咸阳喝多了？"泓顺愣了一下，才反应过来，不由得打了一个寒战："我终于明白了，闹了半天，你跟我妈哄我去甘肃走亲戚，是为了给梦秦留机会，让跟如雅……爸，你咋这么糊涂的，这么重要的事情你咋不跟我商量，当我是三岁娃呢？"

"跟你商量啥呢，你一天到晚在外边吃香的喝辣的，我跟你妈在屋有啥意思？只要生在咱炕上，就是咱家娃，你咋不懂老人的心思呢？"

"心思，你的心思就在这一件事上？"

"对，没错，抱孙子。"

"反正他们偷偷摸摸就是不对！"

"不对咋了？你不许打他，啊！"

"行行行，你睡觉去，我不打他，我要撵了他！你再挡我，看我不一枪毙了他！"

◎第十三章 借　种

"你敢？"楷瑞一听儿子要动真家伙，连忙抱住他的大腿说："你要杀他，连我也杀了算了。"

看到自家老掌柜胡搅蛮缠，泓顺一时间没了主意。如雅走过来，怯怯地说道："爸、妈，不关你们的事，你们去睡觉吧。"她搀扶起老眼昏花的公公回房，很快又折回到西厢房。一直站在一旁红着脸的梦秦这时开腔说道："哥、嫂子，事到如今，我实话告诉你们，私藏枪支弹药是犯法的，得想办法赶紧交给政府。"

"兄弟，枪械是朋友托我弄的，你不应该打枪的主意。"

"政府管控枪支，你赶紧把咱家的这些枪械子弹和油坊伙计手上的长枪收齐，交到县上，惹祸的东西千万不敢再持有了。"

"这不是你一个伙计考虑的事，我自有主张。"泓顺点燃了第二支香烟，跷着二郎腿，在明亮的灯光下，露出他温文尔雅、内敛而僵硬的容颜。继续说道："哥以为你是个好娃，万万没想到你吃里爬外，捣鼓咱家的东西。你嫂子年轻不懂事，但是她人好，给你缝单的、引棉的，待你不薄，你打她的主意，你还算个人吗？"

"哥，你放心，我没干对不起你的事。"看到泓顺强压在心底的怒火，梦秦心头掠过一丝丝的恐惧。

"是这，看在你几年鞍前马后给家里忙乎的分上，看在孔夫子和我家俩老人的面上，给你们读书人留一条活路。我放你走，今辈子甭让我碰见，碰见你就得秋！"泓顺说的"秋"字，是本地人经常挂在嘴上形容人死亡的一种特有的戏谑语言，言下之意是死亡像秋风扫落叶一样，是一种纯自然的凋亡，而不带任何的感情色彩。比起逝世、仙逝、过世、薨毕等辞藻似乎更具有大无畏的意义。人生本来就如同树木万物与季节转换，从容地来，坦然地走。用一个名词形容人的死亡，表现出当地人对死亡的藐视与淡定。这个词一直沿用至今。

听说泓顺要打发他走，梦秦心里一紧。只要他留下来，以后就有得手的一天。然而，眼下的境况，只要泓顺不打死他，就算他小伙子的造化。现在的问题已经不是偷盗那么简单，偷枪跟偷人两项罪名加起来，要不是中间有两个老人阻拦，有一万个李梦秦也是个死，因为他的东家是杀人魔王，随时会在院子摆开杀人的战场。正当梦秦寻找更好的对策之时，只听见泓顺说道："给，这是20块钱，这个月的工钱，你拿着，走得越远越好，权当我们从来不认识。"泓顺牙根痒痒，恨不能将梦秦生吞活剥了，但有父母的左挡右挡与美意在，他不好发作，因为他是大孝子，只能打掉牙齿往肚子里咽，打折了胳膊往袖筒里塞。

顺坡溜的本事人人都会。天色微微泛起了鱼肚白，梦秦收拾好行李，将自己换洗的几件衣服用包袱包停当，来到西厢房，看见如雅木头桩子似的一个人倚在门口。与她对视片刻后，装作若无其事地将纸团交给她。然后，轻轻拉开后门的门闩，悄悄地出去了，大摇大摆地穿过油坊，出了小东门。

屋内睡着自家男人，如雅不敢挪动半步，更不敢说一句话。她急不可待地打开纸团，只见字条上面清晰地写着一行字："去北边了，等着我。"看到这里，如雅抬腿一个人钻进后院的空房子，呜咽起来。她知道北边就是他经常念叨的延安，那个红色地区，那个没有剥削、没有压迫、人人平等的朗朗天地！一对年轻人就此别过，从此天各一方。机会就这样像流沙一样从梦秦紧紧握着的手中溜走了。

翠莲从娘家回来，得知梦秦走了，她迈着欢快的步子，走到如雅房门口，大声喊她的名字，叫她出来跟她一起收拾家里的旧布，准备打几张袼褙。往年这个时候她俩早已经预备好冬天的女红，两个人各自在自己屋子口念佛、手做活，而如雅总输给姐姐翠莲。听到翠莲百灵鸟般的呼唤，如雅没精打采出来，一言不发，机械地配合翠莲，将芦席铺在地上，一层一层的旧布在她俩的侍弄下，与糨糊紧紧地黏合在一起，晒到门口。翠莲说："妹子，咱爸偏心，喜欢你，不喜欢我。你命好，俊杰也跟你粘络，你看姐活着有啥意思。"

"一样。"

"咋能一样，你看咱那人都不理示我了。"

"啥日子都是人过的。"

"我知道你心里不痛快，晌午咱包饺子吃，让胖子买肉去。胖子，胖子！"翠莲转身满院子找狗娃去了。

梦秦走后，如雅的日子更加艰难。泓顺不在家的时候，翠莲想方设法笼络她，她心里的算盘珠子哗啦啦响：假如软弱的如雅死了，当家的再弄个厉害下家，她的地位难保。可是，泓顺的手段翠莲早已领

◎第十三章 借 种

教过，吃人不吐骨头，扒皮不带响动，纵然娘家家境富裕，根基稳固，但她不敢越雷池半步，只要饿不死二婆娘，她这个当姐的，就能赢得西堡子人的同情，赢得宽宏大度的美名。不管男人怎样胡来，反正西堡子第一夫人的位置谁也抢不走，有了这个美名，她就能安身立命。

知道如雅心里不痛快，晚上，泓顺来到西厢房，见她斜靠在炕边的枕头上抽泣，便走近问道："想你的心上人了，得是？来，哥把娃抱一抱。"

"谁是我心上人？你才想心上人呢！"如雅直起身子，斜眼看自家的男人。

"你的好兄弟梦秦呀，人家走了，你咋没要着去呢？"泓顺伸手要解如雅的胸衣。她转身给他一个脊背，不理他。女人矫情的姿态反倒激起泓顺的欲望，他快速脱掉自己的衣衫，将如雅搂到怀里，伸手解她的五色线腰带。女人被激怒了，起身啪的一声，抽了他一个嘴巴子，哭着说道："借种，亏你爸妈想得出来，你以为我是猪狗牛羊恬不知耻？"

"唉，你个没脸的，还敢打我？看我不弄死你。你俩那点儿花花肠子连门口的狼狗都闻出来了，你当我是鼻嘴子娃了？哼，猫叫春都一个式子！"接着，屋子里传来女人的啼哭、男人砸东西的声音。泓顺的脸被抓破，霎时鲜血横流，捂着脸跑了出来。翠莲倚靠在门口，愤愤地说："嗯，哪个有娘生没父教的贱货，跟猫一样的学会抠人咧！"径自把自家男人晾在一边，生气地转身进屋。泓顺也跟进去了。

"看你把那妖精灌（惯）得屎都出来了，一天到晚驴脸吊着，好像谁欠她八吨麦子！狗日的福享腻了，要不是嫁到咱屋，早吃了斑斑土了，还敢在这干净的地方撒野。反了天了！"

"对了，对了，悄声着，害怕人不知道，得是？她还小着呢。"泓顺唯恐翠莲知道借种之事，有意在遮掩。

"快三十的人咧，还小？小咋不吃屎呢？"

泓顺自知父母给他借种理亏，让如雅受辱，权且忍着不做声，不再追究她配合梦秦偷盗一事。自从那天以后，夫妻三人谁不理谁。泓顺也不回家吃饭，直接住在李想的屋子。男人嘛，只要有钱，哪儿都是家。

▶ 西堡子

借种也罢，偷盗也罢，大人们的大事丝毫不影响宝贝疙瘩俊杰上学玩耍。

村民们看着俊杰越长越帅气，脾气秉性却与泓顺截然相反。自从五年前到咸阳上学开始，他长了知识，长了见识。学校里有进步思想的老师给他们上课，也有像泓顺那样的财东家给学校赞助，给他们改善伙食。西堡子里与他年纪相仿的孩子也就八九个，他每次回来都想找他们玩耍。可是，政府一放松，贫寒子弟除了在药王庙里免费认几个字，就回家帮助大人干活看孩子了，过去与泓顺能谈得来的就是泽实一个。人生就像地里生长的韭菜，割一茬长一茬。家境不同，孩子们的成长条件也天差地别。小小年纪的俊杰百思不得其解，为什么人要挣那么多的钱呢？自己锦衣玉食，快乐却越来越少。悻悻地，他一个人上了城墙，手里攥着风筝，相信高处风大，风筝一定能飞得更高，便不由得加快了脚步。此时咸阳城的孩子们结伴踏青，放风筝、挖野菜，好不快活。他在学校不想琐事倒好，回到家里，妈和二妈不合，爸与二妈也不怎么说话，他感觉家里缺少温情，缺乏一般家庭的说说笑笑，也就是老师说的天伦之乐。尤其自己没有兄弟姐妹，没有玩伴，少有生气。他想不通怎么别人家大小一群孩子，可他们家就他一个宝贝独苗，倍感栖惶。

风筝在空中漫天翻飞，自由自在，他却像在演独角戏，无人伴舞，无人喝彩。俊杰孤独的心随着飞舞的风筝飘开远去……

回到家里，如雅依然喜欢他。他高兴地与二妈攀谈起来。他喜欢有知识有文化的二妈，因为她年轻漂亮，有爱心，从心底关心他、爱护他。每周末狗娃把他从咸阳接回来，二妈总是支撑着身体，亲自给他做好吃的好喝的，临走给他带些油卷子、煎饼卷菜、韭菜盒子，同学们都很眼红。俊杰不理解为何爸爸不喜欢二妈，他发誓将来自己长大娶妻，一定要娶一位像二妈这样有爱心的女人。

这次回家，他发现平时关心他学习、陪伴他玩耍的伙计李梦秦也走了，家里所有人好像专门为他封锁了消息，无人告诉他为什么撵走了那个伙计。或许，咸阳才是他应该待的自由之地。

第十四章　血染中条山

　　西京街头，红旗招展，人头攒动，全民抗战的热情空前高涨。市中心鼓楼附近的一张榆木桌子后面，坐着表情严肃的部队征兵处的长官。尽管前两年国家颁布了《兵役法》，但是前线战事吃紧，部队已经等不及政府于10月才开始征的兵，凭借自身的威望，在西京城摆开了征兵的坛场。

　　已经养好伤的奉义从观音山下来，来到西京，挤在熙熙攘攘的人群里，翘首阅读征兵宣传墙上的文字："立马中条，长风起，渊渊伐鼓，怒眦裂。岛夷小丑，潢池耀武，锦绣江山被践踏，炎黄胄裔遭荼苦。莫逡巡，迈步赴沙场，保疆土。金瓯缺，只手补；新旧恨，从头数，挽狂澜做个中流砥柱。剿绝天骄伸正义，扫除僭逆清妖蛊。跻升平大汉运方隆，时当午。"啊，这是谁家的词笔如此昂扬，如此荡气回肠！经打听，这是军长孙蔚如将军所作的《满江红·立马中条》。很显然，这是第四集团军布置的征兵现场。

　　此时的奉义，经过法师的点化，努力地学着忘记以前的恩恩怨怨，在征兵簿上郑重地签上了"泓顺"二字。冥冥之中，他要了却尘缘，替泓顺去当兵，替仇人去杀日本鬼子。

　　他落落大方地走上前去，在他提笔写下名字的那一刻，长官问道："你今年多大了？"奉义听到问话，以为人家嫌弃他年龄大，便说道："我24岁了，正好符合征兵的要求。另外，我还会拳脚枪法，不信，让我展示一下？"长官对此将信将疑，当即给他一把手枪，果真要一试他的枪法。

　　两次大难不死，已经是几个女儿之父的奉义，落落大方地接过长官递过来的手枪，照准德发常饭馆门前国槐上悬挂的五枚雪梨，依次打了出去，五发子弹发发命中，雪梨被打得稀巴烂，落进尘埃，博得

▶ **西堡子**

战士们的阵阵掌声。几年前遴选保长时，奉义是经过正规军事训练的，刀枪剑戟样样精通，只是苦于平时没有摸枪的机会。要当兵了，他的真本事终于可以示人了。

奉义淡定的表情和精准无误的射击被站在远处的省主席、第四集团军军长孙蔚如将军看在眼里，记在心头。孙蔚如将军在西安安顿好妻儿老小后，准备在中条山与日本鬼子血战到底，誓死保卫西北重镇西京城。看到人精似的战士，孙将军走过来问道："你怎么有如此娴熟的枪法？"

"报告首长，我是保长，受训过了。"

"你是哪个村镇的？"

"西堡子。"

"哎呀，小北京呀！"

"惭愧惭愧。"

"你们村子名震四方呀，那你为啥不好好当保长，要去打仗？"

"大敌当前，卫国比保家更重要！"

"好样的，等赶走日本鬼子，你再回来当你的保长。"

"好的，首长。"说着，"泓顺"规规矩矩地给孙将军行了一个标准的军礼。

西京城最大的军官孙蔚如将军当即安排手下将"泓顺"编到了敢死队，西京地界不缺少作战勇敢的愣娃，但是，太缺乏这样有勇有谋经过培训的战士了。从此，那个立志为乡亲们造福的年轻人跟随部队开拔中条山，以"泓顺"的名义与日本鬼子展开了厮杀，开启了他的戎马生涯。

中条山，位于山西南部的黄河北岸，是一条东西走向的山脉，长150多公里，西起永济、芮城，中经山大沟深的平陆、垣曲，最后在绛县与王屋太行山脉相连接。张茅公路以西约100公里长的山脉，地势狭窄，俗称平陆不平沟三千，二十里岭向西一条鞭，鬼斧神工般地为黄河砌出一道天然防线，战略上是一处桥头屏障，自古兵家刀火相向，寸土必争。

此后的一年时间里，"泓顺"按照孙蔚如总司令的指令，组建了一支神勇团，苦练杀敌绝技，神出鬼没，用他的独门绝技镖杀了100多日本鬼子，得到孙将军的大力夸赞。后来，由于战事吃紧，部队组建了新兵营，由"泓顺"负责教授新兵枪法。这些由陕西兵娃子组成的

◎ 第十四章　血染中条山

队伍，只有保家卫国的决心，却没有任何作战经验，不能与当年杨虎城将军的铁柱子部队同日而语。闲暇之时，"泓顺"教陕西的小战士们唱秦腔，哼老腔，拉长了嗓子唱起了眉户。如果时间允许，"泓顺"一定会把他们训练成深入敌人心脏的一把把尖刀。

这一天，"泓顺"和战友们在韩阳镇外擦拭枪支，锅里煮着犒劳他们的牛肉，等待上级的命令。猛然间，他听见城里人声鼎沸，有个战士远远地喊他，说有特大喜事。原来是西安大小报社派来的记者和各种社会团体派人来慰问部队了，更令人意想不到的是带队慰问的领导不是政府官员，而是孙蔚如将军的夫人——中国妇女慰问自卫抗战将士会陕西分会会长李定荫！我的神呀，她受总会会长蒋介石夫人宋美龄的委托，手持电文和重庆方面召开记者招待会的报道而来。报道是这样写的：由于我军机智勇敢，作战方案缜密，中条山咽喉重镇韩阳镇固若金汤，令日本鬼子闻风丧胆。双方激战半月，日军横尸遍野，而我军伤亡极少，连以上指挥员毫发未损，特此嘉奖。战士们的战斗热情被孙将军夫妇所点燃，纷纷表示誓死保卫中条山，阻敌于山西境内。假如日本鬼子过了黄河，不用蒋委员长枪毙，自己了断。

这时，连续在中条山几大战场吃了败仗的日本第二军司令西尾寿造恼羞成怒，委派日军二十师团长牛岛带领3000多名日军，再加上飞机大炮的支援，气势汹汹地越过韩阳镇，向辛店阵地杀来。韩阳镇位于永济市西南边陲，北邻蒲州，南与风陵渡相接，东靠中条山，西边就是黄河滩，是东西窄南北长的一个镇子，地理位置非常重要，是日本鬼子突破西线和进攻西北地区的咽喉重镇。

8月22日清晨，教导团团长李振西和周志刚紧密配合，灵活运用新学的八路军的游击战术，化解了敌军的一次又一次进攻。敌人连续十几天的炮火轰击，我军韩阳镇的两条防御体系岿然不动，创造了几年来抗战历史上的一大奇迹。难怪西安各界欢欣鼓舞，难怪蒋委员长喜不自胜，连夜让夫人发来贺电。

"泓顺"并不意外蒋委员长发来贺电，因为李振西是蒋的学生，始终保持着一个无党派人士的身份，而不像其他黄埔精英那样与延安方面联系多，让他怀疑。

那天，"泓顺"做梦也没想到遇见了一个人。他是作为嘉奖对象被

▶ 西堡子

  请进团长作战指挥室的,就在他目光停留在孙蔚如将军夫人身怀六甲的身子时,意外发现了一个熟悉的汉子。是的,他不是别人,正是西堡子长门泓顺家的长工李梦秦!正当四目相对之时,梦秦已经先于他叫出了"奉义哥"三个清晰而响亮的称呼。现场人声鼎沸,没有人在意他俩的关系,更无人关心他们的谈话。

  亲不亲,故乡人。"泓顺"做梦也没想到李梦秦是被油坊轰走的。他只身来到中条山,秘密地加入了中国共产党,并且与他同在一七七师工兵营。教书先生出身的梦秦在部队当了文书,在李团长的团部工作。李梦秦也没想到西堡子大名鼎鼎威震一时的保长大人放着舒服自在的日子不过,来到中条山跟日本鬼子血拼。熟人相见,自是一番叙旧。"泓顺"提出一个要求,请求李梦秦为他保密,不要叫他奉义,顺嘴叫他"泓顺",成全他报恩的心愿。这是观音山五常法师的启示,也是他两次大难不死的顿悟。梦秦尽管一时难以理解,但是,看在以往熟识的分上,他哈哈一笑,算作对守口之约的遵从。

  为了庆祝国军取得的胜利,李团长安排部队召开了一个小小的庆功会。庆功会由李梦秦来安排。前面的节目最多算开胃小菜,最后,作为压轴大戏,"泓顺"被战士们请出来亮亮嗓子,指名道姓唱一段秦腔《斩李广》。战士们的知心大哥"泓顺"站起身略加思索,巧妙地将一连串的"再不能"戏词改成了"为的是",把大汉李广将军戎马一生的悲情命运与眼下战士们肩负的责任结合起来,美美地亮了一嗓子。

  深夜的山谷中,如泣如诉的男中音在回响:"哎,弟兄们,我们为啥抛家舍业来到中条山,听我给咱一一道来。"

  在没有伴奏的情况下,"泓顺"继续清唱开了:

  我今天横刀枪在手,解一解离妻别子何情由。

  为的是习文演武学礼数,为的是考古论今拔头筹;

  为的是去见文武午门首,为的是到班房把本修;

  为的是早到议事厅前和众朝臣五更共待漏,为的是为国多出头;

  为的是朝王见驾九龙口,为的是动本与民除害为国来分忧;

  为的是当殿挂帅军中为领袖,为的是领兵耀武扬威出京都;

  为的是校场讲武传檄众将来听授;

  为的是操演人马训练兵丁一十八般武艺练精熟;

第十四章 血染中条山

为的是东杀西砍南征北剿除外寇,为的是兵扎军阵与贼斗春秋;
为的是杀贼爬山走,为的是杀贼捉首首;
为的是得胜还朝凯歌奏,为的是手捧降文回京都;
为的是畅饮贺功酒,为的是功劳簿上把名留;
为的是顶盔贯甲跨马提刀奔疆土,为的是挂印又封侯;
为的是头戴金盔三王苜,为的是身穿蟒袍挂丝绸;
为的是玉带腰间扣,为的是粉底朝靴蹬双足;
为的是东华门里走,为的是到西华门里游;
为的是去走齐民乐天路,为的是游玩五凤楼;
为的是春疏夏苗秋迁冬狩打野兽,为的是闲到花园游;
为的是瑶琴乐弦奏,为的是象棋会公侯;
为的是吟诗赏心喉,为的是描画百兽图;
为的是祖先堂前三叩首,为的是焚化纸钱在墓庭;
为的是夫妻情长久,为的是教子把书读;
为的是还乡见长幼,为的是聚亲戚会朋友;
为的是为民剿匪把饥荒救,为的是观看百姓牧放马牛;
为的是率军为民把水堵,为的是防旱炎夏又察秋;
为的是看民耕田土,为的是郊外看丰收;
为的是弟兄双携手,为的是为国家雪耻辱;
为的是和贼来争斗,为的是为国把奸锄;
为的是怒打西尾寿造兽,为的是和这个倭寇做对头;

"泓顺"唱腔一转,换成快板,唱道:
我青春年少刀在手,恨不得杀尽鬼子驱鞑虏;
甘洒热血护国土,决不让生灵涂炭遭毒手;
人生自古谁无死,为国谁惜抛头颅?

西北籍将士的热情被他感染了,一起跟着怒吼"人生自古谁无死,为国谁惜抛头颅",两年来,憋着一股子气的陕西汉子们在黄河岸边的古镇上,声嘶力竭,吼出对大好河山的情感,吼出对家乡的热爱。庆功会一直持续到深夜。

受到重创的日军在"泓顺"所在的一七七师官兵怒吼秦腔的那个漆黑的夜晚,大约凌晨3点,他们用最不擅长的夜战方式向芮城与平

▶ 西堡子

陆交界的陌南镇袭来。虽然孙蔚如总司令早已料到日军会以分割包围的战术先攻陌南，并且制订了陌南会战详细的拒敌方案，但是，由于日军兵力众多，火力集中，最终一七七师的第一道防线云盖寺还是很快被日军突破了。日军的十几辆坦克又摧毁了陌南镇的防御工事，战士们坚守了12个小时后，由于援军未到，退出了镇子。中方的主动退出让日军喜出望外，正当他们准备休整喘息之时，战士们端起机枪，杀了一个回马枪，直到枪筒冒烟、战士眼红。

　　日军大乱，被迫又退出陌南镇。在陌南镇吃了大亏的日本鬼子在中条山谷不甘心，瞄准了我们首尾不能相接的新兵团和工兵营，将这两支队伍分别围困在黄河岸边的绝命崖。鬼子军官挥舞着战刀，嘴里叽里呱啦地叫喊着，带着数千鬼子猛扑过来，情况万分危急。这些刚刚入伍三个月的新兵娃子，从未见过密密麻麻黄蜂一般穷凶极恶的日本鬼子。在陌南镇吃了大亏的日本鬼子凶恶地顺着山谷往上冲，瞬间200多名战士牺牲了，鲜血染红了脚下的黄土大地。"泓顺"见状，对着新兵们喊道："陕西的愣娃们，只要是站着尿尿的，跟我从侧翼往上冲！"

　　50多名平时枪法较好的战士跟随"泓顺"绕过山梁，从左侧迂回过去，打了鬼子一个措手不及。敌人发现这股势力只有手枪步枪，并无机关枪等重武器，料定是一股小部队，所以，只派出几十人与他们对峙，2000多人的主力坚持往黄河方向冲去。

　　聪明的"泓顺"带领的这支敢死队见日军的枪声稀稀拉拉，判断他的引敌深入的战术并未奏效，于是，带领战士们等候片刻，从日军后面打了他们一个"项背"。眼看着到了黄河滩上，视野宽阔，"泓顺"端起机枪，朝鬼子扫去。这时，悲催的事情发生了，日军的援军到了。他们以三倍于我军的兵力包围了年轻的战士们，把他们逼到了黄河岸边。这些娃娃兵并不胆怯，与敌人展开了肉搏战，咬耳朵，踢交裆，异常勇猛。左腿受伤的"泓顺"依然端着机枪，将所有的子弹打出去，打退了敌人的好几次进攻。胆小的战士在休整的空间，面对身后汹涌的黄河，望着万里无云的天空，哭了起来。"泓顺"大声喊道："兄弟，哭啥呢？该死尿朝上！陕西男人流血不流泪。想想你大、你妈，甭哭咧！"

◎ 第十四章　血染中条山

一个小战士哭得更厉害了，说道："听说日本鬼子对待俘虏不是挖心就是抽肠子，咱不能给乡党脸上抹黑，宁死不投降！"

"对，对，不投降！"稍微有点儿力气的战士们附和着喊道。此时的"泓顺"多么希望增派的援军赶紧到来呀！然而，四周寂静，一个援军也没有。鬼子再次向战士们蜂拥而来，把年轻的小伙子逼得再不能后退半步了！

民国二十八年六月六日，这个中华儿女必须永远铭记的日子，无数的三秦男儿，在黄河岸边，誓死保卫祖国的大好河山，阻止日本鬼子西进，不让他们渡过黄河，进入西北地区，用他们的血肉之躯和坚强意志谱写了我国抗战史上永世难忘的一曲英雄主义赞歌。战士们手挽手，互相搀扶着，在"泓顺"的引领下，唱起了雄壮的秦腔"人生自古谁无死，为国谁惜抛头颅"准备为国赴死！

跳河前，"泓顺"拖着受伤的左腿，爬到悬崖边上，抱着一捆麦子，冲着陕西方向，高喊："妈，妈呀，救我！"带领战士们跳进了悬崖下面汹涌的黄汤，瞬间消失得无踪无影。

几乎在八百壮士集体投河的同时，在与他们相距十余里的马家崖，一七七师工兵营的200多位士兵，好像提前与同胞战友们商量过似的，面对绝境，为了维护中国军人的尊严，誓死不当俘虏，也互相拥抱着扑进了母亲河——黄河。等李梦秦送信回来，发现了岸边无数奇异的后死牌——战士们自己给自己用木头做的墓志铭。他瞪大了眼睛，看到了那个熟悉的名字"泓顺"，顿时陷入无比的悲痛之中。

然而，天无绝人之路，也许是那捆麦子起了作用，也许是神明保佑，当"泓顺"跳进黄河的那一刻，被系在河边石窝子上的羊皮筏子挡了一下，蹦到一旁的草丛里，幸免于难。追到黄河岸边的日本兵看见羊皮筏子，万箭齐发，一通乱枪射击。从小在西京城沣河岸边长大，多次组织抗洪抢险、水性极好的奉义，即化名"泓顺"的汉子，紧紧地抓住石窝子，被灌进几口黄汤之后，眼前一黑，再次跌倒在黄河岸边……

就在假泓顺、真奉义跳进黄河后的第十五天，在咸阳城住校的真泓顺的儿子俊杰收到了来自山西的一封信。这个聪明的孩子，按照信里李梦秦的要求，重新将信笺的内容用小楷工工整整地誊写了一遍，准备伺机交给西堡子的李云儿。

第十五章　守　望

　　李云儿两年间视力明显下降了。她盼望找到儿子们的那一天，盼望听到哪怕一丝一毫关于儿子的信息，不管死活。当御麦长到比人高的时候，眼看着缨子由绿变紫，棒子一天比一天粗壮，她一个人来到了桃园。今年，自家地里的水蜜桃长势喜人，挂果率是往年的好几倍。没有她的命令，看管桃园的老郭不敢私自摘下一个。天天在地里转悠的他，凭着灵敏的嗅觉，第一时间发现水蜜桃发出来的甜蜜香气，由此判断桃子成熟了。他准备亲自报告主人李云儿，请示要不要开园，这是多年以来的规矩。没想到，心急的李云儿不请自到，挪动她那双美丽的大脚，亲自跑到桃园来了。

　　老郭把一只桃子递给云儿，让她尝尝鲜，未等她剥皮，泓顺家机灵的俊杰跑过来递给她一封信。天底下最善良的女人接过信封，拆开仔细念了起来："云娘，您好！我是原来在泓顺哥家做活的李梦秦，在山西中条山给您写信，希望您看见这封信能够坚强一点儿。"云儿听罢，不由得倒退了两步。老郭见状，连忙搬来了小凳子，云儿继续念道："我在中条山偶然见到了二哥奉义，他化名泓顺，为国出力，跟我同在一七七师打鬼子。他有当保长的基础，枪法好，对枪械样样精通，深受军长和战士的喜爱。他打仗不惜命，敢拼、敢下手，6月6日那天，我去送信回来，发现日本鬼子把我们狭长的阵地包围了，切断成几截，逼得战士们没办法，退到了黄河岸边。我英勇的三秦男儿个个是好样的，他们誓死不投降，最后投河为国捐躯了，其中包括我敬佩的二哥。"云儿读到这里，压抑着情绪，问俊杰："你是啥时收到的信？"见奶奶问话，俊杰不敢隐瞒，说："他经常给我写信，是从山西寄来的，是部队的邮戳，跟一般的信不一样。"云儿听到这里，百分之

第十五章 守　望

百相信了从不说谎的俊杰，眼角流出了一行心酸的泪珠。停了大约一分钟，她捶打着自己的大腿，大声哭道："义儿呀，妈的娃呀，你咋就回不来了呢？冤家呀，你要了妈的命了！"

老郭和俊杰一起把云儿从地里搀了回去。全家人直到现在才知道奉义没了，死了。跳进黄河的人能不死吗？人死了总得有个坟冢。这次，在忠瑞的倡议下，在桃园旁边的祖坟西边，起了一个小小的土丘，把奉义平时穿的衣服埋了进去。丧礼并没有平常那样隆重，因为活要见人死要见尸，这是关中人的习俗，奉义最多算失踪了。之所以要给奉义办个丧事，主要是清茶的身份得明白。葬埋了奉义，清茶就可以改嫁了。这是楷瑞、忠瑞、英瑞、景瑞、复瑞一起商量决定的。

清茶抱着女儿凝改静静地坐在奉义的坟前，默默地流着眼泪，一言不发。身为三个女儿的母亲，她能到哪里去呢？

第十六章　英雄归来

　　西京城西稍门零乱的街道上，坐落着一处破败的房子。
　　奉信为找寻哥哥，在西京寻找到一处破烂的房子，只卖一种吃食——臊子面。单就一碗面而言，他调进去的不是五味调料，而是生活的酸甜苦辣，是对亲人深深的思念。听说母亲李云儿收到来自山西中条山战场的信笺，说二哥在中条山战死了，奉信怎么也不敢相信。二哥是多么勇敢的汉子呀，他怎么会战死？所以，当母亲在乡下给哥哥办丧事的时候，奉信坚决不回去，不理会族人的荒唐之举。
　　即使在破败的馆子里，条件简陋，奉信的臊子面仍然卖出了名堂，让城里人刁钻的味蕾迷上了这一口。倔强而聪颖的奉信常年在饭馆门口贴着两张哥哥的素描画像，这哪里是饭馆，分明是西堡子大宅门设在省城的联络点，招魂唤魄的驿站。
　　这一天，艳阳高照，"泓顺"，哦不，是奉义，一跛一瘸来到西京街头，远远地看见了自己的画像，一股暖流涌上心头。警觉的奉信立刻发现了大难不死、残了左腿、衣衫褴褛的哥哥。是他，就是他！弟兄们相见，泪水和着汗水一起流了下来，抖动的肩头再也没有分开。三年不见，恍如隔世。他们顾不得倾诉分开后的离愁别绪，顾不得询问亲人们的饥寒冷暖，当务之急是要在西京城找一位神医，治好哥哥的残腿。
　　幸好，奉义的腿伤在西京城最好的同仁医院得到了精心的救治。遗憾的是由于受伤时间太长，子弹在体内，伤口化脓感染，腿保住了，但是，落下终身残疾——跛行。西京城的街坊听说奉义是从中条山回来的，无不感到稀奇，感叹英雄壮士就在身边，令人敬仰。
　　养伤的日子无比漫长，弟兄俩商定，暂时不告诉家人奉义死而复

第十六章 英雄归来

生的消息,等做生意赚了钱再说。

从战场上回来的奉义惊奇地发现,冷清的西京城街上人烟稀少,人力车、黄包车、马拉轿车在大街小巷穿行。打仗使国家的财力无法投入到经济建设上来,听说西京政府十年前购置了进口的雪佛兰公共汽车,却连一辆也未看见。人说西京繁华盛景,咋看起来与西堡子没什么两样。过去保上开会,甲长们经常说起西京这好那好,当兵匆匆忙忙走的那阵,他没来得及欣赏美丽古城的犄角旮旯,如今看来,四四方方的古城除了城墙比西堡子高,再无荣华。东西南北几条大街上,警察在巡逻,鳞次栉比的楼房上炊烟袅袅,没有大上海的灯红酒绿,没有江南水乡的亭台楼榭,只有纵横交错的大街,护城河清凌凌的水比西堡子多,里边的鱼虾自由而快乐地游动着、享受着。

众人拾柴火焰高。哥哥的回还让奉信如虎添翼,更加坚定了做好饭馆生意的信心,该干点儿像模像样的事业了。要想把事业做大做好,门面必须像模像样才行。于是,奉义、奉信兄弟俩开始了寻找适合做面食的更大的铺子。

众所周知,如果做生意,西京的房租很贵,买房子比较划算。然而,奉义从中条山战场回来,九死一生,身无分文,只有母亲当年分送他们弟兄五个的翡翠佛一直佩戴在他的腰上。奉信几年来不停地换地方,也没有多少积蓄。他们掂量来掂量去,口袋里的钱根本不够买一间门面房的,在关键的时候,银钱难倒了英雄汉。

奉义早先听母亲云儿讲,一个远房的表哥在秦腔三意社跑龙套,他们决定去找他,看能不能帮忙借点儿钱。经过多方打听才找到人。他俩不看则已,一看吓了一大跳,演员吃的苦跟黄连一样,根本不是人过的日子。他们苦练本领,不许与家人见面,睡大通铺,表哥三十好几了,尚未成亲,自己都养活不了自己,栖惶度日。于是,急性子的奉信看到二哥拖着残腿跑来跑去,心疼地说:"我是来做买卖的,又不是量路的。就在西大街买一间铺子,钱的问题让家里来解决。"于是,他们决定让奉信回家借钱,奉义在西京静候消息。

当晚,奉义走在西京的街道上,看到警察在巡逻。他们背着枪,三三两两来回走动。距离钟楼不远的西大街南侧,一座两层的兼葭院伫立在相对平静的街市。门口的一对大石狮子张着大嘴,像是饿得发

213

▶ 西堡子

慌，似乎要吞噬夜色，吞噬来往行人口袋里的银票，撕碎入门嫖客们的身份与荣耀。门口的一对红灯笼格外抢眼，其他的店铺一到晚上则关门大吉，街道静寂无声，只有蒹葭院昼夜红灯高悬，人声鼎沸，热闹非凡。平时，战场上那些战士受伤后疼痛难忍，救护不及时时，长官们经常使用的伎俩之一就是鼓励他们幻想，幻想西京城有名的妓女，蒹葭院里漂亮女人魔鬼般的长相与身材。蒹葭院对面不是客栈，不是学校，而是警察局。奉义不由得惊叹："妓院开在警局鼻子底下，是炫耀它的高贵还是呼应着什么？"乖乖！政府公然护卫妓院，这在他学过的课本里，包括保长培训班的课程里都是鲜见的，但它却那样真实地存在着、张扬着，两个性质截然不同的单元各自忙乎着、运行着。

从战场回来的奉义好像变了一个人。从小天不怕地不怕，更不怕什么恶人，而今住在西京不回家，只是为了不连累家人，不连累亲戚朋友，不连累无辜。尽管他对国家尽到一个青年人应有的义务，也算了却了一桩心愿，然而，战争远远没有结束，那些跟他一起杀敌的战友如今不知生死，不知所在。如今，他残疾了，只能做点儿生意，等挣了钱为国尽忠也不迟。

他与弟弟商量饭馆就开在蒹葭院附近，这里来往人多，钟楼又是西京的中心，自然来吃饭办事的人都要经过这里，不管房子贵贱，都得扎下根，将这件事情办好。

他们用了一天时间才打听出房屋出售的信息，那间房子的主人蔡老板，是经营布店的。因为战乱，他们全家迁往上海，家里只剩下他一人，言称要将房子带家具一起出售。奉义走进屋子仔细察看房屋架构。这是关中民居最平常不过的四合院，大门开在东边一侧，门楣上书"耕读"两个大字，旁边是一幅砖雕《福禄寿喜图》，栩栩如生，与安徽会馆的门楣非常相似。大门背后，码放着一双干净的泥屐。进入屋子，是未见山墙的三间大开间，与后面的厦子并不相连，屋檐下面的瓦当崭新，棱角分明。挡住人视线的是一块照壁，上面的壁画是砖雕梅花，一块正方形的玻璃镜子镶嵌在照壁上半部。离前房三尺远的两侧分别加盖了三间厦子房，窗户上糊着泛黄的窗纸，并无半幅窗花。

厦子房，进深很浅，远远望去像是主人的客厅。四合院中间是天

第十六章 英雄归来

井，置放了一口大水缸，里面的污水已经长出厚厚的绿毛苔藓，两朵荷花漂浮在上面。整个院落不见裸露的地面，全部用砖头铺就。与门外碎石子铺成的大路相比，更加干净，更加宽敞，更加易于打扫。奉义非常满意这座院落，经过反复协商，与蔡老板达成一致，以1000块钱的高价易手这个院落，专等奉信从老家拿来钱款，办理房子交接手续。

事不宜迟，奉信坐着汽车午时三刻回到了西堡子家里，一进门便进入厨房美美喝了两碗甘甜的酸梅汤。云儿疑惑地问道："信儿，你不是在西京了吗，咋又回来了？你四哥有消息吗？"云儿自知自己失口，为什么单问找见老四没有，因为她也不知道老二是否还活着。在她内心坚信奉义还在，只是在某个地方躲了起来，或许以另外的方式活着，就如我们对待死去的亲人一样。她背过奉义媳妇清茶，连忙掩饰道："你二哥有消息吗？"

"唉，妈，你咋知道我有二哥的消息了？"

"我做梦梦见了。"云儿赶紧找托词。

精明的奉信把母亲拉到一边说："你老消息还灵通，就是的。我二哥跟我在一起呢，他从中条山回来了！让我回来借钱，要在西京买铺子。"

"啊，你哥人在西京？从战场回来了？你看清了？"

"看你说的，我连自己的亲哥都认不得了？"

"我收到泓顺家原来那个伙计李梦秦的来信，说老二跳河了。我以为老二再也回不来了。"

"是的。中条山那地方几千年都没人理示，日本鬼子准备从那里渡河，进攻西北，先占领咱们西京。多亏我们孙蔚如、赵寿山两个将军厉害，带领部队消灭了近千个日本鬼子。后来，我二哥受伤了，跳进黄河，他命大没死。"奉信请母亲保守秘密，反正西堡子与西京有一段距离，一般人也不进城，这个秘密能守多长时间是多长时间。

他继续跟母亲嘀咕道："我二哥准备跟我在西京做生意，暂时不回来。但是，在西京租房不如买房，租房子贵得要命。我俩已经考察好了，下决心买铺子。二哥让我回来一定把钱带去。"

"买房？家里哪有钱，先赁一间嘛！我的娃呀，咱家又不是开银行

215

▶ 西堡子

的。开面馆不是件容易的事，要家具摆设，要买米买面，要有水有柴火，哪一件能凑合？西京人生地不熟的，这些你们能弄好不？啥话不说了，先叫你二哥回来！"

"现在还不是我二哥露脸的时候，等我俩挣了钱再说。妈，我们是实在没办法咧，谁爱到西京去，省城的凶险谁不知道，要不然，咱村那么多人，那么多作坊，人家咋不去西京发展呢？胡宗南的手段厉害，做买卖十家八家，挣钱的一家两家。"奉信认真地介绍实情，并无半点儿遮掩。

"这个不让我省心的义儿呀！好吧，是这，你们执意要买房，咱家没积攒下几个，全给你。你舅的一些钱在我这里放着，怕急用时你妗子崐皮不舍得往出掏，先给你。其他人，你们听着，西京的生意是大家的生意，除了老四外，每人必须出一份力才行。"说着，从手上褪下那只陪伴她几十年的玉手镯，回房打开描金箱子，找见首饰盒子，取出陪嫁的金簪一对和两副银项圈，全部交给烂脖项，让他回西京变现。

忠瑞听说儿子要在西京买铺子，蹲在地上连着抽了三锅旱烟，起身，拉下那张布满皱纹、见人不笑不开腔的老脸，一个一个去向赊账的人要钱。老大奉仁偷偷出城当了媳妇压箱底的首饰，老三奉礼出西堡子南门往西，去丈人家谎称给媳妇看病，借到了一些钱。全家总动员，估摸着钱基本凑齐了，交到老妈手上，让她安排。这笔巨款可是一家大小的希望啊！

全家总动员凑钱，不是去寻找奉义，而是赞助老五开馆子，这事对于清茶来说无异于雪上加霜。李云儿的本意是不让她参与的，只要她不闹腾，等过些时日，派人专门送她去西京与奉义会面，夫妻团聚。既然三年都坚持下来了，再等等无妨，这也是奉义的意思。

然而，纸终究包不住火。清茶聪明，更能洞察人的内心，尤其亲人们的遮遮掩掩、闪烁其词引起了她的疑心。在她的一再追问下，李云儿不得不说："奉义回来了。"听到自家男人还在世上，她再一次打起精神，不顾全家人的反对，一个女人家准备召集门宗，要求西堡子恢复她男人的保长一职，凭什么咱让人撵得抱头鼠窜，族人无人理会牵念？

厉害的女人手段凌厉，雷厉风行。一时间，楷瑞、复瑞、忠瑞、

216

◎ 第十六章　英雄归来

景瑞、英瑞等四大家八小家全部集合完毕，在石奋的东箭楼上议事。大家一致同意让奉义回来，继续给六、七保当保长，当家做主。闻讯赶到的泓顺手持一串鞭炮，在瓮城一阵噼里啪啦地乱放，哈哈大笑，说道："我说各位门宗长老，我二哥回来连面也不闪，你们未免太着急了吧？我看还是放炮庆祝一下，平掉那个衣冠冢是当务之急，我已经把炮放了，走，谁跟我去平坟去？"

"顺子说得有道理，赶紧的，别让人笑话，咱给活人还起坟呢。"

看自己家儿子到现场了，楷瑞连忙说道："是的，是的，保长的事情再议，再议，赶紧平坟。"说着，端起茶杯走下马道。景瑞、复瑞也连忙起身自言自语地说："要不等奉义人回来了再说。"抓起帽子扣在自己头上，走了。单留英瑞和忠瑞面面相觑，俩人也不欢而散。泓顺站在原地纹丝不动，声音低低地说道："都走了干啥，议事嘛！保长不让我二哥当，谁也当不成！"

吃一堑长一智。烂脖项奉信才不在乎二哥奉义当那个烂保长，他拿到钱及细软赶紧往西京赶，二哥还等米下锅呢。

大哥奉仁担心小弟拿那么多钱遭人抢劫，坚持要护送并想到西京看个究竟，万一弟兄俩生意不成，再拿钱去干非法的事情岂不坏事！母亲云儿相信儿子干的是正事，奉信给她看了老二腰上别的那枚翡翠玉佛，知道儿子们是有心的，没胆学坏。在意见相左的时候，老三奉礼站出来说道："妈，你们放心，我陪五弟去，我过去经常看戏，在西京城里转，环境熟悉。你跟爸在家照顾娃娃，让大哥晚上睡在北苑新庄子，安顿好我就回来了。"

奉礼办事一贯稳当，人也机灵。母亲同意奉信和奉礼一起带钱走。临走时，云儿叮嘱媳妇相沫缝制一个长布袋，把钱装进去。让儿子缠在腰上，弟兄俩分开装，在棉裤上再套上大腰裤，外扎长长的腰带，上身挑选一件最烂的黑棉袄套上，让他们脊背、腰眼后头把眼睛长上，一路上装哑巴，不要跟陌生人说话，避免露富。母亲千叮咛万嘱咐，叮嘱他们分外当心，大胆朝前看。

几年没有男人的音信，清茶对渭河水不知道许下了多少愿，也不知在西堡子菩萨庙里烧了多少香火。她照顾三个女儿，随公公婆婆一起，起早贪黑干活，把对丈夫的思念缝进每一寸织布的机梭里，流进

> 西堡子

每一碗端起放下的饭碗里。眼下，老五和老三俩人一起去西京城，她不顾家人的反对，决定与他们同行，看望自己亲亲的亲丈夫。

三人悄悄出了南门，没有人送，他们拐个弯往东走去。看护南门的曲生生跟他俩打招呼："你们出去呀？"

"哦，老五丈人家盖房，我带手艺着，帮几天忙。"奉礼撒谎说道。

"走着去呀？"曲生生根本不相信奉礼的话，盖房能什么都不带吗？奉礼是远近闻名的泥瓦匠，最起码得带个瓦刀，如果嫌沉，最不行也得带一把泥匕。再说了，老五丈人家盖房，老二媳妇凑什么热闹？

"坐公共汽车去。"

西户公路的公共汽车就停在村子边上，招呼来人上车。他们回头望望这座美丽的西堡子，心里特别酸楚，要不是这些年来遭人暗算，在西堡子无法立站，谁愿意离开家乡和亲娘，离开小北京这样的富贵之地。

蜗牛似的汽车两个小时后开到桥梓口，距离终点站只有牙长一点儿路了。弟兄三个见面后拥抱在一起，互相致意。清茶梦中的男人仍然那么精瘦，那么坚强。她扭捏地说道："你个马疯子，跑到哪儿去了？"正当奉义准备回答的时候，清茶突然发现奉义腿不对劲，蹲在地上抱着他的残腿，哇的一声哭出声来。奉义说："战争是残酷的，我能活着回来就不错了。我们被逼无奈，跳河的人黑压压一片。如果不跳河，肯定被俘，只有死路一条。可恶的日本鬼子。"

"大难不死必有后福。"清茶自己劝住自己并宽慰自家男人。

奉义问三弟奉礼："老四回来没有，有他的消息没有？他到底去哪儿了？"

"消息有一点儿，不确切。英瑞伯家里的伙计在咸阳街头见过一个人长得像四弟，想追上去看个究竟，迎面过来一辆轿车，挡住了视线，等车子过去，不见了踪影。伙计回来给英瑞伯学说，那人活脱脱老四的披挂，一点儿不含糊。英瑞伯当即告诉咱妈，咱妈打发人去咸阳寻了几天，人影也没有。奉娴姐跟姐夫也帮着打听，有消息他们会来西堡子的，你放心吧。老四尽管受了惊，但人长得白净，高高大大的，也算一表人才。相信吉人天相，不会有事的。"老三奉礼说着低下头瞅着脚尖。

第十六章　英雄归来

"老四媳妇咋样呢?"

"能咋样?家里人开导,咱妈特别关照。还好,她人比较开朗,好着呢。"奉礼说。

"都是我把家人害成这样,不听老人言吃亏在眼前。"

"二哥,你是抗战的大英雄,对得起国家了。我们现在多挣些钱,把日子过好,把四弟找回来比啥都强。爸想你都想出毛病了,老抽呢。"

"啊,大烟?"奉义立刻紧张起来。

"咋可能呢,是旱烟!"奉信拉二哥坐下。

"赶快办正经事,去请蔡老板吧。"奉义风风火火的办事风格丝毫不逊于母亲李云儿。

很快,一间铺面就改了姓,家具一应俱全。蔡老板喜笑颜开,拿了钱和细软准备去上海。

奉义的面馆子准备开张了。

说话间,清茶已经把饭做好,弟兄们一起去请蔡老板上前边厅房吃饭。蔡老板找到一个实诚买主,自然非常高兴。他拿到这笔钱,多日的等待终于云开雾散尘埃落定。他的家人知道房子已经出售,要他把钱汇过去,兵荒马乱的不要带现金。买卖人蔡老板白天在拿到现金的第一时间,已经到银行办完手续,顿觉轻松自在。见清茶做好满满一桌子好饭,他惊奇地说道:"在下在西京地界混了这么多年,没见过这么能干的女人,厨艺这么好!"

奉义说:"蔡老板见笑了,我家是女人干杂活,男人负责做饭,她的手艺只是花拳绣腿装饰门面的。"

"哪里,哪里,你们过谦了。陕西人低调内敛,果真名不虚传。"人逢喜事精神爽,蔡老板没想到自己家的房子最后能卖给一个农民。城内生意人阅房无数,看着阔绰,实际上有钱人没几个,也许乱世无人置办不动产。日本人在大半个中国横行霸道,人能自保已属不易,更何况置业添产。

当晚,他们几人喝过清茶做的酸梅汤,个个神清气爽。蔡先生将他用过的床等家具一并送与奉义,只图将来路过西京有个借宿歇脚之处。实际上奉义知道他是不会回来的,人往高处走,水往低处流,西

219

西堡子

京的生意与上海的相比，一个地上一个天上，绝对不可同日而语。

从这一刻起，家里的一切换了主人。他俩找来一块木板，做了锨把长的一个牌子，再仔仔细细刷了三遍黑色油漆，等它干了，奉义亲自用藏刀刻好"忠瑞饭馆"四个大字，蘸上黄油漆，仔细描上去，最后再上了一层清漆，晾干，弟兄俩沿梯子上去把它挂上门楣。坐北朝南的房子清晨迎着朝阳，与众不同的牌匾在阳光的照耀下显得格外炫目。烦琐的事务办妥，他们张灯结彩，换上新装，鞭炮齐鸣，忠瑞饭馆正式开张了。

为何奉义不用自己的名字命名饭馆，却将父亲的名讳悬置高堂？原来，面店子老三忠瑞何止在高桥名声大震，与西京城近在咫尺的镇点，但凡有什么美食，消息瞬间就会传到城里，忠瑞的大名早已誉满省城，这也是当年烂脖项奉信迁址的主要因素之一。如大召的食客一样，省城人早盼望着能尝一口那流油的包子和味长的臊子面。西关人是幸运的，西大街延伸至西关，店铺林立，有卖洋布的布庄，有茶庄酒庄，还有典当行，单缺一家美味的地方饮食。饮食生意离不开水，西京城人坐享发源于秦岭的通济渠的水，吃水非常方便，政府已经为他们创造了良好的条件。奉义他们觉得环境这么好，不把饭馆办好实在说不过去，一定要落地生根开花结果。

既然老三来了，就必须发挥他的技术优势，为饭馆添砖加瓦。奉礼从小师从高人，学做木匠，跟人学会了做水桶。西堡子人、外村人都请他做桶，桶坏了拿来让他免费修理，替换木条。做买卖比不得家庭生活，置办家当非常重要。趁在西京的机会，巧手奉礼去东木头市买来桐木板，给铺子做了大大小小十几个桶，还有木盘子、擀面杖、风箱、箸笼、桌子、椅子等，为他们节约了大笔的资金。奉义恨不能一块银圆掰成几瓣花，真诚希望三弟留下来帮他。

西京生意与大召不同，这里吃水得掏钱买，煤炭也很贵。开门生意流水账，西京有名的甜水井专门供给各店铺饮用水，大水车每天早早拉出来在街道叫喊，铺子的伙计带路，水很快倒满各家的水缸水桶，现金结算。奉义每天听见甜水倒进缸的声音，那股特殊的甘甜沁人肺腑，滋润肝肠，让人顿觉精神抖擞，干劲倍增。奉义真不忍心让老三回去，想留下他在西京帮上一阵子，等生意再好点儿，再放他走。可

第十六章 英雄归来

是,家里需要男人,父亲忠瑞年纪大了,老大奉仁木讷,孩子们都小,不能挑起大梁,奉礼必须回去了。送别老三奉礼,奉义长长出了一口气,还是弟兄们亲啊!

酒香不怕巷子深,何况奉义的饭馆坐落在桥梓口的闹市区,很快,来吃饭的人络绎不绝,在门口排起了长队。有的人找不见桌子,就买几个馒头、烧饼、包子回去,有的人早早来到铺子等候饭菜。

奉义拌的包子馅鲜香,奉信擀的面筋道,忠瑞饭馆的美食让人乐不思蜀回味无穷。每每有食客喊道:"老板,你们家的饭菜里是不是放着什么特殊的佐料,咋这么好吃呢?我都上瘾了,莫非是放了大烟壳子?"奉义马上不悦。一贯用毛巾围住自己脖子的烂脖项奉信总是连忙从后堂跑出来摆手说道:"不敢胡说,政府禁烟呢,咱还敢胡来,不要命了。"吃客们立刻住了嘴。

奉义知道在西京这块土地上,尽管好吃喝数不胜数,但要想把事业干大,必须付出比一般人多几倍的辛劳。他们兄弟俩商量,一个主外,一个主内,清茶负责端饭记账,晚上盘点是否有盈利,杜绝一切不必要的开支,抓紧还钱。凭着在乡下当保长和在部队与人打交道的经验,奉义练就了能说会道的硬功夫,很快与西京城里绅士、商贾、政界官员甚至老鸨子联系上,并建立一些关系,有了固定的客户。他继承父亲忠瑞的经商经验,让吃饭的人随意给钱,多少不论,只要是他领回来的人,清茶一概不算账。这样一来,反倒比算账多出许多钱来。三毛钱一碗的臊子面左邻右舍有时没有零钱,不方便及时付账,慢慢地,赊账的人多起来,有的甚至一个月才结一次账,他们的资金周转出现了严重的困难。掌勺的奉信决定回一趟西堡子向母亲求援,以解决燃眉之急。

听老三儿子说西京生意异常顺利,叔嫂三人精诚团结、一心一意经营面馆,云儿和忠瑞两口子心里偷偷地乐开了花。

第十七章　回乡下求援

赊账是生意人的大忌。忠瑞饭馆的生意也经不住白吃白喝，赊账往往是付不起饭钱人的托词，在西京城这么大的地方，谁会为了一碗面而让人记账。能让人记账就没打算还钱。很快，用原先乡下的经营理念打点西安的生意显得那么愚蠢，最终，生意出现了亏空，经营不下去了。于是，三个年轻人再次准备向家里求援。奉信像交通员一样来往穿梭于西堡子与西京之间，不是送信就是要钱。

天下数母亲最无私。西京生意寄托着全家的幸福和希望。李云儿下定决心卖掉心爱的黑马和家里的轿车，把钱全部交给奉信，期待着儿子们在西京城的生意兴隆、买卖茂盛，尽早摆脱困境。

侄子们听说奉信要走，都拥进房门要跟他走，一个个热切的样子。奉信心里很不是滋味，他有心把孩子们都带去，可是，西京的地方小，孩子们正在上学，他们做生意无暇照顾，加之日本战机轰炸，万一出点儿岔子怎么给兄弟们交代，给老人交代？况且，西京局势不稳，打起仗来孩子们往哪儿跑，往哪儿躲？这时，只听泽实说道："二伯，我跟你去，我白天上学，晚上给你擀面，绝不给你丢人。万一打仗我就躲到钟楼底下，不用你操心。"

泽实是老三奉礼和相沫的长子。

"那怎么能行呢？钟楼是咱家的不成，人家让你躲？你才几岁？"

"我八岁了，该上学了，可能是村里派的饭不好，老师太过挑剔，堡子的老师消极怠工，就会嗡嗡地念人听不懂的诗文。听我爸说人家西京城的老师由政府供养，教新式课本，普及新知识，还有音乐跟体育课，比咱堡子老三样强，我要跟你去。"

奉礼听儿子说要去西京，在旁边赶忙阻止："你干啥去，你以为你

第十七章 回乡下求援

二伯坐席，你跟着吃肉菜呀？西京多乱的，现在是多事之秋，国共两党都把西京当成油菜心，人口也一下子从八万增加到20万。那么多的人拥到城里，人跟虼蚤一样，蹦跳着过活，你去干啥呢？还有那不长眼的飞机扔炸弹，你不想活了，我跟你妈还想活呢，你安生着。"听见奉礼训斥，几个侄子落寞而去，只有泽实铁了心非去不可。

泽实闹腾着非去西京不可，犹如一把钢针扎进母亲相沫的心。提起这个宝贝疙瘩还有一段伤心的往事。

奉礼的媳妇相沫自从嫁到西堡子，未过一天清净的日子。她反复怀孕，一连生下八个孩子均以夭折告终，受尽孕育之苦。生第一个孩子时，没有经验，孩子出生第二天开始高烧不退，抽搐晕厥，来不及送医院就夭折了。很快，她又怀孕。云儿这次特别关注这个听话的矮个子媳妇，怜惜她一双小脚，不让干任何重活，烧炕的柴火都不让她抱，唯恐动了胎气。她相信这么疼爱儿媳妇，一定能生一个大胖孙子。没想到，跟前面的情况如出一辙，孩子再次夭折。奉礼让媳妇好好将养，过一阵再怀。天生好强的相沫害怕别人笑话，不久再次怀孕。这一次，两位老人不许她动弹，专门让躺着养胎，好吃好喝地伺候着。奉礼平时给别人做棺材，晚上不再加班加点，天一黑收拾工具回家，守着媳妇。

天遂人愿，相沫再次生下一个男娃来，胖乎乎的脸蛋如红苹果一样，眼睛忽闪忽闪，黑眼仁像葡萄一样，睫毛非常长，让人含到嘴里怕化了，抱到怀里怕掉了。奉礼两口子不休不眠地轮流看管。可是，绳子偏从细处断。晚上，相沫实在太累了，进入甜蜜的梦中。恍惚间，一个老和尚拉着一个穿红衣服的小男孩往门外走，小孩回头眼巴巴地看着她，冲她笑着，笑容是那样凄迷，那样不舍。她感觉男孩柔软的小手好像正在温柔地抚摸着自己的脸颊，给她的脖子哈气，痒痒的。她突然从梦中惊醒，推奉礼的胳膊。等她点亮了煤油灯，连忙去摸孩子的头。天呀！孩子浑身滚烫，搭不上手，面若桃花，呼吸微弱，她尖叫起来。奉礼用长袍子将孩子包住，满面泪痕，让相沫去院子缸里舀一瓢凉水，给孩子冷敷。母亲云儿也被吵醒，跑到他俩的房间。全家人都起来，围拢过来。不信鬼、不信邪的云儿叫人来驱鬼，找来黄表纸，拿一个黑瓷碗，一双筷子，一把切面刀。她给碗里倒上半碗凉

▶ 西堡子

水，其中一人将筷子扶住，云儿口中念念有词："南来的北往的各位神仙，各位祖先，看在我吃斋念佛积德行善的分上，看在奉礼两口子辛苦养娃的面上，放过娃，拿了钱走吧！"筷子仍然站不起来。云儿又说："是不是堡子里哪个冤死的没娃的女人想娃了，给我显个灵。"这时，人一松手，筷子直直地站了起来。奉礼用切面刀使劲朝筷子砍去，烧纸很快燃烧，一股青烟直直地朝屋顶冲去。全家人长长出了一口气，以为没事了，陆续离开屋子去睡觉了。但是，孩子的温度始终不降，呼吸越来越微弱，不等天亮，又咽气了。奉礼双膝跪在母亲房门口，哽咽道："妈，娃殇了。""哦，埋到后院杨树底下。"屋子里传来母亲一声长长的、沉重的叹息。奉礼悄悄地用棉衣将孩子裹住，照母亲的吩咐把儿子埋在后院杨树底下。这已经是第三个足月的男娃了，怎不让人痛断肝肠！

在以后的几年里，就这样殇而生，生而殇，反复五次，相沫精疲力竭，弱不禁风，再肥沃的土地也种不出好庄稼来。离西堡子只有五里路的娘家哥哥来接相沫，接她去散散心，调养身子。回到娘家的相沫当了几天宝贝疙瘩，暂时脱掉媳妇厚重的外衣。从来不知鬼神为何物的奉礼，开始怀疑是不是自己从此命中无子，断了香火。他俩仔细察看后院的杨树，总感觉已故的孩子们一排排站在那里，眼泪巴巴地看着他们，不愿意离开家门半步。杨树叶哗哗作响，那是孩子们诉说向往人间的渴望之情，表达对父母孕育自己的感谢之意。乐天派奉礼从此知道了什么叫换位思考，深深地体味到了泓顺两房妻子未能给他生一男半女的苦楚，体味男人没有后人的耻辱与惭愧。母亲是爱儿子的。她与奉礼商量能否去村子外面的药王庙敬香，安顿一下神灵，实在不行等秋后套车去一趟观音山，看看送子观音的金身是否安然，庙门是否有缝隙，回来的路上再去斗门看看石婆、石爷像前的香火是否依旧。有病乱投医，云儿带领家中几个姑娘、媳妇去药王庙美美地烧了一捆香烛。她愿意领受祖先所有的责难，承受所有的苦痛，只求不要降罪于老三两口子。

她相信西堡子的村民有这么多的神灵保佑，奉礼迟早会有子嗣。还好，第九个孩子终于在九月九重阳节那天落草，是个带把儿的男孩。他命大地熬过艰难的"四六风"最害人的几天，成活了。为了留住奉

第十七章 回乡下求援

礼这一根独苗，忠瑞给孙子取了一个最难听的小名——猪呔，意思是猪吃进去又吐出来的脏东西，当然还得取个官名，以备将来上学用，即叫"泽实"，意思是实实在在，不虚人生此行。泽实给父母带来的不单纯是喜悦，更是对生活的顿悟。夫妻俩将所有的希望寄托在泽实身上，如掌上明珠一般待他。

好事接踵而至。时隔一年的11月26日，相沫又给奉礼生了一个男孩，取名泽瑜。从此，改写了他们生一个殇一个的厄运。就是这样一个搂在怀里怕压了的心肝宝贝疙瘩，几年前，当奉义被泓顺一而再、再而三算计的时候，云儿居然一声令下，九头牛都拉不回来，非要将泽实过继给奉义顶门。此项决定对于奉礼两口子来说无异于晴天霹雳，挖心掏肝。泽实是他们所有的希望，是前边九个夭折男孩生命重量的总和呀！孩子们在一个屋子住着，弟兄们又没有分家，奉义生死未卜，为啥在老人跟前还那么吃香，非要把人家的宝贝疙瘩抢走，过继给他当儿子？那时的二嫂清茶正值生育的黄金年龄，一连生了几个姑娘，又不是不开怀，万一老二回来了，自己生一个咋办呢？老妈真要心疼二哥，非要给他个男娃，咋不把大哥奉仁的儿子泽宗过继给他呢？当年公公忠瑞就是过继给别人的，吃尽了苦头，为啥他就不能站出来现身说法，为奉礼辩护一句，任凭婆婆云儿一手遮天！难道婆婆没有尝到隐忍的滋味？

在相沫百思不得其解的时候，一贯顺从母亲、忠厚善良的奉礼在前房已经答应了母亲把泽实过继给二哥的要求。相沫听罢，气得浑身哆嗦，搂着泽瑜一刻不松手，生怕老天爷再把老二从她身边夺走。最终胳膊拧不过大腿，媳妇只有听话的份儿，哪里有辩解的机会。第二天，泽实名义上就是二哥奉义的儿子了。好在孩子们都在一个家里生活，称呼也不变，泽实名义上过继给奉义，实际还在自己身边，炕通睡，饭通吃，侄子、儿子差别不大，渐渐地相沫也释怀了。

这是几年前的事了。李云儿执意把泽实过继给奉义之事正好发生在奉义失踪的那一年，掐指算来，泽实已经给奉义当了近三年的儿子了。

这一次，泽实闹着要跟五叔去西京，亲娘相沫一万个不同意。她想：谁都知道西京兵荒马乱的，一个小孩子去了能有啥好日子，况且

▶ 西堡子

人家开店做生意,谁管束他?万一清茶疼孩子,花花世界迷了小崽子的双眼,将来泽实还能认乡下自己的亲娘吗?我们这样的大家庭,万一孩子不学好走了歪道,岂不让人笑话。西京的生意需要钱,借了我娘家的钱不还,如今连儿子也拱手奉送,难道奉义是婆婆的亲儿,我家奉礼是抱养的不成?相沫九曲愁肠,难以表述。

在乡下老家拿到钱急着回西京的奉信刚走出南门,转过头,发现泽实远远地跟在后面,尾随着他。他一走,泽实也走,他停下来,泽实也停下来,搞得当叔叔的哭笑不得。

奉信知道泽实是侄子中最聪明的一个,格外讨人喜欢。人说世上事不患寡而患不均,假如把泽实带到西京,另外几个侄子咋办,再说人家爹娘老子也不同意,他很为难。没办法,他折回西堡子,泽实也折回去。泽实说:"不让我去西京,我就寻我四大去呀!"

小孩子说出这样决绝的话,令全家无不震惊,他可是相沫的心头肉啊!孩子一心要去西京,让当奶奶的李云儿也很为难,不怕一万就怕万一。最终老掌柜忠瑞站了出来,说道:"先让泽实去,以后等西京生意进益了,各房长子到西京上学,其他人在堡子上学。"听到爷爷发话,泽实连忙跪下给爷爷叩头,拿着书包跑到外面等五叔。相沫眼含热泪给儿子简单收拾了几件衣服出门,依依不舍地送儿子去省城。

楷瑞老汉一天到晚唯一的营生就是坐在城墙底下晒太阳,眯着眼睛自己与自己对话。他的儿子泓顺站在门内看见泽实跟奉信离城的一幕,拂袖而回。

"出远门呀?"楷瑞问。

"嗯,娃跟他五大要饭去呀。你个老东西光知道晒太阳,小心眼睛。"云儿故意大声说。

未等楷瑞回话,泓顺的屋子人为制造出哐的一声清脆而响亮的动静,惊得麻雀从梧桐树上同时起飞,向天而去。

日头正当午,奉信叔侄俩朝着东边的西京城走去。西北风刮得泽实脖子上的围巾飘散开来,他的亲娘相沫追上去几步给他重新围好。奉礼拽住受尽生育之苦的媳妇衣裳的后襟,然后轻轻地丢开了……

泽实被五叔带到西京城,掀开了给奉义当儿子的崭新一页。

奉义的继子泽实终于如愿以偿地来到似曾相识的大都市西京,成

第十七章　回乡下求援

为忠瑞饭馆的实习东家。身系两个小家一个大家命运的关键人物从此见证并分享了其中的酸甜苦辣，也成为众矢之的。他暂时陶醉在温暖的亲情之中，哪怕昙花一现，哪怕稍纵即逝。为了将西京城这个繁华都市与他们的西堡子区别开来，这个精怪的男孩一直称西京为"东堡子"，一辈子也不曾改口，直到 2001 年西京人口增长到 700 万人，在他的心目中，省城仍然只是一个堡子。

第十八章　孩子们的天下

"东堡子"西京的盛景让泽实欣喜不已，尤其当结识了西关安定门小学的许多新朋友之后。他发现他们穿着时髦，思想活跃，比西堡子有趣多了。他每天早晨吃完饭抓紧时间去上学，中午回来进门就招呼客人，帮忙打扫卫生，手不停地干活。等客人一走，他匆匆地扒一口饭吃，又往学校赶。锅台上经常能见到烂脖项五叔的身影，有时几天却不见二伯奉义的面，伙计也不愿奉告。晚上他跟二娘清茶睡在一张床上，亲如母子。清茶好不容易盼到这一天，继子与她同住，满心欢喜。三个月前，她真以为自己怀的第四胎一定是个带把儿的，没想到生下来，没等当娘的瞧一眼孩子的尊荣，瘸腿奉义朝孩子两腿之间一瞄，随即抱起那不争气的婴儿要送人，不许清茶给喂一口奶，更不用提给孩子取名这样的文雅之事。烂脖项奉信一辈子缺姑娘，心疼地说："娃又不是面汤，能随便倒掉？不要了给我。"清茶直骂男人道："我看你想男娃想疯了，自己斗不过人家拿娃出气。"弟兄俩争执了半天，最后商定把娃送回西堡子，交给母亲李云儿。生不逢时爹不爱娘难留的四姑娘，总得有个雅号或丑名。没多少文化的烂脖项五叔给她取名"凝香"。疼爱侄女的他用袍子把孩子包起来，送回乡下。

泽实的到来让奉义两口找到了一种叫作荣耀的感觉。继子毕竟是自家老三的儿子，说不定将来还得靠他养老送终呢。而泽实也没让他们省心。

小孩子天生喜欢扎堆在同学圈里，打架吵嘴是常有的事，泽实也一样，尽管从乡下来，但他很自信，从不怯生。有一天下课，他做完课间操回到教室，发现书包里少了俩肉包子，这是他给自己带的午饭。泽实看见两个同学正在为抢包子厮打起来，不问根苗，摆出一副保长

◎ 第十八章　孩子们的天下

的架势，呵斥道："狗东西，偷食吃，没脸！还有点人子的样子吗？"其中一个叫王长安的住了手，以为骂他是"人渣"，侮辱他，直接扑过来追打泽实，抓破了他的脸。泽实从小是娇生惯养的主，也不是省油的灯，将长安打倒在地，用脚踩踏。老师不问青红皂白，戒尺伺候，罚站了结，两个惹事的男生乖乖地站在教室后边。王长安的父亲王强是西京警察局的警察。得知孩子在学校受了委屈，他找到忠瑞饭馆要与家长理论。清茶是一个性情耿直的女人，一心护着继子，对王强吼道："你身为家长，不说管管自己的孩子，却找上门来，有必要吗？就你有枪？小孩子家一会儿恼，一会儿笑的。"她手做活，心念佛，爱答不理，一副蔑视的样子。王强本来想逞威风，给儿子撑腰，没想到让一个女人抢白了几句，下不来台。

"你怎么不讲道理，你儿子把我儿子打了，该道歉才对，是不是？"王强正与清茶争论，奉义回来了。"咋啦，咋啦？"奉义问道。

"没咋，你儿子把我儿子打了。"

"快让我看看，打哪儿了？"

"好着呢么，没伤啊！"

"内伤，看不见。"

"我还以为啥事呢，娃娃闹着玩儿，不就是玩失手了。来，清茶给娃揭一笼包子。"见清茶还在生气，爱答不理，奉义亲自上厨房给王强父子拾了一笼肉包子，端来酱油醋碟子，摆好筷子，请他们慢用。王强平时也是仗义之人，怎好白吃白喝。奉义说："一笼包子，自家出产，算我请你父子俩，给你赔个不是。"自己端了一个小凳子笑嘻嘻地围坐在他们周围。主人家摆下这阵势，王强骑虎难下，有心拉儿子走，感觉好像以失败告终，脸挂不住；不走吧，免费吃人家的包子，面上难堪。于是，他索性掏出几块钱来，往桌子上一拍，反正儿子好这一口，不如稳稳地坐下踏实地让儿子吃个饱。清茶见王强掏钱，也不好意思起来，拉过泽实要他道歉。两个小伙伴包子未吃完便握手言和，在门口嬉笑打闹起来。几个大人面面相觑，王强起身欲走，被奉义叫住："你等娃一会儿，坐在院子喝茶，我这儿还有上好的陕南毛尖呢！明前的。"

前边的客人来来往往，奉义与王强俩男人在院子攀谈起来。不打不相识，很快，奉义与王强因孩子反倒成为一对好朋友。

▶ 西堡子

  转眼中秋节到了，奉义提前做了好多月饼，请王强一家来院子赏月。王强媳妇常年患病，柔弱的身子不禁风寒。王强从湖南来西京工作，从来未曾真切地感受到当地的民风民俗，很高兴奉义的邀请，下班换了便装乘车往西大街而去。忠瑞饭馆院子地桌上早已摆上筛子一般的大圆月饼，等王强父子到后，大家一起开始祭月，然后按人数等分月饼。大家用手掬住吃，唯恐掉了香甜的芝麻糖馅。泽实与王长安两个孩子早已打成一片，开心地玩耍起来。清茶给他俩专门做了圆圆的芝麻馅的小月饼和小酥饼，让他们享用。因为是中秋节，来的客人稀稀拉拉，他们早早上板打烊。奉信拌了四盘拿手的凉菜，倒给每人一杯烧酒，自己先干为敬了。

  授人以饼，手留余香。奉义与王强开始帮子长底子短地聊开了。奉义说："强子，你来陕西这么长时间了，你说咱西京在全国的地位咋这么尴尬，要不是慈禧老佛爷西行，谁关注西部这座千年古都，亏得老佛爷来了住了我们的黄楼。蒋委员长生在南方长在南方，喜欢南方人，看不起我们陕西人，要不是那年兵谏，他怎会知晓西京的水有多深，人有多灵？"

  "凭啥蒋委员长把西京看得这么轻，还不是咱西京人老实，不像外地人精灵。陕西人生伧冷倔，直肠子，人家委员长一眼就能看穿杨虎城。"

  "你看我说好不议国事。管他人住在什么地方，今天咱俩好好喝酒，不操那闲心。"

  "你做生意可以不关心政治，我不闻不问不行呀，身为警察，得知荣辱，懂道理，走对路，不偏离。不过我这脾气你是知道的，路见不平拔刀相助，最见不得有钱人欺负穷人，尤其街上那些混混、没事惹事的。"

  "瞧你说得动听，我也没见你为谁家打抱过不平。"

  "你是不知道，当警察这事兄弟我干多了，比你强百倍，谁像你整天就知道钱钱钱、面面面的，没完没了。"

  "你咋知道我只爱钱，我比你大三岁，我卖蒸馍的时候你还在上学呢。"

  "啥，卖蒸馍，卖蒸馍还能把你的腿卖瘸了？你跑了多少路？"

  "我的腿是小时候害病落的后遗症，不是卖蒸馍跑的。"

第十八章 孩子们的天下

奉义不想让人知道他的腿是怎样瘸的，他想凭借自己的力量为自己正名，尘封那几段惨烈的故事，或许时间能医治他心里的创伤。烂脖项奉信在屋里听到外面俩人的谈话，抢着说："我二哥为禁烟两次让土匪打伤，我四哥为那事失踪好多年了。"他一边说一边端着茶壶从屋子走出来，切了一块冻冻肉凉调摆好又端上来。

"老五，甭胡说。"奉义打断了老五。

"我没胡说，不信你问我嫂。"奉信气愤难平。

"你俩给我闭嘴，不说话能把你当瓜子卖了？现在国难当头，日本鬼子才是我们的心头大患，过去的事不提了。"奉义害怕直肠子的清茶再透露更加详细的往事，几乎要骂娘了。王强脾气也怪，对神秘的事情永远保持求证、解密的心理。奉义喝多了，叔嫂两人将他搀扶到床上，伺候他睡了。

王强毕竟年轻，酒肉穿肠过，佛祖心中留，脑子依然很清醒。于是，叔嫂俩将奉义如何为人、如何禁烟、如何被害，后来他如何被救、如何报名参军，最后上战场赴中条山等陈年旧事一五一十道给了王强。这个湖南汉子有血性，有担当。听到奉义闭气装死那一段时，激动得站了起来："他娘的，皇城根底下都这么乱的，简直无法无天了！"

泽实和王长安玩累后，早已进入了梦乡。这一晚，王强第一次留宿在忠瑞饭馆。西京四条大街上的民居错落有致，大部分为三间木质结构，四合院形式，院子当中有天井，前门一关，安全而温馨。四更天，王强醒来，踱步到院子中间，树影婆娑，月明星稀，前院传来奉义深沉的鼾声，在静寂的夜晚，格外响亮。王强想自己在西京十几年，从小小的警察做起，几次被提拔，手下管理着几十个警察，经常得到上司的表扬，可奇怪的是自己老是高兴不起来。他想念家乡，想念父母，故土难忘，尽管将孩子媳妇接到西京，薪水也够他们生活，但总觉得生活中少了什么。妻儿和自己就像三只风筝随风飘动，而风筝线随时可能挣断。回头再想想奉义弟兄俩，家乡近在咫尺，一天步行都能打个来回，却有家不能回，回去就遭人暗算，危机四伏。他思考人活在世上，除了吃饭睡觉，还有什么？面对纷繁的尘世，陡然间有一种叫作责任、义气的东西在驱使着他，使人警醒，再也睡不着了。

天一亮，王强父子就离开了奉义家。

第十九章　祖孙逛会

　　春节刚过，喜庆的气氛尚未散去，正月十八接"爷"活动已经热热闹闹地张罗起来了。八个社轮流坐庄，今年轮到李家村。农闲的村民们掰开手指掐算，除了锣鼓赛，谁家会出什么节目，期待看谁家的社火热闹。踩高跷、跑旱船、装信子都是吃苦的差事，稍不留意可能折了孩子的胳膊，弄残了腿。西堡子的孩子金贵，大人们宁肯雇人应付这周而复始的过场，也不愿意自家孩子去冒险。事情却从这根节上出了纰漏。

　　正月十八一大早，奉仁应母亲的要求，喂马套车，将奉义两个如花似玉的凝春、凝夏打扮起来，辫子扎得光光的、硬硬的，别上沙堆花，宛如花仙子。云儿自己也穿上崭新的大襟扎染蓝棉袄，将逐渐花白的头发盘在后脑勺，别上银簪，给头上涂抹了西堡子百货商店从上海采购回来的头油。一切收拾停当，祖孙三人坐上自家的轿车，由奉仁驾辕，一路欢歌笑语去逛会，顺便去李家村娘家拜见年迈的父母与兄嫂。

　　风调雨顺的年景，会上的热闹冲破天。街道的行人名为耍热闹，其实就是一场交流会，况且买卖划定区域，无外乎日常吃穿用具、农耕用具等农家用品，用现在的时髦语言形容是"文艺搭台，经济唱戏"。只见云儿远远地将自家牲畜拴好，叮嘱老大奉仁去牲畜交易区，趑趄看有什么赚钱的六畜。那里有卖骡子、牛、羊、马、猪、鸡的，还有卖鸡蛋的，刚刚孵出的小鸡放在竹筐里，有的放在麦囤子里。经纪在一处伸出长长的袖子，里边掐码子，你来我往，达成一致则一手交钱一手交货，不成则拂袖而去，买卖不成仁义在。奉仁喜欢集市上喂得膘肥体壮的汗血宝马。甘肃一带的有钱人舍近求远，每到这个时

第十九章 祖孙逛会

候,吆喝着他们的宝贝马匹,不远千里来到陕西寻找商机。西堡子人生来扎有钱人的势,当地的财东家热爱这些优良品种,选择性地给家里添几匹良种马,装饰门面。泓顺家的汗血宝马已经有五匹了,云儿嘴上不说,心里却为家里良种马能力超群而自豪。今天她看见泓顺家的伙计依然在周围转悠,挑选良马,不由她将幸福挂在脸上,一阵欣喜,一阵激动。

云儿带领孙女们大开了眼界。李家村的各条大街上,卖秦式月饼、白皮点心、鸡蛋糕、江米条、绿豆糕、瓜子、花生、咸阳琼锅糖、乾州锅盔、同州西瓜、临潼火晶柿饼、三原蓼花糖的依次排开。更远的有镇安的板栗、商州的核桃、周至户县的毛桃,渭南的时辰包子也来了。说到包子,奉义的两个姑娘不顾奶奶的阻拦,非要吃外地的地软包子,不吃则已,刚塞到嘴里,似鱼刺梗喉,吐出来用手接住摔在路边的麦地里,拿手帕擦手。这俩吃惯自家饭食的娇娇女,像长着品酒师的味蕾一样,能感知里面的任何一味调料。也是,饭菜这东西,讲究的就是个调料,否则味同嚼蜡。俩娃只好蹲在街边吃了一碗黑瓷碗盛的辣子蒜羊血。以往家里过年,忠瑞买下两副猪下水,回来洗干净,将猪肠子翻过来,撒上薄薄一层御麦面,驱除腥气,再洗净。再翻过来洗净,放入调料浸泡在水里,等第二天入了味,与其他肝脏、肺脏、猪头肉等一起下锅煮。细细的麦秸秆文文的火,满锅的肉香气压都压不住,不断地往出飘散,老远就闻着诱人,勾引人肚子里的馋虫争先恐后地往外跑。孩子们早将爷爷的肉锅围圆了,口水直掉。所以,吃惯家里饭食的小姑娘只对辣子蒜羊血这种刺激性的食物来了兴趣。

祖孙三人往前走,吹糖人的、捏面人的大声招呼客人。他们动作娴熟,传承着千古流传的手艺,围观者拍手叫绝。凝春看见糖人便爱不释手,糖匠见她打扮不俗,送她一个孙悟空,她不稀罕,却对精灵古怪的白骨精情有独钟。云儿顺便给糖匠扔下几个钱,拿了两个糖人离开摊子。这时,也许家门口后面的咸菜缸时间长了,媳妇们没有清理,上面发霉的一层白盖子;也许是哪个媳妇做饭没洗手;也许是老婆子俏板儿穿得太少,凉了肚子,云儿突然觉得内急,急切地想找个茅坑解决问题。她让俩娃站在原地不动,自己急忙往李家村熟悉的背巷子走去。

▶ 西堡子

　　一贯乖巧听话的俩姑娘各玩各的，不知不觉地分开了。等到云儿出了茅房，只有凝夏还在原地站着，凝春却不见了。急得云儿拉住凝夏的手，往人堆里挤，一边挤一边叫："凝春，凝春！"人头攒动，连孙女的影子都没有。她几乎瘫倒在地。凝夏懂事地扶起奶奶，急忙往回走。奉仁站在马车跟前，等候婆孙几个。听说凝春丢了，奉仁血一下冲到头顶：这还了得？老二两口子在西京做生意，四个女儿放在家里，为逛会看热闹给人家把娃弄丢了，两个大人是干啥吃的？他怕老母亲再出乱子，让婆孙俩坐在马车上，千万不要再动，他自己亲自去寻孩子，寻那个亲亲的亲侄女。

　　交流会上人山人海，人声鼎沸，奉仁喊破了嗓子，无人应答。远处走过来的牛拉鼓，震耳欲聋。十几面大鼓后面是跑旱船的，突兀地比画着动作。紧跟其后的是天真可爱的大头娃娃，不时有人上去推搡，逗人开心。热闹的场面他无心欣赏，两行的路拥挤不堪，没有他容身的地方。他撤出人群，把鞋脱下来，坐在鞋上，痴痴地发呆。看来，凝春肯定是被人贩子掳去了，不知道会卖给谁家当女儿还是当媳妇。顿时，当大伯的眼睛热热的，流下泪来。

　　恍惚间，迎面走来一队队花车，这是关中地区典型的社火表演之一——踩高跷。长长的柳木腿上，形象生动的人物造型，逼真的演技，演员夸张的动作让人赞不绝口。奉仁绝望地望着脚下的土地，"不行，我得回去告诉家人，至少就近去李家村舅家，人命关天，得发动大家找孩子才行。"这个念头刚刚萌生，奉仁便从地下捡起鞋子，"不不不，我就是死，也不能告诉家人这个消息。我不相信光天化日之下，能说会道聪明伶俐的八岁女子能跑丢了。惊动了年迈的老人，万一有个山高水低，咋给老妈交代，岂不悔青肠子？"然而，残酷的现实摆在他面前，后面长龙似的队伍向他走来，这是最经典、也最好看的"芯子"。大马车架子上装点着火树银花，树上站着花朵般俊样的女子，俨然木偶或者瓷娃娃，经过化妆全部变成传统秦腔戏里的人物。他们身上的支架与车上的支架连接在一起，浑然天成。孩子们穿着宽大的戏装，在花红柳绿的掩映下分外逼真，看不出任何破绽与机关。

　　奉仁突然想到凝春会不会被人连哄带骗绑到了架子上，当了"芯子"，那样的话，姑且不说孩子一整天无法吃饭，甚至连便溺都无处解

第十九章 祖孙逛会

决。平时谁给他100元钱，也舍不得让孩子当"芯子"。两丈高的"芯子"带给人们稀奇美感，却让孩子遭罪不浅。奉仁相信凝春一定在哪个芯子上，于是，当大伯的挨个在下面喊她的名字，熙熙攘攘纷繁嘈杂的人流淹没了他的呐喊。奉仁彻底绝望了。

云儿看见奉仁空手回来，顿时明白了：凝春丢了，彻底丢了。他们只好打道回府。路上，凝夏静静地躺在奶奶怀里，眼泪汪汪的她再不嚷嚷要吃这喝那。

兴冲冲逛会人两双，闷悠悠回来人双半。刚到城门口，看见一群人集聚在一起莫名其妙地议论着什么。见奉仁的马车回来，立刻有人说："生生媳妇这下有救了！"奉礼等候在城门口，云儿还以为家里发生了什么严峻之事，撩开轿车窗帘，伸出头一问才明白事情的原委。她对迎上来的奉礼说："礼儿，你跟妈这么多年了，咋还不敢自己动手拾掇？"

"妈，她伤势重。"奉礼心里窃喜母亲在紧要关头回到了西堡子，而不是借着逛会直接领孙女回了娘家。眼前的麻缠事情来得比较蹊跷，晌午，看守南门的生生媳妇一时头昏眼花，小脚踩空从城门马道直接跌落了下来，神志尚清醒但四肢不能动弹，大腿骨头游离在骨盆之外。因无钱医治，病人被抬到忠瑞家，等云儿回来给她正骨。生生心急如焚，找人临时看管城门，在忠瑞家等候了好几个时辰。病家做梦也没想到云儿家出了这么大的乱子，那么大的女子能丢了！

救人要紧，云儿顾不得许多，开始洗手为生生媳妇诊治。没有麻药，没有器械，云儿让病人躺在炕上，拿出五尺白布包住病人的病腿，两个男人上炕帮忙拽拉，骨头复位，疼得那女人紧紧咬住炕上的枕头不放。医术精湛的云儿三拳两脚整治好她的伤，瘫坐在地上半天缓不过气来。曲生生扑通一声跪在炕脚底下，磕头如小鸡啄米一般。生生得知云儿在痛失孙女的情况下，心无旁骛治病救人，再次给云儿磕头致谢，并表示为了孩子，他打算整夜城门大开，随时迎接孩子的归来。

惊吓、饥饿、劳神、治病，让云儿不堪打击，直挺挺地倒在炕上，内心煎熬着、后悔着。忠瑞知道孙女丢了，本想发动全家去寻找，眼看天色已晚，只派了一个人去李家村打探消息，其他人待命，准备第二天再去寻人。几个男人等不及要出门分头去找，无奈乌云密布，天

▶ **西堡子**

　　黑得严实,零落的村庄恶狗狂吠,他们只好坐在前房盼天亮。一时间,云儿家大人小孩全部坐在门口的长凳上,不畏严寒,静候信息。

　　时间一分一秒地流逝。不知到了几点几刻,门口突然出现了凝春的影子,像风把孩子刮回来一样。早晨出门啥模样,回来还是啥模样。得知孙女失而复得,云儿揉了揉眼睛,简直不敢相信站在面前的是自己的亲孙女。她悲喜交加,将她搂在怀里,和着眼泪鼻涕,在她脸上亲啊,亲啊……

　　"你跑到哪儿去了?"

　　"我看见芯子上面的娃娃漂亮,让他们把我绑上去,把我装扮成《天河配》里面的七仙女。后来我瞌睡了,在上面美美地睡了一觉。等我睁开眼,天黑了,人都散了。他们把我解下来,别的娃被家人领回去了,他们发现我还站在原地,没人接我,幸亏俊杰他爸正在给雇事的人付钱,认出了我。是他把我送到村口,让我自己回来的。哦,对了,南门口没见生生的面,他去哪儿了?一个看门人,没个样子,规矩都是给谁定的?"

　　"你个小人精,差点把婆吓日塌了!"

　　不再责备,不再难过,只要孩子回来就好。

　　这一晚,云儿思绪万千:隔代亲,祖父母看护孩子的责任太大了。

第二十章　毛遂再次出现

忠瑞饭馆的生意在奉义弟兄俩的精心打理下，有了突飞猛进的发展。这是他们立足西京城的基础。

有一天，西京西关机场一位小伙子听说忠瑞饭馆的面食味美量足，价格公道，吃面的人排起了长龙，于是，他下班脱了工装，来寻找这一口。他名叫墩子，人如其名，胖乎乎的，个子不高，园园的大脸盘，一副憨厚的模样。

墩子经过认真考察，觉得忠瑞饭馆的饭菜果真名不虚传，难怪机场的工作人员好这一口。吃罢饭，清茶还免费提供一碗高汤，这是他们煮大骨头所得的高级营养品。听老人讲，骨头汤十全大补，人得了绝症，馒头包子咽不下去，每天喝这样的一碗高汤可以救人一命。坊上的回民生意将这样的汤做成葫芦头、羊肉泡馍，汤是主材，是变钱的东西，而奉义的面馆却免费给客人提供骨头汤。一街两行的生意人觉得奉义不是吃错药了，就是脑袋让门夹了。

因为大骨头也不是大风地里刮来的。傻子都知道，日积月累地供应高汤，自然是一项不大不小的开支。

墩子是跑江湖的，他吃饱喝足，当无意中听奉义说饭馆资金困难一事时，爽快人一拍大腿："这是啥难事嘛，如果不嫌弃，我先给你一些钱，让机务和地勤人员在你店子免费吃饭，你负责把账记好，月底我来结算。现在你弄个本子，我给你写名字，只要不是胡吃海喝，不超过一定数额，机场管得起他们的肚子。以前，他们经常在你这儿吃饭，你的馆子名扬西京，今天一尝，果真名不虚传，饭菜与别家大不相同。我说么，怪不得我们的食堂空荡荡的，是你面馆的香气摄了他们的魂魄，吃你的饭菜上瘾了。"

▶ **西堡子**

奉义听说机场要跟他合作，赶紧站直给墩子深深地鞠了一躬："我的好兄弟，谢谢你的鼎力支持，再喝我一碗高汤。"

"这有啥嘛，吃饭让他们签字，屁大个事。哦，对了，给我们把高汤继续供上，这些人可是国家的宝贝。"

"只怕咱家庙小，怠慢了你们这些人梢子呢。"奉义担心机场工作人员到自己家用餐，万一吃坏了，影响了飞行，惹下麻烦。再说了，万一政府的钱不凑手，到时候无人结账，谁来负责？咱小老百姓总不能为几个饭钱跟政府对簿公堂，那岂不是以卵击石，让人笑话。

墩子早看出奉义的为难之情，叮咛奉义："钱不是问题，你得保证饭菜不出问题，他们个个是精挑细选的人才，政府很重视。西京的飞机场独独咱西关桃园机场一个，不像你们面馆可以随便开。再说了，西京作为陪都，近年来，蒋委员长要求将沿海和北平的一些实业迁往西京，机场肯定要扩大，将来机场还会承担更加繁重的货运任务，如果诚意合作，你们离机场这么近，将来不愁挣不到钱。你等着吧，发家的日子就在眼前。"

"生意人盼望国家不要动荡，百姓能过上安稳日子，可惜上面的好政策怎么到了乡村就变了味道，豪绅钱多腰杆硬，官员护着他们，老百姓苦啊！"

"我们要看到国家的难处，打仗需要钱啊！小日本祸害国家多少年，东北沦陷，南京被占领，多少将士上战场杀敌，国家遭受了前所未有的灾难。作为西京人我们已经够幸福了，关中有血性的好男儿阻敌于中条山，四万热血男儿血洒疆场，三万人被俘，八百壮士被逼无奈，命丧黄河，有几人能逃生？日机几次轰炸，地面部队进不了潼关，西京的老百姓未曾正面接触日本人，难道这不是咱们的福气？我们能给国家做些啥，唯有把机场管好，把人才管好。"墩子不知道奉义的经历，滔滔不绝地继续给他上政治课。

"你这样一说，我一个做饭的还能为国出力了？"

"当然，机场每一个人随时准备为国家效力，开饭馆也是为国家分忧出力，不要小看了自己。"

"要是日本人打到西京，我们家弟兄五个说不定得去两三个拿起枪，保家护国男子汉责无旁贷，你墩子也一样。"

第二十章　毛遂再次出现

"谁说不是呢！"

在双盲的情况下，两个男人彼此了解了，心靠近了。从此，西关桃园机场与忠瑞饭馆建立了长达九年的合作关系。奉义吩咐清茶将后院西边自己用的卧室整理好，每次墩子来都是亲自陪着喝酒，亲自给墩子把面调好，与前院的客人分开，既安静又卫生，让墩子这个大汉感觉无比温暖。面馆西边的三个雅座是专门为机场的工作人员按照西京高等饭馆的标准拾掇的，用清茶的话说就是"败絮其外，金玉其内"。

一个好汉三个帮，一个篱笆三个桩。烂脖项奉信自从跟着二哥做生意以来，增长了见识，历练了胆魄。来的都是客，只有把饭菜做好，才能吸引更多的人来吃饭。相比而言，有钱人出手大方阔绰，比乡下和大召人的腰杆硬，说话也硬气。他们只要把包子馅调好，把面粉磨好，食客反映好，就不用发愁饭菜卖不上好价钱。而今，忠瑞饭馆开在西京的繁华地带，他还得练就一身功夫，揣摩人的心思，针对不同人的口味变换花样儿才行。二哥把人招呼到店里，因为饭菜质量不好导致客人减少就是他的不是了。为此，他有空就打听哪条街道的调料好，哪家饭馆的面好，琢磨什么地方的人喜欢吃什么饭，做到心里有数。

通过一个时期的历练，女主人清茶也有了显著的变化。在乡下的时候，她不太注重打扮，来到西京，她开始留意来店吃饭的女人，城里女人明显和乡下女人不同，一颦一笑、一腔一调显示出女人特有的魅力，洋气而端庄，有事业，有营生，抛头露面，穿着打扮非常讲究。乡下女人大门不出，二门不迈，围着锅台转，围着男人、娃娃转。对来店吃饭的单身女人，她用一个单独的本子记着，跟她们聊天，用溢美之词赞美客人，第二次来她指定能叫出她们的名字，且以姐妹相称，让人感觉特别温暖。与别家不同的是，她春天煮一锅骨头汤，夏天煮一锅绿豆汤，来人不管吃饭与否，可以随便喝。另外，冬天的时候，清茶将稍黑一点儿的面粉用油翻炒，做成油茶，用开水冲开，等候来吃饭的人随意享用，分文不取。仅此一项，她每年的支出比别的饭馆多出一成来，可喜的是收益也因此多出两成来。他们的经营之道一街两行的商家早已了如指掌，只是他们不愿意那样"坏了规矩"。日子长

西堡子

了，忠瑞饭馆成了下苦人的天堂，有钱人释放压力的好去处，细心经营渐露成绩。

这是大人的营生，孩子的天性则是贪玩。那天，泽实跟店里的伙计搭伙在西门护城河洗衣服，他人小，只顾戏水。伙计认真地清洗店里所有人衣服上的污垢，眼看就洗完了，突然，旁边出现了两个形迹可疑戴墨镜的男人，其中一个趁他不注意把装满衣服的笼子轻轻一提，拔腿往南就跑。伙计抬头一看大事不好，抬腿就去追赶。另一个戴墨镜的歹人趁伙计去追衣服的空隙，突然跑到泽实跟前，老虎钳似的夹起小孩朝北边跑去。这泽实不愧是大宅门里的孩子，尽管羊入虎口，但并不惧怕恶人，身子被大人紧紧钳住，嘴是自由的。他狠狠地对准歹人的胳膊就是一大口，慌乱中抡起胳膊打掉了那人的眼镜，那人疼得连忙松开了胳膊。说时迟那时快，泽实脱身后，转身朝通惠渠方向跑去。看到泽实逃脱了歹人的控制，忠瑞饭馆的伙计也顾不得再去追要什么衣服，折回身保护幼主。

看官有所不知，这西堡子的人不但善于养马，还有习武的传统。堡子里的男孩子从五六岁开始，村子专门请的师傅就给他们传授武艺，费用从观音山的收入里支取。到"瑞"字辈习武人渐渐减少，尤其从种大烟以来，男人们抽烟成风，习武的人越来越少了。家法严厉的李云儿治家有方，为了强健孩子的肌体，增强孩子的体质，她绞尽了脑汁，专门在树上钉了厚厚的麻纸，供孩子们赤手练习击打用。后院拴马的石槽和长条凳是他们压腿拔筋的好地方，更难的动作他们也不会，下腰那些花拳绣腿装饰门面的东西可以不练，但强身健体，耐击打绝对不能马虎。功夫不负有心人，这些听话的男孩子苦练加巧练，没过多久，旋风脚——旋子转体360度，旋子扫刀——前扫腿720度，翻身跳——右二起脚转体180度，左脚金鸡独立，这些高难动作对于他们而言竟然无师自通熟练掌握了，令人刮目相看。习武之人不但身体协调性好，关键时候脑子反应也很快，这是众所周知的道理。遇见贼人强盗，泽实由衷地佩服了奶奶让他们习武的良苦用心。

成功脱逃后的泽实这才知道，两个歹人上演的是声东击西的苦肉计，想挟持他。正在街上巡逻的几个警察听见泽实的哭喊和伙计的呼救，连忙赶往护城河边，抓住了其中的一个歹人，另一个左拐右拐跑

第二十章 毛遂再次出现

进了西京城横平竖直的民宅巷道,消失了。

毕竟泽实还是一个小学生,人小心小。回到家里,他一下子扑到奉义的怀里,不敢睁开眼睛。孩子的反常表现引起奉义两口子的高度警惕:"你看见啥了,吓成这样?"清茶端来一碗热面汤,让他喝。泽实说:"二伯,赶紧把门关了!"

"关门干啥,大白天的不做生意了?"

"刚才在护城河边抢我的人,三角眼,白眼珠只有一点点,几乎全是黑眼仁,额头上有个大疤瘌,比阎王都恶。"清茶摸摸泽实的头,以为娃在说胡话。早已吓破胆子的伙计站在一旁,给清茶一五一十学说了一遍刚才发生的蹊跷事。

奉义作为一家之长,这时的一句话就是一颗钉。他压抑住胸口的怒火和愤慨,对伙计和家里的人说道:"这点儿事就把你们吓成这样子了,吃饭!"

话虽如此,瞬间发生的怪事着实让人后怕。面对馋人的好茶饭,泽实仍然木呆呆地坐着不端碗,回味刚才的一幕。正在这时,他猛然回头,再次看见了那个丑八怪已经来到忠瑞饭馆门口,朝门里窥探。泽实再次扑进清茶的怀里。就在那一瞬间,奉义的每个汗毛顿时都立了起来,他初步判断那人正是两次害他,在他肚子和胸口钻两个眼儿的毛遂。他毫不犹豫,不顾腿瘸,冲出门外去追。那人飞一般地跑远了。奉义与迎面过来的黄包车撞了个满怀,差点儿被挂倒。

几年来,他千百次地说服自己,学着淡忘以前的苦难,学着从头再来。然而,看见了仇人,白手起家的他,几乎要晕厥过去。定下神来,他对泽实说:"你刚才遇见的那人很可能是毛遂,他跟我有不共戴天之仇,你下次见到他小心点儿,放学回来跟同学一起走。"泽实见二伯认出了那人,心里不再恐惧。他靠在奉义的身上,端起饭碗,上下牙齿咬住筷子出神。清茶叮咛伙计早起床一个时辰,亲自送泽实上下学,不要跟陌生人说话,发现意外,及时回来报告。

其实,听说毛遂那个幽灵出现了,清茶也坐不住了,不自在起来。毛遂过去伤害的是奉义,现在又开始打泽实的主意,这还了得?她想发动所有的亲戚到西京,掘地三尺也得帮她找见那贼,喝了他的血,扒了他的皮。奉义自从看见毛遂的身影,夜不能寐,食不知味。毛遂

▶ 西堡子

能在西京一带活动,作为土匪肯定有金钱做后盾,非偷即抢,干不出什么好事。他不清楚毛遂是在护城河边偶然碰见泽实,还是专门受雇于人来骚扰忠瑞饭馆。按说毛遂是不认识泽实的,即使认识,几年间一个男孩变化是很大的,况且当年那几场较量在大人之间展开,与孩子们没有关系。

毛遂尾随在泽实后边,没有人指使,他会主动行动吗?泽实是奉礼的儿子,也是自己将来的继承人,身系两家四个大人的希望。再说了,饭馆做的是正经生意,未招惹谁,相信毛遂不会把他咋样。可是,当年禁烟,难道我招惹他了?枪这个冷血的东西从来是听命于人的,毛遂就是靠着他的无赖与狡猾存生于世,靠着他不要命的流氓势力吃饭,靠着手上黑洞洞的枪筒过活,必须提防才对。人常说,先下手为强,后下手遭殃。不能坐等,不能再败在他的手里,一家之主的奉义得想一个万全之策才好。

忠瑞饭馆的主人、伙计从这一刻开始在惶恐中度日,因为贼在暗处,防不胜防。

第二十一章　收拾毛遂

　　脚上的泡是自己磨出来的，总有出水的时候。话说这一天，一群混混在东大街欺行霸市，挨家挨户收保护费，讹人钱财，被警察统统抓到了警局。这是王强的日常工作，相当于家常便饭，并未引起他的注意。

　　凡事讲究的是个遇和。王强在审理中发现，一个脸上存有刀疤的人八字步走路，很像奉信描述的枪杀奉义的土匪毛遂，与此前在西护城河边挟持泽实的歹人的相貌特征非常吻合。

　　据查，他们一伙人平时在安远门外一座低矮的木房子里纠集。王强叮嘱手下人将他们分别关押起来，转身回到西大街，请奉义前去辨认。奉义一听，兴奋得如同打了强心针，放下手中的茶碗，顾不得穿上上衣，踢踏着拖鞋，光着膀子要出门。王强说："哥，甭着急，他人只要在西京，你还害怕他跑了？你只要认出他就行了，其余的事好办。"奉义平复了一下情绪，激动地搓着双手，索性到街上买了20个肥瘦相间的肉夹馍，放到王强的办公室。奉义跟着王强穿过长长的警局走廊，隔着窗户，认出在押的五个人当中长得最嚣张的正是毛遂，而那人自称是王小二。奉义正要闯进去，被王强一把抱住，示意他不要鲁莽，少安毋躁，从长计议。

　　第二天晚上，王强来到忠瑞饭馆。奉义弟兄俩低头不语，不昭示他。王强笑呵呵地说："瞧你们胆小如鼠的熊样子，一个毛遂把你们就熬煎成这样。"奉信说："不是害怕，是仇恨。如果你还认兄弟，够义气，你就该收拾了他，以除后患。"王强故意说："即使他杀了一百个人，我们没有证据，也动不得他一根毫毛。再说了，我又没拿谁三根金条，有啥义务为谁赴死？警局行事难道没有规矩？"奉义呼哧呼哧地

243

西堡子

喘着粗气,在院子抽旱烟翻白眼。心里想着人家王强说的有道理,无利不起早,拿人钱财与人消灾,凭啥警局把人犯交给他。江湖上的人黑白两道,自古警匪一家,说不定警察收了土匪的进贡也未可知。如果警察局私自放了毛遂,我宁可关了饭馆,守在警察局门口,三年等它个闰腊月,不相信那几个害人精能插翅飞出去。一旦那几个人出来继续为非作歹,我这个当年抗洪的马疯子、名牌保长、跳黄河的英雄就是无能的狗熊。

相由心生,王强见奉义扭曲的脸阴沉着,一双大眼睛仰望着天空,知道他怒火中烧,不好发作。于是,开始给他们讲道理,说现在是民国,民国政府的警局不是东厂、西厂、锦衣卫,抓人得有犯罪事实,放人得有法律依据。经过审理,毛遂他们六人手上并无命案,罪不至死。按照上峰指示,警局的主要精力是破坏共产党的地下组织,抓捕去往延安的学生。几个毛贼成不了大器,对政府不构成威胁,让家属交点儿罚款,保证出去不犯事,便立即放人。

"啊?放人,便宜了他!那几个货危害一方不是一天两天了,放了他们,等于放虎归山。你们就这么害怕恶人?你手上的枪是打鸟的吗?我看你们枉披了一身黑皮!我们饭馆缴的税白养活了你们这些黑狗。"奉义气得浑身哆嗦。他的几句话骂得王强羞愧难当。

"你能行自己咋不去当警察,当个烂怂保长被人家撵得胡乱逃跑,还好意思说我!"王强故意刺激奉义。见王强袒护土匪、流氓,羞辱自己,奉义冲上去抓住王强的衣领,一个拳头抡上去,在他胸口结结实实就是一拳:"我一直以为你是一条汉子,为朋友两肋插刀,没想到你也是见钱眼开的懦夫。"奉义急红了眼,王强见院子不少客人在用餐,他有心跟奉义掰扯眼下的事情,害怕莽撞的奉义当堂说些不该说的话,有心停手,面子上实在过不去,任奉义打了几拳,出出气。他像蔫黄瓜一样,慵懒地坐在院子的长条凳上。泽实给他端来一碗面汤,王强开天辟地第一次感到没脸吃人家那一碗饭,喝人家那一口水,甚至无颜面对受到惊吓的眼前的这个小男孩,儿子的小伙伴。

更让王强如坐针毡的是清茶。以往这个时候,清茶会出来劝解,劝他们和和气气,劝他们安静。女人的一颦一笑总能使他安静,无论受多大的委屈,吃多大的苦。眼下,清茶出出进进,全然无视他的存

第二十一章　收拾毛遂

在。清茶甩甩那条蓝布碎花围裙，对泽实吼道："蕞鬼，人家是公家人，又没有夺妻之恨，杀父之仇，你给人家骚情啥？去，甭在这儿磨蹭，去东大街找梦唐叔去，就说咱家出了贼盗，让他带家伙来，说我叫他。"王强听清茶话的味道不对，连忙起身，悻悻出了院门。

还没等泽实动弹，李梦唐好像在门口闻到了指令一样，担着担子进了门，与王强差点儿撞个满怀。他转身时看见李梦唐被清茶拉进后院西边的客房里，轻轻地关上了房门，大白天的孤男寡女，叽叽咕咕。那间屋子可是他平时专用的雅座呀！王强这个堂堂正正的警察站在大街上，望着人来人往的人流，一时间不知所往，奇怪，心里涌上来的居然是莫名其妙的淡淡的酸味。

这位白面书生李梦唐不是别人，正是炭市街一个萍水相逢的调料铺子的伙计。提起李梦唐，时光还得倒退到一年以前。那是一个风和日丽的下午，一个小伙子担着担子找上门来，兜售他们新上市的花椒、茴香、八角、细辛、辣椒、桂皮、香叶等调料。这些东西奉义的饭馆用量很大，开始是奉义自己去采买，卖家感觉每次忠瑞饭馆的老板去挑选，价格比其他人低，影响他们正常的交易，所以改成送货上门，也显得热络，证明他格外在乎这个大买主。

在荒年，生意人总希望多卖出些商品，清茶招呼了他。她发现今天送调料的小伙子长得细皮嫩肉，戴着鸭舌帽，帽子底下固定着一副黑框眼镜，斯斯文文的，与往常不同。一问才知道，换伙计了，原来的伙计嫌工钱少开溜了，由陕南小伙李孟唐接替店里的伙计，不用站柜台专门负责给客人送货上门。清茶随便看一眼调料，随手一抓便知调料的重量与成色，各样挑了一些过了秤，付了现钱。奇怪的是李孟唐收了钱还不走，坐在桌前喝水，眼睛扫视来往行人和店里的客人，然后借故上茅房，往后院里边走去。清茶感觉不对劲，远远地望着他。

奉义猛不防从屋子里边走出来，正好与李孟唐撞个满怀，"你瞎跑什么呢，你是谁啊？"

"哥，我是炭市街送调料的伙计，嫂子把货收了，我在你家上个茅房。"小伙子一边说一边瞅着清茶，递过眼神，用眼睛跟她交流。

"不长眼睛！茅房在前房西边里间！"奉义穿好衣服，感觉与小伙子熟识，一时想不起来在哪里见过。李孟唐解完手从容地走出来，整

> 西堡子

理好衣服，担着担子走了。

奉义叮咛清茶："以后饭馆来人要提防着点儿，刚才那个戴眼镜的小伙子神色匆匆，有点诡秘，你小心点儿。"

"哦，城东喔店送调料的换人了，这小伙姓李，我让他送勤点儿，一周一次。"

"你得是看见人家小伙英俊，犯了花痴，一周一次？"

"亏你还是当家的，你难道不知道咱家调料消耗量大，不及时补货能行不？"

"我就是担心……"

"你的担心是多余的。"

从此，李梦唐定期出现在忠瑞饭馆的大堂，且随便自然。对了，与他接触频繁的是女主人清茶。

王强看见女主人用激将法诱他上钩，心知肚明，并不介意。出门来，他一个人在城隍庙门口熙熙攘攘的人群中徘徊、出神。西京城，古老的城市，何年何日才能焕发她的青春，国家何日才能将她的目光久久停留于此。他到门口街上给儿子买了一把木头玩具枪，揣在身上，又买了一对蓝田玉镯，很便宜的那种。他是下意识做这件事的。有史以来，他还是第一次给自己心爱的女人买首饰，至于送给谁，在挑拣的那一刻，心头掠过几个女人，家里那位病秧子婆娘，能说会道的清茶，还有……

清茶将李梦唐送出饭馆大门，笑呵呵地说："下次多带点儿八角。"门外面等着拉脚的车夫三五一堆等客人上座，忠瑞饭馆的腊汁肉夹馍馋得他们像抽大烟一样，三天不吃嘴巴痒痒，心神不宁。别人家的一个白吉馍不夹肉卖一毛钱，最多一毛二，忠瑞饭馆的肉夹馍卖两毛钱。这帮穷汉早计算好了，一个肉夹馍的价钱与普通妓女一次销魂的价钱一样，他们能掂量出轻重。野鸡偶尔吃一下可以，但是不能常吃。谁家不是大人孩子一大堆，有逛妓院的钱，还不如把肚子管饱，攒力气干活挣钱，让家人过得好一点儿。下苦人格外喜爱忠瑞饭馆，清茶眼睛尖，心里净，把客人很快就记住了。赊账仍然不可避免，过去老公公忠瑞常教导他们，生意人心轻才能长久。正因为她听话，人精干，在五个媳妇里拔了人梢子，公公婆婆才格外疼她。她的本事见长，近

第二十一章 收拾毛遂

年在外边打拼，还练就了一双识人的火眼金睛。她认准王强是一条好汉，从他眉宇之间就能看出来，还有他坚定而纯净的出神样子。刚才大声与李梦唐拉话是她有意演给门外边的人看的，没想到王强早已没有了身影，不辞而别了。

装作若无其事的奉义听见媳妇真切地说出"李梦唐"三个字，并不吃醋，反倒猛然间警醒了：李梦秦、李梦唐？难道梦唐是泓顺家伙计的弟兄？怪不得这么眼熟。下次送调料来，我得问问他。我与李梦秦在战场上分别后，再无音信，说不定他有梦秦的消息。如果可能的话，我去找部队，找我的师部去。唉，咱这瘸腿，人家谁还要咱呢！

西京西大街警局，在忠瑞饭馆坐了冷板凳的王强回到警局，无处撒气，于是，他把玩具手枪和玉石手镯放进办公桌的抽屉，径直走进关押嫌犯的窗口，隔着墙突然大喊一声："毛遂！"吓得毛遂猛地站了起来。"你叫啥名字？"王强问。

"王小二。"

"那我叫毛遂，你为什么站起来了？"

"长官，我就叫王小二。"

王强也不再训斥他，转身把皮带抽出来，使劲抽跟他一个屋子关着的大约十五六岁的小跟班。那小混混蹲下来抱住头，招架不住了，求饶道："长官，他就叫毛遂，是我姨婆的孙子，我用命担保，不信你们去打听。"王强抿了一口唾沫，把毛遂单独叫到另外一间屋子，对他说："我不打你，你把以前干过的坏事一件一件交代清楚，我就放你。"

"长官，我没干啥坏事，就是几个弟兄可怜，在东大街借点儿钱花。"

"我不问你这个，你手上有人命几条，我清清楚楚，再不老实，叫你坐土飞机，你信不信？我们能把识文断字的共产党教书先生收拾了，弄死你跟弄死个苍蝇一样简单。"王强想到清茶与小白脸李梦唐眉来眼去，淡淡的醋意涌上心来。我必须拿出漂漂亮亮的手段来解决好眼前的这个案子，否则，让这个女人低看咱。想到这里，他怒火中烧，把手枪重重拍到桌子上，示意他识相点儿赶快交代。这毛遂是什么人物？滚刀肉，不见棺材不落泪，钢口很硬，死活撬不开那歪嘴。见毛遂还想抵赖，王强用枪顶住他的脑袋，说："你以为我这身衣服是纸糊的？

西堡子

再不说,我弄死你!"说着,要扣动扳机。

"老哥,我说,我说。"毛遂终于认怂了。

毛遂将他怎样收泓顺的钱,怎样纠集人,怎样摸到西堡子,怎样伏击奉义,一五一十招了。王强还不满意,让毛遂继续想。这厮望着黑洞洞的枪口,禁不住恐吓,又把欺男霸女、偷盗抢劫、威逼利诱、杀人越货的罪行核桃枣儿一般全倒了出来。

王强意外收获了毛遂这么多的罪行,真是始料未及。他一一详细记录,做了两份口供让毛遂签字画押,然后郑重其事地签上了自己的名字。半天的突审让王强这位硬汉长长地出了一口气,看来奉义真是受了天大的冤枉,他腹部和胸脯上的伤不是中条山上日本人的罪恶,而是眼前这个恶贯满盈的乡党毛遂所为啊!

第二天,王强按照上峰的要求,给警局传达命令:让六个毛贼的家人保释人犯。很快,想活命的其他五个人犯的家人上缴了数额不菲的保释金,被领回去了。只有毛遂家里没有人来。他只有一个83岁的老母,家徒四壁,穷困潦倒,出不了村。平素他作恶多端,害人不浅,亲戚逐渐与他家断绝了往来,唯恐躲之不急,无人敢去西京地界领出去一个十恶不赦的坏蛋。他们村子不像西堡子有观音山做靠山,仅有的盐碱地收成少,保甲也无人敢来领人,怕引狼入室惹火烧身。王强见状,骑虎难下,眨了眨眼睛,三杯绿茶下肚后,一个妙计翻上心头。于是,他端正了衣帽,步行去了忠瑞饭馆。

清茶仍然不理他。王强张口说道:"嫂子,给我喝口水。"

"甜水井的水不是免费供应的。"

"快,让我喝了,还有急事呢。"

奉义在柜台收完客人的饭钱,过来淡淡地问:"你有啥急事?你把毛遂交给我,我有的是办法。"

"上峰研究后,准备放了那几个混混。毛遂家里无人,我跟你们商量一下,看你能不能把保释金缴了,把他保出来。"

"你说啥,我缴钱你放人?那好,我一手缴钱,你一手放人,明天办完交接手续,我保证把他当先人一样供上,一年后你来验收。哦,对了,多少钱?"奉义信以为真了。

在一旁的清茶听说警局要放人,男人叫她拿钱,一下急红了眼,

◎ 第二十一章 收拾毛遂

说："他把我们害得有家不能归，我要剁了他，学学孙二娘用他的人肉包包子卖呢，正好我们做着吃食的生意呢！"

"一回事么！"王强说着，当着奉义的面在清茶耳朵旁边嘀咕了一阵子，两人面面相觑，片刻怔住了。清茶浅浅地一笑，起身回了卧室。不一会儿，又出来，对奉义说："我有事出去，晚饭别等我了。"奉信在锅头一边搅动铁锅的臊子汤，一边说："二嫂，晚上电信局给咱装电话，你早点儿回来。"

清茶换上一身干净衣服，怀里抱着一个包袱，出了院门。王强端起放在案边给客人准备的醪糟，咕嘟咕嘟一口气喝完了，抹了嘴，跟着她出了忠瑞饭馆的大门。

一个时辰后，清茶以毛遂姐姐的名义，给警局缴了300元保释金，焦急地站在警局门口，想看看咬牙切齿恨了多年的土匪是不是长着三头六臂。

王强大步流星地走到监房，告诉毛遂有人保释他。毛遂问："是谁？"

"我老婆。咋啦，你不愿意出去？"

"好我哥呢，300元不是个小数目，嫂子？"

"你管那么多干啥，麻利点儿！"

毛遂所在的村子位于沣河进入渭河的夹角地带，是一片不长庄稼的盐碱地，系周文王九皇子放马的地方，人称九子滩，属于咸阳周边比较贫穷的地方。毛遂三岁丧父，是母亲把他跟姐姐拉扯大的。15岁的姐姐出嫁，嫁给泾阳县一个50岁的老头子，换来五块钱聘礼，母子俩艰难度日。地里打不下粮食，他们有一顿没一顿。毛遂饿得心慌，村民的情况与他家不相上下。毛遂12岁离开家，在咸阳城混迹，非偷即抢，坑蒙拐骗。他斗大的字不识一个，连自己的名字也不认识，只认得钱，有钱时花天酒地，去城里逛窑子，吃馆子，剩下的给老妈送几个。没钱的时候跟一群闲人在渭河边捉鱼赶鸭子，太阳底下晒暖暖。他近40岁的人了，依然光棍一个，葱白一根。咸阳城巴掌大个地方，渐渐的他的恶名无人不知无人不晓，人们防他跟防贼似的。每当小孩哭闹哄不乖，大人只要说："再哭，再哭毛遂就来了！"孩子便立刻止住了啼哭，比用糖哄都管用。

▶ 西堡子

一贯在外面吃香喝辣自在惯了的毛遂,听说有人救他,连忙整理衣服,神差鬼使般跟着王强,摁了手印,低头出了警局大门。强压住怒火的清茶早已忐忑多时了。

王强示意毛遂不要跟他"老婆"搭讪,免得别人生疑。猴精的毛遂心领神会,哈巴狗一般跟在王强和清茶身后,往城北走去。安远门外有一个破烂的理发馆,住茅草棚的河南人经常去这号廉价的地方收拾头发。王强叫毛遂在外边等候,自己闪身进去,不一会儿又出来,换上清茶包袱里的一身便装,叫毛遂坐在街边的小摊上与他一起吃饭拉家常。

理发馆师傅是王强的好朋友,等清茶从理发馆解手出来,发现俩人谝得正热闹。在毛遂的心目中,女人就像墙上的画,一年揭一张。咸阳九子滩的日子艰难,过去年馑,给一碗御麦面就能娶到一个大姑娘。像王强这样风流倜傥的有钱男人,放在他家乡,至少三妻四妾都不为过。西京城的女人千千万,跟警察过日子没几把刷子是不行的,嫂子跟他一不沾亲二不带故,能出手阔绰侠肝义胆热心救他,着实让他感动,看来还是大场面的女人能行,咱这一身臭皮囊,一副狰狞面目,还是少恶心人家为好。他侧过身子,只顾低头大口地吃喝,不敢抬头看身边这位漂亮的嫂子。清茶水灵灵的大眼睛会说话,不苟言笑,端庄大方,像婆婆李云儿一样不怒自威。

吃饱喝足,收拾利索,他们一行三人直往北边走,步行踏上了龙首塬。毛遂见行人越来越少,心里越来越不安:素不相识的警察,干净利索的女人,与他非亲非故,为啥要保释他。300块钱够一家吃一年的,难道王强是开银行的?钱是大风刮来的?警察局的人犯多了,要是这样散财,即使家财万贯,也经不住散呀!回想自己从乡下坑蒙拐骗,有时一天榨不出几个铜板,为了寻找饭吃,才把弟兄们拉到西京城,实在不易。他深知一般人不怕贼偷,怕贼惦记,生意越大越怕,所以靠着他那张鬼见愁的脸,才在西京城站稳了脚跟。那天在护城河边,吸引毛遂眼球的是泽实的穿着打扮,活脱脱一个阔少爷。他贼一般尾随着想绑架孩子,敲诈勒索后撕票,向泓顺交差领赏,没想到手气不好,被捉了鳖。

离城越来越远,一人高的杂草几乎掩盖了羊肠小道,他们必须一

◎ 第二十一章　收拾毛遂

边走，一边用手划开青草才能穿行。毛遂的心里不由得漫上来一丝丝的担心，莫名地恐惧起来，一股凉气从后脊梁骨直往头顶窜，连头发汗毛都竖起来了。

"哥，差不多了，你们两口子救了我，大恩大德一辈子也报不完，不用送了，我自己回去就行了。以后有机会，兄弟一定来警局孝敬你。"

"不用这么客气，我们既然花那么多钱，就必须把你送回去。顺便去看看你老娘，我们警局有这个义务，不但要救你，还必须把你安顿好。"毛遂忐忑地走在前面，眼看着日落西山。

没过多久，他们一行三人来到汹涌的渭河岸边。自然天成的河道蜿蜒曲折，芦苇荡里，一群群白鹭自由自在地嬉戏，波光粼粼的河水在晚霞的照耀下，分外好看。毛遂转身看着护送他的慈眉善眼的王强和清茶，他做梦也没想到让他遇见这样的好心人、大贵人，料必是老娘几十年吃斋念佛修来的福分。他发誓从今往后洗心革面，蜕了土匪的脏皮，做点正经事来报答恩人。正在毛遂欣喜之时，只见王强指着身边的女人，正色地问道："你认识她吗？"

"你媳妇，我嫂子么！"毛遂用手捂着他那双扭曲的三角眼。

"西堡子的奉义，你还记得吗？"

"啊，奉义？"

"她就是奉义媳妇清茶。"王强坚毅的目光里饱含着怒火。毛遂仔细看着清茶，心想：这么妖娆干练的女人怎么会是奉义的老婆？农村人怎么会如此洋气？他害怕了，知道自己大限已到，连忙说："那都是泓顺的主意，我跟奉义哥无仇无冤。"

王强只用目光固定住毛遂，并未做出一丝一毫的举动。毛遂心里顿时明白了几分，扑通一声跪倒在地，磕头如姜窝捣蒜："嫂子，我该死，都怪兄弟见钱眼开。嫂子，你放过我，我保证今世当牛做马报答你的大恩大德，保证再不欺负奉义了。"

"我有心放你，可委座、赵喜贵的冤魂不会放过你，还有聚会的儿子、奉义的儿子也不会与你善罢！"见王强和清茶怒不可遏，好像要喝了他的血，吃了他的肉，毛遂吓得转身要跑。王强哪里肯放走他，丧失这千载难逢稍纵即逝的大好机会，他一个箭步追上去，左腿死死卡

251

西堡子

住他的大腿，右手抓住他的后领，左手抓住了他乱草一般的头发，要结果他的狗命。就在这千钧一发之际，奉义腾地一下从草丛里蹦了出来！

"啊？二哥，怎么是你？"王强异常诧异。

"对，是我，你们的对话我都听到了。"奉义紧握的拳头随时要砸向毛遂。

"让我替你收拾了这坏蛋！"王强已经急红了眼。

"别着急，我有几句话问他。"奉义淡定地说。

"二哥，你放过我，来世我当牛做马报答你。"毛遂看见奉义蹿出来，早已魂飞天外了。三对一的局面，吃亏的肯定是他。

"少废话，以前的一切我一笔勾销了，我只问你绑架我儿子泽实是谁的主意？"

"二哥，我知道你是大善人，咋能害你娃呢，况且娃是你家老三的儿子，这我也知道。是泓顺让狗娃把我叫去，说你在西大街忠瑞饭馆，让我伺机把泽实杀掉，他负责把我妈养老送终。这都是他的主意，为了我80岁的老娘，我没办法呀！"说着，这个杀人不眨眼的土匪流下几滴鳄鱼泪来。

"没办法，你这个恶贯满盈的人渣，今天不把你做个娃样子，算我在江湖上都白混了！"说着，奉义准备掏出别在腰间的切面刀。

"二哥，你闪开，不要脏了你做美食的手，让兄弟来！"说时迟那时快，王强再次抓住了毛遂的领子，扑哧一声，一股鲜血瞬间泼洒到地上的草丛里，毛遂的一具臭皮囊哆嗦了几下，伸直了双腿，闭上眼睛，咽气了。

站在一旁的清茶还在纳闷自家男人一条跛腿是如何跟随着来到渭河岸边时，未听见枪响，猛地发现毛遂麻袋似的倒地而亡。闹了半天，杀鸡不用宰牛刀，王强用剃头刀子结果了浑身沾满人血的刽子手毛遂的性命。

清茶经营了多年的饭馆，都是伙计们杀鸡，她见不得血，自己的月事都是稀里糊涂地料理，更不用说杀人了。看见毛遂的尸体，她一阵恶心，不由得黑血往上翻，蹲在地上大口大口地呕吐起来。

前不巴村后不着店只有鸟儿无所顾忌地撒欢的地方，处理尸体的

第二十一章 收拾毛遂

唯一办法大概只有靠水了。于是，他们联手将毛遂的尸体丢进渭河，一浪高过一浪的滔滔渭水，转眼间吞噬了那个罪恶的躯体。

也许是一口气跑了十几里路，也许是由于紧张过度，清茶一屁股蹲坐在河堤上，站不起来了。打扫完战场，奉义一个人回到了西大街的忠瑞饭馆，长长地舒了一口气。按照奉义的盼咐，处理毛遂的后事一定要"仁义"。

清茶在王强的搀扶下，沿着河堰一直向西走。两个时辰后，大约在村民喝完汤的时候，他俩来到毛遂的村庄老虎寨子，九子滩破盐碱地上一个几十户人家的小村子，并找到村口大槐树对应的一间破草房。毛遂家大门紧闭，里面一个老妇人影影绰绰，似乎在院子侍弄柴火。王强从门槛底下塞进去30块钱，用胡基块压住，起身拉着清茶往西京方向走去。

约莫晚上9点，电信局的人给忠瑞饭馆刚安装好电话，王强跟清茶风尘仆仆地回来了。烂脖项奉信披衣开门，见王强进来，问道："你们咋才回来？"

王强说："去拿酒来！"

奉信站在后厅房门口："喝个屁，你把我嫂子勾引着干啥去了？"

"没干啥，看戏去了。"王强冲着清茶挤眉弄眼。

"你少骚情，看戏去了，谁信呢？"

"我俩演戏去了。"清茶换了一身衣服，从屋子出来。王强在进入北门的时候，在理发馆换好了警服。

"演啥戏？我看你们警局也是黔驴技穷了，对付日本人咱用飞机大炮，对付几个毛贼，杀鸡不用宰牛刀，我的铡面刀就能对付。你赶紧抓紧时间把毛贼交给我，要不然，把我抓进去，跟他关在一个号子，不出一个月，给你完成任务，保证不出差错。"

王强也不理会奉信，自顾自地说："二嫂，拿酒盅来，大个的！"

"行，没麻达。"清茶闪身进了东边的杂用间，又到厨房拿了两个碟子，切牛肉，盛牛肉，又到后院子枯井边那个房子，吹去黑瓷缸上面厚厚的一层尘土，解开脖子上的麻绳，舀了两勺葡萄酒，再把盖子盖上，用布包好，锁好门。这酒是去年清茶亲自酿的。心灵手巧的清茶从临潼一个老汉手里买来两筐葡萄，清洗干净，照古法酿了美酒，

253

西堡子

原本打算过了夏,秋天拿出来卖给客人的。要不是天黑了,清茶一定会去街上给王强打一壶西凤酒的。弄死毛遂,太值得庆贺了。

莫名其妙的哥嫂们要喝酒,一头雾水的奉信正疑惑间,只听王强说:"信,你仔细听着,从今往后你们安全了,哀家把毛遂日塌了!"王强第一次使用本地方言,轻描淡写但咬牙切齿地说出了"日塌"二字。

"啊,谁干的,咋日塌的?"奉信睁大了眼睛。

王强与清茶一对视,奉信就明白了。

奉信问:"你一个人?"

"这事还能让谁知道?把她恶心扎了。"

"怪不得你们后晌神神秘秘、鬼鬼祟祟的。你身为警察随便杀一个人能行吗?"

"关键是我不放人不行,放了以后怕再也没机会了。不过,可惜你家的300块钱缴给警局了。"

"没事,权当我放印子被骗了,况且交给警局总比让土匪抢了强。"清茶插嘴道。

"你用枪?"奉信好奇地问。

"人家用的剃头刀子,我亲眼所见。"清茶抢着说。

"啊!"奉信握紧拳头狠狠地在王强肩头砸了一拳,紧紧地把他抱在怀里。

王强回敬了奉信一拳:"我郑重其事警告你,下次不许打我了,我好歹是吃皇粮、戴大盖帽的配枪之人。快给我揉腿,一天从咸阳打个来回,把腿都跑伤风了。"

"媳妇,拿冻冻肉去!"奉义喊道。

清茶从卧室拿出自己平时吃的冻冻肉,细细调好,装进盘子再次端了上来。冻冻肉是老父亲忠瑞从小的最爱,也是他留给奉义弟兄们的念想,煮肉秘方传男不传女。即使清茶娶进门十几年,跟奉义走南闯北,又开着做吃食的买卖,也从来不敢过问那秘方是何种植物种子,何种调料叶子,做出来的肉在满西京城寻不到第二家。多少食客看见主人家吃冻冻肉,眼馋地想多掏钱尝一块,没门儿。店家跟客人吃同样的东西,怎么能行?一般情况是客人吃肉,主人喝汤;客人吃面,

第二十一章　收拾毛遂

主人喝汤；客人吃白面蒸馍，主人吃黑面馒头。客人吃油条，主人不敢喝油条汤，怕烫嘴。冻冻肉的原料以肉皮为主，洗净去毛，开水去腥，调料浸泡，小火慢炖，不加任何化学东西。

西堡子人都知道忠瑞的肉做得好，秘诀之一便是他煮肉用火的特技。祖坟上拆解下来的柏树松树叶子、松子的硬壳，便是肉食香醇的保证。文火慢炖几个时辰，一般人没有那个耐心。到西京城后，忠瑞饭馆烧的是山西煤，长途贩运的煤老板在山西五角大洋可购得100斤优质煤，但运到西京，100斤煤要价二元六角，畸高的煤价使得需煤的商家望而却步，导致开店容易用煤难。奉义天生不走寻常路，他们宁可去竹笆市、东木头市买下脚料做燃料，或者去城周边买柴火，也舍不得买天价的山西煤。缺少柏树枝做燃料，冻冻肉的香气会大打折扣，但还是有别于他家。

清茶摆上了西京人垂涎三尺而不得的冻冻肉，似乎还不能尽心，一贯精于算计的她这时候仿佛豁出去了，打开后院的房门，端来两瓶一元四角钱一瓶的果子露、八角钱一瓶的汽水和一元八角一瓶的啤酒，摆在奉义和王强面前，然后把两毛钱一只的幽香葫芦鸡整只摆在盘子里，旁边摆放着篮子装的几十个不值钱的茶鸡蛋，因为数西京城鸡蛋最便宜了，一块钱能买120个……她恨不得把家里所有好吃的宝贝全给王强端上来。

在三个男人开始尽情享用美食的时候，细心的清茶用棉布包了一沓钱，硬塞给王强，被王强严词拒绝了，说："你小瞧兄弟，你们的仇就是我的仇，路见不平拔刀相助才算真英雄。拿钱收拾土匪，我不成了土匪了，二哥不成了泓顺了？人活在世上，除了钱财，还有比钱财更重要的义气，你说是不是？"

清茶面露难色，又不好收回已经伸出去的钱包。

"再别提义气二字，老爸给我们弟兄五个取名仁、义、礼、智、信，我们个个守法，各安其道与人为善，却落得如今这样的下场，看来，世道不平，人心不古，人皮难披啊！"

"是啊！乱世很难独善其身。不过，行侠仗义总是男人立世的根本。"

"谁说不是呢！"

西堡子

"来，干杯！"

"干杯！"

其实，促使王强下定决心除掉毛遂的并不是所谓的义气，而是毛遂犯下的滔天罪行。王强早已查明：毛遂受雇于泓顺，约定三条黄鱼，雇用十支枪，在指定的时间要枪杀奉义。事成后，枪手再不回西堡子，去外地干些营生。然而，第一次围剿错杀了委座，奉义命大，受重伤而命全。肠肥脑满的毛遂以为只要干掉其中一个就能得货。事后，泓顺坚持不给毛遂一毛钱，还打了他一记耳光，因为奉义又活过来了，未达到拔出眼中钉的目的。为了得到赏金，毛遂顾不得自己受伤，把受伤的眼睛和额头包扎后，又杀一个回马枪，不进西堡子，在城外棉花地二次偷袭奉义。这一次，瞎眉失眼的毛遂把奉义打倒在地，亲眼看见肚子上缠着白布的人被撂倒，直挺挺地倒下去了，摸了摸他的呼吸，以为奉义千真万确毙命了，连忙从泓顺油坊的小东门进去，领了酬金，趁着夜色溜之大吉。

没想到，天不绝人，奉义命大，又一次活过来了。泓顺得知奉义上一次是腹部挨了一枪，这次是胸部挨了一枪，但却找不见尸首，气急败坏的他咬牙切齿地骂毛遂："一群傻鸟！瓜种！"不过精明过人、料事如神的泓顺，料定奉义已死，他暗自庆幸，那三根金条花得值当。毛遂二次得手，拿了泓顺的金条，但因心太狠了，嗜血如命，极大地破坏了咸阳城土匪的规矩。后来，他的枪被咸阳的土匪老大没收了，从此流窜到西京，再不敢到西堡子去了。

近年来，他额头上的伤疤越来越厚，眼神也越来越差，混迹古城，带一帮小混混流氓，手上并没有一根枪，靠自己狰狞的面目弄几个小钱。英雄奉义大难不死，回到西京与弟兄开起了饭馆，这让泓顺如刺在喉，坐卧不宁。尤其是泽实到了西京后，占了奉义两口子的怀，这还了得。他让狗娃把毛遂叫到西堡子面授机密，否则要他归还拿他的三条黄鱼。喝了豹子胆的毛遂生冷不忌，在护城河边寻找机会，绑架泽实，想两头落金。

没想到，恶贯满盈的毛遂遇到了从小习武的泽实，绑架未遂。再后来运气更加糟糕，终于有一天在街上被警察一窝端了。

听完王强的叙述，奉义背过身子，眼泪顺着脸颊无声地流了下来，

第二十一章 收拾毛遂

轻声说道："想我堂堂七尺男子汉,听从政府号召,禁烟禁烟,早也禁烟,晚也禁烟,禁他娘的大烟!我这边禁,有钱人找人收拾咱,谁给咱撑腰?取下经是唐僧的,捅下乱子是孙悟空的。尽管在中条山为国效命,九死一生,好歹也算于国有功,谁还想得起那些随黄河奔腾而逝的战士们,为他们招魂?来西京这些年,腿残难行,经营饭馆,谁过问过咱一句?真真是邪气压倒正气,西风压倒东风,这是啥世道嘛!要不是禁烟,我好歹能在父母跟前尽孝。要不是禁烟,能让人撺得东躲西藏?要不是在中条山跟日本鬼子死拼,发泄胸中的怨气和仇恨,非气死我不行。这世道是怎么了,你看城里这些发国难财的商人们的嘴脸,还有你们的警察,说句不好听的话,还不如土匪讲义气,守道!"

"我想不管世道如何,咱弟兄的情谊不变,既然义结金兰,伸手帮忙乃天经地义。人说土匪讲义气,纯粹胡扯。我早说过有粮不如有钱,有钱不如有枪,有枪不如有权。今儿咱用权、用钱解决了问题,给西京除了一霸,给你们出了一口恶气。二哥,你说我该不该好好再喝一口?"

"那好吧,单为义气干杯!"几个人开怀畅饮,葡萄酒、醪糟混合着喝,居然把王强撂翻了,喝醉了。四个大人说话,泽实从被窝爬出来,人前人后跑来跑去,喊这个叫那个,半夜欢实地不睡觉。清茶把他搂在怀里,谎称毛遂害紧病死了,以后再不用害怕,安心上学就是了。

月亮高高地挂在树上,点点繁星闪烁着激动的眼睛,俯瞰一群有血性的年轻人聚集在西京这座古老而迷人的城市。

第二十二章　火烧连营

收拾完毛遂，奉义压抑了多年的新仇旧恨涌上了心头。我，一个身经百战的军人，一个想为家乡做点儿事的年轻人，却无端地被泓顺算计陷害，这还不算，如今，我的宝贝疙瘩泽实也让泓顺惦记上了，他一日不死，我儿性命难全。看来，我俩之间该有一场恶战了。

清茶，这个精于算计的女人，知道丈夫为禁烟差点儿送了性命，那是他心里永远不敢触碰的伤疤，所以，不许别人在她男人跟前提说任何关于大烟的信息，怕他伤心，怕勾起他的回忆。他们眼前的目标就是挣钱，积攒无限多的钱。她的亲侄子七月初六娶亲，作为姑姑她好歹也算在西京城做着大买卖，必须有拿得出手的好料子方能体现人宅门的风范，她不得不带着厚礼，回一趟娘家。

她的暂时离开，却给奉义腾出了宝贵的几天时间，准备干一件大事。等她回到西京，发现后院空房里整齐码放了许多木质空桶。她问奉义做这么多桶干什么，奉义爱答不理地说老三从西堡子来了，亲自做了一些木桶，盛放凉水。平时面馆用水是清晨甜水井的马车拉水到门前掏钱买的，难免碰见用水量增加，得提前预备着。再说了，我们做生火的买卖，难免有走水的时候，多备些水桶，有备无患。

那天夕阳西下的时候，听伙计说奉义在柜台拿了许多钱，去了东关。晚上墩子同奉义一同来到面馆，喝茶谝闲传，叽里咕噜说不完的话。一家人见照顾面馆生意的摇钱树财神爷到来，自然非常高兴，桌上的菜碟也增加了四个，并无人在意他们。

第二天，在墩子的协助下，奉义在西门口人市叫来十个身强力壮的男人跟着他，到莲湖公园偏门的油坊买来十桶棉籽清油担了回去。忠瑞饭馆的前厅房一时间热闹起来。恁多的陌生面孔一起拥进来，让

第二十二章　火烧连营

女主人丈二和尚摸不着头脑，她以为奉义又惹是生非，引得土匪来馆子滋事。叔嫂俩惊奇地拉住奉义问他想干什么。"晚上也许就到了，你们等着我的好消息吧！"奉义胸有成竹地说。

"你到底要干啥？叫这些人干啥？"

"天机不可泄露！"奉义说。

清茶感觉情况不妙，要出大事，急忙拽住奉义的衣襟悄声说道："你给咱安生点儿，行不行？"

"我安生着呢，也不干啥。怕遭年馑，准备把油运回去攒着。"

"谁信呢！肯定不是这样。咱西堡子就有油坊，哪有舍近求远的道理？泓顺的油坊你嫌脚涩，咸阳的油坊近在咫尺多如牛毛，为啥非在西京买油，把石头往山上背？"

"现在物价飞涨，钱不值钱，换成油最能保值，等于存钱。况且，西京的棉籽油品质好，易保存，咱家人多，消耗量大嘛。你个女人家不懂，甭管这些闲事！"奉义害怕清茶为他担忧，怕烂脖项阻止他，所以铁定了心不告诉他俩实情。人就是这样，越是隐瞒人越想知道，越是展示越没人看。聪明的弟弟知道二哥想干的事无人能挡，肯定有难言之隐不便众目睽睽之下说清道明，将哥哥推回屋，眼含热泪，哽咽道："二哥，你得是还想着那件事，报仇？"他确信二哥复仇之心一直蕴藏在胸中，不杀油坊那笑面虎誓不为人，回去雪耻是迟早的事。

"我心里有数，担油回去没人注意。万一出啥意外，老五，你要还是条汉子，接着干，瞅机会弄死那狗日的！这次我单干，不要你管，你跟嫂子在西京看好店，招呼客人，别怠慢了熟人，有人问就说咱爸病了。"不等烂脖项应答，奉义已经换好衣服出了房门。

"二哥，你能以他的名义杀日本鬼子，为啥还要他的命？"

"一码归一码。我欠他的人情在战场上已经还清了，那个二杆子衣钵已经死了，现在是你真正的二哥站在你面前，准备与他清算往来的账目。"

"大哥……"众人已经站在院子等候命令。

"哥，你们注意安全。"奉信不放心喝了老虎胆汁的二哥，惴惴不安。清茶则冲上去死死抱住丈夫的大腿，哭着说："咱闹不过人家的，只能枉送了性命！"奉义拔腿就走，边走边喊："老五，把你嫂拉回去，

▶ 西堡子

等信儿啊。伙计们走咧!"

时间是早已掐算好的,他们必须赶在天黑前回到西堡子。

担子沉重,伙计们每人肩上都不轻松,好在木桶上加了盖子,并不会扑漾出来。8月中旬,天气异常炎热,十个壮汉腰里揣着奉义买的肉夹馍,怀里揣着麻纸包的腊牛肉,毛巾搭在肩上一边走一边擦汗。奉义胸有成竹,也不着急,走一会儿歇一会儿。远远地看见绿树成荫,一层一层的秀色浸满眼底,一望无际齐腰高绿油油的御麦地,微风吹过,波浪接着波浪。秋蝉在柳树上拼命叫唤,似乎要喊破声带,看来又是一个丰收年。眼看着沣河就在眼前,到了高桥头,奉义让小伙子们歇息,自己随意到周围转转。这些身强力壮的小伙子遇到面慈心善的雇主非常开心,坐在树下悠然地掏出吃喝,消遣起来。他们心知肚明,这一趟辛苦费比一般人要多出四成。

突然,奉义发现几个男人形迹可疑,鬼鬼祟祟尾随在他们后面。当年的保长训练班培训的首先就是职业敏感性,第二项当然是国家法度的普及,第三项是刀枪棍棒技能和体能锻炼。他在山西中条山的实战中把学过的课程又复习了一遍,有日本鬼子真人陪练,他算是领教了保长训练班课程设置的良苦用心。

他不看则已,一看着实吓了一跳。这伙人单裤腰上明显别着枪,将衣裤顶起来,谁都看得出来,一群人有意无意地跟着他。奉义心里想也许跟自己没有关系,这年头南来北往做生意的贩卖人口的,有钱人雇枪司空见惯。这时,天气突然变了,似乎白雨要下来了,风也刮起沙子迷人的眼睛,他赶紧招呼大伙聚拢一起赶路。

他们一走,那伙形迹可疑的人也动身紧跟着他们。他们停下来,那伙人也停下来。马上就到沣河河堰了,其中一个大个子摘下眼镜,露出了真容。不看则罢,一看果真是前世的冤家,泓顺的堂弟泓福,楷瑞胞弟复瑞的儿子。他比奉义小几岁,长得天庭饱满,梳着大背头,穿着黑长衫,戴着一副茶色石头眼镜。他走近奉义说道:"二哥,你没死呀?弄这么多油干啥呀?"

"托你的福,没死成。我在西京买点儿油担回去,年景不好,攒点儿。"

"你恐怕是要烧咱长门的油坊吧?"他的嘴唇微微一撇,嘴里咯噔

第二十二章 火烧连营

咯噔地嚼着炒豌豆。奉义心里一紧,难道油坊是我肚子里的蛔虫,抑或孙悟空变成一只苍蝇,钻进铁扇公主的肚子,对我的缜密计划如此了如指掌?

泓福继续说道:"油坊早知道你有这一手,人家防备着呢。家里的伙计这一段时间都配上了枪,白天做工,晚上安保,你进得去吗?连我二嫂子如雅的门口晚上都站着岗,你回去还不是两败俱伤?趁早收手吧!"

"我不相信油坊敢把我咋样。"奉义说。

"不相信?弟兄们亮家伙!"哗啦啦的一阵子,四五个人一齐亮出了手枪,举起来直对着他。奉义与雇来的十几个壮汉身上,除了箍桶的铁环外,没有一两金属,更不用说枪械了。他猛然想起李梦秦给他说过泓顺家后院有家伙,这才警醒过来。

"弟兄们把家伙拾掇了,一边儿凉快去!我跟二哥谝一会儿。"那伙人收拾起手枪,气定神闲地在旁边围绕站定。泓福说:"站远点儿,得是害怕把你们丢了?瓜㞞!我跟哥说说话。"

泓福从腰里摸出旱烟袋,说道:"二哥,你抽不抽?你也不嫌麻烦,大老远的担油呢,闲得没事干了,不嫌腿疼。自从你从山西活着回来,油坊一直防备着,你的精心设计人家早都了如指掌。"他用眼睛斜着奉义。

"我把油运回去,家里人慢慢吃还不行?"

"行么,谁说不行,你站起来走一步试试!"担油的十几个壮汉,除了一身的蛮力,谁敢跟子弹较量。受到泓福的威胁,奉义真的得谨慎行事,认真对待眼下发生的突变。泓顺是该千刀万剐,但是不能连累无辜。他手上没有金条,也不会用金条买人的性命。奉义经过反复斟酌,决定咬牙放弃这次行动。

"好,我今天可以善罢甘休,不过,你给他捎个话,让他少骚情,否则,就是个死!"奉义把烟袋锅子在鞋底上磕了三下,重新别在腰带上。

"我知道,他不会把家里人咋样,好歹咱们还给一个坟烧纸呢。你只要安安静静在西京待着,你俩井水不犯河水,没事的。否则,你也是个死。几年前,你俩不是已经过了两次招嘛,谁更厉害一点儿,你不清楚?"

西堡子

"那是因为我当着保长,好歹算政府官员,跟他闹怕给政府丢脸。现在我无官一身轻,还怕他不成?他吃粮,难道我是吃糠的?"奉义只字不提打日本鬼子的事情,因为他觉得那并不是一件光荣的事情,西堡子谁当兵谁丢人,大家认为穷汉没饭吃才干那营生。

"咱这儿的保长算个屎,人家给个麦秆你当拐杖拄呢!外地多少保长都是借政府的势力给自己谋利,你看你,给家里净惹麻烦,枉给咱门宗当了长房,传出去不怕人笑话,打一仗又一仗的,闲得蛋疼,狗咬狗一嘴毛!"话虽难听,泓福这厮讲的也有一定道理,这些年他真没给家族增光添彩,反连累了弟兄们,让母亲操碎了心。

"那依你之见呢?"

"其实,泓顺一直认为他应该当保长。因为,他风流倜傥,能文会武,西堡子的大事小情他都能摆平,更何况每当上面征兵任务摊派下来,他总冲在前面,贡献最大,凭什么他不能当保长?"

"他当保长,整个西堡子就成他家的了,村子的女人都成了他的老婆,全村的娃都该把他叫爸了。"奉义激动得还想再说些什么,被泓福打断了。

"女人不女人的咱不管,我哥咋说也是一个英雄,一条汉子!"

"汉子?汉子就该欺男霸女、坑蒙拐骗、谋人宅基、杀人如麻?"

"这些都是流言蜚语,谁见了?"

"我用不着与你掰扯这些有年没日头的事情,浪费唾沫。我最后问一句,油坊咋知道我要回来?"

"你家老三在西堡子拉锯扯桐木,做水桶没啥,他凭啥无缘无故地带那么多的长料、铁环出城,脱裤子放屁多番手续嘛。出城本来就很反常,一去就是三天,更反常了,我泓顺哥凭此判断是去找你。果不其然,在西京城墙根做成木桶,担着油回来了,不是烧油坊是干啥?"

啊?原来是老三暴露了他的计划。奉义彻底无语了。

他没想到与仇人火拼的行动这么快就被泓顺洞悉了,真是绳子从细处断,怕处有鬼,痒处有虱。奉义面露难色,去吧,油坊百十个全副武装的伙计肯定会将他们包了饺子烩了搅团,不等烧了人家的小东门,就被撂倒了,城门失火,还会殃及池鱼,连带这些无辜的挑夫白白送死。不去吧,已经打草惊蛇,费了这么大的周折,弄得司马昭之

第二十二章 火烧连营

心路人皆知，羞死个人了。

硬汉毕竟是硬汉，他大叫一声："弟兄们，大丈夫能屈能伸，君子报仇十年不晚，回西京！"

十个小伙子不明就里，担着担子又往回走。其中一个低声嘀咕道："咱这不是丈量土地呢么。"

"别废话，不要命了，没看见刚才那伙人带着家伙？"

"咱的工钱咋办？"一个黑胖子问道。

奉义听见俩人的小声嘀咕，说道："工钱加倍，好饭一桌！"

等他们走远，那伙土匪还站在原地虎视眈眈，如打了鸡血似的随时准备消灭来访的"土匪"。穿黑长衫的泓福也没挪地方，目送他们远去。在泓顺平时给人训话的讲义里，奉义就是土匪，是入侵者，十恶不赦。

奉义于心不忍，看来几个月来的精心计划泡汤了。

西京的西大门可不像西堡子的城门天一黑就关闭，它在等待奉义回来，静候好汉们胜利归来。

奉义一辈子都想不通，自己计划周密的火攻计谋，究竟是怎样被泓顺洞察到并实施了防卫计划的。你给他讲一万遍，他都不会相信，泄露火烧连营天机的人就隐藏在西堡子里。

就在奉义买油的前一天中午，多年来养成早起早睡习惯的云儿，吃罢午饭，大脑迷糊，她也不管屋子有没有儿子、媳妇、孙子，伸手拉一床夹被盖在身上，头挨着枕头，霎时就遇见了周公。她的活计一般在早晨就结束了，不管是蒸包子，还是调配那些外用膏药，她总是遵从母亲李荆氏的教诲，早起三光，晚起三慌。安排活路要趁早，收拾屋子要趁早，免得起来晚了，顾头不顾脚，丢三落四，这是做女人的大忌。长期以来，衡量关中懒女人的唯一依据是早起饭响午端，响午饭爷（太阳）压山，晚上饭鸡叫唤。云儿在整个西堡子的早饭整整比其他人家早两个时辰，并且坚持了几十年，无人不知无人不晓。

午休是她多年的老习惯了。估计周公是最忙碌的人，日理万机，专门安排梦境的场面，一个人应付无数睡觉的人，顾不得跟云儿说话。

迷糊中，一个老汉担着一根扁担，挑着两个竹筐，筐里坐着两个四五岁大的金童，迎着她走了过来。她定睛一看，两个娃手里各拽着一个五颜六色的风筝，冲着她笑，那种笑容似乎隐含着某种诡异，某

西堡子

种挑战，某种嘲弄。云儿心想：这俩小东西好像在哪里见过，面熟极了。于是，她走过去拉着其中一个面若桃花小娃的嫩手，问道："你们到哪里去呀？"未等孩子应声，那个老汉面无表情地答道："到该去的地方去。"云儿心想：该去的地方是啥地方，谁见过这么回答问题的？

那老汉说着转身往东边走去。这时，毒辣的阳光照得她睁不开眼睛，分不清方向。她揉揉眼睛，亲眼看见爷孙三人走进沣河汹涌的波涛之中，并无恐惧与赴死的慌张，反倒那样从容淡定，如孙悟空上树偷吃了蟠桃，没牙老婆见了搅团一般喜不自胜，瞬间消失在旋涡里。她惊叫："来人，救人啦，快救人！"猛地，不觉叫醒了自己，从梦中回过神来，屋子一个人也没有。云儿百思不得其解，坐在炕上闭着眼睛回味刚才梦中的情景。

百无聊赖的李云儿走到后院灶房，锅里煮着肉骨头，睡觉前搭进去的硬柴从锅台的火门掉到了地上，引燃了地上的麦秸，已经烧得差不多了，地上只有薄薄的一堆灰烬。她庆幸厨房的柴火不是很多，否则厨房连着厦子，厦子连着前厅房，前厅房与邻居的瓦房连在一起，一根硬柴足以火烧连营，毁掉整条街道。此刻，那根硬柴基本化为灰烬，火种随风明暗。她大声喊叫："谁在烧锅？"应声而到的还是那个不勤不懒、不长眼的四媳妇疏影。云儿似乎还在梦中，破天荒第一次对于犯了错误的媳妇没有扬起她那根楠木拐杖。见婆婆喊叫，疏影撒腿疯癫着跑进灶房，用凉水浇灭了硬柴，收拾起锅灶。云儿捂着胸口长长地出了一口气，让媳妇到厅房找她蒲篮里正在纳的鞋底，再搬一把椅子在头门口候着。

树上的夏蝉使劲地叫唤，几乎要扯破了嗓子。街上少有人走动，云儿手中拿着鞋底四下里张望。通常情况下，夏天手心爱出汗的她不做针线活。风筝、火苗，这到底是什么警示啊？她小时候也翻看过母亲李荆氏放在案头的《周公解梦》，那些晦涩难懂的玄妙文字，她一知半解。平时村人聊梦，时间久了，她耳濡目染，也知道个大概。刚才的梦境似乎在昭示着什么，绝对跟她有关系，凭她掌握的粗浅知识判断，可能有大事发生。不行，泓顺现在掌管着那么大的家业，而平时又有那么多的积怨，万一有什么闪失，岂不前功尽弃？几十年的辛苦打了水漂不说，说不定会有性命之虞，必须防患于未然才好。

第二十二章 火烧连营

她放下手里的活计，目不转睛地朝东边泓顺家里瞅。时间似乎停滞了，一分一秒都显得那样漫长。不一会儿，泓顺果然伸着懒腰走出了大门，手里端着紫砂壶，穿着一袭蓝绸长衫长裤，脚蹬媳妇做的麻鞋。云儿看见泓顺，将线绳缠在鞋底上，夹在胳膊底下，走上前去说道："顺，你最近小心点儿，夏天燥，你做的又是惹火生意，千万不敢走水！"

"娘，我知道。你咋突然想起这事了？"泓顺发现云儿神色不对，一副严肃认真的样子，觉得好笑：真是太阳从西边出来了，云娘啥时候关照过我？提醒过我。她关心的永远是自家的一群儿孙，即使当年与他对簿公堂，火烧眉毛，刀架到脖子上，也没见她善心发现。不过，她能在大热的天，站在门口有意等我，证明此事非同小可。

"你小子坏事干多了，小心为妙！"云儿怕家人发现她与泓顺有什么牵连，连忙转身往回走，被泓顺叫住："娘，到底咋了？"

"我说过多少遍了，叫我二娘。没事，一个火烧连营的噩梦！"尽管云儿自言自语，小声嘀咕，但火烧连营四个字却被泓顺仔仔细细真真切切地听进了耳朵。母子连心啊！这位大贤大能聪慧能干的母亲李云儿，她可是西堡子里大人物？

却说自从奉义他们早晨离开了西京，清茶和奉信叔嫂俩哪有心思招呼客人，只擀了十来斤面，也不炒菜、拌菜，把臊子面卖完便早早打烊了。心里不搁事的清茶不让伙计给第二天泡酵子发面，慵懒地躺在床上等待奉义回来。等待是最折磨人的，尤其是无望的等待。不知过了多久，仍然信息全无，无趣的清茶端来一盆黄豆，让奉信帮着挑选上好的豆子，准备泡豆芽菜。

就在西京城的西门即将关闭的时候，一群男人垂头丧气地担着担子回来了，去了十一人，回来五双半，一个个灰头土脸。清茶跑上前去，紧紧抱住奉义的胳膊，在他胸前捶打："你个马疯子，我的心都快跳出腔子了！"一边说一边骂。做好的肉臊子装在瓷罐子里，取用非常方便。奉信抱出了肉罐子，招呼汉子们吃饭。清茶用银钱打发了他们。

这真是：

　　北风呼呼扑人面，夜雨阵阵透肌寒。
　　风云际会英雄泪，雄关万道花径残。
　　往事萦怀难排遣，滴滴青酒慰愁烦。

265

▶ 西堡子

爹娘家乡去无路，别亲闪子回程远。
秦山树明月高悬，渭水炙热响潺潺。
雪耻无门苍天恨，只把热血洒旗悬。
说什么雄心欲将星河挽，为何魑魅魍魉作恶端？
说什么仁义礼智忠孝全，为何生死纠缠受磨难？
虽说想思齐治国保家国，却为何壮志未酬泪潸然？
长安近长安远，缺月何时再盈圆？
古城苦古城甜，忍孤愤城隍庙前把伤口舔。
沣河曲渭河展，何时抚慰英雄消愁烦？

这一仗奉义以失败告终，白白损失了一笔款子。回到西京，他拉开被子昏睡了三天三夜，不吃不喝，媳妇叫也不理示，兄弟摇也不动弹。众人怕出意外，决定让奉信去请机场的好朋友墩子，火烧连营的主意还是他出的呢，也许他的话奉义能听进去。恰逢那天墩子没事，下午来到忠瑞饭馆，走到奉义床前："二哥，咱跟谁有仇也不能跟饭有仇，是不是？人常说，君子报仇十年不晚，你着啥急呢？你看越王勾践卧薪尝胆，最后把事弄成了。刘备当年还卖过草鞋，终于坐了咸阳。做大事的人不在乎一城一池，咱慢慢来么。泓顺老少一家在西堡子居住着，庙在，和尚也在，你怕啥呢？这次不成，咱下次一定能成。"

"我连城都进不了，何谈报仇？"

"都怪我，咱用原始人那一套笨办法，想用火攻，人家谁看不出来？要咥就咥实活。过一阵，我帮你。人家能买枪，你凭啥不行？"

墩子刚讲到这里，清茶立即摆手示意他不要再讲，反问道："买枪？难道我们跟那贼一样，也去请土匪？土匪难道是我外甥，招之即来挥之即去？"

"从长计议，从长计议。"墩子苦口婆心地劝导，终于使奉义睁开了眼睛。他一条腿抻着下了床，墩子连忙去搀扶他。

"不杀泓顺，死不瞑目！"奉义从牙缝缝里挤出来八个字，说着又握紧了拳头。他冲着西堡子的方向大声喊道："妈，妈呀，救我！"众人将他搀回床上，安顿饭食，一夜无话。

奉信为了给二哥岔心慌，叫人将凝春接到西京。小姑娘一来，如平静的水面泛起涟漪，院子充满欢声笑语，一家人其乐融融。

第二十三章　无处藏身

毛遂死了，千真万确地死在奉义的眼前，被扔进滔滔渭河喂了鱼鳖。然而，只要泓顺还在，千万个毛遂会随时随地从那个犄角旮旯冒出来为他所用。泽实在奉义的眼皮底下相对而言是安全的，泓顺想要泽实的命，使他断了香火，西京城可不是西堡子，警察也不是吃素的，想达到目的并非易事。然而，他的四个女儿凝春、凝夏、凝改、凝香在西堡子与泓顺朝夕相处，随时都有生命危险。姑娘也是亲骨肉，得提防才是，尤其在他火烧油坊的计划被人发现之后，得更加小心才是。为此，奉义不顾母亲李云儿的反对，正大光明地先把大女儿接到了西京城。

凝春跟随父亲逛了西京南郊的大雁塔、小雁塔，又上了宏伟的城墙。姑娘从小在西堡子生活，对城墙司空见惯，总是缠着人给她讲故事。反正闲着也是闲着，奉义开天辟地给女儿讲了不知从哪儿听来的关于西京城的故事，就从建城开始。

提起西京建城，口述历史有种种版本。在田间地头，在门口蹲着咥搅团、喝御麦糁的闲谝中，在热炕上东一句西一句的杜撰中，孩子们朦胧地灌进耳朵诸多的历史传说。对于口述历史，孩子们基本上属于宁信其有不信其无，即使在以后的学堂里，老师将不同班级的学生集中在一个教室，高年级的讲授内容也很难摆脱条条框框的约束，四书五经对于奉义、奉信、泓顺他们而言简直就是小儿科，早已烂熟于心。北巷子英瑞浓密的胡子里不知道藏着多少的典故笑话，无数的天文、地理、军事、考古知识。夏天的夜晚，南北两条街道灯火通明，他总是摇着蒲扇，坐在躺椅上，捋着他的胡子，周围围拢着大姑娘、小伙子，他们忙活一天的伙计，打着敬仰先生的旗幡，口出溢美之词

▶ 西堡子

缠着他讲书。即使是目不识丁的村夫只要坚持听他说书，时间一长，也会了解许多的历史故事与人物传记。在西堡子的男人中，类似英瑞爱说书的人几乎没有中断过，如果说口耳相传的历史与事实多少有些误差，那么文字记录的历史就一定是真实的吗？

关于西京建城的故事，奉义也是从英瑞的嘴里听来的。

相传在唐初，秦王李世民身边有两位高人，一个是李淳风，一个是袁天罡，俩人是师徒关系。他们精通天文，尤其对数学历算有高深的造诣。李世民推翻了隋王朝，准备建都，却茫然不知该建在什么地方，请这两位高人商议。建都之事非同小可，俩人尽管平时相处非常融洽，在重大问题上仍然谨慎小心，万一出现差错，项上的人头不保。李世民可不是好伺候的主。于是，他俩决定分头行动，提前勘查，如果结果一致，则告诉皇上；如果意见相左，讨论后再告诉皇上。

李淳风当即骑马四处查看。当天晚上，似有神仙点化，有神力牵引他来到一处荒草丛中，叫马住了脚吃草。他仰望天空，双腿似乎灌注了磁铁，吸住他寸步挪动不得。他决绝地从官服里掏出一枚铜钱，放置于此，标上记号，打马回去。第二天，袁天罡知道李淳风回来了，便开始启程。他骑马飞驰到一处，见绿草茵茵，抬头仰望天空，紫色祥云笼罩在他的头顶，五颜六色的蝴蝶停落在他眼前，驱之不去。这时，远处飘来一缕清香，吹进他的心田。于是，他将妻子缝补衣服别在他胸前的一根银针插在此处，做了记号，打马回去。李淳风见袁天罡回来了，问他皇上交给他的事情办了没有，袁天罡从容地答道"办妥了"，并神秘地一笑。第三天，他俩相约来查看各自选取的地址，互相谦让之后，一同来到杂草丛中。越接近目标，俩人心情越超然，大师级人物从来都是淡定的。当李淳风掀开覆盖其上的干草，袁天罡会心地笑了，他的那枚银针竟然不偏不倚端端地插在铜钱中心！俩人相拥而笑："就是它了！"从此西京城钟楼的位置被确定了下来，师徒俩一起汇报给唐王。此楼历经千年至今巍然屹立而不倒，自然有它的神奇之处。

据说这师徒二人居然预言一千多年后清朝末期八国联军进犯北京，慈禧老佛爷西行到西京，你说神奇不神奇？两位神人给后代留下奇妙的著作《推背图》，里边的玄机多得数不过来。历朝历代国君都将西京

268

第二十三章 无处藏身

作为首都，自有它的道理。

据老人讲：西京城有许多门楼：箭楼、敌楼。钟楼底线埋着一条长长的铁索，从四面八方拉着钟楼的地基，以防地震破坏钟楼。老祖宗的智慧远在今人之上。那么西京城为什么不是四四方方，而是南北短，东西长呢？因为起初建城时，开动十万人白天打城，想把下马陵甩出城外，然而，到了晚上，南城墙似乎长着腿，会奇迹般地自动往城里挪动。原来是董仲舒的坟墓下马陵在作怪。坐落于南城的下马陵，说破天也不愿意在城外屹立，想永远占在南门内，见证古长安的繁华胜景。于是，打城的三番五次挪动南城墙，城墙与钟楼的距离越来越近，久而久之，形成南三北四、东五西六的格局，况且南城墙是带有弧度的，不像其他三面墙那样笔直，是有意圈坟的缘故。

奉义用历史故事与神话传说教导凝春热爱家乡，珍视亲情，做个有情有义、有爱心的人，让她记住西京城有她的亲人。没想到他美言描绘的西京城很快被日机炸得面目全非，支离破碎。

1941年5月6日，人们刚起床不久，学生正在上学的路上，正当奉义、凝春父女俩准备去兴教寺游玩之际，天空中突然出现日军17架飞机，在尚仁路、大华纱厂等地投下炸弹25枚，炸死炸伤平民30人，炸毁房屋十余间。忠瑞饭馆的伙计们吓得站在房前屋檐下抱在一起，互相安慰。凝春站在原地呆若木鸡，奉义一个箭步跑过去将凝春拉过来，用胳膊护住孩子的头，躲在屋檐下。他不敢进屋内，怕炸弹炸翻屋子，弄不好被压死，又不敢在街上乱跑，怕被流弹击中。一阵轰鸣声过后，大家才稍松一口气。8时20分，又有九架日本飞机在西京火车站投下炸弹20余枚，炸死炸伤平民32人。

凝春没见过飞机扔炸弹，老几辈人谁见过这阵仗？本来孩子是来西京玩耍的，没想到欢迎她的不是爆竹、鲜花，而是飞机炸弹。飞机不长眼，人这次未被炸死，不等于下次性命能保全。西京虽好非孩子们的天堂，还是送女儿回乡下比较好。奉义了解日本人急于求成的作战心理，他们在陕西作战的目的主要想在全国形成统一整体，完胜中国。只要日本人进不了潼关，西京就是安全的。好在三年来，驻守中条山前线的三秦儿郎在孙蔚如、赵寿山将军的领导下，英勇作战，打退了敌人的一次次进攻。奉义判断日本人动用飞机进行轰炸，这一定

西堡子

是他们黔驴技穷的最后一招，不会长久的。

西京经济落后，又不是首都，它的地位没那么重要，况且国共两党同仇敌忾，毛泽东在延安的江山已经坐稳，所以，这座古城必定长治久安。全国越乱西京反倒越安全，旋涡中心最平静。清茶赞成奉义的观点，坚持留女儿在西京再待一段时间，她相信自家男人对局势的判断。奉义在中条山见过日本鬼子的飞机，领教过飞机的威力，只是他今日手无寸铁，有心杀敌，无力回天。闲暇时，作为一个军人的奉义只能给街坊邻居讲解如何躲避飞机轰炸，如何保全性命，尽一个老兵的职责。

然而，让他们做梦也想不到该月的18日，日军37架飞机再次入侵西京上空，在闹市区投下罪恶的129枚炸弹，还有部分燃烧弹，炸毁房屋472间，炸死平民24人，炸伤30余人。一时间，西京城墙内外积聚了许多难民，伤员被送进医院，一片混乱。庆幸的是这次西堡子仍然安然无恙，只听战机轰鸣，未见扔炸弹。看来姑娘在西京实在待不成了，乡下或许是安全的。

经过无数次危险的奉义早将生死置之度外。第二天，奉义决定亲自送女儿回家，料大敌当前，泓顺也不能把自家女儿怎么样。由于战乱，西京城公交车拥挤不堪，根本坐不上位子，他们只好步行往老家走。西门外一带，城内居民拖儿带女，肩扛行李，提着包袱，一群群相约或独自往城外疏散，人们互相簇拥着，比赶庙会还拥挤。

凝春贪玩，一会儿就走累了，蹲在地上不想迈步。奉义把她背一段路程，让她下来自己走。小姑娘执意耍赖，逼得奉义没办法给她讲故事岔心慌："以前咱西堡子东面有个担子客，是卖羊杂碎的，每天做好一锅羊杂碎肉，用笼布包上，到咱堡子外边卖。"

"咋不到咱堡子里边卖？"凝春问。

"你听爸给你说，甭打岔。过去西堡子可不像现在谁想进就进。那老汉对人热情，谁来都是笑脸，卖肉从来不用秤称，一把抓，也不差多少。可是，奇怪的事情发生了。那天晚上，担子客卖完肉回家点钱，发现一堆纸币里有两张阴票子，你懂不懂阴票子？"

"懂，圆坨坨纸，中间凿个洞。"

"对，就是那个。担子客开始还以为自己眼睛花了，或者白天收钱

◎ 第二十三章 无处藏身

的时候谁跟他闹着玩儿，后来觉得不对，因为每天都能收到阴票子，而白天收钱的时候收的都是真钱，钱怎么会变呢？"凝春睁大眼睛听讲，竟然从父亲脊背上挣脱着下来，自己开始走路了。

奉义继续讲道："怪诞得很，担子客开始留意买肉的人。说来也惊悚，有个女人，长得非常漂亮，细细的眉毛，弯弯的腰身，红红的嘴唇，每天穿同样的衣服来买肉。这女人买肉时从来不开口跟人搭讪，把钱往担子里一扔，目不斜视，急切地等着给她包肉。担子客觉得这女人奇怪，于是，多了个心眼，把她付的钱特意装在一个口袋里，给她包好肉，收拾起摊子，暗暗地尾随这个女人，看她往哪里走。不看则已，一看则吓破了苦胆。"

"咋了？"姑娘已经不敢跟在大人后面，跑到前面问道。

"那个女人走到一座坟前不见了！"

"啊！鬼啊！"平时村里人谝闲传，凝春没人看管，听到过许多关于鬼怪的故事。

"是啊。他叫来许多青壮年，把那个坟挖开，结果发现了更令人惊悚的一幕：棺材里面躺着一个女人，着装和买他羊杂碎的女人一模一样，身边有一个小孩正在躺着吃肉，满嘴是血。那小孩使劲哭喊，眼睛闪动着绿光。几个青壮年人见状，知道孩子是凶死的，将他一棍打死，鲜血四溅。那女人躺着一动不动，跟睡着了一样。人们后来把坟又填好，从沣河捞起一块大石头，压在上面。叫观音山的僧人念经足足七七四十九天，阴票子烧了好几担笼。后来，担子客在西堡子人们的瞩目中，重新开始小心翼翼地到护城河外面卖羊杂碎，不过再也没有收到过阴票子。"

"爸，你骗我，人死了还能吃肉？"

"咋吃不成？人没嘴都能吃豆角呢。你没听过，有个小伙子为生活琐事被仇家砍了头。他惦记家中80岁的老娘，甩开膀子一直朝家乡方向跑，走到他家田头，跨步到自己家套种豆子的麦地，撅了一把豆角，往嘴里放，突然发现自己的嘴没有了，才哇的一声哭开了。"

"爸，你又骗我，人头都没有了，肯定也没嘴了，拿啥哭呢？"

"哈哈，逗你玩呢。言归正传，听老一辈人说，那个女人死的时候怀着娃，马上就要生了，估计娃是他妈死后生的。坟里有少量空气，

西堡子

所以娃就活下来了。"

"娃他妈还能行得很，还会变钱，要是活人也能变钱就好了，你跟我妈挣钱多不容易的。弄不好，还得挨炸弹。"说着，又嚷着让人背她。

"小姑娘家，还会使唤人的很么！赶明儿看谁娶你这个不爱走路的懒女子呢。"

"爸，我不出门，永远在咱家。等你们将来挣了钱，给咱村的城墙也穿上衣服，用砖头包上，跟西京城一样美。"

"瓜女子，等爸挣下钱，先给我娃买腊汁肉，给你婆买天鹅蛋。"

"行，买啥都行。"

大难不死的奉义与懵懂的女儿凝春这么一路聊着回到了西堡子。他没想到打打杀杀了几年后，自己竟然以如此窘迫之势回到了家乡。

奉义一到家，全家热闹得能冲破天，嘘寒问暖的，端茶送饭的，揉腿按肩的围了一堆。询问飞机轰炸时面馆的人和伙计是否安全，饭馆的生意有没有受到影响，日本鬼子什么时候会打到西京。母亲李云儿亲自到厨房给儿子做好饭端上来，吃完饭，把家里所有的孩子领到厅房，要他训话。大哥奉仁的儿子泽宗，老三奉礼的儿子泽实、泽瑜，老四奉智的儿子泽祖，奉信的儿子泽才齐刷刷站成一排，个头几乎一样高，一个个生龙活虎的样子。奉义的女儿们，个个如花似玉，樱桃口，糯米牙，聪明伶俐。看到这几年出生的后生们成长得这么快，奉义非常高兴，同时自感责任重大，须更加努力才行。

"妈，我觉得咱家得定规矩了。从今往后，孩子们的第一要务是习武，第二要务是读书，第三要务是知礼仪。习武是强身健体的大事，打铁先得自身硬，不要怕吃苦，怕受罪，而今的乱世保护我们的还得是我们自己，谁也靠不住。"奉义一边说一边转头问身边女眷们的意见。他无意识看到老四媳妇疏影用衣襟擦眼泪，心里立刻明白了，她一定是想念老四了。奉智活不见人死不见尸，疏影能守活寡跟着家人一起生活实属不易。众所周知，习武之人意志坚定，遇事不慌，要是老四当年习武，也不至于吓得乱跑，不见踪影。习武，对他的五个侄子来说太重要了。

他也特别感谢父母对他四个女儿的关照。留守的孩子不易，老人

第二十三章 无处藏身

更不易。他们弟兄常年在外做生意,家中缺少男人,加之连年旱灾、虫灾,地里打下的粮食根本不够吃,孩子们全部上学,难免增加了花费,所以他专门给母亲留了钱,对孩子们说:"你们听着,不管你们的父母在不在家,一定要听你婆的话,不要乱跑,在家好好念书,谁学得好,将有机会到西京去念。"云儿在一旁为孩子们加油鼓劲,说:"咱们长安自古文化底蕴深厚,咱祖上也出过状元郎,你们可要为我争气哦!"

奉义对孩子们说:"礼仪道德是一个人安身立命的根本。不能因为打仗就可以忘记耻辱,忘记尊重,忘记仁孝。"经过与母亲商量,决定选一个人专门负责孩子们的礼仪教育,因为老三奉礼性格温和,常年在家,与孩子们比较亲近,选他普及行为规范最合适。大宅门的家教是严格的。从那一天开始,李云儿的子孙们开始了实质性的礼仪培训课程。灌输贤孝仁心的常识,灌输接人待物的礼仪,说话走路的礼仪,讲解婚丧嫁娶的规矩,让孩子们读书知礼,端正做人。奉礼是合格的老师,他闲暇时在后院开始教授孩子们具体的行为礼仪规范,上至15岁的男孩,下至两三岁的姑娘,学着奠酒,学着下跪,学着端茶送水,甚至学着说话走路穿衣打扮。此后的几十年,西堡子人明显感觉到忠瑞这一支脉的后人知书达理,家庭氛围与众不同,如果追根溯源,恐怕得益于从小的严加管教与云儿的苛刻家法。奉义给孩子们定了家法,相信有母亲李云儿和弟兄们的支持,这些后生晚辈们一定会争气,活出精彩。

让奉义牵肠挂肚的还有保上的事务,那是他人生最初阶段的历练。作为名震四方的保长,他最关心委座媳妇王玉婷家里的近况。老四媳妇疏影抢着告诉他,说道:"自从委座死后,她一个人带着俩儿子过活,地里的活都是请人干,收麦子请的麦客,幸亏过去的底子厚实,日子将就着过。春夏两料庄稼咱和甲长们也帮着收种呢。咱妈拾的那个不要脸的东西整天东家串,西家走,有一次到委座家,被玉婷一盆凉水泼出去了。谁不知道,他想霸占人家那一院房产,顺便将人家小媳妇也据为己有。玉婷漂亮贤惠,他早已经对她垂涎三尺。"没等奉义应答,疏影接着说道:"村子的好馍都喂了那条狗啦!他姑娘不要,专门挑选少妇,村里有的女人还为他争风吃醋,跟过去皇宫一样,嫔妃

西堡子

们争宠呢!"听到这里,奉义明显感觉到自老四失踪后,这个大大咧咧、没心没肺的弟媳妇越来越憎恨泓顺。大凡世上有血性的女人,谁守着活寡还沾沾自喜,对仇家感恩戴德呢?

奉义正准备起身,打断弟媳妇的话语,没想到她打开了话匣子没完没了,继续说道:"堡子北头五六个俊样媳妇的白馍都让他吃了,为了女人他没少破费,银子如流水一去不复返。娘家有钱且一贯不把生意好坏放在眼里的翠莲都开始去油坊查账了。李想得陇望蜀,广顺如履薄冰两头应付,毕竟哪个都是神啊!"疏影似乎全然忘记了自家男人失踪一事,表现出一副隔岸观火的样子。

正在疏影描述得有鼻子有眼的时候,云儿进来厉声说道:"你们吃了豌豆憋得料大咧,嗯?克化不了,出去套磨子去,让咱家毛驴也歇一下。不说话别人能把你当哑巴卖了,咱好好过日子,管人家的马瘦毛长,环肥燕瘦!"见婆婆训斥,媳妇们再不敢言传。

奉义见自己起的话题,弟媳妇们发表意见,惹怒了母亲大人,于是,红了脸,拉住母亲的衣角,连忙掩饰道:"妈,我在问他们保上的事呢!现在保甲的事情谁管呢?"

"保甲、保甲,保个指甲!保甲早已名存实亡。咱这里好歹还有个名义上的保长、甲长,有的地方由村民轮流当,或者有钱人自告奋勇当,地痞、流氓、乡绅只要给上面送点儿礼,不需要培训直接就当了。有的保长成为欺男霸女、巧取豪夺的急先锋,成为贪赃枉法危害一方的领头羊。咱村的保长名义上让石奋当了,不过无人听他的。有人提议让曲生生当,说他一脸的麻子,谁不听话,给他传染麻风病。实际上,村上的事几乎没人管,各扫门前雪,哪顾他人瓦上霜。"李云儿对两个看门人执政非常有意见,凭什么一个外乡人在村子指手画脚、吆三喝四的。她继续说道:"玉婷害怕恶人,保上仍然过一段时间在她家聚会、办公,每月给她两块钱。石奋不管事,开会走个形式,村子也不巡逻了,才不像你那会儿那么傻呢。上边派下来征兵任务,泓顺把办差的领到他家,好吃好喝招待,再给人家打发点儿,有钱人的架势不能倒。差人拿钱再到别的村子去找人顶替,总有可怜人走投无路,或者家里发生变故需要钱,自然愿意当兵。自古当兵吃粮,穷人也得活着呀,谁像你自己跑到部队里去。"

第二十三章 无处藏身

云儿的话匣子打开后便滔滔不绝，说起村子的事如数家珍："西头的吉娃他家这几年倒霉的，借了许多外债还不起，替九子滩的人当兵去了。他妈整天坐到堰背后哭丧，儿子在战场战不死，能让她哭死。咱家没钱，要有钱，我都想给她几个，难关一过就好了。谁愿意去部队当炮灰，吉娃那身板瘦弱的，手无缚鸡之力，拉长工打短工谁要他呀，不当兵有啥办法。"

"妈，当兵光荣，绝对不是什么可耻的事情。在中条山战场上，数陕西愣娃表现得好，他们有许多人是文人书生，有钱人家的子弟也不少，不单纯是走投无路的穷人。我所见到的汉子们不管穷富都不怕牺牲，誓死保卫家乡，个个是好汉。西京许多热血青年也去了中条山，连宝鸡都去了几千人。我是自愿去的，杀敌不惜命，拿枪手不抖。如果日本人这次打进西京，占领国家的心脏，咱家就完蛋了。"

"哎，咱这儿天高皇帝远的，谁愿意管咱这里。咸阳政府想管，在它眼皮子底下却不属于它的统辖。西京管不过来，富饶的大片地方成了没娘的娃，爹不亲娘不爱的。日本人能喜欢这个地方？"

"不尽然。蒋委员长非常重视西京，否则也不会让将士们死守着狭长的中条山寸步不让。我们接到的是死命令，谁敢让日本人过黄河，杀无赦！不知道你注意到了没有，最近鬼子加强了空中轰炸的密度，证明他们猴急了。我从报纸上了解到日本国内经济也陷入了空前的绝境，大萧条已经到来，反对侵略的呼声一浪高过一浪。战争消耗的何止是男人的生命，对国家财力的消耗也是惊人的，打别人自己拳头不疼吗？"

"日本人给西京扔炸弹，是因为西京是陪都，是皇城根儿；给咸阳扔炸弹，是因为有纺织厂，咱这儿有啥呢？"

"妈，你还甭说，咱的西堡子估计在飞机上看挺壮观的，不像个国家粮仓，也像个首脑机关。假如躲过这一劫，过几年，我们在西京挣多多的钱，都给你拿回来，让你过油锅下面的日子。我再有钱了，给咱堡子的城墙外面全部镶上青砖，整个村子铜墙铁壁，遇见战争绝对万无一失。剩下的钱让你跟我爸好好享受，咱屋这帮不听话的你尽管打，让你的楠木拐棍发挥更大作用。"

"说到城墙，我们的城墙是该好好拾掇了，石奋现在经常把大门敞

西堡子

开不见人影子。不过,当务之急是尽快结束战争,整天人心惶惶的,咱们街上买吃喝的人越来越少,百货店也不增加新品种,多少家生意都倒闭了,你爸还硬撑着,因为赌博的人好这一口,一天不见就打听,忠瑞的包子咋不来呢,不吃包子麻将都不和了。有人还问咱家的包子是不是包了啥特别的馅,吃了上瘾。"

"你让我爸说包的大烟,呵呵。"

"好我的儿啊,再甭提大烟二字,让你爸听见可了不得,为了禁烟把几个儿子都闹得差点丢了性命,老四还生死不明呢。你爸肠子都悔青了,恨不能在地上挖个老鼠窟窿钻进去。"

"妈,这都怪我。要说真苦了老四了,他人尽管木讷,不至于让人贩子卖了吧,七尺高的汉子呢!老四的画像至今还高悬在咱家饭馆门口,过往的行人都能看见。偌大的西京城硬是见不到他的人影,一点儿消息也没有,奇了怪了!"

"你不知道,为找他,不知道把多少麦子搭进去了,花了多少冤枉钱,都没有结果。等秋收了,再请人去打听。"母子连心,想起老四奉智,云儿思子心切,说着又抽泣起来。

"妈,我相信吉人自有天相。不说老四了,咱说说娃娃,他们是你的宝贝疙瘩,也是你的希望。"

"谁说不是呢?要不是为了孩子,唉……"

当晚,西堡子的两个大门上闩之后,石奋与曲生生俩人相约来到了奉义家,一致恳请眼前的这位抗日大英雄再次出山,继续担任西堡子的当家人,声称只有奉义当保长,他们心里才服气。早已将生死置之度外的奉义,哈哈一笑,说道:"保长?我要是还当保长,第一件事就是把你俩从箭楼上请下来,给你们找个更好的营生,专门看庙!"这两个吃西堡子公饭的大男人在西堡子最大的宅门里碰了软钉子,悻悻地出了奉义家的大门。

第二十四章　义救慕云容

　　日本人的飞机停止了轰炸，忠瑞饭馆的生意照常进行。

　　生意人起得比鸡还早，比伙计们起来更早的是奉义的继子泽实，这小子天生是读书的料。经历风雨才知道彩虹的绚烂，经历了绑架才懂得亲情的珍贵。泽实自从经历了被土匪挟持那件事情之后，耳朵格外灵，眼睛分外尖。

　　这一天，泽实刚起床就对奉义说："二伯，我夜黑听见对门蒹葭院里边有人大声哭呢，像鬼叫一样瘆人。"

　　"你耳朵还灵得很，世上没有鬼，如果有鬼粮食早被他们吃光了。好了，上学去，再不走就迟到了！"奉义实在喜欢这个继子，灵性娃谁不爱呢？

　　泽实背着书包蹦蹦跳跳地走了，一家人照常营业。

　　晚上，正当奉信上板打烊的时候，突然，一个女人披头散发地闯了进来，迅疾关上门，看见奉义在家，扑通一声跪倒在地，哭道："二哥救我。"

　　奉义愣住了："你是——"

　　"我是你对门蒹葭院的慕云容，他们往死里打我。我趁棍子手上厕所跑出来了。你借我几块钱，我得赶紧离开这儿，否则，我就死定了。"慕云容神色慌张，眼睛含泪。

　　"这怎么能行呢？老鸨子也是合法经营，我家又没有后门，你从哪儿出去呢？"奉义犹豫着要不要救她。没等奉义做出决定，慕云容如惊弓之鸟，一个人朝后院跑去。

　　忠瑞饭馆对面是西京城有名的蒹葭院，属于高级妓院。西京街头的人们都知道，蒹葭院的头牌姑娘叫慕云容，苏州人，14岁流落到西

277

西堡子

京,开始在开元寺的鸭子坑,服侍的都是下等人,比如拉洋车的、卖把式的、做小手工的,饥一顿饱一顿,挣不下几个小钱。老鸨子心黑,见慕云容的客人多,给她做了一身绒布衣服,把她再次卖到西京闹市区有名的这座兼葭院。她人长得漂亮,会弹竖琴,字也写得清秀,西京一些文人豪绅经常会她。坊间传说,慕云容一年给兼葭院带来的财富比一个银行一年的存款都多。坊上的老西京谁要有幸见过慕云容一眼,保证他三天三夜睡不着,吃不香,三魂六魄游丝荡,五脏六腑意彷徨。

慕云容刚刚跑到后院,前边便传来杂沓的敲门声。"开门,开门!"兼葭院的"棍子"眼看就要把奉义的门板踢破了,不停地拍打。慌乱中,奉信急中生智,将慕云容领到后院空屋子的枯井边。这口井是原来的蔡老板请人打的。精打细算的上海人期望自家后院的井能够源源不断涌上来甘甜的水,再不用花钱买水吃,既省了钱又可以偷着卖水给邻居们吃,经济方便。井打到一半的时候,国民政府派警察来阻止了他。理由是西京系千年古都,地底下埋的全是价值连城的宝贝,打井不小心惊扰了祖先,政府就成了千古罪人。

从古至今谁敢在钟楼旁边打井,国民政府三令五申禁止市民打自备井,蔡老板对这点常识不会不懂,也就是那点儿小私心在作祟。他想等警察走后继续打。刚开始动手,警察来家要抓他坐牢,好说歹说,最后罚款了事,留下个半成品。结果,枯井无水,成了名副其实的红苕窖。再后来,精明的蔡老板在井上加盖了一间小瓦房,变废为宝,变成屋内井,井台不大,用青砖铺垫,半中腰有一孔窑窝,能容三人蜷身其内。夏天,他们将容易腐烂不便保存的肉、菜放在里边,天然保鲜,井里的冷空气传递上来,整个屋子比别家温度低了许多。后来,他直接拉一根管子,直通自己的房间,夏天凉爽异常,跟装了空调一样。当时,西京有钱人家夏天在冰窖巷买冰、拉冰度夏,蔡老板窃喜省了不少的银子,算盘珠子也算没白打。

在这千钧一发的时刻,奉义在前厅房放哨,奉信在自己腰上系一根绳子,一头绑在窗棂上,抱住慕云容往井下走,将她稳稳地塞进窑窝里。慕云容不敢迟疑,贴着奉信的身体,任他摆弄。奉信将她安顿好,自己踩着脚窝又上来了,拍拍身上的土,解掉绳索,用木板盖上

第二十四章　义救慕云容

井口，上面压上硬柴，不漏一丝痕迹。装作没事，点燃一支烟，吸了一口，走到前房。一群打手骂骂咧咧地进来了，嫌他们开门磨蹭。

"我们的一个姑娘跑了，是不是跑到你铺子里了？"几个人手里提着棍子。平时人们称他们为"棍子"。

"没见呀，啥样个姑娘？"奉信佯装不知。

"慕云容你不认识？长头发，个子高高的，白白净净的，南方口音，你整天给我们送饭，真没见过？"

"没见，真没见。今儿我们打烊早。"

"明明有人看见她跑进你家，我们得搜。"说着，不顾阻拦，径自逐房开始找人。他们白忙乎了半天，没有结果，不知端倪的"棍子"提着棍子恶汹汹地要走。奉义上前问道："这是私宅，你们以为走城门呢，说来就来，说走就走？""棍子"觉得往日奉信他们给蒹葭院送饭菜，也算街坊邻居，比较熟识，所以揖手敷衍道："对不起，老哥，骚扰了！改天送饭给你多记几碗的账。"奉信在一旁示意二哥不要纠缠，放他们走人。

"棍子"一走，大家七手八脚开始捞人。大冬天室外非常寒冷，滴水成冰，井下洞子里稍微比外面暖和些，可是，遭遇追杀的慕云容，恐惧加担心使她颤抖不已。奉信再次轻巧地下到窑底，将她捆在自己身上，一步步爬了上来。刚上来，只见她麻雀啄食似的给奉义弟兄叩头。"你现在走呢，还是等天亮再走？要不趁天黑走吧！"奉义自问自答，他不想给家里惹事。奉信说："现在咋能走呢，说不定打手就站在咱家门口，她一出去就喂了饿狼了，刚出虎口又回狼窝。"

奉义将老五拉到一旁悄声问道："谁让你把她藏到窑窝？这可是咱家的秘密呀！"

"我有啥办法，这不是事急了嘛，咱还有啥地方能藏人，总不能见死不救吧？"奉信一脸的无辜。

"该不是这人让你走了心？那可是妓女，小心为上！"一朝被蛇咬，三年怕井绳，奉义实在不敢在外面惹是生非，怕烂脖项节外生枝，给家里带来灾祸。奉义心想：尽管奉信远离妻儿父母，无人管束，做生意也非常辛苦，可是，没有女人陪伴的他一定也孤独，如果眼前站立的是一般的姑娘，我也会同情弟弟，睁一只眼闭一只眼，绝对会放纵

279

西堡子

弟弟。然而，眼前这个美人坯子千人跨万人踏，如何配得上我家弟兄。即使我们弟兄俩在西京发达了，娶上三妻四妾，将来领回去，母亲能容许我们丢人现眼地在西堡子站立吗？她那根楠木拐杖的威力绝对不会比刚才蒹葭院"棍子"手上的家伙逊色。奉义想到这里，从牙缝缝里蹦出几个字："抓紧想办法，看咋办！"

你知道慕云容怎样晓得奉义排行老二，开口就叫"二哥"，为什么偏往他家跑呢？原来西京这些逛窑子的人不是高官就是绅士，什么好吃的没吃过，什么好看的没看过，弹丸之地的街巷谁家有几个后台，谁家与蒋委员长沾亲，与财政部长带故，他们心里明镜似的，更何况一个小小的忠瑞饭馆！闲谈中，人们对奉义兄弟热心助人、杀敌勇敢的各种赞扬也带进了蒹葭院，吹进头牌姑娘慕云容的耳朵里。她无数次幻想过传说中的仁义之士、男人中的极品是个什么模样，假如能与他结为秦晋之好，那将是她慕云容的造化。姑娘们好多次在忠瑞饭馆订餐，慕云容总幻想着能见到奉义一面，可希望总是落空，每次都是奉信去送，端饭的木盘子、食盒只送到门口。只有每季度末奉义才来结账。她朝思暮想，终于有一天见到了传说中的美男子。

哎哟，百闻不如一见。让她大跌眼镜的是长得如此英俊的奉义竟然是个残疾，一个跛足之人。在一般人的眼里，恐怕像慕云容这样的姑娘只配那些达官显贵、纨绔子弟享用，饭馆的老板、伙计只配给她们做饭，挣点儿零碎银子，无福消受美人。其实，蒹葭院每位姑娘的画像就挂在门口的灯笼上，不管白天晚上，人一进门抬头就能看到。老鸨也是在前房接待来人，客人们选好灯笼上的姑娘，才去请她们下来接客。慕云容是玫瑰色的樱桃小口，白御麦一样的整齐牙齿，水蛇一样的蛮腰，还有胸部那两座圆圆的馒头山早已镌刻在奉义的脑子里。每次给蒹葭院结账，奉义的眼睛也会停留在那盏火红的灯笼上，过足了眼瘾。如今残酷的现实摆在面前，让心地善良的奉义感叹，滚滚红尘里人的命运会如此大相径庭。奉义为她们感到不平，哪一个良家妇女愿意待在这暗无天日的小楼上终其一生，无儿无女，花病缠身，凄惨到老？

在奉义与奉信弟兄的潜意识里，对于妓女的定义肯定是这样的：一双玉臂千夫枕，半点红唇万人尝。惹得百家妇人怨，家国天下遗大

第二十四章 义救慕云容

荒。慕云容是蒹葭院的头牌姑娘，是旧中国千千万万个风尘女子之一。别的姑娘每接一个客人老鸨收十块到 15 块钱，而慕云容的标准价是 30 到 50 块，还要提前预约。比起开元寺周围鸭子坑一次一毛钱的低级小妓女，她给妓院捞足了银子。大红大紫的她时刻想逃出那肮脏之地，寻找西去的老父亲。然而，一张铺开的大网罩住了她，地道的南方口音一张嘴便暴露出生地，西京这座自我封闭的城市咿咿呀呀侬语软靡的南方女子屈指可数。那些浑身蛮力爱吃辣子的陕西汉子遇见婉约的南方女子犹如董永遇见了七仙女，开腔便知是外地流落此地的女子，爱得死去活来，恨不得把自己的糟糠之妻一脚踢开，永不再见。

慕云容看见奉义兄弟看她的那种鄙视的眼神，刚才还火热的心逐渐冷却了下来，失望地说："二哥，你能不能给我找一身男人衣服，我乔装一番立刻离开？"

"让我想想，我们俩人高马大的，给你也穿不成；泽实的衣服太小也穿不上。"正在奉义犹豫之间，奉信已径自跑到屋子找衣服去了。

"二哥，我曾经无数次地鼓起勇气想逃跑，终因看管严密无法逃跑而放弃。今天，我只要跑出西门，他们就没办法了。万一不行，等到明早一开门，我直接跑到你家隔壁的警察局，我不相信警局能不管我。老鸨不害怕地头蛇，害怕警察。"

"傻姑娘，你以为警局是你爸开的？"

"我爸不是开警察局的，他在苏州老家做丝绸生意，因打仗难以立足，加之那年遭灾，跑出来了。逃难路上我与父亲失散，再没有音信，也许早已阴阳两隔了。"说着，慕云容潸然泪下，用衣袖拂拭。

"又是逃难，这年头逃难的咋这么多呢！"

"二哥，我以后一定报答你们的恩情。听说您是一位大善人，经常救人于水火，施舍路边的饿殍，所以，我直接跑到您家来。"慕云容的甜嘴软语绵绵，听得人骨头都要酥了。

"这事非同小可，你先去后边休息，让我们商量商量。"奉义直挠头。

慕云容被清茶领到了后院，换上了干净的旧棉衣棉裤，这是奉信当年进城时穿的。嚼，慕云容这位大美人，即使穿上素色衣服，依然似一位齐整英俊的美男子站立在后院廊下。

> 西堡子

　　弟兄们开始商量如何打发慕云容走。他们的饭馆实在太小了，根本无法容下一个烟花女子。老鸨与地头蛇平时串通在一起，要是藏匿一个大活人，很快会被发现的。饭馆与蒹葭院这么近，又是开门生意，一旦被老鸨子发现，那些视财如命的狠心之人除了变本加厉地收拾慕云容外，对忠瑞饭馆也极为不利。弟兄俩一致的意见是赶紧找王强，让他出面解决。奉信不敢耽搁，趁着夜色出了门，直接去了王强家。一个时辰后，王强穿警服来到饭馆。慕云容看见警察连忙躲到清茶身后，不敢出来。清茶劝她不要害怕，陪着她，静听前边男人们议事。

　　奉义将刚才发生的情况一五一十告诉了王强，请他拿主意。

　　听罢介绍，王强胸有成竹地说："日本鬼子你都不害怕，你还害怕老鸨子？还是我把她带走吧，有人问我就说她是失踪人员，有失散亲人来认领。你们把她丑化一下，这女人长得实在是太艳丽了。"

　　"那么她的卖身契呢，还在老鸨子手上呢。"

　　"管它呢，不就一张纸嘛！我负责送她出城，后边的事就看她的造化了。"

　　"姑娘，你如果没地方去，就出西门直接往西去，过了沣河，看见一个古堡，找忠瑞家，那是我家。我妈叫李云儿，她会收留你的。你把这些钱带上。"奉义从身上摸出一些毛票给她，连带烟袋穗子上的一枚翡翠佛一并送给她。玉佛是母亲李云儿有一年卖大烟挣了钱，去观音山朝拜众佛回来的路上，绕道蓝田专门给弟兄五个请的。翡翠、玛瑙、玳瑁这些小玩意儿，在西堡子孩子们身上也是稀松平常的东西。那些真金白银饰品在谈婚论嫁时才会派上用场，拿到桌面上显示身份与实力。只是这玉器时间久了，吸收了人的阳气变得温润起来，与肉身浑然天成。奉义解下穗子让她带上，一为进西堡子的凭证，二为紧急情况下换钱使用。本欲多给慕云容一些钱，他不好当着外人的面再向清茶要钱。自上一次自己私自拿钱买油，火烧油坊未遂，清茶再不让他摸钱，所以，一个大男人对于每日的进账一清二楚，却不知存款多寡，去向何方，经济大权旁落，全无关中男人在家掌管经济命脉的气派，在外人面前显得不那么阔绰与体面了。

　　"不了，怎好打搅家人，连累无辜。听说许多人逃到宝鸡定居下来，我准备出了城找爸爸去，相信爸爸也在那儿。"慕云容深情望着困

第二十四章　义救慕云容

难时刻伸出援手的奉义一家及王强，感动得泪水直流。

慕云容换上奉信的一身粗布衣服，将袖子与裤脚挽起来，装好翡翠佛和钱，给奉义弟兄和清茶深深地鞠了一躬，跟着王强出了门，往西走去。

泽实这个小家伙心眼挺多，看到家里来了个漂亮姑娘，偷偷地想让二伯把那个人留下来给家里做饭，给他当五妈，因为西京城的男人三妻四妾的习以为常，他许多同学家里也是大家庭。清茶训斥他道："小心你的头，你五妈是你表姨，给你五大再娶个媳妇，让你妈知道还不砸死你？"泽实再不敢多嘴。

王强带着慕云容悄悄地出了忠瑞饭馆的大门。夜色掩盖了男人们所有的周密计划与行程。这些有情义、有担当的汉子从来没有为此事后悔过，即使后来经过无数的"运动"，也不改初衷。

自从慕云容离开了忠瑞饭馆，见多识广的奉义好像得了健忘症似的，茶碗当锅盖，板凳当硬柴，上茅房不把手纸带，笑容收放速度快，一心牵挂那美若天仙、稍停即失的美人。他有心派人去打听，觉得唐突，怕家人笑话；不打听吧，朝朝暮暮白昼转换寝食难安，实在放心不下那花一样的美人啊！

第二十五章　平淡的日子

　　自从奉义被逼去了中条山，再回到西京城开始做生意，西堡子就恢复了平静，平静得让人心慌，让人揪心，让人随时随地得把心提到嗓子眼。是的，聪明的奉义把继子泽实转移到了他眼皮底下，后来壮着胆子回来了一趟，可是，他的注意力似乎已经转移到挣钱上了，对他这个西堡子第一把交椅的堂主不构成任何威胁。不过，人常说不怕贼偷就怕贼惦记。现在，泓顺在明处，奉义反倒站到暗处。天气渐渐转冷，泓顺陡然间觉得自己天天提心吊胆，噩梦连连，茶饭不想。这一天，他换上夹衣在村子转悠，来到忠瑞家门口，看见老三奉礼在门道做桶，便径自装了一袋烟，蹲下来与他聊天。

　　"礼，你一天能做几个桶？"

　　"一般就四五个，扯木头慢，没帮手。"

　　"这么少？"

　　"是的。你家又不买我的桶，问这干啥？"奉礼很不耐烦。

　　"咋不买，油坊的桶都是你做的么！没你，我还得花大价钱到别处买桶呢！"泓顺取出腰间别着的旱烟袋装烟。平时油坊买桶总要托人绕一大圈，最终奉礼也不知道将木桶卖给了谁家。

　　"咱没本事么，有本事谁做这干啥？苦心拔力的。"奉礼耳朵夹着铅笔，墨斗子在一边放着，旁边用两块砖头架起的胶锅咕嘟咕嘟地在翻腾熬胶，下边的硬柴噼里啪啦地响着，靠墙边摆放着一些桐木板。

　　"你这行当受人尊敬，有意思，能积德行善。世人谁不死，谁不进棺材，我认为你做棺材的手艺在咱这一带绝对是一流的。尤其上面的画逼真耐看，我看着都眼馋。"泓顺诚恳地看着奉礼，内心对他的手艺佩服得五体投地。

◎ 第二十五章　平淡的日子

"过奖了。不过你这话对着呢，我觉得活人就跟做桶一样。桶用一用晒一晒，否则发霉呢。人干一干歇一歇，否则蛮力使多了伤身子。桶本事再大，装的水总是有限的，人本事再大吃的饭总是有限的。一个桶有十几块板，任何一个短了都不行，这叫短板，一旦发现有短板得赶紧换，修一修还能用，跟人一样，发现自己身上有啥毛病，治一治还能活。不治的话，一旦病入膏肓，药王、扁鹊也无力回天，光剩下埋咧。"泓顺感觉与他聊天没啥意思，尽说些不吉利的教训人的话，于是，话锋一转："二哥最近没回来吗？"

"没有，在西京城混日子呢。不过不要紧，我们弟兄五个都是土命，在地里刨食，不像你是金命！"他的话语无意中又伤了泓顺的自尊，带有儴损的味道。

"我也是土命，土生金么。哦，对了，有老四的消息吗？"

"没有。家里人这么多的，出去一个少一个吃饭的，哪里黄土不埋人，何必守着破碗盆，西堡子有啥好的？"奉礼出奇地平淡。

"我听说老四在咸阳跟一群年轻人去延安了。去了这么久，他至少应该回来看看娃和我二娘么。"泓顺从奉礼处试探着打听老四的下落，他想：奉智到延安我倒不害怕，共产党天高皇帝远不能把我咋样，禁烟那点儿小事不足挂齿，况且无人看见我与他们弟兄起过什么冲突，甚至红过脸。云儿是我的奶妈，论起来我与他们五个还是一个奶头上吊过的弟兄。相信他们没有翻天的本事，我泓顺的钱都是自己挣的，大烟也戒掉了，唯一的缺点是爱沾惹女人。可是，三皇五帝、乡野村夫、英雄草寇哪个不爱女人？爱女人不是啥缺点。走到天尽头，我也不是共产党的对头。咱心里没有冷病，不怕三九含冰心腹寒。纵使奉智有本事回来，谅他也不敢跟我斗。奉义当保长与乡公所勾结多时，叫乡丁打我，结果怎么样，让土匪撵走了，还不是乖乖地待在西京，进不了西堡子。他不是想用菜油烧我油坊吗，我略施小计，他就吓破了胆，悄悄把油又运回去了。一年过去了，没啥动静么，我以为奉义有本事能把天戳个窟窿。

奉礼自个儿做活，不想搭理泓顺。他继承了父亲忠瑞的秉性，与人为善，一天到晚笑容可掬，为人憨厚诚实。父亲少言寡语，他也比较木讷。他师从庙店一位高人学做木匠活，从十几岁开始给人帮忙，

西堡子

偷着学艺，没几年工夫，小到木梳匣子，大到棺材、纺线车、织布机，他都会做了，银柜、板柜、箱子也不在话下。后来，他又开始跟人学盖房，机敏的他能准确地计算出需要多少平方米木头，椽多少根，担子几根，瓦多少片，砖头、胡基多少块。很快，西堡子里的人盖房子请他，做寿材找他，木桶短板也找他，时间一长，无人不知、无人不晓他是"十二能"，啥都会。外村人听说他人好，手艺精湛，也都慕名前来。不敢说门庭若市，最起码挤破门槛，活总干不完。

泓顺与奉礼不着边际地聊着，一个干活，一个抽烟，话题从木工活转到治病上来了。这也是泓顺比较关心的大事，反正闲着也是闲着。

李云儿是一位地道的土郎中，尤其擅长新医正骨和治疗眼病，她的六个子女只有奉礼一人跟母亲学了医，且青出于蓝。比如云翳胬肉这种病，在农村非常普遍，所谓的人老珠黄正是形容女人到了暮年，身体机能发生退行性病变，反应在眼睛上就是白眼仁上爬满黄色云翳，影响视力，影响美观。要治疗这种病变，云儿的诀窍不单纯是传统的将绿豆塞进鸡蛋煮着吃那么简单，而是微创手术，使用一根银针轻轻地拨开胬肉，亮出白白的巩膜。但是，随着年纪的增大，她的手不由自主地哆嗦起来。她有心将这独门绝技传给手拿绣花针的姑娘、媳妇，可是，女人们胆子小，无人敢接招。

手艺必须得传承下去。一贯拿锛子、斧头、瓦刀、刨子做家具盖房子的奉礼胆大心细，愿意让母亲教他医术，使母亲喜出望外。起初，他看见银针在母亲手中变换着长短刺向眼睛，吓得不敢看，加之有的人针下出血，眼睛霎时变成了血窟窿，更加瘆人。奉礼强忍着，慢慢掌握了技巧，知道拿住分寸。后来，一传十十传百，方圆几十里的人得了这种病，都来请奉礼医治。本村人来，奉礼抹不开面子，一句话一个笑脸就把事办妥了。外堡子来人脚生，有人来提着礼。治疗好后千恩万谢，派人写了牌匾送来。他一个堂堂七尺男儿，拿起锯子会解板，拿起瓦刀会砌墙，拿起银针会治病，实属西堡子一大怪。医者仁心，他看见病人可怜，自然而然心生怜悯，格外谨慎，手起针落病除，令人称赞，五大三粗的男人粗中有细、能文能武堪称沣河滩一景。这样一来，奉礼的人缘比两个哥哥和两个弟弟要高出很多，父母格外欣慰。

第二十五章 平淡的日子

泓顺的父母也是吃五谷得百病的肉身凡胎，尤其吸食大烟特别熏眼睛，免不得请奉礼给他们拾掇。母亲李云儿自然因为以前的枝枝叶叶退避三舍，不出门迎客。对泓顺怀有深仇大恨的奉礼每次手在楷瑞眼前晃动时，总想一针刺破他的瞳仁，让他眼瞎。可是，他转念一想，儿子作恶，为富不仁，罪不在父母，这一对老人也怪可怜牺惶的。于是，他打消了念头，一心救治，心无旁骛。奉礼柔软的男子汉心肠在仁心仁术的大道上行走，艺高人胆大，坦然面对人生，笑看云卷云舒，这何尝不是一种带发修行？

"老三，啥时候把你的手艺传给我，我跟你给人看病，得成？"

"啊，你要学这手艺？"

"嗯，家财万贯，不如薄技在身。"

"不行，咱俩差辈儿！我妈说一辈一辈往下传。除非你……你愿意……"

"礼，你学坏了。"

"顺子，咱门宗的人只要有我在，保证人人眼睛无恙，你安心挣钱就是了。"

泓顺在奉礼处没有得到任何有价值的信息，一拍屁股走了，还自言自语道："只保证给看眼病，难道咸阳、西京的医生死绝了，非找你不可？只要有钱，好医生多得跟牛毛一样，难道西堡子是穷乡僻壤缺医少药？笑话！"

从奉义家回来的泓顺满心的焦躁不安：前几年父亲为我精心设计借种的事情败露了，想为我再娶一房的心愿也未实现，在咸阳接受新式教育的儿子俊杰也跟我不亲，如今家不像家，子不像子，父不领兵。或许把所有的精力放在银钱的积累上才是我的明智之举。想到挣钱，他浑身都是力量。《孙子兵法·谋攻篇》上说"上兵伐谋"，还是让伙计狗娃叫北巷子的宽展到厅堂议事吧。

提起宽展这厮，还有一段往事。这位牺惶的汉子是河南花园口之灾后跟家人逃难到陕西的，家人去了黄龙县，他一个人逃到咸阳，辗转来到西堡子。起初，与家人失去联系的他在西京城墙外过活，没有技能，没有本钱，乞讨的日子受尽欺凌。后来，父母与15岁的妹妹死在黄龙，没有亲眷的他决心留在西堡子不走了，在城墙外边留心谁家

287

西堡子

请短工，混肚子一个圆就心欢意满了。于是，村里的好心人收留了他，大家你一口我一口舍饭给他。保正怕外村人歧视他，给他改了姓，与泓顺、奉义同姓，让住在村子的喇嘛庙里。不明就里的外人还以为他是外甥给舅家上门了，只是他的口音一直未变。聪明的宽展人小鬼大，逮着这千载难逢改变命运的机会，跟着老先生不学别的，专门学着打算盘，人送外号"珠子精"，渐渐地，像个半仙儿，翅膀硬了。

泓顺看上宽展的正是在西堡子没有任何根基，无父无母这一点，利用他的脑子，请他做军师，让自己的钱一生二，二生三，三生无穷，银钱滚滚而来，犹如滔滔沣河水。泓顺的心思宽展也猜得很透，想方设法满足他的要求，对他言听计从。泓顺想放贷给人，只要一个眼色，宽展便心领神会，将合约写得整整齐齐，对相与热情周到，生怕"掉粉"。通常他将相与领到自己家，写好合约，谈好条件，没有任何疑问，便带着合约去泓顺家。泓顺看完合约，签字画押，支钱给宽展。宽展让相与在他家耐心等待，到东家取了钱，再将钱连同合约送达相与。宽展这么辛苦地来回跑，主要是泓顺只允许银子与合约进出，不许陌生人进入他家。这样一来，宽展对于泓顺的每一笔进项了如指掌，牢记心头。小笔贷款有时不写合约，只有借条，他自己在里边捣鬼，泓顺根本无从知晓其中的秘密。相与只知道宽展不知道泓顺，来一趟西堡子没见着菩萨，只见个修罗就把事办完回府了。当然，到期还贷也一样的流程。

眼睛雪亮的西堡子人亲眼见证了宽展积累财富的速度。第二年，不知从哪儿来了一个俊样的小姑娘，没拜堂便不成体统地钻进宽展的花被窝，保正也无可奈何，弄得村上的小伙子们反倒觉得自己的婚姻大事烦琐而被动，羡慕起宽展来。第三年，宽展买的一间半庄子居然也盖起了楼房。胡萝卜调辣子吃出没，村民感叹祖先当年在西堡子落脚的时候，脚下的土地全部是滩涂沟渠，经过无数人的辛勤开垦施肥伺候，才有了今天的良田，才有了草屋变高楼，粟稷变麦子的好日子。他们要想过上富裕日子至少需要三四代人的艰苦努力，而宽展这厮依靠财东家坐收渔利，算盘一响黄金万两，美女绕膝高楼骤起，笨狗扎的狼狗势，连英瑞这样的西堡子实力派都对他刮目相看了。

泓顺与宽展议事一般选择在油坊一间小小的厦子里。

第二十六章　兔子也吃窝边草

雏鸡的成长是渐进的，需要不断进益，人也一样。宽展不是生来就会倒腾钱，也需要人调教。泓顺调教宽展的第一堂课使用的教具不是刀枪剑戟十八般武艺，不是巧舌如簧坑蒙拐骗，而是练胆。

人常说兔子不吃窝边草，之所以不吃，不是兔子不饿，也不是草不香，而是窝边草用来藏身，是兔子活动半径的延伸，吃了将暴露自己，使自己无处遁身，丧失根据地。这个看似简单的道理泓顺应该懂得，他却反其道而行之，用吃窝边草的冒险行动试探锻炼宽展的胆量。

强胤是泓顺的西邻居，与村里的二娃一样，父母早亡，他一个人独自过活，是泓顺张嘴就能吃到的窝边草。人生来是群居动物，阴阳互补，雌雄搭配，才符合天地人伦。单撇手总有个山高水低，总有个头疼脑热，不周到处尽显人生恓惶孤寂。这一日，强胤偶感伤寒，无钱抓药医治，无人帮他烧一口热开水抿嘴。浑身乏力的小伙子拖着疲惫的身子蹒跚到泓顺家，看见胖得气喘的翠莲坐在院子的躺椅上摇着蒲扇，他怯怯地问道："我哥呢？"未等翠莲回答，泓顺出来答道："是强胤呀！咋啦？"

"哥，我人不舒服，想抓药呢。"

"我以为啥事，借钱？能行，借多少？"

"一块五。"话一出口，强胤的脸已经涨得通红，为这点儿钱向人张口，对于一人吃饱全家不饿的他来说实在有些羞惭。

"行行行，这点儿钱算个啥嘛，你不着急还，秋收后带息还一块六就行了，赶紧拿钱抓药去，小心把病耽搁了。"说着，泓顺从衣服口袋随意掏出来一卷子钱，从里边用手指夹了几张毛票递给他。强胤颤巍巍地接过一块五毛钱，满心欢喜地出了院门。泓顺转身对宽展述说了

西堡子

强胤借钱之事，觉得邻居间提笔生分，没写任何字据，请他秋后帮着讨账。从东家眉宇之间，宽展领会了其中的意思。

强胤借钱实乃无奈之举。他久病不愈，地里的御麦也无力务劳，人家的御麦棒长到一拃半长，他的棒子只有半拃长，稀黄的几颗粒粒，眼看着秋收无望，他只好请人把御麦提前收了，种上萝卜，弥补歉收。要不说绳子总从细处断。秋后又莫名其妙地下了一场冰雹，将他家的菜叶全部打烂了，忙乎了半天，竹篮打水一场空。强胤绝望至极，身体更加支撑不住。于是，宽展表现的机会来了。

在泓顺的授意下，军师宽展请过去与毛遂相好的几个小混混到西堡子来一趟，说有热油饼招待。他们二话不说手持刀枪，到强胤家大喊大骂，到厨房将他的几个豁豁碗、一口大黑锅连带烂风箱扔到院子又是砸又是摔，几乎要端了他的老窝，断了他的命脉。强胤见来者不善，抱着土匪的粗腿说："你们要咋嘛，做饭的家伙没惹你呀！"

"你借人钱不还，还有脸说话，我要是你，早跳进护城河淹死了！"混混们跟着起哄。强胤这才想起他借泓顺的那一块五毛钱，小声问道："得是泓顺哥让你们来闹呢？"

"我以为你病得大脑有麻达了，亏你还记得！"

"求求你们，给我留下吃饭的家伙，把那辆水车抬去顶账吧。"

"你早不言传，害我们在这儿忙乎了半天。"一群人虎视眈眈，往水车跟前走去。

第二天，宽展直接把水车在高桥会上卖了。他毕恭毕敬地把五块钱原封不动地呈给泓顺，满以为会受到他的赞扬，没想到东家气不打一处来："瞧你这点儿出息！这点儿钱都能看上？我要的是地！"宽展领会了主人的意图，趁晚上夜深人静又跑到强胤家，坐在他的炕上一言不发。强胤认为水车尽管破旧了，但瘦死的骆驼也能熬一碗肉汤，要不是自己身体不便，走到山穷水尽的地步，他无论如何也舍不得让人把他命根子似的水车抬走，那是庄稼丰收的根本呀！看见宽展徐庶进曹营一言不发，他心里发毛，不知道眼前的活土匪即将对他展开怎样的厮杀。宽展说："哥说你身体不好，你那辆水车变卖的五块钱我给你拿来了，你慢慢花，把病赶紧看好。"经见了上次的土匪打砸，强胤内心非常恐惧，他再也经不起折腾。好汉不吃眼前亏，他从猫抓破的

◎ 第二十六章　兔子也吃窝边草

窗户纸望出去，窗外人头攒动，尽管混混们在谝闲传，拉闲话，但随时准备进门凌辱他。

胆小怕事身体柔弱的强胤含泪说道："我也不到泓顺哥那边去了，你给我一个人情，给我指一条明路！"

"明路？你都成了啥怂样子了，还能指望地吗？还不如先保重身体，等病好了，再赎回地不迟，留得青山在不愁没柴烧。"

"要地？不敢，好我的哥呢，三十六行庄稼为王，我除了种地啥也不会呀！没地我吃啥呀？"

宽展说："你以为我今天来跟你讨价还价来了，办法多得是，来人！"一听房子里边叫人，呼啦啦闪进来十五六个大汉，怒煞煞吓傻了病秧子强胤。他只好在宽展早已写好的抵押文书上签了字，画了押。这时，纵使强胤有一百个胆子也不敢伸手去拿放在炕边上卖水车的那五块钱，任凭土匪一把抓过那保命的银钱，像黑旋风一样刮出屋门。门扇被西北风刮得吱吱乱响，他吆苍蝇的劲都没有，更不用说去关门。过度惊吓的强胤瘫倒在自己家的冰炕上，望着家徒四壁，心似冰窖，万念俱灰。

游丝间，他想不通，反思自己到底哪里得罪了泓顺。人说兔子不吃窝边草，我是泓顺的近邻呀！他猛然想到那年关欣附身在泓顺身上一事。那时，他清楚地听到，云儿是泓顺的亲妈，尽管他不相信，但是，现在走投无路了，总得想个办法阻止泓顺霸占他的田产。他也知道云儿是村子一位大仁大义的女人，跟他母亲还是发小，或许她能劝劝泓顺。

是夜，伸手不见五指，凌厉的风刮过树梢，杨树发出啪啪的响声，异常瘆人。强胤三魂六魄游荡间，来到忠瑞家门前，只见门虚掩着，云儿一个人躺在炕上面朝里侧睡着了。他走近她的炕角，轻声叫道："二娘，你是咱村能干的大贤之人。我与你儿泓顺是发小，一向对他的所作所为装聋作哑，不曾妨碍他一星半点。他如今家财万贯，人手兴旺，日进斗金。相对而言我是一个幸运之人，莱佑前、卫平中、樊清、严明比我还可怜，他们被泓顺逼得房无片瓦、地无立锥，住到地里、庙里、祖坟上。德麟殿子牛放言的 20 亩滩地，轩辕坊马双木的 15 亩水浇地已经被泓顺放债折算完了。数莱佑前最傻，你儿硬把 100 元钱扔给他让他花，三年后折算成 250 元钱。他家五口人还不起钱，只好折算了他家半个庄子和房屋给你儿，全家人搬到离西堡子南边 15 里路的一座破庙里，以乞讨为生。"见云儿睡着一动不动，强胤说着说着，流下了悲愤的眼泪，走到云儿的床头，双手低垂，继续说道："二娘，你可以去打听，看我说的是不是真话，是不是实情。这几个人被他折腾得差不多了，如今轮到我了。你儿不念旧情，把我往死里整，水车被他卖了，钱被土匪拿走了，地也将被他霸占，种不成了，生死对我而言恍若旋境。好了，二娘，你跟泓顺是母子，我说啥你也不信。我累了，时间不早了，我得走了。你叫他把我的地留着，等我将来好了，还回来种呢。人常说，水满则溢，云重则雨，他占那么多的地只能给他带来灾难，千金散去还复来，虚实转换柴门开。世上的事都是虚无，都是零蛋，零蛋，零蛋！"说着，滴下两行清泪，似有眉没眼的白衣人牵引，腾空飘出去了……

云儿一字一句听得真切，猛然惊醒，手心、额头浸出汗来。她赶紧叫醒睡在后院牲畜圈旁小房子的忠瑞老汉："刚才强胤给我托梦，说了一河滩莫名其妙的话，似有冤情，叫哪个娃过去看看他。他一个人恓惶得没人疼，没人爱。要不是他托梦，我还不知道娃病着。你们把他抬过来，我给他调治调治，最起码可以跟娃们吃一口热饭，毕竟我跟他妈小时候一块耍大的。"

忠瑞生性软弱，对女人言听计从。他连忙起身穿衣，带领奉仁来到强胤门前，发现大门敞开着，觉得非常蹊跷。壮着胆点燃了煤油灯，摸索着进入到房子。强胤黑黢黢的屋子阴森恐怖，穿堂风灌进人的衣领，不由得鸡皮疙瘩骤起。他们发现炕上没人，刚要转身出门，突然，发现强胤躺在炕脚地下，身体还热乎着，却断了气息，恐怕一缕冤魂早已过了奈何桥。吓得奉仁连滚带爬跑了出来，发不出声来。村上大宅门的四小家八大家帮着抬埋了孤儿强胤，从此西堡子少了一位良善之人，宽展的胆量日益见长。

从这一天开始，不能对任何人述说的李云儿迈着她的一双大脚四处打听，求证强胤给她说的片言碎语。果然他说的完全正确，并无半句虚言，外村人还反映泓顺说过"杀不了穷汉，过不了富汉。"她彻底惊呆了：泓顺年纪轻轻，手段竟然如此锋利，如此贪心不足，他现在

第二十六章　兔子也吃窝边草

膨胀的心九头牛也拉不回来了。她反复问自己："事已至此，我一个路人拿他能怎样，无论如何也收拾不了这个毒蛇心肠的狼娃子。世人都说神仙好，唯有金银忘不了，贪心不足蛇吞象，我就是全身长嘴，能说服泓顺改变性格吗？能填平他的欲壑吗？泓顺不结善缘，家里空摆了香炉，给村上的药王爷枉垒了莲花台。"

宽展，这个跟着泓顺富裕起来的珠子精，练胆这一仗打下来，一块五的借贷给东家换来了十亩良田和一院房子，战绩辉煌。

泓顺对宽展的凌厉手段从此刮目相看，更加重用起他来。

第二十七章　水的秘密

人常说墙内开花墙外红。

方圆几十里的村庄农户无人不知、无人不晓泓顺家的银子多得像山一样，有人说他的银子多得没地方放，村子北边的周陵底下有一条地道直通他家后院，有专人看守。咸阳城的人传说南边的泓顺娶了十几房太太，个个如花似玉，描眉画眼，啥也不干，享不尽的荣华富贵，比皇上的娘娘还自在逍遥。如今，小日本气数已尽，战后世界格局将发生很大的变化。国内下一步国共两党共同执政，轮流当总统，到时候西京陪都变首都，说不定哪个部长、局长的封地就是咱村，就是这个坚不可摧、固若金汤的西堡子，到时候只需将原来看门的丑八怪换成当兵吃粮的战士，再将泓顺的油坊查封了，放置军火，然后在周陵顶上架上机枪，谁敢来进犯？咱村就是天下第一村，首都的西大门，咽喉要塞，肥得流油，谁敢小瞧我们？

其实，人们传得最玄乎的是泓顺家后院的那口井。有人悄悄问过如雅，她家的后院是不是藏着井口，井台用景泰蓝铺就。如雅是念过书的，知道打听别人家后院之事是非礼之事，怒而不答。其实，当地人吃水与千千万万河边的村民一样，只是十分便利而已。从秦岭终南山冲下来的沙子日积月累，使得沣河河床越来越高，几乎成为悬河，水顺河道往外渗，渗入庄稼地，没有干旱的时候，土地的墒情是随时可以播种的。沣河两岸的百姓家里取水极为方便，随便挖一个坑，里边就有水。早年间，奉义带领民众治理河道，筑堤防洪造福一方，一呼百应。如今，乡公所每年号令民众出劳出钱，响应者少之又少，慢慢沙子又堆了上来。年轻人没见过大水，老年人经历过，领教过洪水的厉害，他们鼓励年轻人去河道取沙，净化水质。外地人喝过沣河边

第二十七章 水的秘密

的水，都觉得甜丝丝的井水与众不同。为什么偏这山上流下来的水渗入地下变得甘甜？原因很简单，从西堡子往南，走进秦岭不远处就是长江与黄河的分水岭，南边的水流进长江，北边的水流进黄河，两股水质并无差别。巍峨的秦岭生成了涓涓的溪流，洁净了水质，造福西堡子等一方百姓。

一方水土养一方人。说到水，泓顺百思不得其解，是不是自己家的井水被什么人下了药做了法，才导致自己多年无子。他请人看了又看，风水先生也来看了，说不出什么道道。他索性请人化验水质，省城西京来的科学家把仪器放在地上，取出瓶瓶罐罐，采样化验，最后得出结果：正常。科学家拿了他的钱走了。他心里酸溜溜的，早知道一切正常还不如不折腾，白糟蹋了银钱。

泓顺不甘心，又请来了秦岭太白山上的风水先生。风水先生又说他家的房子设计有问题：一间卧室开了两扇门，而卧室紧邻着厕所，卧室位于厕所的下首，犯了风水的大忌。只要改变以上两条，必得贵子。看客必定得知，世间男人娶妻何如，生子？国人又给妻子送一雅号"房"，也就是一个妻子住一院房子，房就是妻子的别称，前边加个基数词即可，无人觉得唐突冒犯，自己给人介绍也以"几房"夫人自居。精明的泓顺腰里并不缺铜，为什么当初让两个妻子住一个房子？主要源于他根本就没有纳妾的思想准备，乡规民约与宗族规程也不允许他纳妾。所以，迎娶如雅时泓顺思想斗争得很厉害，经过权衡，与门宗老人们商议，给大媳妇翠莲的那间大房子再开了一个门，里边用薄砖分割成两个独立的小房间，从外边搭眼一看，果真就是一间房安了两扇门。风水先生说的另外一个问题也是客观存在。自从强胤死后，泓顺封了他的大门，在院墙上开了一个小门，两家公墙上的小门平时是落锁的。强胤家盖的前房偏前，厕所连着厅房，自然比泓顺两个媳妇的卧室位置高一丈。

风水大师真乃火眼金睛么？泓顺懂得东为阳，西为阴，厕所属阴，不宜在东，应该向西移。他是聪明人，听懂了风水先生"积善之家必有余庆"这一画龙点睛的语句，以为影射他，心生不悦，拿了钱打发先生。风水先生拿了钱又被村子新近盖房的人请走了。第二天，泓顺派人把强胤的院墙全部拆除，重新安顿调整，这些事对他而言，真是

▶ 西堡子

小菜一碟,动动嘴即可。

化验也罢,看风水也罢,让泓顺喜出望外的是些许折腾有了结果。他的良苦用心真的没有白费,如雅怀孕了!

如雅早晨起床后开始不断呕吐,种种迹象表明她有喜了。婆婆迈着小脚亲自下厨为她开小灶,炖鸡熬汤偏吃另喝,请西堡子的先生开了保胎药煎熬内服。楷瑞的嘴角也开始上扬,幻想着孙子在自己怀里的情景。然而,等狗娃从咸阳请来的医生望闻问切之后,又把全家扔进了万丈深渊,打回原形。如雅长期服用中药导致胃痉挛,呕吐是轻的。相信江湖游医,不顾十九畏十八反,再胡吃乱喝,女人的性命难保。医生说了,要想性命无虞,她一个月内不能吃咸菜、炒菜,每天只允许喝一碗小米粥养神。乖乖,想娃把人都想疯了。

接续香火的事情是生活的重心,但是,对于泓顺而言,有李想生的耀财保底,他不用那么着急慌张。如雅拼命想给他生育子嗣,却丝毫没有让他感动。让他慌张着忙的是如何金满仓、银满仓,利滚利、利生利。利也不是说来就来的,得有超人的智慧与手段,诀窍之一便是让伙计置办了大秤、小秤,大斗、小斗,从量具上做文章。他让宽展放出话来:麦子贱了折算棉花,棉花贱了折算麦子,钱变钱,货币不稳的时候一律折成棉花计算。泓顺像个钱耙子,宽展是他的钱匣子,耙子与匣子合伙努力,不愁金子装不满、银锭像碾盘。宽展掌握油坊的政策,懂得主家的意思,生龙活虎地给东家冲锋在前。他把糨糊熬黏了,宣纸铺好了,将放债利率一笔一画写上去,端端正正贴在前厅房的墙上,来人一眼就能看见:棉花每捆年息六斤,每斤麦子年息五升。政府发行的法币八当十,九当十,每元月息三厘。宽展本子记得仔仔细细,瓜一行豆一行,小葱拌豆腐一清二白。年底盘库,泓顺一年光棉息就净挣三万捆,麦息一百五十石,一般人想也不敢想,对他们而言,那简直就是天文数字。反算过来,经过他们油坊的棉花、菜籽数量该多么巨大,可想而知。

人的欲望深不见底,挣钱的途径各不相同,有人终生奋斗的竟是别人与生俱有的。芸芸众生辛苦忙碌,罪魁祸首是欲望,它引导人往高处走,钱往仓里藏。

如果说泓顺积攒的家业来自西堡子的村民,你必然狭隘了。按他

◎ 第二十七章 水的秘密

的计划，要不了几年，咸阳、西京周边的村民家家都得跟他发生关系，自动给他送银子，跟他合作。当年，山西的票号做得很大，跟朝廷合作，跟政府做生意，开店面专门放贷，他是知道的。他心里盘算：西京周围人老实，小打小闹无处贷款，只要我泓顺活一天，我必须在现有基础上再闹点儿动静，那样不单纯乡邻来，城里的商号也许会来，群英荟萃，日进斗金绝非痴人说梦。到时候我儿俊杰长大成人，成为我得力的帮手，我将更加如虎添翼。打仗父子兵，挣钱也一样，相信经过积累，当上老父亲楷瑞期望的西北王也绝非遥不可及。将来等我缓过劲来，坚决辞退宽展。这宽展近来心眼多，越来越精明，终有一天羽翼丰满，难以驾驭。到那时，他奉义一个跛子在西京算什么？能挣几毛钱？奉义没儿子，围着锅台能转出啥名堂。想到这儿，泓顺浑身都是力量。他翻开账本，计算十几年来的利滚利、利生利的骄人成绩，白净的笑脸顿时绽放成一朵妖艳的粉色玉兰花。

泓顺按照他的计划每天在本子上算盘上勾画着他的宏伟蓝图，享受过程。如雅怀孕的消息着实让李云儿高兴了几天，泓顺家的香火总算有人承接了。有的女人高兴起来唱歌，有的人猛吃东西，而云儿脾性怪，高兴起来就拼命干活。

冬日的阳光是短暂的。云儿趁着心情好，用担笼提出五颜六色浆好的棉线，准备跟几个儿媳妇在院子织布，盘算着到年底给每个媳妇织两个床单，再给几个孙女预备些，将来陪嫁少不了的。经布是脑力与体力活动的结合，要算头，要走动，要挂线，要掐头，稍不留心，圣子乱成一堆乱麻，就得重新来弄，返工非常麻烦。三媳妇相沫心细，帮着婆婆计算单双数。四媳妇疏影嘻嘻哈哈，全然忘记自己早都是活寡妇了，两腿骑在树根做成的挂线工具上，防止线缩成一堆，还不忘前言不搭后语地说着什么。这帮媳妇如果婆婆不在，立即会乱成一锅粥。她们既害怕婆婆，又敬畏婆婆。一会儿工夫，云儿累了，五媳妇韩枝给婆婆搬来椅子，再去端茶。

望着蓝蓝的天，高高的白杨树，坐在椅子上的云儿想起强胤给她托梦说的那些话，不由得胆心俱寒。她揉揉自己的腰，拍拍自己的腿，感叹："岁月磨掉了我的青春虎胆，再也没有去教训泓顺的冲动了。也许在泓顺心中我只不过是一个陌生的路人，人家与咱有啥关系？泓顺

▶ 西堡子

就像一团棉花,等纺成线,织成布,做成衣裳,人看见的只有衣裳,谁管是哪个地里的棉桃变的,哪个梭子里抽出来的线头,什么颜色的织布机织出来的?"白杨树叶哗哗作响,云儿内心两个小人也在互相打架,一个说:"他是你娃,你不管谁管?"一个说:"娃已经送人了,咱凭啥管?"她一走神,去接媳妇递来的茶碗,指头不听指挥伸进水里被烫了,吧嗒一声打落了青花瓷碗,这才回过神来。媳妇们发现,大脚婆婆自打强胤死后,精神一天不如一天,恍恍惚惚,神不守舍,令人担心啊!

　　说话间,正在经布的媳妇们发现渭河岸边陈家寨的张望从自家门前经过,进了泓顺家,闯进了花团锦簇的富裕之乡。张望是一位老实巴交的农民,听说泓顺说话甜,家里钱多,背了几个干馍,带着儿子来了。父子俩在护城河边转了一圈,看见油坊的伙计出出进进,由衷感叹西堡子果然名不虚传,单看城门上那虎虎生威的土炮就知道这个村子不同凡响。咸阳城也不过如此嘛。泓顺笑呵呵地接待了他,问他为啥亲戚总也不来走动,显得生分了。如雅连忙给表哥倒水搬凳子,翠莲给他拿来一把折扇,异常热情。

　　说起张望这人,他与如雅还真是亲戚。张望是如雅大舅堂兄的儿子,大她整整18岁。小时候如雅跟母亲走亲戚,喜欢在舅家后院与小伙伴玩耍,小姑娘长得漂亮,小嘴也甜,一口一个哥哥叫着,张望特别喜欢抱她,与她亲近。如雅长大后,张望得知她嫁入西堡子给人做妾,着实有点儿看不起,家里又不是揭不开锅,到了山穷水尽的地步,当娘的怎么忍心把女儿送入那样的火坑。不过,后来他看见回门的泓顺一表人才,风流倜傥,渐渐地对姑姑的看法发生了转变。

　　张望端着如雅递上来的大红袍茶,抿了一小口,来不及品味关中地区这难得的名茶,目光却停留在泓顺那一袭黑细布长衫以及脚上那一双露出白袜子边边的圆口黑布鞋上。这平平常常的衣服穿在他身上却特别有味道,如同一样的粘面装在不同的碗里就显示出不同的风采。泓顺依然留着大背头,不长不短恰到好处,白净的皮肤,笑眯眯的,脸上写满真诚与谦卑。张望再抬头瞧瞧表妹家里的家具摆设,堂前的黄花梨木圆柱子雕刻着二十四孝,栩栩如生。八仙桌上的玉石如意摆件和贝雕插瓶镜雍容典雅,一尘不染。茜纱雕花窗户六扇折叠在一起,

◎ 第二十七章　水的秘密

　　通透明亮。高背太师椅整齐围成一圈，上面的锦缎坐垫绣着鸳鸯等喜图，鲜亮生动。他不由得佩服泓顺治家有方，表妹嫁给他真是掉进了福窝，当初自己小心眼还以为小表妹给人做小委屈了，丢死人了，看来自己真是井底的蛤蟆没见过天，门缝里瞧人把人看扁了，要不是亲眼所见还真把人家冤枉了。今天到他家借钱，算是老婆婆嚼白糖甜到心了。再看墙上明码标价的告示，绝对是言而有信的人家。在乡下能像城里票号一样，张榜公示价码实属难能可贵。于是，他壮着胆子，张口借泓顺八十斤棉花，期限三年。宽展帮着写好字据，兴冲冲领老杨去装了货。张望是亲戚，与众不同，宽展自然要让东家知道，他并不会从中有半点儿折扣，买卖公开。

　　如雅特意留表哥父子俩吃饭，张望再三推辞。他掸了掸身上的尘土，心满意足了却心愿，招呼儿子打道回府。只要借到棉花，自带的干馍吃起来也香啊！

第二十八章 风尘有意

西京城阴云密布，忠瑞饭馆前拉黄包车的、拉红丝绒车的车夫聚集在一起，等待一碗臊子面，一个包子，一个肉夹馍。这些下苦人起得比鸡还早，吃得比猪还烂，干得比驴还多，活得比狗还贱。散场的赌徒需要他们，急着上班的有钱人也需要他们，有钱人家上学的孩童更需要他们。

奉义一家四更天包子就上了笼，一锅热腾腾的肉臊子香气四溢，在静谧的街道飘散。冷风刮过来，吹得清茶脸颊发红，可她的心是热的。日子在他们辛勤劳作下一天天好起来了，西京城外围的关系被奉义弄得妥妥帖帖，从来没有地痞流氓敢骚扰，没有地方恶霸敢侵袭，孩子们的到来平添了生机与活力。尤其泽实这个乖娃聪明绝顶，调皮而不失勤勉，白天与学校的小伙伴一起学习玩耍，晚上乖乖地站在案板前面将十几斤大肉按要求切方、切丁、剁馅，把第二天要用的青菜、韭菜、葱等食材帮着伙计清洗干净，整齐码放在筐子控水，然后洗脚上床。人常说半大小子吃穷老子，清茶觉得养孩子就要养泽实这样能吃、能干的小子。这个名义上的儿子让他们放心，将来靠他养老送终估计是铁板钉钉。

泽实的智商在城里的小孩子中绝对是一流的。他问清茶为什么城里男人三妻四妾，西堡子里除了俊杰他爸娶了两个媳妇，其他人都是一个老婆。清茶说泓顺身体不好，老婆翠莲不会生养，才娶了二房如雅，她也不生育，才抱养的俊杰，这是个例外。泽实告诉清茶王长安也有个二妈，在城外住着。清茶一愣，王强与他们非常熟悉，没听说他纳妾呀。"小孩子家可不敢胡说，你王强叔是啥人你不知道吗？是警察局的中流砥柱，十年前政府有令不许官员纳妾，他怎么能光明正大

第二十八章 风尘有意

地纳妾呢？"

"王长安给我说的，不信我给你说地方，让我伯给你二两棉花，你去纺（访）去。我好歹也算男子汉，顶天立地、一言九鼎、立着尿尿的人，能说假话吗？"

"你还男子汉呢，呵呵！好好好，今天下雨客少，我让你伯访去！"

奉义果真按照泽实说的地址找到了一个女人，做梦也没想到那个女人不是知己故交，也不是街坊邻居，而是那个让他心旌荡漾牵肠挂肚的风尘女子慕云容。

敲开房门，里面走出一位亭亭玉立穿着一身细碎花棉布衣服，不施粉黛、娇羞万态的清丽姑娘，与落难时的打扮有着天壤之别，奉义差点儿认不出来了。慕云容连忙将奉义引进门。只见干干净净的枣红木椅上铺着一块白布，北方特有的窗棂子上糊着五子登科的茜纱，后面衬托的是粉红色底布，却不见半张窗花。一套袖珍茶壶摆放在茶几上，五只酒盅一样大小的茶杯围绕在周围。床上叠放着两床棉被，床头摆放着一对苏绣枕头。最引人注目的是床脚摆放着一双三接头的男人皮鞋，里面铺着女人精心绣制的鸳鸯戏水花鞋垫。看见鞋垫，奉义不由得倒吸一口凉气，瞪大了眼睛。这双鞋垫他再熟悉不过了，它出自自家女人清茶的手艺。世上这样的鞋垫独此一双，左脚上留有她一不小心被银针戳破手指滴落的鲜血，被女人用红丝线掩饰过后，宛如一朵盛开的玫瑰花。那次他俩喝多了，王强夜宿忠瑞饭馆，清茶当着奉义的面送给了常来常往的结拜兄弟王强，以示谢意。聪明的奉义心里顿时全明白了，这里的主人是两个而不是慕云容一个，泽实果真是诚实的孩子，没说假话。

慕云容给奉义斟满一杯清茶，自己则到门口捅炉子，准备给救命恩人做饭。一贯内心强大的奉义突然感觉自己是那么孤单，那么多余。他端着茶碗的手不停地哆嗦，全然忘记了眼前站着一个绝世美女，一个全城男人难以企及的如花美眷。他要弄清楚到底是怎么回事，慕云容现在靠什么生活。见救命恩人疑惑的样子，慕云容呵呵一笑，主动告诉他：自从那晚被奉义一家救出来，尽管王强也无法分身帮她寻找亲人，她凭直觉感觉亲人一时半会儿难以找见，只好听从见多识广的警察的建议，暂时安顿在这个小屋。王强每月给房东付五块钱租金，

西堡子

包含垃圾费、电费,她并不与房东接触。王强不在的日子,花瓶一样的绝色女人单身居住,没有任何营生,时间久了,街头血气正旺的半大小伙、色欲犹在的半大老汉不怀好意,在她门前转来转去,苍蝇似的趸摸得手的机会。王强觉得这也不是个长久办法,万一慕云容走了回头路,岂不前功尽弃?所以,让她对外谎称已经结婚,夫君是警察。有了警察撑腰,她可以睡个安稳觉,暂时避开了浪荡汉子的骚扰。

慕云容的话奉义不敢全信,也不敢不信。要真如慕云容陈述的那样,奉义心里更不好受。他一瞬间做出了一个大胆的决定:名正言顺地娶她。风尘女子怎么了,她也是有血有肉、有情有义的一个女子。当下唯一要做的就是得回去征得母亲李云儿的同意。当一口绿茶下肚,他猛然发觉自己是多么幼稚,多么愚蠢,多么荒唐。已婚再娶难道只有母亲一个人挡道吗?清茶一口气给自己生了四个女儿,这些年跟他起早贪黑,吃苦受累,她何罪之有?作为一个女人,清茶要长相有长相,要本事有本事,上孝敬老人,下爱护子侄,尤其近年一直与他形影不离,夫唱妇随毫无怨言,不嫌弃他腿残,实在难能可贵。如果把良心掏出来喂了狗,不在乎西堡子几千年的规矩,拉开二皮脸的架势想娶慕云容,他将以什么理由请贤孝的媳妇让位?可是,如果不这么做,让慕云容不明不白给王强当妾,没有名分,不见天日,偷偷摸摸,奉义于心不忍。这件事他得从长计议,不敢草莽。人在仓促间做出的决定往往是不完美的,弄不好会害了她,还不如当初让"棍子"把她带回蒹葭院,最起码在那里衣食有保障,还有一群姐妹做伴,不至于太孤单。

突然,奉义想起在烂脖项奉信的屋子里曾经看见过慕云容的衣服,那身搭救她时匆忙间换下来的女装,叠得整整齐齐,放在他的床上。一个念头像闪电一样迅速从他脑子飞过,难不成我家老五也喜欢慕云容?要是这样,让他娶慕云容也许是上策。奉义苦苦寻找继续挽留慕云容的良策。他问自己:"奉义呀奉义,你父母给你取名奉义,就是让你牢记为人处世必须把'义'字放在首位,视作神明。你自己明明喜欢这个女人,却把她硬塞给已有妻室的自家兄弟,能算得上'义'吗?你把她放在这里,让她继续跟王强做露水夫妻不是懦夫是什么?你难道没有一点儿做人的良知吗?你的'义'跑到哪里去了?江湖人称你

第二十八章 风尘有意

为马疯子，弄了半天你是一个彻头彻尾的鳖怂瓷锤笨种，疯魔得不轻！"

奉义在慕云容处胡乱吃完饭，与她商定，回西堡子去！让她去找母亲云儿，相信自己那个大家庭会有办法，母亲会处理这件事。慕云容，一个风月场中的女流之辈，人生地不熟不敢离开西京。她伸出双手将奉义紧紧抱在怀里，说道："二哥，我不离开西京。"奉义转身对她说："好妹子，别这样，我们得找出一个长久妥帖之计才行。我们的家法比国家的律法大，母亲容不得我乱来。"

"我不管，就要你。"说着，习惯性地将纤纤玉指轻轻地搭在奉义的腰部上。他腿间那条馋虫似乎是慕云容的丫鬟，随时听从她的召唤，配合她的节奏与气息。女人拉着慌张迟疑坐在床旁椅子上的奉义，示意他上床，推他过去。两个青年男女在静寂的屋子里一时灵魂出窍，不知何时颜面贴在了一起。奉义脑子是清楚的，他无数次幻想慕云容那婀娜的身姿，幻听她细细弱弱的声音，幻想她绸缎一般的肌肤。此刻，美人的喘息之声萦绕在耳际，他的身体颤抖着不听使唤，四肢顽强地对抗着大脑的指令，一双做惯美食并熟练使枪的大手被她引导至一个幽谧的地方，竟然背叛了大脑，任自由主义泛滥，放肆狂扫。他发觉似有圣水从天际倾泻而下，使焦躁饥渴的他想奔上去一饮而尽，然后瘫倒在河岸，风流醉死。一个声音在耳畔提示他："不能，绝对不能！她尽管以前是妓女，现在已经是良家妇女，一个姑娘家迈过这个门槛是何等的艰难。我是谁，难道忘记家法，忘记廉耻，自轻自贱？万一碰了高压线，以后如何面对她？"

要不说慕云容是风月场的老手。她早已被奉义炙热的身子溶化，欲火焚身，紧紧贴住他的胸口，鼓动地喘息着，扭动着水蛇一般的腰肢。如果有人在奉义胸口划个口子，她愿意此刻义无反顾地钻进去，与他合为一体，变成他的五脏六腑，变成他的血管神经，随着他的热血奔流到海不复回，直到永远。奉义咽下几口唾沫，按下被欲火点燃的五脊六兽，望着她饥渴的红唇，伸手去梳拢她的头发，说："妹子，给哥再倒一杯茶，坐下说话。"

明白人终究是明白人。慕云容，一个久经沙场阅人无数的姑娘，感觉自尊心受到强烈的涤荡与伤害。她在妓院时，哪个嫖客见到她不

303

西堡子

是急得像猴把脸抓了，脱衣如贼撵，谁愿意管她的死活，三锤两棒发泄欲望了事。有几个人仔细看过她，关注过她的感受与喜怒。像奉义这样的男人世上罕见，男人有如此定力绝非等闲之辈，难道世上真有所谓的柳下惠不成？她决定听从奉义的安排，他说咋办就咋办。俩人商定第二天去西堡子。嘴上虽然答应了，可她一双小手一刻也不愿意离开奉义的身体，屁股再次坐到他的腿上。

"二哥，我不知喂过多少人，让妹子最后喂你一次。果真要去你家，以后怕没机会了。"在妓院时多少达官显贵让她喂他们喝水，她经常把水含到嘴里，再递到客人嘴里，类似这样的调情她早已习以为常，技艺娴熟。

"不敢，妹子！"奉义吓得倒退几步，以为叫他解她的上衣。她莞尔一笑："瞧把你吓的，妹子喂你喝茶。"

"不敢不敢，哥是下苦人，不敢劳动妹子。"

"谁说你是下苦人，你是英雄，抗日英雄，比起那些醉生梦死的达官显贵，你顶天立地，堂堂正正！"她将茶碗送到奉义口边，伸手绕过他的颈脖。第三杯茶水是被美女灌进去的，奉义将那一口香茶含在口里，久久不愿下咽。别小瞧这一杯香茶，在兼霞院要品头牌姑娘的茶没有三五十白花花的银子，你做梦也别想。他再抿一口香茶，站起来走到门口。他想问王强是否经常来，又觉唐突，觉得画蛇添足，觉得自己猥琐，话到嘴边又收了回去。人活一辈子，即使是夫妻，有些话说出来不如藏在心里。

其实，慕云容对奉义的真情不单纯源于他的行为，更在于她的比较。同样是男人，王强与奉义有着很大的区别，不过他俩都是好人。那晚，王强将她送出城，并不知该去何方，于是，随机在街边找了一家客栈。慕云容因为惊吓过度，穿着男装，怕引人注意，求他作陪，等第二天再作打算。王强经常有案子在手回不了家，无须理会媳妇，便答应了她的请求。

客栈老板是一位矮小的老汉，阅人无数。他一眼便看出慕云容系女流之辈，判断其中必定有蹊跷，想讹诈，无奈，王强警服在身，佩枪在腰，他不便发难。王强寸步不离慕云容，顾不得男女有别，与她同居一屋。她一路颠簸加上恐惧不已，坐在客房动弹不得。他们洗漱

◎ 第二十八章 风尘有意

过后，各自和衣上床。三更时分，听见她嘤嘤的哭声，王强猛然惊醒，起床点灯。陡然看见她一丝不挂躺在床上，像个大虾米。他一时不知所措，急忙问："你怎么了？"她坐起来说："你嫌弃我下贱。"

"这话从何而谈？"

"你，你，已经睡着了。"

"嘿嘿，我忙了一天困了。快把被子盖上，多冷的。"

"你不要我。"

王强连忙上去给她盖被，劝慰她，反被她一把抓住。他站立不稳，倒在她身上，她顺手用被子将俩人一起裹上。突如其来的艳遇让这位警局的中流砥柱不知如何自处，平日局里尽管有纪律约束，不允许逛妓院，可是总有人脱了警服偷着去，有时同事竟在妓院相遇，但他们相视而笑，老鸹不嫌猪黑，谁不揭发谁。王强心里打鼓：自家媳妇尽管体弱多病，尚称得上温顺贤良；平时自己忙碌办案，媳妇照看儿子王长安倒也尽心尽责，堪称良母。男人对于女人的幻想与期待总是那样朦胧，而今，凭空多出来这一档子事，遇见美人，这恐怕就是人说的艳福，邂逅也许说的就是眼下这档子事。可不，她正心甘情愿地躺在自己怀里，我能坐怀不乱吗？不能。大半夜的，我独自一人睡觉，她竟然没有睡意，哭哭啼啼，可见妓女也是需要体恤之人。

就在王强胡思乱想的时候，慕云容已经钻进他的被窝，在他身上摸索起来。她肉嘟嘟的小手在他后背、前胸、大腿、腰部不停地游动。她滚烫的双唇落在他胸前最显眼的标志上，似有一条无形的电流将上下两点连接起来，这两点是男人最敏感、最说不清与命根有啥关系却密不可分的女人的最爱。它如同电门，上边一按，下边立即响应，铿锵起来，雄壮起来，上至天王，下至乞丐，无关财产多寡，无关地位高下，毫无二致。在女人的鼓舞下，他俨然有名的西大街炉灶里的烤鸭，皮肤滴出油，流出水来。一台高速运转的机器在启动之后，谁也难以让它停止。他如猛狮一般，力量大增，将她抱起来，放在他训练有素强壮有力的双腿上，忘情地亲吻，吻遍她全身每一寸肌肤，每一个部位，恨不能谁给一碗凉水，把她生吞活咽下去。他不敢睁开眼睛看一眼她，他怕自己风流快活牺牲在当下。女人鼓励他："哥，眼睛睁开，看看妹子。"

▶ 西堡子

在她绵声细语的鼓励下，王强微微睁开眼睛，一尊裸体圣女兀自呈现在眼前。她匀称的身材，高耸的美胸，粉红的皮肤，棱角分明的五官楚楚动人。传说中的玉女就是她吗？他无论如何也不能将眼前的圣女与以前的妓女联系起来，妓女不应该是这样的，妓女一定是被糟蹋得不成样子，如烂泥扶不上墙的。

"云容，敢不敢？"王强轻声问她，也在问自己。

慕云容一言不发，面带羞涩，已经主动在他身上颤颤巍巍起来，以实际行动诠释了他所有的诉求。她娴熟的动作像王强平时办案猛击桌子或者掏枪一样自然。在如云如雾的高山上，俩人驰骋飘逸，如入无人之境，全然忘记了落难、职责、客栈等名词。

类似这样的销魂时刻自那日之后，王强复制了无数遍，乐此不疲如毒瘾上身。欢娱过后，慕云容却为将来自己的归宿担忧起来。她担心始乱终弃，像那些逛妓院的嫖客，付了钱只管消遣，无人理会她的喜怒哀愁，关照她的吃穿用度和生老病死。事实上，王强最近确实来得没有以前勤了，谁没有山高水低，谁没有头疼脑热，每日总有个黄昏白昼，红花开、鸳鸯游总会勾起她的伤心事来。她在等待，盲目地等待，把假丈夫的皮鞋擦得锃亮，摆在屋内最显眼的位置，没想到左等右等，没等到王强，却等来了身上贴满标签的奉义，那位抗洪的马疯子、完败的保长、抗日的英雄、饭馆的老板。

找见慕云容，奉义一颗悬着的心总算落了下来。他又喝了第四碗香茶，俩人商量起回西堡子的细节来

第二十九章　渭水依然缄默

转眼间，如雅的表哥张望借泓顺棉花的还款期限到了。诚实做人的张望高兴得合不拢嘴，自己担着装有八十斤干透了的棉花担子，儿子跟着父亲吆着喂肥的两口肥猪走在后边。他们一边吼着秦腔，一边闪着硬汉的腰肢，父子俩兴冲冲地朝西堡子走来。他们幻想着还了棉花，卖了肥猪，三年的压力暂时可以缓解，也能过个舒心年了。父子俩刚走出五里路，碰巧一个饭馆买了他的两口肥猪，言说钱暂时不凑手，让他俩先还棉花，答应回程给他们猪钱。父子俩觉得反正回程得路过这儿，两头猪价也不是个小数字，人家钱不凑手也能理解，等等无妨，于是痛快地答应了，继续往前走。

泓顺果真是顺风耳、千里眼，张望卖了两头猪的信息诡异地飘进他的耳朵。他收了张望的棉花，一边留他父子俩喝茶，一边派人悄悄溜出西堡子，到买猪的那家以张望突发疾病为由，描述得有鼻子有眼，代收了张望的猪钱。张望吃完表妹如雅亲手做的臊子面，正陶醉在还账的喜悦中，得知猪钱被泓顺代收了，连忙赶回去要与买猪的理论，也顾不得销毁他的棉息借据，完善交割手续，拉着儿子跑到了买主跟前。买猪人知道泓顺的为人，怕将来收拾他，又不肯支出双份钱，又不愿意把猪还给张望，睁着眼睛说瞎话。没法了，张望折回来再与泓顺理论。泓顺哪里肯认账，两手一摊说："纯属子虚乌有。"张望想拉着买猪的来与泓顺对质，因碍于如雅的亲戚关系，迈不开双腿，想着吃个哑巴亏算了，回家最多让老婆嘟囔几天，谁知道他如荆轲刺秦被捉，回不去了。

西堡子的人王泓顺变脸比脱裤子还快。他让张望看账本，三年棉息是两捆棉花，让立即归还。兔子急了还咬人，张望一看亲戚已经撕破脸皮，也顾不得许多了，跳起来怒不可遏地骂道："我看在我妹子的

西堡子

脸上，本来不想与你争论，没想到你心肠这么黑！"说着上去要撕账本。泓顺见状，趁势让狗娃铁塔似的压着张望，在账本上摁手印。张望毕竟年纪大了，哪里是狗娃的对手，霎时，他一个七尺高的汉子被窝在一处，鲜红的红手印落在了账本上。看官假如以为张望吃个亏认个卯，过一阵还了棉息，这一页就翻篇了，那么你就大错特错了。

狗娃将张望用井绳绑在原来强胤家后院的洋槐树上，又是打又是骂，打得他皮开肉绽。见他站立不起，便松开绳索，让他一直跪着，直到后半夜。张望父子俩凄凄惨惨的疼痛叫声，撕碎了左邻右舍邻居的心扉。眼见泓顺欺负表哥，如雅忍痛给自家男人一个劲儿地磕头求情，哭着央求放了表哥，说万一弄出事端，她将来怎么有脸回娘家，俊杰怎么走舅家呢？泓顺对妻子的哭诉置若罔闻，毫不心疼，任她跪在那里，也不许翠莲上去拉她。张望的儿子实在看不下去老父亲挨打受辱，跟他一般年纪的姑姑如雅哭得死去活来，咬咬牙忍痛答应归还子虚乌有、凭空添加的两捆棉息，替他爸在宽展的本子上签完字，画完押，狗娃这才答应张望可以抬腿走人。

耳听为虚，眼见不一定为实。这下，张望父子俩付出血的代价才充分领教了泓顺"话甜、心奸、蝎子的尾巴"的厉害。借棉花时有传言说泓顺如何如何心狠，他不信，还亲自到财东家里考察了一遍，什么结果？罢罢罢，都怪自己有眼无珠，有珠无水，大财东果真是毒蛇蝎子一样的心肠啊！

善良人张望双膝疼痛一走一拐，好不容易走到老虎寨子村口，鼻子一酸泪流满面。他思忖着：辛苦两年催肥的两头肥猪凭空被老天爷抓走，还欠人家棉息那么多，天底下哪个男人干过如此窝囊之事，谁会这样熊样？我有啥脸面见乡党，有啥脸面见自己几乎瞎眼在家辛苦度日的婆娘？不如跳进渭河喂了鱼虾鳖虫干净。恍惚间，似有鬼怪驾云引导，张望甩掉儿子径直朝渭河滩走去。等儿子发现父亲身影不再，觉得大事不妙，连忙四处找寻，在河滩只找见父亲的一只烂鞋和一根扁担。可怜已经成年的儿子在河道喊破了嗓子："大，大，大呀！"顺着水流一直往东走，走出去20里路，仍然不见父亲的影子。

白旺旺的渭河水不见一丝波澜，远处的野鸭子静静地卧在岸边，瞌睡了似的，把头埋在肚子底下的羽毛里。船工嘹亮的号子嘿哟嘿哟有节奏地喊着，拼命拉纤，来来往往的行人赶着路程，各自奔忙……

第三十章 再会慕云容

西堡子的日子像春天的沙尘暴一样,乌云遮日,不见光明。

奉义思忖着绝对不能再把慕云容一个人丢在城外,唯一的出路是把她带回西堡子。于是,他心情沉重地回到了忠瑞饭馆,准备让奉信把慕云容带回去。奉信一听要把慕云容送回西堡子,山西的扁担大躁(翘),把手中的切面刀往案上一放,撂挑子不干了,平生第一次对奉义吼道:"云容与我们非亲非故,带她到西堡子,家中人多不说,乡党还以为我俩在西京城花天酒地,男盗女娼,干些苟且之事。不如留她在饭馆做些力所能及的事情,蕤葭院又不会每天派人来搜查。实在不行,把戏唱明,给她赎身,大不了多撺些面,破点儿财,又能咋地?"奉信当然有他的小九九,假如妓院不追究,时间一长,慕云容就是他的媳妇了。说到天边,傻子都知道慕云容比自己乡下那个多病的媳妇俊俏多了。

奉义认为慕云容回西堡子是万全之策,留在饭馆绝对不行。回去对外人就说慕云容是结拜的男女朋友,反正她也有文化,洗净脂粉经过打扮就是天造地设的一个城市清纯姑娘,定然不会给他们丢脸的。莽撞的奉信知道自己的烂脖项碍眼,论长相拼不过二哥和王强。但论功劳,是他急中生智把她藏进枯井,才使她成功脱逃,也算立了一多半的功劳。他拿不出更好的言辞说服二哥,刚刚萌生出爱的火苗不用别人浇水,自己竟熄灭了。跟哥哥为一个女人闹翻,一定会让人耻笑。母亲一辈子偏爱二哥,假如知道他俩为女人争风吃醋绝不会轻饶自己。唉,算了,让二哥把她带回去吧,权当咱做了一场春梦,谁叫我们生在西堡子的大宅门里呢?

于是,在一个秋雨霏霏的早晨,奉义带着漂亮姑娘慕云容回到了

西堡子

四四方方坚不可摧的西堡子。因为避讳母亲名讳中的"云"字，俩人商定从今往后给她易名"慕容"。

奉义在外边金屋藏娇，居然有脸带回来了，这个不用张扬的信息像一枚重磅炸弹在西堡子炸开了锅。封建的村民议论纷纷，他们不曾见过描眉画眼的女人，不曾见过江南女子委婉的模样，尤其上衣紧紧裹住苗条的身材，凸显胸前那两座乳峰，使得村子的大姑娘、小媳妇们好像自己做了啥亏心事一样无比羞耻，恨不得钻进地缝。人们纳闷：一贯为人本分人前马后风光无限的奉义怎么在外边变得如此不堪，难道他要纳妾不成？

云儿见奉义带回的女人不是清秀贤惠的媳妇清茶，而是陌生妖艳的南方女人，气不打一处来，既疼爱儿子，又嫌他丢人，将儿子拽到自己屋子："你咋回事，从哪儿弄个女人回来？人家都快唾到我脸上了，骂羞你先人呢！"

"妈，慕容是个苦命姑娘，在西京举目无亲，现在无处站立，我和老五救了她，帮人帮到底，送佛送到西。我把她带回来交给你，咱家这么多人，不多她一双筷子，能有一口饭吃她就知足了。你老人家吃斋念佛，救救她吧，儿子给你磕头了。"说着，跛足之人奉义双膝跪倒，身后的慕容早已跪在地上。老四媳妇疏影哈哈大笑道："八字还没一撇呢，就拜高堂了！"

"你出去！"云儿最不待见的就是老四媳妇。心慈手软的云儿同情慕容的遭遇，顾不得许多，让他俩先起来，回后院与忠瑞商量。

妯娌们开始私下嘀咕：当年妯娌们出资让老二、老五弟兄俩在西京买房经营面馆，没想到那些钱打了水漂不说，闹了半天，奉义在妓院粘上妓女，如今甩不掉了带回堡子，还得在家里的大锅里舀饭吃，这是啥道理嘛！就这，平时人还不敢问钱的事情，婆婆太偏心了。现在平白无故一个没底没面的姑娘住在家里，到底是哪位弟兄的老婆还是母亲收的义女，身份不明必然引来村庄的闲言碎语。当然，女人们的嘀咕也在情理之中。不过，家里大小事情由母亲云儿做主，她们没有发言权，轮不上她们指指点点。

不当家不知柴米贵。云儿心里最清楚，家里的吃穿用度奉义贡献最大，只是媳妇们不知寅吃卯粮的尴尬而已。凭她这样的大家，多一

◎ 第三十章　再会慕云容

张嘴不是什么难事，只是感觉慕容不像一般姑娘，来路不明怕招致祸害。木讷的忠瑞老汉一时没了主意，猛然想起若干年前收容老郭那一档子事来。当年收容老郭跟慕容完全不同，老郭是个男人，看祖坟看果园干杂活都行，而慕容一个细皮嫩肉的姑娘能干啥，人说女大不中留，自家女儿长大都很难伺候，轻不得重不得，何况一个不知根底的外乡人。看来，必须认真对待从长计议才行。

西京生意离不开人，奉义不敢耽搁半天工夫，硬着心丢下慕容，让母亲处理，坐着奉仁赶的马车，离开了西堡子。奉义在家是有威严的。他走后，别人还好说，奉信媳妇韩枝得知慕容要长期住在家里，气得上蹿下跳，无故找碴儿，以为男人嫌弃她身体不好，要娶慕容为妻，跟婆婆闹得不可开交，脸也不洗，饭也不吃。后来，三个儿子怕她想不开抹脖子上吊，连学也不上了，围坐在她的身边。全家一时间猪毛搅豆渣，分不清彼此，理不出头绪来。

难怪曹雪芹先生说女人是水做的骨肉，随器而变。尚未学会当地方言的聪慧姑娘慕容被李云儿安排住在北苑的空房里。她开始认真地学习西堡子的女人说话、走路、做事的样子，尽快学着做个地道的乡下人，入乡随俗。李云儿怕她一个人孤独，让凝春、泽才两个小孩晚上给她做伴。突然间有了家、有了父母、有了亲戚的慕容高兴得眉飞色舞。从鸭子坑到蒹葭院，从蒹葭院到忠瑞饭馆，从忠瑞饭馆到城外租房，再从租房到西堡子，一路坎坷，说不完的酸甜苦辣，道不完的惊心动魄，终于安宁了。如今，遇到这么一群好人，南方女子内心最柔弱的东西被感动着，被激荡着，她不奢望荣华富贵，能容身存活就是她的造化。她敬佩奉义的为人与智谋，敬佩云儿的胸怀与果敢，尽管每天粗茶淡饭，她已经体会到久违的家庭温暖，自觉成为大宅门里的一员，一定是父亲在哪个地方烧了高香。她相信在妓院吃的那些苦一定会随着岁月的流逝涤荡干净。面对拖着一条残腿的恩人奉义，慕容无以回报，也许只有以身相许才能报答。如果嫂子不反对，她即使没什么名分也愿意与奉义生活在一起，哪怕在乡下照顾他的几个女儿也无怨无悔。

媳妇们从此闭嘴了，婆婆云儿是一个敢说、敢做、敢当的女人，决定的事情几头牛也拉不回去。她在院子对着媳妇们说道："慕容从今

311

西堡子

往后就是咱家一口人，住在奉义的北苑，爱住多久住多久，谁也不许多言。"

回到西京的奉义被清茶劈头盖脸数落了一顿："你领一个不明不白的女人回家算啥嘛！她是你女人还是你妹子？既然人家王强想纳妾，你管得着吗？"清茶不哭不闹，就是当着客人的面啥也不干，坐在院子流泪。对世上的所有男人而言，不怕千军万马，单怕女人泪洒。没有哪个男人会对女人流泪无动于衷，除非他是铁石心肠。

奉义这个硬汉一瞬间像被霜打了，不过，他坚信时间可以解决一切问题。他索性去找墩子打发无聊的时光，惹不过了躲。他前脚进了西门，就听见了日本战败的消息。一时间，西京街头沸腾了，鞭炮齐鸣，人们奔走相告，敲锣打鼓庆祝抗战胜利。奉义被眼前的欢乐气氛所感染，也顾不得跟墩子闲谝，连颠带跑回到自家饭馆，大声喊道："伙计们，从今天开始，连续三天放饭，来者不拒，尤其要优待军人，看见穿军装的一律肉臊子面招呼，脂薄子要多搁些！"

当天晚上，奉义在墩子的屋里听到广播里传来女广播员清脆的声音："1945年9月18日，中国战区华中总受降官孙蔚如携湖北省暨武汉市地区受降官员与美国军官就位。日军第六方面军司令长官冈部直三郎及其幕僚低头走进受降堂，呈上受降证书，并签名受降，解下腰间的武士军刀，递交给孙蔚如的副官。此次受降共接收日军官兵202335人，骡马9967匹，手枪4474支，步枪159654支，轻机枪4585挺，重机枪566挺，以及大量火炮子弹等。"

奉义前一天还在为如何处理好慕容一事发愁，转眼间却陶醉在抗战胜利的喜悦之中。他为英雄的三十八军骄傲，为一七七师和第四集团军而骄傲。他找来香炉，为那些纵身跳入黄河的弟兄们点上了香火，告慰他们的在天之灵。他在心里默念："弟兄们，我们赢了，我们胜利了，你们在那头安心地睡吧！这下，应该把心放在肚子里了，日本投降了，国家安全了，西京就更安全了。"

西京城欢乐的氛围并没有传染给近在咫尺四平八稳的西堡子，奉义的弟兄们仍然在苦难的日子中煎熬着。奉礼的木工手艺已经家喻户晓，来定做木质家具的络绎不绝。他没有二哥、五弟的胆略走南闯北，也不像四弟胆小怕事，更不像大哥老实本分。他就是他，天资聪颖，

第三十章 再会慕云容

乐观向上，不计较别人的闲言碎语，踏踏实实走自己的路，在木匠行里向鲁班学习，活路清晰，价格公道。他给别人做棺材，做好了自己先躺进去，试一试长短，宽敞与否。人问他怕不怕死，他说："人死如灯灭，死了除了不能咥粘面，其他事照样进行。如果阎王爷有本事，他就是长生不老的人而不是不吃不喝不干活的爷了。他连自己的命都保不住，还叫人给他做伴，看来阎王爷也是胆小怕事之人。说阎王爷勾人魂魄，我羞他先人，看他敢勾我的魂不。"

话说这一天，突然从秦岭脚下的大召来了一位名叫郝弟的客人，要定制一对箱子，要求楠木板，描十彩凤凰、鸳鸯戏水图。言谈中了解到他东家丧妻，准备再娶，迟早要用家具，所以提早预备。按照东家的指示，必须到西堡子找最好的匠人，不管便宜贵贱，订制一套，到时候不用店子送货，自己来取。因为方圆几十里无人会此绝技，家具店也不备楠木，他们的要求确实高出一般人的水准，足见客人并非一般人。

奉礼听说他家主人这个好，那个好，不免想起慕容，如果将慕容许配给他家主人岂不甚好。于是，两个局外人一拍即合，觉得真是天上掉下来的好姻缘。恰逢慕容出来给他俩端水看茶，来人看了她一眼，嗬，绝色美人坯子么！云儿见郝弟一脸和善，不像奸诈之徒，答应先背见了再说。

三十天后郝弟来取货，这一次，东家也来了。

郝弟的东家戴着礼帽，着一袭白衣裤，圆口皮鞋，戴着一副金丝眼镜，却留着长发和络腮胡，看上去斯斯文文的。云儿经过仔细辨认，发现他与染坊的聚会非常相像，却也不敢造次相问。亏她提前叫人去南边打听过，不是相像，他确实是聚会，现名郝师。这次他也算故地重游，回到家乡，见了慕容喜不自胜。尽管他已36岁，依然生气勃勃，英俊硬朗，看上去保养得很好，与当年唯一不同的是蓄发留髯，云儿眼拙，居然没有认出来。慕容对他还算基本满意，当即两家商量定下亲事，选下吉日。

巧手云儿给慕容准备好一套嫁妆，只待大婚。慕容做梦也想不到命里注定能找到这样的好人家。原来与她一起的姐妹仍然在蒹葭院干着身不由己的营生，任人践踏，军官、豪绅、地痞流氓、政府官员、

313

西堡子

三教九流，只要有钱总会光顾那种地方。她自己舍命逃跑，遇见奉义弟兄及云儿一家好人，保住一条命实属万幸。如今，像当年奉娴出嫁一样，云儿给她置办了嫁妆，她一个妓女何德何能担得起这样的礼遇，惶惶然不知将来如何报答这一家人。

人常说："三六九往上走。"慕容的婚期定在大年初三。奉义留伙计在饭馆开门迎客，所有人回到西堡子，准备给慕容办喜事。

几个月未见，慕容感到奉义明显地消瘦了。亲人相见，她的心怦怦直跳，脸上立刻显出一团红晕。她来到西京十年，唯独对奉义动情，她说不清原因，就是喜欢。奉义有老婆，她知道，也见过。奉义家的家法她也知道，不可能三妻四妾，她愿意与他的家人生活在一起，哪怕终身不嫁。问题是自己愿意，人家愿意吗？西堡子人多嘴杂，总有人议论此事。规矩不能乱，家法不能破坏，堡子虽好非久留之地。人生必须在舍取之间选择，她只能将一种叫作爱情的东西深深埋在心里，爱一个人不能把他霸占在手里。当年兼葭院的那些姑娘喜欢金银首饰，恨不能把所有的饰品都戴在身上，而她服饰简单，几乎素面朝天，老鸨子给她做什么衣服，她穿什么衣服，女人天生丽质不依靠打扮。真正吸引人的应该是气质与才气，女人如此，男人也一样。真正吸引她的并非她在西京见过的那些纨绔子弟、风流才子、倜傥官员，而是奉义特有的低调内敛刚直不阿，是他路见不平拔刀相助的英雄气概，甚至他身残心善的人生境遇，尤其是他那炯炯有神的大眼和潇洒风骨让她永生难忘。

婚礼的前一天下午，小雪轻轻地、弱弱地飘落下来。西堡子南边半条街道都为一件事情忙碌着，为慕容送路。奉信与子侄们在院子搭好凉棚，将两条板凳放在院子，预备将嫁妆摆放在显眼的位置。门宗的嫂子、姐妹、叔伯们陆续带礼物来了，为慕容送上一片心意。他们不是看在慕容的脸上，而是看在云儿、忠瑞乐于助人的分上，看在奉义当年当保长为民办事的分上。礼物一一登记在礼簿上，来而不往非礼也，将来奉仁要照单给人家回礼的。客人来得多还有一层意思，这个南方女子作为云儿的义女出嫁，陪嫁竟然比当年奉娴还奢华，还隆重，足见这个姑娘在李云儿心中的分量。婆家定做的那对箱子为方便起见，顺便留在了西堡子，衣物零碎装满了箱子，不知道陪进去家里

第三十章 再会慕云容

多少年的积攒，令人眼馋。

等送路的客人都走了，慕容将奉义叫到一间屋子，说："二哥，明天是我大喜的日子，等花轿一到，以后我们兄妹见面的机会就少了，妹妹有几句话想对你说。"

"你说。"

"以后忘记我，好好照顾咱妈，她是个大好人。照顾好几个娃，她们可怜。在西京如果见到王强，替我谢过他。"说着，眼泪从眼眶里溢了出来。

"你放心，新姑爷要是欺负你，叫人来给哥说，有他好看的。"

"二哥，你给我那个烟袋穗子上的翠佛能否让我收着，做个念想。"说着，她捂住口袋，像怕贼偷似的。奉义掏出手帕递给她，让她擦泪。慕容上前一步抱住奉义，趴在他的肩头放大了悲声。

"好了，好了，不哭了，小心让人看见。"说着，奉义也落下泪来。锅边，清茶为慕容做好送路的饺子还冒着热气，只听"饺子来了"，未见其人先闻其声，她傻头傻脑地闪身进来，正好碰见他俩都在难过，不由得她醋意涌上胸口。不过，聪明的女人想着慕容即将出嫁，又不好发作，装作什么也没看见，把饺子碗放在八仙桌上，闪身出去了。

大年初三那天早晨，朝阳暖洋洋地从东边的地平线上腾地一下跳出三丈高。迎亲的花轿刚到门前，鞭炮随即炸响。慕容与众亲别过，只有奉义与老三奉礼弟兄俩护着"贵子车"去送亲。

光听说慕容嫁给一个卖茶叶的生意人，有老母亲做主，奉义也没有多想多问。等到了新亲家，让奉义大跌眼镜，新姑爷竟然是染坊当年夜逃出去的聚会，救他一命并把他送上观音山的同根同宗的弟兄。

奉义这才得知，命运多舛的聚会媳妇因为当年受到土匪毛遂的惊吓一病不起，不久便含恨而亡，化作秦岭的一抔泥土。意外丧妻的聚会隐姓埋名，带领独生儿子苦苦挣扎，开始在马庄，后来在抱龙峪落脚，凭借秦岭南北交通中转的地理优势，做起了茶叶生意。他将陕南的上等茶叶收上来，再卖给不出茶叶的关中地区百姓，尽管利润不够理想，但几年间也积攒了一些钱财。没有女人的家缺少生机与灵气，他这才想起给儿子再找个妈，给自己找一个做饭洗衣的当家人。这些年聚会隐姓埋名怕的是招致土匪报复，怕过去的债主找上门来，索要

西堡子

他们的布。

慕容见奉义与郝师认识，忐忑的心便有三分放下了。再看看郝师的家具及一应摆设，也算殷实，尤其他那个长到大人齐胸高的儿子不住地叫自己新妈，她的心七分放进肚子里。仔细算起来，新郎家距离西堡子不过40里路程，多半天就能到达，慕容的心彻底放进肚子里了。

奉义与聚会在婚宴上一醉方休。郝师得知毛遂被王强所除，喜极而泣："二哥，你终于给咱报仇了。他驴日的把我害得见不成人，东躲西藏、偷偷摸摸混了这么多年，今儿总算敢用嘴呼吸了。哎呀，我屈死的娃他妈呀！"

"不说了，喝酒！"奉义端起了酒杯一饮而尽。为了不再招惹祸事，奉义与郝师承诺，互相保守秘密，将来有机会联手，好弟兄互相帮衬，那样才显得情意深重。

慕容不知端详，在一旁抿嘴羞怯地望着这两个血气方刚却满含温情的陕西汉子。

第三十一章　桃园也是家

慕容出嫁后，老三奉礼看到腾空的北苑，不由得一阵欣喜：当年老人言说北苑给老二奉义，为此还上过法庭，跟泓顺对簿公堂。为了息事宁人，事后房子盖起来，老二并未入住一天，反倒事事不顺。后来老二辗转到西京做生意，家里收留慕容住了一段时间。现在房子终于空了，这下母亲一定会让他搬过去另住，因为他给家里的贡献也不小。然而，未等他开口，母亲李云儿已经做出决定，奉礼明儿起搬到桃园居住。他纳闷，母亲李云儿这是唱的哪一出啊？奉义为什么一直占据着母亲的心呢？又是让我过继泽实给奉义当儿子，又是让我看家护院，为什么就不为我考虑呢？

原来，问题出在老郭身上。掐指算来，老郭是五年前从祖坟旁边的破房子搬到桃园居住的。他年龄大了，在桃园居住有诸多不便，恰逢农会给老郭找了村里一处房子，桃园的房子空着。前后算起来，老郭在忠瑞家已经快20年了，跟他们弟兄五个亲如手足，也该苦尽甘来了。

云儿的算盘是精确、准确加明确的，宁肯让北苑空着，也不能让桃园空着！她让奉礼住到桃园的理由主要是他自带手艺，两口子人厚道。他的大儿子泽实在西京跟着奉义，只有小儿子泽瑜一个孩子在身边，经济负担相对较小，适合住到桃园。一贯逆来顺受的奉礼媳妇相沫二话没说，收拾衣服准备去地里。

说起给奉礼腾地方的老郭，还有一段过往。村民虽然称他老郭，其实他比奉义还小三个月，只是面相长得着急而已，加之生活窘迫，年纪不大，腰弯背驼，满脸皱纹，黝黑的脸庞上写满忠厚二字。那年，他从山西逃难而来，恰逢家族清明节祭祖。他从云儿手上接过大白蒸

▶ 西堡子

馍,外带一碗热乎乎的御麦糁,感动得给她跪了下来。看着她慈眉善目,想想这个女人要是自己亲娘该多好。于是,他灵机一动,长跪不起,要拜云儿为干妈。云儿五儿一女,怎好收留他,但经不住老郭一再叩头:"我不敢跟哥哥争什么,有一碗稀饭喝就行了。"于是,云儿给老郭一个黑瓷碗,算是点头收养了他。他这些年称云儿为娘,称忠瑞为伯。

族人见老郭木讷老实,孑然一身,绝对不会将祖坟占为己有,于是,同意由全族人供养他,让他精心看管祖坟。

忠瑞家祖坟位于西堡子东边约一里路的大路旁边,大概有三亩地,中间是一座大坟,大约有两丈高,是老祖先的合葬墓。周围是四座相对小的坟茔,稍低一些,是四个儿子与妻子的合葬墓。祖坟里栽种着300多棵柏树、松树,松软的地里长满枸杞、大蓟、车前草、甘草、党参等植物。每年松果成熟的季节,松鼠在树上欢乐地跳上跳下,七彩的草蛇也在杂草里快乐地来回穿梭。当秋天的御麦归了仓,青蛙伸长脖子鸣唱,那里简直是动物的家园,植物的乐土。自从老郭住到坟地专门看管祖坟,族人再也不用担心那些粗壮的树木被人盗伐了。

老郭是一位知道惜福之人。那个简易的房子是他用沣河边捡来的树枝搭建的,云儿给了他一些大木料。房子搭好,在里边盘一个小小的土炕,炉灶连着炕,冬天连做饭带烧炕,一举两得。云儿抱来的两床被褥,为他抵御寒冷。他在祖坟周围自己种粮食、蔬菜、北瓜,吃住在地里。沣河岸边人吃水从来就不是什么难事,掘地三尺,地下水甘甜可口,随意取舍。南来北往的人,每每在他的屋门前歇脚,他总是弓着腰,盛水给人喝,逢人就说他遇见了贵人,诉说恩人的恩德,传云儿的美名。

他一个人在地里待久了,最渴望热闹。他的老家是建祠堂的,也就是家庙,多建于墓所,故把祠堂称为祠室。按《礼记》记载,只有帝王、诸侯、大夫才能设宗庙祭祖。直到明朝,朝廷才开始允许老百姓建家庙。后来,祠堂多建于家族的聚居地或其附近。最早由于族人不多,便先置祠于自家宅中,随着族丁的繁衍,便开始专门建起宗祠乃至支祠。老郭的名讳是早已进了山西老家的宗祠的。要不是每年的清明节在忠瑞家祖坟地里搞纪念活动,老郭还不知山西与陕西毗邻,

第三十一章 桃园也是家

西堡子这里的祭祀传统与他的老家相比，会如此的大相径庭。

从心理上说，老郭当然最盼望每年过清明节，那是他一年当中最高兴的一天。族人们齐聚坟头，按照人头分发蒸馍，这种热闹事已经传承了不知多少年，多少代。族人不管男女老少聚拢在一起，祭拜祖先。祭奠仪式由最年长的族人主持，介绍祖先的丰功伟绩，创业艰难，家风家训。然后，各房头男人排队领馒头，儿子、孙子、外甥都有份。女儿这一天必须回娘家祭奠祖先，但不能分馍。馍的数量视坟地收成而定，长者提前两天安排人蒸馍，用大担笼提到坟地，通常每人十个大馒头。这一天，孩子们不论男女，结伴而行，旗幡、长纸钱被孩子们举着，绵延着蜿蜒着到祖坟。主祭人依次介绍谁是第几代传人，大家明确了关系，融洽了关系。这是认祖归宗很好的一种方式。媳妇们议论着谁家的孩子聪明，谁家的粮食收成好，谁贤惠，谁乖巧。男人们将带来的纸钱聚在一起，由总管踩着脚窝子爬上两丈高的坟头，画圈焚化。孝子们自觉地用铁锨将坟上的老鼠洞、蛇洞填实夯紧，整理周围。杂草已被老郭平时弄得妥当，顺鼻子顺眼。等一切安置妥帖，按照长幼次序，里三层外三层围绕祖坟叩头，叩拜祖先。叩完头，祭祖仪式才算结束。类似这样的祭祀活动，晚辈们经历一次便明白其中的含意，不建祠堂仍然可以凝聚人心！

如今，抗战胜利了，油坊更是日进斗金了。所以，泓顺提出由他承头祭祖。老郭听说最有钱的人梢子要出头，识相地退避三舍，躲在屋子不出来了。他实在看不惯有钱人的眉眼，尤其是泓顺那一贯居高临下的眼神，拒人于千里之外。事实上，不管泓顺有多大的势力派头，有多少的田产房屋，一旦加入到祭祖的行列，身份一下子就变回孝子贤孙，与其他孝子毫无二致。

是的，清明节这一天他都得亲自前往，在祖先跟前虔诚跪拜。他领着媳妇翠莲、如雅和儿子俊杰，按长幼排队，不管馒头黑白多寡，照样全部领受，长房得有长房的姿态。这一天也是他与族人交流感情沟通信息的机会，没有族人的支持，他做再大的生意，赚再多的钱也是白搭。要想在西堡子立足，必须先在族内取得大多数人的信任。有时，他故意出现在云儿跟前，与她搭讪。因为，地球人都知道他是云儿抱回来的，他得顾及族人的闲话，好歹做出贤孝的样子。可是，忠

西堡子

瑞的四个儿媳妇却鄙视他，认为他是害人精，罪魁祸首，没人昭示他。只有乐天派的奉礼天生为人随和，跟他尚能说上一两句，毕竟上一个坟，同宗同族，表面上得过得去。当年奉义在村子当保长时，祭祖时泓顺一句话不说，唯恐语言不和伤了情面，让族人笑话。现在，奉义跑了，泓顺在祭祖问题上终于敢畅所欲言了。他见大家其乐融融，便趁势提出了自己的主张。

泓顺的主张就是换人。提议给祖坟重新找个新人，因为新人听话好管，老郭耳背眼拙动作慢，必须辞掉。再者说，族内近年人手也多起来了，即使轮流看坟，人也够用。几个拿事的老人同意泓顺换人的主张。忠瑞与云儿眉目交换了意见，站出来反对换人。他们认为族中子弟养尊处优，堡子里边有吃有喝，谁愿意住到地里。如今不比前些年，外地流民土匪猖獗，果真闹出砍伐祖坟林木的事情，让人笑话。两派相持不下。

前些年，门宗的子侄们春游的时候去过黄帝陵，那里的松柏已逾千年，郁郁葱葱。黄帝是炎黄子孙共同的祖先，有国家派人看管。不说黄帝陵，近在咫尺的咸阳周陵，也是有人看守的。抗战那八年，蒋委员长每年亲自或派人来祭祖，大家有目共睹。中华民族历来有敬祖的传统习惯，敬祖也是衡量一个人是否忠孝的依据。我们连自己的祖坟都不想看，何况看远祖的坟。如果换人，每个房头轮流看守，一年一换比较合适；坟地的出产谁种谁收，与别人无关；每年清明蒸馒头的麦面派给谁大家再议。子侄们听说要派人看坟，个个不再做声，唯恐派到自己。众人议论了一阵，泓顺开腔道："要我说大家别轮了，人嘛，我派。清明节的馒头如果坟地的麦子够用，好说。如果不够，我出。不用大家摊派，弄得跟我们可怜一样，传出去让人耻笑我们大宅门，能买得起马，配不起鞍。我们这里不建祠堂，如果建祠堂，每年的花费比这个只多不少呢。"泓顺发表了这一通演说，小伙子们一听对他们有利，高兴得眉飞色舞，要不是站在坟头这肃穆之地，他们一定会鼓起掌来。

十天后，油坊的伙计果真换下了老郭。与老郭不同的是，伙计将油坊给他的佩枪随时带在了身边。怪不得老郭退避三舍，木讷人最坏的预料都变成了现实。他住到了村中的一间破房里，这是农会安排的。

第三十一章 桃园也是家

西堡子自古以来没有把外乡人撵走的先例。

有地方住但无事可做的老郭再次找到李云儿夫妇，请求给他们看家护院。其实，一个身单力薄的外乡人既没力气又没胆量，耳朵也不好使，能干什么活，看坟也就是个摆设，老祖宗深埋地下，谁也搬不走，盗贼偷树也没那么快就能得手，不看也罢。经过协商，忠瑞夫妇决定让老郭看管自己家的桃园，九亩桃园没人看管，世风日下，偷桃的倒不少，有时桃园还聚集着不知道从哪里来的乞丐、流民。他们不进村，却远远地窥视。人常说不怕贼偷就怕贼惦记，这伙人迟早会带给他们麻烦。桃园就在祖坟南边，不看坟单看桃园，尽管还住在地里，等于现在专门给忠瑞家干活，与族人无关。已经习惯于忙活坟上琐事的老郭，经常会去坟地拔草，转转看看。除了一年清明、寒食、除夕的时候，按照云儿的要求，帮忙接待来人烧纸、点灯罩外，其他事情不用他管，专心伺候那些桃树。作为孤身一人的男人，反倒轻松自在了。

清明节后，忠瑞带领儿子们迅速给老郭在桃园中间另外盖了两间厦子，小的做厨房，大的住人，并开始给他张罗女人，哪怕腿脚不好有些残疾，只要能安心陪伴老郭，也算功德一件。老郭兴奋得整夜睡不着，他乡的月亮比故乡的更明，发誓不再回山西，老死在西京，死了埋在忠瑞家的祖坟旁边。奉礼看见老郭的家当破烂得像个乞丐，遂将自己给人做木匠活剩下的料，钉了一个板柜送给他，同时请相沫给他做了两身冬夏两季的衣服和两双鞋。有的媳妇认为公公婆婆不值当请老郭看管桃园，家中那么多的男人孩子，一个小小的桃园还伺候不过来吗？人无远虑必有近忧。她们不知道，在云儿心底真有一层深深的担忧，万一哪天在外面闯荡的几个儿子回不了西堡子，老郭的屋子就是客栈，就是家。另外，家里人越来越多，桃园也是孩子们玩耍的一个好去处，让他守着没有坏处。这一守就是好几年。

桃园是孩子们的开心乐园，是老郭在西堡子的立脚之地。闲暇时候，从山西大槐树底下走出来的老郭最喜欢干的一件事情，就是给孩子们用脚指头相面。每天孩子们放学回来，这些不知天高地厚的娃娃们争先恐后地给无儿无女的老郭"当娃"，爬上桃树学着猴子的模样糟蹋桃子。从前政府先后六次大规模移民，富庶的山西老乡几次往外移，

▶ 西堡子

西京周围就有众多的山西人,他们身体上落下了明显的印记,小脚指甲是双瓣的。老郭闲得无聊,孩子们脱了鞋让他检查自己的脚指甲,鉴定自己是不是老鸹窝人的后代。奇怪的是只有奉义的几个女儿例外,小脚指甲是完整的。老郭佯说不管女人是哪个民族的脚指头都不分瓣。这个聪明的山西人一直为李云儿和奉义保守着秘密,他是一位言紧的男人。他最喜欢孩子们来到桃园,与他一起打发孤单寂寞的时光。

而今,一切已成过往云烟,奉礼将要搬进桃园居住,让老郭伤心地流下泪来。眼下时局艰难,国共两党大战在即,政府发行的货币一再贬值,谁家日子都不好过。要不是云儿手头紧,家里经济拮据,她是断然不会接受农会的安排意见,听任摆布老郭的,毕竟他给家里看了好几年的桃园呀!

如今,尘埃落定。奉礼拖家带口住桃园与老郭住桃园绝对不可同日而语,即使毛蛮草舍也得布置粉刷,这事不劳别人插手,"十二能"奉礼一个人就可以搞定。当晚,三口的包袱行李挪到了桃园的土炕上,媳妇相沫带着儿子泽瑜住进了园子。

月明星稀,鸟闲虫歇。奉礼仰望星空长叹道:"谁说树大分杈,男大分家?一大家人热热闹闹多好,非要我们住进园子,孩子们很快会生分的,尤其对于泽瑜而言,不但不能在西京上学,还必须离开西堡子,住到地里,没有玩伴,太残忍了。"还是相沫好说话,她反倒觉得离开婆婆可以少挨打骂,吃糠咽菜由自便。每当夜深人静,奉礼想念在西京受苦的二哥、二嫂、五弟,更加想念自己的长子泽实。他是多么聪颖,多么乖巧的孩子啊!母亲一声令下,将儿子给二哥,他能说什么?孝顺就是要听从母亲的教导,顺着母亲的意思,母亲要什么给什么,况且母亲是为二哥有个子嗣,将来站在人面前不觉矮才这么做的。他搂着泽瑜,眼泪不住地流着,怀里这个儿子可不敢有什么三长两短,否则会要了媳妇命的,连生八个都是殇,哪个女人受得了这种苦啊!

桃园尽管辛苦,奉礼天生却是一个乐天派。他买来一些桐木,开始做织布机、纺线车、架子车、银柜、婚箱等,这些费时费力的活计在奉礼手中如小孩把玩陀螺、弹弓、沙包、尜一样干净利索,工艺精湛讲究,油漆均匀亮丽。乡下人不用进城看人的眉高眼低,上桃园预

第三十一章 桃园也是家

定木匠活已司空见惯。他觉得活计多，做不过来，便让齐肩高的泽瑜帮忙扯锯。儿子的嫩手很快便磨出血泡来，侄子们是不来桃园帮忙的，他们忙着上学，忙着玩耍。乐天的奉礼将挣下的钱全部上缴母亲李云儿，由母亲统一掌管支配，惹得媳妇相沫整天埋怨，嫌他缺心眼。

儿子永远站在母亲李云儿一边，且唯命是从，心悦诚服。因为家里统一给大人小孩做衣服，门面、伙食、念书和迎送统一管理，都是钱的功劳。逢年过节，母亲云儿早早就预备好礼物，儿子们只管提着礼物闷头走亲戚，并不劳谁采购，还是钱的作用。尽管家里媳妇多，母亲对众亲家了如指掌，每逢红白喜事，她早早布置安排，备了厚礼，不让人笑话，也不用大家操心，这才是母亲的情怀。与相沫相比，大大咧咧的奉礼反倒觉得住在桃园的日子是人生一段简单快乐的时光，有母亲李云儿在，他只管干活，不理财政。

大家有目共睹，不管是在西京读书的泽实还是在桃园野地里居住、在城堡里上学的泽瑜，他们至少是健康的，无忧无虑。因为拥有自由自在的身体和大宅门里互相关照的温情，所以孩子们的天是蓝的。而小门户的孩子就没那么幸运了，宽展的儿子就是例证，孤单倒在其次，疾病一直缠住了孩子的身子，看来不得不去一趟西京了。谁也不可否认，省城的医生医术高明啊！

别看宽展在西堡子狐假虎威装扮成有钱人的架势，加入了暴富者的队伍，腰板越来越直，进了西京城才发现两眼摸黑，跟个傻子一样，一个人也不认识，怯生的爷儿俩竟不知车轱辘该往哪个方向转。事先他在家想到奉义弟兄在西大街做生意，却不知道什么字号，也不敢到云儿跟前打听。他拉着架子车走到西大街，无意中看到"忠瑞饭馆"四个大字，顿时眼前一亮，忠瑞不是奉义他爸嘛，寻道不如撞道。父子俩进门就看见清茶在算账收钱，忙得不亦乐乎。他连忙凑上去说："妹子，我是北头你宽展哥，给娃看病来了。"说着，招呼儿子下车。

清茶也认出了他。还是那个精瘦人，一脸堆笑，不愧是泓顺搂钱的耙子。乡党进城，尤其好不容易进了西京城，清茶自然觉得亲切。但是，一想到泓顺，清茶气不打一处来，近朱者赤近墨者黑。她收住了心底泛起的恨意，不再喜形于色，怒形于色，毕竟宽展没有害过他们，得敷衍着招呼他。

323

▶ 西堡子

"先跟娃下来吃饭，等奉义回来咱想个办法。"清茶将他们领进院子坐下，安顿吃饭。

当太阳掉到屋脊后边的时候，奉义领着机场的墩子从外边回来，有说有笑进了门。

正好这天奉义与邻居的几家商号谈好，如果价格公道，他们愿意把富裕的院子借给奉义使用，象征性给些钱。由于自己的门脸铺子太小，许多食客只好蹲在院子或者门口吃饭，客观上，必须改善就餐环境。机场的工作人员几年来将忠瑞饭馆当成机场食堂一样，人人都好这一口，有人下了班穿制服来吃饭，店铺小坐不下他们，跟一般人混在一起又不方便。为此，墩子看好机场附近的七间门面房，假如全部买下来，肯定能达到扩张的目的。这样一来，铺子面积比以前大出许多，两处铺子可以同时容纳200人吃饭。对于奉义他们而言，扩大规模不但必要而且必须。奉义深知西京餐饮业、小手工业发展很快，是政府支持扶持的事业，他有信心有能力把自己的事业做大做强做好。他盘算着即使将积攒的钱全部拿出来也只够支付一成的房钱，百分之九十得靠墩子。无论如何，买房是当务之急，不能眼睁睁看着食客流失，这是生意的大忌。

听说宽展要看病，奉义与清茶商量看能不能让泽实带着去，他人小鬼大，几年时间独自将大半个西京城的旮旯拐角都逛完了，每条街道、每个场子都是他玩耍的操场。奉义询问泽实愿不愿意去，他低头不语，把玩父亲亲手做给他的木头手枪。清茶像婆婆李云儿平时说话的口吻一样，命令着说："明天给老师请半天假，领人去医院，安远门跟前那个医学院，领到医院再去上学，不耽误你多少工夫。"

"行。"泽实看见了宽展父子俩寻求救命稻草般的眼神，痛快地答应。他知道早晨家里的生意最红火，伙计们半夜就起来揉面蒸包子、炸油饼、熬稀饭。吝啬的二娘不想雇用太多的伙计，他这个小大人也得早起，做些力所能及的事情。对于给宽展的儿子看病，泽实也知道大人们是应付差事，并不愿意真正帮忙，否则，他们一定会亲自带领的，而不是指挥小孩。机灵的泽实知道，宽展跟泓顺关系非同一般，利益捆绑在一起，心就连在一起，物以类聚人以群分。泽实可以算得上听话懂事的孩子，尤其对二娘言听计从，从不顶嘴，而带领人看病

◎ 第三十一章　桃园也是家

对他而言还是大姑娘坐轿头一回。

宽展是个聪明人，在人屋檐下，口口声声让奉义与泓顺和好，说西堡子好风水，地方好，文化习俗好，有观音山强大的经济支撑，只要年轻人齐心协力，未来很有可能成为陕西第一村。奉义无心听他说些什么，只想着如何跟墩子合作一事。

夜深人静，宽展父子住在奉义后院子的客房，等待天亮。大约晚上10点，饭馆来了一位小伙子，站在院子跟清茶说话。宽展透过窗户仔细一看，惊得他不由得张大了嘴巴。那人简直与泓顺家的李梦秦活脱脱像一个模子倒出来的，嘴角、眼睛、鼻子，甚至下巴和发际，还有声音都像。天呀，天底下咋会有如此相像之人啊？莫不是被泓顺撵走的伙计又来到奉义的饭馆，那样，奉义岂不是完全知道泓顺家所有的经营秘密，甚至包括家里的契约买卖？不行，我得回去把这个情况汇报给东家，否则，白吃了人家的饭，白拿了人家的俸禄。他听不清俩人谈话的具体内容，却清清楚楚地看见清茶把他带到后院去了，看样子两人还相当熟悉亲热。借着月光，一筹莫展的宽展站在窗前想心事。肌肉无力、说话无力、要人搀扶的儿子正斜靠在椅子上，瞅着天上的星星，想念家中的母亲枫林。

宽展父子离开西堡子到西京求医，家里的媳妇如释重负般唱起了秦腔《游龟山》的唱段："假若我与他结为亲眷，女孩儿到后来好把身安。"这个没心没肺的女人是个真正的没头脑，几年前，自家小儿嘴里的奶吐到泓顺的肩膀上，她熟视无睹，都不说用布擦一擦，任一个男人满世界招摇。

这不，宽展前脚去了西京，后脚泓顺就移步到她家。这几年，宽展跟着泓顺还是挣了不少钱，媳妇枫林自然就滋润自在。有钱谁不愿意买粉，所以她比一般女子多了几分风情，几分姿色，人送外号"黑牡丹"。她一个人在厨房洗锅，嘴里哼着秦腔，未曾察觉身后有人。泓顺像一阵风一样刮进灶房，目不转睛瞅着枫林舀洗锅水的身子一倾一倾，屁股一翘一翘，纤细的腰身系上围裙分外妖精，像戏里的娘子未卸妆走下舞台。他从后边熟练地拢着她的腰，枫林吓了一跳，连忙往前走了几步，躲避他。泓顺木桶箍子似的缠住她："你瞧，你瞧，还羞呢！在这儿安身，在这儿安身，来，哥亲一个！"说着把女人往怀

西堡子

里拉。

"是你个冤家!"枫林掰开泓顺的双手,转身出了厨房,走到院子中间,却急忙跑过去将头门闩子从里边插上。

泓顺的虚荣心和权威受到了极大的挑战:如今在西堡子还没有我办不到的事,一个小小的枫林,应该早给我投怀送抱才对,别人不懂事倒也罢了,你得了多少好处,一点儿规矩也不懂,装啥贞洁?还好,今儿这妖精女人识相,自己主动去把头门关上,意味着为我打开了另外一扇窗户。风月场上的老手深谙女人与男人相处之道,他直接过去将枫林抱起来,往卧室走去,一双从不干农活的胳膊缠绕在她的身上,不知道使了多少憨牛劲,她哪里能挣脱得开。正当枫林要开口说话,泓顺一条腿压上去,伸手捂住她的嘴,示意她不要出声。泓顺的手快速伸进枫林的大襟衣服里,在她胸前一阵乱摸,刚喝过香茶的舌头递进枫林的樱桃小嘴,缠绕着、品味着、吮吸着。泓顺轻声道:"你自己还不脱了,让我动手?"

"你个挨尿的。"枫林的下肢被泓顺的双腿牢牢卡住。她机械地去解泓顺大襟袍子上的盘扣,被他挡住:"瓜女子,不脱袍子,解腰带。"没等枫林动手,他已经将她的衣服剥得一件不剩。别看黑牡丹脸黑,身上却白生生的,妖娆地游走在他的眼前。

"哎呀,我的女神呀,来,哥抱抱!"泓顺用袍子将枫林裹起来,一道实实在在的温柔将两个人在宽展的炕上连在一起,云雨起来。半袋烟的工夫,泓顺从枫林的身子上滚落下来,她连忙去穿衣服,被他挡住:"急啥,谁家打胡基一次只打一块儿?"

"你个土匪,让宽展知道我就活不成了。"

"怕啥,他是你的天,我是他的天,没有我这个天,他能活?"

"好我的先人呢,有娃呢么!"

"娃咋了,你那短命的娃不要也罢,赶明儿咱俩再生一个!"

"可不敢浑说,也许西京的大医生能看好我娃的病呢。"

"你们女人家就知道娃呀娃的,一点儿大志向都没有,你看你后边的厦子房都漏成啥了,过了正月初五叫人给你翻盖一下。"

"谁不想呢,宽展挣两个钱都给娃买药吃了。"

"一会儿工夫给我戴了三枚勋章,冤家、挨尿的、土匪,来吧,看

第三十一章　桃园也是家

我不收拾你!"泓顺又翻身上马,去了二人世界温柔县、舒服乡。

当太阳走到头顶的时候,宽展从医院回来了,一粒药片也没买,医生说要留院摸索治疗,目前没有更好的治疗办法。儿子得了重症肌无力病,这种病能够长命的不多。按照农村人的讲究,冲冲喜或许能好起来。于是,西堡子泓顺的军师宽展,这个男人决定给儿子娶妻,无论如何先留住根再说。

宽展父子在西京两天,亲眼看见奉义在西京的生意越做越大,感叹天地之间人是多么可怜的东西,无论身处何方,总在为生计奔忙,欲壑难平;奉义弟兄俩背井离乡实属不易,还是西堡子的日子踏实。

第三十二章　瘟疫来了

　　宽展父子离开忠瑞饭馆后，清茶对奉义说："你知不知道有一种植物叫槲寄生，专门寄居在别的植物上生活。宽展就是这种人，他狐假虎威，助纣为虐，既可怜又可憎。得病就得怪病，死绝才好！"

　　"不许诅咒别人，人命在天，多行不义必自毙。咱们好好做生意，你给咱理好财就对了。"奉义安慰媳妇，让她少管闲事。

　　钱财永远是引领人向前走的旗幡。西京的生意在吃进机场的几间门面房后，与桥梓口的饭馆呈现出少有的两旺局面，这让奉义弟兄们稍微松了一口气。然而，乡下家里却呈现出罗锅子下山——前（钱）紧之势。原因并不是李云儿理财能力差，而是由于人口激增，土地与人口的矛盾凸显出来了。

　　千百年来，西堡子的土地问题一直是当家人苦苦探索却难见成效的问题。谁都知道，盛世与乱世交替，和平与战争交替，最苦的是农民。眼下，单纯靠忠瑞老汉跟会卖包子已经难以满足吃饭的要求，要解燃眉之急，必须让奉义卖掉西京的几间房才行。

　　奉义的几个姑娘已经连续两年没有添置半身衣裳了，更不用说隔三岔五去堡子的百货商店买什么香水之类的奢侈品了。

　　奉义是孝顺的。听说家里要钱，他赶紧让清茶把放印子的钱收回来，帮助家里渡过难关。相信秋天收了御麦，兑换成麦子，继续赶集卖包子，慢慢地日子会稍微松泛一点儿。

　　送钱历来是奉信理所当然的差事，况且掐指算来，该是媳妇韩枝分娩的日子了。这已经是第四个孩子的月子了。早早地，他把一锅醪子调好，启程搭车回家送钱。

　　沣河是他必经的路径。奉信看见一群衣衫褴褛的军人怀里抱着枪，

◎ 第三十二章　瘟疫来了

　　横躺竖卧在河岸边休整。他赶紧躲在树丛后边，准备伺机绕道回家，怕那些饿殍抢了他的钱。远远地听见有长官训话："你们再坚持坚持，部队很快会给咱们发军装的。"一个下等兵拉肚子失了人形，眼窝深陷，张大嘴呼吸，弱弱地躺在地上，仍然不忘把长枪紧紧地握在手中，人却根本无力站起来。另外一位实在支撑不住，眼看着奄奄一息，魂断游丝，长官命令战士活埋了他。那人支撑着爬到长官跟前求饶道："老总，甭埋我，我还能活！"长官一脚将他踢倒："你能活？你能失火！"一铁锨将他拍下去，一会儿工夫活埋了那个小兵娃子。

　　亲眼所见的部队凄惨境况让奉信无比痛心，他们是国家的钢铁长城呀，保家卫国的栋梁怎会如此落魄？后来，经打听才得知，部队正在流行一种叫疥疮的传染病，疾病使得战士们几乎失去了战斗力。这是从古至今部队长官们最头疼的大事。众多患疥疮的士兵皮肤奇痒，不敢多言，悄悄用口袋装些渣土，不时摸出来少许摩擦止痒。而另外一种传染病更要命，那就是疟疾。寒热交替的士兵强忍着牙关不敢哆嗦，宁肯饿死也不敢让长官知道。部队的军装不能按时发放，夏天到了棉衣仍然脱不下来；冬天来了，战士依然得穿不能御寒的单衣裤。有谁将国军补给问题挂在心上，谁指望这样的部队冲锋陷阵？这是守在西京城边的国军吗？奉信这才明白，当年二哥他们在中条山打仗，面对日本鬼子穷凶极恶的剿杀和装备精良的辎重补给，我们的三秦儿郎该是何等的英勇无畏！二哥奉义吃了多少苦，他从来不向人提起。

　　奉信紧走慢走，还是被几个饿狼一样的男人截住，身上的钱被抢走了，只剩下缝在腰带里边的没被发现。他亲眼看到一群男人为吃饱肚子而参军，到头来狼狈到如此地步，靠这样的军人能守住西京吗？西堡子坚固的村子，自在的村民，一百年来无人当兵。所以，他对于部队的认识是一张白纸。耳听为虚眼见为实，当年日本人轰炸西京，悬啊！多亏地面部队没进潼关，否则杀进西京，古城危在旦夕，西堡子岂能安生？

　　奉信终于脱开那群散兵游勇，趁天黑以前赶回了西堡子。云儿见小儿子回来，惊诧道："你不要命了，战事这么吃紧，外边乱得跟校场一样，你跑回来干啥？"

　　"没事，我回来送钱，差点儿被一群饿鬼活吞了。那还是胡宗南的

329

部队，我的神呀！妈，你把钱藏好，别让我爸跟会了，在家静静待着。"奉信说着直挠头皮。当兵的得了疥疮病，云儿几天前已经开始使用土法为他们治病了。她让老三在后院抱一捆艾叶，在厨房挖两碗花椒，到河边交给部队，叮嘱长官熬汤给战士们擦洗，很快便遏制住了痒病的爆发流行。这种事老三跑得比谁都快，他是最让母亲省心的。

云儿是医生，她害怕刚才奉信与当兵的拉拉扯扯，被传染上，所以，让儿子脱光身上所有的衣服，扔进后院的大盆里，让媳妇们烧一锅开水，把他的衣服狠狠地烫了一遍。

收拾干净利索的小儿子奉信跟母亲在前厅房聊天。

"你黑天半夜地跑回来，肯定是你爸捎了话，难为我儿受苦。"

"也该回来，家里人多花销大呀。"奉信一边说一边把钱递给母亲。

"好我的儿呢，最近不知道老天爷咋了，异常收生。瘟疫把人缠住了，虎烈拉专门要人的命。外村死了一层又一层人，咱村还好点儿。我让娃们甭喝凉水，城内玩耍、过会和中秋节的亲戚全挡了。可怜油坊、粉坊的几个伙计都死了，惨啊！外乡人没家眷没人疼，跟牲口一样。你三哥给人做棺材，活多干不完，你大哥他们几个帮忙，净贴钱。他见谁都可怜，坚持做着赔本的买卖。有的人没钱，钉个干木匣子了事，有的人把木头拉来让给做，一毛钱也不给，他也给人家做。最惨的可能要算咸阳城了，人死了草席一卷也就埋了。哎！这次瘟疫流行时间比以往任何时候都长，人老几辈没见过这么惨烈的灾难。你们在城里把自己管好就行了，把娃看好，千万甭让伙计喝凉水，热毒都在水里。你以后也别往回跑了，危险呀！"云儿说着给儿子去厨房端药。

"好我的妈呢，我一回来你不是让脱光了洗澡就是喝那个高汤，你以为你儿是病秧子吗？"

"瓜娃，防病胜于治病，亏你多年在外，难道见的病人还少吗？"奉信只好接过碗一饮而尽，说道："有老娘这一碗神药垫底，你儿我无往而不胜！店里生意离不开人，天不亮我得赶回去呢。"

"不用那么着急，你没见烈性病流行吗？"

"我不怕，咱家人命硬。"

"哦，对了，妈，让我三哥住到桃园是谁的主意？那破地方，老鼠在里边打拳，黄鼠狼在里边偷懒，没米没面，没法做饭，我一会儿去

第三十二章 瘟疫来了

看看，这烂脏条件，真难为他在家给你撑腰壮胆。"

云儿往柜子锁了钱，说道："啥地方都是人住的。甭急看你三哥，快去看看你媳妇吧，她赶巧晌午又生了一个娃子，个子跟你生下来一模一样，胖大胖大的。你爸给他取名泽书，意思是让他将来长大念书当官，脱了农皮。看来，你命中注定过年没人给你提包子了。"把泽书算进去，奉信已经是四个儿子的父亲了。

说起提包子，这还是当地的一项民俗。

沣河沿岸各村镇，每年春节前，家家户户蒸包子，有地软馅的，有萝卜馅的，有大肉白菜馅的。里边的馅看不出好歹，外边皮子的黑白却一清二楚。女儿过年给娘家拜年，别的不说，十个包子是一定要送的。发面、调馅、捏褶子、火候，绝对能考验一个女人制作茶饭的本事和家里的经济实力。云儿家的五个媳妇给娘家提的包子在当地是出了名的，因为当家的就是干这个行当的。平常人家，谁家没有姑娘，春节时一家人窝在一起，肯定冷冷清清。不走亲戚的人家，三十的包子初一的面吃过，没有亲戚到来，就只好望着村口高大的秋千，等着初五打搅团糊窟窿了。于是，人们把女儿称作提包子的，就是提示人们不要歧视女儿，不为别的，为过节热闹。千百年来，谁家过年不希望热热闹闹？人活在世间，图的就是这一点儿享受。设计这项年俗与新婚的"住食邀对月"婚俗有着异曲同工之妙，都是在母亲与已婚女儿中间架起一座连心桥爱心船，在来来往往中传递信息加深感情。

烂脖项奉信最缺的正是提包子的姑娘。

韩枝听说自家男人烂脖项奉信回来了，就是半天不见人影，在前房跟亲娘说不完的知心话，把她这个月婆子完全放在了脑后。好不容易人家吃了喝了才到她的屋子，韩枝喜不自胜，她早也盼，晚也盼，盼夫妻团圆，盼一家平安。奉信劝她说："娃他妈，你受罪了，生这四个吃货也算对得起我妈，以后说啥咱也不生了，再生你就成了豆芽菜了。我一天到晚在西京，不想粘你，你还给咱生了一河滩，我要是整天在西堡子行走，你还不给咱生几十个儿子！生这些吃货干啥，都是些要咱妈老命的讨债鬼。"媳妇见男人说了温话，说道："还说他们是吃货，就我这样的丑婆娘，可算柱嫁到你面店子了，从来没吃过你一顿现成饭。我多想让你给我擀一碗面，包几个包子，而你总是来去匆

331

> 西堡子

匆,外面的世界勾你魂魄呢。"奉信见儿子在襁褓里睡得踏实,大声说道:"哎哟,摘天上的星星我办不到,给你修个钟楼、大雁塔我也没能力,擀一案面再办不到,可不羞死人了?简单得跟——样。我去拿娃的本子来,擀面让你看,让你开开眼界,见识一下你男人的本事。"

韩枝迷迷糊糊地睡着了。仅两袋烟的工夫,奉信摇醒了女人。他擀好一案面,将儿子写的小楷放在八仙桌上,用两根擀杖把擀好的面挑起来,面薄如纸张,却筋如牛皮,从上面望去,下面的字迹清晰可见。韩枝惊得张大了嘴,弱弱地说:"谁说我男人烂脖项人没本事,光看你擀的面就知道啥叫个手艺,能在西京站住脚不是凭嘴说的,是干出来的。"

"这不算什么,我调的臊子汤才叫一个香呢,你来喝一口。"

"好。"她笑着笑着哭了。感叹一个男人家抛妻丢子走南闯北,围着锅台转,人皮咋这么难披呢?她欠欠身子,平生第一次主动地在奉信的额头上狠狠地亲了一口,倚靠在他温暖的怀里,硬挣扎着端起男人递过来的小小的一碗臊子面,喝了一口汤,就放下了。她感觉肚子难受,却不好意思给风尘仆仆回家的男人诉说,再次躺下。

晚上掌灯时分,煤油灯忽暗忽明,奉信在炕头搂着刚刚生产的媳妇,与她东一句西一句地说着心里话,极尽温柔。女人已经连续给他生了四个儿子,个个精神,白白胖胖,高高大大,完全继承了忠瑞家的遗传密码。奉信抱着女人,讲他在西京见过的奇闻怪事,想念亲人时如何打发光阴,将来为儿子们谋划怎样的前程。他开始半躺着,累了,竟呼呼大睡。

梦中,一阵黑风刮过来,把刚才擀的面吹跑了,他不由得惊醒了。一看,窗户外面泛起浅浅的亮白,西堡子城墙上的四更钟刚刚敲响。他准备起身给家人做饭,顺便给媳妇蒸一个鸡蛋羹,开个小灶。这是母亲准许儿子干的唯一一件违背规矩的事情,给坐月子的女人蒸蛋。突然,他发现韩枝全身冰凉,一动不动,嘴角流出一行绿色的黏痰。他慌忙掀开被子,只见媳妇身下的草纸被一摊血脓水完全浸透了。奉信趴在她的胸口,再也听不见可亲可敬的女人心跳和呼吸的声音了。他大声叫她、摇她,没有应答,且一动不动。

奉信一边叫着女人的乳名,一边飞奔到母亲门口,大声喊叫:

第三十二章 瘟疫来了

"妈，妈呀，韩枝不行了。"

"谁？"里边传来母亲不急不慢的询问。

"我媳妇，你快去看看。"奉信祈求的语气。

李云儿连忙披衣出来，用平时给人治疗眼疾的针在韩枝食指指甲与第一个关节的中间，猛地扎了进去。然后，朝着血管末端的方向挤过去，片刻后，一滴浓稠的黑血迟迟地渗了出来。天底下最善良的母亲见状，不由得摇头叹息，老泪纵横，媳妇没救了。母亲李云儿是在用最残酷的一招治疗媳妇的虎烈拉病，遗憾的是病情发展太快了。

奉信看见母亲云儿不住地哭泣，知道媳妇毕了，不再言传，连忙撒腿跑到西堡子的东门，让石奋打开了城门。又一口气跑到桃园，使劲地敲打奉礼的房门，无力地靠在疙疙瘩瘩的老桃树上，泪流满面地喊："三嫂，三嫂，我媳妇死了。"

全家立刻大乱，未等家人到齐，屋外传来相沫凄惨的哭声："妹子，我的好妹子呀！你咋舍得撇下四个娃呀？"韩枝是她的表妹，西堡子人尽皆知。韩枝的过早离世使得她这位兼着姐姐与妯娌双重身份的善良女人心疼不已，难怪她哭得最伤心。云儿白发人送黑发人，精明的她陡然间也木然了。

鉴于奉信与媳妇聚少离多，在西京生意上出尽了蛮力，饭馆生意挣下的钱都是他辛苦劳作的结果，云儿做主把给忠瑞准备的柏木棺材让韩枝背走了，算作对儿子的补偿。烂脖项奉信决定不再续弦，两地生活实在太艰难了，尤其对于女人而言。

关中人在新坟上会留下念想，桑把就是其中的一种。新坟的土被冻得非常坚硬，奉信特意在四个儿子的桑把中间插进一根擀面杖，在小坟边种了一株柏树，把思念留在地里，把不舍留给地下的媳妇。

四个儿子从那往后，理所当然得由相沫管教了，包括刚刚出生没吃几口奶、尚在襁褓里的泽书。头上缠着头布的儿子们跑到桃园的屋子，齐刷刷地跪在奉礼两口子的跟前，哭着、嚷着要跟三娘一起生活。相沫身边只有泽瑜一个孩子，小炕最多只能睡三个人，容不下那么多的孩子。她把泽书抱到怀里，泪如雨下，发誓将孩子视为己出，直到长大成人娶妻生子。

如相沫预料的那样，葬埋了韩枝，头七还未过，奉信就坐车回到

> 西堡子

了西京。回到西京的奉信抱着慕容的那身花衣服，呆坐了半夜，眼泪滴答滴答尽情地流着。韩枝的死极大地动摇了云儿逼迫忠瑞外出卖包子的计划，瘟疫虎烈拉太可怕了，谁的脸上都没有写着"病家"二字，防不胜防哇！

韩枝死后不久，瘟疫虎烈拉像鬼一样与村民们如影相随，愈演愈烈。对于忠瑞家而言，他们回避不了现实，躲不过灾难，因为有需求，有上门定制棺材的需求，死人总得入土为安。众所周知，死者的家人得瘟疫的机会要比别人大，他们站在风口浪尖，是最危险的人群。

偏巧奉礼是不信鬼神的，手上的活多，绝不可能切断传染源。云儿作为母亲，她不放心，她得为儿子们考虑，瘟疫没长眼，无孔不入。在人人自危的那段时间里，奉礼将村子的桐木悉数赊进，高高地堆放在桃园。客人把棺材钱远远地放进挂在桃树上的担笼里，然后将棺材拉走。奉礼并不直接接触客人，这是母亲云儿教给他的办法，既要给人帮忙，又不能染上瘟疫。

在那个医学还不发达的年代，瘟疫来了，最忙碌最吃香的恐怕要数列位神仙了。西堡子也不例外，祖先事先预备好的几个庙宇里，那段时间香火格外旺盛，一天到晚烟雾袅袅，门槛都要被踩断了。

第三十三章 机会总是留给聪明人的

泓顺天生心机厚重，不走寻常路。从来天不怕地不怕、不信邪的他趁村子人人恐慌，唯恐惹上瘟疫的机会，让狗娃套上轿车，径直往秦岭方向去了。观音山是他的目的地，分水岭是他的理想之巅。这是他第二次来。第一次是被母亲抱着来的，那时他刚刚断了羊妈妈的奶。

山不在高有仙则灵。在西堡子人看来，所谓的仙不是僧侣神仙，而是他们自己，他们向善的心。观音山是西京周边最易看到云海的几处山峰之一，有着悠久的历史，是著名的佛教圣地。它位于距沣峪口约13公里的长安喂子坪乡玉皇坪，海拔高2200米，山脚下即是法华寺和九龙潭。法华寺等庙宇香火浓厚，森林小道曲径通幽，佛经流转，佛音绕山。山上还有千年古寺南雅寺，寺内古松参天，禅院清幽。观音山岱顶海拔1818米，台地开阔。山上分为东、西、南、北四个静池。进了山门，依次还可以看见南雅寺、三圣寺、山门寺、中佛寺、观音正殿、送子殿及水帘洞共11个寺庙。万历年间铸造的两口洪钟，一口吊在正顶龙脖之巅，另一口悬挂在玉皇坪庙门前。

如此宏伟的建筑群，那可是当年西堡子先民给自己置办的私财。200多前的西堡子先民仅有30余户人家，他们出资三万两白银，用时三年半，昼夜施工，轮流换班打好城墙，村民尽管伤病数十人，但是人心齐泰山移，造出远近闻名的小北京城堡。建城后，面对突然增长的人口，先人们丈量了村中的所有土地，发现人多地少的矛盾十分突出。村民觉得建城没花几个钱，不过九牛一毛，并未伤筋动骨，村民手上的热钱并没有派到火线上，这才有了先打城后买山的英明壮举。

随着时间的推移，原来建造的观音山寺庙破败不堪，胜景不再，亟须修缮管理。然而，明朝政府财力有限，无力做这些不打粮食的事

西堡子

情。机会就摆在西堡子先民的面前，留给有远见卓识之人，稍纵即逝。当得知观音山可以购买的消息时，西堡子的先民们立刻行动起来，一致决定往山里发展。后来，包括西堡子在内的八个社，集资在秦岭买下了整个观音山脉和建筑，当然最早提出购买构想的西堡子人出了一半的钱，承了大头。在后来的几十年里，修庙建寺，修路搭亭，僧人也陆续入住，香火旺盛的时候，人声鼎沸，香客络绎不绝。村民逛观音山就像走舅家一样自由、方便，将建设好的观音山作为村子的精神家园。后来，园照大师曾在这里讲学论经，观音山有临时佛学院之称。

伙计狗娃将轿车停在山脚下，给东家换成红鬃马，沿着幽静的山间小路牵马坠镫，一路上行。

得知西堡子的绅士来了，法华寺的僧人连忙将西苑那间屋子收拾干净，一边通知厨房加菜加饭，一边派人去告诉五常法师。这是规矩。他们知道西堡子瑞字辈的人年纪逐渐大了，近年来，年轻一辈还没有一个人来过山上。早年间，山上果树上的核桃、栗子、无花果，都是寺里晒干，等村子派人来取，将实物拿回村子分给村民。如果遇见天气不好，寺里把果子卖了钱，等春节时村子派人一并来取。山上的粮食比山下产量低，一亩地如果能收上100斤麦子，绝对会令僧人们眉开眼笑。一般情况下，他们除了供给香客外，基本没有结余。香客们初一、十五上山烧香拜佛，到寺里免费用膳，粮食基本上依靠捐赠，而功德箱平时总是满满的。

今年春后的一场冰雹，将山上果树的叶子打得稀烂，刚刚露头的核桃也被打得七零八落，只有背坡的一些树木幸免于难。寺里的和尚精心管护山林，在树坑周围围上石头，昼夜巡视，防贼似的一天到晚提防山里的野兽出没伤及果树，唯恐山上馋嘴的香客爬树采摘了青皮核桃。

泓顺此次进山，就是为了查看实情，看看山上有多少地可以扩种，有多少树木已经成林，山货能否与外界交换变现。当年奉义当保长，村上的钱紧，但基本能维持日常开支。他走后，保上随意花钱，无人问津。西堡子近年来的额外用度也越来越多，接待上边来人的负担也越来越重。加之祖坟已经由他派人看管，费用由他负担，他家的钱财倒贴进去不少，无形中增加了负担。别人不知情，宽展对每月的支出

◎ 第三十三章 机会总是留给聪明人的

了如指掌，本来这次要带他上山的，可他给儿子娶亲冲喜，忙得不亦乐乎。虎烈拉肆虐民众，上边的摊派暂时停止了，估计瘟疫过后，上边又得罗列出名目繁多的杂项来，作为乡绅，他得寻找进账的渠道。

伙计狗娃是第一次进山。登上山顶后，山顶的旖旎风光吸引了他的注意力，便全然忘记了使命。他放眼望去，只见白云蓝空，群山起伏，气势磅礴，万木叠翠，鸟语花香，凉风送爽，满山葱茏，野果生香，蔚为壮观。西堡子小小的城墙限制了他的眼光，想必只有到了山上，他才能极目远眺，肆意呼吸，大声说话。居住在这神仙一般的地界，给个皇上也不当。

泓顺与住持的谈话不许伙计在场，狗娃这小子一个人逛遍了山上的寺庙古刹。一天下来，让泓顺闷闷不乐的是住持接待他非常热情，却对他独到的眼光持怀疑态度，不温不火。

泓顺也没想到山上的情况发生了巨变，新开垦可播种的土地越来越多，种、收、晒是体力活，尤其在山上播种，格外费人。寺庙的房屋近50年无人维修，修缮问题也得提上议事日程，得再派人加强管护才行，整个观音山100多人管理，显得人手不够。最让僧侣们牵挂的不是房屋树木，而是那几座金佛。佛前一刻不敢离人，听香客们说土匪早盯上了这些宝贝疙瘩。土匪上山对地形进行了实地考察，对里边情况了如指掌。八社无权封山，无权对香客们限制行动范围。尤其在寒冷的冬天，毛贼如麻，得巡夜。说实话，毛贼的拳脚功夫不是僧侣的对手。然而，他们手里有枪，万一交手，寺庙注定要挨挫。种种因素决定了山上除了僧人之外，村子必须得选派愿意在山上为社里服务、为村民服务的汉子们才行，不但要添人手，条件许可的话，最好配备些"汉阳造"，谁敢动佛的念头，请他吃"落花生"，确保寺庙万无一失。

然而，对于居住在城堡里的汉子们来说，无利不起早，他们哪个愿意抛家舍业住在山里。一对矛盾摆在泓顺跟前，他一个人无权决定山里的事务，得八个社主事的共同商量。西堡子的公共用度已经捉襟见肘，眼看到了向村民摊派的境地，这在西堡子历史上是罕见的。八社有观音山做后盾，就像螃蟹拥有厚厚的硬壳一样，既然有壳就得把壳充分利用好，多一层保护，多一层安全。眼下的瘟疫来势凶猛，村

337

▶ 西堡子

子得额外预留一份钱来采买药品，防病治病是头等重要的事，尽管李云儿采买药品没有向他张口，但是，相信她也坚持不了多久。

泓顺在山上住了两天，没有尚方宝剑，没有八社的委托，所有的计划只能搁浅，他一无所获。榆木脑袋的五常法师死活不同意他单独在山上开辟一块地方，用于兑换菜油。油坊的规模必须扩大，西堡子那块弹丸之地已经盛不下他的理想、他的抱负。观音山是南北交会的大通道，是财富伸向秦岭的触角。他不想一下子把手伸向四川，那块传说中的富庶之地。如果在观音山站住脚，再打拼个十年八年，等俊杰长大了，让他接手。那时，父子俩控制秦岭以北的油路，如果天遂人愿的话，还可以让李想的耀财将来到四川掌管买卖。假如梦想成真，他的两个儿子将实现他的财富美梦，为他撑起门面，光耀门庭。要不是为了这一天，他才不愿意把独苗儿子送到咸阳上学，吃学校饭堂的大锅饭，睡大通铺。

看来，脑袋被驴踢了的僧侣们一时半会儿还难以理解他的宏图远志，真正实现他的扩张梦尚需时日。然而，好不容易进一回山，总不能空手而归。机会总不会从有头脑的人身边溜走。

狗娃把寄养在客栈的红鬃烈马牵过来，再次给东家换上自家的轿车，准备打道回府时，被泓顺叫住了："我发现山脚下的桐树长得出奇的好，你去村里打听一下，看那些桐树咋卖。"狗娃领会了他的意图。一会儿工夫回来回话"大的五块，小的三块"。泓顺简直不敢相信自己的耳朵，这哪里是卖一抱粗的桐树，简直就是卖白菜嘛！他随即掏出三百块钱，让狗娃把那一片桐树全部预定了，顺便租车先拉回去一车。另外的几十棵树，下次一并运回。

黎明时分，泓顺叫伙计把拉回来的桐树全部卸到离奉义家桃园最近的祖坟。从此，神差鬼使地来奉礼处订做寿材的人，跟风似的，不用松木，不用柏木，全部用泓顺的桐木，图的是经济实惠轻巧，方便运送。

泓顺在这次倒腾木材中稳赚了一千多块钱，这是得了好处的伙计狗娃喝醉酒后告诉奉礼的。

下苦的奉礼手里的墨斗永远不会干涸，手上的刨子永远锋利无比，地上的胶锅里永远咕嘟咕嘟地响着。泓顺与奉礼在这场人人恐惧个个

第三十三章 机会总是留给聪明人的

提心吊胆的瘟疫中联手打了一个漂亮的协同战,各挣各的钱,心照不宣。

纸终究没有包住火。云儿是不经意间发现泓顺堆在祖坟旁边的木头的。那天,她提着篮子到地里采摘蒲公英,这种廉价的中药全草可以有效治疗虎烈拉,她摸索着再添加了一些解热除湿的草药,在家里熬了药汤。起先家里的孩子们喝,后来亲戚朋友踅摸着要喝,大方的云儿给他们罐罐盆盆盛满。再后来,村民不好意思觍着脸来舀,云儿索性把锅支在门口,任大家随意盛取,随意饮用。泓顺派人来询问要不要村上资助她,给她一些辛苦钱,被李云儿一口回绝了。

超级瘟疫在云儿一锅一锅的黄汤水灌进大人小孩的肚子后,奇迹般地悄悄绕道而行了。西堡子在这场瘟疫中只死了三个人,其中一个是老人,一个是儿童,一个是韩枝,要不是云儿及时出手治病救人,不知道西堡子周边得死多少人。

忙着给人熬药的李云儿放松了对儿子们的约束,当她无意中发现老三奉礼与泓顺私下联手做起了买卖,顿时火冒三丈,不问三七二十一,抡起拐杖,在桃园追打奉礼。追着追着,坐在儿子的炕边,不自觉地落下泪来。数落起儿子道:"你是聋子还是瞎子,你是他的对手?咱老二那么厉害,都玩不转他,你能行?"

"妈,我又不是跟他玩儿,是跟他合伙积德行善,给人盖阴宅嘛。"

"人家有木头不会找别人,为啥专门把木头放在你眼跟前,你个傻子不上当等啥呢!"

"好我的老妈呢,他挣他的木头钱,我挣我的手工钱,井水不犯河水。大不了我不直接从他那儿买木头,谁让我做寿材谁自己买木头拉来不就行了?"

"我不管,反正不许你跟他来往!"

"呵呵,得令!"奉礼就这种脾性,不温不火,天生一副乐天相。

就在母子俩坐在桃园商讨如何既不伤面子又能让手艺变钱的时候,泓顺已经跑完八社中的其中六个社,征求关于在观音山建油坊分号的大事。同时,他抓紧时间考虑冬季征兵该咋办了。

当年,奉义离开西堡子,保上的事情托付给委座媳妇王玉婷,几个甲长面对一个烂摊子,群龙无首,对保上的事情无从下手,都撂了

339

西堡子

挑子，再不管事。一个女人对当年委座之死尚未释怀，更何况安顿日常事务，空闲了一间办公室。乡公所得知西堡子无人服众，很伤脑筋。他们选了大半年也没有一个合适的人选，最后决定保长由几个甲长轮流当，先后次序以抓阄为准。这伙跟随奉义的甲长不愿意干那吃力不讨好的差事，狗肉凑不上席，你推我搡，上不了台面。后来的乡约推托不过，接过保上的花名册，不过，他只负责保安，不管其他事务。鉴于西堡子再无人敢顶这个乌纱帽，乡上开会直接就点了泓顺的名，石奋也是应景的摆设。

泓顺庆幸西堡子的日常事务没有那么多，治安也不错，催粮、征兵、纳捐的事基本能落实。与奉义当保长一样，泓顺也从来不摸枪。与奉义不同的是他的钱广、手段硬，追随的人也多。在他"执政"的几年里，每逢日子艰难时，村民私下仍有人贩卖鸦片烟，把前些年偷偷藏在地窖里的大烟拿出来，想偷着换几个零花钱。逛会的妇女男人假装逛会采买，在袖筒里交易，作为保长的泓顺睁一只眼闭一只眼。买烟的大多是甘肃人，他们悄悄跟会，打听谁家有烟土。当然，明眼人都知道，地下交易总得掩人耳目才行。好在通过多年的教育，村民知道吸食大烟会断子绝孙，受人唾弃，吸食大烟的人消失得无影无踪，久而久之，烟毒之害竟消失殆尽，不医而治了。所以，保甲的职能只剩下催粮征兵与治安了，这就是泓顺之所以能在虎烈拉流行季节脱身去观音山的缘故。

这一趟算是没有白跑。

第三十四章　凝春出嫁了

泓顺知道奉义兄弟俩在西京把饭馆做大了，注意力集中到生意上，肯定再无心跟他较劲，加上他的母亲总在他的耳边念叨，冤家宜解不宜结，他渐渐地忘却了过往，怡然自得起来。

这一天正是寒食节，广顺的媳妇李想早早地起床，用菠菜搓了绿面，用擀杖擀开，切成泓顺喜欢的韭菜叶宽，煮熟捞出，在凉水盆里降温，用蒜苗、香油拌妥，等待心上人来吃。尽管她也不知道泓顺来不来。她对做小菜很是拿手，小葱拌豆腐、香椿炒鸡蛋都是她的拿手菜，量掌握得恰到好处，一小碟即可，一点儿都不浪费。这是泓顺要求的。他说吃七碟子八碗子的是莽汉，品滋味拿折扇的是秀男。他一辈子追求的是情趣，是味道，是给五官过生日，给心灵过年。李想对泓顺唯命是从，逐渐地也秀气起来，连说话的声音腔调也被泓顺同化了。他俩安享这里的清静，难得消停一时半会儿，俩人勾肩搭背，伸嘴递舌，享受属于二人世界的温馨幸福。泓顺叮嘱李想平时不要与李云儿家人发生口角，不要平白无故惹人，说话要慢一点儿，走路要知道让人避路，不要莽撞。

吃完饭，他转悠到油坊里察看。平时这些伙计不管主人在不在一个样，拼命作业，唯恐被发现不卖力被炒了鱿鱼。别人的油坊一斤花籽榨五两油，而他们的工艺复杂，出油率高，渣滓少，能榨六两油，能为主人挣更多的钱。伙计们白天是作坊的伙计，晚上武装起来摇身一变就是保安，佩枪在身。他们守着油坊，就像守着自己的孩子一样。泓顺每次到油坊不怒自威，跟伙计头坐在一条板凳上，东家长西家短拉家常，高兴时还会跟他们一起纳方下棋，一副漠不关心从容闲适的样子。因为他心里有底，伙计们由衷地喜欢他的作坊，个个万分珍惜，战乱时期找一份这样稳当的营生不容易。他们的枪专门用于保护油坊，

> 西堡子

不做别的用途。晚上，油坊大门关闭后，与另外的两个西堡子大门一样安全，土匪根本进不来，完全可以高枕无忧。

风流倜傥的泓顺吃饱喝足，绕了一圈回到街上，准备去城堡西南角的菩萨庙看看，那里敬奉的是普贤菩萨，平时香火不如药王庙兴盛。村民没有几个知道普贤是干什么的，也不想知道，他们关心的永远只有自家的庄稼与孩子。

经过云儿门口时，他听见屋子里有吵闹声。他家与奉义家距离并不遥远，想要串门根本不是什么难事。他装作若无其事的样子，原地来回打转，仔细听院子的动静。原来是几个姑娘为描花样子吵起来了，你拉我的白纸，我抢你的颜料，不可开交。泓顺实在佩服这个老人将一家人管理得服服帖帖，要是自己的老人也有这样的本事该多好，省得自己一天到晚操心劳神。想到这儿，泓顺满心的忧郁。在我家里，根本不存在这个问题，窗花全部是节前在咸阳采买的，即使是如雅也不会描花样子。穷，或许也有穷的乐趣。

其实，大脚女人李云儿一贯娇惯自家的孙女，从不动孙女一指头，想着她们不能在娘屋久站，嫁出去为人妻为人母，难得少女阶段逍遥自在几年。她最近心情格外郁闷，西京、西堡子两头都紧张，老五媳妇死了，续弦得花不少钱。这帮不用下地干活，不用上锅做饭，只管张嘴要钱花的姑娘为画窗花你拉我的白纸，我拿你的毛笔，互相不服气，拌嘴打仗，咋能让人省心？云儿气不打一处来，抢起拐杖朝几个姑娘打去，不经意间误打了凝春，她立即就后悔了。一人闯祸，全体受罚，这是她的家法。几个孙女、媳妇靠墙站立一排，接受教育。但是，老太太抡起棍子打孙女也是大姑娘坐轿头一回。刚打完，自己就难过了，啥日子过不去了，连孙女都开始打了，明白自己是脊背痒、抓腔子，迁怒娃们。其实，你不管她们，一会儿就和好了，事情并没有那么严重。姑娘们见连累大娘，直到四妈，吓得她们赶紧跪下，低头不语，任凭老太太打骂处分。

如今的李云儿即使天天拜倒在药王庙前，也无法满足全家人的需求。她的家法搞得人人自危。她很少能听进去儿子、媳妇的劝阻，宁肯饿死，卖牲畜也不卖地认输。唯一让她宽慰的是奉义，她佩服他的能力，理解他的苦衷，从来不主动向他要钱。她猜奉义在西京应该有

◎ 第三十四章　凝春出嫁了

盈余，一定是用在正经地方。儿子不是吃喝嫖赌之人，自然是买房子用了。今年，奉义的饭馆很少给家里送钱，一家大小吃穿用度全靠地里的出产，外加跟会的买卖所得。偶尔，奉信送回来一点儿钱，也只是形式上尽尽孝道，杯水车薪。所以，天长日久，家里亏空显现，寅吃卯粮。要强的云儿不让人告诉西京的儿子们，一个人硬撑着，这样的光景，不迁怒孩子们才怪。

儿子们永远不能理解，母亲为何年复一年给人接骨治病分文不取。老三奉礼给她做了一个木梳匣子，她着急了给人正骨抽出来就用了。病来如山倒，情急慌忙之中，只能随手拿奉礼的桐木条子当夹板。患家见状，不好意思再一毛不拔，随意奉送几个钱，算是回报。云儿看病不收钱，如果再赊账借债，一辈子积德行善免费给人看病的日子估计要走到头了，赔本的买卖实在做不下去了。

奉礼没黑没明做了几个月的棺材，挣了100块钱，赎不回一畛地。奉仁拿着家里的地契发起愁来。西京的生意不挣钱，奉礼的木活不挣钱，媳妇们专门做饭，大姑娘们做针线，小孩子们上学花钱，加上老妈行医往进搭钱，这一家大小全靠老父亲卖包子，无异于坐吃山空。万般无奈，他自作主张，狠狠心卖了几片渠地，剩下几十亩好地再也不敢卖了，否则一大家人只能喝西北风，变成牛皮灯影，家里的水车也将成了靠墙站立的摆设。

经济拮据让每个人心烦意乱，然而，新人的到来却给家里增添了一丝慰藉。等韩枝坟上的土干了两层，花圈与泥土融为一体的时候，媒人给奉信说下一个西府的女人，名叫果果。她前夫去世，留下女儿跟她夫家人一起生活。靠天吃饭的地方人可怜，她在媒人的引领下来到西堡子，愿意给奉信当填房。云儿让人捎话给西京，叫小儿子烂脖项奉信回来一趟。十天后，母命难违，奉信扭扭捏捏回来与果果见了一面，算是成亲。她人还算俊俏，只是身材五短，走路内八字，不说与奉信心仪已久的慕容相比，就是跟韩枝都无法比。这些年家里的日子比不得种罂粟那几年红火，日渐败落，想着自己四个儿子需要人照顾，奉信顾不得挑剔弹嫌，由母亲拿主意，当晚圆房，梅开二度，算是给儿子们一个交代。第二天早晨，未等新媳妇起床，奉信便离开西堡子，回到西京的锅头边，留下女人帮着三嫂照看他的四个儿子。从

343

此，老五奉信总算是全活之人，孩子也有了后妈。好在果果以前嫁过人，与杨赧、清茶、相沫、疏影成为妯娌，和睦相处，尤其对待几个儿子，她能够关怀备至，调教指点。从三嫂怀里接过泽书，自己喂养，尽一个后妈的责任，了却了婆婆云儿的一桩心事。

忠瑞照例外出，不管刮风下雨卖他的包子，好像先人给他规定好的，上了发条惯性运行。晚上，见新娶进门的老五媳妇果果孝顺地给他端茶送水，又想起了在外的奉义弟兄俩，心里泛起一丝淡淡的酸楚，狠狠地说："他舅家的，也不下雪！"

五月初一，端午节即将到来，云儿院子里五颜六色的指甲花盛开了，姑娘们在院子叽叽喳喳嚷着要染指甲。往年的这个时候，花断然是不会开的。这时，媒婆进了云儿的家门，不为别的，为给自己挣一双皮鞋，给凝春保媒来了。

咸阳城内第一书香门第乔家与奉娴婆家是近亲，早听说奉义的大女儿凝春是十里八乡出了名的美女，况且大户人家的女儿家教严，上过学，娃见过世面。于是，专门请奉娴说媒，成全凝春与他们独生子乔少爷的婚事。奉娴身为凝春的姑姑，怎么能亲自给侄女说媒，只好带领媒婆，趁着端午节给母亲送绿豆糕，领着俩儿子坐车回到娘家，同时，把话捎到了西京。

奉义与王强早年有约，等孩子长大结成儿女亲家，遗憾的是两个孩子只在12岁时见过一面，没什么印象。就在奉义犹豫之时，西堡子捎来话，母亲云儿已做主，同意将刚满16岁的孙女凝春嫁给大她五岁的乔家少爷乔冠梁。他在政府部门做事，长得一表人才，见这边没意见，立即下了聘礼，约了客。

转眼阴历六月二十七西堡子古会又到了。提起过会，可不是一件能敷衍的小事。这个习俗不知具体从何年开始，相传起源于秦汉，成熟于唐宋，兴盛于明清，延续至今。在中国，类似春节、中秋节这样的大节日，只有晚辈拜访长辈，而长辈在家等候，亲戚的流动是单向的。过会则不同，是双向的，无论长幼尊卑，互相拜访，只要是亲戚，统一集中到这一天招待。过会这一天，全村总动员，每家每户招待自己的亲戚，无论姑家、舅家、姐家、妹家一律登门拜访。过会场面宏大，亲戚朋友穿着节日的盛装，络绎不绝，骑毛驴的、赶马车的、推

第三十四章 凝春出嫁了

独轮车的、步行的,挽着一笼十个白白的礼馍,拖儿带女走亲戚,比赶集还热闹些。过会主要内容是庆祝丰收,交流务农、经商的经验,互通信息,拜祭祖先。如果过会哪家亲戚无故不来,那肯定是以实际行动向亲戚表示绝交,任何托词都难以搪塞过去。就像过去两国断交一般,是不折不扣的重大事件。

按实际作用来说,过会还是当娘的借机到姑娘家实地考察的绝好机会。考察夫妻是否和睦,邻里是否和善,家中的麦囤子、面缸是否殷实,女儿与公婆、妯娌相处是否融洽,外孙们是否健康快乐。亲戚们聚会在一起,互相攀谈、对比。看谁家的馍大,谁家的馍白,谁家的面碱大,谁家的馍面酸、欠火,言语中充满着丰收后的喜悦。过会的主人家本着亲朋不分远近,朋友不管亲疏,辈分不论高低,一视同仁,笑脸相迎。切西瓜,洗葡萄,搓毛桃,切梨瓜,取出陈年的好酒,准备好美味的佳肴,只等远道而来的客人到齐后,大家坐在一起共享团圆喜庆之乐。弟兄们多的人家,姑娘回娘家看完大哥看二哥,看完二哥看三哥,再到叔家、伯家、侄子家挨个走一遍,诉不完的骨肉亲情,道不尽的儿长女短。等到吃饭时,主妇通常要发动家人去找"他姑",终于在哪个妯娌屋子找到了,拉拉扯扯,一定得承诺"去他家吃臊子面,一会儿来你家吃菜"才罢休。要么说生女儿好,除了过年给父母提包子外,过会还能给家里平添一分热闹喜庆的气氛。西堡子人一辈子图的就是这一点儿新鲜。

咸阳城的老居民知道周边村庄过会,而供职的外乡人不明此俗。乔家觉得过会这一天热闹喜庆,放在这一天娶媳妇的妙处在于各家忙乎招待自家亲戚,无暇顾及送女之事,省却了招待新亲的繁文缛节。嫁妆是云儿为亲孙女准备的,她完全按照当年自己出嫁的规格礼数,不删减任何一个环节。奉义、清茶远在西京,未能回乡下操持女儿的婚礼,让人捎回来西京流行的旗袍,外加三十块钱压箱底,凭母亲一手打发了姑娘,他俩落得清静。

婚后第二天回门,凝春让婆家派车将他们直接送进西京城,拜见了父母与亲人。亲人相见,别有一番滋味在心头。凝春与新姑爷乔冠梁刚到忠瑞饭馆门口,看见爷爷的名讳,姑娘心潮澎湃。她知道父母一定在里边,不管三七二十一,屈膝便跪。见清茶出来,她起身扑到

> 西堡子

母亲怀里："妈，你咋那么心硬，不管我？我每天都在想你们，西堡子谁家女儿十年与父母分离？如今，我嫁到咸阳，以后见面的次数更少了。他家尽管衣食无忧，比起咱家来太清静了，静得人心慌，实在没啥意趣。"

清茶心里一惊，算来果真他俩在外面已经打拼了十年，将孩子们生一个送回去一个，她总幻想着送子观音给她一个男孩，然而，希望总是落空。西京生意需要心细的女人打点，身边没有拖累的她倍感轻松，这一切都是女儿们忍受孤单、寂寞换来的。重男轻女的清茶对泽实疼爱有加，希望他将来继承香火，继承西京的生意。同时，等他长大为奉义报仇。女儿、女婿来到西京，让奉义恍然大悟，血浓于水的亲情唤醒了沉睡多年的父爱。他完全忽略了他是女儿们的天，是女儿们的依靠，他却无可奈何地缺失了作为一个父亲的天职。他叮嘱他们在省城好好玩几天，从逛近在眼前的城隍庙开始，再去钟鼓楼、大雁塔、小雁塔，再到三意社美美地看上三天大戏。女儿从小喜欢自己家的饭菜，这次他准备带俩娃好好品尝省城的名吃，吃吃新疆的馕饼子、汉中的凉皮，再给女儿买几捆高档衣料，回到婆家慢慢做着穿。

泽实看见姐姐来了兴奋不已，想跟她晚上睡一个屋子，姐弟们从小在一起感情很深。清茶打趣道："姐姐结婚了，是新媳妇了，到咱家是亲戚，你咋这么不懂事呢？你这么粘你姐，难不成她一辈子住咱家里，不回去了？"

泽实说："二娘，我要是你，就不让她走，给姐招个上门女婿。"

"傻瓜蛋，给你姐招人，给你还娶媳妇不？"清茶说。

"我不要媳妇，等我长大了，就开西京城最大的国际饭店，专门挣外国人的钱，挣大官的钱，一辈子哪儿也不去，给你跟我伯拉一辈子长工。"泽实一脸的诚恳。他显得比平时更加殷勤，忙前忙后给堂姐、姐夫端水送点心。凝春疼爱这个聪明的弟弟，假如母亲生不下个亲弟，那么将来有朝一日，等几个妹妹出嫁，父母老了，她回娘家，泽实将是她最亲的亲人。

物极必反，否极泰来，谁能料到，这是一日览尽长安景，三天尝完天下鲜的凝春最后一次在省城游玩。

第三十五章　情窦初开

　　受苦的人老得快。李云儿挺拔的身子日渐弯曲，尤其长孙女出嫁，她心中非常不忍。她喜欢孩子们在家热热闹闹，哪怕自己再苦再累。老人家想念乖巧漂亮的凝春，怜念她从小离开父母，悽惶的童年，惨淡的少年，指望孙女结婚后能相夫教子，安享幸福小日子。这不，孙女结婚仅仅一个月，她就急切地想知道孙女现在怎么样，两亲家距离不过十几里路程，于是打发人去接，她站在堡子大东门口急切地等待。婆家说新媳妇身上不自在，医生说有孕了，怕舟车劳顿伤了胎，不让回来。实际上，大宅门出来的凝春贤惠恬静入乡随俗，并无半点儿娇宠的架势。她顾不得遵从西堡子流传几千年住食邀对月的习俗，并未让家人来来往往、接接送送，坚持在婆家伺候公公婆婆，让人捎回来一些爷爷奶奶喜欢吃的点心，也算替常年不在家的父母给老人表表孝心。

　　自从姐姐嫁到咸阳，奉义的二女儿凝夏经常去陪她，好像脚后跟都长着眼睛，帮姐姐做饭洗衣服不惜力气，顺便做针线打发时间，千方百计讨姐姐喜欢。她的到来给凝春平淡的日子增加了一抹靓色，给她安静祥和的生活带来生机活力。凝春婆家所有人对这个乖巧的小姨子赞不绝口。

　　乔家在渭河桥头，是连接西堡子与咸阳内城的必经之道，在咸阳城做生意的、背书包的、走亲戚的，从凝春家的窗口看得一清二楚。人小鬼大的凝夏看风景的同时，还体味到了什么是14岁的春心春意，春暖花开，春情荡漾。

　　让凝夏春情荡漾的是她从姐姐家的二楼窗户看见除了一望无际的庄稼地与车水马龙的赶集人流外，雄壮地映入眼帘的还有同村的小学

西堡子

同学俊杰和耀财。论人品长相家道,俊杰无可争议地排在第一位,耀财也是城堡数一数二的聪明小子,只是他的母亲李想口碑不好,给她当儿媳可不是一件容易的事。李想将儿子耀财送到咸阳上学那一年,报名后才得知俊杰与他同班,这是泓顺特意安排的,他给学校的赞助绝对不是一个小数字,只是瞒着孩子。不久,两个小子悄悄都参加了儿童团,两个懵懂少年居然在咸阳走到一条道路上来。这让李想与如雅两个当娘的多了一项谈资,多了一份期待。两个孩子在一起互相照应互相影响,泓顺非常放心,他早给学校打了招呼。只是两个小东西参加儿童团的事泓顺浑然不知。人说女孩的心大海的针,凝夏在比较与考量中,为自己的终身大事做起了打算。

耀财与俊杰一天到晚形影不离。在李想的教导下,耀财从小练就了察言观色的本事,只要是俊杰不喜欢的事情,他从来不干;俊杰不喜欢的话,他从来不说。后来,俊杰参加了儿童团,他也申请并顺利加入了这红彤彤的组织。然而,对于女人的认知,他俩有着截然不同的看法。利用儿童团忙里忙外做宣传外出搞活动的机会,耀财悄悄地爱上了经常住在桥头的凝夏。透过凝春屋子的那扇窗户,耀财捕捉到了凝夏含情脉脉的眼神,婀娜的身姿,还有那浅浅的羞涩的笑容。三个月后,凝夏主动在路上等他,与他东一榔头西一棒槌地说着有年没日头的闲话。闲话内容无外乎学校都教授哪些课,同学们中的闲闻趣事,俩人似乎有说不完的话,给枯燥的求学生活增添了一丝春意,一些情趣。

这一天刚放学,耀财与俊杰俩人一前一后往宿舍走。远远地,耀财听见俊杰叫他。他以为学校有什么事情,连忙跑到跟前,兴冲冲地询问。没想到俊杰拉着长脸,对他说:"你离凝夏远点儿!"耀财心想,我跟凝夏在一起,犯不着儿童团啥事,你凭啥警告我,难道凝夏是你家的丫鬟不成?正在他一头雾水的时候,俊杰又说:"凝夏是个好娃,不是咸阳城叫春的妓女。我相信你也是好学生,好团员,你妈送你上学,不是为了勾搭姑娘。毕竟你是西堡子的子弟,不是市井之人纨绔子弟,不能干出龌龊的事来。"耀财听话听音,平时少言的他,若论身体,绝对不输给俊杰;论人品,他也是学校的人梢子,凭啥俊杰教训起他来。想到自己的老爸广顺一直在油坊混饭,他不想撕破脸皮,与

第三十五章 情窦初开

他搞僵。于是，压住从心底涌上来的一河滩反驳的话，坐在教室低头不语。俩小子斗狠的事很快被凝夏洞察到了，告诉了姐姐凝春。

其实，耀财是个聪明的小子，他像俊杰的影子，早看出他与凝夏的恋情。为了家里财源滚滚，为了自己的衣食住行有保障，他不敢得罪俊杰。漂亮姑娘谁不喜欢，尤其凝夏那双水灵灵清澈的大眼睛，能看穿他所有的心思。他投机地想，俊杰与凝夏的父辈有着深仇大恨，万一俊杰家里反对他们相好，将来他可趁机得手，将她娶回家，也是从天而降的大好事。

窈窕淑女君子好逑，老祖先留下个男人爱女人的习惯。其实，在西堡子悄悄瞄上凝夏的除了耀财与俊杰，还有一个小子，那就是稳柱。

早在委座活着的时候，大人们在保上开会，稳柱跟凝夏在院子玩耍，金童玉女两小无猜，也是一番好景致。稳柱长得像门口的石门墩一样结实。自从父亲委座被土匪打死后，他跟奉义家的子侄们一起开始习武，冬练三九，夏练三伏，院子的大树被他打得树叶飘落，梅花桩被他走得溜光圆滑，自制的石哑铃在他手里如提抓弹子。假如他与陌生人对视，不出一分钟，非把人看得化骨入髓，瘆入心灵脏腑不可。凭他这点儿本事，还真是看城门的材料。村上有好事者曾建议让石奋离开东门，住到西堡子的老爷庙或者马王庙里，反正这俩庙平时没有药王庙香火旺盛，专门给本村人预备着，外村人进不来，比较安静。让稳柱去看东门，既能减轻玉婷的负担，又可以监督油坊的举动，要不然白糟蹋了他那一身披挂。

玉婷听到风言风语后，当街骂道："责他妈去！狗日的没人性的东西，良心叫猪吃了，叫我稳柱去看大门？一家弟兄七八个、十几个的不去，看我的苗稠还是咋的？当年委座为了村上，让人算计陷害，枪响时，狗日的耳朵叫驴毛塞住了，得是？没见狗日的一个爷们站出来主张公道，而今又背地里嚼舌头，设计来害我孤儿寡母，叫我娃给你打更，咋不说让你的儿大风地里站着？狗日的心瞎得不得好死！"玉婷左一个狗日的，右一个狗日的，特别刺耳。

众所周知，这西堡子几千年来没有哪个女人敢在大街上叫骂，骂街是人人痛恨并以此为耻的不雅做派，即使是老妪皮厚被逼急了，她也只敢弱弱地骂道，你个崽娃子，绝对不会像西边的女人当众骂自己

▶ 西堡子

的儿女"你个嫖客踏下的"那么扎实那么下流，自己作践自己，更不用说骂别人。玉婷骂街，乡约也不去管她，任她撒气发泄，等于变相支持一个寡妇撒泼。不过从那以后，再也没人敢提说让稳柱看城门一事，怕弄不好挨玉婷的砖头。一个寡妇拉扯两个儿子，年纪轻轻不再改嫁，放在过去是要给她立贞节牌坊的。

看官有所不知，玉婷口口声声说的什么马王庙、老爷庙并不是西京城里的大雁塔、小雁塔等知名景点，而是西堡子当年建城时一并建造的精神家园。时至今日，坊间流传的顺口溜为我们描述了它的真实存在：西京城西二十八，小北京着实很繁华。西南有个高士塔，名胜古迹人人夸。远看好似一宝塔，近看是个土疙瘩。不要小看土疙瘩，稳定西南进财华；西北角的冢疙瘩，汉宫遗址名天下。东北方向是无量，常给村民降吉祥；东南有个药王庙，常年做的是学校。药王庙内冒青烟，一举两得育生缘；老爷庙宇坐东南，村民四季得安然。马王庙三只眼，大树在后面朝南。二月二，三月三，成捆的香火往上蹿。金菩萨，银菩萨，城内还有普贤塔。城外西风往里刮，迎面问候他老人家。四周城墙宽又宽，好似神龙围四边。

高士塔、药王庙、冢疙瘩（周陵）在城外，而马王庙、菩萨庙、老爷庙在城内，这是老祖先精心安排的。大凡人们有心事、难事，总得有个宣泄的地方，有一种向上的牵引力量，鼓舞人们继续生活下去，对未来充满希望。解不开心里疙瘩的往往是女人。在那个相对封建的社会里，女人缠脚不得远行，所以，寺庙就建在城堡周围，甚至寸土寸金的城内，方便女人们烧香拜佛做法事。

仅仅几百人的一座古城，建造了如此众多的庙宇实属难能可贵，是西堡子的先民在炫富吗？这让后来的村民百思不解其意，钱多就可以如此任性吗？

又扯远了，言归正传。稳柱是个听话的孩子，婚姻大事非得母亲做主才行。这事要在十年前，两家基本上门当户对，俩娃也是无可争辩十拿九稳的好姻缘。自从委座死后，玉婷家里的光景一年不如一年。她一个女人家带着俩吃货，凭那点儿水浇地，维持日子都显困难，更不可能增加开销，让儿子在咸阳上学。渐渐地，儿子们觉得在城堡低人一等，走路扬不起头，自踏自影了。对于稳柱这个有娘没爹、缺乏

350

◎ 第三十五章　情窦初开

胆气的孩子，从此失去了当年拉住恶人的胳膊下嘴的气魄。除了强健体魄一身蛮力帮着家里种庄稼外，未见什么超人之处。他经常跟泽实弟兄们在一起，云儿见他从小没有父亲，把他当作至亲孩子一般对待。隐隐约约中，他对凝春、凝夏等姑娘们产生了类似于兄妹一样的感情。听说俊杰、耀财俩人都对凝夏有了想法，稳柱压住内心对凝夏的好感，对云儿说："二奶，那俩混尿在西堡子要想打凝夏的坏主意，先让他们尝尝我拳头的厉害，问问我的眼睛跟拳头答不答应。"

关键是人家几个在西堡子看似老老实实，却偷偷地在咸阳联络感情，稳柱就是有擎天的本事也鞭长莫及。要说打，耀财、俊杰俩人加起来，使出浑身解数，再叫几个壮汉来，也不是稳柱的对手。然而，面对感情之事，凭的实力，而不是体力，不是拳头。这号事还真有点儿粘牙。

云儿风言风语听说凝夏与男娃不顾礼仪，私下密切来往，狠狠地揪断了纳鞋底的绳子，顿时，鲜血从右手小指上滴答下来。嚷着叫老大把凝夏接回来，她这个当奶奶的要把那丫头美美地打一顿。

然而，当犯了家法的凝夏可怜兮兮地站在院子当中的时候，云儿的心软了。平时打骂其他孙子，有他们的爹娘老子事后疼爱关照，哪怕是眼神的慰藉与安抚，而凝夏没有那样的福气，甚至其他妯娌心里还在抱怨，认为家里的麻烦都是奉义惹的，教训这个有娘生没父教的野女子乃天经地义之事。可是，这一次让媳妇们失望的是老太太把楠木棍拐换成了鸡毛掸子，手起掸落，不痛不痒。凝夏低下头，任凭老人教训，不敢用手去阻挡奶奶的家法。

李云儿教训凝夏的全部内容是："我说傻瓜女子呀，你也不看看耀财和俊杰是谁家娃，就跟人家混？你李想婶子啥名声，你不是不知道，将来她给你当婆婆不把你整死才怪。那个俊杰，人家是财东家，全家就这一个宝贝疙瘩，跟了他能有你的好戏？如雅婶长得多好看，最后咋样，还不是一天到晚吃人家的眼角食，凭你那点儿拾粪的本事，准备嫁到他家当奴才得是？你趁早给我把心死了。"

"我，我想我爸。"凝夏孤独的内心无人能懂。

"想你爸干啥？你爸在西京，又不是不回来咧。我打你还委屈你了？"

351

▶ 西堡子

或许有心人会发现，姑娘怀春时身体所焕发出来的力量是常人难以想象的。这心能死吗？凝夏从俊杰看她的目光中，早已读出爱慕俩字的含义，只是心里话从未出口。然而，冷峻的俊杰永远地在远处欣赏她，就像欣赏一幅美丽的风景画，而不会近距离奉献他的爱心，这种感觉是她留恋与期盼的。然而，耀财对她的关心则体现在具体的行动上，尤其他敦厚的人品是她所赞赏的。15岁，花样年纪的她，不知道该怎样取舍，假如唐突地交往，干下没廉耻的事情，以后就没脸回西堡子了。父母远在西京顾不过来管她，孤单的她逃离那座古堡去陪伴大姐，千万不该惹出事端，让奶奶操心。

一贯听话的凝夏遭到奶奶的训斥和打骂，看见早已盛好的饭菜无心再动筷子。她抱起被子，一个人跑到空荡荡的北苑，收拾完屋子，到桃园去叫三叔，请他们回来跟她一起住。奉礼说："傻孩子，北苑是给你爸盖的，你住可以，我怎么能住呢？你的好心我跟你婶子领了，你回去吧，听话。"

回到西堡子的凝春辗转反侧，夜不成寐，起身站在下着绵绵细雨的屋檐底下，泪珠簌簌而下。她盼望父母能立刻回到自己的身边，听她倾诉，为她做主。

在这个秋雨霏霏的夜里，西堡子同时教训孩子的还有李想。她对儿子耀财苦口婆心地劝道："娃啊，咱家庙小，盛不下人家凝夏那尊大佛。你瞅人家长得多心疼的，你咋配得上人家？她家房多地多，西京还有生意。咱家有啥，除了几间厦子，我跟你爸能干啥？要不是你泓顺伯收留你爸，给他找个吃饭的营生，咱家都快喝西北风了。你要懂事，要知恩当报才好。"其实，李想显然是口是心非，她对凝夏是一百个喜欢，谁不知道，凝夏是西堡子数一数二的漂亮姑娘。她的那颗豌豆心不停地滚动，如果把凝夏娶进门，与奉义两口子结成儿女亲家，那么她与泓顺的风流韵事肯定会暴露，等于给西堡子开了天窗，定会遭到更多人的唾骂。更让人担心与惧怕的是随着儿子耀财的长大，他的长相越来越像泓顺，村里的风言风语早已刮进她的耳朵。好在她小心处世，不与人计较，委曲求全，从未与人吵架拌嘴，否则，那些长舌妇们不会多少次揭挑她的龌龊之行，当街戳穿耀财的身世之谜，让她下不来台，活不成人，淹死在唾沫里。她不能得罪泓顺，他有情有

第三十五章　情窦初开

义；更不能得罪李云儿，她脚大人歪。

李想绝对是个聪明人，她判断假如俊杰与耀财俩娃为凝夏各不相让，要是泓顺知道了，一定会故作镇静，考验她是否能克服私利，拼死说服儿子退出。因为她的男人，不，她全家都吃泓顺油坊的饭，给一百个胆也不敢与人家的儿子争抢一个姑娘。在李想指导思想的总论里，生计永远比儿子的终身大事重要。更何况用不着遮掩，地球人都知道泓顺不是楷瑞的亲儿，更不是当年云儿捡来的娃，他是云儿的亲儿。李想不是聋子哑巴，听得见看得出。为啥这样判断，她也是有根有据的，绝不是空穴来风。曾经有一次，她与泓顺亲热，在紧要处，她问男人："你是不是云儿娘的亲儿？"当时泓顺正在受活之时，沉浸在蜜罐里，听到李想猛乍问这不着边际羞辱他的闲话，不由得大怒，说："村民嘴里胡呲，你也跟着起哄，白疼你了！"说完，突然疲软下来，公粮只交了一半，穿衣下地摔门而去。

她由此判断，泓顺就是云儿的亲儿，绝对板上钉钉。果真是这样的话，那么，他的耀财与凝夏就是兄妹！世上哪有亲兄妹结亲的道理？嗯，不对。如果泓顺是云儿的亲儿，那么奉义呢？如果奉义不是云儿的亲儿，那她的宝贝儿子耀财与奉义的凝夏就没有啥血缘关系，可以结亲。瞧这一锅粘糯子粘的。不管怎样，不能因为儿子断了家里的财路，断了与泓顺的私情。想到这里，李想不由得打了一个寒战。如果不阻止耀财与凝夏的交往，那我李想不是眼拙，简直是瞎心烂肺了。我已经在村子让长舌妇说三道四了十几年，再不能让人戳我儿的脊背，绝对不行！

还好，耀财是个聪明娃，他听从了母亲李想站在雨中的教诲，从此，退出是非，退出江湖，不再纠缠凝夏。自从耀财幡然醒悟后，俊杰每次去找凝夏，他反倒跟着他，给他打掩护，不再单独行动。

要说这俊杰和凝夏俩娃还有个共同特点，那就是都是可怜娃。一个是养子，没有亲爹妈，一个有亲爹妈却常年在外做生意不见人影。能干的奶奶只知道孩子的温饱，何曾关心过孩子们的心里苦。一对有情人在一起，他教她天文地理，她教他为人处世，俩人无比快乐。

二月二，龙抬头。西堡子有名的财东家后人、泓顺唯一的财产继承人俊杰壮着胆子避过父母，专门跑到北巷子的花店里，央求英瑞替他说媒。英瑞听说俊杰想娶凝夏，高兴得把烟锅子往鞋底上磕了三下，

> 西堡子

说:"这是好事么!咱宅门里有这等好事,可喜可贺呀!"他想:要是凝夏跟了俊杰,说不定面店子与油坊从此化干戈为玉帛,缔结婚姻泯恩仇呢!为此,兴奋异常擅长说媒的英瑞老汉,想到南巷子向云儿要个正主意。他相信当年能替堂弟忠瑞把云儿从李家村娶进门,今儿保媒一定能成。想到这里,英瑞顾不得撕扯沾染了一身雪白的棉花絮,跨进了云儿一尺半高的门槛。

奉义两口子在西京听人说凝夏在咸阳与俊杰谈恋爱,私定了终生,气得浑身哆嗦,立即派饭馆的伙计去咸阳乔家等候凝夏,抓到她带回西京接受训话,只叮咛不要惊动了她奶奶李云儿。

泓顺家也很快知道了此事。一贯财大气粗的他放出话来:俊杰娶凝夏后,再三妻四妾他不阻拦。家里有的是钱,媳妇如衣衫,能穿几件穿几件,多多益善。谁说他家能生一河滩,我家就不能呢?

面对长着三寸不烂之舌、嘻嘻哈哈没有正行的英瑞,忠瑞怕把孙女惹急了,让孩子受委屈,不好给奉义两口子交代。他告诉家人,不要干涉孩子的婚事,请他们自处。英瑞转身对云儿笑眯眯地说:"你以为我爱跑路,爱磨鞋底,人家俊杰早参加了儿童团,现在入了党,提了干。他爸是他爸,娃是娃么!况且他爸也不是土匪恶人,是咱西堡子的骄傲,是条汉子,还不是你当年好心拾的娃?你仁慈地能成全他爸,就能成全娃,是不是?我让他多多给咱装些棉花,多打些金簪、玉佩、银项圈,置上四箱锦缎,外带一套描金龙床,你看得成?咱这大门大户的,办事得稳当妥帖,可不敢鸡飞狗跳的让人笑话。"

"哎呀,我说你个老东西,给娃当爷没个正行。亏你还长了一双慧眼,成天给人保媒拉纤,真是老糊涂了,你咋能给兄妹俩说媒?"

"你个瓜老婆子,泓顺是你拾的娃,跟咱没有血缘,俩娃咋不能成亲?"

"不管咋样,咱女子从长门嫁进长门,传出去让人笑掉大牙不说,让人说咱西堡子人没规矩,乱了人伦,不行不行。"

"真个不行?"

"绝对不行。"

英瑞见云儿态度坚决,一计不成又生一计,说:"要不你先把娃送给她舅家,你又不缺这一个女子,再从她舅家出门,嫁给俊杰,得成?"

第三十五章　情窦初开

"瞧你这老东西,脑子还转得快。送人,哪能送那么大的姑娘?"云儿见英瑞不肯罢手,拉开不达目的誓不罢休的架势,话也软下来了,说道:"你说了一河滩,怪乏的。我现在是个闲人,人家娃有爹娘老子,由不得我做主。你六国贩马走江湖能跑,到西京找奉义两口子去,看清茶啥意思。"

"哎,我往哪儿跑呢,到京上去?谁不知道你给我忠瑞兄弟当家呢?娃她婆在,哪能轮到她爸、她妈表态做主?"

"要不然,你别着急,等奉义端午节回来,我问问他。"

其实,云儿满心喜欢俊杰,他上学来回经过她家门口,娃长得周正不说,有教养,有学识,是个好材料。可是,奉义两口子为当年那一场官司两场枪战,心里打了死结,肯定不会同意把女儿嫁给泓顺家做儿媳妇。做老人的为难,天平哪一头都不能倾斜,弄不好再招来一场官司划不来。

大人们纠结矛盾,瞻前顾后难以决断,凝夏住到北苑后左思右想,斟酌权衡,最后吃了秤砣铁了心:俊杰到哪儿,我到哪儿,非他不嫁。如果继续在家里窝着,我俩的事情肯定就黄了。于是,趁家人忙乱,她一口气又跑到咸阳找到了俊杰,密谋起婚姻大事来。

遗憾的是西京省城忠瑞饭馆的伙计们跑堂的功夫没练好,等找到乔家门庭时为时已晚,凝夏和俊杰早已人去楼空,乔家也正在手忙脚乱寻找俩人的下落呢!他们无功而返。

原来,俊杰倍感来自家庭的阻力太大,西京、咸阳、西堡子皆无法容身,为了与凝夏厮守终身,白头偕老,他不管不顾,给凝夏大姐凝春留下一封信,与凝夏消失得无影无踪,从人间蒸发了。凝春发现妹妹离家出走,让丈夫乔冠梁发动同事在咸阳到处寻找,找遍了大街小巷的客栈、出租屋,最终摊手而归。妹子跑了绝非儿戏,凝春连忙带着俊杰的信回到了西堡子。

云儿见信,顿时陷入巨大的自责与愧疚之中,毕竟是她伸手打了孙女。让人稍微放心的是俩人不是殉情,而是一起出走了,料他们早已计划好,明确了去向,只是暂时不想让人知道而已。

这一次,该轮到云儿赧颜了。她实在无法给奉义两口子交代。

第三十六章　风云变幻

　　正在愁帽子压得云儿出不来气时，奉礼从外面回来，走到母亲的屋子。见老妈斜靠在椅子上歇着，他气呼呼地说："妈，世上的事情你见得多了。依我说，如今这世道该完蛋了，出现了凶兆。"

　　云儿直起腰，随手拉一个靠枕塞到腰下，抿了一口泡了三遍的柿芽茶，问道："这话打哪儿说起？"

　　奉礼给自己倒了一杯绿茶，加了几颗冰糖，搅了搅，一口气喝完，把茶碗重重掷到桌子上，在靠近母亲另一侧的椅子上坐下，说："我过去当学徒时听师傅说，每逢改朝换代前夕，盖房的瓦就开始不够尺寸，能瓦一间房的只够瓦半间房。我今天给英瑞伯瓦房，觉得瓦堆堆小，拿到手上一看，瓦明显小，宽窄都不够数。我给人家计算的料，人家按咱的数字买的瓦，现在房子瓦了半截子，瓦不够了。你说这是啥事嘛，毁我一世英明。没想到窑上的人在瓦的尺寸上做起手脚来，真是羞先人了！"

　　"啊，有这事？"

　　"好我的亲妈呢，难道我哄你不成？"

　　"前几天，你放大样说椽、檩、担子不够尺寸，让人家准备了二回。今儿个又说瓦不够尺寸，难道都是人家的不是，你计算的就没有错差？"

　　"妈，木料不够是因为英瑞伯墙打得薄，多占了人家五寸庄子，事先我不知道，以为掐尺等寸两丈庄基，木料当然得接，那不怪我。瓦的大小是有定数的，用手一量就知道了，咋能变呢？"

　　"变了你让他们再买就是了，啰唆。"

　　"问题不在这儿。我的祖师爷鲁班说过，瓦片变短，江山该闪。瓦

◎ 第三十六章 风云变幻

房的匠人都说，不出一两年，世道一定会变。我把话撂到那儿，将来不单纯瓦会越来越小，就是砖头、胡基也会越来越小，改朝换代的前兆就是先变建筑材料的尺寸。当然，生意人在秤上也会做文章，只少不多，存心有天知啊！我看现在的法度还是轻，这事要放在秦始皇那会儿，谁敢短斤少两、轻砖窄瓦，天理不容，国法不容！"

"算了，咱家院子还有早年间未用完的瓦，在鸡窝那摞着，你悄悄拿去比较一下，明眼人谁看不出来，千万不要冤枉了窑上的下苦人。万一真是短了尺寸，你伯不依不饶，你去给你伯说说，你拿架子车把咱的瓦拉过去，瓦在房顶，没人看见，权当给他赔个不是，这不了结？——甭喝我的神茶，小心胀死咧。"云儿打发儿子出去，自己到后院木菌边，拿起锥子开始剥御麦。看见奶奶做活，孙子、孙女一堆娃娃围了上来。一袋子御麦经不住全家人吃，眼看要断顿了，这帮娃娃，正是长荏儿。

天刚擦黑，云儿身子骨酸疼，躺在炕上，里边睡着泽才。忠瑞也累了，挨着她躺下。老两口有一句没一句地聊开了。自从云儿腰干以后，他们结束了夫妻分居的生活，腾出了鸡舍旁边的小屋子，堆放杂物。

"云儿，你跟礼儿说砖瓦短尺寸的事我都听见了，我倒觉得咱家有一件事情更加蹊跷。咱俩五个儿子，老大生了一个娃子，老三生了俩娃子，老四生了四个娃子，老五生了四个娃子，咱俩现在十一个孙子，清一色的牛牛娃，而孙女基本上让奉义承包了。为啥别的弟兄生儿子，偏奉义一个儿子没有，清茶一口气生了四个提包子的。你知道为啥？"忠瑞轻声问她。

"为啥，为啥，为你！媳妇生娃谁能料定，咱俩除了奉娴全是光葫芦，咱家丁旺，缺女子生女子，正常得很嘛！"

"不对，我觉得不对。"云儿心知肚明老汉想说啥，得把他的嘴堵上。事情已经发生，多说无益。忠瑞说："你就精明透顶咧，叫你把我能憋死。你忘了，咱老三媳妇相沫殇的那八个埋到后院的娃个个也是带把儿的！"云儿听着语气不对，说："睡觉吧，我困了。明儿个十五到庙里烧香，要早起呢。"

"云儿，你给我交个底，到底得是你把俩娃……"忠瑞未出口的两

357

▶ 西堡子

个字,被突然直起身子的女人噎了回去。

"我看你是不困!"

忠瑞望着芦羽编制的仰棚,听着老鼠在仰棚上开运动会,举办马拉松比赛,折腾得没完没了,呆呆地出神,回想起当年跟云儿大雪地里捡拾弃婴的那一场纷纷扬扬的大雪,自言自语却掷地有声地说道:"他舅家的,也不下雪!"

第三十七章　奉义坐牢

兴师动众地将慕容嫁出去，奉义一直觉得对不起王强，准备过完年备一份厚礼给他真诚地道个歉。这几天，大雨一直下个没完，饭馆的生意很淡，只有几个拉黄包车的伙计来匆匆要一碗面，买俩包子充饥。

奉义倚靠在门框上，望着房檐下滴落的雨水出神。凝夏做下这大逆不道之事，抛弃父母姐妹不说，心硬的怎会抛弃疼爱她十几年的奶奶爷爷和一大家人呢？俩娃在外边如何生存，年纪轻轻的在哪里立足？不管咋说，她也该来西京给父母打声招呼，哪怕一个人来，不带俊杰也行啊！奉义想着想着，神思游离，全然不顾身外之事。突然，几个警察冲进忠瑞饭馆，一句话不说，如饿狼扑食一般将他的双手背后，拧起胳膊往门外架去。没等他反应过来，双腿已经滑进街道的泥水里。奉义愤怒地问道："咋啦，咋啦？你们干啥？抓错人了吧？我是饭馆的。"

"抓的就是你！"年轻的警察呵斥他，不让他出声。

"我犯了啥罪你们抓我？"奉义一条腿跛行，几乎被他们拖着走。街道上行人稀少，雨越下越大。身后传来清茶和奉信的呼喊："警察咋随便抓人呢？"左邻右舍都跑出来看热闹，诧异一贯老实本分做生意的奉义兄弟，得罪了哪路神仙，犯了啥事遭到抓捕？

正在烂脖项奉信他们慌作一团的时候，机灵的泽实灵机一动，首先想到了王强叔叔，建议五大去找他救人。清茶急忙给奉信找雨伞，在柜台拿钱，泽实已经给奉信拿来了泥屐。奉信叮咛嫂子让伙计立刻关板歇业，看好孩子，自己一下子消失在滂沱大雨之中……

无巧不成书。奉信跑出没多远，正好王强带着儿子坐着黄包车与

西堡子

他碰了个照面。奉信又跟他们回到饭馆。两家人猜测奉义可能犯啥事，连王强也不知道，证明事态已经非常严重。所以，抓紧时间商量如何救出奉义是头等大事。那日，王强本来是找奉义询问慕云容下落的。他听人说她跟一个跛子走了，直觉告诉他那人一定是奉义，但不敢确定。慕云容的美貌无人能敌，不说羞花闭月，也是美貌出众。奉义不与王强商量，私自做主将她转移到别处，实在不够朋友。我王强不管咋说还是政府官员，是个有情有义的汉子，当初你和我一起救慕云容，给她一个好归宿自然是好事，你怎能私自做主，把我当成什么人了？不过，这号事我不与你计较，当年我们义结金兰，说好贫富不离，有难同当的。让王强没想到的是今天本来询问这事，却意外地碰见奉义被抓，他只好将事先想好的责问之词全咽了下去，全力解决眼前这火烧眉毛的事情。

清茶几乎是哭着说："你知道奉义一贯为人忠厚，与人为善，不知道得罪谁了，遭了这一难。你啥话不说，赶紧给咱打听一下，这点儿钱你拿着。"说着，从抽屉取出一沓钱塞给王强。事不宜迟，王强转身又回到警局。此时的王强已经是一位刑侦科长，手下一干人也不是吃素的。一个小时后，来人告诉他，刚才在西大街抓捕的奉义私通共产党，为共产党的活动提供便利条件，私自倒卖大烟，给延安筹款。

王强紧追慢问，没想到警局办事效率神速，突审已经开始了。警察请奉义将知道的情况一五一十讲出来。奉义三缄其口，呆若木鸡。见奉义口硬，警察准备对他用刑。王强得知有一个叫李梦唐的小伙子先一天被抓，尚未招供。从抓获的其他人嘴里得知，李梦唐是共产党的骨干分子，利用忠瑞饭馆做掩护送资料，传情报，十之八九的情报是通过忠瑞饭馆与共产党组织取得了联系。有时他将情报就放在奉义家某个地方，取情报的人利用吃饭的机会完成交割。于是，王强主动向局长请缨，接过李梦唐的案子。突审李梦唐，小伙子只承认给忠瑞饭馆送调料，并无违法乱纪。调料也是老板自己称好的，伙计只管按指令做，送给主顾，然后将钱款交给老板。

王强审过无数的人犯，像李梦唐这样的文弱书生面对刑具毫无惧色还是第一次。但是，近年来添置的刑具、药物非常先进，如果没有钢筋铁骨和顽强的意志，一般人熬不住都会招供。如果李梦唐的心理

第三十七章 奉义坐牢

防线被突破,其他人的性命不保,包括奉义。如果用刑,怕李梦唐真扛不住,必须找一个万全之策才行,心急如焚的王强不知该如何收场。他知道共产党的势力越来越大,国民政府公信力下降,人心散了,天下迟早是共产党的。想到这里,他忽然灵机一动,三十六计走为上,让李梦唐逃跑恐怕是不错的一个选择。于是,在他的精心布置下,心腹狱警虚门挂锁,脱掉警服与李梦唐一起成功脱逃了。

李梦唐逃跑后,奉义在押,审讯变得毫无意义。李梦唐安全了,奉义当然也安全了。为了继续隐藏自己,王强给局长出主意说不能便宜了奉义,让他的饭馆交一条黄鱼,以他的饭馆做担保。因为奉义腰里有的是银钱,他要将一手导演的"放虎归山记"演活,这就是本事。听说有人用两根黄鱼换一张去台湾的机票,关键时期,拼的是实力,哪个人愿意坐以待毙,等着将来共产党执政,收拾自己?眼下,千载难逢的发财机会,上峰绝对不会轻易放过,李梦唐不过是个伙计,而奉义可是大名鼎鼎的老板啊!黄鱼到手,上峰把党国的利益早抛到脑后,强忍住内心的喜悦,默许了王强的操作。

保证金是王强直接送到局长家里的,他喜不自胜,同意立刻放人。王强庆幸,此事要放在半年前就麻烦大了,一个小小的李梦唐算什么,比他职务高、影响力大的人士都被抓、被杀了。6月1日深夜,国民党陕西当局出动大批军警特务,在西京的大专院校、中学、机关团体进行突击大搜捕。有69名学生骨干,教育、文化、新闻、出版界进步人士以及中共地下党员纷纷被捕。其中,西北民主青年社领导成员吴伯伦、张光远、郑竹逸,著名作家郑伯奇,《国风日报》记者李尤白等同时被捕。9月7日,蒋介石指令胡宗南在玉祥门外枪杀了杜斌丞、刘伍、张周勤、方廷堂、薛玉瑞、李杰三、王保灵等12名中共党员和进步人士。此后,警察局对倾共分子严密监督,昼夜巡逻。西京又是国民政府的桥头堡,最后的大本营,西京守不住,西北无望,政府将彻底丧失大半个中国。那样江山真该易主,党派改旗易帜了。难怪先知先觉的奉礼说要改朝换代了,不是砖瓦窑的匠人心短,是世道变了。

奉义在警察局的一周时间里,人不见消瘦反倒胖了。他在里边未看见李梦唐,也未见王强,更未看见清茶、奉信等家人。他一直纳闷,七天时间跟昏睡一场一样,有人给他送饭,更蹊跷的是后三天的饭菜

▶ 西堡子

居然是自己家的拿手菜，使了特殊调料的包子和西京城独一无二、誉满全城的美味臊子面，莫非是家人送到警局的，他也不敢问。这个硬汉莫名其妙地被抓进去，糊里糊涂地被放了出来。

他前脚出来，王强后脚也来到了忠瑞饭馆。

"二哥，你也是的，跟那些人粘啥呢？"王强拉奉义往后院走。

"我咋了？跟谁粘了？"奉义不解地问道。

"共产党嘛！"王强有些急了。他不愿意看到奉义与共产党有染，因为见惯了被捕的共产党人受的洋罪，一个普通老百姓单纯做生意赚钱比什么都强，管他这个党、那个党干啥，有饭吃就阿弥陀佛。他知道奉义早年间当过国民党的保长，为老百姓做过不少好事，可到头来满心委屈无处诉。后来，自觉参加队伍，打鬼子不惜性命，落下终身残疾。幸亏有明大理的母亲李云儿和一群朋友帮忙，才在西京站住了脚，一家人热热闹闹多好，怎么又跟那个李梦唐搅和在一起，为了看不见摸不着的什么"主义"拼了老命。

"分明是你为慕容的事迁怒于我，借警察之手害我，让我破财。警局既然收了钱，为啥没有开具凭证，这还是开明政府的做派吗？"奉义眼窝瞪得跟牛铃一样，几乎要抡起拳头。

"二哥，你说啥呢？人家指控你私通共产党，要重判你，还要什么凭证，把你杀了最多往渭河里一塞，你以为你是谁呀？"奉信跳起来为王强辩护。

"胡说！我啥时候见过共产党的人影？咱一个卖面的，只管人的肚子，跟共产党有一分钱的关系？假如我想入党，早在中条山的时候就跟李梦秦走了，何必还要等到现在，看着他们杀人如麻才加入？"奉义如坠云雾，百口难辩。

"李梦秦跟李梦唐是什么关系？弄了半天，你认识李梦秦？二哥，亏你幸运福报大，否则，你项上的人头不保。"奉义突然如梦方醒，说不定他们就是弟兄俩，早知如此，我该告诉李梦唐他哥哥的情况。正思忖间，奉信端来一碗红烧肉，给他们调好臊子面，在后院西边小客房的地桌上摆满好吃的，算是给奉义压惊。

凭空在警察局坐了一礼拜牢，不见阳光，不接地气，奉义似乎人也糊涂了，也更白了。说来也怪，奉义经过这么一通折腾，似乎话也

362

第三十七章 奉义坐牢

少了，甚至有些恍惚。奉信怀疑警察给他哥吃了啥迷魂药，否则，未对二哥动刑，何至于变成这样？奉信经过这么多年的历练，增长了见识。他建议王强陪二哥离开西京，暂时回西堡子休整一段时间，等他身体恢复了再回来。清茶觉得大女儿嫁人，二女儿跟人私奔，另外两个女儿常年与父母分离，做父母的对孩子关心不够，也该让奉义回去跟娃联络联络感情。于是，奉信帮忙收拾东西，王强雇了车子，出了西门直往西去。

早在王强为奉义想方设法开脱罪责的时候，奉信病急乱投医，找到了机场的墩子。墩子一听奉义被抓，心里的火苗腾地一下被点燃了。多年来，墩子在西京地界碰到无数的人物，除了奉义兄弟讲究人情世故有血性外，其他人都是墙头草随风倒，基于此情，他们才敢开胸怀开展合作。他花了100块钱从上层了解到，有一个叫白云腾的上司接到线人报告，说奉义的忠瑞饭馆通共，那个共产党的名字叫李梦秦。行政院鞭长莫及，他打电话给警局，要求警察局尽快查办。其实，那个线人不是别人，正是西堡子的泓顺。而身在西堡子的泓顺没长顺风耳千里眼，怎么知道西京的忠瑞饭馆跟谁有往来？别忘了泓顺的耳目宽展，给东家通风报信穿针引线之人正是他。宽展此前到西京给儿子看病，趁夜色看见清茶与李梦唐说话，仅仅这一面之缘，便认定那个小伙子就是给泓顺家当长工，后来被撵走的汉中小伙李梦秦。泓顺当年没有干掉李梦秦，一直如刺在喉。听说他到了忠瑞饭馆，跟奉义搅和在一起，那还不要了他的命了？人常说无毒不丈夫。他想借他姨夫的手干掉他，以绝后患，没想到阴差阳错地抓了他的双胞胎弟弟李梦唐。

不过，对于李梦唐而言，警局歪打正着抓他一点儿也不冤枉。几年来，他已经凭借忠瑞饭馆的优越位置，给延安传递了无数的情报。其中，有三次重要电报还是从饭馆后边的小屋发出去的。西京市民有目共睹，忠瑞饭馆距离警局仅几步之遥，等于在人家眼皮底下完成了发报任务。万一电报被截获，电台定位准确，抓获他李梦唐根本用不了五分钟。不过，睿智机警的李梦唐自有他的良苦用心和判断，按照当时的技术和装备，根本分不清到底是警局内部人士发出的明码电报还是外面人发的电报。这些聪明的人啊！

▶ 西堡子

疼爱儿子的永远是亲娘。云儿得知奉义在西京的遭遇,突感平地起浪,心中悲切得不能自抑。她很想给儿子寻找一个世外桃源,安身立命过平常日子。遗憾的是西堡子待不住,偌大的西京也待不成,总是无端惹事,好人为何总是没有好报。眼下,当务之急是让奉义忘掉警察局的遭遇,尽快恢复身体健康。她知道王强在西京帮衬儿子们,他们的交情很深,人家又是吃官粮的;在家靠父母,出门靠朋友,贵宾到家必须招呼好,便把家里所有的好吃好喝拿出来,报答恩人、友人。

奉义情绪稍微缓和后,郑重其事地对王强说道:"我知道你喜欢慕云容,哦,不,现在改名慕容,可是,我们都是男人,都是有妻室的人。她命苦,好不容易逃出来,咱们应该给她找一条出路,让她不再屈辱,不再颠沛流离,过上正常人的生活。"说着,奉义要给王强行大礼,被王强拉住:"二哥,不敢这样!听说慕容已经嫁人,这是好事么!我有时想,爱一个人就非得与她结婚生子吗?适时放手也许是爱的延续,而不是终结。"

"难得兄弟有这样的胸怀。我俩联手救了一个人,等于多了一个妹子,多了一个亲人。他大舅、他二舅都是他舅,高桌子、低板凳都是木头,我俩将来还要给慕容的娃当舅呢。"说着云儿已经将饭菜端上来,一家十几口人围坐在一起,吃了顿团圆饭。至此,奉义悬着的心才算放进肚子。

"兄弟,我出来了,你得把李梦唐也想方设法救出来。他经常到我店里送调料,细皮嫩肉很腼腆,是个好娃。"奉义求王强好人做到底,送佛送到西。岂不知王强神不知鬼不觉地已经办妥了一切,这回该轮到奉义惊愕了,王强办事的手段而今已经炉火纯青令人刮目相看了。

第三十八章　疯子回来了

　　冬至，是万户千家聚在一起吃饺子的日子。

　　一家人亲亲热热地谈天说地，不知不觉天色昏暗了下来。王强与奉义围坐在母亲李云儿的炕桌前谝闲传。猛然抬头，一个高大汉子兀自站在他们眼前。奉义一秒钟前还想谁这么没教养，进来不敲门也不吱声硬往屋里闯，绝对不是西堡子汉子们的做派。两秒钟后，仔细一看，来者不是别人正是他家的老四奉智！没错，是他。他离家多年杳无音信，云儿派人多方打听他的下落，只要有一丝的线索，她都会派人去找，可惜，活不见人死不见尸。就在家人万念俱灰之际，奉智像夜里的雪花悄无声息地被西北风送回来了！

　　岁月真是一把锋利的杀人快刀，十年光景，原来高大英俊的小伙子变得腰也驼了，背也弓了，白净的美男子变得皮肤粗糙黝黑。背着黑皮粗布包袱，戴一顶烂草帽，不像个乞丐也像个叫花子。进城时，南城门的曲生生都没认出来，问他找谁。一看是人高马大的奉智，惊得生生眼睛瞪得如核桃一样大，哈哈大笑："四哥，我还以为是逃难的外地人呢，你咋成了这了？"

　　"一言难尽，回头再说。"奉智动作不灵活，脊背后面像背着炒菜的小锅一样，佝偻着答话。

　　奉智几乎是跑着进了自己的家门，亏得他还能找见。云儿正在与王强说话，看见老四回来喜出望外，一把抱着儿子哭起来了："我的智儿啊，你跑到哪儿去了？"母子抱头痛哭。"妈，我跑到咸阳城，后来在兴平。"奉智将母亲搀扶起来，安坐在椅子上。

　　"妈，过年了，让娃给你端端地磕个头！"他如鸡啄米一般不住地磕了几十个响头，眼泪和着汗水流了下来。

▶ 西堡子

"回来就好，回来就好。咱家的仇报了，是你二哥的朋友帮的忙。"云儿正欲详述，被奉义劝住，示意她不要乱讲。聪明的云儿马上明白了儿子的意思，不愿意让无关的人知道毛遂被王强所杀。她转移话题说："快去看看你媳妇！"奉智的媳妇疏影听说男人回来了，已经领着四个儿子等候在房门口，大风地里傻愣愣地站着，儿子们看着他爸就像看见了天外来客。

一家人团聚自是其乐融融。晚上，云儿亲自下厨为儿子做饭。客厅摆放了三张桌子，老父亲忠瑞蹲在地上哧哧地笑，一袋接一袋抽他的旱烟。孩子们都已经长大，奉智数人头，发现少了泽实，得知他去了西京，非常高兴。他给母亲说："我吃了不少苦，外面热闹，外面的女人妖精好看，腿长腰细穿得还洋火，比咱堡子的女人强。"云儿发现奉智仍然是离家出走前傻乎乎的样子，现在还添了一个花痴的毛病，当着众人的面公然议论女人，这是她的家法所不容许的。听说老二、老五在西京扎下根了，疯子奉智嚷嚷着也要去西京，把刚放下的包袱又扛上了肩头。

"娃们都来哦，他包袱里有娃娃哨儿和耍货！"疏影不顾王强在当面，径自取出一个奉智褡裢包袱里泥做的哨子散发给每个人，并稀奇地吹了起来。奉智的儿子泽祖见父亲疯疯傻傻，母亲疏影没心没肺，想到自己的将来前途一片渺茫，坐在一旁低头不语。光阴荏苒，这一帮比凝春还大的小伙子也到了谈婚论嫁的年龄了。

家人对奉智的从天而降丝毫不感兴趣，却对他这么多年的过往非常好奇，他们在西堡子实在是憋疯了。

那就让笔者细细地给您道来。

原来，奉智离家后，坐船过了渭河，直往北走。看见一大户人家，听说人家要请短工，主要是做农活，他想自己一身的力气，就去了。那家地不少，劳力少。地全部是坡地，不像西堡子一马平川。主人是一位中年丧夫的女人，儿子在省城西京当官，每年给家捎钱，却从不回家，任凭近50岁的母亲自个儿打理百十亩庄稼与十几头牲畜。家里的四个短工忙过春夏两料庄稼，闲暇可以出去找活干。奉智懵懂，给别人拉过架子车，蹬过人力车，在咸阳城给人担柴提水度日。后来，听说去西京拉黄包车挣钱，他也想去，终因不辨方向，单丝难成线而

第三十八章 疯子回来了

作罢。清醒一些的时候,他想老婆娃娃,想西堡子家里的光景。心烦时想去山上剃了头吃斋饭,了却残生,终究被女主人拦住。

女主人是个外向之人,逢人爱说爱笑,家里不缺白花花的银钱,单缺能吃会干的硬劳力。那时,奉智因为与毛遂发生激烈冲突,受了怔,离家时穿的黑棉袄、黑棉裤,到她家时还是那一身黑皮。女主人见他一天到晚不说话,只知道闷头干活,心生怜念,春节时,刻意给他做了一身蓝细布外套罩衫,黑绒布单裤。另外,亲自做了一双圆口布鞋。这对于衣食无忧的女主人而言是难能可贵的。穿上新装扮,尽管仍然还是一身黑,奉智却精神多了。闲暇时女主人试探他,看他能不能说些愉快的话,于是,耐着性子说道:"老哥,你老家说不说儿歌?我说上句,如果你能对下句,等换季时,我给你再做一身夹袄,得成?"奉智嘿嘿一笑,摇头,点头。女人说:"稼娃进城——"奉智说:"喝油茶。"她一看有戏,再说:"帽子一揭——"奉智说:"光光腾。"她继续说:"口袋一摸——"奉智说:"没有镪(钱)。"女人见奉智一句未错,她激动得拉着他的胳膊说:"嘴一张——"奉智说:"大黄牙。"说着龇着牙让她看,看他那一口几年未好好漱口愈发黄亮的门牙,女主人这才知道奉智心里啥都清楚,加之平时干活嘴里哼的秦腔字正腔圆,不差半句白口,初步判断他不是什么痴呆之人,是个有心计、有思想的汉子。

开春后,女主人果真兑现了诺言。奉智见主人待他不薄,天不亮就起床干活,比干自己家农活都上心,尤其喜欢起圈拉粪。别的短工、长工最不爱干的脏活累活,他全承包了。清明节时,女主人给他又做了一身白绸子单衣单裤。为此,惹得别的伙计妒忌,村子里风言风语四起,有好事者借机居然羞辱奉智。逐渐有了意识的汉子觉得自己好歹也是读过书、知道礼义廉耻之人,况且严格的家规家训不允许他走错半步,辱没门庭,无奈之下,他提出辞号。女主人得知原委,执意留他。他再辞,女主人生气了。清算了工钱,另外加了20块,叮嘱他以后想来了再来,她家的大门永远向他敞开。奉智用她给的钱在咸阳城租了一辆黄包车,拉脚挣钱。

第二年,熟门熟路的奉智再次回到那个女人家,二话不说,脱了棉衣,穿件单衫子,到后院摸了一把铁锨,给手上吐了两口唾沫,交

367

▶ 西堡子

叉着一搓，又把一圈粪起完了。伙计们围在一边说见过不要脸的，没见过奉智如城墙一般厚的脸皮，竟钻女人裤裆。那女主人见状，怒从心头起，恶向胆边生，顺手夺过奉智手里的那把铁锹，在院子一阵乱打，一口气辞了所有的伙计，只留下奉智一个。她还不解气，搬一把椅子坐在村口，跳骂了一天："狗日的嚼舌根的东西，谁跟你这伙六畜一样，自己心里龌龊看谁都像脏蛋，说下埋汰人的话不怕烂了舌根！"等她骂够了，回家发现奉智从村子另一头偷偷地走了，她连忙撵上去，拉住他的棉袄说道："你走啥呢？你一走，等于黄泥巴掉进裤裆，不是屎也是屎（事）了。我是寡妇不假，但你也有媳妇，咱心里没冷病，不怕这伙杂碎！你尽管光明正大地在我家干活，工钱绝对比其他人家多，气死他们。我儿挣的钱足够我花一辈子，地里的出产多少都是结余。"

这样，奉智在她家又干了五年。后来，一贯胆正的女主人接到在西京教育厅工作的儿子的来信，让她辞掉家里所有的短工、长工，不管便宜贵贱，俩字"卖地"，立即动手，只留下十亩口粮地自己耕种，能收多少收多少，说地是祸害。女主人不明就里，舍不得好地，坚持不卖。儿子终于回来了，冲着她大发雷霆，说老娘头发长见识短，爱钱不要命。她最终听从了儿子的意见，狠狠心留下五亩烂地，种点儿芝麻谷子，直到解放。我的神呀，这女人知道"提前亮"啊！

主人家的地卖完了，奉智这才算正式失业了。他拿了工钱，乘船过了渭河，糊里糊涂往家乡方向走。云儿至此才恍然大悟，怪不得英瑞家的伙计说在咸阳看见过奉智，他一直就在咸阳没挪窝。面对痴痴呆呆的四儿，云儿不知该怎样安排他的生活。这时，一贯爱秦腔的奉智突然开了口，站在厅房廊下，他浑厚的须生唱腔余音绕梁：

> 曾记得沙滩会一场血战，直杀得血成河尸骨堆山。
> 直杀得杨家将东逃西散，直杀得众儿郎滚下马鞍。
> 有本宫改名姓脱了此难，十五载在辽国匹配凤鸾。
> 肖天佐摆天门两国交战，我老娘押粮草来到北番。
> 我有心宋营中前去探看，怎奈我无令箭焉能出关？
> 我好比笼中鸟有翅难展，我好比浅水龙被困沙滩。
> 我好比弹打雁失群飞散，我好比离山虎落在平川。

第三十八章 疯子回来了

思老母不由儿肝肠痛断，想老娘不由人珠泪不干。

奉智尽管痴呆，却完整地唱完了这一大段戏词，且一字不差。母亲拉着流浪儿的手，用抒情的二六板哽咽着接着唱道："一见娇儿泪满腮，点点珠泪洒下来。"

"妈，你哭啥呢？你不是押运粮草来了嘛，看见儿子不笑反倒伤心起来？"奉智又进戏了，他完全把自己当作《金沙滩》里的杨延辉。众人听罢，掩面落泪。

王强亲眼看见奉义一家的感人情景，劝道："大家都别难过了，苦日子很快就要过去。大家听过否极泰来这个词吗？从古至今，大众的苦是天下君君臣臣难以理解的。现在老四回来了，是喜事，大家说点高兴的事吧。"

王强咽了一口唾沫，转身说道："大娘你就是咱家的大树根，他们是树上的果子，你就等着享清福吧。"痴痴的奉智竟然学着王强的腔调说："等着享清福吧，呵呵。"坐在一边傻傻地笑。

仅仅入城一天，王强强烈地感受到奉义的大家庭的喜怒哀乐，目睹了他们的无限亲情。遭遇突变的家庭在全国数不胜数，为生存而拼搏的好男儿千千万万。他为奉智难过，为奉义抱不平。鸡叫三遍，王强睡眼惺忪。云儿已经在院子叫孙子们起床，各屋的灯立刻就亮了。大人们开始收拾屋子，媳妇们打扫庭院收拾做饭，十几个男孩子开始在后院习武，女孩子梳妆打扮准备上学。在王强看来，偌大的一个家庭俨然他们警局，实行军事化训练，半军事化管理，在农村实属罕见。

安顿好家里，王强与奉义依依不舍地离开了西堡子，绝尘而去。心怀愧疚之心的奉义临走前给母亲李云儿留下一些钱，让她给四弟治病。他能回来已经是万幸了，再也不敢出什么纰漏了。

疏影认为因了奉义的缘故，才害得老四生不如死，恨不得这个瘟神走了才好。她幼稚地认为奉智在外面漂泊多年，如今回家一定会稀罕她，没想到他像个木头桩子一样，只是一个劲地笑。他跟离家前一样痴呆呆、傻乎乎，心里眼里全然没有四个儿子，任凭儿子们走来走去，熟视无睹。晚上，疏影稀情地钻进他的被窝，他随手拉过媳妇的胳膊枕着，昏昏沉沉地入睡了。大大咧咧从不受婆婆李云儿待见的女人至此才知道自家男人已经不是传说中的傻子，而是真傻了。

369

▶ 西堡子

　　十年，一个男人的黄金年龄，在给人扛活的艰难时光里，磨碎了，消耗了。那么，一个大男人回来，对大家庭有什么真正的意义呢？

　　大冬天，猪圈里的粪冻得硬邦邦的。奉智多年离家，未给家里出力，这天早晨，他起个大早，备了两把铁锨，天亮时已经将粪坑全部起出去了。他敞开胸怀，不知饥渴，用架子车开始拉粪。这一切被母亲云儿透过窗户看得一清二楚。

　　这时候，只有奉智的儿子泽祖一个人站在房檐下抽泣起来，摊上这样的父亲将来咋办呀，无人会真正关心他的父亲。尽管毛遂被杀了，但是，张遂、王遂、李遂还在，等到何年何月家里才能太平呀？自己好歹也到了娶妻生子的年龄，枉长了牛犊子一样的强健体魄，谁愿意把女儿许给我们的宅门？要不是奶奶家法严苛，我早跑了。我不恨奶奶，要说这帮兄弟还得靠老太太整治。我盼了多少年，终于盼到父亲回来，没想到他是这副样子，怎么能扯起一面大旗，为奶奶分担忧愁？

　　疯癫奉智回家这样的大事丝毫瞒不住近在咫尺的泓顺。他穿起黑棉袄，戴着金丝边的茶色石头镜，在村子转悠："我还以为奉智把解放军引回来收拾我，闹了半天，是拉长工挣了几个钱回来送草帽来了。能行得很么！哎呀，我的亲娘，长门别的能耐没有，长本事学会给人拉长工了！"在泓顺心里，忠瑞家的五个儿子，或许只有那个会盖房子和会给人看病的奉礼还能入他的法眼，其他弟兄都是草包，包括奉义。可不是吗，这些年云儿的地越来越少，过去还有100多亩，现在剩下60亩不到，折腾了半天，也没见外边挣钱的三个男人给家里添置骡马半匹、房舍半间、轿车一个轮子呀！

　　站在门口的泓顺，披着褂子，等候老四出来。终于，奉智一颠一颠地走出来了。然而，与奉智对视仅半分钟，泓顺就立即放下磨刀霍霍向猪羊的想法，只说："智，你乖乖的哦！"吓得奉智连忙后退几步，捂着双眼跑开了……这样的傻子一个指头就拨拉倒了，根本不用宰牛刀。

　　也许是见到泓顺唤醒了他对往事的回忆，也许是回到家里看到亲人触动了他沉睡多年的记忆细胞，奉智睡觉前站在院子突然喊道："妈，妈，你出来一下。"

　　"智儿，你想说啥？"

第三十八章 疯子回来了

"那年,那年,杀二哥的是土匪泓顺。"

"不敢胡说!"云儿最害怕奉智胡说八道。

"真的,我没胡说,亲耳听的。妈,你咋不信呢?"

"你肯定听错了,事情过去这些年了,你肯定糊涂了,回去睡觉去!"

奉智偏不走,就站在门口,反复说:"土匪、土匪……"疏影硬把他拽回屋子。他尽管痴呆,但对枪战的记忆永远那么清晰,定格的场景复制到了他的大脑,永不删除。他纳闷:母亲为啥不相信他说的话呢,她可是位水晶般通透的能人啊!唉,女人的心,大海的针,老妈也不例外。

面对呆傻的奉智,云儿一筹莫展。她叮嘱疏影不用做家务,专门看管自家男人,不准他胡跑,就是打盹都得睁着眼睛,否则,等待她的就是家法。

有情有义知道感恩的老郭自从搬离桃园住进堡子,唯恐忠瑞一家忘记了自己,听说离家多年的奉智回来了,不知道从哪儿弄来一个大北瓜,双手抱在怀里,兴奋地弓着腰,像个大虾米似的来到忠瑞家。路上正巧碰见来看望游子回家的英瑞,俩人有说有笑地进了云儿的屋子。客人进门,云儿叫媳妇给人看茶。接过香片茶的老郭,见到面无表情一会儿灵醒一会儿糊涂的奉智,惊愕不已,感叹岁月催人老,造化弄人。

亲兄弟永远打断胳膊连着筋。英瑞建议把奉智交给他,他的花店正好缺人手,让他在自家店里做事总比在外边晃荡强。他说要不是奉智受了惊,说不定现在已经能独当一面了。云儿说:"你的好意我领了。你做的是棉花生意,我怕万一他失手引了火,到时候难收场。还是跟会吧,多下点儿苦,让人少操点儿心。"

打虎亲兄弟,上阵父子兵。英瑞的一群儿子在老元帅的带领下,拼命干活,花店这几年的生意异常顺利。嘻嘻哈哈的他已经把西堡子的有钱人远远地甩在了后面。然而,怕捅破窗户纸的云儿却把他的智儿死死地困在家里。困在家里做什么?种庄稼。

庄稼永远是农民的命根子。云儿带领全家精心伺候地里的庄稼,八百里秦川油菜心就是关中西京这一片,旱涝保丰收,种不好庄稼对

▶ 西堡子

不起祖先。她的五个儿子、五个媳妇，还有迅速成长的一群孙子这么一大家人，如果不是禁烟，闹得鸡飞狗跳，儿子们四散离家，她家一定过着油搓面的日子，安享天伦之乐。她转念一想，要不是自己心软救下那个快要冻死的娃，咋能有今天，说来还是自己的罪错。如今，奉智回来了，听他的话音，家里遭逢的几场祸事千真万确是泓顺雇的枪干的，这个信息绝对不能散布出去。他既然爱干活，那么就把重活交给他吧，只要他不再胡说八道。好有心机的母亲啊！

然而，现实情况是即使云儿带领儿子们一天到晚住到地里不回来，也解决不了眼下的吃饭问题。孩子们大了，花销也大了，地里打下的粮食不够吃，她得量麦子。有的商人囤积粮食，低进高出，从中牟利。忠瑞的包子尽管有名，但是，家里银钱有限，不能囤积麦子，利润也没有多少。几个硬劳力出走几年，家中光景日渐艰难，良田已经卖得差不多了，剩下的连口粮都不够吃。是的，她家已经败落到了卖地的地步。

这是李云儿最伤脑筋的事。大儿子奉仁卖地，她开始装作不知道，多少给儿子一些自由。当几片好地被卖的时候，她再也坐不住了。无论她在娘家李家村当姑娘，还是嫁到西堡子当媳妇，她只见买地，从来不敢品尝卖地的滋味。难道家业在她手里要败下去了吗？忠瑞是温和的，让她当家做主，但是，家庭重担同时也扔给了她。她经过反复权衡利弊，与村子的其他财东家比对，她认为城里的生意还能做，那是弟兄们向外扩展的触角，假如让孩子们在城里上学，或许可以减轻家里的负担。另外，既然奉智回来了，也应该跟着老大干，说啥也不能让他再次出走，否则他的四个儿子将来娶妻靠谁，难道要把忠瑞老汉的骨髓砸了，坐吃山空？

来看望奉智的英瑞和老郭走后，忠瑞老汉蹲在地上，只是一味地抽旱烟，低头不语。他早知道地养不住人，过去一人几十亩地，忙不过来，必须请商州的麦客来割麦；现在一人两亩地，咋能够吃？不往西京发展，过几年光剩下喝西北风了。最后，老两口与儿子们达成一致意见，让奉仁的泽光、奉智的泽才去西京上学或者代替伙计，减轻乡下的压力。同时，定下规矩，以后西京生意好转了，各房长子可以到西京，其他人在老家念书、干农活。特别叮嘱奉智不许再折腾，跟老爸忠瑞一起在家跟会卖包子，家里蒸多少，外边卖多少。万一奉智

第三十八章　疯子回来了

跑了，不管是两口子吵架拌嘴还是别的原因，疏影必须受罚。不但疏影要挨打，其他几个妯娌也得挨打，这就叫连坐。

老妈言出必行。王强与奉义前脚到西京，后脚奉礼领着俩侄子来到了忠瑞饭馆，这是老太太特意安排的。人常说穷家富路，奉礼身上仅带着十块钱，自己平时舍不得吃喝，给人换一个木桶底才收一毛钱，他攒着不花。如今大方地一次给他们送去这么多钱，主要因为不单纯弟兄们在西京，更重要的是亲生儿子泽实也在，西堡子是家，西京永远是路。相沫一口气生养了那么多娃都是因为四六风而殇损，泽实乃万亩良田一根苗，千金宝贝疙瘩蛋。奉礼认为家里再穷总有粮食，地里多少能打下粮食蔬菜，穿烂点儿没人笑话，而西京城没钱寸步难行。农村调料便宜，他给饭馆带了半麻袋。

父亲和弟兄们从老家来，泽实高兴得跳了起来，终于有伴了。他天真地以为父亲也要在西京住下。奉礼把儿子抱在怀里，笑道："咱都住在西京，谁管你婆呢？"

"你不说四大回来不走了么？"

"不走是事实，你四大胆小怕事，一有风吹草动吓得恨不得钻进风箱里。如果坏人来了，还不把咱家端了？"

"哎呀，好我的亲爸，等我将来长大了，给咱家养一百个打手，看谁敢惹咱？"

"我的乖儿，你志气还大，把王强叔的那些警察给咱家全雇下算了。"

"爸，将来有一天，肯定会有私人警察为个人效劳，这是迟早的事。"泽实坚信这一点。

回到西京的奉义仍然没有从噩梦中醒来。

因李梦唐的案子牵连到奉义，把他在警局关了一周时间，险些受审，庆幸王强暗中帮忙，舍了钱财，才免去一难，性命无虞。回到西堡子，碰巧四弟结束了流浪生活，与家人团聚。加之此前杀了毛遂，回到西京的奉义顿觉心里轻松，从此不想再谋事，拉起被子安心睡觉，高枕无忧。奉礼和侄子们来到西京，给忠瑞饭馆平添了欢乐和幸福。

西关机场的墩子来到忠瑞饭馆看望久未见面的奉义兄弟。酒足饭饱，几个大人相约去易俗社看戏。他们前脚坐车刚走，泽实也溜出去

▶ 西堡子

了。那晚演出的剧目是《三打祝家庄》，演员演得酣畅淋漓，他们看得满心欢喜，分外过瘾。刚到家，清茶告诉他泽实不见了。他们左等右等，已经到城门关闭时间，还不见泽实的影子。全家大乱，伙计们起来准备去寻找。奉义站起来淡定地说："没事，娃精得跟猴一样，从小爱戏，肯定是看戏去了，再等等。"

果然，半个时辰后，一辆黄包车拉着八岁的孩童一直往西跑，紧跑慢跑城门关闭。其实，他口袋没钱，是大摇大摆跟在有钱人身后，人模人样地从容进戏园子的。回来时，黄包车夫问他有钱没有，他反问："看我穿戴得像没钱的娃吗？"车夫看他的打扮真像个富家子弟，反正闲着也是闲着，拉个碎娃跟空车没啥区别，权当兜风。泽实在城门下大声喊道："开门，开门，我是忠瑞饭馆的泽实！"看门的一看是个小孩，估计没什么大碍，开了城门，放他们出城。车夫判断这小客人不是官宦就是富家子弟，撒欢似的奔跑。

站在门口的奉义远远地看见黄包车从天而降，赶紧拿出两块钱送给他。车夫由衷赞叹道："小小年纪，好大的胆子！敢情看城门的是他舅爷？"见到家人，泽实不说一句闲话，开口便说："伯，今儿黑戏美。"奉义心中窃喜，这小子啥本事没学下，戏瘾不小啊！将来可不敢走了偏道，那样的话，三代不能进祖坟，可得把他看紧。不过，同样爱戏的奉义让泽实唱一段刚刚看的戏，试探他是不是有心。没想到泽实张口即来："下山来统雄兵声势浩荡，也是我用兵无谋，两次败阵进退两难，倒叫我无有主张。实指望将小村坊一鼓扫荡，有谁知祝家庄城高壕广，恰似那铁壁铜墙……"难怪奉义喜欢泽实，简简单单的几句戏词真实地诠释了奉义的复仇心态与历程，说到他的心坎里了。

奉义没有责备泽实，抱起他原地转了三圈，放下来，说道："我的好娃，比伯强，要学宋公明呀！"奉礼站在一旁却吓出一身冷汗来，毕竟泽实是他的亲生儿子呀！

奉礼很快给铺子收拾完所有的木器家具，添置了桌椅板凳。听说土郎中来了，会推拿、会顺气、会治疗眼病，文武全才，街坊对他佩服得五体投地，上不起大医院的人来找他看病。奉礼知道，西京城金玉其外，穷苦人比比皆是，免费给人看病权当给忠瑞饭馆聚人气，也是郎中的本分。于是，忠瑞饭馆的后院瞧病的排起了长龙，免费的郎

◎ 第三十八章　疯子回来了

中谁不喜欢？

西京虽好，非久留之地，弟兄三个分手，各自奔忙。不过，唯一遗憾的是俩侄子觉得西京虽好，但不自由，住的也不宽敞，适合他们的学校几乎没有，况且环境拥挤，不如西堡子敞亮，没出息的俩孩子决定跟奉礼回去，并发誓再也不闹腾进城了，哪怕在乡下吃糠咽菜。伙计们本来就害怕这些不能吃苦的小主人来管束他们，这俩小子走城门似的来一趟西京，又启程回乡下，正好遂了他们的心愿。

奉礼去时人三个，回来一双半。像交通员一样，奉礼给母亲带回西京漂亮的洋布和回民的小吃、干果，这些东西不怎么值钱，在西堡子的百货店也能买到，不算什么稀奇事，只是当儿子的心意。刚进村，宽展搀扶着儿子从迎面走来，蹒跚着，迟疑着。看见奉礼回来，便开口问道："三哥，回来啦！"

"你干啥去呀？"

"找云儿婶子给娃看看。"

"走吧。"

宽展儿子的怪病越来越厉害，浑身颤抖，尤其四肢抖动起来没完没了，两个大人也压不住，许多中药汤水灌进去也无济于事。云儿懂得按摩之法，治好过无数人的病。宽展悄悄地把儿子引来，求她医治。云儿心软，见那娃十五六岁，眉清目秀，面色苍白，或坐或站，全身不停地震颤。云儿在乡下见过不少怪病，唯独这号症候闻所未闻，非常罕见。经过检查发现娃四肢正常，就是头抬不起来，估计是"风症、痹症"，她不敢擅自诊治，建议去省城西京找西医看看。宽展是从西京回来走投无路才请云儿诊病的，有病乱投医，尤其是这种怪病，病家总盼望着柳暗花明的那一天。他听从别人的建议，从西京回来按迷信那一套给娃娶了一个媳妇，结果发现儿子婚后的病情更加严重了。

泓顺的军师笔杆子宽展从云儿家里出来，未开出一味中药，他的心凉透了。儿子的命不强，再这样下去，他积攒那么多的钱财有什么用啊？他搀扶起儿子，步履艰难地往回走，心里感叹，人再厉害，不能跟命争！儿媳妇娶进门了，或许几年后，孙子会改变我家的遗传基因，健健康康的。

第三十九章　奇药救人

在西堡子，有病的何止宽展的儿子一个，还有脑子不清楚的奉智。

医不自治。郎中李云儿的老四儿子奉智在外流浪多年，回来仍然是个病人，细心人一看便知他脑子有麻缠。他看起来像个男子汉，灿烂的笑容总挂在脸上，但是，笑得快收得更快，面部肌肉僵硬，拉架子车拐弯只能拐成直角，不懂得人情世故，成了名副其实的"陕西愣娃"。人碰见这号病人除了摇头躲闪估计再无他法，被冲撞的不知情人，不摸砖头砸他已是他的造化。然而，有一个人悄悄地动了情，生了恻隐之心，她就是楷瑞的小脚老婆泓顺的妈。

自从奉智转回家乡，楷瑞老婆一到晚上莫名其妙地睡不安稳，从未见过周公，三更起床，睁眼端坐到天明。她起身烧香磕头，等到天亮再夹着香火去菩萨庙，烧香磕头成了她的必修课程。翠莲、如雅俩媳妇见婆婆日渐消瘦，为表孝心，把肉罐子交给伙计狗娃，也自觉地加入到吃素的行列。老太太的心事重，不知道从英瑞还是谁家弄来一本《悲华经》，让如雅早晚抄经诵文，安抚她那颗不安的心。老太太左思右想，自己一辈子从未与人打架拌嘴，未做过一件伤天害理的事，为何魑魅魍魉搅动得她不得安生，不敢合眼。那一天，她猛然想起多年前的那件事，身上的鸡皮疙瘩骤然凝起，或许……

那年土匪毛遂将奉义打伤以后，多亏老天有眼，给他留下一条命。而奉智则没那么幸运，疯癫得不知热冷，不知饥饱，熟人生人分不清楚，他媳妇疏影和几个儿子，拿他一点儿办法没有。这次流浪回来，请医生不知看了多少回，药渣堆积如山，病情就是不见好转。渐渐地家人对他失去了耐心，失去了希望。人常说："医生守的病婆娘，木匠住的棍棍房。"身为正骨郎中的巧手母亲云儿，为了儿子不惜放下手中

第三十九章 奇药救人

的针线，锅台上的饭食，把平常看病之事交给老三奉礼，四处打听单方、验方，甚至请神送鬼，总也无济于事。她梦想将来有一天儿子能自愈，恢复到以前的状态，再不胡言乱语。家里多亏奉仁这个顶梁柱不厌其烦地伺候庄稼，保护四弟，日子就这样将就着往前挪着。否则，家里增加一个疯癫的废人，不出半年，肯定因病返贫，再富有的家庭也经不起折腾，万一他的病情继续发展，或许哪天一把火把房子烧掉，也不是不可能。

奉智疯癫，憨吃憨睡，不晓人事，恐怕除了西堡子门口的石狮子不晓得其中的奥妙外，谁都清楚是由于挨了黑整，受到惊吓造成的。楷瑞跟老婆议论起此事，觉得同为长门弟兄，忠瑞比起他们来够恓惶的，得帮帮他。斗转星移沧海桑田，现在的日子，即使奉智弟兄几个坐飞机也撵不上泓顺，不需要担心他们会超过他，盖过自家儿子的强劲风头。

楷瑞老婆一辈子吃斋念佛，是一位典型的素食主义者。她每逢初一、十五一定到堡子的菩萨庙去烧香磕头，求神保佑全家平安。那天，她发现奉智在庙里坐在地上吃贡品，顿觉人生无常，良心不安。奉智好歹是西堡子最帅气的小伙子，如今变得目光呆滞，也不避人，两只手掬着那些冰硬的发霉点心，往嘴里塞，唯恐掉了渣子。老婆子觉得自己一辈子枉磕了那么多的头，烧了那么多的香，儿子泓顺作孽，当老人的得为他还了孽债才好。冥冥之中，她觉得或许还了孽债才能痊愈如常。

懵懂的她尚不知道如何来帮助奉智。说来也巧，中秋节前夕，一个矮个子和尚来村子化缘。那和尚步履轻盈，低头而行，眼睛只盯着瓷钵，衣衫褴褛却目光如炬，神态非常安静坚毅。他就是大悲寺著名的见宏大法师。他不但将《心经》《大悲咒》倒背如流，而且有无数的经典著作传世。楷瑞老婆感觉这和尚非同寻常，常来西堡子的和尚、道士老太太都认识。纯朴的西堡子人对待耄耋老人或者三岁小孩，只要他向你伸手，布施是肯定的，没有不打发吃食的道理。假如某人让僧人空手而去，会遭人耻笑与谴责的。等楷瑞老婆从匣子里取出五毛钱准备给他的时候，只见老和尚双手合十，声称只化斋饭，不要银钱。于是，她从面瓮里挖了满满的一碗麦面，

▶ 西堡子

倒在他的褡裢里；把馍笼提来，大概有十几个馒头，悉数倒在和尚褡裢的另一头。那和尚心里一惊，凭直觉判断，这女人非同寻常。但他仍然非常镇静，弓腰致谢："阿弥陀佛，善哉，善哉！"楷瑞老婆做完这一切，嘴里亦嘟囔："善顶个啥？"和尚跟步而来，问道："女施主何出此言？可有烦心事？"她欲言又止，见和尚追问，这才索性问计于他如何医治奉智的病症。和尚眼睛微闭，轻轻说道："南无阿弥陀佛，善哉，孽缘啊。"

老太太听不懂和尚的意思，说："我说东，你说西。我说疯症，你阿弥陀佛。"和尚继续说："枪声四地起，鸟飞棉絮开。月圆南门外，河堰药引来。孽缘，孽缘啊！"未等她缓过神来，那和尚已经走出她的视线，出了村子。她百思不得其解。

那天晚上，月圆得出奇，亮得如同白昼。因为家里老汉楷瑞能干，儿子泓顺出色，她几乎从未一个人单独在街上采买过，更不用说晚上一个人出城。看门人曲生生听说楷瑞老婆有事，放她出了城。她出了南门就后悔了。尽管月明星亮，御麦拔节，可是，风吹草动，道路上空无一人，阴森森四野寂静，她还是觉得脊背凉飕飕的。一时间，她犹豫着要不要再往前走。正当她四处张望的时候，发现远远地从西边过来一男一女，男的背着麻袋，腰弯着，女的胳膊底下夹着铁锨。也许，和尚导演的这一出大戏开演了。

她不由得打了个寒战，索性放大胆子，悄悄地跟在后面，想一看究竟，说不定麻袋里边装的正是和尚说的药引子。好奇心驱使她与他俩保持一定的距离，小脚女人走起路来步履蹒跚，轻声轻脚。只见那个男人把麻袋放下，在河堰外面挖了一个小坑，与女人一起将麻袋埋进去。女的哭哭啼啼，怜惜地用手把土弄平，给上面覆盖了一些柴草，依依不舍。老太太心想：大半夜的，谁给这儿埋粮食抑或红苕，家里不好藏，非得埋到村子外边，奇怪。莫不是小媳妇给娘家藏粮食，大丈夫给地里藏油瓶或者什么赃物？管他三七二十一，为了了却自己的心愿，给奉智治病，管不了许多了，做一回贼也值。老太太壮起胆子，跺了跺脚，等那人走远，她挖开虚土，拉出死沉活沉的麻袋，急切地想一看究竟。打开一看，哎呀，我的婶娘啊！吓得她尿湿了裤裆。里边是一个白白胖胖的男孩，大约四五岁的样子。直觉告诉她这是一个

◎ 第三十九章 奇药救人

因病而亡刚刚咽气的小孩，身上还热乎着，刚才那一对男女一定是他的父母了。或许，因为孩子年纪小，进不了祖坟，父母只好把娃埋在河堰外边，这没人管理的狭小地界。

老太太回想起和尚白天的话，越想越觉得蹊跷，难不成和尚暗示她用人肉给人治病？她以前也听说过，在灾年，人们为了果腹充饥，走投无路了吃人肉。她活了一辈子还没见过人吃人。人说吃了唐僧肉长生不老，妖精们个个想吃，估计有一定的道理。奉智病了这么些年，如果人肉能治病，她背过人做一回缺德事也值当。想到这里，她不知道从哪儿来的劲头，顾不得许多，再次敲开西堡子的南门，连滚带爬回家摸了把切面刀，揣在怀里，朝河堰飞奔而去。三下五除二，她闭着眼睛割下男孩屁股上的一块肉，宝贝似的揣在怀里，重新给娃把衣服穿好，装进麻袋，用绳子把口扎紧，把娃再次埋下去，填上土，覆上草，弄得平平整整。她摸摸自己的胸口，扑通一声给娃跪下了，说："不知名的娃呀，奶奶对不起你了，对你不敬，我也是没办法了，不要怨奶奶，哦！"她像完成一项英雄壮举一般，怀揣着"药引子"和切面刀，迈着坚定的步伐进了城门。曲生生媳妇见男人不停地开关城门，不耐烦地对他说："你狗日的看人下菜，舔有钱人的后腚。村上人家地里庄稼绊着脚回来迟了，你都不好好给开门，楷瑞老婆一个女人家过来过去你给开门，该不是勾引野汉子呢？她咋不走油坊自家的小东门呢？"随着男人一声重重的叹息，箭楼上的灯被女人吹灭了。

秋天的北瓜是现成的。楷瑞老婆把那块肉切丁，北瓜切成大块，跟肉一起放在锅里，借着清油灯的光线，她随意抓了一把调料放进锅里，添了三碗凉水，盖上锅盖。她害怕媳妇们知道她在厨房起灶，悄悄地撕了一把麦秸秆点燃后，搭进去几根棉花秆，硬火慢炖。大约两袋烟的工夫，看见北瓜烂了，她才起锅，用黑瓷罐子盛起，抱回自己屋子，封闭待用。

不知从哪里来的勇气与胆量，老太太克服内心巨大的惶恐，克服让人反胃的气味，完成了这一系列动作。她换了一身干净衣服，头顶手帕，挪步到云儿紧邻街道的窗户跟前，轻声叫道："云儿，云儿，你出来一下。"老婆从来不东家逛，西家串，云儿觉得奇怪，问道："这

> 西堡子

么晚了，啥事？"

"你把门开开，给我拾掇一下眼窝。"

"等明儿白天再说，夜不观色，看不成病。"

"你先把门给我开开，有急事。"

云儿刚把门开个小缝，楷瑞老婆闪身进来，把罐子伸到她的眼前，硬塞到她手里，说："我怕人听见，故意说让你给我拾掇眼睛。是这，今日赶集，我让狗娃割了一吊子大肉，在咸阳自家中药铺子拿了些中药，下在肉里，添了些作料一起炖了，可能味重，你让奉智吃了，对他的病有好处。"有理不打上门客，伸手不打笑脸人。楷瑞老婆是为了奉智着想，云儿焉有不接罐子的道理。谢过楷瑞老婆，云儿把肉罐子抱回去，在清油灯下打开一闻，发现没什么怪味，自己尝了几口。这哪儿是猪肉的味道，分明是兔子肉，谁家煮肉放醋，即使肉臊子也不放醋呀，看来楷瑞家的茶饭不咋样嘛。不过，难得她一片好心，早先泓顺吃了我多少奶，咱从来不图回报。要不是泓顺找人祸害奉义兄弟，两家人应该亲上加亲才对。

可是，冤家宜解不宜结，冤冤相报何时了。我云儿也是吃斋念佛之人，能容人处且容人，一条街道住着，总不能结死仇。楷瑞老婆能半夜敲咱的窗户，给儿子做肉吃，可见，在老人的心里，想相逢一笑泯恩仇，弥补以往的过失。想到这里，纯朴的云儿宁愿敞开胸怀相信楷瑞老婆一次，她总不至于给傻智儿下老鼠药吧？知道奉智早已入睡，她溜下炕，把装满肉的罐子放在自己的银柜里，打算第二天给儿子吃。

清晨，浑然不知人事的疯痴奉智大口大口地把肉吃了。那天，云儿是单独把奉智叫到自己屋子，亲眼看着儿子吃下那道美味——人肉熬北瓜。况且，两天分三次吃完。这下，相信奉智不长生不老都不由他了。

楷瑞老婆如释重负了，然而，她制造的响动却引起了儿子的注意。第二天早晨吃饭时，泓顺端起碗感觉不对，他那尝遍天下美味的舌头和嗅过无数美女脖子气味的高度发达的鼻子，向他汇报了吃食的异样。老妈连忙给儿子说："唉，看你矫情的，这几天我难克化，用锅焙了几个鸡内金，你这鼻子灵得都闻出来了？"

第三十九章 奇药救人

"焙鸡内金叫如雅弄，劳动你自己亲自下厨？夜里寒气重，受寒再引出老毛病，还得受罪。"泓顺放下碗筷，拿了一个蒸馍，夹了些油泼辣子出门，往李想家走去。西堡子自有管待他好饭的地方。楷瑞老婆看儿子出了门，叫狗娃把锅洗了，用簸箕揽了一些辣椒，叫俩媳妇焙辣子，上碾子磨辣面子。嗬！好家伙，这边一动风箱，半截巷子的人跟着打喷嚏，闹出不小的动静来。村人纷纷议论说谁家的懒女人冬天不碾辣子，秋天焙辣子，一定是驴病没犯马病犯了。

云儿只把楷瑞老婆的好心当作弥补当年损失的一件微不足道的小事，也不奢求出现什么令人意想不到的效果。时间就这样悄悄过去了七天，日子如常。

这一天，适逢云儿的老父亲李善堂八十寿辰。早晨，全家人尚未起床，奉智已经起来在院子套好了马车。他轻轻叩响了老妈的门环："妈，今儿是我舅爷的生日，你赶快起床，我把车给你套好了。"云儿连忙披衣下炕，开了门，瞪大了眼睛问他："你咋知道你爷的生日？""小时候你老带我去，我记下了。"霎时，云儿像遭雷击一般："天哪，家里大小几十口人，没有一个能记住我老爸的生日，只有疯癫的儿子记得，出了奇了。"她紧紧抓住奉智的衣角，望着儿子真诚的脸，看他回归本真的模样，眼泪在她的眼眶里打转。她趁热打铁，再继续问儿子："你是哪年生的？"

"民国七年腊月十三，卯时。"

"你是哪年成亲的？"

"民国二十四年正月初九，我弟兄三个一天成的亲，人家还把你的脸用锅墨抹了，让你敲锣出丑。妈，这才几天的事情，你咋忘了？"

"好我的智儿呀，你给妈说说老早给咱看坟的人叫啥名字？"

"没有大号，老郭么！"

云儿一连串问了奉智十几个问题，丝毫没有难住他，全部对答如流。尤其对当年遭遇土匪在棉花地里打伏击的事情，对母亲娓娓道来，仔仔细细，完整再现了当时的情景。李云儿连忙撒腿跑到药王庙，上完高香，给药王磕了三个响头。奉智居然懂人事了，真是苍天有眼，佛祖开恩。

楷瑞老婆听说奉智的病强些了，也连忙请香，改去药王庙磕头还

▶ 西堡子

愿。吃斋念佛不是为了自己脱离六道轮回，与人消灾除祸也是无数人弓腰膜拜的动因，难道不是吗？

说来也奇怪，从那天开始，奇迹发生了，楷瑞老婆晚上睡觉就是牛拉鼓在身旁敲得震天响，也别想惊动她的美梦，且酣甜如蜜，一觉到天明。

阿弥陀佛，佛法无穷啊！

第四十章　解放军来了

一周后，就在云儿与楷瑞老婆相约再去药王庙、菩萨庙烧香还愿的当口，传来了一则惊天的好消息，让西堡子所有人感到眼前一亮，抖擞了精神。

4月21日，毛泽东主席、朱德总司令发布了向全国进军的命令，号召英勇的中国人民解放军全体指战员奋勇前进，坚决、彻底、干净、全部地消灭一切敢于抵抗的国民党军队。

5月中旬，解放军第一野战军发动了规模空前的陕中战役，千军并发，分路向陕中腹地的国民党军队展开了绵延数百里的追击作战。早在5月12日，第一野战军第一军一部先遣队与渭北游击队先头部队深入敌占区，进行战斗侦察，三原县城处于解放大军的包围之中。是夜，三原县城国民党驻军弃城南逃。13日，三原县城北大门鲁桥镇，被第一野战军第一军和中共三原县委领导的地方武装一举攻克。当晚，与中共有统战关系的国民党三原县县长石仲伟率县府军政官员和国民党三原地方武装撤离县城。翌日晨，人民解放军顺利进入三原县城，三原宣告解放。

西京北面的三原解放，咸阳告急，西京告急！西京城内人心惶惶，有钱人不知道把钱存在银行好，还是取出来好。军官、家属、地痞、流氓各寻其路，西京桃园机场的飞机起起落落，与平日迥异。近在咫尺的忠瑞饭馆噪声震耳，奉义他们明显感觉到气氛越来越紧张，两党决战在所难免。

5月17日拂晓，人民解放军第一野战军第二军向泾阳守敌国民党九十军发起攻击，歼敌五十三师一五九团1000余人。驻守县城的国民党第十区保安二总队三个大队千余人仓皇西逃，泾阳县城解放。

▶ **西堡子**

　　三原、泾阳解放，西堡子近在咫尺，也即将迎来解放的曙光。老几辈子没经见过战争的村民纷纷聚集在一起，议论如何躲避战事，如何应敌。泽才、泽祖把平时习武用的家伙磨得锋利无比，多少年的拳脚功夫看来终于可以派上用场了。农会让民兵把早已积累多年的炸药装在城门下面的大缸里备用，把磨石集中起来，昼夜磨刀。此刻，国民党九十军五十三师一五九团和骑二旅四团一部在泾阳地区接连受挫后，连夜逃到咸阳县城东北之岩村、阎家寨地区，距离西堡子已经不足五公里的路程。

　　学校周围的国民党部队已经在布营。云儿唯一的女儿奉娴也已经进入战前准备阶段。趁着战斗没有打响，为了确保儿子的安全，她骑马将两个儿子送到了西堡子。云儿劝她不要回去，说咸阳城能跑的都跑了，你回去岂不送死，拉着女儿不让走。时间就是生命，无奈，奉娴只好告诉母亲，她几年前已加入了共产党，一直在为党做事。她得赶回去连夜组织人编织背笼，因为马鸿逵、马步芳的部队装备精良，骑兵非常厉害，必须在马身上做足文章，才能打胜仗。上级组织要求她想办法破坏敌人的进攻计划，在兵马吃的草料与粮食上多想办法。经过与部队商量，他们决定将编织的竹篾背笼下到井里，经过水的浸泡，笼死死卡在井底。咸阳附近的村镇粮食连续三年大丰收，部队不允许群众转移一颗粮食，让马鸿逵、马步芳部队的战马尽饱吃。马吃完粮食喝不上水，马肚子一定疼得在地上打滚，为了拯救军马，部队只好分出精力去寻水，这样一来会削弱他们的战斗力，不出三天，战马会被憋死。马跑不成了，马鸿逵、马步芳没有了战马，看他往哪儿跑，到时候将不费吹灰之力，一举歼灭国民党残部。

　　得知女儿有大事在身，云儿不敢阻拦。奉娴回到学校所在的咸阳桥头，背笼已经编织了不少，她组织村庄民兵分头抓紧时间给井里放笼。通知村民与市民有条件转移的尽快离开，留一部分青壮年保护咸阳城的重要设施，如纺纱厂、电厂。解放军神机妙算胸有成竹，在村外部队与奉娴的救护队会合，投入到仗前的其他准备之中。

　　西堡子也开始了紧锣密鼓的战事准备，迎接解放。在靠近渭河南岸几公里的区域里，战士们挖掘了许多工事，战壕一条一条，又深又大，一直挖到西堡子北边的周陵边。团长来到农会，要求村民配合他

第四十章 解放军来了

们，借各家门板用于篷盖战壕，方便战士作战。部队在周陵周围修建了几个碉堡，以防敌军进犯。同时，英勇善战的解放军官兵将西堡子里每户村民家的后院墙打通，方便移动作战。西堡子的城墙居高临下，是天然的御敌堡垒，他们在城墙上修建了工事，架起了机枪。加上原来城墙上的土炮，解放军利用天然屏障，准备御敌。

村民们没见过正规军，对解放军的到来感到格外新奇，他们不知道该咋样才能帮上忙，又担心违反部队的纪律，一时间，场面显得热闹而无序。解放军纪律严明，自带被褥，战士晚上睡在村民已经收拾好的麦场里。他们自己埋锅造饭，农会为部队提供柴火，平时舍不得糟蹋麦秸的村民，给解放军做饭用柴却毫不含糊，担笼提，筛子揽，男人们直接用架子车拉来硬柴让部队尽管用。部队与村民打成一片，热闹得跟过会一样。

村民都知道村中最好的房子是英瑞的二层楼，他们猜想部队最大的官肯定住进他家。事实并非如此。因为英瑞家的楼房在西堡子的北面，朝着咸阳的方向，属于迎敌方向，虽然容易观察敌情，能随时掌握前沿信息，指挥便利，但离城墙很近，离城门较远，不易传达指令。聪明的部队指导员选择了距离东门比较近的云儿家作为指挥部。云儿将自己住的前厅房腾出来，让给首长使用。部队一位彪形大汉赵团长住进了她家。

赵团长是山东人，五官清晰，轮廓分明，声音洪亮如钟，可惜辽沈战役中耳朵被大炮震聋，几乎听不见常人说话。随行的是他的夫人与团副，形影不离照顾他的饮食起居，传递信息。三个人干干净净，雷厉风行。云儿从怀里掏出银柜的钥匙，打开柜子，倒腾出几年前给孙女凝夏准备的嫁妆，让老大媳妇杨赧抱了三床里面三新的花被子给他们用。赵团长见状，执意推让，说部队有军被，又逢夏天，晚上不冷。杨赧老实，不会说来回话，把被子又抱了回去，被婆婆训斥了一顿，嫌她这点儿小事都办不好。云儿亲自又将新被子抱到前房，见里面没人，将被子整齐地放在炕头，虚掩了门出来。

看见解放军来到了西堡子，狗娃等几个伙计早跑得不见了踪影。泓顺见状，急忙打开银柜的锁头，准备取出藏匿于此的枪械，扔进后院的吃水井里。如雅嘀咕道："怪可惜的，还不如交给解放军。"话刚

▶ 西堡子

出口，竟挨了泓顺一个耳光："你说啥，你逼我死呢？交给解放军罪加一等，把枪交出去等于向地球人宣布此地无银三百两，你得是脑袋让门夹了？"泓顺三下五除二连拖带推将几箱手榴弹、子弹、枪械扔进后院的井里，然后，找来铁锨，把后院一堆垫圈的干土朝井里不住地回填，一会儿工夫，甜水井变成了半截红苕窖。

从那天开始，泓顺开始吃强胤后院废弃已久的井水，反正也不出院门，无人知晓。

风声一阵紧似一阵，大仗在即。忠瑞老人叮嘱孙子们把那头瘦得皮包骨头的老驴拉到不远的河道里躲避战事，怕牲畜受到惊吓。孙子泽瑜等几个男孩子不怕打仗，甚至觉得打仗热闹。忠瑞让他们牵牲口，他几个都不动弹。云儿一声吼："不听话，看把你的皮揭得了？"那几个比驴高的孙子赶紧去牵驴。到了沣河河道，发现楷瑞老汉赶着许多高骡子大马聚拢在一起，平时村人见不上油坊这些膘肥体壮的家伙，今儿才有幸见到比俊杰还金贵的大骡马，总算开了眼界。到了晚上，牲畜要进圈，乡亲们发现敌军未到，又将牲畜拉了回来。泽瑜一边走一边嘟囔："我说没事就没事，硬叫人拉牲口，好像咱家驴长得稀罕似的。"

跟凝夏私奔出去的俊杰这时从外边一个人空降到了西堡子。他是在父亲泓顺的催促下回来的。

晚上，在楷瑞老汉的带领下，已经为人师表的俊杰准备喂自家的大牲畜。以前在咸阳上学，他周末回到家里不需要干农活、伺候庄稼，更不用说拉土垫圈这些脏活累活。白天警报拉响折腾了两次，晚上俊杰也累了。他坐在院子对泓顺说："爸，解放军很快要解放西京了，西京解放意味着全国解放，国民党大势已去。我想这么多年咱家积攒了不少的钱财，你把咱家的钱给西堡子的人分一分，或者给解放军捐一部分。咱家就我一个，要那么多钱干啥呀？"俊杰的话音刚落，只听得啪的一声，五个指头印落在他的脸上。那是几十年辛苦为儿子不断积攒财富的父亲给儿子最好的教训，也是儿子无能无理的表现。这样的教训是鲜有的，是最后的狮吼，是发自内心的挣扎。

"分钱？说得轻巧，你个败家子！我的钱是辛苦挣的，是一分一分一个麻钱一个麻钱攒的，又不是偷的，凭啥给他们分？"泓顺眼睛瞪得

◎ 第四十章 解放军来了

像鸡蛋一样，怒斥儿子，伤心绝望悉数写在他逐渐沧桑但依然棱角分明的脸上。

"爸，等全国解放了，将来共产党执政，每个人的土地是均等的，钱财也是均等的，多余的钱和地没有用处。与其让共产，还不如主动交出好！"俊杰试图给父亲讲简单的道理。他在学校接受无数的新思想、新观念，过去，他没少给他爸讲这些大道理，可惜老爸只当耳旁风，从未上心。

"我才不会那么傻呢。前清、民国时候大家都种烟，都发财，后来他们好吃懒做，日子过穷了，能怨谁呢？"泓顺至死也想不通，就这么一个宝贝疙瘩为什么总和自己过不去。他继续说道："好我的冤家，钱多是我的骄傲，是我跟你爷、你太爷用心经营的结果，是我精打细算的结果，不是我的罪过。你两个妈不胡乱花钱，都给你留着，将来你在外边待烦了，回家来这一切都是你的。等仗打完，咱们把油坊再想方设法开起来，这么大的家业无论如何不能在你手里毁了。你跟凝夏回来在家里随便一扫腾，保管你们衣食无忧，一辈子啥也不用干。等你有娃了，我跟你爷、你婆全家五个人在家给你抱娃，强似活神仙。"

"爸，我的前程不用你管。我不要啥家产，也不可能回来在家里住。好男不争家当，好女不图嫁妆。我有胳膊有腿有头脑，一个教书育人的教师，一位堂堂正正、顶天立地的汉子，何愁天地间没有我的立足之地？凝夏也不是爱财的女子，否则我俩也不可能走到一起。我俩能在南边把自己的生活安排好，你放心。共产党是穷人的政党，将来解放了，人人平等，你再也没有剥削穷人的机会了。我说一万遍了，你抓紧时间散财吧。爸，儿子求你了！"说着，俊杰给泓顺跪下了。男儿膝下有黄金，为了父亲的性命，他顾不得许多了。

啪的一声，泓顺再次上去给榆木脑袋的儿子一记耳光，用脚踢倒并没有防备的儿子："你、你，把我能气死！你说你哪像我的儿子，咋对钱一点儿感情都没有？你没见过我挣钱，难道没见过油坊那些热锅，那是多少汗水换来的？你一天到晚就知道劝我散财，跟你二妈一样。穷汉给你啥好处了，你替他们说话！"

"穷汉也是人，也有尊严。在你的眼里，穷汉算啥，不过是你挣钱的工具而已，你敢说你手上没沾过穷汉的鲜血？"俊杰已经顾不得给老

387

▶ 西堡子

爸留面子了。

"你，你个不争气的东西，把你供成了，专门把我往死气呢，嗯？"

"爸，解放军已经打到家门口了，你咋还认不清形势呢？"

"解放咋啦，给共产党一碗凉水，能把我喝了？我看你被赤化了，中毒太深。你滚，滚到你汉中去，权当我没有你这个娃！不，你本来就不是我的娃！"在气头上的泓顺顺嘴吐露了实情。俊杰第一次亲耳听见父亲清清楚楚地说出了自己的身世，他简直不敢相信自己的耳朵，愣在那里半天缓不过神来。十几年来的委屈和耻辱一下子涌上心头，他疯了似的跑了出去。闹了半天，我还不如家里的一头骡子一只狗一个伙计，他想打就打，想骂就骂。他刚出门，迎面碰见解放军的部队正走在西堡子的街道上，走在最前列的是骑兵部队，一个个高头大马上的解放军军官神情凝重。俊杰很快又闪了回来，告诉大妈、二妈，解放军的骑兵也进城了。

农会干部紧急召集村民，告知解放军要在西堡子北边继续构筑工事，要与马鸿逵、马步芳的部队决一死战，誓死保卫西京，防止敌人撤退。同时，要求村子的青壮年配合部队行动，不许自由进出西堡子，出去一定要经过部队首长的同意。

西堡子坚固无比，太平年间只能装饰门面，现在总算遇见打仗了，终于可以发挥一下它的战略功能。两个看门人曲生生、石奋理所当然地被战士替换了下来，无事可干。无论官兵还是村上百姓，只要能打胜仗，就能保护村民的财产，这是三岁娃都懂的道理。泓顺站在门口，虚掩着大门，左右张望，看村民的反应。窄小的街道上人来人往，战士肩上扛着镢头、铁锨，匆匆忙忙地穿梭着。有位战士走到他家门口，直往里冲，被泓顺挡住："停，停，你先到别人家去，一会儿再来。"而今的西堡子半截巷子都是泓顺的宅子，不管本家居住或者别人居住，实际全部是他的产业，所以他财大气粗。小战士正想争辩，只见一位高大英俊、身材笔直、五官棱角分明的青年军官走近了他，未开一言，却震住了泓顺：哎呀，我的婶娘！人常说冤家路窄，那位青年军官不是别人，正是当年被泓顺撵出去的长工李梦秦！

泓顺认出了梦秦，赶快搭言："这不是梦秦兄弟吗？咋是你呢？"

"是我，哥。"梦秦轻轻地叫了一声，声音小得只有自己能听见。

第四十章 解放军来了

泓顺早已伸出那双纤细的一辈子未摸过锄把的大手，握住军官厚实有力的手。面对突如其来的尴尬，他感觉那样的不真实、不自在。猛乍出现的熟悉面庞顿时让见惯了三教九流的老江湖的脸上堆满了笑容。

对于梦秦而言，兴奋与喜悦早在十天前已经荡漾在他的心头。西堡子对他而言再熟悉不过了，这里有他心爱的女人如雅，有他熟悉的环境。他布置完作战方案，径自进了东门，像过去无数次进出城门一样自然。他路过泓顺家的那一刻，看见泓顺在院子的躺椅上抽旱烟。他想进去，又停止了脚步。无端地进去显得唐突，那会局促，他的心突突地跳得更加厉害，只好伺机去看如雅。听见战士在泓顺家遇阻，他走过来说道："哥，请你配合部队构筑工事，否则军法从事！"梦秦轻轻地握了一下泓顺迟疑中伸出的大手，脸上并无太多的表情。

"好、好，配合配合。"泓顺想：你不就是我家拉长工的那个穷小子吗？啥时候摇身一变成了解放军，还人模狗样地当了干部，偏巧又杀回来了？那小子穿上军装咱还差点儿认不出来了。大仗在即，识时务者为俊杰，我还是退避三舍的好，以卵击石百害无一利。他当即命令家人，借解放军的洋镐，下午搞定规定的工事。梦秦怕他耍花样，厉声道："不用你费心，工事我们自己弄，你把门敞开就行了。"如雅隔着临街的窗户早已看见梦秦来到了深宅大院，她想出来打个招呼，却害怕当着众人的面难堪，在门帘后面躲躲闪闪。

朝思暮想再熟悉不过的小伙子英姿飒爽，军装穿在他身上那样合体，那样精神，似乎比几年前更年轻帅气，她不知不觉红了脸。有情人心有灵犀，梦秦也瞥见了门帘后面那张暮想朝思的姣好面容，知道她仍然健康顽强地活着。趁人不备，梦秦给如雅一个握拳的手势，表示让她坚持。她立刻心领神会，心脏却怦怦直跳，想不到音信全无的情人兀自出现在自家门前，真乃神助！人们痛恨打仗，然而，要不是打仗，她做梦也见不到心上人。她无数次想过放弃，想过自尽，可想起"李梦秦"三个字，尤其是他那浅浅的酒窝、热热的笑，男人特有的腼腆与坚毅，包括对她的温情与同情，是那样的令人销魂，令人值得为他咬牙坚持，鼓励她一定要等到见面的那一天。

从这一刻起，如雅的心开始烦乱，上下两对眼睫毛再也合不起来了。

▶ 西堡子

团长入住云儿家,家里显得异常纷乱。孩子们根本不懂得战争的危害。云儿家的子孙们多,难以管理。所以,她要求孩子们保持安静,不许乱跑,不许走亲戚,不许晚上在外边逗留。同时,要求奉礼一家三口从桃园撤回来,住在奉义北苑那间空屋子,占着自家的宅院。

听说俊杰从外面回来了,忠瑞惦记自己的孙女凝夏,想过去问问孙女的消息,却被云儿挡住了,说:"别去,该来的终会回来,不该来的,问了也无益。"老汉一听,说:"他把我孙女拐带跑了,我还不敢问了?"见老婆决绝地阻拦,他只好悻悻地磨搓双手说:"他舅家的,也不下雪!"

当晚,聋子团长把夫人安排进忠瑞家,自己又去了麦场。云儿和忠瑞老两口住在后院柴房里。她叮嘱媳妇们准备好柴火,万一伤员来家,可以烧水清洗伤口。团长全靠夫人手势翻译,指挥下属。解放军的战马膘肥体壮,四个蹄子像碗口一样粗大,跑起来扬起沙尘,神勇无比。团长的那匹大白马就拴在忠瑞家门口的拴马桩上,随时准备出发。孩子们好奇地上去摸摸它,亲亲它,拿白蒸馍喂它。忠瑞煞有介事地训斥道:"不许你们几个胡乱喂马,喂出毛病,军法从事!"

孩子们学着爷爷的口吻说:"军法从事,哼!"忠瑞老汉说:"把家里的豌豆拿出来,放在前边厅房,谁也不许动,专门给军马留着。宁叫咱家老驴吃麸子,也不准给大白马少吃一口。"

全家人无人敢怠慢了高团长两口子,脑袋后面都长着眼睛。接线员很快为首长接通了电话,喂喂的呼叫声让孩子们感到无比神奇,这些稀罕物他们没见过,跟前跟后看热闹。战士们按照团长的命令构筑工事、埋锅做饭、深挖坑道、铺设门板,解放军做事有板有眼,条理清楚。

云儿命令儿孙们停下所有的活计,出去帮助部队挖战壕。老太太一声令下,这些平时听话孝顺的孙子们,一个个比平时在地里劳动种庄稼还认真,还起劲。5月份,天气一天比一天热起来,她让几个媳妇每天熬一大锅绿豆汤,放在麦场,为战士们解渴。后来,索性把绿豆麻袋直接交给了部队。

团长的老婆是江西人,娇小而精干,语速极快,也穿着军装。那天晚上,云儿准备睡觉时,团长夫人问云儿,你们村子有没有一个叫

第四十章 解放军来了

如雅的有钱人？云儿说有一个，是我们本家，就住在不远处，出门右边第四家就是。团长夫人问能不能请她来一下，云儿说可以。

别看只有几步路，去泓顺家请如雅对于云儿来说实在是太难了。她想：战争与女人何干？如雅在西堡子一不是干部，二不是乡绅，她无权与部队发生什么纠缠，有老当家的楷瑞和男人泓顺在，她也不当什么家。想必首长的夫人想从她家借钱，树大招风，都怪泓顺平时太张扬，在队伍面前露了富。如果不去叫如雅，队伍的领导住到咱家，难道给她传递个信息都那么困难？云儿左思右想，抬腿亲自去了一趟泓顺家，找了一个借口，把如雅叫了出来。

天麻麻黑的时候，如雅在云儿的厅房落座。这是她第一次来到云儿平时居住的屋子。看到前厅房炕上叠得整整齐齐的两床新被子，不由得惊叹老人做事心细。正在她出神之际，一位英俊的小伙子敲门进来，来人不是别人，正是她日思夜想的心上人李梦秦。如雅还是那样端庄漂亮，未曾生育过的她身材还是那样标致。有情人相见恨晚，春宵一刻值千金。俩人话未出口，眼睛先软了，眼泪簌簌地流了下来。如雅先开口说道："你还知道回来？"

"部队不像咱家，有纪律约束，再说了，我还是共产党员，得听首长的。"

"我知道，俊杰经常给我说起你。"如雅，这位吃尽人间苦难的女人，日夜思念李梦秦，却不能像大姑娘一样大大方方地去部队找他。泓顺不给她休书，她只能像小鸟儿一样被圈在笼子里。此刻，在离家几丈远的地方，几乎就在她鼻子底下，李梦秦这个硬汉再次与她相遇，特定的身份决定了他仍然不能做出任何抉择，不能给她任何承诺，真是喜从心头起，悲从眉头落。门外人来人往，屋门半敞着，部队有纪律，梦秦不敢完全表达自己压抑良久的情感，只能像熟人见面那样寒暄着，局促不安。团长夫人见状，招呼小孩子们到门外玩耍，给有情人留下单独相处的时空。

梦秦自从到达延安后，上了抗大，重新接受了教育。后来，给团长当了秘书。中条山战后，他们团坚守到最后胜利，直到日本鬼子投降。这次来咸阳作战，他生怕如雅苦熬不住，与他生死两隔。没想到，天无绝人之路，如雅像一株生命力顽强的小草，秋风刮不倒，寒雪压

▶ 西堡子

不垮。她庆幸泓顺将所有的心思放在积累财富与别的女人身上，且留一条生路给她，感谢上苍创造了机会让他们见面。梦秦当即表示等这一仗打完，西京解放了，不管泓顺愿不愿意，将娶她为妻，带她离开金山银山锦衣玉食的魔窟。劝她不管遇到什么困难，要坚强地活下去，活着就有希望。如雅迟疑地看着他，千言万语不知从何谈起。梦秦拉住她的手，放在膝盖上，在她手心里清晰地写下三个字：等着我。

云儿在屋外无意中听见了俩人的谈话。好乖乖！闹了半天，团长夫人在穿针引线。梦秦走了好几年没有消息，这次回来难道不为打仗，为寻找女人？这是有意安排还是机缘巧合？想到这里，云儿感到非常后悔。后悔枉活了大半辈子，啥事不能干，非要给他俩传递信息，跟拉皮条差不多，让他们在自己的眼皮子底下私会。泓顺跟我啥关系别人不知道，难道自己也老糊涂了吗？我做这伤天害理的事情，以后咋见他的面呢？云儿正在犹豫要不要进去打断他俩的谈话，没想到如雅依依不舍出了房门，跟她打招呼。云儿不理示她，一边往后走，一边小声骂道："什么东西，没脸，啊呸！"

在李云儿的潜意识里，如雅和翠莲都是自己的儿媳妇，亲亲的儿媳妇！不管世事发生怎样的变迁，她不愿意儿媳妇与别的男人有什么瓜葛，天底下又有哪个婆婆愿意自家儿媳妇与别的男人拉拉扯扯？

很快，战事发生了根本性的转折。马鸿逵、马步芳的部队非常狡猾，他们丝毫没有低估解放军的战略部署，在渭河北边修筑工事，要和解放军决一死战。

5月18日拂晓，解放军一野二军先头部队在追击中发现国民党军欲向咸阳县城撤退，连长傅福成立即带领30多名战士冲进敌群，与敌军展开了肉搏战，九连司号员举起手榴弹俘敌25人。此时，王正臣带领六军侦察部队300余人赶到，配合二军先头部队经过一个多小时的战斗，全歼国民党九十军五十三师一五九团和骑二旅四团一部，毙俘敌1200多人，一五九团团长李以华被当场击毙。

眼看西京家乡就要解放，胜利就在眼前，苦日子就要到头了，然而，让人意想不到的惨剧却无可挽回地发生了。

第四十一章　桥断了

那天，吃完早饭，忠瑞老汉莫名其妙地站在泓顺门口，望着出出进进的人流，知道俊杰回来闭门不出，他想抬脚进去问问凝夏的近况，同时，看看泓顺经营了几十年的小窝是怎样的景致，反正闲着也是闲着。自从解放军进驻西堡子，乱哄哄的，他不能出去卖包子，一贯劳碌的双手竟然不知道放在哪儿合适。踏进泓顺家门一看究竟的念头刚刚一闪，恰好碰见一排解放军从狭窄的街道走过来，他急忙躲避在一侧，披着夹袄抬腿准备出村，想晚上再去。

站在麦场，望着一望无际的麦浪，忠瑞老汉心潮澎湃。西堡子勤劳的祖先不知从哪朝哪代开始在麦地里套种豌豆，麦子收了给人吃，豌豆收了给牲口吃。青豌豆是孩子们的最爱，一辈子走南闯北的他从不贪嘴，但是孩子们在家影响部队战前准备，尤其影响人家高团长的公干。所以，忠瑞老汉决定带领孙子们去地里摘豆角，让这些马驹子、兔娃子畅快畅快，给娃们放放风。

就这样，从小生长在古都长安、胆小怕事没有经历过战争的忠瑞老人，领着一群孙子在麦地吃豆角，五六个孙子围在爷爷跟前玩耍。大一点的泽祖、泽才自觉地提着担笼，顺便给猪拔草。多年来，他们已经养成了不空走地垄的习惯。他们喜欢爷爷柔柔的、憨憨的笑，大凡脾气好的老人均深受孩子们的爱戴与敬仰。麦地套种的豌豆即将成熟的时候，豆角皮厚豆小，孩子们将厚皮上薄薄的一层外皮剥去，再将两端的细丝抽取，直接填进嘴巴当零食吃，甜丝丝的，略带香味。再过半个月，只要天气好，豌豆成熟后，皮就吃不成了。当然，豆角还有一种吃法，煮着当饭吃。在困难的时候，一般人在春天青黄不接的时候，把豌豆当主粮吃。西堡子的孩子往往吃得精，几乎都是生着

西堡子

吃,要的就是站在地里吃的趣味。

正当孩子们疯狂追打嬉闹打赌论输赢的时候,突然嗵的一声巨响从北边传来,地动山摇,震得人站立不住。忠瑞老汉瞬间跌倒在地,不清楚到底发生了什么事情,响声过后,他赶紧爬起来,将孙子们带回家。

那一声巨响,应该载入史册。它是岩村战斗激烈进行之时,留守在咸阳县城的国民党陕保第二旅干的缺德事。他们害怕解放军渡过渭河,急忙撤到渭河南岸,拖走北岸的所有船只,并遭天谴地炸断了渭河铁路大桥,同时,炸毁了渭河渡口的浮桥,妄图凭借渭河天险守卫西京,阻止人民解放军前进。战士们身经百战,得知渭河铁路大桥被炸,心急如焚却服从命令听指挥。忠瑞老汉着实被吓出了毛病。就这么一声震天响,吓得他胸口异常跳动,久久不能平复,同时更可怕的症候出现了,尿潴留,尿不出来,滴水不敢进了。

云儿一辈子给人诊病,见过无数的怪病。尽管她主要对新医正骨很拿手,甚至可以说非常著名,也见过内脏病的症候,但何曾见过人无缘无故不吃、不喝、不尿?她初步判断是老汉旧病复发,只是过去劳碌不曾发现而已。于是,全家大小给忠瑞老汉宽心,说咸阳的一座工厂墙倒了,跟西堡子一毛钱关系也没有。又有人说,是九子滩和尚庙的一口挂钟绳子断了掉在地上,所以声音比较宏大,跟咱们也无关系。纵使家里人说一千道一万磨破了嘴皮,忠瑞仍然紧缩一团,惊恐万状。云儿说:解放军荷枪实弹驻扎在村子保卫村民的安全,团长就住在咱家,咱们的生命有保障,可以高枕无忧。老汉仍然不能释怀。

云儿把几个孙子都叫过来,让他们悄悄地站在门口,万"枪"齐射,一起往尿盆里尿尿,诱导老汉,依然无效。那位一贯不知天高地厚的四媳妇疏影,跑过来对婆婆说:"饥屁冷尿热瞌睡,也许把我大凉一凉就尿出来了。"云儿白了她一眼说:"就你明白?"要强的云儿坚持把老汉扶起来,准备去村子外面走一圈,想着活动活动或许就尿出来了。他们刚走到门口,发现城墙上架起无数的机枪,吓得忠瑞急忙抱头蹲下。云儿气急了,说道:"咱又没做啥亏心事,至于把人吓成这样?"等到中午吃饭,忠瑞肿胀的眼睛几乎眯成了一条缝,全身浮肿起来,小腿一压一个小坑。几个儿子一看大事不好,事不宜迟,赶紧出

第四十一章 桥断了

城请医生。遗憾的是远离战区的斗门镇医生早已上板歇业，逃之夭夭。渭河桥两侧已经被部队布防，寸步难行。云儿急得在家团团转，急忙让人去李家村请年迈的母亲李荆氏来给女婿忠瑞治病。然而，此时的李家村也住进了解放军，不准人随便出入，族人又转回来了，徒劳无功。

每分每秒对忠瑞而言都是宝贵的，因为他的病情迅速恶化。顷刻间，全家人慌成一团。云儿见大势不好，派机灵的奉礼出西堡子，绕道去西京报告消息。梦秦得知奉礼要去西京请医生，嘱咐守城门的战士护送他出了警戒圈。

西京与西堡子一样，战事吃紧，全城大乱，奉礼被盘问了半天才进了城。西大街的商铺几乎都关门歇业了，忠瑞饭馆因为平时习惯囤积粮食，按照正常流水计算，要攒够用半个月的面粉，所以，仍然能做简单的饭菜。只要还有一个人吃饭，他们就得开门，坚守着生意人的本分。奉信晚上将包子蒸好，炉子里添上少许柴火，方便客人随到随吃。

十天前，胡宗南在西京城发布命令，要求面粉厂开足马力加工面粉，赶运至三原、兴平一带，以备军需。奉义他们在市内已经很难买到面粉，开门生意离不开这最基本的原料。几年来，伙计们与奉义已经建立了深厚的感情，不忍心抛弃老板，轮流排队去买面粉。家住西京周边的几个伙计害怕炮火燃烧到自家，给奉义告了假离开了饭馆。奉义劝他们仗打完一定要回来，到时候机场与桥梓口的店铺还要扩大，需要大量人手；天下太平了，食客会越来越多，不愁挣不到钱，薪水一定给他们涨。他们收拾了行李，加入到了浩浩荡荡的出城队伍。

伙计们一走，店里马上冷冷清清。奉义与清茶商量，暂时先在店里住着，守着他们辛苦积攒的家当。谁也无法准确计算仗能打多久，要是全部都回乡下去，万一咸阳失守，殃及西堡子，家中生计也许还要依靠西京的生意支撑。天下尽人皆知，西京的水深哇！

奉礼为了早一点儿给西京的亲人报告老父亲的病情，如神行太保一样健步如飞，终于在晚饭时候赶到了忠瑞饭馆。得知老父亲病重，无法医治，见多识广的奉义也乱了手脚。面对两个古城即将打仗的局面，他的两行热泪流了下来。他唯一能做的，也必须做的是嘱咐奉信、

▶ 西堡子

清茶赶紧收拾行李，立即回家。

奉义迅速将所有的金圆券和房契凭单用麻袋装起来，足足装了三捆，用绳子扎牢，外边再套一个口袋，用一根铁丝挂在小房井内的窑窝里，在井上面覆盖一个很大的麻袋，上面再盖上杂物，搭眼一看，什么都没有，很安全，很妥帖。奉义想西堡子指不定乱成什么样子，国共两党在咸阳开战，西京解放近在眼前，到时候，共产党执政，即使家里的土地都不种，凭现在积累的钱，家里大小几十口人生活在西京也不用发愁，大不了取点儿钱再买几处房子。人常说生意做遍不如卖面，薄利多销的经营理念还真给他们带来了巨大的商机与收获，墩子与他们的合作非常愉快。将来等仗打完，再回来继续开饭馆，卖面。到时候，秩序比现在好，人比现在精神，日子好了，再买几间铺子，扩大门面，将家中子弟都带到西京，岂不省事。他们弟兄只带了简单的衣物，聪明的清茶把细软带在身上，集体撤退回家。

奉义深情地望着这些年置办的家当，积攒的家业，心里很不是滋味。安顿好馆子，奉义带领媳妇、弟弟星夜启程回家。奉信问二哥要不要去城里的医院打问，寻找良方。奉义说："省医院现在盛放着军火，早已歇业了。医生也有家眷，他们难道不怕打仗？西京城比咸阳还紧张，哪个医生有勇气跟咱们跑这么远的出诊，先回去再说。"

一行人披星戴月行色匆匆。奉义心中五味杂陈。父亲一生勤恳良善，待人热情，做生意童叟无欺，保本微利，卖白面包子给别人吃，自己吃黑面麸子。他爱孩子如同爱眼睛，在西堡子里是数一数二的老好人。在父亲的眼里，谁家的孩子都可爱，见谁打孩子都心疼。娶了母亲云儿，他尊重她，爱她，甚至怕她。他没感觉怕老婆是什么坏事，反倒认为女人能料理好家是他的殊荣。家里尽管人多嘴杂，做老人的他总是吃苦受累，从不给孩子们提过分的要求。不管五个儿子都在家，还是只剩下两三个，他总揽地里的农活，不惜力，不叫苦。对待老人更是模范，尽管二老抽大烟不管家事，将积蓄抽光抽净，不给他们留一毛钱，他与妻子云儿一起白手起家勤劳致富，无怨无悔。传说祖上有万贯家产，他至死也不清楚父母把钱放在什么地方。他这个养子尽了孝道，顺从父母，没顶过一句嘴。当妻子云儿埋怨父母的时候，他总是批评媳妇，教育她要忍耐，不要与父母计较，要宽容老人。

第四十一章　桥断了

父亲一生与人为善苍天可鉴，做的好事车载斗量。作为儿子，他尚未给父亲尽孝，总给他添麻烦，惹了不少事，添了不少堵。父亲头火大，喜欢玉石枕头，多次在他面前提说。他总说下次一定带回来一个，买个好的。而今，父亲病重，他背着从东大街用十块钱买来的成色优等的蓝田玉石枕头，越背越沉，脊背恐怕已经磨烂了，却坚持不让人替换，目的只有一个，老人哪怕用一天扔了，也值得，唯恐错失了尽孝的机会。陡然，他脑子蹦出"负荆请罪"四个大字，他欠父亲的太多太多了，难道不是吗？

一路上，他默不做声，任凭眼泪哗哗地流着。天刚蒙蒙亮，他们一行走到祖坟跟前。奉义心里一紧：万一父亲挺不过去，就将埋在这里。他望着郁郁葱葱的数百棵柏树，还有巍然屹立的连片坟茔，心如刀绞。作为儿子，他没能给父亲生下一个孙子，侍奉堂前，为父亲分忧，反倒惹了一身的麻烦，让人追杀，百身难赎对父亲的歉疚之罪。拐过小路，他虔诚地面朝祖坟，双膝跪倒，泪流满面，重重地磕了三个响头，祈求祖先保佑父亲躲过此劫，康复平安。

这时的咸阳城一片混乱。周围各村庄已积极投入到解放咸阳的战斗中。奉娴他们做的背笼放进井里，死死卡住井壁，不能取水，导致马鸿逵的马吃了大亏。民兵与救护队施行第二个计谋，等马鸿逵的部队进入后，在咸阳城街道上放置枣刺、木头、竹签和学校的桌椅板凳等绊马设施，让二马部队有去无回，钻进解放军的布袋等着挨打。这一招果真奏效，让国民党部队吃尽了苦头，战斗力大减。

第二天，弟兄几个眼看父亲的病情越来越重，也跟母亲一样手足无措。忠瑞老人一滴尿液没有了，脸也肿起来了，身子无力，肚子鼓胀，水米不进。奉礼前脚去了西京，后脚李梦秦去麦场叫来部队的医生为老汉诊治。擅长外伤包扎急救的女医生从来不曾见过这么蹊跷的病症，摇头垂首，摆手出来。

奉义一行终于回来了。他进门的第一件事就是给老父亲脖子底下塞进他背回来的那块玉石枕头，然后，拉着老爸的手一言不发，直掉眼泪。他从房里出来，正巧碰见梦秦，不觉一愣："你是——"

"我是李梦秦啊！"话音未落，他连忙跑过去拉住梦秦的手说："我的好兄弟，怎么是你啊？"

西堡子

"是啊,我回到咱村子来阻击敌人。"梦秦兴奋地说道。

"我还以为再也见不到你了。"奉义没想到能在自家门口再见到一个战壕的战友。

"我还以为你已经跳河为国捐躯了!我看到部队的战报上有泓顺的名字,他们统一申报了战功,怎么你没死?"

"是吗?我命大,没死成,腿残疾了,不能回部队打仗了,可我的心一天都没有离开过队伍。日本人战败那天,我听到了广播,还去老关庙祭奠我们的阵亡战友了。那时,两党是何等的团结,同仇敌忾打鬼子,可惜最后没能走到一起,又分裂了。"

"是啊,又分裂了。还是我们赳赳三秦儿男厉害,打仗不惜命,跳进黄河的八百勇士为我们树立了榜样,永垂史册。"

"我才不在乎什么史册不史册,我打仗是为了还泓顺一个情,一笔债,现在我跟他两清了。"

"你不说我还差点儿忘了,载入史册的英雄是泓顺,我东家。"

"嘿嘿,他好端端在家待着,连日本人光脸、麻脸都没见过,唾手可得英雄美名,油坊老板睡觉睡出个名垂千史,大风地里刮来了战功,呵呵。"

"过去的事情不要再提了,眼下我们必须打好保卫西京这一仗,干净彻底消灭国民党残部,全国解放近在眼前。"

"你给我发一杆枪,打仗算我一个!"

"你走路不方便,算了,安心在家就行了。团长住进你家已经给你们添麻烦了,不敢再劳动你这个抗战的大英雄。"

"什么英雄,我就是一个农民而已。哦,对了,你认识李梦唐吗?"

"哪儿的?"

"西京城,调料铺子的伙计。"

"您没说错的话,可能是我弟弟。我们从汉中出来,因囊中羞涩,他去了西京,我到了咱西堡子泓顺家。后来,我去了延安,随部队开往中条山,跟二哥你成了同一条战壕的战友。不知道弟弟现在何处?"

"世界上竟然有这么巧的事,你弟弟跟你一样,替共产党做事,被警局抓了,后来我也被抓,多亏我的好朋友相救,他得以脱逃,听说往北边去了,再无音信。"

第四十一章 桥断了

"是吗？我也没有弟弟的音信，不过相信他人机灵，吉人天相。弟弟能遇见二哥这样的好人，是他的造化。将来解放了，我相信能找到他。"梦秦接着说道，"哥，等全国解放了，有机会到汉中，我陪你转转，看看秦岭那边的风土人情。"

俩人说话间，后边房子传出女人们悲切的哭声，忠瑞又发紧了。云儿将孩子们叫到跟前，奉义疯了一样，拉住父亲的手，哭得死去活来。部队的女医生第二次来到忠瑞的屋子，看了一眼老人，难过地说："没见过，真没见过，准备后事吧！"

孙子、孙女们围拢在爷爷周围连声哭喊。奉义不放弃任何抢救父亲的机会，再次跑到远离西堡子十里地的斗门镇请当地的医生。他相信重赏之下必有勇夫，看在钱的面子上医生一定会出诊。但街上的医生听完他的述说直摇头，说给十根金条也救不下人命，拿钱办丧事把。奉义又一路哭着回来了……

奉义焦急地站在门口等待着，踌躇彷徨。正准备往屋里走，突然，两个小伙子披麻戴孝跪在门口，哭得稀里哗啦。奉义一看，气不打一处来，以为是自己门宗的哪个侄子，误以为忠瑞老汉已经仙逝，跪在门口哭丧。他一脚踢下去，大声喝道："滚，哭你妈的屁，人还活着，你哭啥呢！"原来那俩人一个是凝春的丈夫乔冠梁，另一人是他的堂哥，俩人不为别的，为家中变故，也不敢起身，小声哭着说："爸，我是你女婿小乔啊！"

"咋了，你家大人谁不在了？你没看家里正乱着呢，快起来。"

"爸，不是老人，是，是——"

奉义不耐烦了，说："你啥时候开始结巴了，我过去咋不知道？起来慢慢说！"

"爸，你挺住了，是凝春殁了。"

"你说啥？凝春咋了？"

"凝春生孩子大出血，孩子生下来，她就，就……"

"你再大声说一遍！"奉义蹲下来凑近女婿小乔的耳朵，疑惑地问。

"爸，凝春殁了！"女婿一个头磕下去，哭着说道。

"啥，你胡说啥呢？凝春好好的，咋能殁了？"

"爸，是真的。打仗呢，我不敢开这个玩笑。"

▶ 西堡子

"清茶，你出来，快出来，出大事了！"奉义几乎失声了。

清茶让奉义小声说话，害怕老爷子听见。他们的心肝宝贝女儿因难产丧命，这无异于铁路大桥炸毁后惊雷再响，雪上加霜。硬汉奉义当即泪流满面，悔青了肠子。他后悔当年没有坚持将女儿嫁给王强的儿子王长安，那样的话，他可以经常关心女儿，心疼女儿。如今，咸阳、西京战事这么紧，父亲正病重，叫人如何处理？经过多年的坎坎坷坷，清茶历练得心很硬了。听说大女儿死了，她一滴眼泪也没有，握紧拳头，镇静自若，当即吩咐奉智、奉信带领几个侄子去乔家，相机处理后事。

家里的主心骨李云儿得知孙女凝春殁了，愣在那里，两行泪水倾洒而下。媳妇们一拨围在老公公身边，一拨围在婆婆身边，唯恐节外生枝。云儿毕竟是身经百战的老司令，哭了一会儿，突然想到那年她带孙女去逛会，凝春莫名其妙地失踪，莫名其妙地又回来，让她体验了失而复得的感觉。如今孙女得而复失让她痛感生命的无常，真是黄泉路上无老少哇！因为孙女天资聪颖，喜爱秦腔，才被装扮成伶人，站得高看得远。她一日阅尽尘世间的繁华胜景，浮世百态对她而言不过是过眼云烟。如今她殁了，冥冥中，也许她注定躲不过这一劫，香消玉殒英年早逝也许正是她的宿命。她起身在媳妇们的搀扶下，在照壁的佛像前点燃香蜡，在蒲团跪定，为凝春祈祷，祈求她早日升天，灵魂安息，含笑九泉。

乔家见凝春娘家人多势众，不敢造次。终因天气炎热，尸首不敢久停，便厚葬了过门仅一年多的媳妇。可怜刚刚出生的女儿姣姣，一口奶没吃就离了娘。弱小可爱的孙女无依无靠，奉义天生喜欢孩子，坚持叫把孩子抱了回来，并表示不阻拦女婿鸾胶再续。

媳妇们见老公公的病情越来越重，所以，抓紧时间赶制寿衣、孝服，预备后事。40丈白纱布被裁剪成头布，一堆堆麻丝整齐码放在一隅，孝布早已预备好，女人们裁成若干七尺长的短截备用。儿孙们抓紧时间组织人挖墓。棺板是早年间准备好的两副三寸柏木，其中的一副让老五媳妇韩枝背走了。奉礼一辈子给人传枋，手艺精湛。这一次，他坚持一个人亲自给老父亲建屋，不准别人帮忙。他犹如打造一艘巨轮，精确计算尺寸，用清漆一遍遍刷过每一个缝隙，不等干燥再刷，

第四十一章　桥断了

顺着纹理来回涂抹。旁边熬胶的锅底下，火苗跳跃着，映红了他的脸庞，泪水一滴一滴地掉下来，落在刨花上。他腰弓着、跪着、蹲着，等合缝停当，拿起刀具，在里外刻画。刻上五子登科，刻上福禄寿喜，刻上祥龙戏珠，刻上八仙过海，刻上亭台楼阁，让父亲永远安详自在。

云儿将家人分作两班，轮流看护忠瑞老汉，相信战事结束后老人或许还有救。奉娴听说老人病重，心如刀割。父亲只有她一个女儿，多年来，她忙于政务，无暇照顾老人，甚至未给老人做过一件衣服，无论如何得回去看看。她做梦也没想到刚强的父亲竟被炮声吓得病危，无奈自己护卫纺织厂的重任在肩，不敢擅离。

忠瑞老人挣扎着起来，想喝一碗御麦糁，媳妇们赶紧去熬，端上来，云儿刚喂他喝了一口，又昏迷了。奉义不停地喊："爸、爸，你看我一眼，我是你儿。"

五个儿子围拢上来，叫了好几声，老人睁开眼睛，示意人凑近他："好好的别分家，儿子再多即使垫圈，也不许送人、上门！善待你妈！"一时又晕厥过去。儿女们一阵忙活、哭喊，他又回过神来，示意其他人出去，叫云儿近前。他望着东边的方向，挣扎着说："把顺叫回来吧，弟兄们在一起，我求你了！"

云儿的心里咯噔一下，顿时明白了：忠瑞在最后时刻最放心不下的不是最喜爱的女儿奉娴，不是可怜的外重孙女姣姣，更不是西京的几个儿子，而是他，那个被送人的亲儿泓顺。她眼中含泪，一直摇头："你放心，娃是好娃。"她将忠瑞的头放进自己怀里，任他享受最后这弥足珍贵的温情。

带着对孩子们深深的眷恋，带着想见泓顺而不能的遗憾，忠瑞老汉停止了心跳和呼吸，撒手人寰。但是，老汉的身体依然柔软如棉，顶门发热，面色红润，躯体散发着檀香的味道，像进入梦乡一般。勤劳善良、乐善好施、多才多艺的忠瑞老汉就这样走了。

刚强了一辈子的大脚女人李云儿紧紧抓住忠瑞的手，眼泪像断了线的珠子滚落了下来，放大悲声数落道："我的傻老汉呀，你咋舍得撇下我一个人走了？马上就解放了，娃们都回来了，你咋这么狠心啊！"听见哭声，儿孙们齐刷刷地跪在门口，一个个磕下头去，用亘古不变的哭声送别可敬的先人。

▶ 西堡子

　　一生劳碌不止的李云儿双膝跪在炕上，目光呆滞，像一座雕塑，阴森的西北风呼啦啦吹进了房屋，吹乱了她花白而蓬松的头发。

　　因为解放军将各家各户的门板收上去搭建工事，家家户户夜不闭户。没有门板，他们只好将老人直接放进棺木，灵柩停放在前厅房过道，准备三天后成殓，孝子们便跪下去磕头烧倒头纸。云儿做主决定将灵堂设在门外，赶快搭棚子，又一阵忙乱。按理应该由长门的楷瑞主持才对，因为他耳背，因此，五个儿子一起身穿孝服跪在德高望重的英瑞门口，请他主事。

　　大宅门从中午正式开始，分头行动，给亲戚报丧。奉仁、奉义、奉礼、奉智、奉信五个儿子，杨赧、清茶、相沫、疏影、果果五个儿媳妇站一排，泽祖、泽实、泽才、泽瑜等十个孙子，凝改、凝香等六个孙女站成一排，奉娴的两个儿子也毕恭毕敬地站着，重孙女姣姣由清茶抱在怀里，一家老少齐聚堂前，只差女儿奉娴一人。本家粉坊景瑞和四个儿子媳妇、花店英瑞的九个儿子媳妇也来了，最后是楷瑞带领儿子泓顺、翠莲、如雅及孙子俊杰站在门外廊下，同时门宗的其他百十来人也来到堂前祭奠，齐整地跪了下去。顿时，哭泣声响彻云霄。

　　清茶这个率性的女人看见泓顺，真想上去撕了他的皮，吃了他的肉，却被大哥奉仁一把拉住，要她平复心情，顺顺当当地埋葬老人事大。

　　第二天晚上，例行祭奠，孝子们挨个奠酒。在邻村请的两个龟兹，没想到大仗在即，主家丧事还这么认真敬事。百十个孝子没有一个投机取巧不扑倒在灵前，争着用哭声与肢体动作表达对逝者的怀念之情。奠酒仪式一直持续到第三天早晨早饭过后，乡党们早已经急切地在东街外面等候，等着成殓。逝者盼土，不敢再耽搁了。这时，龟兹才发现自己的嘴肿了，嘴唇挨着铜管疼痛不已。丧事没办完，龟兹却不能继续吹了，大家又一阵忙乱。别人家奠酒，三五个孝子三锤两棒就结束了。忠瑞家的孝子们从小系统学习了行为礼仪，连奠酒这样的小事也在奉礼的教导示范下，个个有模有样，动作极其规范。男人们大多奠的走四角，媳妇们奠的七十二奠，姑娘们是常规的三拜九叩。这些看似简单的礼仪，每一个人奠完都得半个小时以上。

　　在灵前，有一道风景格外引人注目，那就是女人们的裙装和孝布。

第四十一章 桥断了

女人们身着大襟毛边长袖短上衣，下面配上拖地毛边百褶长裙，脚上的布鞋上鞔着洁白的棉布。女人的头布是最讲究的，共由两部分组成。其中一块从蒙脸布留起，向上向后延伸，将折叠好的头布用针缝上棱角分明的七道皱褶，捋直后延续到腰间，在腰上的丝麻上绕一圈，垂到小腿上。另一块先在头顶覆盖所有的黑发，然后折叠缠几圈，最后在耳鬓部打七个皱褶，也用针别好。两个部分的七道皱褶从逝者去世那天算起，过一周拆一褶，七周后全部拆完。亲属随着时间的推移对死者的思念逐渐变淡，眼泪也日渐减少。这是古老的讲究，也是经过几千年演变而形成的。不管是女人缝皱褶还是拆皱褶，都需要时间，需要思考，需要消化悲伤。

风景里还有最通透的女孝子脸上的蒙布设计，遮羞而体面，悲戚而节制，她们或号啕大哭，或嘤嘤咽咽，蒙布随着小脚女人前行的节律而开合，被女人有节奏地吹动着，一张一弛。眼泪或多或少都在蒙布里面，孝心或淡或浓也在蒙布下面，哭声或大或小蒙布却掩饰不住，别有一番风情。

关中再丑的女人经过这样的打扮和场面也都个个美若天仙，让人无限怜爱。她们一到灵堂前的草席上，化纸入盆，嘴里叫着："我的大呀、我见不成的爷呀！"眼泪已经随哭声飞奔而出，两只平时上灶做饭缝补浆洗的纤纤玉指把裙子从双膝中间往外一豁，一只腿往后撤，另一只屈膝，直跪下去，标准的磕头动作，从容地接酒敬拜，虔诚地把酒泼洒进纸盆子里，这一系列一气呵成的动作诠释着女人们对祖先的不舍，对死者的哀思与敬仰。

陕西的乡党们观看别人家的丧礼往往不是看男孝子的生猛直率，而是看女人的秀丽婉约，见证并品评她们的孝心。

忠瑞成殓后，商定由长媳杨赧扫墓，长孙泽才顶盆子，安排奉义引幡。这些人事安排理应由云儿的哥哥李纯龙与忠瑞的舅家共同定夺，因为正在打仗，亲戚们都不便出行，瑞字辈的几个弟兄商量简单办，孝子们也没有意见。

路祭无论如何是不能省略的，这是规矩。地点选在泓顺门前的街道上，这是云儿亲自安排的。来帮厨的、抬重的、挖墓的、扫墓的、顶盆子的、扛铁锨的、乐人分别祭奠。由于人太多，只好合并同类人

▶ 西堡子

员。住在云儿家的高团长让梦秦代表部队点上一炷香,向忠瑞遗像三鞠躬,表示哀悼。

正当午,未出五服的门宗与孝子们上百人组成浩浩荡荡的送葬队伍,出了西堡子南门,蜿蜒在乡间的小路上,哭声震天。那真是想亲人眼泪好像绵延不断滔滔的渭河、沣河水,哭亲人,哭声犹如西京古城洪亮的晨钟暮鼓声。孝子们按照长幼排队,泓顺正好站在奉义后面。他早上起床尚未到灵前,就已经在自己的屋子里哭得死去活来。如雅怕丧事乱,男人吃不好饭,早早地烧完开门纸便抽身回来,给泓顺烫了一碗牛骨髓油茶,被他推开。楷瑞懂得儿子的心事,也不劝慰,任他放大哭声倾吐心里的不快。身材高挑的泓顺穿上孝服分外潇洒,长长的孝布从头顶倾泻而下,在细细的的腰上缠一圈,沿着一袭白色的毛边长袍继续向下,直到脚跟,一走一摆,如沣河里的一叶孤舟,随风摇曳。

路上,数他哭得最伤心。人们都晓得,世上人的哭法有千万种,只有泣不成声最能打动人。他不住地抽泣,过度换气,出城不久,便昏倒在路边,被人掐住人中,按摩胸口,才缓过气来,人们准备把他抬回去。英瑞坐在地上,把他抱在怀里,说道:"好娃咧,千万要当心自己的身体,节哀顺变。人死不能复生,老人知道你的孝心,数你最孝顺了。"能说会道的英瑞劝慰的话说了一火车,泓顺攥紧的拳头这才慢慢地舒展开来,手心的那枚胎里带来的梭形枣核才见了阳光。人们刚把他扶起来,走了几步,由于过度悲伤,泓顺再次晕厥过去。

即使在送别忠瑞老汉最后的一程,泓顺依然把一切痛苦强压在胸中,隐藏起一切关于他身世的秘密,而不去追问父亲片语只言,直到永远永远。

非常时期,丧礼还是省略了许多的重要环节,比如熟舅家这样的重大礼数都免了。西堡子人在龟兹敲敲打打的哀婉乐曲中,在孝子们声嘶力竭的哭喊声中,将忠瑞送入祖坟。

解放军仍然在等待最后的冲锋号角,堵截逃散的国民党军队,在战壕里严阵以待。

战士晚上睡在农民打好的晒麦子的场院上,轮流换班,深深的战壕掩盖了他们的踪迹。农村碾子多,解放军挨家挨户将碾子收上来,

第四十一章 桥断了

垒起来作为掩体，奉义家祖坟里翠绿的柏树枝、柳树条被村民折下来，交给部队战士用于遮挡掩体。

地里的麦子一天天黄了，即将收割。村民在院子磨刀准备收获庄稼，家家户户后院相通，这在以前根本不可想象，不是怕你家的鸡跑到我家院子被杀，就是怕我家的猪溜达进你家院子被捉，各人把这些能换钱改善生活的活物看得比什么都金贵。

办完丧事，圈在城堡的人们无事可做，人心惶惶。奉义让大哥将地契全部拿来查看，看看家里还有多少地，盘算着来年的营生。大哥奉仁到母亲那里要了钥匙，到后边厦房一个鳖肚瓮里取出一个瓷罐子，里边尚有五张地契，最大的一宗土地只有十亩，距离桃园不远，紧邻祖坟，旱涝保丰收。另外的有一块相对大的是五亩，这块地时好时坏，距离机井很远，不好浇。另外三块都是沟壕地，一年三季地里积水，很适合种水稻，但产量低。沣河沿岸经常涝灾，每到秋天雨水多的时候，庄稼淹在水里，收不到几粒谷子、御麦，有时根本种不上。全家28口人全凭那点儿地，家中光景早已捉襟见肘。

最让人感到悲凉的是那宗最大的地契早已经抵押给泓顺家，用以维持家中正常生活。不看地契则已，一看则让奉义胸口憋闷不已：这还了得？我的娘呀！我再回来晚一点儿，家里的土地弄不好全抵押给人了。我还一天到晚瞎蒙失眼的在西京擀面挣钱，闹了半天，后院马上就一穷二白喝西北风了。想到西京忠瑞饭馆井里的那些银钱与地契，奉义稍感欣慰与踏实：亏得清茶放印子有尺寸，置办了一些硬头货，否则，将来如何换回抵押出去的土地呢！

一辈子要强爱面子的云儿即使到了山穷水尽的地步，也不跟命争，跟人争。她总不能把孩子都撵走，张嘴吃饭的一群孙子、孙女正在长身体，为了西京生意能维持，体谅儿子每喝一口水都要买，每吃一碗饭都要亲自去量麦子，孙子在西京读书花钱，穿衣也要钱买，不像家里粗茶淡饭、粗布衣裳好凑合，所以，她从不主张向奉义要钱。忠瑞老汉一死，更无一人敢向西京的饭馆开口要钱了。

儿子们聚在老太太房里商量如何度过老人离世后的光景。木讷的奉仁提出要分家，让弟兄们各自单飞，各过各的日子，没有必要大家绑在一起受穷。老三奉礼有手艺不怕分家，但善良的他不愿意提分家，

405

▶ 西堡子

怕母亲误会他自恃薄技在身，多嫌大家。听说老大召集大家要分家，云儿把楠木拐杖往地上一戳，大声喊道："谁要分家？你问问祖坟里睡的人同意不同意，问问自己的良心同意不同意。你爸坟上的土还未干，丧把还站得直直的，你们的腰杆就软了？从今往后，谁主张分家，看我不一拐子打死他！"见老太太气得脸色发青，大家不敢再言传。

云儿作为嫁到西堡子几十年的老媳妇，她从捡筷子、拜圣子那一刻起，心里就暗暗发誓不经营好这个家，让人刮目相看，誓不为人。不说西堡子的舌头，单就李家村那些喜欢小脚的男人，一个个等着看她的好戏呢。她不为自己考虑，也得为那双大脚正名。她含辛茹苦经营这个家，希望儿孙满堂，家庭和睦，父慈子孝，怎能容许大家分崩离析，各自单干呢？况且人多力量大，互相帮忙、互相提携，也不孤单。一贯贤孝的奉义站出来安慰母亲："妈，你看看全堡子谁像咱家这样子，快30口人在一起，每天跟过会似的。人常说家大不分不行，女大不嫁不行。现在，你的孙子们都该成家了，到时候我们家五六十口人咋生活？现在做饭都是专门人做，到时候恐怕得请人雇伙计给咱做饭，跟我开的饭馆一样热闹。"云儿低头不语。奉义说话母亲一般能听进去，她觉得老二尽管给家里惹了大麻烦，甚至快家破人亡，可是他有情有义，敢于担当，性格像她。她坚信解放后西京的几个儿子回来，家中有钱了，再去赎回抵押出去的好地，再买几亩好地，日子就缓过来了。她不相信兴旺的日子会遥不可及。李云儿一辈子凭的就是这点儿胆气和自信。

但是，忠瑞老人的去世让云儿不得不重新反思该用什么样的理念治家了。对于织布纺线、缝补浆洗、安守妇道的媳妇、女儿、孙女，她仍然坚持连坐的政策，一人犯错人人挨打合适吗？把儿子们捆绑在一起不分家合适吗？媳妇杨赧、清茶已升辈当奶奶了，再打肯定不合适。儿子们不管在乡下还是在西京，老实做人，本本分分，自觉为家中默默无闻地奉献着。孙子们读书用功，个个聪明上进，想到这儿，云儿心里稍微敞亮一些，同时陷入了深深的自责与矛盾之中。

几十年来，泓顺凭借油坊积攒的银子越来越多，给儿子俊杰已经购置了二百多亩好地，有钱有势。尽管俊杰曾经扬言要与父亲一刀两断划清界限，可那是人家唯一的接班人呀，天底下谁听说过儿子能与

第四十一章　桥断了

家庭断绝关系呢？简直是痴人说梦嘛。是的，不用说，俊杰早已经是有钱人的样子了。

出不了村子的俊杰在家无事可做，与父亲泓顺怄气，话不投机半句多。他没想到回到西堡子，正好碰见给忠瑞爷爷送葬。这一日，他在西堡子百货商店买了礼物，跨过了云儿家一尺五高的门槛。与以往不同的是，他此次的身份变成了凝夏的丈夫。这是他俩私奔后第一次诚惶诚恐地来到了岳丈家。

俊杰的到来让奉义两口子心里像扳倒了五味瓶，家里的空气顿时凝固了。不管亲朋是否承认，事实上他已经是他们的乘龙快婿，只是没有过礼，没有举办婚礼。俊杰像无数个做错事的孩子一样，给长辈作揖磕头，抱定打不还手、骂不还口的决心。是如雅叫他一定要这样做的。杀人不过头点地，再厉害的清茶，再有血性的奉义，面对眼前这个泓顺掏钱买来的小子，心里最柔弱的东西还是被激发了出来，尤其刚刚办完丧事，人还沉浸在悲痛之中，加上解放军还在战壕里等待冲锋号，形势严峻，所以原谅了俊杰拐带了他们的女儿凝夏，原谅了他不按套路出牌，不按礼数办事的莽撞行为。

俊杰坦诚地告诉岳父及奶奶，他跟凝夏在汉中李梦秦的家乡做事，他俩分别去了不同的学校。他自己当了教员，凝夏做了图书馆的管理员，都拿薪水。闲暇时，他俩去李梦秦家里，帮忙照顾两个年迈的老人，像亲人一样和睦相处。颇有心计的俊杰是带着李梦秦留给他的家庭地址去的。未雨绸缪的梦秦在中条山打仗时，经常写信给俊杰，请他在山穷水尽时直接去天府之国汉中。

奉义不由得佩服起俊杰来，乖乖，我的神呀，闹了半天，他俩离开西堡子去了那个富庶的地方吃大米了。人说明修栈道暗度陈仓，不言不传的俊杰居然领着凝夏翻过秦岭了。我们一天到晚还讲究在西京挣大钱，还不如这小子有眼光。反过来想，即使凝夏在咱跟前站着，咱能给她什么锦绣前程，还不如随她去了。长跪着不起的俊杰说，等姐姐凝春的女儿姣姣会走路了，他再回来接娃，视为己出，让父母放心。

要不说人心都是偏的。云儿是爱泓顺的，不管他做了多少坏事，害了多少人，但是，血浓于水。她一辈子生了五个儿子，顾了这头顾

▶ 西堡子

不了那头。泓顺只有俊杰一个宝贝疙瘩，他老了依靠谁呢？靠那些伙计吗？狗东西们听见咸阳的枪声时，早丢盔卸甲全跑光了，指望伙计养老岂不是水中捞月自己哄自己开心吗？如今，俊杰与凝夏结为连理，她的宝贝孙女是有了依靠，而泓顺到老形单影只，两个媳妇能靠得住吗？老太太的心中不由自主地疼了一下，天平明显偏了方向。

　　奉义与清茶面面相觑，难道就这样轻易把女儿许给仇家？当晚，他也辗转难眠，思忖凝夏与俊杰喜结连理，按理说他应该坚决反对才是，最好把女儿叫回来暴打一顿，让她遵守家规，给她讲什么是父母之命，媒妁之言，十几年对家教的耳濡目染难道顶不上俊杰的几句花言巧语吗？可是，事实摆在这里，人家俊杰一表人才不说，还入了党，当了学校的教员，将来肯定衣食无忧。马上要解放了，我这个岳父还是放他一马，让孩子自己做主，天要下雨娘要嫁人，随他去吧。

　　看见俊杰安全回来，带来了小两口幸福的消息，反倒一时间勾起了奉义对大女儿凝春的思念。她小小年纪命运多舛，单为生子送了性命，让人不由得唏嘘抱憾。还好，苦命女儿所生的外孙女姣姣被接了过来，否则有后妈后境遇可想而知。罢了，权当我做了一个梦，从来就没有那个女婿。俩女婿相比，还是俊杰比较靠谱。仔细想想，自打那年棉花地一仗后，掐指算来已经在外边十几年了，咱亏欠女儿的太多了。突然，奉义眼睛一热，湿了脸颊。与此同时，一辈子不肯服输的清茶，早已悔青了肠子，站在那里自责自叹。

　　俊杰以自己的人品与实力赢得了奉义一家的信任，任他自由安排自己的小日子。这是他始料未及的，他起初是抱着挨打的思想准备去的。让奉义放心不下的还有一桩天大的事，那就是西京忠瑞饭馆井里的货。

　　他盼望战争早点结束，去取那些钱，以防夜长梦多节外生枝。想到钱，奉义睡意全无，端坐起来。他当年身为保长，带领民众苦修河堤，智斗洪魔，为政府收税纳粮，完成各项指派的任务，做了那么多的好事。后来，在中条山拿起武器，与日本鬼子血拼不惜命。但是，他参加的是国民党的部队，是孙蔚如的战士。而今，解放军的机枪架在城墙上，工事修到庄稼地，千家万户后院墙相通，马上要在村外与国民党的西北王胡宗南决一死战，他这个抗洪英雄马疯子，禁烟干将、

第四十一章 桥断了

落魄保长、抗日英雄二杆子却只能袖手旁观，解放军不让他插手，口头上托词是嫌他腿脚不方便，实际上两党之争，共产党的部队信不过他。

这事要放在十几年前，他一定会拿起武器，组织民兵与战士们一起投入战斗，保家卫国。他的姐姐奉娴早已经参加了共产党，在咸阳与民兵一起为解放咸阳和西京做事。一个女流之辈都能置自己的生死于度外，他一个七尺男子汉怎能苟且偷安呢？想到这里，他一个人蹀步到厅房。高团长在写着什么，他的夫人正在给女儿凝香剪头发，见他进来便住了手，问道："你有事吗？"奉义满腹话语想与人倾诉，可是，高团长是个聋子，夫人又忙着，他只好说没事，走到后院奉智的屋子，与兄弟拉拉家常，一夜无事。

此时，威震四海的王震将军率第二军经咸阳向西进军。六军军长罗元发率全军到达咸阳，十六师集结在咸阳东北，占领羊角寨、新庄、李家寨一线阵地。十七师集结在咸阳西北的苏家寨、石村、大寨、五陵一线，准备抢渡渭河。十七师四十九团天黑前在咸阳城南和西南的河头堡、沈家村、铁江嘴一线修筑工事。十六师四十七团在城东北碱滩、李家堡、任家嘴、林场村以东，准备偷渡。十七师五十团担任主攻任务，在团长刘光汉的率领下，隐蔽于城外金家庄一带，准备主攻。拂晓，解放军第六军十六、十七两师在咸阳抢渡渭河，全歼南岸守敌。十七师五十团攻占三桥后乘火车东进，在火烧壁歼灭由草滩撤退的敌军，攻占西京火车站和北城门，上午11时进入西京城。四十九团在西郊枣园击溃敌军一个加强营，攻入西关，占领西门城楼，后进入市中心。十六师四十八团攻占东门，向市中心前进；四十六团从南门攻入市区。四个团在西京市中心钟楼会合，解放西京的战斗胜利结束。

5月20日，听说西京团管区司令王子伟、副司令张正伸率部500多人起义，派兵保护西华门邮电局、省立医院、田粮征收处、书院门仓库、五味十字军需局等处的资财和设备，奉义据此判断"二马"部队该撤退了。他们打不进来，西京已经在解放军的控制之中，西京安全了，他最牵挂的井里的钱也就安全了。

果然，二马忍痛放弃了事先周密的作战计划，骑着差点憋死了的红鬃烈马，顾不得多看一眼这两座美丽的千年古都，逃跑了。

▶ 西堡子

  箭在弦上没有不发的道理，然而，派驻在西堡子的解放军在解放咸阳与西京的战役中，未动一刀一枪，未见敌人长着光脸还是麻脸，兵不血刃。解放军在战壕一直未等到冲锋的命令，也未与撤退的国军遭遇，便解除了警戒。很快，咸阳受伤的伤病员拄着拐杖，来不及深度治疗，简单包扎后，互相搀扶着撤了下来。他们接到命令，准备往秦岭以南撤退。城门口一下子拥出来热情的村民，欢迎解放军。他们早早地煮好鸡蛋、蒸好包子、做好臊子面送给解放军。赵团长他们很快也得撤退了，部队在西堡子外面集合，强调遵守纪律，不拿群众一针一线。

  瘸腿奉义带领青壮年与断后的解放军一起又将坑道上覆盖的门板卸下来，挨家挨户还给村民。高团长和夫人准备从奉义家离开。几天下来，军民感情已经建立，凝香还舍不得让团长夫人走，粘着叫给她梳辫子。李梦秦早早收拾了行李，准备与团长一起撤退。云儿一家老少早已等候在院子，准备送别解放军。奉义喜欢军马，一大早就给马喂了豌豆面。如雅站在自家门口看见梦秦矫健的身影与骑马的娴熟动作，心潮澎湃，却不敢做出任何亲昵的表示，甚至传递一个眼神。她朝思暮想的心上人近在咫尺，却即将分别，她只能干瞪眼。这时，只见梦秦打马来到她跟前俯身轻声地说道："等着我娶你。"那个帅气的军官，如雅的心头肉李梦秦再次从大家的视线中渐渐地走远了……

  部队撤退了，白天纷纷扰扰，晚上大家聚集在一起，突然，侄子们急匆匆回来报信说五叔奉信不见了。听人说奉信跟在解放军后面，撵都撵不走，过了秦岭参军去了。老娘李云儿由喜转悲，一阵心酸，自思自叹道："我苦命的老汉呀，你咋走了，咱五个儿啥时候能不让我操心呢？"家人安慰老人，说权当五郎出家了，况且，他的性格非常适合到部队干事，说不定过几年当了大官，还能光宗耀祖。奉义给老妈宽心说："好我的妈呢，你以为部队是收破烂的，你老五是个烂脖项，跟我开饭馆在锅头做饭还差不多，凭他的长相部队肯定不要！"就在媳妇果果惴惴不安，后悔跟他过了几年有名无实的夫妻生活时，猛然发现奉信蹲在门口抽闷烟。奉义一问才知道，部队嫌弃他年纪大，有家室父母，无打仗经验，严词拒绝了他的当兵请求。他跟在部队后面，白跑了几十里路，磨烂了鞋底。云儿对老五说道："信儿，你枉在西京

第四十一章　桥断了

混了这么多年，做啥事也不知道给人打个招呼！"听见老娘责备，当儿子的赶紧站起来双手下垂洗耳恭听，接受训斥，呵呵地笑着。

解放军撤退后，奉娴坐着马车回到西堡子接儿子回家。她在战斗中受了轻伤，胳膊用白布包着，吊在胸前。她顺便给奉礼捎来配外伤药需要的凡士林、红油等原料。见奉礼蹲在地上，摆弄母亲的药瓶瓶，便与他攀谈起来。别小瞧这些不起眼的容器，全是宝贝，农村人小病小灾不愿意出去到大医院诊治，云儿靠祖传的自制药膏治愈了无数的病人。青出于蓝而胜于蓝，奉礼的手艺如今已远远超过了母亲，即使在西京城开个药铺，也能独当一面养家糊口的。

云儿思忖要是当年能掐会算，留泓顺在家，他的脾性倒是非常适合当郎中。他肯定一看就会，医术精湛不愁生计。做任何事情最难得的是上心，用心办事，可惜，事与愿违，人各有志，人各有命，富贵在天。

提起当郎中，早在民国二十九年，泓顺与咸阳一位开生药铺子的外乡人合作，利润颇丰。后来，他看见云儿自制了名目繁多的外用药，上门看病的人络绎不绝，于是，他动了脑筋：如果把二娘的那些自制药变成白花花的银子该多好，既省力气，又是上门生意，坐等其成。自古以来，谁敢跟医生讲价钱？泓顺披上干干净净的黑棉袄，特意换了一双干净的条绒黑布鞋，以免踩脏了地，他知道云儿爱干净。他蹑手蹑脚地来到忠瑞家前厅房，看见云儿一个人倚靠在门上纳鞋底，大黄狗卧在脚底下喘着粗气，再没别人，便说道："娘，你一天到晚纳这鞋底闹啥么？我给咱寻了一个挣钱的门道，咸阳的冯老板是位上海人，生意越做越大，算盘一响黄金万两。他的生药铺子买卖近年来非常茂盛，我寻思着你把你的那些药方拿出来，咱俩以药方入股，坐地分红，一年少说也能挣个三间大瓦房，比你一天到晚义务给人看病，挣几根腌咸菜强多了，实惠多了，你看得成？"

"药得大夫自己下，对症下药，天下哪儿有光卖药不瞧病的先生？又不是卖老鼠药的。再说了，秘方就是秘方，都交给别人了，还叫秘方吗？"云儿知道泓顺的小九九，她一旦将秘方交给他，病家还得到他家去买药，费时费钱不说，也不方便，弄不好还得看楷瑞那老家伙的脸色。自古医药不分家，自有它的道理。今天他嘴甜得像抹了蜜，日

西堡子

后见钱眼开,当娘的总不能为了几个药钱再与他对簿公堂?只要四乡八邻的人相信我老婆子,相信我家老三奉礼,我们就为乡党瞧病,积善行德的事情干多了绝对没坏处。一听云儿所言,泓顺自知伤脸,又不好全身而退,只好说:"娘,你仔细想想,我说的是好事。秘方变钱,钱还扎手不成?再说了,你一天能看几个病人,将来制成成药,使千千万万个病人受益,说不定北京、上海的病人也能用上你的良药。"

"顺子,以后叫我二娘,千万不敢叫娘,你妈听见会难过的。秘方的事你以后甭想了,没戏,弟兄们都得有活路,把你的油坊管好就行了。嘴不敢太大了,贪得多嚼不烂,人一辈子吃几碗饭,挣多少钱是有定数的。"吃了闭门羹的泓顺从那天以后,再未提起此事。母子俩的谈话也是绝密的,无人知晓。这也是令云儿终生难忘的一段过往。

奉礼给姐姐的伤口换完药,饭刚好端上来。媳妇相沫见大姑姐好不容易回娘家一趟,请示婆婆后,做了四个菜。一盘炒洋芋丝,一盘凉拌绿豆芽,一盘枸杞叶炒鸡蛋,一盘韭菜炒肉丝。每次吃饭全家得坐四桌,对于简单的饭菜媳妇们都忙不过来,稍微加些菜对于她们而言,都是困难的。看见弟兄们与姐姐在一起说话,一辈子受尽生子之苦的相沫由衷地感到高兴。她庆幸打仗,让宝贝儿子泽实又回到她的身边。要不是打仗,婆婆才不会让他们从桃园搬到北苑居住,想到这里,她的脚步轻快了很多。

眼下,西京解放了,西堡子平安无事,桃园的房子不可能闲置。她判断大哥奉仁不可能离开父母,老四奉智一家六口桃园住不下,老五奉信更不可能。如果让老五续弦的果果带着前房的四个儿子住到地里,乡党一定会嘲笑云儿欺负老好人,不能恶待后娶的媳妇,况且十几年老五在外漂泊,也该与父母一起住了。相沫算来算去,最可能住到地里的是奉义。她不敢把这话说给自己男人,怕落下不贤惠、不厚道的名声。在来来回回关照子侄吃饭的同时,她闭口不言。

"你参加共产党,咱家都不知道。"奉义问姐姐。

"谁参加共产党还招摇过市?没啥好炫耀的,一个信仰而已,是人都有信仰。你看咱家,咱妈信药王孙思邈,还信佛。老三信鲁班,你信三民主义,我信共产主义,人各有志。共产党爱人民,爱穷人,他

第四十一章　桥断了

们为穷人撑腰，因为我是穷人，所以就加入了共产党。"奉义认为鲁班可以信一千年、一万年，而"主义"是暂时的，解决不了人们内心的焦躁与煎熬问题，只有人们把心灵存放在安全的地方才能抵御一切艰难困苦，所谓的"主义"根本做不到，但不好意思跟姐姐争辩，姐姐是老大，在娘家是有权威的。

"二弟，你参加共产党吧，我做你的介绍人。"

奉义说："我不配，我给国民党做事多年，人不能朝秦暮楚。我算看清了，不管啥党，能为民做主就是好党，等将来我符合条件了，你再介绍不迟。"

"吃饭还堵不上你们的嘴。要我说治病救人才是真理，万贯家财不如薄技在身。你弟兄几个算是白费了我当年的心思，就看下一代了，要是赶上好时光，或许能出几个秀才，自古诗书躬耕是正理。"云儿示意他们安静吃饭。

她特意留两个外孙子在家住，让孩子到城墙上玩一玩。几天来，因为战士守着城墙，他们未敢到处跑，怕有危险。今天专门让舅舅领着两个外甥去南门看大炮。奉娴说咸阳解放了，孩子该继续回学校念书，执意将儿子接走了。

龙生龙，凤生凤。云儿六个子女性格迥异，只有女儿奉娴像她，风风火火。

第四十二章　千金散去

　　西京的快速解放，犹如给奉义打了一针强心剂，他不敢有半点儿迟疑，跟老五奉信顺利回到自己的忠瑞饭馆。

　　那天，阳光灿烂，和煦的春风吹在人身上格外舒服、惬意。远远地未进西门就听见锣鼓喧天，新政府正在举行隆重的解放军入城仪式，几十万热情的西京民众走上街头欢迎解放军入城。他俩不由得加快了步伐，一路小跑进了城门。只见指战员们穿着崭新的军装，扛着油光锃亮的武器，迈着整齐的步伐，高唱着"三大纪律八项注意"，雄赳赳、气昂昂地向钟楼走去。他俩很快加入到了熙熙攘攘的人流中，激动的心情无以言表。他们早也盼晚也盼，盼望不再动荡，盼望一家人团圆，盼望幸福早日到来，终于等到了这一天。

　　奉义、奉信弟兄俩目送队伍远去，准备走进自己苦心经营的忠瑞饭馆。然而，俩人站在门前像遭到雷击一般，愣住了，门前的牌匾早已不见了踪影，不知道是政府摘下来，还是看门的邻居摘走的。俩人心里顿时十五个桶打水七上八下。门是锁着的，窗户板也扣得很紧。他俩去敲邻居的门，没人。他俩将大门的锁撬开，家里一切摆设照旧，看来无人侵犯。他们顾不得劳累，顾不得喝水，连忙跑到后院小屋井边。奉信人灵活，掀开盖在井上的杂物，找了一根绳子绑在身上，踩着墙上的脚窝一步步下到井底，进入到那个藏着他们希望与辛劳的秘密窖窝。里边黑洞洞的，什么也看不见。奉信以为自己跑乏了，水米未进眼睛昏花，让二哥给他找一根蜡烛。很快奉义将火柴与蜡烛扔了下来，他慌慌张张点不着蜡烛。奉义说你再等一会儿，是不是底下空气稀薄，蜡烛不好亮。片刻，井底下传来老五近乎凄惨的呼叫："哥，底下啥都没有！"

　　"麻袋呢嘛？"奉义看见灯亮着，心里的战鼓咚咚作响，似有石锤

第四十二章　千金散去

敲打着他的胸膛。

"没有啊，哥！"

"你上来，我下去看看！"

奉信一步一个脚窝爬上来，灰头土脸，眼睛红红的，跌倒在井口。奉义顾不得老五的死活，顾不得自己左腿残疾，踩着井壁上的脚窝快速下到井底，点燃蜡烛，往里一看，果真里面空空如也。他一下子跌倒在井底，七尺男子汉哇的一声哭出声来。奉信在上面不停地呼唤着："哥，你先上来，再找找。"可怜奉义两腿无力，两眼发黑，无力地靠在井壁上，软绵绵的再无一丝丝爬上去的力气。奉信只好再次下到井底，拉着两眼无光、神志恍惚的哥哥不住地摇着叫着。不知道过了多久，奉义清醒过来。烂脖项将哥哥托举着爬上井口，扑通一声哥俩倒在井边，倒在了这口珍藏着他俩十年心血与汗水、十年仇恨与希望的枯井旁边。外面街道上锣鼓喧天，秧歌队、锣鼓队欢天喜地，解放军个个脸上洋溢着幸福的笑容，各店铺门口别着红旗，他俩却倒在自己家后院，再也爬不起来了。无人施救，无人知道小小的一个桥梓口的饭馆发生了石破天惊的大事。

这真是十几年风雨人生风雨情，十几年血汗挥洒月攒星。说不完纷纷繁繁人生事，诉不尽芸芸众生悲苦声。能想到的地方他们都看了，能猜到的地方他俩又翻腾了一遍，记不起谁还来过井边。这口枯井除了他俩和原先的房主蔡老板外，谁也不知道，而房主这么多年未曾来过西京，外人根本不可能知道这口枯井，难道他们藏钱的时候隔墙有耳，墙缝有眼？活见了鬼了！奉信把炉子生着，将面袋子抖了抖，案板上撒下一层薄薄的面粉。他给哥俩擀了两碗面，没有一丁点儿的菜花花，撒了点儿咸盐，就这样就着眼泪吃下去了。毕竟走了那么多的路程，又惊又吓，腹中无食，男子汉一顿不吃心发慌啊！

吃完饭，他俩不约而同地想起他们曾经施救过的那个慕容，她曾经在这里躲藏过。奉信直接说出了口："哥，去找慕容！"

奉信内心的小沟渠此刻发生了微妙的变化，他想一个人去找她，万一货在她那里，至少可以给她留一部分，因为他爱她，同情她。

"二哥，你在家先歇息，我去找她，现在就去。"奉义哪里肯坐以待毙，麻袋里的钱不是个小数目，够慕容生活几辈子的。他不能坐在

▶ **西堡子**

家里等消息，那样等于一分一秒都在喝他的血，剐他的肉，必须亲自去寻找，寻找到她。人常说婊子无情、戏子无义，果真如此吗？奉义一万个不相信慕容能将井里的钱偷走。她尽管知道井的秘密，但是，一个妓女，一个意外得救的孤身女子，风光体面地嫁给曾经的染坊老板，现在的生意人，有吃有喝有家，不可能这么巧来到西京，取走只有他们弟兄俩知道的钱财。加之打仗之际，一个女人家能有那么大的胆量在西京横冲直撞，那么巧碰见我们全体离开饭馆？再说了，蒹葭院的大门敞开着，人天天进进出出，她难道不怕老鸨子把她抓住？不过，银钱数目巨大，为了解除心疑，奉义决定抹下脸面，跟兄弟一起去一趟慕容家，了解真相，探探虚实。

　　说走就走。西京的公交车从火车站出发，到西大街桥梓口就到终点了。他俩叫了一辆人力车，出了城直往南走，催促车夫快马加鞭，20公里的路程，终于于掌灯时分，到达聚会家。随着西京解放，聚会又改回了原名，他积攒的钱财也不怕当年的主顾找上门来，够还。

　　奉信在村口不好意思进村，奉义一个人绕过村口的碾盘，拐个弯找到慕容家。奉信无比悔恨，他恨自己这几年没关心过慕容，一天到晚忙生意，忙赚钱，忙着等新中国成立重整河山，出一口恶气，为二哥报仇，用西京积累的殷实财富，将油坊的嚣张气焰压下去，为父母长脸。几年来，他竟然不知道慕容居住在哪里，跟丈夫相处是否和睦，有没有孩子。二哥奉义也是个软蛋，当初那么着急把她嫁给聚会，要是再等几年该多好。老天爷给了他一次机会，韩枝得病去世，死了媳妇总该要续弦，娶慕容不是名正言顺吗？弄得后来娶个矮小的果果，俩人睡在炕上望星空，抱着枕头想心事，同床异梦，几年过去了，从未有什么夫妻之实，虚度了大好的光阴。人生有些大事就这样不知不觉错过了，再也回不去了。其实，人一辈子也很简单，无外乎情色钱财，美人从身边不留神溜走了，而钱财呢？

　　事情再次从三岔路口乱了秩序。这次父亲重病，他们回家心切，竟不管不顾西京的家当，急着见父亲最后一面。要不是打仗，要不是父亲离世，他们怎会将命根子似的麻袋藏起来，导致空劳一生？当时要是带一部分钱回家也行啊，至少可以把房契带在身上，两个大男人怎么就笃定路上一定有人抢劫呢？当时要是给炉子里藏一点儿也行啊，

第四十二章 千金散去

害怕着火可以放在平时放肉的罐子里啊,为什么要全部藏进枯井呢?退一万步讲,留一个人在西京看门,其他人回去,也不至于遭此劫难,谁规定送葬必须全部孝子参加呢?现在好了,孝子当了,见了父亲最后一面,钱却不翼而飞了,倒霉的事情全让他们遇到了。他坐在村口的碾盘上欲哭无泪,真要找不见货,回去怎么给母亲交代呀?家中几十口人节衣缩食,当首饰卖良田,全力支援西京的生意,世界上最愚蠢之事咋自己找上门来了呢?

奉义进门的时候,聚会坐在炕边,怀里抱着一个婴儿,褴褛是锦缎面的。看见奉义到来,聚会连忙叫躺在里屋的慕容:"容,快起来,二哥来了。哥,你咋这么晚了来,有急事吗?"

"没啥急事,我路过,顺便过来看看你们。这是我外甥吗?怎么不见你们报喜呢?得是害怕吃你的红鸡蛋,喝娃的满月酒?"

"添了个女子。家里人少,没人送信,我想等她出了月子,再到咱家挪窝去。咱妈咱爸俩老人都好吗?弟兄们都好吗?"

"爸走了,前两天解放咸阳,国民党轰炸了铁路大桥,把爸吓怔了。你看,我还戴着孝呢。"

"咋可能呢?老人身子骨那么硬朗,啥事没经过?"

"唉,不说了。"

说着,慕容进到屋子。只见她头上包着头巾,5月天穿着厚厚的花棉衣,皮肤比以前更加白净。奶孩子的身子,比以前更加婀娜,胸前鼓鼓的,脱胎换骨后的优雅女人更加富态了。

"二哥,你来了,怪不得早上喜鹊在树上使劲叫唤,原来是亲人要到啦。"她仔细地端详奉义,从他脸上看不到喜悦,看不到兴奋,只有疑虑与不安,惶恐与危机。

奉义放下点儿心,正要离开,被慕容拉住:"二哥,太晚了,今天不走了,你住一晚上,明天再走!"她低头猛然看到奉义的黑布鞋上鞔着白布,惊奇地问道:"咱家里谁不在了?"

"咱爸,前几天走的。我是重孝,尚在服里,不能在外过夜的。"奉义开始寻找借口离开,他惦记还在村外等他的烂脖项兄弟。货还不知道在啥地方,寻钱事大。留不住奉义,慕容只好让聚会包了些茶叶,让二哥带上给家中的弟兄们分分。

417

▶ 西堡子

奉信借着月光看见了奉义手上的东西，以为货还在，跑到跟前空欢喜一场，顺手夺过茶叶包直接扔了，说道："货都不见了，要这烂茶叶干啥！"

一个坐月子的婆娘纵然有天大的本事怎么能到西京偷钱呢？逻辑不通。这一趟算是白跑了。

一对落难的弟兄不知道是咋回到饭馆的，咋关门，咋睡到后院的卧室。他俩商量要不要报案。新政府刚刚诞生，百废待兴，大事都忙不完，相信无人理会平常百姓家这点儿鸡毛蒜皮的小事。他俩不甘心，不甘心就这样空手而归，空手面对妻儿老小，甚至西堡子门宗里的每一个人。难道命运就此打一个死结，让他们无功而返，虚度草一样的年华？他俩不敢回到西堡子去，没有那个胆量，更没有脸面与决心。

第二天早上，奉义弟兄俩到警察局想问问王强。然而，警局门口已经换人，王强的办公室空空荡荡。新人已经全面接管公务，人家忙碌地搬桌子、挪椅子，安顿工作。西京街头一派喜气洋洋，到处张灯结彩。他俩漫无目的在西京街头漫步，望断天涯路，何处是归途啊！

他俩又回到了饭馆。

"去西关桃园机场，看墩子在干啥。莫不是墩子这货知晓了藏钱的地方，怕自己的投资打了水漂，径自拿回属于自己的股份？"奉义开始怀疑墩子。

奉信向来听哥哥的，兄弟俩马不停蹄地赶到桃园机场。熟悉的地面建筑，熟悉的墩子办公室，只见人头攒动，几架飞机停在候机坪上，独不见墩子的身影。"难不成墩子也去了台湾？听机场的人说最后一张去台湾的机票卖到了四根金条，估算我们那些钱差不多够了。"奉信嘀咕道。机场的几间门面房里堆满了杂物，来去匆匆的人缄口不言。看来，这些房子也丢了！

"如果有上天之门，我真想去台湾找他去。"奉义强忍着愤怒。

"哥，死了这条心吧，命里无时莫强求啊！该我们这些年白干一场，我们前世欠人家的。"奉信不知道擀了多少案面，调了多少碗臊子，蒸了多少包子，烧了多少炭，才还完借账。未喘一口气，又在桃园机场置办了七间门面房，同时积攒下一麻袋金圆券，买了两把手枪，而今一切都是徒劳，竹篮打水一场空啊！

第四十二章 千金散去

他俩像霜打的蔫茄子一样，耷拉着脑袋，无助地在街上溜达。恍惚中听见有人叫他，奉义猛然回头，看见了姐姐奉娴。她是跟人来西京为学校办事的。奉娴一身干净的蓝卡其布上衣，蓝布裤子，圆口黑布鞋，齐耳短发特别精神，两个孩子的妈看上去只有二十来岁，一声奉义将他俩唤醒。见到姐姐，奉义像回到白垩纪时代一样，目光呆滞，重新打量起她来。奉娴将两个神志恍惚的弟弟领回到忠瑞饭馆。

听完弟弟的叙述，奉娴建议此事要从长计议，不可仓促行事。她说，是我们的钱迟早会回到我们手中，不是我们的迟早会得而复失。她准备通过咸阳一些熟人帮助弟弟们找回那些辛苦钱，同时开导他们：钱乃身外之物，只要人好着，新中国成立后只要勤劳，很快日子会好起来的。姐弟三个正说着话，西关外放黑枪的人撂倒了一个路人，被抬着送到省医院去了，引起街道一片骚乱。

奉娴为两个弟弟宽心，但她哪里知道哥俩的辛苦呀。那些钱是他们省吃俭用、精打细算，三更起五更忙，一年四季手不停围绕锅头转，夏天酷暑，冬天严寒，一案面、一案面擀出来的，汗珠子掉在地上摔八瓣熬出来的，不是一天两天，是整整十年呀！狂风吹掉了屋顶，能不漏雨吗？

姐姐给弟弟们吃了定心丸：下一步土改政策将惠及所有的人，政府会从地主手里将地契拿回来销毁，分土地给贫苦的农民，请弟兄们放心。土改必须得到农民的支持，劝他们暂时先回乡下，不要错过了土改机会，西京的生意以后再说。面对空房子和使用了好些年的旧家具，奉义心生一股莫名的惆怅，难道就这样将到手的房子也放弃？房子可是我们买的呀！让人看守吧，没有闲人；不看守吧，将来万一让谁把房子也占了怎么办？思来想去，经不住姐姐给他们描绘的光明前景的诱惑，奉义抖掉身上的尘土，整整衣裳领子，对老五说："信，锁门，咱回家！"

"好吧！"奉信怯怯地说。

他们最终用铁将军锁了这座承载着他们青春劳作挥洒汗水的老房子，一步一回头，依依不舍满含热泪回到了西堡子，奉义坚信，迟早一天，我一定会回到这里，这所房子，不，还有桃园机场那七间门面房一定会巍然屹立，等待他的主人胜利回归。

第四十三章　回乡下去

　　家，永远是游子魂牵梦绕的港湾，是世界上最温暖的地方。

　　奉信是一路哭着跟在哥哥身后步行回到西堡子的，几十里路上一言不发。5月温热的风尘蒸发掉他脸上的泪珠，这是真的吗，十年的辛劳真就一去不复返了吗？日他妈去，难不成这些年挣的都是阴票子，浮财真的是过眼烟云吗？

　　回到西堡子，弟兄俩一同扑向母亲的怀抱，哭诉道："妈，儿子不孝，家里的积蓄变成鸽子，长腿飞了。这些年我们几个在西京给龟兹捞毛了，把家里祸害扎了，给妈啥也没挣下。"云儿提前从奉娴嘴里知道了西京发生的一切，刚强的母亲劝慰儿子："好我的娃呢，寒冬饿不死小家雀。谁来到世上都带着嘴呢，这么大的家能饿死你们吗？只要人好着，留得青山在，不愁没柴烧！"说着，与儿子们抱头痛哭。

　　丢货的事未从弟兄俩心头卸下负担，新的烦心事又涌上心头。流动的资产没有了，固定的田产呢？乡下抵押的土地契约还在泓顺手上，那可是老几辈人积累的，是命根子呀，没有钱怎么能赎回那些好地，没有地三十几口人吃什么？这都是大哥一手办的粘糯子事。奉义闷闷不乐，难以释怀。弟兄几个在云儿厅房集中，商量如何赎回土地，找回孩子们口里的吃食。

　　奉义回家的第三天，云儿早饭时当着全家人的面，郑重地宣布了一项重要的决定。桃园不能空着，从明天起，奉义、清茶带着凝改、凝香住到桃园，外孙女姣姣给我留下。听到母亲的决定，奉义心里一下子如打翻了五味瓶，但并不奇怪。看来，丢了货，母亲是永远不会原谅自己了，她再次以住到野地里的方式考验我们的心智，惩罚我们的罪错。

第四十三章 回乡下去

月明星稀,四野寂静,与奉义患难与共的妻子清茶走出桃园破旧的房屋,望着天上浩瀚的繁星,回想当年与男人一起出走,走南闯北,到如今斗转星移,住到老郭和奉礼住过的烂房子里,沦落到如此不堪的境地,不由得想起在西京的一幕幕往事来。

住在桃园的清茶,没有了钱财,没有了房产契约,几乎要疯掉了。她悔恨得知老人病重的消息时,回家太匆忙,应该多带点儿钱回来,即使冒再大的风险都应该把钱弄回来,而不是背那个沉重的玉石枕头,去孝敬那位听见土匪枪声、不让人搭救奉义的铁石心肠父亲忠瑞!多年来,她帮助奉义打点生意,与家人聚少离多,在婆婆跟前不得宠。大女儿凝春难产而亡,英年早逝;二女儿凝夏与俊杰私奔,逃往汉中。尽管俊杰回来说凝夏安然无恙,却难见一面。将来凝改、凝香长大出嫁后,奉义拖着一条残腿,年纪大了,干不动农活,他们两口子将如何度过孤独的晚年?本想泽实是他们的继子,有个依靠,可是,回到乡下,那个喂不熟的小子一股脑钻进他亲妈相沫的被窝,把她这个二娘放在城墙背后了。

想到这里,清茶不由得打了一个寒战,脸上的汗珠子滚落了下来。她不相信奉义会咽下这口气,老老实实永远住在桃园,整天面对低矮的破屋,凄凄惨惨,过叫花子的日子。多年来,逃难到西堡子的人即使给人入赘,或者拉长工,当继子,都住进了西堡子,而他们却被母亲撵了出来。奉义表面上拥护母亲的决定,内心却恨得牙根痒痒,只是不好发作罢了。想到这里,清茶回屋拿出婆婆云儿给她预备的针线笸篮,里边白布、花布、袼褙、针线、顶板子样样齐备。穿惯了省城铺子定制鞋的她,第一次想给奉义和自己亲手做两双布鞋。当她拿起袼褙,才发现没有鞋样子,无从下手,不免伤心起来。即使这样,她还得感谢婆婆照顾她。拿做饭这事来说,别的媳妇做饭一上灶就是十天半个月,而规定她每月上旬给全家做一天饭,替换一下那位无儿无女的果果,给她留这么多的空余时间,还不得感恩戴德吗?是得感恩戴德,天底下哪个媳妇的针线笸篮是婆婆预备下的?

桃园自由自在,风大,眼界宽阔,这是四四方方的堡子里面所缺少的。农会鉴于当年奉义当过保长,为村民干了许多实事好事,群众口碑很好,便请他出山,协助农会工作。奉义再三推辞,说自己在西

西堡子

京待的时间长，村里情况与当年相比变化很大，还望另请高明。

第二天，会长又来到桃园，远远地喊叫，碰巧云儿给儿子送新做好的拐杖。云儿说："我们老二不管那些事了，他腿脚不好，天阴下雨疼痛，让别人去干吧。"会长说："你们的那些好地可都在人家泓顺手里，全村就数你家奉义有胆识，他不参加你家吃亏就大了！"没等云儿应承，清茶从屋子里边已经痛快地答应了。也就是清茶，要是搁别的媳妇，她绝对没有那个胆量气魄，跟婆婆唱对台戏，当面辖制男人。

很快，农会把油坊、粉坊、花店的所有农具与生产设备全部没收了，齐整地堆放在街道中间。农会干部来到云儿家，只见后院拴着一头瘦小的毛驴，墙拐角放着一挂烂水车，还有一辆轱辘快掉了的烂独轮车。农会干部还在找寻他家当年人们眼馋的轿车，以为藏在桃园的什么地方，岂不知那顶豪华轿车早已在大骡子被卖掉那年当硬柴烧了。干部转了一圈心里纳闷，都说忠瑞家有钱，看来连一般家庭都不如哇！

安装在城墙上的喇叭不断宣传党的政策，请西堡子家里需要农具的人出来任意领取，不限数量。喇叭连续喊话三天，没有一个人出来领。农会工作人员百思不解其意，在别的村子每每收缴了农具，大家蜂拥而上哄抢，恨不得干部给个眼色，他们去拉财东家的牲口。西堡子好奇怪呀！他们一家家查看，想弄个究竟。结果发现哪一家都不缺农具，只有五六家特别贫困，院子只摆着铁锨、耙子等小型农具。农会干部挑选最好的农具送给他们，羞涩的村民执意不肯收，僵持了好长时间，直到干部命令他们，只好接着。干部一走，有人又将农具悄悄给财东家送回去，放在门口。村民们对农会干部讲："你们收上来的东西是人家有钱人自己家的，不能归我们所有，凭空受领无耻，跟偷窃没有什么两样。以后跟有钱人还在一个村子居住，左邻右舍的很难为情。"西堡子的干部把村里的情况向上面汇报后，很快得到了批示：没人要了好，把多余的农具无偿地送给李家村，让学生用架子车拉上，敲锣打鼓，彰显西堡子人的精神面貌。结果，满满五车农具便宜了邻村的农民。

即使这样，几百年来老实本分的村民仍然不愿意领受地主家的财产。农会在西堡子的工作一下子陷入了僵局，威信受到了极大的挑战。如何树立农会的威信，晚上，农会的人聚集在一起商量如何在西堡子

第四十三章　回乡下去

找到工作突破口，最终认为，得到群众的支持，必须将财东家的房屋分给穷人，让他们住进去，当家做主。很快，房产登记完毕。泓顺一门几十间房屋改了姓，限他们在规定时间搬出去，集中到一所房子，多余的全部腾空。农会先给外来户、贫民分了房子，老郭住进了泓顺家最漂亮的两间厅房，曲生生也住进西厢房，他们千恩万谢地搬了进去。

第二天清晨，农会将云儿叫到委座家——村公所暂时的办公地。老太太不明就里，一辈子没有害怕过谁，不相信牛鬼蛇神的刚强女人拄着拐杖慢腾腾地到达院子。这所院子就是当年土匪打伤他宝贝儿子奉义的院子，雕梁画栋依旧，S形的梯子依然摆放在后院的楼房前面。细心的玉婷把院子打扫得干干净净，只是少了当年满院的月季花，少了当家的男人。那时的云儿年轻气盛，土匪枪杀了委座，打伤奉义，她四处告状，无人给她做主，而今共产党为穷人做主，他们能为我云儿做什么呢？她女儿奉娴就是共产党员，给她讲过革命道理，她多少知道一点儿政策。依然身子板正直的她端坐在委座家正厅的椅子上，楠木拐杖靠在身旁，一双大脚显得那么与众不同。岁月的沧桑写在她姣好的容颜上，皱纹已悄然爬上鬓角额头，白白净净的老妇人仍然精神矍铄不怒自威。

让云儿做梦也想不到的是农会决定将泓顺家的三间东厢房分给她，说农会给撑腰，让当晚就搬过去。听到消息，云儿如吃了糠心萝卜，闹得心慌，心里掠过一丝丝担忧，一丝丝惊喜，抑或淡淡的幽怨。她问自己，难道几十年自己精心策划处心积虑就是为了这一天，鸠占鹊巢而不是光明正大地被奉为高堂。她担心人笑话她谋人家的财产，说她居心叵测。当年换子时，她狭隘地想到将来楷瑞家的所有财产都是我儿的，在孩子们无数次的较量与冲突中，她心底的天平无数次倾向于泓顺一侧。经过几十年，那个手心攥着枣核的小儿郎，果然置办了如此丰厚的家业，不管这些家业是用怎样的手段取得的，怎样的艰辛曲折，他最终胜利了，赢了。然而，农会却一厢情愿地把泓顺的部分房产分给她。凭空得到房产使她忐忑不安，她害怕与泓顺四目相对，她担心儿孙们收获了不义之财，从此滋生不劳而获的恶习。回来的路上，一双风风火火的大脚，脚步变得迟疑慌张，不再快步如飞，不再

▶ 西堡子

坚定豪迈。

老郭听说云儿被安排住进泓顺的厢房，急了，找到农会问能不能他把那两间厅房交给云儿让奉义居住，反正他一个孤老头子住在祖坟、桃园就满足了，住不起油坊的深宅大院。云儿是他的恩人，一辈子也找不到报答恩人的机会，眼下分房正是千载难逢的报恩机会。他没有家眷，没有亲戚，在西堡子云儿的孩子就是他的亲人，云儿的家就是他的家。然而，从农会回来的路上，老郭的步伐也不再快步如飞，不再坚定豪迈，而是踢踏着烂布鞋，低头不语，灰心丧气写在脸上，失魂落魄爬满脚踝。"服从，你必须懂得服从才行，这点儿觉悟都没有？"这是他在王玉婷家从农会干部手上领的赏。老郭想不通，一个人闷闷不乐，在菩萨庙请了一沓烧纸，木木地跑到祖坟，趴在坟上痛哭起来。一边焚纸一边哭泣：天呀，在以后的日子里，我该如何与恩人的子孙们进出一个院子，像个老爷一样住在好房？

不管给他们分多大的房子，云儿的儿子们意见空前一致，搬家！再不搬，这个家要像鸽子笼一样挤满了人。如果将来桃园被村子收回去，清茶娘们几个搬回来住，到时候将人满为患，日子真没法过了。听说要搬家，孩子们高兴得欢天喜地，要住好房子了，满院子你推我搡。自己家的门槛有一尺半高，油坊的门槛却比他们的更高，深宅大院住着一定比自家更舒服，更自在。云儿思前想后，带领老大奉仁一家、姣姣娃先搬过去，让奉礼随后也搬过去。

是夜，皓月当空，娘儿们聚在一起，互相安慰，互相壮胆。老太太拄着拐杖在自家院子转了一圈，对老三奉礼说："难为礼儿明事理替妈分忧，在桃园地里住了那么多年，谁叫你带手艺能干呢！你从北苑搬回妈的厅房吧，别让你丈人家笑话妈偏心。"受尽生育之苦的媳妇相沫挨着婆婆坐着，低着头将衣襟揉了再揉，壮着胆子将婆婆的手拉过来握在手心。

令人高兴的是一辈子嘻嘻哈哈的奉礼最终搬进了母亲的厅房。这是当年刚学会盖房的他亲手放的大样，亲自筹备的木头，亲自拉的砖头翻盖的屋子。他做梦也想不到母亲会让他住进门口的好房，尽管他是木匠和泥瓦匠，盖的房子无比结实美观，也给村子及外村的乡党盖过无数的房屋。身为老三的他总觉得两个哥哥挑剩下的房子才可能轮

424

第四十三章　回乡下去

到他，而此刻的老二奉义仍然住在桃园的野地里，他怎么能抢在二哥的前面呢？

蚂蚁过会，移三挪四，这一切都是钱那个王八蛋害的！在果园居住的那段时间里，细心的奉礼无数次地苦思冥想，想不通一件事。祖上那么有钱，为什么在家里历次作难时未见大动作，拿出个十万、百万周济，渡过难关。村子人在他耳边无数次讲过祖上留给长门一大笔的财富，长门只有忠瑞与楷瑞两个，泓顺一门靠油坊发达了，即使得了祖上基业，咋不见一丝一毫的响动。再说了，楷瑞的爷爷比忠瑞的爷爷小，留下家产也应当在忠瑞家里，应当由忠瑞家分给楷瑞家才对。而今，爷爷已经去世多年，假如有什么秘密，估计老人早已带进了棺材，无人知晓。

奉礼对家中那棵葬埋了他无数夭折孩子的槐树心存疑虑。过去每次他埋殇了的孩子时，由于树根很庞大，总是浅浅地挖个坑，给上面留两个小洞，使孩子的灵魂能够早日超脱。只要不被狗刨出来，从不在意。奉礼相信假如有一天那棵树被挖掉，底下一定有许多的秘密被揭晓。他做出判断的根据是爷爷活着的时候，总望着这棵树发呆，尤其在下雪的时候。

聪明的奉礼判断得完全正确。白驹过隙，时间转换到1987年，忠瑞家的老房子因为生产队规划新宅基地，他家必须搬出原来的地方。那时，云儿已经离世，老四奉智最后一个搬出老宅，在外流浪吃苦多年的他多情而心细，爱惜家里的一草一木，一根烂草绳都舍不得烧掉，恨不得再拾掇拾掇编成草圈，在锅上再服务几年。他准备把院子那棵老槐树移栽到新房，叫儿子泽凯帮忙伐树。父子俩拉锯折腾了半天，两抱粗的槐树轰然倒下，多亏房子先拆了，否则大树一定会将房顶的瓦压碎，甚至把房顶压塌。伐完树，奉智觉得树根不小，丢弃了可惜，挖出来可以当柴火烧。于是，他坐在原地美美地抽了一袋旱烟，吃了两个御麦面的烫面蒸馍，喝了半碗凉开水，取来镢头开始挖树根。他一个人一边挖一边寻思，树根扎得那么深，要想把须根挖完，不知道得多长时间。

等他再回头摇动树根时，发现大约两米深的地下，有一个灰色的东西。他以为是碎砖头，用手一刨，很大，再刨，还有。他双手刨掉

▶ 西堡子

外边包裹的类似厨房锅底的黑墨泥土,一个完整的大黑瓷缸暴露在他面前。陡然,他的头发和汗毛都竖起来了,一个奇怪的想法出现在脑海,这是老祖先的遗骨?莫非老祖先将谁的遗骨放在里边埋葬了?因为他从小就听见老人给儿子分家时,哪个媳妇想要家里的瓷缸、瓷瓮时,老人不愿意给,托词就是"我拿缸埋我呀"。更早的时候,西京城半坡遗址出土了许多的瓷瓮,就是专门用来埋人的,相当于现在的棺材。

胆小怕事的奉智害怕里边真是祖先的遗骨,跑回去叫来泽凯。儿子也害怕自家院子出啥怪事,叫来堂弟泽瑜。泽凯跪在地上,嘴里念念有词,双手合十,请求祖先原谅他的不敬。然后三个男人一同伸手揭开瓷缸上面的盖子,打着煤油灯往里瞧。不看不要紧,一看将三个大男人吓得双腿直哆嗦,跌坐在地上。我亲爱的敬爱的祖先啊!满满一缸银圆、麻钱,我的神呀!祖先用了多少年才攒了这么多的钱。早知道有钱,忠瑞老汉才不会起鸡叫、熬半夜的跟会卖吃食。早知道有钱,奉义才不会可怜地东拼西凑,动员全家的财力买门面。早知道有钱,媳妇们才不会趁着给全家人做饭时,给自家孩子在锅台上偷搅团!

定下心来的三个大男人挪不动瓷缸,便回去拿担笼不动声色地分次往回运钱,整整运了七次。那时的大家庭已经分家,家族里一共有五个共产党员,两个吃公家粮的干部,还有考上大学、中专的学生六人。他们经过研究决定,无偿将那些银元、麻钱上缴国家,分文不留。理由是既然我们没钱的日子都熬过来了,现在国家不允许买房置地,孩子们上学都是国家免费供给生活费和学费,我们要钱干啥?货即祸啊!泽瑜愤愤地学着祖父的口吻说:"他舅家的,也不下雪!"昧了这些钱,假如再来一次运动,给你定个地主也不冤。

这是后话,言归正传。

话说云儿在奉礼的搀扶下,来到泓顺的院子。她在泓顺的院子转了再转,抬头看看油坊的柳木橼、松木檩、盘龙的担子,看看雕花镂空的梨木家具,镶嵌玉石的铜盆,象牙箸笼象牙筷,景德镇盖碗茶具,贝雕高脚的插瓶镜等一应俱全,更不用说柜子里整捆的衣料,各色的锦缎被褥。惊奇之余,她由衷地感叹道:"要不是解放,咱家啥时候能住上这样的好房子呀,做梦都没想到。亏得解放,否则要不了几年,

◎ 第四十三章　回乡下去

我们肯定变成叫花子了。"想到泓顺多年的拼杀，云儿像喝了乖枣醋一样烧心。按照政策，泓顺家的房子分给村民，日用品及个人衣物一律不能分，农会干部征求楷瑞老汉的意见，他硬气地说："我们净身出户，全给他们。"云儿知道豪宅是别人家的，里边的家具物件不能触碰，更不能占有。她总觉得住在这里是暂时的，就像奉义在西京一样，是客居，将来还要归还给人家。

按照农会的决定，腰缠万贯的泓顺跟俩媳妇蜗居在后边的一间小厦子里，年迈的楷瑞两口住在旁边的柴房里。与泓顺全家同居一屋，每天能看见彼此来回走动，这让云儿情何以堪？

那一夜，老郭一直站在院子的防水台前，目睹了云儿搬动自家的瓶瓶罐罐，衣服被褥，还有那个珍藏着云儿凤冠霞帔的银柜。老郭既不敢上前帮忙，又不敢缩在屋子听响动。

不一会儿，奉信跑来告诉母亲，农会的人在他家院子察看，要将他家前边的厅房分给村上的石奋。云儿听罢，急忙往回奔。在门口与农会的干部撞了个满怀。原来，村子里的房子要重新调整，要满足每个人的需求，尽力做到均等，不多不少，牲畜、农具也一样。第二天，农会干部改变了主意，把奉义家的北苑分给了石奋。这样一来，奉义跟清茶还得继续住在桃园，搬回西堡子遥遥无期。云儿提起她那根楠木拐棍，直敲地面感叹道："早知道风水如此转换，如此这般地倒鸡毛，家里最好的北苑房子让看门人住了，还不如当初让泓顺赢了官司。闹腾了几十年，让看门狗占了便宜！"

自从农会开始整治房子，泓顺就与俩媳妇睡在一张席上了。楷瑞老两口住了面朝东的一间朝阳的结满蜘蛛网的房子，这是狗娃原先住的屋子。泓顺跟俩媳妇住了狭小的一间门朝西的屋子，这是李梦秦以前住过的，自从他走后，这间小屋平时没人进去，因为里边的土炕早已坍塌了，成了老鼠的洞房。

如雅听说要夫妻三人合住，当即提出回亲戚家借住。泓顺如何肯抹下脸面，把媳妇不明不白地送到别人家，让乡党耻笑。情急之中，泓顺从柜子拉出一个破床单，找来铁丝，悬挂于炕中间，将小小的一个土炕一分为二。他笑着对如雅说："难为你了，将就将就，挤一挤暖和，权当我们在逃难的路上。你在南边，大姐在北边，两房分住，还

▷ 西堡子

不是一样的。"

"我上辈子欠你的，让大姐住南边吧，南边有窗户暖和，也是上首。"他俩正你一言我一语说着，翠莲从外面进来说："你俩也别推让，我腾地方。我明天就回甘肃河州，我娘家有的是房子。等风声过去，你来接我。"

听说翠莲要回娘家，泓顺顿时大怒："谁也不许走，天下哪有夫妻大难临头各自飞的道理？亏你还是大家闺秀，这话都能说得出口？"见泓顺生气了，两个女人不再言语。从此夫妻三人在一个炕上吃、一个炕上睡了。

倒腾完房子，楷瑞老汉的背更驼了，耳朵更聋了，整天坐在城堡外面眯着眼睛晒太阳。

半月后的一天，村民们尚陶醉在换房的新奇与喜悦当中，楷瑞老汉拉着他家那匹膘肥体壮的大骡子在门口套车，因为骡子是良种，脊背无比宽厚，车辕过于狭窄，套不进去，只好将车辕架在马背上，非常牵强别扭。他一边走，一边说道："日他妈去，喝了老虎怂了，把人圈到小厦子想困死，啊，呸！该死尿朝上，再过五十年，爷还是爷，孙子还是孙子，骆驼永远比马大！"已经过了几十年富裕日子的楷瑞，鸭子煮了十八遍，嘴还是硬的。

世上的许多人死在嘴上。没想到这句牢骚话吹到了宽展的耳朵里。他放下碗筷，转身去了王玉婷家。这是他第一次踏进玉婷家的门槛。泓顺主持保上事务的时候，宽展是断然不去玉婷家的，怕人说三道四，免得口舌生非。见农会干部忙碌着，宽展连忙递上自己亲手用黄麻纸卷的旱烟，被挡了回来。他圪蹴在院子的一条长凳上，自己点着纸烟吧嗒吧嗒地吸了起来。农会干部见他不走，料定他想说什么。未等人家开口，宽展一边抽着烟，一边摇头说："依我看，你们革命还是不彻底。"农会干部还想追问，宽展把烟袋锅子在鞋底上磕了几下，起身离开了。农会干部连忙撵了上去。

当晚，农会开会商量讨论，一致同意将泓顺他们一家五口撵到城外，让他们住到药王庙，家里的大骡子、大马、耕牛全部没收，看楷瑞老汉还嚣张不。当晚，泓顺家所有的大牲畜都被牵走了，分给村上的几户穷汉，留下一只瘦驴。楷瑞老汉二话没说，让儿子媳妇们收拾

第四十三章 回乡下去

搬家。在伙计的屋子刚睡了几天,他们像犹太人一样又开始了新的游走。

这一天,当心灰意冷的如雅在药王庙收拾盆盆罐罐的时候,突然接到了儿子俊杰从汉中给农会转来的一封信,声称从接到信笺之日起,断绝与泓顺的父子关系,发誓从此再也不回西堡子了。信笺是由农会干部转到泓顺手上的,信笺已经被拆开。看罢字字带血的短信,泓顺开天辟地第一次扶着庙里的槐树,无所顾忌地号啕大哭起来。如雅见男人哭成了泪人,上来劝解道:"娃还小,过几年等他们有娃了,就知道啥了。所谓怀里抱儿孙,方知父母恩。到时候,你不请,他们全家自然就回来了。再说了,现在在风头上,回来对谁也没好处。退一万步,娃即使回来,往哪儿住啊?你想开点儿,千万不敢哭坏了身子。"

"我只说啥都没有了,还有儿子、媳妇,现在他俩也不认咱了,活着还有啥意思呢?我一辈子精打细算,走南闯北,没想到穷汉把事弄成了,反倒逼得咱走投无路,这到底是为啥嘛?"泓顺反复捶打着槐树,敲打着自己瘦弱的胸膛,思绪万千:这帮没良心的河南担,吃了我家几十年干面条,一个个身强体壮的,一听见解放军的枪声,狗日的像贼撵一样,顾不得首尾照应,工钱都不要了,抱着枪跑了个精光。那些枪可是我姨夫白云腾历尽艰难,花钱无数,过了不知多少关卡弄来的。油坊的伙计跑完了,当时蒸锅的风箱都没人拉了。本家的几个侄子常年无所事事,坐等分钱,抄手不拾毛,装扮得跟纨绔子弟一样,玩枪玩女人,日鬼倒棒槌,谁能拉动死沉活沉鸡毛造的风箱?所以,运行近100年的油坊一夜之间倒闭关门。为了安全起见,我把小东门也用胡基堵严实了,期待将来有朝一日重整河山东山再起。万万没想到树倒猢狲散,呼啦啦大厦将倾,倾巢之下无有完卵。儿子不回来倒也罢了,还跟我断绝关系?羞死人咧,这样活着真不如死了算了!

想到几代人创业的艰辛,想到买来的儿子俊杰从来未跟自己建立起血浓于水的感情,泓顺不由得再次抽泣起来。如雅跟俊杰的感情最深,收到断绝父子关系的信笺,她也难过得抹起了眼泪。一看邮戳就明白,信是从汉中寄回来的,证明他跟凝夏仍然按照以前的筹划,安然地生活在她跟梦秦商定的地方。

同一天,奉义在桃园也收到了一封信:"爸、妈:你们好!我和俊

▶ 西堡子

杰一切都好。执子之手与之偕老，这是我们前世的情分和缘分。今日去信别无他事，唯告知接娇娇之事暂时搁置，以后相机再办。不孝儿：凝夏、俊杰。"奉义看罢短短的几行字，喜忧参半。喜的是女儿在外边安然无恙，悲的是好几年没有音信，足以证明他们在女儿的心中轻于鸿毛，不足挂齿。

这些薄情寡义的孩子呀！清茶捧着信陷入了沉思……

第四十四章　惩治恶霸

　　如奉义的姐姐奉娴预言的那样，政府领导的查田定产正式拉开了大幕。

　　西堡子人本性憨厚。规定成分由村民自己申报，许多人不掌握政策，觉得定了地主光荣，将来嫁女娶妻好听。经过反复学习宣传，大家才纠正了此前的错误概念，掌握了政策，能够按照要求申报，全村15户人家定了地主，八户定了富农，其余的定了中农、下中农。大伙一致同意将泓顺一门六家定为地主，宽展等几家定为贫农，委座家定为中农。奉义觉得自己在新中国成立前在西京有生意，申报了富农。农会干部经过认真核对，认为云儿家五个儿子其中老二、老五在西京闯荡，吃尽了苦头，空手而归，一根麦秸秆都未带回来。老四在咸阳北塬上给人拉长工，打短工，疯疯癫癫。忠瑞老汉一辈子自己动手起早贪黑卖吃喝，没有雇工。家里几十口人节衣缩食，仅有的一些地都是沟坡地，只有一个瘦驴还在后院拴着。最可怜的是奉义，虽然过去贵为六、七保这个富甲一方地方的保长，却至今还住在桃园的烂房里。大家讨论的结果是定中农比较客观，有人认为按照政策规定简直可以定为贫农，最后一致同意改为中农。从此，给西堡子人贴上了等级的标签，打下了阶级的烙印。

　　村上的每一家都贴上了标签，一切又恢复了平静。然而，表面的平静并不能掩盖悄然涌动的暗流，更大的暴风雨即将席卷关中大地，给善良的农民再洗涤一次灵魂。

　　秋后的一天，住在桃园的奉义跟清茶两口子打算去汉中看看女儿女婿。这时，宽展火急火燎地跑来了，告诉奉义政府要惩治恶霸地主泓顺，上面派来的工作组已经进驻乡政府。未等宽展的屁股坐热，有

▶ 西堡子

人在远处把他叫走了。

惩治恶霸的好消息犹如一声炸雷在村民的头顶炸响,人们三三两两在街头议论。奉义朝思暮想报仇雪恨,这一天他实在等得太久了。英明的政府真是为民做主的政府,是穷人的大救星,为穷人撑腰。

按照宽展的暗示,奉义到乡上见到了分别四年的好兄弟王强。闹了半天,奉义才知道王强在1947年已经加入了中国共产党,新中国成立前夕被秘密派往上海工作,故此与奉义他们不辞而别。新中国成立后,他依然在公安局工作。他这次奉命担任工作组的组长,要对16个村庄的地主进行为期一年的惩治工作。

很快,工作组驻进西堡子的王玉婷家,开始寻找泓顺的犯罪证据,接待来人反映问题。听说要惩办地主泓顺,村子的几个女人心里像猫抓一样,慌乱起来,首先就是李想。十几年来,李想几乎取代了泓顺的两房妻子,成为名不正但言顺的老婆。她穿泓顺的衣服,用他的钱翻盖了大瓦房,牲畜成群,自己的男人广顺在油坊挣钱,儿子上学老人花销全凭泓顺。惩办泓顺她感到非常心疼,感到山雨欲来风满楼,世界末日即将来临。

另一个受到心灵震荡的是王玉婷。她丈夫委座当甲长不拿俸禄,未给自家增光添彩,挨打受气不说,为禁烟枉丢了性命,好端端的一家人从此阴阳两隔。她不愿意改嫁,尽管一万次想到往前再走一步,可是她不能丢弃两个幼小的儿子,她咬紧牙关挺了过来。泓顺三番五次调戏她,人前人后散布谣言,侮辱她的人格,她从不屈服。因为,她相信天不可能一直黑下去,杀公鸡并不能阻止天明,作恶多端的泓顺终究会得到报应的。人在行,天在看,这一天终于等到了,她长长地出了一口气。

听说要惩治泓顺,西堡子还有另外四个女人心里也不好受,其中包括枫林。这些年,泓顺接济她们,供她们吃穿,给她们花钱,与她们取男女之乐,行鱼水之欢,她们早已习惯于有泓顺撑腰壮胆的日子。惩治泓顺对她们而言,相当于毁了一个银行,丢掉了裤带上拴着的钱匣子。斗倒了地主泓顺,等于挖了她们的心头肉。女人实在是一种奇怪的动物,与泓顺好的时候,诉不尽的男思女想,恩爱牵念,嘴里不停骂着,你个没脸的东西、坏家伙、土匪,真正要失去他,她们揪心

第四十四章　惩治恶霸

难过，感觉天要塌下来了。面对农会和工作组的干部，她们将自己的真实想法隐藏起来，将人性的另外一面显现出来，戴着面具，说着言不由衷的话，做着身不由己的事，扮演着假惺惺的软弱角色，人云亦云，随波逐流。

然而，政府露出来的却是硬手。农会最先亮出的一招是先组织人揪出泓顺批斗。一石激起千层浪，西堡子像炸开了锅一样，胆小的看热闹，胆大的你一言、我一语，窃窃议论。干部们挨家挨户做群众的思想工作，请他们站出来揭发泓顺的犯罪剥削事实。军师宽展多年跟随泓顺，对他的情况了如指掌，像打了鸡血似的第一个站出来揭发他，让工作组的同志无比兴奋，工作总算往前推动了。

政策攻心之法非常好用，宽展被引导着拿出了一沓地约和抵押证明，还有让工作组更加意外的放贷证明。泓顺在土地上做的文章比起放高利贷，那简直是小菜一碟。经过工作组初步计算，单放贷泓顺一年的收益可以重新再打一圈西堡子的城墙，而且用青砖包裹。仔细计算，当年打城的祖先比起泓顺，简直是小巫见大巫。工作组连夜将情况汇报给县政府，县政府上报省政府，第二天省政府下达指令：抓紧调查，保存证据。掌握政策，不许胡来。

"传说哪个村哪个镇某某有钱，我们西堡子的泓顺竟然富甲天下，奇了怪了。平时看起来泓顺不过比我们吃的好，穿的好，没什么了不起的。他的钱是偷的还是自己印的？"村民议论纷纷。工作组趁热打铁，寻找泓顺的剥削轨迹。

人常说墙内开花墙外红，泓顺在外边名声大噪令西堡子人瞠目结舌。单从秦岭脚下相约而来找工作组的人就能看出些门道，他们络绎不绝地直接走进了位于玉婷家的工作组办公室，好像有人专门引导，专门指点。一人一条线索，绘制成一张紧致的大网，死死套在泓顺的脖颈上。外地人走后，如雅被请进了工作组。在强大的政策攻心之下，她汇报了泓顺将枪支弹药藏匿于后院井中的隐情。工作组雷厉风行，放下纸笔立即组织一队人马去了她家淘井，果真从井里挖掘上来一堆长枪、手枪、手榴弹等。案件的意外收获让工作组喜出望外。打捞枪械时，云儿跟老郭就站在泓顺的院子中间，亲眼看见了那些冷冰冰的杀人武器，吓得他们目瞪口呆，不由得倒退了几步。当娘的心彻底

▶ 西堡子

凉了。

　　人命关天，工作组不敢懈怠，更不敢造次，必须一件件落实查证，很快众多的受害人浮出了水面，家属纷纷站出来揭发泓顺的罪行。书面材料一行行，一张张，堆积在工作组的面前，足足有三尺厚。仅仅三个月时间，工作组已经基本整理出泓顺的罪恶证据。非法取得土地200余亩，全部是水浇良田。拥有厅房、楼房共计49间，占据西堡子半截村子。拥有牲口十头，高骡子大马。拥有水车、旱车各三台。咸阳县城有街房九间宽的庄子三院，共计42间房产，泓顺购进后全部用来招租。每年收棉息三万捆，麦子利150石，地租25石，其他街房租赁收麦子六石四斗。令人更加想象不到的是，表面平静的西堡子，还号称小北京，真是金玉其外败絮其内，浪得虚名，总共不过120户人家，借泓顺钱的有96户，占总户数的百分之八十。同时，相邻的五个村子借泓顺钱的达到总户数的百分之九十。更让人胆战心惊的是泓顺手上竟然有六条命案，而且有证人签字画押，证据确凿，铁板钉钉。

　　李想是聪明绝顶的女人，她在第一时间知道了消息。靠山山倒靠水水流的日子是她不愿意面对的。她言辞犀利地对男人广顺说："这是朋友送给我的一对翡翠玉镯，你拿去送给石奋，他现在是西堡子的天盖子，咱的身家性命在他手上。万一人家不要，你也不要勉强，先回来再说。"

　　接到手镯的广顺感到莫名其妙，站在原地不动弹。只听见李想继续说道："你笨的，你去了只说一句，与人好与己好，给别人修路就是给自己修路，送人玫瑰手留余香，他就明白了。"

　　广顺鼓起勇气来到城门上，把镯子给石奋怀里一塞，说道："我媳妇叫我给你说与人好与己好，给别人修路就是给自己架桥，送人玫瑰手留余香。"石奋不明就里，不知道该不该接。广顺继续说："我过去眼拙，跟着坏人没办法，你也知道，我为此付出了代价，活得窝囊，不像个男人。只要你放我一马，将来必当厚报。"看见广顺悌惶的惨景，石奋想起多年前的那天晚上，泓顺与广顺俩人上演的那一场残害憨憨的睁眼戏，一下子明白了。这么多年过去了，这小子还惦记着那晚有人洞察到了他们的恶行。惩治恶霸地主，他怕火烧连营，连累到他。心想，闹了半天，这小子是来封口的，用烂手镯了事。话说到这

434

第四十四章　惩治恶霸

个份上，礼送到人手上，咱再不能乱咬，还是天知地知你知我知的为上策。于是，他平静地说："好办，只要你媳妇拿出伺候泓顺的手段来伺候我，我权当什么也没看见。"

李想让男人轻易地摆平了石奋，抓住了关键的救命稻草。为了生计，为了儿子耀财和自家男人，她第二天打扮得花枝招展装作没事人一般，上了西堡子的城墙。

在那个特殊的时间段里，云儿的心提到了嗓子眼上。她唯恐儿子们到工作组去，人是长腿的，下巴底下长着嘴。阻止他们的唯一办法是每天把一家人集中在一起，一起起床，一起吃饭，睡觉前儿子媳妇必须到她屋子回话，点卯数人头。已经长成大小伙子的泽实打趣奶奶："婆，你啥时候变成老佛爷了，还让人给你请安？"云儿说："你个蕞娃，听话就是王道，知道不？回去问问你爸咱家的王法是啥。"

人常说，怕处有鬼，痒处有虱。云儿亲自编织的天网最终还是漏了一条鱼，一条大鱼。连奉义也没想到，住在桃园的清茶趁机去了乡上，递上了重要的证据，即当年那几张王强在警局审讯毛遂的记录，而这些记录有毛遂的画押，有王强的签名。解放西京、咸阳时，他们离开西京时连房契、金圆券、手枪都未带回西堡子，清茶却神不知鬼不觉把这几张纸一直带在身上。见到当年自己做的笔录，王强异常震惊："清茶这个女人有心计呀！不愧是女中豪杰。"

消息传开，人们这才知道，原来枪杀委座是泓顺雇土匪干的，两次想弄死奉义也是他雇土匪干的，过去的猜测传言看来都是真的。最难以理解的是泓顺竟然指使毛遂干掉泽实，以绝后患，让奉义断子绝孙。看似到处莺歌燕舞风平浪静的西堡子，几十年来一直暗流涌动杀气腾腾！

等云儿得到消息，急忙赶到桃园想亲眼看看那些材料的真假时，已经来不及了。乡上把所有的材料已经封存，成为泓顺雇凶杀人的又一罪证。这下，连三岁的小娃都知道杀人偿命，泓顺绝对死定了。

材料报上去，政府经过复核，泓顺身上果真有六条人命牵连，判他死刑。用石奋的原话是枪毙他一百遍也不冤！

消息传来，住在药王庙的楷瑞老两口，远远地听到了从桃园传来的男女混合的无比悲凄的哭声。那是清茶与奉义制造的悲声。

▶ 西堡子

一日夫妻百日恩。如雅以为上缴了枪械、手榴弹,就可以免泓顺一死。她将公公婆婆搀扶起来站在庙门口,早也盼晚也盼,却盼来了俩字:死刑。楷瑞至死也闹不明白:君子爱财取之有道,我儿那些钱没有一分是抢来的、偷来的,都是凭辛苦挣来的,包括我前几十年积攒的家底。如今,这些钱财怎么就变成了夺命的绳索、鬼门关的钥匙?

县上传达了省里的决定,行刑日期选定在春节后一个春寒料峭的上午。早晨,四邻八村的百姓一起拥向同一个方向——西堡子,那个大炮蹲守、固若金汤、名噪一时的旧城堡。泥腿子们远远地看见城堡,不由得赞叹西堡子果真名不虚传,不但城池牢不可摧,人也牛气冲天、洋气无比,牲畜也比别处长得膘肥体壮。乡党们一辈子害怕土匪,筑城防患,原来比土匪更可怕的笑面虎就藏在他们内部。泓顺的家产堪比西京城的有钱人,况且谁不服气,枪杆子手榴弹伺候。他们要来看看这个传说中的有知识、有文化、良田上千亩、银钱哗啦啦、三妻四妾的潇洒风流男人是不是长着三头六臂,是不是长着三只眼、顺风耳。

如果有幸参观一下他的豪宅,看看是不是堪比北京的紫禁城,堪比慈禧老佛爷西逃西京时住的黄楼。最不行看看泓顺家的尿盆子是不是镶嵌着五彩蓝,饭碗用的是不是新疆的和田玉,枕头是不是用金线缝制的。一个小小的西堡子,陡然间被四邻八乡的村民围得水泄不通。翻身做主的曲生生、石奋两个人重新站在城门上,像英雄凯旋了一般,向人们招手。与过去不同的是他们现在有房有地,腰板笔直,再也不用吃百家饭穿百家衣,看谁的脸色行事。后半天,两个看门人索性升起浮桥,把大门敞开,俨然将军一般,自豪地站在城门上,对着喇叭喊话,面对潮水一般的人群,露出欣慰的笑容。

那天早晨,云儿刚推开门,就碰见门口一群人要拥进去看泓顺的屋子。面对新奇的人群,云儿大声吼道:"要看,到庙里看去!"说着从里面把门关上了,夹住了刚刚迈进门来的游客的前腿。人群像当年逛庙会一样,接踵而至,从北巷子喧哗着转到南巷子,看不够村里鳞次栉比的楼房与庙宇,看不够街市上买卖摊点的红灯高悬,看不够人世间的沧海桑田与饥寒冷暖。他们从高士塔走到菩萨庙,从菩萨庙走到马王庙,然后一起拥到了药王庙。此时的药王庙里齐聚着泓顺家族几十个老少爷们,男男女女,神情凝重的军人们荷枪实弹站在墙外,

第四十四章 惩治恶霸

看守着药王庙，不许他们走动。看守他们的目的只有一个，让地主们插翅难飞，确保大会现场万无一失。

宣判大会会场设在西堡子南门外宽阔的麦地里，台子是用门板临时搭建的。从南门城楼上望下去，台子是那样渺小，那样破败，比起西堡子每年三月十五搭起的戏台子，简直是小孩过家家走过场。那天，泓顺身穿一身蓝色棉衣、棉裤，黑色圆口单鞋，脸色煞白，双眼低垂，被押上台子。这是他被抓四个月后，从县城押回来的第一次露面，也意味着他短暂人生最后的告别。石奋在批斗会上代表受苦的贫下中农和受压迫阶级宣布了政府对泓顺的判决。

按照省政府的要求，那天特意安排了几个受到泓顺欺凌奸淫的女人上台，揭露、控诉他的罪行。她们上不上台是立场问题，怎样表现是能力问题。委座媳妇王玉婷早起特意给头发抹了一些桂花油，把头发梳得光光的，穿一身蓝色细布衣服，头顶帕帕，第一个走上台，面对仇人怒不可遏，浑身哆嗦。她使出浑身力气狠狠地抽了泓顺一个耳光，声泪俱下地控诉道："你个吃人不吐骨头的东西，我们与你无冤无仇，你雇人枪杀我娃他爸，抢劫我家财产，三番五次强行逼我，你不得好死！"她甩开膀子抽他，踢他，被军人拉住，劝下去了。

第二个上台的是李想。她对跪在台上的男人怀着深厚的感情。她那天故意把柜子里的绫罗绸缎衣服锁起来，不知道从哪儿弄来一身粗布大襟黑夹袄装扮上，掩饰她浑身上下散发出来的妖艳，拧着细腰迟疑着上了台。看见自己心爱的女人走上来，泓顺大声喊道："我的油，我的牛，虞美人醉倒绣花楼。你别愁，你别羞，二十年后再聚首！"在大家屏住呼吸静静地听泓顺说话的时候，李想已经站在台子中央，并且目不斜视，看也不看泓顺一眼，也高声喊道："政府惩治他，我、我、我坚决拥护！"引得台下唏嘘一片。有逗趣的男人说道："你说的是哪个塔？是大雁塔、小雁塔还是你们堡子的高士塔？"

接着，包括外村女人在内的六个女人依次上台，揭发泓顺怎样对她们动心思，怎样霸占她们，怎样的无耻兽行。接下来是几个受害人家属上台，揭露泓顺如何杀人逞凶、欺男霸女。大会根本未安排奉义的门宗上台，毕竟他们跟泓顺从宗法意义上来说是一家人，只安排他们开会。突然，清茶按捺不住走上台子，将一团苘麻塞进泓顺的嘴里，

▶ 西堡子

猛不防狠狠地踹了他一脚，然后，脱掉自己的黑布鞋，拿在手上，上去猛地左右开弓，抽他的脸："笑面虎，你狗日的也有今天？你把我家奉义害不死你睡不着是咋的？你三番五次追杀他，他日你妈了，还是挖你祖坟了？哎，老天有眼，他命大死不了。你呢，害人咋没个边边？猪狗不如的东西，你的心咋这么黑呢？"拉扯中，泓顺的棉衣领子被撕扯开，露出白白的胸脯与脖颈，在凛冽的西北风中，他咬破了舌头，嘴角滴答滴答流出鲜血来。刚才还大喊20年后如何如何，霎时闭了嘴，耷拉着脑袋。

会议的第二项是贫苦的村民盼望已久的毁约。他家的约柜被抬到主席台前，农会要当众焚毁利滚利的借约、土地买卖契约。满满的一柜子黄纸浸满穷汉的热血与希望，烧了契约，穷人才了却心头大恨。提前预备好的类似丧事用的纸盆子摆在堂前，烧契约用了整整一个时辰。台下静悄悄的，不时传来低低的哭泣声。

乡党们相信从此以后，王全头、委座、赵喜贵、憨憨、张望、强胤等穷汉们的冤魂可以去往天堂了，还有关欣那一缕香魂也该归位在石婆的左右。乡党们相信从此以后，有政府为穷人做主，莱佑前、马双木、牛放言、樊清、严明、卫平中也可以回到自己的老家，有房住有饭吃了。这一切不靠庙里的菩萨，靠的是党的领导。

会前，有人放出话来，要是楷瑞老汉舍得给行刑人塞几个钱，子弹过身枪眼小，死相还能看，否则，他们把子弹在鞋底磨热，一枪打过去，脑袋开花，三界不收，六道不管。

宣判会后，泓顺被政府用汽车拉到沣河岸边，准备执行枪决。围观的群众成千上万，行刑现场戒备森严，行刑人用磨石将枪管磨得通红，假如不出意外，子弹被迅速装进弹夹，扣动扳机，一枪下去，泓顺的脑浆四溅，必定倒在尘埃里，魂飞魄散。

黄泉路上，众鬼怪正在等候风流倜傥、温文尔雅的财主登场。

第四十五章 枪下留人

正在行刑人举枪准备射击之时，远处传来急促的马蹄声："枪下留人，枪下留人！"听见喊声，泓顺的嘴角向上轻轻提起，他知道救兵到了。

原来，省里接到上面的电话，说是有一桩冤案，而案情最关键的主人公正是泓顺。电话里说，泓顺在中条山战役中英勇抗敌，几次负伤，为国家做出了巨大贡献，一点儿放贷之事罪不至死，请求刀下留人，以表彰抗日功臣。

泓顺又被汽车拉回县大牢，等候调查处理。王强他们的工作组走访了大量参加中条山战役的将士，了解有无信中反映的所谓战功。一个月后，调查结果出来了：部队名录上有一个家住西堡子叫作泓顺的战士，是一七七师的，参加过无数的战斗，受过嘉奖。后来在"六六战役"中，全体指战员弹尽粮绝，被逼到绝壁处，他们宁死不屈，为国捐躯了。然而，据省委秘书李梦秦提供的资料显示，在中条山战役中立下赫赫战功的不是即将受刑的泓顺，而是化名"泓顺"腿部受伤大难不死的奉义。

按照调查程序规定，工作组必须在村子进行走访，调查泓顺1939年前后有没有消失过一段时间。英瑞、景瑞说泓顺从来没有离开过西堡子，油坊不可能几年没有当家人。当被问及这个问题时，两个看门人石奋和曲生生的头摇得跟拨浪鼓似的。

人命关天，岂非儿戏。在王强的记忆里，他只知道奉义参加了中条山战役，并不清楚他化名"泓顺"。他只知道古有花木兰替父从军，还没见过谁以仇家的名义打仗。

案件一时间陷入僵局，解铃还须系铃人。

▶ 西堡子

很快，奉义被请到市局接受讯问。与此同时，案件也呈报给副省长孙蔚如同志。孙副省长看完卷宗，好像回忆起了什么事，快速搜索记忆里的一些信息片段。很快，奉义被领进孙副省长的办公室。看到九死一生的上司，奉义激动地说："孙将军，你还记得我吗？我是那年在西京街头报名参军的保长奉义啊！"

"哦，我记起来了。小保长，你的枪法准呐，发发命中！"

"你的诗词写得好哇，《满江红·立马中条》我现在都能背过，是你抗日的决心感动了我，谁见过家眷在战场上陪着打仗的将军呢！"

"抗日光荣。哦，对了，在军中你为什么不用自己的真名？"

"哦，我欠泓顺一个人情，必须要用命来偿还。没想到我能活着回来。惭愧惭愧，要不是腿跑不成咧，我绝对养好伤去寻咱队伍去了。"

"你呀，别人争功，你却……"

"比起那些牺牲的战友们，我们幸福多了，我不敢贪功。"

"是呀。咱们的部队从1937年夏出潼关，保卫华北，在娘子关战役中，与敌血战九昼夜，十七师1.3万人打得只剩下2700人，教导团伤亡官兵1800多人。五二九旅在忻口战役正面防守14天，全旅3000多人，伤亡三分之二，其中以共产党员阎揆要为团长的一〇五七团原有200多名共产党员，忻口战役后就只剩下60多名了。后来十七师和五二九旅归属十八集团军序列，在朱德、彭德怀的领导下，扫平晋东南十六县。1938年6月以后，四集团军其余部队全部进入中条山战场，十七师改名三十八军和五二九旅，经过让日寇胆战心惊的夕阳河战役后杀入中条山，从八路军序列归还原建制。在中条山的坚守中，血战永济，六六战役，望原战役，哪一仗不损兵折将，哪一寸土地未沾染我三秦儿郎的鲜血，不是你们的血肉之躯铸就？今天看见你，我高兴呀！前事不忘后事之师，我们应该保卫今天来之不易的幸福生活。我记着呢，你这个保长呀，典型的陕西愣娃，好汉一条！"

"咱秦人好斗，有血性，何况保家卫国，理所应当！"

"那么，真正的泓顺是你的什么人？"

"我妈的奶娃子，一个村子的。"

"原来如此！他罪恶累累，铁案如山，难以翻案呐！"

"是的，六条人命呀！"

第四十五章 枪下留人

"不说他了，我见到我们的战士亲啊，以后有啥困难及时来找我。走，咱哥俩吃羊肉泡馍去！"

真相大白之后，西堡子的乡党们这才知道，原来奉义失踪的那几年并没有消沉，没有吃喝嫖赌，他冒名顶替，用"泓顺"的名字报名参军，去了中条山，是一位隐姓埋名的战斗英雄。

此时的李云儿手里攥着李梦秦当年从山西辗转寄给俊杰，又通过俊杰誊写的那封关于奉义在中条山打仗的信笺，泪如雨下，寸步难移，心如刀绞……

核准死刑后的泓顺终于明白，政权更迭了，现在找谁都不管用了，等待他的依然是断头台。问斩的日期定在立春的那一天，仍然要公判。

这次，云儿万箭穿心，几乎不能站立，未去参加宣判大会。老人机械地打开柜子，眼泪哗哗地掉了下来。往事不堪回首，她回忆起离开娘怀时没有任何反抗能力的婴儿，近在咫尺却无法吃娘奶的襁褓里的孩子；回忆起把孩子送人时的不舍；回忆起泓顺家那只跳上炕、卧在娃边上的奶羊，静静地陪伴孤单的瘦骨嶙峋的婴儿；回忆起长大后英俊潇洒与自己对簿公堂的少年；回忆起一次次枪杀奉义的那个霸气十足的中年男人；回忆起见人不笑不开腔的笑面娃娃泓顺。她无数次想站出来说："儿啊，你就是我的娃，回来吧，跟你亲亲的弟兄五个一起生活吧！"她不敢，她没有这个勇气，送人的孩子怎么能要回？覆水难收啊！而今，西堡子的人安享平安，无人会想起他过去怎样用钱摆平西堡子的艰难事，其他村镇拉壮丁的比比皆是，西堡子有吗？没有，是谁用钱打发走了上边的人？是谁供给护城的看门人，御敌于城外？其他村庄土匪没完没了骚扰村民，西堡子有吗？凭观音山收的几个枣刺钱，能摆平村上的事吗？其他人不知，难道族人不知近年来是谁在负担护卫祖坟的用度？当年年馑做舍饭，泓顺家的粮食少施舍过一粒吗？虎烈拉瘟疫爆发的时候，是谁跑到山上运回了那些便宜的木料，是谁买了好些药材让大家防病？

她想，今天泓顺要被枪毙了，人民政府代表的不是我李云儿一个人，代表的是千千万万个受苦受难的人。要是代表我，我愿意让他活着，没收他的财产就行了，反正他只有俊杰一个儿子，况且与他划清了界限。枪毙了泓顺，楷瑞老汉后半生咋活呀？老汉就他一个儿子，

▶ 西堡子

消灭一个人为什么非要他的命呢？她幼稚地想，奉义尽管腿跛了，命还在；尽管奉智出去给人拉长工，吃了些苦，可命也在。泓顺从此七窍生烟，魂魄飘散，从地球上消失了，她情不自禁悲情难抑。假如能一命抵一命，她愿意替他去死，只要他从今往后能变回小时候那个乖巧听话的小儿郎。

一周前，如雅按照婆婆的吩咐给她送来泓顺小时候用过的蓝底格子布的褯褓，啥话也没说哭着走了。那一刻，她全明白了。她按照奉礼身材的大小胖瘦做了一件长袍，两件罩衫，一身棉衣，一双布鞋，一双绱了底子的白袜子。她必须给泓顺料理后事，要换下他身上穿的蓝色棉裤、棉袄，还有那双脏鞋。善良的李云儿从银柜底下取出那套凤冠霞帔，忍着泪水拿出珍藏了40年的念想，那一串铜钱，眼泪如滚珠一样簌簌而下。东西准备齐备后，她独自一个在祖坟前化了三张纸钱，痛痛快快地哭了一场，拄着楠木拐杖，手提着纸钱香火笼子，背上包袱，步履蹒跚，绕道到河堰口，往刑场方向走去。

此刻，散场后的西堡子，一切恢复了平静，药王庙外面的人也撤退了。泓顺的侄子们一个个缩头缩脑，大气不敢出，乖乖地躲在家里，不敢前去替他收尸。

李云儿，这个天底下最纠结的母亲，这个老妇人没有了往日的八面威风，没有了以往的谈笑风生，将悲痛写在脸上，将失望与落寞挂在嘴角。远远地，她看见泓顺横尸荒野，像一堆烂衣服。平时那个堆满浅浅微笑的高大汉子，而今颜面朝下趴在地上格外软弱，不由得悲从心底起。当年人人羡慕、趋炎附势的男人们，有钱没钱往他跟前凑的谄媚之人，还有跟他吃香的喝辣的本家子侄，统统不见了踪影。两个妻子、一个儿子也无人来看他，唯恐避之不及。她的肠子早悔青了，简直是肝肠寸断。楷瑞那良心叫狗吃了的老东西，也不敢来给娃拾掇，不知躲在哪个角落挺尸。

沣河堰上，人们早已散去，留下斜躺在堰背后地上的她的亲骨肉泓顺。当云儿走近时，早晨晴朗的天空顷刻间变得阴云密布。看看四下无人，她将泓顺抱在怀里，肆无忌惮且撕心裂肺地狂喊道："乂……乂儿，妈的儿啊！妈来迟了，妈来迟了，妈把你害了。咱回家，妈带你回家！"一边说着，一边用衣袖给他擦拭模糊不清、血肉开裂的脸

第四十五章 枪下留人

颊,用那块再熟悉不过沾满她泪水的褓褓包住他的头。泓顺身体还热着,是软乎的。云儿给他擦洗双手,猛然看见他左手心两条掌横纹中间那块形似枣核状的褐色胎记,那块鱼际肌遮挡的诡异印迹,那块留在母亲心中永远无法忘却的记忆。胎记已经不像小时候那样明显,似乎在渐渐变淡变浅。云儿忍住泪水,给他穿上长袍,换了袜子、布鞋。正愁无人帮忙之际,发现已经哭得不成人样的跛足奉义,不知道啥时候跟她来到河堰,蹲在不远处,朝母亲张望。见母亲正在大声号啕,他连滚带爬奔上来跪在母亲跟前,不停地磕头,说:"妈,我是你娃,我是你娃!"

看见奉义哭成了泪人,云儿起身用手指着他的鼻子,说道:"你,你,都是因为你!"

"是的,妈,是我害了泓顺,你打我吧!"奉义依旧抱着母亲的腿不撒手,不住地哭诉。

云儿目光呆滞,真真切切地说:"你才是我跟你爸捡的……"

未等她说完,奉义站起来将母亲紧紧地抱在怀里,泪如雨下:"妈,我早都知道了,我上中条山以前在观音山都听说了。你忘了他吧!顺不在了,我替他给你养老送终。"

"你个冤家呀!"云儿眼里的泪像沣河水一样喷涌而下。

旁边一辆架子车上放着一张崭新的草席,两捆草绳。坚强的母亲李云儿收了泪眼,娘儿俩给泓顺穿戴整齐,一起将泓顺抬上车,盖上草席。

凛冽的西北风中,做完这一切的李云儿像宅院墙的土淋了一个月的大雨一样,从根子处轰然倒塌下去了……

将泓顺就近埋在李家村舅家的祖坟,把母亲安顿在舅家后,奉义站在沣河上,望着倾泻而下的沣河水,没有激动与幸福,没有复仇后的快感,只有无尽的泪水使劲地流着。今天,泓顺终于上了断头台,所有的恩恩怨怨从此了断。与泓顺斗了十几年,波涛汹涌风雷激荡,自己远走他乡辛辛苦苦,到头来所有的钱财不翼而飞,回到了原点。泓顺一辈子要足了面子,积攒了车载斗量的财富,而今千金散去,魂归他乡。极目远眺,布谷鸟不住地鸣叫,脚下从秦岭倾泻下来的沣河水,带着秦岭的温度哗哗地畅快地流淌着,不住地提示他,春天就要

西堡子

真的来了。

西堡子药王庙里死一般的沉寂。翠莲替俊杰和凝夏小两口给泓顺的照片磕了三个头，烧了三张黄表纸，准备收拾东西回甘肃娘家去。她舅舅给她又物色了一位小她三岁的老部下，不久将娶她为妻。掐指算来，距离翠莲离开西堡子的日子不远了，她不愿意从西堡子出嫁，害怕人知道她的寡妇身份。她与舅舅商定从娘家风风光光地出嫁，尽管她走路像斜筛子一样蹒跚，脖子像癞蛤蟆一样，五短身材越发浑圆，却有着丰富的床上功夫，还有光洁的皮肤，未曾生育的紧致，不愁得不到男人的欢心。这个颇具心机、整天笑眯眯的女人，早将泓顺的一部分家产转移到了甘肃，带着那些珠宝首饰改嫁，以后过的仍然是油搓面的日子。

翠莲夹着包袱刚走，邮差来到静寂的药王庙前，转给如雅一封信。在家里痴呆呆一坐一天的如雅，以为是俊杰得知父亲身故的噩耗，有所表示或者回到西堡子要照顾一家人。她连忙打开信笺，泪如簸箕簸黄豆一样，止不住哗啦啦滚落下来："雅，你好！我是梦秦，战时一别，十分牵念，誓言在耳，料必你受尽屈辱，定于农历六月二十七前往迎娶，万望做好准备。切记！"看完信，如雅扶在婆婆的肩头，大声哭了起来。

在麦子由绿变黄的两个月里，如雅每天晚上隐约能听到自家男人内敛而温柔的说话声，她仔细辨听，是夏蝉的音盖在动。她似乎听见院子有泓顺熟悉的脚步声，她披衣出屋，药王庙的院子明月高悬空空如也。后半夜，她又听见梳妆台有钟表的摆动声，咯吱咯吱抽屉在响，等她点灯起床，发现屋子一切如旧寂静如沉睡的婴儿。她不敢看药王庙婆婆的树影，不敢往后院茅房去，即使口渴，也隐忍着不去伸手拿碗。她感觉泓顺根本没有离开院子，也许就在房檐上，大梁上，或者倚靠在槐树上嘿嘿地傻笑，笑她年纪轻轻守活寡，笑她私会梦秦不守妇道，笑她百无聊赖苦度光阴。

此刻的如雅，忘却了泓顺往日对她的恶言恶语，忘却了男人与西堡子不知羞耻的女人们鬼混，甚至忘却了往日的迎来送往柴米油盐。如雅整夜整夜睡不着觉，搂着俊杰给她买的陶瓷暖脚瓶，披着被子端坐着盼天亮。现在，又多了一个期盼，盼她的心上人早点儿来接她离

第四十五章　枪下留人

开西堡子,离开葬送了她青春梦想的小北京。万般寂寥的时候,她站在院墙一般高的城墙残根上,望着日臻成熟的麦田和南边隐隐约约的秦岭,反复问自己:"除了梦秦,这个世上还有什么值得我留恋吗?"

转眼间,集中过会的季节已经来临,西京周围几百个村庄同时迎来了与亲戚们团聚的盛大节日。西堡子也不例外。

阴历六月二十七,一个平平常常的日子,迎来西堡子亘古不变的盛大节日——过会。按道理,过会是不用放鞭炮的,它不像过年。然而,这一天,南门外鞭炮齐鸣,引来无数人注目观看。原来,是李梦秦带着属下的一个小伙子,骑着身披红绸的黑色骏马,飞奔进西堡子城外的药王庙,像风一样带着如雅到南边去了。从此,杳无音信。人们惊叹泓顺家的长工如此重情重义,一诺千金,不愧是条汉子。

据一贯消息灵通的英瑞后来讲,李梦秦带着如雅翻过秦岭,回了老家汉中,一进门就看见了俊杰、凝夏两口子刚下班回来。梦秦已经调到汉中工作。从此他们幸福地生活在一起,直到永远。

俩儿媳妇一前一后走了,给别的汉子当家去了。孙子俊杰也赌咒发誓说一辈子不回来了。楷瑞老两口守在药王庙,家徒四壁,与青灯相伴。他们捧着英俊潇洒的泓顺的照片,握着儿子用过的文明棍,摸着儿子穿过的旧袍子,欲哭无泪,像雕塑似的一坐半天,水米不进,油盐不沾,等待他们的是无尽的黑夜,无穷的思念,无边的悔恨。

第四十六章　拆毁城墙

西堡子的老皇历在枪毙了泓顺之后，又掀开了新的一页。

城墙上的茅草在这个奇怪的春天越发疯长起来，远远望去，恍若一排男人各自戴着一顶绿色的绒线帽子，整齐地顽强地站立着，与土黄色的墙体形成强烈的反差。春风也像画家笔下的铅笔，涂抹晕染着什么，画板陡然之间长高长大了。城墙显得那样的不真实，像害了伤寒的婆娘一样，挣扎着想干活，身子却不听使唤地摇摆不定。

最耐得住寂寞的莫过于时间。斗罢地主，西堡子的村民重新回到了 200 年前那个辉煌的时代，站在同一起跑线上，均贫富，等贵贱。

太阳照常从东边升起，再没有谁笑话谁的农具多寡，谁家的土地薄厚，谁家的房屋新旧。乡党们躬身见面互致问候，笑容里不再有诡诈，不再有嫉妒，不再有鄙视，但是，仍然有一种称作恐惧的东西时刻伴随着他们。农会给他们分到手的东西能长久拥有吗？那些代表财富的"约"虽然被烧了，恶霸地主也被枪毙了，还害怕什么呢？他们说不清道不明。

共产党知道老百姓的心思，因为他们同样也来自老百姓。枪毙泓顺无疑给民众吃了一颗定心丸，给盘剥搜刮民财的坏人一个警示。但是，泓顺家的部分借据、抵押凭证都在宽展家保存着，安然地在桐木匣子里睡大觉。镇压泓顺时，宽展表现格外突出，跑前跑后应付工作组，一下子改变了人们对他的一贯看法，称赞宽展疾恶如仇、有血性，像个男人，有人甚至给农会出主意让给他多分几间房子、几头牲畜。人们感谢他能提供材料，证明泓顺的盘剥压榨与凶狠无耻，烧毁借据除却了他们的心头大患。

宽展没有从油坊分到任何私产，这是一个奇怪的现象。常从河边

第四十六章 拆毁城墙

走,哪能不湿脚。他家盆满钵满,一个字也不敢提说关于分产的事情。即使这样,他跟媳妇晚上睡觉时,俩人仍然轮换着一个前半夜睡,一个后半夜睡,睁一只眼闭一只眼睡。两口子的身体也发生了微妙的变化。俩人的舌尖像樱桃一样红,长了长长的肉刺,疼痛难忍且不敢触碰,吃饭的时候口腔火辣辣的直冒烟。聪明的宽展自打那双穿烂鞋的脚踏进泓顺家门的第一天起,就开始琢磨一件重要的东西——"约",即所有的借据、凭单。怎样写好、保管好一切借据、凭单,恐怕是从古至今所有的军师们考虑的首要问题。一个人的智慧高低就体现在纸上,财富的多寡也体现在纸上,所谓的口说无凭立字为据,天下文人墨客无不在纸上做足了文章,人一辈子不就为那一张纸活着吗?

众所周知,一个小小的宽展迟早是泓顺棋盘上的一颗小卒子,随时随地都有丢命的可能。这不,眼下政府一把火烧了足以让泓顺毙命的一沓沓借据,他一张张写得明白,政府一张张核对得仔细,从泓顺家借出来的钱是秃子头上的虱子明摆着。但是,去过新疆的人都知道,坎儿井地面上貌似没有任何的灌溉设施,地下却暗流涌动,甘甜的雪水躲进地下纵横交错的渠道,照样滋润良田,不像关中平原上有沟渠,有机井,有水车。宽展的家里也早已修好了庞大的一条坎儿井,隐藏着更大的秘密。

看人下菜是宽展一贯的本事,察言观色更是他的看家本领。到泓顺府上贷款的人络绎不绝,他一眼就能洞穿来者的性格、家境以及还钱能力。他将人分为两种,一种"软",一种"硬"。"硬"的直接与泓顺签订合约,完结手续。"软"的签两份合约,一份与泓顺签,一份与他签,两份都签字画押。"软"的通常是家境差,人老实本分,没有背景,没有势力的外乡人。西堡子大多数人对此道讳莫如深。

其实,只要往西堡子外边多走五公里路便知分晓。宽展将钱贷给"软"人,假如直接从泓顺家贷款,是三分利息,经过宽展一倒手,再放出去就是六分利,拿到贷款的人自知吃亏上当,但人家势大,自己也不便发作。有人觉得不憋服,再把钱放给更可怜的人,可能就升为九分利,人们把这些人称作"二地主"。宽展几十年玩的正是这个把戏。

惩治恶霸将大地主的财产土地分给穷人,便宜了"二地主",宽展

447

▶ 西堡子

他们反倒成全了名副其实的无本生意，再不用给大地主交那三分利和本金。"二地主"们心里窃喜，幻想着过几年，风声过去，时来运转，他们比大地主还要阔气，积累财富的速度更快。

奉义与英瑞去了一趟咸阳，从奉娴嘴里最早得知了这个消息。新政府做事有板有眼，有根有据，早识破"二地主"们的险恶用心。很快，西堡子的党组织放出话来，年底惩治"二地主"，谁是"二地主"，抓紧时间将借据与得到的利息上缴政府，既往不咎，否则，严惩不贷。

对于死亡的恐惧从泓顺被枪毙的那一刻起，时刻伴随着那些随时捕捉风声的"二地主"们。他们不敢主动去坦白，不敢去打听，隐藏一隅静观其变。如今听见要惩治这种行为，况且给他们宽限期限，大半年时间足以使他们明确党的政策，不杀人，诛心。于是，他们彼此不商量，纷纷将钱和借据交给了政府，保命要紧。也有两个胆小怕事的，深知罪孽深重，难逃罪责，怕挨枪子，连夜跳井身亡，一了百了。谁人不解其中的奥妙，借贷的百姓心里明镜似的，称赞共产党不动一刀一枪，敲山震虎，手段高明地震慑了放贷的"二地主"。聪明的老百姓这才壮起胆子，主动去申报了自己从"二地主"家的贷款数额及期限，核销了数目。英明的党和政府在整治非法盘剥、经营高利贷业务的战役中，表现出了高明的政治手腕和高端的政治智慧。

聪明反被聪明误。侥幸逃过一劫的宽展日子不好过了，整日诚惶诚恐，唯恐有朝一日政府腾出手来收拾他。聪明绝顶的宽展眼看着西京的医生和西堡子的李云儿对儿子的病束手无策，只好听从巫医的意见，给儿子冲喜。他手里有的是钱，央求英瑞老汉给儿子说媒，用两头骡子的价钱给儿子娶来山里的一位瘸腿姑娘。别看姑娘腿有残疾，生理上却没问题，没吃一天白饭，九个月光阴居然给宽展生了一个带茶壶嘴儿的孙子，让他着实高兴了好一阵，好歹算香火断不了，有盼头了。好端端的孙子长到三岁，宽展发现孙子走路姿势越来越怪，胳膊一天天消瘦下去，脸颊上的肉像被镰刀削过一样，皱纹爬满脸庞，有气无力，面貌不像个小孩，反倒像个老头儿。宽展带着孙子去咸阳看病，医院说加强营养，给孩子吃好点。

一家之主的宽展面对家里两个病人的窘境，心情烦闷。他给媳妇

第四十六章 拆毁城墙

枫林留着面子。枫林与泓顺的私情他心知肚明，但只能装聋作哑。眼见家里伤兵满营的样子，能指望谁呢？他清楚地意识到自己与泓顺主仆俩共同搭建了一个唯美而令人艳羡的糖屋子，饿的时候只要舔一舔肚子就饱了，这个屋子根本经不起风吹雨淋，经不起地震、滑坡、泥石流，更经不起强盗侵袭，只能暂时安身而已。他知道，脚下的土地正是当年的秦汉宫殿，当年的秦阿房宫是何等的奢华，一旦政权更迭，最耀眼光鲜的地方往往成为众矢之的，还不是一把火烧了。大汉天子刘彻难道不是人王一个，他建造的琼楼玉宇现在哪里去了呢？泓顺也算人精一个，他的本事在方圆几十里首屈一指，最后咋样，还不是吃了落花生命丧黄泉。他窃喜自己万幸，练就了一身隐藏的大本事，共产党没有追究他的责任，夹起尾巴做人才是明智之举，才是王道，能苟且偷生一天算一天。我倒要看看，政府能把我怎么样！

一个月后，宽展的儿子突然胸口难受，谵妄游丝，呼吸衰竭，当晚就"秋"了，年仅20岁。把他刚停到门口的厅房底下，正准备请奉礼给做一副像样的棺材，这时，宽展的孙子也翻开了白眼，平时像鸡爪一样的双手在自己的脸上伸抓，上身像雏鸡被割断了脖子一样抖动了几下，也"秋"了。父子俩的症状一模一样，如出一辙。白发人送黑发人，眨眼间，宽展的头发全白了，腰更弯，腿更软了。他与枫林一起拿着烟酒，情切切意诚诚，挨家挨户跪在村民门口请人抬"重"，把儿子送入坟茔。

两天后，一座大坟外带一座小坟出现在北城的坡地上。陡然间，宽展所有的希望像他的肩关节、膝关节同时遭受到雷击一般，齐茬碎成了齑粉。

泓顺的笔杆子、军师、智囊袋，一下子成为全村议论的焦点人物。为人如作恶，恶鬼不放过。宽展辛辛苦苦几十年，落得家破人亡。他百感交集，昼夜难眠，天亮时，竟狂癫了。村子也没人昭示他，他一个人默默地不知何时爬到了周陵上头，一把将所有的借据、抵押凭证、地契连同早已经停止使用的金圆券全部撒向空中。他向天庭大地鬼神大声喊道："完了，完了，全完了！"周陵高耸云端，默不作言，他的声音响亮而遥远。

当人们的西洋景还没看够，尚分辨不清是人是鬼，甚至还未看清

西堡子

是何方神圣在周陵上嘶鸣狂叫的时候，宽展大头朝下，重重地栽了下去，摔在当年活埋油坊伙计憨憨的地方，结束了他年仅45岁的生命，祖孙三人结伴升天了。

随着宽展的死去，惩治"二地主"的工作也告一段落。然而，西堡子并未从此消停。按照上级要求需推举村主任，管理村里事务，带领村民过上富裕的好日子。

西堡子自古派系错综复杂，楷瑞家族十几户，忠瑞家族不分家，英瑞家族十几户，景瑞家族七八户。过去所谓的"八小家"也分家了，大概二十几户，外姓人几十户，全村已经有130户人家。上级要求，大门大户不许当干部，怕抱团形成新的利益集团，建议让看城门的两个人当领导，其中曲生生当了村主任，石奋当了支书。

随着他俩离开城墙，分到油坊和云儿的好房居住，开创了几百年西堡子有门不守的先河。夜夜城门大开，极大地方便了村民的进出，村民高兴，连护城河里边的鱼虾也像吃了春药似的，无声地跳跃着，欢腾着。

新官上任三把火。两个新干部一上台，立即开会研究村里的大事。他们首先瞄准了他们把守多年的城墙，好像城墙跟他俩有深仇大恨似的。如果不把城墙拆了，将来万一世道有变，说不定他们还得回到墙头，守那冷冰冰的火炮，敲更看门，吃二遍苦受二茬罪。

其实，他俩做出这个决定绝对不是空穴来风，头脑发热，是有根据的。听说首都北京已经开始挖城墙了，况且势如破竹进展很快，到处都是豁口。西京城也蠢蠢欲动，准备拆毁城墙。他们认为城墙是封建社会的产物，禁锢人思想的魔咒就体现在城墙上，要不是西堡子的城墙固化了人们的思想，新中国成立前怎么会有那么多人为了宅基地而大打出手，怎么会弟兄分家红脖子涨脸、不共戴天，因为地方狭小不够住，必须把这个老东西彻底拆毁才行。城堡当时主要是起防卫作用，现在已经解放了，军事价值已经不大，没有继续保留的必要。排水设施被过去不断扩大的油坊阻断，容易发生危险，直接威胁着人的生命安全。

中国的天地广，外面的世界很大很精彩，小小西堡子的人目光短浅，看不长远。假如拆毁城墙，一望无际的庄稼地，可以盖多少房子，

第四十六章 拆毁城墙

批多少宅基地，弟兄们分家一人一院，怎么会像奉义一家几十口人住一个院子，像蚂蚁一样蜗居在一起。这些想法更加坚定了两位领导拆了城墙的决心，村民们从此再也不用天一黑就得回城，回来迟了谁能把咱看上两眼半？有城不守总显得领导人领导不力。

回想看门的那些年，每晚天刚擦黑，石奋就开始紧张。他在东门看见外面的人进不来，想过去开门，可是，泓顺在油坊谝闲传，一个眼色递给他，他的脚底顿时像粘上了胶一样不敢离地。他啥时候敢把村规不放在心里，真是活腻烦了。泓顺能养土匪，能武装那些伙计，给每人发一杆枪，他石奋纵使有一万个胆子，也不敢胡骚情。他每天晚上总在纠结矛盾中度过，好像有一颗大石头压在胸前：拿着西堡子的俸禄衣食，不给人家干实事，反倒成了泓顺的家奴。他恨不得把油坊这块狗皮膏药从东门上撕下来扔掉，但是，他没有那个本事。泓顺跟广顺活埋憨憨那天晚上，石奋站在城墙上亲眼看见了这一切，他不敢对任何人讲。他怕死无葬身之地，怕一不小心撞见什么不该撞见的事情，所以忍气吞声假装什么也没看见，把所见所闻烂在肚子里。如今，他终于扬眉吐气了，让人美美地舒坦两天。拆毁城墙恰似丢掉身上的枷锁，洗净凡尘，何乐而不为呢？

两个干部坚信，如果拆毁城墙，奉义会第一个站出来反对。因为，他对城墙的感情绝非一般人的想象。在奉义当保长的那些年，爱城如命，城内的一草一木在他眼里都是宝贝，要想拆墙，必须想办法把奉义支走才好。

于是，两位当家的提出，找个由头，请奉义去一趟观音山，料他一个跛子从观音山打个来回，最少得三五天，等他回来，城墙已经拆得差不多了，他想阻拦也是干瞪眼。至于由头嘛，就说是给村子找钱，看看山上有没有余钱，弥补村上的亏空。

提起观音山，奉义再熟悉不过了，八个社数他去的次数最多。他对那里的情况了如指掌，哪座庙在哪个山头坐落，哪条沟长着什么树，开什么花，哪个僧侣属于什么教派，他一清二楚。观音山不但是西堡子的大后方，也是奉义的精神所在，五常法师对他的开导、教化恍如昨日，历历在目。过去奉义当保长的时候，使命感驱使他每次到观音山，总要跟僧人一起察看房屋是否需要修缮加固，河道是否需要疏通

▶ 西堡子

维护，寺庙是否有闲人过往留宿。那时的僧侣与村庄的常驻人员恪尽职守，与八社的关系非常融洽，基本能按时将山货变现，等待年底分配，账目也清清楚楚。近年来，其他七个社跟西堡子一样，热衷于分土地，分房屋，关注自己的一亩三分地，常驻观音山的老人已经撤回来了，纯粹留下僧侣们看守公财。

奉义之所以同意两位村上领导的提议，答应去一趟观音山，出一趟公差，是奉了母亲李云儿的命令，要去看看聚会、慕容和孩子们。

第二天早晨，村上派车拉着奉义往南走去。排除了干扰，村上两个领导抓紧时间说干就干，全村的青壮年劳力被集中起来，开始拆毁巍然挺立了几百年的古城墙。世人皆知，一马平川的长安自古就是风水宝地。长安不缺人才，不缺上天眷顾，最不缺的是黄土，而这次拆城唯一的收获就是垒城的黄土。听人说北京拆城墙的目的是取上面的青砖用来铺设东西南北四条大街。可是，西堡子城墙外面没有包裹青砖，村庄道路建设是青石板铺就，那么拆毁城墙不是村长尻子有虫痒痒，就是用拆下来的黄土埋他妈呢吧？保守的老人们纳闷，城墙乖乖地矗在那儿不言不语，挡谁吃屎的路了？

曲生生在这一场拆毁城墙的运动中表现最为积极。一时间，他们搞得黄土泛滥，村民吃饭的碗里，洗脸的盆里，呼吸的鼻孔里全部是黄土，一个个像兵马俑一样灰头土脸。他们除了用黄土回填护城河外，小伙子们推来架子车、独轮车，把土给自己家拉回去，倒在猪圈垫了茅房，掺杂麦秸加固了院墙。正在他们干得热火朝天的时候，周陵所在的北巷子出现了意外，让人们吓破了胆。

北巷子自古丁稀。由于有周陵挡着北边的城墙，所以拆墙速度比其他几处慢了半拍，即使这样，北巷子的劳力还是明显不够。这一天，他们疲乏极了，聚在一起谝闲传，谁都未在意，忽然，有一条三米多长碗口粗的红色大蟒蛇朝他们几个爬了过来。几个小伙子从来没见过这蠕动的用肚子走路不怕划伤的恶心玩意儿，吓得扔下镐头拼命逃跑。那条红色美人静静地卧在城墙根，盘成紧紧的一团，像木菌一样大。这一条冷血的家伙将头从中心部位伸出来，高高扬起，口中吐出长长的红信子，异常恐怖。

小伙子们吓得拿刀杀他全家也不敢再出来挖城墙了。城墙的另外

第四十六章 拆毁城墙

几边倒是没见着蟒蛇，却被遥远的耸人传说吓得畏手畏脚。早年间，咸阳被称作鬼打城，是因为打城时锤子窝窝是朝下的，却发现一停工，第二天，窝窝又朝上了。秦朝的暴政使无数的打城人累死屈死在城墙边，朝上的锤子窝窝是无数屈死的汉子为了警示人们而发出的无声呐喊。西堡子的小伙子早听过这个传说，拆城过程中总害怕遇见蹊跷的事，挖一层朝下面看看有什么异样，小心翼翼地唯恐惊扰了哪位祖先神人，最担心锤子窝窝朝上的诡异现象出现。往往作祟的是人的内心，结果发现西堡子的城墙实实在在是一层一层一拃厚的夯土，平平展展，没有一个向上或者向下的窝窝，苍天可以作证。

北城那条红色大美人默默无闻、闭目养神，跟母鸡孵鸡娃一样，想卧个浑浑噩噩，卧个迷迷瞪瞪二十一天。眼看着别人的进度快，走在他们前列，本来就丁少的北城小伙子们坐不住了，他们事急了才知把佛念，想请西堡子的老人们出来念念经。本来就对毁城有抵触情绪的虔诚的佛教徒们这下终于逮住了机会，总算可以名正言顺给他们出气的机会，就算编也得给他们编个由头，劝他们住手。看来还是蟒蛇懂得佛陀的心啊！

西堡子那 30 多位有些名望的，比较有名望的，没有名望但年纪大没病没灾的老人们开始名正言顺地聚拢在一起，研究如何让红色大蟒蛇离开。曲生生代表村上对老人们说："城墙肯定得挖，蟒蛇不知天高地厚跑到咱这儿闹事，咱们不信那个邪。我跟石奋在城墙上看门几十年，从来没见过什么蟒蛇，连个小青蛇也没见过。你们不要害怕，念经只是走个过场，实在不行让乡上佩枪的干部给它一枪，看它还挡路不？"

"不敢，可不敢动家伙。蛇精是保护我们村子的，不可能是祸害咱的，千万不敢开枪呀！"老人们颤颤巍巍地说着，老泪纵横。

"不开枪也行，用铁锨把它铲成几段，或把硬柴点燃再浇湿，用烟把它熏死。谁弄死蟒蛇，等奉义从观音山取到钱，嘉奖犒劳。"石奋开了冷腔。

"好好，这事交给我们老人，你俩不管了，你们也趁机歇几天。"老人们支开两位领导，坐下来赶紧商量如何驱虫。

一群人在药王庙门口商量了半天，大家一致意见，敬祖先，驱鬼。

▶ **西堡子**

黄表纸拿来了，香火拿来了，敬神的五谷杂粮也拿来了，这些东西家家都有。30多位老人齐刷刷给药王跪下，请求他老人家将蛇精引走，保佑村上老少平安。老人向药王保证不再破坏西堡子的城墙，将来也不破坏周陵，如果食言，任凭药王爷处罚。楷瑞老两口见来人烧香磕头敬神，连忙躲出来，大风地里坐在沣河堰上，生怕再生事端，人们迁怒于他们。

驱虫活动在老人们虔诚的跪拜中，在诵经的嗡嗡声中，在袅袅香火中有序地展开了。从外乡来的老人也以各种理由加入到浩浩荡荡的敬神活动当中。

说来也怪，第二天早晨，北城的村民反映，红色巨蟒已经趁人晚上睡觉时悄然离开了。有人说蟒蛇肚子饥了，卧冬后出来找食吃；有人说外地蟒蛇在西堡子迷了路不知去向，在北城思考问题，蟒蛇年纪大脑子不灵活，所以待的时间长了点儿；有人说蟒蛇出洞在操场晒太阳，用它温暖的身体给洞里的蛇蛋输送热量，跟老母鸡孵小鸡一样，人家干的是正经事；有人说蟒蛇身上的温度超过40摄氏度就有生命危险，你不赶它，它自己就走了。敬佛的老人们一致认为毁城惊扰了祖先，祖先无法显灵，选派大蟒蛇给人们提个醒——停止毁城。

于是，先是北城的小伙子罢工了，后来是南城、西城、东城。这时，整个城墙已经被降低了许多，比村民自家的后院墙高不了多少，另外，在闹哄哄的祭拜中，城门的石条不翼而飞，泡钉也被人拿走了，城墙上的土炮都被卖了废铁，火药被小孩子拿去做了响炮，每人装了一书包。

这就是他们把奉义支走后干的好事，在此后的十几年里，他们还干了一系列好事。

三天后，奉义兴高采烈地从观音山回来了，然而，当他站在西堡子城外，立刻被眼前的景象吓住了。他的家乡美丽的小北京与他在中条山战场看到的惨状一模一样，到处残垣断壁，到处尘土飞扬，这哪里是名扬四海的城堡，分明是日本鬼子铁蹄肆意践踏的战场。

当奉义看到城墙被毁时，没有责问生生和石奋，而是跛着腿直接去找乡上的领导。

可爱的家乡西堡子，护城河有郁郁葱葱的芦苇荡，河里游动着欢

第四十六章 拆毁城墙

乐的小鱼虾，城门上熠熠生辉的泡钉，还有那威武的火炮，家乡的一草一木是那么让人留恋，那么让人自豪。他热爱纯朴善良的乡党，热爱他的妻儿老小，连同沉睡地下的祖宗。尽管中间离开家乡十几年，但是，游子心里对西堡子浓浓的留恋之情无人能体味。过去，泓顺开油坊随便在城门挖洞，惊动了四邻老乡，那么多德高望重的乡亲到乡上去反映，去阻止，为啥？乡情。他们对西堡子怀着割舍不掉的情怀，其中包括对城墙的依恋与热爱。盼星星，盼月亮，终于熬到解放了，奉义判断开明的政府绝对不会允许任何人以任何理由毁坏他们祖宗留下来的宝贝。当年他被乡亲们推选为保长，谁不知道泓顺的歹毒，谁不清楚泓顺的势力有多大，只要乡亲们相信他、信任他，他义无反顾、无怨无悔为家乡父老办事，敢向恶人叫板，敢向霸王挑战。

如今，西堡子的当家人决定要毁掉西堡子，怎么会这样呢？共产党能枪毙泓顺，该有多大的勇气？他们不怕泓顺家族其他人报复吗，肯定怕。但为什么还坚持除掉恶霸，因为共产党是人民的政府，人民还是占绝大多数的，恶霸只有那么几个。那么，政府都能把恶霸处决了，一定会保护人民的意愿，人民的利益，西堡子城墙就是人民的利益，毁城就是摧毁人民的利益，我相信政府不会支持村上那两个当家人的决定。

不知不觉，奉义走到了乡政府的门前。接待他的是一位嘴上没毛的小伙子。得知奉义询问西堡子拆城墙之事，小伙子嘿嘿一笑："伯，我早听过你的名号。今天我接待你们村三拨人了，上两拨人比你年纪都大，他们是哭着来的，你是跛着来的。你们村子拆城墙一事，我们上过会，同意你们村拆掉城墙。现在解放了，土匪被消灭了，要城墙干啥？你们村人多地少，拆了城墙对村民有好处。你也在西京混了多年，是有见识的能人。西京城墙500多岁了，是明朝建的，比你们村城墙年龄还大，省政府已经同意拆了，用拆下来的砖铺路，你不知道吗？我们明确告诉你，下一步，祖坟也得收归政府，分地给大家，祖宗占那么多的地干啥？活人都没地种，他们死了又不吃粮食，平整了坟地为活人谋福祉。你家的祖坟占了那么大的一片地，政府都知情，到时候，希望你能支持政府的决定。"小伙子一边说，一边抽着纸烟。

小伙子咽了一口唾沫，没等奉义开口，又抢着说道："听说你在新

455

▶ 西堡子

中国成立前当过六、七保的保长，尽管是民国政府的干部，也应当理解新政府，帮政府才对。外地的保长不同程度地接受了政府的审判，咱这里已经对你格外开恩了，你不要不识好歹。"听罢小伙一席话，奉义不由得打了一个寒战。心想，接受批斗？我干了啥伤天害理违法乱纪的事了，让你们批斗？我在沣河边弄事，在中条山打鬼子的时候，还不知道你在谁的腿上睡觉呢！你个蕞卒娃知道个啥，你家没祖坟，你是石头缝里蹦出来的吗？有本事把你爷挖出来扔到沣河喂鱼鳖才算真本事。看来，巍然挺立了几百年的城墙要毁在石奋他们手上了。

从乡政府出来，奉义瘸腿走在乡间的大路上，想，西堡子不是我一个人的，为什么我缠绕在心中对西堡子的眷顾之情挥之不去呢？咱到底是个弄啥的，平白无故叫蕞娃糟蹋、抢白了一回。唉，你们审判我吧，你们带上枪到桃园来抓我吧！

碰了一鼻子灰的奉义索然无味地回到了西堡子。一仗打败了，准备下一仗，他拄着拐棍回家与母亲李云儿商量护城的大事。奉义与母亲李云儿如此这般地一番耳语之后，各自安寝。

第二天早晨，西堡子的壮劳力又拿着铁锨和镢头上了城墙，开始刨土，一会儿工夫，城墙脚下尘土飞扬，烟雾弥漫。奉义喝完母亲的清肠茶，提着拐棍往南城墙走去。他从已经拆了一半的马道艰难地走上去，对着大家吼道："你们不要拆了，这是犯罪，羞先人呢！赶紧回家吧，等我弄回来钱还要重新修城呢。"这帮唯石奋和曲生生马首是瞻的小伙子，见奉义大呼小叫，也顾不得理他，只顾低头干活。奉义见大家不听他的，便上去抢夺他们手上的镢头。小伙子们心里着急，只想着赶进度，早日完工，不想与奉义拉扯。没想到奉义越来越精神，用他们拆下来的胡基打人，像疯子一样。小伙子仍旧不理他，拼命躲闪。打着打着，就不见了奉义的影子。

原来，他趁着人家无心恋战，慢慢地走下坡道，躺在地上，任凭他们用尘土掩埋他。不知道过了多久，碰巧路过的英瑞发现了被埋在土里的奉义。老汉惊慌失措地从坡道跑上去，夺过其中一个人的铁锨一顿乱打，并愤怒地说："我叫你拆！你们把我侄娃子奉义都埋了，还在这儿拆呢？"一辈子没骂过人的老汉真的气急了。

城墙下很快传来李云儿的尖叫："快来人呀，拆城的活埋人了！"

第四十六章 拆毁城墙

她比计划的时间还是晚到了一刻钟。

听见喊声，村民们七手八脚地把奉义从土里刨了出来。英瑞气得破口大骂："奉义要有个三长两短，我跟你们没完！狗日的吃屎喝尿，就知道挣钱！"

被人从土里挖出来的奉义已经奄奄一息，口唇和脸色铁青，双腿被砸得稀巴烂，被紧急送往斗门医院。

太平年间，医生何时见过这样的活死人，连忙抢救，救人要紧。西堡子的当家人听说南城墙下出了人命，连颠带跑到医院看望奉义。石奋和曲生生俩人轮流在医院陪伴尚在危险期的马疯子奉义。

第二天，刚刚苏醒的奉义和同在医院陪病人的石奋收到了斗门法庭送来的起诉状副本。案由是打架斗殴，毁坏文物，限他们按时到庭接受审讯。

一时间，斗门街道人们议论纷纷，好家伙，为了拆城墙都闹出人命来了，这还了得？不听村主任的话就活埋，这是新社会，谁胆大包天敢草菅人命，真是活匝烦了。

一切都在掌控之中。趁着奉义熟睡的空隙，母亲李云儿来到石婆、石爷像跟前，磕头许愿。求神保佑儿子平安，保佑城堡恢复安宁。据悉，她来斗门告状之前，村上已经知趣地停止了拆城墙。

两天后的一个早晨，一辆吉普车气势汹汹地开进了西堡子。一件轰动全区的案子将在法官的主持下以巡回审理的方式开庭。法庭就设在王玉婷家的后院——村上办公的地方。

然而，等大难不死的奉义走进这个简易的法庭，却发现端坐在八仙桌前面的人非常面熟，那人头发花白，表情严肃，一副威严的样子。是的，他不是别人，正是他在中条山的上司，灞桥的老乡，如今的副省长孙蔚如将军。奉义转过头来，发现坐在原告席中的不是村上德高望重的英瑞，也不是地主富农，而是自己的亲娘李云儿。

被告席上的奉义、石奋和曲生生诚惶诚恐，李云儿却头扬得高高的，端坐在小板凳上，静静地等待案件的审理。其实，不需要审理，秃子头上的虱子明摆着。奉义也顾不得法庭的什么纪律，一个箭步跨过去，规规矩矩地给孙副省长敬了一个军礼。孙副省长径直迎上来，握着奉义那双善于打仗与做饭的手说："你吃苦了！"

西堡子

孙副省长示意奉义坐下，说："听说你们这个闻名遐迩的村子出了一桩奇案，我特意过来看看。你们审你们的，我只旁听。"

"没想到省长莅临我们村，实在是欢迎欢迎。"曲生生显然已经无话可说了，况且还在被告席上坐着。

有副省长在场助威，法官自然腰杆挺得硬，猛地站起来，啪的一声，一只手掌掸掉八仙桌上的灰尘，说："曲生生、石奋，你俩站起来！谁给你们这么大的胆子挖城墙，嗯？"

石奋心里不服气，小声嘀咕道："北京不是已经拆得差不多了嘛！"

"北京拆了，你就敢拆？天津解放前都拆了，你咋不拆呢？我告诉你，北京已经后悔了。你们近的不学，学远的？"

"近的？"石奋疑惑地问道。

孙副省长接过话茬说："西堡子，多好的地方，叫你们糟蹋成啥了？你们咋跑得这么快呢？尽管拆除西京城城墙的呼声紧，也比你们的步子迈得轻啊！"

"我们想着这是封建的东西，留着没用。"

"我看你们是急功近利，还专门把奉义支走，你们干的叫啥事嘛！"孙副省长说着握起了拳头。他咽了一口唾沫继续说道："你们知道奉义是谁，他是抗战的大英雄，视死如归的斗士。他没死在日本鬼子和土匪恶霸的手上，却差点儿被你们这些乡党活埋了，这真是天大的笑话。昨天镇上打电话给我汇报这个案子，不是我说你们，西堡子，你们的胆子也太大了！"

石奋他们低头不语，洗耳恭听领导的教导。

李云儿说："多亏我发现得及时，要不然，就惹下人命了！"

法官说："你俩要好好反省，以后遇事要多动脑子，不敢乱来。"

石奋连忙说："好好好，有事及时请示上级。"

孙副省长从长条凳上站起来，抿了一口水，继续说道："我今天来，还有一件喜事要告诉大家。你们有所不知，前一阵，西京城许多人想毁城，消息传到了北京。现任的国务院副总理习仲勋是咱们富平走出去的干部，对西京有着深厚的感情。他听说咱们西京有一群人要效仿北京的做法拆毁城墙取砖，非常生气，立刻打电话给文化部，说北京城墙保不住了，得赶快把西京城墙保下来。文化部连夜赶出了一

◎ 第四十六章　拆毁城墙

份关于西京城墙的资料递到国务院。前两天，咱们省上收到了《国务院关于保护西京城墙的通知》，通知附着文化部关于建议保护西京城墙的报告。"说着，孙副省长将报告交给奉义，让他大声念。

奉义摸摸尚在疼痛的双腿，慢慢地站了起来，颤巍巍地接过文件念了起来："据我部了解，西京城墙具有悠久的历史，宋、金、元各代均因隋唐旧城故址筑城，建筑雄伟，规模宏大，是我国现存保存最完整而规模较大的一座封建社会城市的城墙，也是研究封建社会城市规划、军事历史的实物例证和研究古代建筑工程、建筑艺术的重要参考资料。据了解，西京城墙处在都市规划中，不妨碍工业建设的发展。因此，我部认为应该保存，并加以保护。"

念完文件，奉义不解地问道："这事都惊动国务院了？"

"是呀，惊动了国务院。西京市政府根据国务院的文件精神，发布了一个关于即日起严禁拆取城墙砖、挖取城墙土以及其他破坏城墙的行为的通知，及时制止了一伙想拆毁明城墙的激进分子的莽撞行为，为我们留下极为珍贵的完整的古城墙。"说到这里，他长长地出了一口气。他环顾一周，眼睛盯着奉义，深情地说："在这一场捍卫城墙的保卫战中，身在西京的文化界、考古界人士功不可没，使命悬一线的西京城墙才躲过一劫。这些文化名流像你一样，个个都是热血青年，以保卫古城墙为己任，不惜牺牲身家性命，像当年中条山勇跳黄河的汉子一样，人人是英雄。"

"我想当年我们打仗为了啥，还不是为了保卫咱的家园。家园是啥，我认为就是城墙、古迹、文物和家里的东西。我们的宝贝不让他们破坏，为啥要自己亲手毁灭呢？我们的好东西再也经不起毁坏了呀！总得给后代留下点儿什么。"奉义说罢，难过地低下了头。

"还是我们陕西人念旧呀！不过，奉义，打仗靠勇敢，治理国家要靠智慧呢。"

"首长，我错了。"

"你没错，亏你拼死阻挡，否则，好端端的一个小北京西堡子就让他们毁完了。你呀，还是当年那个有血性的汉子。"说着，军人出身的孙副省长转身对村上的两位领导说："你们要尽快恢复城墙原来的模样，它是文物，是你们村子的宝贝，不能毁损！"

西堡子

性格直爽的陕西大汉孙蔚如副省长说着就拉起奉义的胳膊，要去昆明池查勘城市供水设施，因为他早就知道奉义是这方面的行家，也不管法庭不法庭、结案不结案了。

石奋和曲生生俩人有眼不识金镶玉，没想到自己在西堡子放了个屁却在省政府砸了个大坑，惊动了地方最大的父母官。

奉义见状，灵机一动说："省长，今天既然你来我们斗门了，咱们顺便去看看昆明池边的石婆、石爷像，我请你吃臊子面。"说着，上了领导的吉普车。聪明的奉义给村上的领导解了围，缓和了气氛。

曲生生、石奋两位小领导前几天还陶醉在拆除城墙取得的阶段性胜利之中，却不料被李云儿告了一状，意外地听到不许拆墙的禁令，两颗心似乎又跌落到万丈深渊，嗖地一下又提到嗓子眼上。好家伙，听省长的口气好像城墙不用拆毁还要拨款保护维修，省上还成立了什么城墙保护委员会，谁知道啥时候政府想起来还会追究拆毁城墙发令者的责任，到那时，他俩脖颈上吃饭的家伙还能不能保住？

孙副省长走后，奉义深切地体味到县官不如现管，他在村子的日子并不好过。头上还缠着白布的他，刚从东门进城，就碰见村上的当家人。石奋轻蔑地说："你娘们俩一唱一和又是装死，又是告状的，好汉呀！旧社会你家为庄基地跟泓顺又是打官司，又是招土匪的，我现在想拆城墙，让你家宽展宽展，你咋专门跟我们作对呢？"

秀才遇见兵有理说不清。奉义索性脱了鞋，坐在地上说道："我跟你作对？是这，你俩有兴趣，我打算今黑不睡觉了，给你说道说道这事。"曲生生见奉义拉开了摆龙门阵的架势，连忙摆手道："算了，算了，我知道你是保长，是抗战的大英雄，有人给你撑腰，能通天，我服了你了！"说完，准备走人。

"你俩不想听拆城这事，我还得给你们说说观音山的事。"奉义仍旧摆出讲故事的架势。他们俩又折了回来，蔫蔫地说道："你说吧。"

"咱的观音山现在已经被政府没收了，分给了当地的山民。他们春上已经播种了蔬菜，一块一块的，看得很紧。僧侣们早已离开寺庙，不知跑到哪儿去了，只见大门紧锁。公中的房屋还在，泥爷像也在，但是，金身观音佛像只剩下一个底座。我到山上时一个落脚的地方也没有，只好在山民家里住了两天。那七个社管事的，都脚底抹油，去

第四十六章 拆毁城墙

年冬天就开溜了。现在这个季节,山上的核桃还是青皮,梨树、苹果树已经挂果,结了不少,看来我们无福享受了……"

未等奉义说完,石奋摆了摆手,说道:"如此说来,西堡子的钱袋子从今往后被踢踏了?"

"是的,丢了。"

"也罢,观音山天高皇帝远的,我们鞭长莫及,丢了也罢!"

至此,一切关于观音山金山、银山的神话和传奇画上了句号,在他们这一届任上。

事后,睿智的李云儿从奉义口中得知,他去观音山之前,抽空去了一趟慕容家,探望了他久未走动的妹子。

那天,他从观音山下来,不甘心空手而归,顺着秦岭北麓往西走,顺便买了两只知了笼子。西京城里有钱人遛鸟,他要个性遛知了,也算消遣。他未进其门,先闻其声:"勿自暴,勿自弃,生与贤,可训致。"奉义感叹,聚会给七岁大的女儿教《训蒙文》,没忘记祖上的家训,不愧为西堡子的根苗,即使跑得再远,也胸怀仁爱。不过,相对于西堡子孩子的早教而言,也不算太早。李云儿的子孙是从四五岁即开始学习礼数,学习接人待物的。

奉义一进门就看见慕容在院子洒水,聚会一字一板教女儿学习,安静祥和的家庭氛围。聚会近年的生意一年不如一年,喝茶的人少了,店里的伙计也回了陕南,他的茶叶生意去年冬天散了摊子。事实上,经商的事情绝非他一家住了手,其他商事在附近也已绝迹。破旧土坯房的山墙根,倚靠着拆下来的茶叶店的门板,经过风吹雨淋已经腐蚀得一塌糊涂,估计塞进锅底下也不会闪烁出多大的火焰。如今的慕容带着两个孩子耕种贫瘠的两亩薄地,聚会又重新拾起原来的染布手艺,只是苦于没有地方,只好卖一点儿染料,贴补油盐酱醋零用而已,日子过得大不如前。见奉义独自一人来到山脚下的破屋,慕容眼前一亮,连忙招呼女儿过来见过二舅。聚会递过来旱烟袋,对奉义说道:"二哥,让你见笑了,日子过不到人前,亲戚几年也不走动,娃娃还认不得他舅呢。哦,上次见你她还未出月呢!"

"看你说的,咋能是亲戚,咱同根同源,是一家人。从今往后,娃们不能把我叫舅了,得叫伯才行。当年,祖上把你爷送给人,别人不

西堡子

知道，我们长门是清楚的。这次我来，就是我妈派我来的，问你们过得咋样，需不需要周济。"说着，把知了笼子递给俩孩子把玩，腾出手从怀里摸索了半天，摸出俩五毛钱纸币。慕容左挡右挡，挡不住，嘴里不停地说着："哥，不给他们，小娃要钱干啥，把娃娇惯了。"

聚会双手递给奉义一碗清茶，说道："二哥，娶了慕容已经是我聚会的造化，咋敢奢望攀高枝，与弟兄们比肩。山跟前土地贫瘠不假，可是人老实本分好相处，你回去告诉娘，让她放心。等女子再大些，给儿子娶了媳妇，就回去看她老人家。"

"只要娃们好着，我妈就放心了。"

"姑娘出生时受到惊吓，每到晚上总是哭闹不止。后来，听观音山一僧人说，要将娃送到佛祖跟前，可免魑魅魍魉祸害。于是，我每年三月十五带她去观音山朝拜，选定一根柱子，把娃领在佛前，祈求佛祖保佑她平安成长，聪明上进，将来光宗耀祖。"

"还是你有心。西堡子的后人现在有谁还记得佛祖，他们只管眼前，谁在意来世？心里、眼里没有佛的位置。观音山偌大的家当让人毁了，四尊金佛不知去向，无人问津。几个大殿尘土能写字，庭前树叶能盖住脚面，无人打扫。再用不了几年，我看房倒屋塌，桥断路毁，山泉漫流，野兽出没，观音山将成为穷山恶水、荒蛮之地。照这样下去，再过几十年，谁还晓得观音是男的、女的，连西堡子的人也会忘却祖先曾经的艰苦置地、辛勤经营，这一段酸甜苦辣终将淹没在历史浩瀚的长河里。"

"二哥，你放心，不会的。只要我还在这儿居住，三十年河东三十年河西，只要国家允许我继续做生意，只要咱们弟兄不死，有朝一日，观音山还是我们的，我们还会为佛祖重塑金身，庙堂比以前更宏伟，更漂亮，香火更旺盛。古长安自唐以来，有敬佛护佛的传统，将来的西堡子人一定会体体面面地再要回观音山，一定！"

"但愿有这一天。只是，祖先的一腔热血铸就的那些大殿毁在我辈手里，把金佛弄丢了，羞死人了。将来，我们作了古，咋给先人汇报呢？"奉义真心地替观音山曾经的辉煌盛景叫屈。

"二哥，过去做茶叶生意的朋友经常路过我这儿，我让他们打听打听，也许能打听到金佛的下落。你在西京也有些朋友，从上面了解一

第四十六章 拆毁城墙

下,看谁知道金佛被啥人请走了。"

"是的,我们得把金佛找回来。"

奉义就这样与聚会、慕容一家在山下道别。

巍然屹立几百年的西堡子城墙,尽管停止了拆除的莽撞行为,遗憾的是在一帮外来客的算计下,变成了永不可复的一隅荒垣,在那里矗着,分外丧眼。

第四十七章 平　陵

　　西堡子只不过一个弹丸之地，在豪迈威武的城墙变成废墟之后，村民再也无人对外介绍说，我们堡子如何如何，最多介绍说"我们村"怎样怎样。此时，他们的自豪感荡然无存，闲暇时只好远远地望着咸阳的周陵，怀思古之悠情，感现实之冷漠。自从1934年10月，蒋介石、宋美龄、张学良、杨虎城等祭周以后，周陵再也无人问津。五陵塬上一字排开的八百多座帝王陵寝荒芜了，文王、武王都被晾在一边，谁还指望留在渭河南岸周文王九子的陵墓传承些什么呢？用曲生生的话说："三千多年前的陵寝，睡在里面的祖宗浑然不知世事，不会体味人与地的矛盾，枉占了一大块土地。尽早给活人腾出地方，方不失先人的大贤大德。"石奋在村庄骂了周陵几天后，说冢疙瘩里是个假陵，里面根本什么都没有。聪明的愚钝的村民们这时知道西堡子的周陵该寿终正寝了。

　　果然不出所料，一周后村上做出了平陵的决定，并且得到了上边的批准。工作一贯走在各村镇前边的西堡子这次又冲在了运动的前边，与泓顺当年在西堡子外面盖油坊时的情况一模一样，动作快，干劲大。平陵的伟大功绩在于以更加优异的政绩跑步加入人民公社，曲生生和石奋心照不宣，热血膨胀，对于他俩急切的心情，村民只是从语言和肢体动作上判断猜测。在领导看来，群众的觉悟永远没有他俩高。有了上一次拆城墙被上级批评的惨痛教训，两个领导害怕这一次平陵事件半路杀出个程咬金，于是，他们提前召开了群众动员大会。

　　午后的一天早上，曲生生站在北城的残垣上，双手插在腰上，声如洪钟，发表了重要讲话。他讲话的大致意思是，上级知道我们村子有一座远近闻名的周陵，而我们村人的思想落后，封建迷信活动猖獗，

◎ 第四十七章 平　陵

必须坚决铲除周陵，平整了土地，交给集体使用。旧社会保上各项任务靠钱，时代变了，现在靠双手，靠劳动，西堡子剥削山里人的时代一去不复返了，村民们再也不要做不靠山而吃山的梦了！

眼睁睁领教了上次毁墙遇蟒的蹊跷事件之后，这次平冢陵报名的人数明显减少了。不过，工程比拆城墙容易，至少不用拆除建筑设施，操作简单易行，这是他们暗自庆幸的。两位党政领导欣喜地看见群众的觉悟普遍提高了，报名人数很快超过了20个，考虑可以甩开膀子干了。村上决定每人每天补助五毛钱，每家出一个劳力。自古钱对人的吸引力比行政命令管用。五毛钱可不是一个小数目，可以买两碗羊肉泡馍，一包烟丝，这对于农闲没事干的小伙子来说，权当散心，省得一天到晚在家听媳妇唠叨，嘟囔嫌弃他们窝在家里不挣钱，落得耳根子清净。

说起来容易做起来难。看似平常的周陵，等到小伙子们动手平整时，才发现老虎吃天无处下爪。小伙子们像猴娃似的，好不容易爬上周陵的顶部，发现到处杂草丛生，互相牵连，互相拉扯，老鼠洞、蛇洞比比皆是，险象环生，人根本无法迈步。令人称奇的是在中间的一块地上，居然长出了一棵歪脖子柏树。柏树与宏伟的周陵相比显得非常渺小，定然是鸟儿的杰作，而非人的功劳。

传说当年葬埋周文王九子时，方圆几百里的老乡，尤其是那些小脚老婆，不怕舟车劳顿，用围腰撩上自己家乡的泥土，汇聚在这里，在陵墓上撒下心愿，撒下祝福。泥土在老乡心中是神圣的，是洁净的，是最能表现思古情怀的。自古帝王选择百年安身之处非常讲究，至少得看过风水。皇子也一样。西堡子的周陵代表着先民的精神与信仰，代表着曾经的文明与辉煌，向人们诉说着周的开明有序，周的情感思想。没有周陵的护佑，哪来城堡的繁荣与安定？没有周陵的优质风水，哪来后人的福祉安宁？这或许就是天意，是神的旨意。

奉义无法阻挡小伙子们平陵，自己又是个跛子，他只好待在家里阅读从英瑞家借来的书籍。晚上没事，那伙吃不饱、干不乏的汉子们跑到奉义家来，缠着他让讲故事。奉义说，我不讲，过去的故事看多了，人就呆了。小伙子们说，你不讲古代的，就讲一个现代的，讲西京的闲闻趣事也行，讲妓女懒汉也好。恰逢这时上级要求每一个公社

▶ 西堡子

要出一个李白、一个鲁迅、一个聂耳,小伙子们认为村上的英瑞上了年纪,只有见多识广的奉义堪当重任,就凑哄着让他讲故事,说这样才不负众望,不枉担了虚名。

反正闲着也是闲着,醒着也是醒着,奉义张口说道:"话说有一天,汉文帝出巡经过长安城北的中渭桥,有个人突然从桥下跑了出来,使皇帝驾辕的马受了惊。于是,皇帝命令骑士捉住这个人,交给了廷尉张释之。张释之立即审讯了那个人。那人说:我是长安县的乡下人,听到了清道禁止人通行的命令,就躲在桥下。过了好久,以为皇帝的队伍已经过去了,就从桥下出来,一下子看见了皇帝的车队,才赶紧撒腿就跑。"

奉义环顾四周,见大家没反应,继续说道:"廷尉向皇帝报告说他触犯了清道的禁令,应处以罚金。汉文帝一听,发怒道:'这个人惊了我的马,多亏我的马驯良温和,假如是别的马,说不定就摔伤了我,你怎么才判处他罚金?太轻了。'廷尉说:'法律是天子和天下人应该共同遵守的。法律就这样规定的,我们假如加重处罚他,法律就不能取信于民。皇上,如果当时您让人立刻杀了他也就罢了,现在既然把这个人交给廷尉府,廷尉是天下公正执法的带头人,稍一偏失,天下执法者都会任意裁判,丧失法律的公允性,老百姓岂不手足无措?愿陛下明察。'后来,皇帝想通了,才说:'廷尉的判处是正确的。'"

小伙子们半天也没听出平陵与扰马有什么关系,生长于此地的大姑娘、小媳妇从小耳朵灌的净是才子佳人、宫廷斗争、政权更迭的琐事,便不解地问道:"你说的这个故事,除了汉文帝坐长安,事件发生在长安外,跟我们有啥关系?"还有人说:"不听不听,我们觉得奸臣害忠良、妖婆子害先房、姑娘招相公、私订终身后花园、赠银赴考状元郎的故事好听,给人宽心,教人开眼界受启发,你讲得不好。"

"说你们草莽还不承认?慢慢听我给你谝。"奉义抿一口凉开水,润了一下嗓子,继续说:"后来,有人偷了高祖庙神座前的玉环,被抓到了,文帝发怒,又交给廷尉治罪。张释之按法律规定的偷盗宗庙服饰器具之罪奏报了皇帝,判处那人死刑。皇帝勃然大怒说:这人胡作非为,无法无天,竟偷盗先帝庙中的器物,我交给廷尉审理的目的,想要给他灭族的惩处,而你却一味按照法律条文把惩处意见报告给我,

◎ 第四十七章　平　陵

这不是我恭敬奉泽宗庙的本意啊！张释之脱帽叩头谢罪说：'依照法律这样处罚已经足够了。况且在罪名相同时，也要区别犯罪程度的轻重不同。现在他偷盗祖庙的器物就要处以灭族之罪，万一有愚蠢的人挖长陵一抔土，陛下用什么刑罚惩处他呢？'过了一些时候，汉文帝和薄太后谈论起了这件事，听薄太后劝告才同意了廷尉的判决。当时，中尉条侯周亚夫与梁国国相山都侯王恬开见张释之执法论事公正，就和他结为亲密的朋友。张释之由此得到天下人的称赞。"

奉义绕了一个大圈，讲了一车皮的远话，小伙子这才明白，平陵这事放在汉朝不但是死罪，还是灭九族的大罪，怪不得周陵静静地在西堡子存在了几千年，他们心里有一怕呀！然而，奉义讲的事情发生在古代，现在谁管古人那些五马长枪的破事，村主任叫咋干就咋干。这里天高皇帝远，谁还在意平陵犯不犯法的事。不过，对于爱家乡、爱祖宗、爱故土的小伙子们来说，没人拿枪逼着他们拆城墙、毁周陵，五毛钱算不得什么，损阴德的事情当真不敢干了。

第二天，爬上周陵的人果真少了几个。但是，西堡子的两个当家人瞄准周陵那一片宝贝疙瘩不是一天两天了，偌大的一块冢陵，不说彻底平掉，即使在半山起一个平，垫上好土，绝对可以种出庄稼来。如果事情像他俩想象的那样就好了。

正在他俩陶醉在幸福的想象中，做着开疆拓土的美梦的时候，短短两天村上连续死了两个壮汉。平时闷声不语的小伙子正吃饭，见绑腿带子松了，欲系，刚一低头就死了。北巷另一个小伙早晨起来扫院子，一头栽倒下去，当即停止了呼吸，没有给家人留下半句遗言。正当人们站在街道议论这两桩怪事的时候，第三个壮汉又死了，而且更加蹊跷。太阳下山时，他肩上扛着铁锨，铁锨上吊着一担笼青草，一面走一边哼唱秦腔"刘彦昌哭得两泪汪……"走着走着倒地而亡，做了夕阳的殉葬品，自己把自己哭死了。

就这样，小小的西堡子七天死了五个壮小伙子，一天到晚龟兹吹得没完没了，家人哭得呼天抢地，白发人送黑发人，老人们伤心得不能自抑，比当年虎烈拉对人的打击有过之而无不及。来不及思考，来不及查找原因，更来不及总结是是非非，整个村庄陷入莫大的悲痛之中，恐惧笼罩着这座小小的村庄。从古至今，人们从来都是关心老弱

西堡子

病残与孕妇儿童的，没想到小伙子的身体霎时成为人们关注的对象。家家叮咛儿子出门当心，不要在外边喝水吃饭，不要串门，不要在外过夜。弄得小伙子出门跟生离死别似的，胆小的直接大门不出二门不迈了。妇孺们倾巢而出，为的是代替年轻人干重活。

平白无故死人只是序曲，更骇人的大戏在村子粉墨登场了。据许多走夜路的人反映，周陵东面的乱坟堆每到夜深人静的时候，从地下传来乒乒乓乓、丁零哐啷的金属碰撞声，从那里路过的人吓得毛骨悚然。此时，适逢西堡子一年一度的隆重节日——过会，恐惧在更大的范围、更广的人群中传播开来。一传十，十传百，弄得人心惶惶。爱出风头不怕死、不信邪的那些男人三五成群趁着夜色去听动静，煞有介事地实地查看传言是否是真。百闻不如一见，是酸是甜尝尝就知道了。那些吃了熊心豹子胆的男人，站在周陵背后，果真听到了从遥远的地下传来的古怪声音，一个个吓得拔腿就跑，发誓再不动陵上一抔土、一根毛草。

历史总在关键的节点跃上老人们的嘴边。天一黑，老人们就给后生晚辈讲起尘封的历史故事。西堡子本来就不是什么沧海桑田，也不是什么蛮荒之地，而是秦朝的阿房宫，汉朝的上林苑，唐朝的御花园。国都东移，到了宋代，它变成了皇宫的养马场，几十万军马寄养于此，是何等的重要，何等的壮观，相当于现在解放军的总后勤部。兵马未动粮草先行，战争胜负绝对取决于装备辎重。所以，各村镇都以马、王、官、房、坊、务命名，一直沿用至今。在村民们的脚下，埋葬着祖先浩若繁星的辉煌与梦想，埋藏着先民治国安邦的宝藏与秘密。周陵后边那些动静估计是祖先制造出来的，向我们宣示它的璀璨与荣耀，让现代人了解它、重视它。除此而外，祖先还能做些什么呢？

不管咋样，人不能不白不明地死亡了。怎样防患于未然呢？

有病乱投医，村民猛然想到城墙外面的药王庙。莫不是观音山的神仙们无处藏身，回到了西堡子，跟药王挤在一座庙里？莫不是我们挖这儿挖那儿惊扰了地下的祖宗？连药王也置村民的生命于不顾，不再履职，空坐庙堂？有人建议既然药王不发挥作用，还不如拆了药王庙。村上那两个一把手也许被眼前的恐怖景象吓破了胆，再不敢下令毁坏老物件了。

◎ 第四十七章　平　陵

　　说到药王庙，两个领导才想起被枪毙了好几年的泓顺的父母楷瑞老两口。听说这些年，楷瑞老两口住在庙里并不孤单，他们的宝贝儿子泓顺根本就没有离开过药王庙半步，每天晚上按时回到家里与父母说话，鸡叫三遍才离开，日复一日年复一年。楷瑞是长门，忠瑞也是长门，要想打开药王庙的大门，自然得依靠忠瑞的老婆李云儿和她的儿子们。活人与死人同居一隅，要是没有胆量，肯定打不开药王庙的金锁。

　　石奋纳闷，泓顺被枪毙几年了，楷瑞老汉住进药王庙，该不是把啥不干净的东西带进去了？这两个棺材瓢子一辈子尽管算不上村子里知名的大善人，可也没干啥坏事。那个被枪毙的恶霸地主泓顺是他们的儿子不假，那也不是他俩的错呀！况且，儿子作恶，老人拿他有啥办法？石奋带着他那副天然的狰狞面目进了李云儿的家门，让同他们一起去药王庙进香。村子的领导大白天想去庙里烧香磕头，真是贻笑大方，李云儿和奉义当场回绝了他的邀请。

　　吃了闭门羹的石奋跟曲生生掸掉身上的灰尘，将谁家吃饭用的地桌反过来，做成一顶"低轿"，带领村上的小伙子顺利地请出了日暮西山的楷瑞老两口。

　　两个当家人在夜幕降临的那一天晚上，腾出空地，把爷像前整理利落，铺上蒲团垫子，仔细将爷像上面的灰尘掸干净，端端地将宋朝时期传下来的琉璃香炉擦拭鲜亮，给里边填充了半生的小米，双手十指夹住点燃的香火，举过眉心，插进香炉，虔诚地跪下去，给药王磕了若干个响头。偷偷做完这些事情的石奋他们，从庙里出来，浑身鸡皮疙瘩骤起，吓出一身的冷汗。我的婶娘呀，阴森恐怖，庙里的杀气太重了！

　　得知村上领导都去了药王庙，一辈子只知道祭拜菩萨庙、马王庙的婆子们也顾不得什么忌讳，集中来到药王庙，嘴里念念有词，开始跪拜药王的神灵。一连十几天，药王庙的香火不断，院子里人来人往，闹得楷瑞老两口无处安身。恰好楷瑞老婆也是吃素的，客人似的陪着在庙外没完没了地磕头、烧香，膝盖都磨出了血。她对药王诉说心事，诉说几十年嫁到西堡子的恩恩怨怨、是是非非，泪珠滚过她苍老绝望的脸颊，从下巴滴落到肮脏不堪的尘埃里。

▶ **西堡子**

冥冥中，教徒非教徒们的真情也许真的感天动地。三天过去了，一周过去了，十天过去了，阵发性死人的事情再也没有发生，而平陵工程也成为半拉子烂尾工程，再也无人问津。有心人仔细丈量过，小伙子们整整让周陵的高度降低了一丈多！

其实，他们稍稍再往下挖不到三尺夯土，就是一筐一筐的铜钱，整车整车的宝贝，只是这两个领导无福看上一眼并消受罢了。

何出此言？20年后，又一次的平陵运动打着开门办学的旗号，轰轰烈烈地再次展开了。唯一的区别是这一次的主力军不是青年突击队，不是红卫兵，而是小学生，而且是在校长的带领下干的。为了引起人们的重视，校长亲自制作了几面红旗，挂在学校的操场旁边，分外醒目。几十个十一二岁的小学高年级学生冒着严寒，用镢头刨开了坚硬的夯土层，用坡道把土运下来，堆积在操场。三个月的时间，把冢陵的高度整整降低了六尺，覆土后成功地种上了麦子和沙参。可能有人要问校长的胆子从哪儿来的？因为政绩观和利益驱动，加上那时的周陵正好是小学的后院墙，开凿起来就如挖他家猪圈一样方便，而他自己并不是西堡子的村民，整个学校的老师全部是公办的，所以，毁陵无人敢阻拦。

有了第二次的成功平陵，村民壮起胆子，像蚕吃桑叶一般，把偌大的一个周陵折腾得剩下不到两个麦秸垛子那么大，孤零零地矗在那里。从周陵挖出来的每一块瓦片上，人们认识了祖先的文字，祖先的忠诚，祖先的无奈。从每一粒挖出的种子上，人们了解了祖先的稼穑之道，感受到生命的重量，岁月的短长。如果周文王地下有知，不知道会不会召集跨代的张释之升堂问案，该用什么刑罚惩治这群只知道喂嘴不知道敬畏的家伙。这是后话。

城墙拆了一半停了下来，周陵平了一半停了下来，这时，假如有陌生人进入西堡子，一定会倍觉诧异，杨虎城、孙蔚如、赵寿山将军是怎么搞的，什么时候让日本鬼子的铁蹄过了黄河，随意践踏十三朝古都西边的这块风水宝地，弄得到处残垣断壁。原先青石板铺就的道路上尘土飞扬，清凌凌的护城河变成一段一段的涝池，再也不见一尾鱼虾的影子。放眼望去，古城堡面目全非。站在村口，过去的自豪感、幸福感荡然无存，耻辱感、罪恶感油然而生。自掘坟墓的一群人哪根

第四十七章 平 陵

神经搭错了地方，非得把自己蹂躏一遍又一遍，弄得千疮百孔不可？

人在江湖很难独善其身，西堡子的李云儿也一样。她拿出一个郎中固有的勇气与胆魄，与村上的领导打了一场心理战，顽强地抵抗着什么，她自己也说不清道不明。

在轰轰烈烈的拆城墙运动中，面对一家大小几十个劳力，云儿放出话来，不允许一个小子参与挖城墙、平冢陵，看曲生生、石奋有种能把人干咽了。儿孙们有时间在家里好好待着，要是实在坐在炕上憋得慌，就去九子滩看渭河涨水，看野鸭子打架，看外地人到咸阳都干什么营生。听说马上要吃大锅饭了，上级的上级是效仿东汉末年汉中军阀张鲁的做法，饭同吃，衣同穿。以后家里不用做饭了，都去吃食堂，像云儿这样细法的女人，是不愿意跟一群人在一起吃那少油没盐的饭菜。还不如趁着跑步进入共产主义以前，美美地跟儿孙们吃一顿拿手的臊子面。于是，她下了炕，挽起了袖子准备做饭。

然而，住在即将拆除的药王庙里的楷瑞，想吃一顿臊子面却没那么容易。因为他眼睛又长出瞖状胬肉，片刻离不开人，又无钱医治，寸步难行。平时在庙里他几乎是摸着墙走路，出了门，人到跟前才能看清男女。人不跟他打招呼，他是绝对不会主动与人搭讪的。他的脊背比年轻时候更驼了，步子更小了，给老婆填柴烧锅瞅不准方向，经常将柴火落在外面，险些闹出火灾。老婆怕出意外，让他坐在门口，什么也不干。他不知道该去找谁，到谁家串门。如今，泓顺被老天爷抓走了，翠莲、如雅两个儿媳妇也找到自己的归宿，撇下他们走了。孙子俊杰与媳妇凝夏断绝与家庭的一切关系，住在汉中不回来。复瑞那些本家，树倒猢狲散，墙倒众人推，唯恐避之不及，从来不到庙里来看他们。楷瑞跟老婆端起饭碗就着眼泪下咽，整日以泪洗面。他们做梦也没想到当年父子俩挣下的油搓面的日子竟熬成了黄连稀饭。

楷瑞要想吃一顿臊子面，必须先把眼病治好。眼病比不得其他疾病，可以忍耐将就。老婆劝他去咸阳看看眼睛，他说："因为我当年一句抱怨之词，导致我们挪窝到庙里，如今还敢再说啥话？当哑巴就对了，还敢骚情地摆阔到咸阳？"

"看病总是应当的，瞎了咋办？"

"瞎了好，眼不见心静。我瞎了给你再找个老汉，几年后儿子、孙

西堡子

子一大堆，你跟我这些年一根屎毛也没落下。"

"你个老不死的，一辈子不会说句好听的，人家谁喜欢你这号刺头。嘴不吃亏人吃亏，人常说祸从口出，你就是不长记性。"

"狗日的，给他们一碗凉水，能把我咽下去才算本事！"

"好我的爷呢，千万不敢让人听见。要不然我去云儿家，请她给你看看，她是行家呀！"

"再甭提长门，几十年了，咱恩将仇报，把人家害的，咋好意思丧眼地到她家？再说了，云儿年纪大了，料必她现在手笨眼拙，心再好手不听使唤。我眼睛不好，她能好到哪儿去？"

"我陪你去，死马当活马医吧，你把脸皮一抹装在口袋里。再说了，云儿住着咱的房，咱到自家屋，又不是到别人家，说难听点儿，他们是鸠占鹊巢，有啥难为情的？"说着，要给老汉换干净衣服。

"我不去，要去你去！"楷瑞还在硬撑着。

"唉，我苦命的儿啊，你在哪儿呀？你叫妈以后靠谁呀？"见老汉倔强地不肯低头，老婆放大悲声，哭了起来。

见老婆哭泣不已，楷瑞心软了。他最终拗不过老婆，俩人互相搀扶着来到李云儿门前。

看见步履蹒跚的一对老人，在家的奉义连忙走上前将俩人引到院子，搬两把椅子请他们落座。云儿听见动静，从窗户看见老两口蹑手蹑脚来了，说道："今儿太阳从啥地方出来了，啥风把你俩吹到西门？"

"西北风么，还能有啥风？劳动你给老东西看看眼睛，都快瞎咧。"

云儿早看出楷瑞老汉摸索着前行，判断他眼疾又加重了，二话不说，夹着家伙来到亮处，搬来椅子，自己坐在高背椅子上，准备瞧病。楷瑞老汉非常难为情，他一辈子要强逞能不服软，更不愿意旁人笑话他。云儿让楷瑞头枕在她的腿上，示意头不要动，忍一忍就好了。等云儿展开她的家伙，发现楷瑞老汉一双饱经风霜的大眼满含泪水，滚烫的热泪滑落到她的黑粗布裤子上。未等云儿动手，他摸索着拉着云儿的袖子，说道："嫂子，兄弟我对不住你，没把娃管教好，让你寒心了，没脸到你家来。"

"不说了，甭提他。"云儿说着情不自禁，眼泪滴答滴答地掉在楷瑞的头发上，手上的银针颤抖着不敢触碰他的眼睛。

第四十七章　平　陵

"嫂子，你让我说，你把亲儿给我，我就是赖狗一条，千不该万不该，不该娇惯娃，富养了他，害得你失去了心头肉哇！我该死。老天爷到处收生，咋不把我叫走呢？"他说着，泪流满面，抱着云儿的大腿泣不成声。

"兄弟，你知道？"

"当然知道，从几个蓦猴娃玩火药被炸的时候就知道，你的偏心让我顿悟了。这些年，我娇惯他就是害怕你不放心哇！你身上掉下来的一块肉，兄弟能怠慢吗？"

"唉，都怪我。"

"唉，怪我。"

"好了，好了，不难过了，人各有命，天命难违，他就那点儿寿数。"一个女人的良苦用心最终竹篮打水一场空，她还能说些什么。

话虽如此，李云儿，这个心肠刚硬的女中豪杰，西堡子独一无二的郎中，内心柔弱地依然忘不掉襁褓中那个粉嫩的婴儿，忘不掉与她对簿公堂的英俊少年，她更忘不掉刑场上目光呆滞、至死都未能喊自己一声妈的那个优雅硬汉。要早知道泓顺把两家四个老人的心用刀子戳了一遍又一遍，最后自掘坟墓，把自己折腾进去，她早该有壮士断腕的精神，拉儿子一把。泓顺死了，他们不敢声张，不敢与世人对视，怕被人们的唾沫淹死。那些因泓顺而丧命的人阴魂不散，时刻在关注着世上发生的事情。村民说每到夜晚，听见药王庙里嘤嘤呀呀、凄凄惨惨的声音不绝于耳，他们或许是关欣的倾诉，王全头的铿锵，赵喜贵的咆哮，憨憨的怒目，强胤的抽泣，张望的申诉，抑或是委座无声的呐喊。人们只知道泓顺手上有六条人命，在李云儿看来真正有七条命啊！关欣留下的字条在她的肚子里早已变成一条悔恨的绿肠子，折磨了她一辈子。

而这一切的一切，不怨别人，最终迫使泓顺抛弃尘世走上不归路的罪魁祸首不是别人，正是最柔弱、最清楚仁、义、礼、智、信含义的亲娘李云儿，是她的一念之差杀了心头肉。枯树发新芽，草木也逢春，而泓顺一儿半女也没有留下，使得当年与李云儿的赌咒词一语成谶，果真他断子绝孙，让当娘的疼烂了心肝。

不过，尚有两则喜讯让她宽慰。前一阵，从村民嘴里传出的闲

▶ 西堡子

话推测，泓顺有后，绝对的。李想的大儿子耀财如今长得与当年风华正茂时的泓顺身材、五官甚至说话的声音都那样神似。冥冥中，或许上苍看在她一辈子吃斋念佛的分上，看在她救济灾民的分上，看在她救死扶伤的分上，给她的儿子留了后，她对这一点开始将信将疑，而今不知怎的深信不疑。不用求证，不用询问，耀财就是我云儿的亲孙子。不管他长在谁家，在谁家炕上落草，绝对是泓顺的种。另外一则消息更让人心潮澎湃。身在汉中的俊杰和凝夏在吃米的盆地生活得很好。他俩聪明地通过同学传递信笺，楷瑞老两口白天不敢看信，只有晚上夜深人静的时候，才敢拿出来，老太太借着灯光念给楷瑞听。药王庙里晚上传出来的声音不是什么鬼怪之音，而是老人哽咽的哭声。想到这里，云儿心里豁然开朗。泓顺的后人或明或暗都生活得不错，也算我跟楷瑞老婆没有白磕了那么多年的头。想到这里，云儿止住了眼泪。

奉礼见母亲与楷瑞两口子磨叽，难以控制情绪，怕出岔子，三步并作两步赶紧跑到跟前说："妈，我来。"

内秀的奉礼接过母亲递给的家伙，飞快地为楷瑞老汉治疗胬肉。楷瑞静静地枕在奉礼的腿上，任他手起刀落，用一块块白布擦拭他眼角流出的鲜血。一袋烟的工夫，楷瑞眼睛明亮了，高兴地竖起了拇指，夸赞嫂子云儿后继有人，善行德广。云儿给他俩端来两碗香喷喷的臊子面，让病家美美地吃个饱。同时，叮咛他最近不要洗脸，不要哭泣，不要在大风地里站立。两个风烛残年的老人踉跄着回到药王庙去了。在西堡子，他们无处可去，只能回到那里。

云儿和奉礼娘儿俩这边给人看病，奉义进了头门。也怪，落魄的奉义最近莫名其妙地腿疼，母亲的秘方对缓解疼痛一点儿不起作用，尤其到了晚上，那条残腿似有无数的蚯蚓从脚后跟向上爬行。近日，渭河滩刮过来的西北风带着厚厚的湿气，风像刀子一样刮得人脸疼。当年日本鬼子射进他腿部的子弹是取出来了，但是，伤处肌肉挛缩，一直隐隐作痛，尤其下雨天格外难忍。在西京的那些年，城里的条件相对优越，他忙的时候，可以忘却疼痛。现在，加入了初级社，家里人多，他反倒清闲了，腿疼成了家常便饭。

人在世上最难忍受的是疼痛。清闲的奉义突然想到了大烟，于是，

第四十七章 平 陵

趁母亲与哪个老人在城墙根谝闲传，他跛行来到老妈的屋子，开始翻箱倒柜，看多年前是否在母亲柜子的犄角旮旯残留一丁点儿的大烟膏子。他知道那东西是止疼的良药。他的异常举动被云儿发现了。看着儿子跛行越来越厉害，却从来不叫苦，不叫疼，老妈心里泛起淡淡的苦涩。她让儿子坐在炕沿上，摸索着切了五片生姜，将艾草捏成尖尖的塔形，浇上特制的药水，用火柴引燃，顿时袅袅青烟冒出来，一股温热的感觉渗入皮肤，传入骨髓。云儿说："义儿，我给你治十天，如果不行，到西京找西医看看。"

"西医能看，我在西京十几年早看好了。他们就会耍刀子，我总不能把腿锯了喂狗。甭看这烂腿，有总比没有强。妈，我能忍。"

"唉，都怪我。"

"妈，儿子不孝。我只恨自己无能，无法让你享福。"

"天要下雨，谁能管下？"

"妈，分家吧，你不再操他们的心了。我没儿，负担轻，我养你老。"

"再说吧！"

天刚刚放晴，腿疼稍微拦了头，奉义自作主张，召集弟兄五个集聚在当年用种植大烟挣的钱翻盖的老宅子里议事。分家两个字刚出口，烂脖项奉信跳起来反对道："当年爸含辛茹苦为我们打江山，为子孙积德，留下宁肯饿死不能分家的祖训，如今尽管家里人多，可是人多力量大，没人敢欺负呀！分了家，油坊要是联起手来，我们一盘散沙如何是好？"多年来，尽管奉信在锅头上做出了无数的美味，挣了不少钱，给家里贡献最大，加上四个儿子整日劳作在地里，没有功劳也有苦劳。但是，他们花销也大，整体算起来收支基本相抵。要不是母亲与众弟兄们帮忙，他跟二哥在外做生意，他老婆和孩子谁来照顾，还不是家人一起互相帮衬着熬过来的，一家人其乐融融多好。孩子们对大家庭也有着强烈的依赖心，媳妇果果也没啥本事，分家她绝对吃不到嘴里，更不用提说给儿子们攒钱娶媳妇了。

见弟弟不愿意分家，奉义产生了浓烈的挫败感。不过，令人高兴的是不管世事如何变迁，弟兄们情分没变。难过的是万一遇见年馑，一家几十口吃饭又成为难事，船大难掉头，民国十八年就是例子，拥

▶ 西堡子

进西堡子的难民留给人的记忆永世难忘。

几个男人在院子议事,老四媳妇疏影猛乍来到婆婆的屋子,冒冒失失地对婆婆亮了一嗓子:"妈,清茶终于给你生了一个带把儿的孙子,快去看啊!"奉义根本不相信自己的耳朵,昨天才说自己没儿子要给老妈养老送终,妻子的肚子却争气地生了个带茶壶把儿的。他跑到妻子跟前,仔细端详起这位跟他南征北战的女人。他从来没有像今天这样仔仔细细看过她,是因为她几十年未能给云儿生个孙子,给自己增光?是因为她风风火火不够温柔贤惠?他不清楚。也许是因为坐月子人虚弱的缘故,清茶饱经风霜的脸蛋变得粉嫩起来,两眉间那颗美人痣依然灿烂,淡淡的鱼尾纹将那双会说话的大眼睛衬托得更加妩媚、漂亮。

他冲着清茶说道:"你想吃啥,我去做!"奉义把手伸进清茶的被窝,要亲眼看看儿子两腿之间的那串神器。

清茶白了他一眼:"你啥时候心里有我,多亏这个带把的,以后咱俩老了得靠这个蓁萃了。你看,姣姣都快上学了,现在咱给这货当爹娘,羞死人了!"女人羞涩起来格外好看。

奉义 20 年前都想好一个雅名"泽赢",就这么无偿地送给了唯一的宝贝儿子。泽赢的出生给人带来了希望和新生,一家大小陶醉在久旱遇甘霖的幸福之中。

喝了豹子胆汁的石奋仍然走在拆毁一切的路上。西堡子的两个领导没有完成拆除城墙的宏伟计划,也未达到平陵的终极目标,他俩不甘平庸地再次抡起了镢头,带头冲进了城内外的封建残渣——马王庙、菩萨庙、高士塔。十天后,村里村外的庙宇全部被拆完了,普贤菩萨也没能保住自己的莲花宝座。药王庙的门楣和爷像也被拆掉了,留下一个四面透风的前殿,孤零零地站在城外,任凭风吹雨淋。他俩传出口谕:除楷瑞老两口外,谁也不许进去。

紧接着,村上另外一群人在周陵的北边开始大兴土木,用拆除庙宇的木料盖起了两排楼房,一排有五个教室,一排用作教师办公,打了院墙,周陵原封不动地派上了用场,充当了学校的后院墙。取名西堡子小学,在全乡拔得头筹。

第四十八章　分　家

借了老虎胆的俩领导并未从此消停，运动也远远没有就此结束，寺庙被拆完后，按计划下一个目标自然是瞄准各家的祖坟。

转眼间清明节又到了，家族的祭祖活动开始了。这是西堡子有史以来最冷清，却参加人数最多，也是最后一次祭祖。

三天前，家族各房头商量祭祀有关事项，计算人口，派人蒸馍。听说村上最近要平整土地，云儿的心里像猫抓了一样，五味杂陈。忠瑞的坟茔算是比较新的，能保留下来她求之不得。而对于公公婆婆的坟墓，云儿恨不得亲自上去扬了土，扒了碑。按理她过门几十年了，心里不该有什么仇恨，但是，最让她心生忌恨并没齿难忘的是当年换子，要不是两个老人坚决反对，她怎么可能将自己的亲生儿子送给楷瑞，最终酿成灾祸，让人悔青了肝肠。从这一点上看，老人身上丧失了最原始最美好的品德——仁，这让云儿一辈子如刺在背。

云儿是忠瑞一门的老太君，她有能力驾驭几个儿子，能管理好偌大的一个家族。楷瑞家现在对祭祖这号事情已经没有资格发言表态，他的几个侄子因为受到泓顺的影响，披上了地主恶霸的皮，也没有发言权。只有景瑞、英瑞能出些主意。幸好最终达成了一致意见，轰轰烈烈祭祀一次祖先，以后村上愿意平坟谁也不要阻拦。这件异常严肃的事情就这样轻易被定了下来。

清明时节雨纷纷，地下祖先欲还魂。浮世春秋蹉跎过，秦山犹在水已浑。几百口人集中在西堡子最大的祖坟缅怀祖先，那场面可以称得上一场声势浩大的群众大会。

早晨温热的太阳刚刚升起，排队领馍的队伍已经蜿蜒成一条长龙，从村口一直延伸到祖坟西边。粉色的、白色的桃花怒放着，人们扶起

▶ 西堡子

枝丫目视前方，毕恭毕敬地站立着聆听柏树林里主祭人英瑞老汉那抑扬顿挫而冗长的祭辞："滔滔黄河，沣水倾潜；千年古渡，厚土秦川。华夏脉源，虎踞龙盘；周礼永继，白驹过隙。柏松虬髯，黛重参天。念吾始祖，创业维艰。躬耕诗书，累富积田；稼穑屯满，乐施好善。扶危济困，汤壶高悬；仁义礼智，德广良贤。披荆斩棘，九州誉满。夙愿再续，赳赳儿男。炎黄子孙，一脉相传；泱泱中华，砥柱在肩。五谷五色，恭敬案前。思祖感念，颊面潸然。祭祀礼成，伏维尚飨。"

尽管大家每年清明节都会听一遍这些溢美之词，没有任何的新鲜感，但当知道这是最后一次祭祖时，他们分外激动，收拢起各家准备祭祀的衣服、旗幡、长纸钱、摇钱树，迫不及待地踩着大坟上的脚窝子，爬上两丈多高的坟头。这是他们表达对祖先敬意的唯一方式。主祭人员代表孝子贤孙们虔诚地点燃祭品，顿时熊熊燃起的大火笔直地化作一缕缕青烟，越过参天松柏深入云霄。孝子里三层外三层地围绕在祖坟周围，不管膝下垫着胡基瓦块，还是青草蔬菜，当恭敬的三个响头磕下去，祖先的光辉形象在各人心里清晰而具体起来，血脉贲张、心潮澎湃不能自抑。每家的祖先受尽苦难死后享受的仅有这一点儿香火供奉待遇，这就是人生。

此时，史上最后一次的简单祭祖，悲壮之情笼罩着整个西堡子。贡品馒头蒸得特别大、特别白。壮小伙子们早早将馒头归置好，等主祭人分发。一行行一队队的孝子贤孙们毕恭毕敬地站在祖坟上，等待着分发馒头的神圣时刻，这时，人群中却传出不合时宜的嘤嘤、呜呜声，开始大家以为是委座媳妇玉婷哭自己的恓惶，抑或哪个媳妇哭自己处境今不如昔，人们并未在意。一般情况下，男人们在外面花天酒地、拈花惹草，女人大概只有在坟前才好放大悲声宣泄倾诉而不会遭人耻笑。没想到循声而去竟然是硬汉奉义趴在地上哭泣，从起初不住地抹眼泪，呼哧呼哧吸溜鼻子，到最后竟然号啕大哭。云儿走到儿子跟前，拉拉他的衣角，示意他控制住情绪，马上要分馒头了。人常说娃娃不宜惯，男人不宜劝。奉义竟然不顾人多眼杂，扑到祖坟西南角忠瑞的坟前大声哭喊："爸呀，爸，我见不成的爸呀！"。

因为解放咸阳让父亲命丧黄泉，又因为打仗，时局动荡，草草葬埋了老人家，这让一直愧疚的奉义心里结了疙瘩。本想好好地给老人

第四十八章 分 家

过个三年，没想到一天到晚拆城墙、平周陵，弄得人心惶惶不能如愿。谁能想到，如今还让人平祖坟，将来忠瑞与祖先居无定所，灵魂不知将飘向何方。在外面闯荡多年一路坎坷的铁汉奉义，面对眼前即将消失的祖坟，如万箭穿心，潸然泪下。

看见奉义趴在坟上哭得恓惶，其他几个弟兄不说上来劝他，也径直跟着哭了起来。云儿抬头望去，几笼蒸馍在坟前一字排开，无人理会。长门的几十个儿孙，整齐地趴在坟头哭得让人心碎，声如洪钟。楷瑞一门的子孙早已不见了踪影，他们越过残垣断壁，回到失去城门的围城里抓紧时间吃白蒸馍去了。

他们是该吃白蒸馍的，其他地方的人已经开始吃食堂的大锅饭，能吃上白面馍无异于过年了。

平坟之事乃大势所趋，全国都是一样。一个月后，西堡子存在了300多年的最大祖坟被平掉了，连同几百棵柏树一起被伐倒，外围一抱粗的桃树被砍，树根也未能逃过此劫。随后，包括祖坟地在内的十几亩地被整理得平平整整。然而，在子孙们的小算盘拨打到能精确计算出自己分到几分几厘地的时候，谁也没想到，村上把那片地拱手让给东边的村子种了庄稼。因为此前西堡子从地主家收到的农具无人领受，学生们敲锣打鼓给邻村亲自送到村口，这样的义举受到过上级的称赞。而今，平整的坟地凭空又多出十几亩庄稼地，西堡子拔一根汗毛比邻村人的大腿都粗，所以，给邻居匀一点儿土地也理所应当，好传统应该继续发扬光大才行。这一次，即使西堡子人的眼睛瞪得跟饲养室拴着的牛眼一样大，也绝不敢放半个响屁。因为，计划赶不上变化，邻村增加的人口比西堡子多，自然要吃掉相邻连畔村的地耕种，客观上句句在理，你跟谁去讲理？鹬蚌相争渔翁得利，螳螂捕蝉黄雀在后，这就是现实。

几百位村民眼睁睁地看着本村的良田让村上的领导拱手送给了他人，敢怒不敢言。从此以后，西堡子这些嘴里说着祖先留下的地道方言，身上穿着与祖先同样材质衣服的后生晚辈们，每年清明节、春节，得去外村祭拜祖先了。点灯罩时不敢走近人家的庄稼地，还得蹲在马路上，朝着并不起土的虚无坟茔跪拜，并且得看人家的眉高眼低，着实成了当地一桩奇谈怪事。

▶ 西堡子

好好的平平的水浇地被人家拿走了，可是，地里的树根还在，于是，这些把豪言壮语挂在嘴上，尽办窝囊事的汉子们吃着黑馍就着眼泪开始挖树根。时间不等人，不能耽搁人家种地。当祖坟上的一行行柏树躺倒在地，俨然孩童躺在母亲的怀里，享受这短暂的母爱。奉礼家的二小子——打小聪明伶俐的泽瑜捡起地里的麦秸秆，一个人蹲在地上数柏树的年轮。他仔仔细细连数了三遍，连数了三棵柏树，一轮不差，351 圈！351 个春秋，好漫长而短暂的创业史，辉煌而泯灭的现实。是谁让历史在此刻打了一个死结，让尘封的记忆鼾睡在大漠长河，让子孙的心中永远记住什么叫仁，什么叫孝？他要记住这一天，记住祖先所有的恩德，所有的苦难，所有的氏族密码。

后来，这些柏树经曲生生和石奋研究决定，暂时集中存放在西堡子的饲养室，若丢失一棵拿饲养员问罪。五年后，国家搞电气化，西京供电二公司准备给村里通电。听说要搞示范工程，村民们异常兴奋，却也诚惶诚恐。新中国成立前在西京城已经使用过多年电灯、电话的奉义兄弟，这才回过神来，给村民讲解电气化的好处，动员大家积极支持村上和政府的决定。

供电局的工作人员开足马力，用汽车整整拉了三车皮比男人大拇指头还粗的铜线，运到一贯走在运动前列的名扬四海的"小北京"西堡子。缠绕在一起的铜线在阳光的照耀下，熠熠生辉，村民们高兴地集聚在一起看西洋景。咸阳离西堡子的距离比西京近。近水楼台先得月，县政府与咸阳市政府达成一致意见，从咸阳拉电。试点只能成功，不许失败。翻身解放的村民们再次目睹了政府为民办好事的决心与实力。

铜线有了，电线杆的问题却摆在了村民的面前。即使西京城生产了现成的电线杆，那么沉那么长的电线杆也没有合适的汽车往回运。就在领导们一筹莫展抓耳挠腮的时候，云儿拄着楠木拐杖找到村上，提出看原来在饲养室存放的祖坟上的几百棵柏树能不能派上用场。她的提议得到曲生生的点头赞许，其他人也觉得这是个好主意。那年，奉礼家的二小子泽瑜已经当上乡团支部书记，在祖母李云儿的大力支持下，被送去学习电路安装知识，也算当地一位人梢子。他回来正巧给村上当了电工，配合供电局派来的工人，动员村里的小伙子义务劳

第四十八章 分 家

动,帮忙栽杆。他们怕铜线太沉,支撑不住,把两棵柏树捆扎在一起,在地上挖了井口宽的大坑,将柏树深埋在地里,再用夯砸瓷实,麻利地架起了铜线。当闸刀推上去的那一瞬间,村民们瞪大眼睛瞅着街道上100个全部点亮的白炽路灯,无不欢欣鼓舞:全县第一个用上了电的村子。如果古老的西堡子祖先地下有知,他们生前种植的柏树变成了电线杆,给儿孙送了福利,一定会欣慰地含笑九泉,笑得腿抽筋,拍得手发红。看到儿孙们用上了朝思暮想的电,能拉电磨子,能安广播,能在晚上起夜时不再黑灯瞎火地摸油灯,云儿会心地笑了。这是后话。

祭祖这一年的秋庄稼长势特别良好,就像即将仙逝的人一样回光返照。连续几年风调雨顺,应该粮食满仓、牛羊成群才对,而土地面积减少,村民人口剧增,即使全家人不睡觉连轴转,生计问题依然让人愁白了头发。

油坊不在了,粉坊没有了,花店更无踪影,就连百货商店也被村上占用了。梦寐以求而真实存在过的保障——观音山也划归他乡之人,完全斩断了西堡子的龙脉,所以,原先几条大街上灯火通明卖各种吃喝的繁华盛景已经荡然无存,人们开始习惯了天黑上炕、天明梳妆的作息规律。女人们在汉子的怀抱里无事可做,便成本低廉地孕育出无数的儿女来,小小的西堡子,一年竟然陆续有18个孩子到会计处报到注册,等待他们的是母亲暂时饱胀的乳房与来年端起碗来照影影的烂包光景。这些不请自到的孩子,还有不断孕育的兄弟姊妹成群结队,像洋河水一样,对日益减少的土地发出了无声的怒吼与咆哮。

最先感知肚子填不饱的是他们的母亲。拉到家的粮食一季少于一季,再想跟过去一样,在华灯初上的夜晚,不出城堡,在几条街道消费银钱,那绝对是痴心妄想白日做梦。这一年,从正月开始,春节走亲戚的包子换成了地软素馅的;二月二炒豆豆,孩子们嚷嚷要吃豆豆,女人们害怕邻居笑话,假装用铁铲把干锅底磨得刺耳响,佯装有钱;端午节的粽子里边包的绝对是饭米和玉米糁,而不是过去的糯米蜜枣;到了六月初各村各镇开始过会时,谁家的臊子面都不见半点儿油腥,幸好有韭菜叶漂浮在上面遮住了下面应有而没有的珍馐;等到中秋节,女人们居然给娘家送不起月饼,改成了送御麦和小麦两搅的发糕或者

481

▶ 西堡子

贴饼子；九月九的花糕里面没枣、没花，只好用树上红红的柿子装饰门面，即使腰杆再硬的汉子也觉得羞惭不已，硬着头皮给外甥送去。有多少女人在厨房打鸡骂狗，羞你先人咧，啥时候把日子过成这咧，我娃还没吃呢，你还好意思觍着脸张嘴向人要吃喝！

西堡子的空气中弥漫着局促而紧张的气氛，祖祖辈辈靠地吃饭但富有经济头脑懂得经营的村民思考着如何才能达到温饱。有的人再次打起了周陵的主意：既然将周陵的头顶削去了，没见什么宝贝，那么，一不做二不休，兴许再往下挖一点儿说不定能发现价值连城的古董。这一次，他们趁夜色偷偷摸摸地动手，集体行动抱团取暖。然而，却被陵后莫名其妙的响动吓得连滚带爬、屁滚尿流。回到家里，再不敢动什么邪念。其实，稍微有点儿常识的人都知道，那响声纯粹来自御麦叶子碰撞发出的唰唰的声音，抑或是御麦地旁边黄瓜在夜里飞长的嚓嚓声。然而，做贼心虚的村民听进耳朵的全是冤魂索命的声音。

世上的道路千万条，只有"吃"亘古不变。花店、百货店、粉坊、油坊不敢触碰，但是，填饱肚子总不妨碍大政方向，面店子云儿家该有点儿自己的颜色了，带个头捡拾起当年的营生，看看会不会一石激起千层浪。于是，英瑞、景瑞兄弟经常有事没事积聚到云儿家里拉家常，说说心里话。主题也只限定在生计大事上，商量如何重振雄风，如何养精蓄锐东山再起。

四季分明、一马平川、旱涝保丰收的八百里秦川是陕西的白菜心，西堡子是西京的西大门，咸阳、西京两个古城夹裹着这里，应该在任何时候都焕发出勃勃生机与活力才对。全家几十口人聚在一起，日子遇到前所未有的困难，这是云儿始料未及的。她彻夜不眠，刚刚躺下又起身坐起，自言自语道："再过几年，几个孙媳妇娶进门，人口绝对超过40人，一大家吃什么呀？"来到西堡子几十年的往事历历在目，她的威风、她的精明在这一刻轰然坍塌，再不给儿孙们寻一条出路，绝对要饿死人的。一群念书的孙子孙女可不像当年她管儿子那样，一张纸打发了。做饭的柴火完全不够用，一辈子讲究早起三光的老太太，面对一大锅凉水半天烧不开，她真的发起愁来。为了预防断炊，云儿三个月前让奉义把门背后的咸菜缸推倒，把咸菜扔到猪圈喂猪。没有就饭的菜，饭自然就吃得少了。这是云儿听一个路人讲的，事实也是

◎ 第四十八章 分　家

如此，听话的奉义连关中人最喜爱最下饭的油泼辣子罐罐也拾掇了。

太阳与一万年前一样，从东边跳跃而出，跨过一人高的院墙，照进云儿的屋子。孙子们大了，不跟她一个屋子住、一个炕上睡了，连姣姣也长成了大姑娘，会自己编辫子了。云儿感觉自己身体大不如从前，她挣扎了几次，直不起腰来。这时，孝顺的老五媳妇果果给她端来一碗小米粥和半碗用芹菜窝的浆水菜，端来几个包子。她斜靠在被子上，先吃了一个包子，地软馅的，喝了一口御麦糁。吃完饭，擦了嘴，老人家让集合全家人，她有话要说。

奉义听说母亲饭量大减，前来看望问候。恰逢母亲要训话，他慌忙给母亲搬来一把桐木椅子，用袖子擦拭干净，铺上黑粗布坐垫，站在房子中间听候母亲吩咐。人差不多都到齐了，白发染鬓的云儿硬撑着坐到椅子上，用手往后轻轻拢拢盘在脑后的发髻，抬起她那双饱经沧桑的眼皮，开腔说道："娃娃们，有一件重要的事情给你们宣布，从现在起，咱分家！"

"啊，分家？妈，不能分。我爸留下遗言，不能分家嘛！我们弟兄们好不容易聚在一起，你说咋闹就咋闹。分家都成了单撒手，咋能行？再说了，分字底下一把刀啊！"老四第一个站出来反对。

"这些年你们弟兄没有红过脸拌过嘴，妯娌们也算和睦，在咱村也很少见，能在一起几十年不容易。但是，你们不看看大嫂、二嫂、三嫂都多大了，早都当婆了，还跟大家一个锅里吃饭，不容易啊！我代表你们仙逝的老爸谢谢你们姐们几个。"说着，老太太站起来要鞠躬，被奉义挡住了。老太太继续说道："自打我嫁进西堡子，尽管劳累了一辈子，也听人说咱祖上有钱，但最终从地里刨食，从锅上一分一分挣辛苦钱，过了几十个大事，也没给你们攒下钱。从今以后，你们各自奔自己的前程吧！"

老太太一声令下，儿子无不心酸，媳妇们也很难过。以前全家一起做饭，一起吃饭，从今以后一个锅变成五个锅。大锅变小锅都好说，关键是兄弟情难以割舍。强打起精神的云儿说道："今年是丰年，仓里的粮食就那么一点儿，如果遇见年馑，咱这么一家人咋活呀？分了家，我跟老大奉仁过，姣姣娃还跟我，我负责给她准备嫁妆，不用你们管。"一听老太太要亲自养外重孙女，奉义两口子一百个不答应："妈，

> 西堡子

我是娃的外爷,清茶是娃的外婆,娃没妈,爸娶新媳妇了,养她是我俩义不容辞的义务。你安心养身体,不要管娃了。当真要分家,你跟我过,我养活你。"

"清茶四十多了,才生了一个儿子,她养自己的儿子都吃力,咋养外孙呢?你若有心,冬天给我把炕烧热就是了。"云儿坚持己见。

这一夜,弟兄们在一起喝了清茶坐月子前亲自酿的葡萄酒,酒不醉人人自醉。媳妇们则一起谈论将来如何互相帮衬,互相照顾。尽管她们一起过的时候,每个人或多或少都偷过案上的馍,给柜里藏过锅里的搅团,恨不得单过才好。如今,当真分家另过,将来得独自为嘴里的吃食熬煎,她们的心里极不舒坦,甚至忧郁起来了。

奉义那晚就睡在老妈李云儿的脚下。半夜醒来,再无睡意。他端坐在院中,浮想联翩。想自己一路走来的艰辛,想人生的得失,想富贵转换,想尚未享一天福就扔下他们的老父亲忠瑞,想年纪轻轻撒手人寰的大女儿凝春,想离家后再未回来的凝夏……哦,或许凝夏已经当上母亲了。

当晨曦露出一丝温热的希望时,一轮朝阳终于挣脱地球的牵绊,从地平面上升腾起来,将奉义的脸庞照得通红。他拄着拐杖,带着身后自己长长的影子,越过厚厚的西堡子的残墙根,从容地朝西京走去。

远处传来了他唯一的宝贝儿子泽赢嘹亮的哭声……